在欧化与国粹之间

——学衡派文化思想研究

郑师渠 著

2019年·北京

图书在版编目（CIP）数据

在欧化与国粹之间：学衡派文化思想研究/郑师渠著.—北京：商务印书馆，2019
ISBN 978-7-100-16364-4

Ⅰ.①在… Ⅱ.①郑… Ⅲ.①学衡派－研究 Ⅳ.①I209.6

中国版本图书馆CIP数据核字（2018）第153878号

权利保留，侵权必究。

在欧化与国粹之间
——学衡派文化思想研究
郑师渠 著

商 务 印 书 馆 出 版
（北京王府井大街36号 邮政编码 100710）
商 务 印 书 馆 发 行
三 河 市 尚 艺 印 装 有 限 公 司 印 刷
ISBN 978-7-100-16364-4

2019年1月第1版　　开本 710×1000 1/16
2019年1月第1次印刷　印张 33 1/2

定价：98.00元

北京师范大学史学探索丛书
编辑委员会

顾　问：刘家和　瞿林东　郑师渠　晁福林

主　任：杨共乐

副主任：李　帆

委　员（按姓氏笔画排序）：

　　　　宁　欣　刘林海　安　然　张　升　张　皓　张　越

　　　　张荣强　张建华　吴　琼　周文玖　罗新慧　郑　林

　　　　庞冠群　侯树栋　姜海军　郭家宏　耿向东　董立河

出版说明

在北京师范大学的百余年发展历程中，历史学科始终占有重要地位。经过几代人的不懈努力，今天的北师大历史学院业已成为史学研究的重要基地，是国家"985"和"211"工程重点建设单位，首批博士学位一级学科授予权单位，拥有国家重点学科、博士后流动站、教育部人文社会科学重点研究基地等一系列学术平台，综合实力居全国高校历史学科前列，被列入国家一流大学、一流学科建设行列，正在向世界一流学科迈进。在教学方面，历史学院的课程改革、教材编纂、教书育人，都取得了显著的成绩，曾荣获国家教学改革成果一等奖。在科学研究方面，同样取得了令人瞩目的成就，在出版了由白寿彝教授任总主编、被学术界誉为"20世纪中国史学的压轴之作"的多卷本《中国通史》后，一批底蕴深厚、质量高超的学术论著相继问世，如十卷本《中国文化发展史》、二十卷本《中国古代社会与政治研究丛书》、三卷本《清代理学史》、五卷本《历史文化认同与统一多民族国家的发展》、二十三卷本《陈垣全集》和《历史视野下的中华民族精神》、《上博简〈诗论〉研究》等巨著，以及大型史料汇编《民国史料丛刊》（正、续编）等，这些著作皆声誉卓著，在学界产生较大影响，得到同行普遍好评。

上述著作外，历史学院的教师们潜心学术，以探索精神攻关，又陆续完成了众多具有原创性的成果，在历史学各分支学科的研究上连创佳绩，始终处在学科前沿。为了集中展示历史学院的这些探索性成果，我们组编了《北京师范大学史学探索丛书》，希冀在促进北师大历史学科更好发展的同时，为学术界和全社会贡献一批真正立得住的学术力作。这些作品或为专题著作，或为论文结集，但内在的探索精神始终如一。

当然，作为探索丛书，不成熟乃至疏漏之处在所难免，还望学界同仁不吝赐教。

北京师范大学历史学院
北京师范大学史学理论与史学史研究中心
北京师范大学史学探索丛书编辑委员会

前 言

近代中国社会的一大特色,便在于社会思潮的跌宕起伏,五光十色,目不暇接。例如,洋务思潮、维新改良思潮、民主共和思潮、国粹思潮、欧化思潮、进化思潮、教育救国思潮、实业救国思潮、实用主义思潮、自由主义思潮、社会主义思潮、无政府主义思潮、国家主义思潮等,瞬息万变。这是近代中国民族危机日亟、社会急剧动荡在思想文化领域的强烈反映,它表现了在中国近代历史不同发展阶段上,人们对于国家与民族前途命运的多样化思考。正因为是这样,研究社会思潮成了理解把握近代社会发展的一个重要途径,并为许多学者所关注。近些年来有关论著甚多,其中吴雁南先生主编的多卷本《中国近代社会思潮:1840—1949》[①],是有代表性的著作。不过,应当看到,思潮是一个内涵宽泛的概念。从纵向上看,一种思潮可因历时而愈显,如进化思潮、民族主义思潮、民主主义思潮等;从横向上看,一种思潮又往往涵盖多样的流派,和而不同,如民主共和思潮中就包含着国粹思潮、欧化思潮、排满思潮等;而20世纪初年在所谓文化保守主义思潮的名义下,实又有东方文化论、乡村建设论、农业救国论、新人文主义等的分别。论社会思潮者,常引用梁启超《清代学术概论》中的一段名言:"今之恒言,曰'时代思潮',此其语最妙于形容。凡文化发展之国,其国民于一时期中,因环境之变迁,与夫心理之感召,不期而思想之进路同趋于一方向。于是相与呼应汹涌,如潮然,始焉其势甚微,几莫之觉;浸假而涨——涨——涨,而达于满度;过时焉则落,以渐至于衰熄。"但稍后一段同样重要的话却又往往被忽略了:"凡时代思潮,无不由'继续的群众运动'而成。所谓运动

[①] 吴雁南主编:《中国近代社会思潮:1840—1949》,湖南教育出版社1998年版。

者，非必有意识、有计划、有组织，不能分为谁主动，谁被动。其参加运动之人员，各不相谋，各不相知。其从事运动时所任之职役，各各不同，所采之手段亦互异。同一运动之下，往往分无数小支派甚且相嫉视，相排击。虽然，其中必有一种或数种之共通观念焉，同根据之为思想之出发点。"①综而观之，梁启超对于社会思潮强调了这样几种特点：其一，思潮是因环境变迁与心理因素，人们所形成的思想不期然归趋于一个方向的结果。思潮的发展有其肇端、兴盛和衰熄的过程；其二，思潮既是不期然而形成的，故思潮又是集体的无意识行为，没有计划，没有组织，归趋者也无所谓主动与被动，各不相知；其三，同一思潮内部，往往分成众多小支派，相互辩驳排击，但其中却有着共通的思想观念或称思想出发点。梁启超对于社会思潮共相的概括，有其生动传神之处，特别是仅将思潮限于他自己说的相当于"流行"，或古语"风气"时。但若以近代往往成为社会政治变革运动的先导，并带有强烈的政治功利主义的各种社会思潮相况，却又不免方枘圆凿。最重要一点是，近代社会思潮虽然都有风起于青蘋之末的特点，但就其重要思潮而言，无一不是有领导、有组织、有计划的"运动"的结果。故近代既称思潮，必有主要的代表性人物和作为他们宣传阵地的代表性刊物，以及相知相谋的奋斗轨迹。戊戌维新思潮的代表性人物不正是康有为与梁启超本人吗？《时务报》、《清议报》等不正是他们先后仰赖的舆论阵地吗？民主共和思潮的领袖人物无疑是孙中山，他成立了革命团体同盟会，更创有《民报》，目的是要宣传自己的三民主义，使之家喻户晓。同样，后来的新文化运动，也正是陈独秀诸人通过创办《新青年》杂志而鼓荡起来的。但是，梁启超所强调的思潮的第三个特点：一个思潮内部往往有众多的支流，相互驳难，体现了思潮的多样性统一，却是提出了一个合乎辩证思维的重要见解。长期以来人们恰恰忽略了这一点。缘上所述，作者以为，思潮的研究是重要的，但为了更加深入地理解与把握特定的社会文化思潮，避免简单化，还应当重视思潮流派的研究。

也正是基于这样的思考，作者曾集中研究了资产阶级革命派和资产阶级民主革命思潮一翼，以章太炎、刘师培、邓实、黄节诸人为代表的晚清国粹

---

① 梁启超：《饮冰室合集》，专集34，中华书局1989年版，第1页。

派及其国粹思潮，并于 1992 年出版了《国粹、国学、国魂——晚清国粹派文化思想研究》一书[①]。之后，又选定学衡派作为新的研究课题。遗憾的是，这一课题的完成拖了太长的时间。学衡派与晚清国粹派有一定的联系，这不仅表现为前者的主要代表人物刘伯明和吴宓曾分别师从章太炎与黄节，胡先骕且列名与晚清国粹派一体的著名的南社；更主要还在于，二者都以弘扬中国文化为自任，在根本的文化主张上一脉相承。晚清国粹派和学衡派，在今天都被认为属于近代的文化保守主义，但我选取它们作为研究对象却并非出于看重保守主义的缘故，而是因为它们独具个性，有助于彰显各自时代社会文化思潮的丰富内涵，同时，也是因为它们被长期轻忽了。对于晚清国粹派，这里不作赘述，只单表学衡派。

人所共知，1919 年的五四新文化运动是中国现代文化思潮洪波涌起的转换点。不过，其内涵不仅是指缘于对辛亥革命后复辟思潮的反省，新文化运动勃然兴起，对封建旧文化进行了全面而激烈的批判，从而与传统的时代判然划开了界限；同时，还包含着欧战后国人对中西文化关系与民族国家命运的重新审视。欧战后的西方出现了批判理性主义与现代化的思潮。因时代的落差，这一思潮不仅影响了中国，而且与新文化运动互相激荡，相反相成，构成了时代弥足珍贵的思想张力。由是，中国社会文化思潮呈现出新的变动，即由原先的新文化运动一枝独秀，浸成了自由主义、保守主义、马克思主义各领风骚和多元发展的新态势。也因是之故，20 世纪 20—30 年代成为近代中国思想文化界流派林立、思想文化空前活跃的重要时期。

以梅光迪、吴宓诸人为代表的学衡派，正是于 20 世纪 20 年代初应时而起。其活跃期长达 11 年之久，曾产生了广泛的影响。学衡派自身有三个明显的特点：一是其主要代表人物多是欧美留学生，且为南北著名高等学府的名教授；二是服膺美国白璧德为代表的新人文主义。学衡派将西方的某种"主义"公开写在自己的旗帜上，以此为思想指导，这不仅在所谓的东方文化派中独树一帜，而且在其时众多的文化流派中，也是十分引人注目的；三是于新文化运动持激烈的批评态度。与新文化运动相颉颃者，多被目为守旧派，

[①] 郑师渠：《国粹、国学、国魂——晚清国粹派文化思想研究》，台湾文津出版社 1992 年版。北京师范大学出版社 1993 年出版时改书名为《晚清国粹派——文化思想研究》，1997 年再版。新近复被收入《北京师范大学博士文库》重新出版。

但学衡派主要人物却多是归国的留学生,这种似乎反常的现象曾令人们困惑不已。故研究学衡派文化思想,不仅是研究中国近代文化史的重要课题,而且更是深入研究20世纪20—30年代中国社会文化思潮的变动所必需。毋庸讳言,主要是由于学衡派对新文化运动多持批评的态度,故在很长的时间里,受"左"的思潮影响的学术界将之视为反对新文化的守旧乃至于反动的势力,加以简单的贬斥。更有甚者,在"文化大革命"中,原属学衡派的一些人复遭到了残酷的迫害,吴宓本人且被迫害致死,酿成了悲剧。实则,历史发展从来都是多样性的统一,如前所述,梁启超早就指出了,一个思潮的内部常容有多样的支流,异趣而同质。斯时新文化或叫中国现代文化思潮,是内涵十分丰富、场景甚为开阔的历史现象,其内部存在不同的流派,相互辩驳,却立于共通的观念层面,当是理有固然。但是,由于人们仅仅用传统的"新文化运动"来规范当时的社会文化思潮,以之作为分水岭,顺之者进步,逆之者反动,致使本来丰富多彩的历史变得索然无味。同时,也唯其如此,长期以来学术界对于学衡派的研究是很薄弱的,以至于当年赫赫有名的梅光迪、吴宓、胡先骕等学衡派诸子,湮没无闻。

20世纪60年代初,有人建议吴宓写有关学衡派回忆录之类的东西,但吴宓拒绝了。他明确指出,欲客观评价学衡派,当在四五十年之后,而今实非其时。当时正是"文化大革命"的前夕。吴宓的话反映了身处逆境中的学者的心酸与愤懑,但又显示了这位大学者的先见之明。近些年来,随着改革开放的深入进行,解放思想,学术环境日趋宽松,人们对于学衡派的看法开始有了变化。相关的成果也渐渐多起来,仅有关吴宓的全国性学术讨论会就已举办过数次。尽管人们对学衡派的认识未必完全一致,但显然已无人坚持原先简单贬斥的观点。不过,从总体看,已有的研究还只是刚刚起步,尤其是将学衡派作为一个思想文化派别做整体和综合性研究的成果,尚不多见。

本书不仅系统地考察了欧战后世界文化由东西方对立走向对话,以及缘是引起中国社会文化思潮的变动,而且也深入地探讨了19世纪中叶以降,西方人文主义的转型及以白璧德为代表的美国新人文主义的兴起。其目的是要为研究学衡派的崛起及其文化思想,提供愈形开阔的时代大背景。由是以进,本书复具体地探讨了学衡派的文化观、文学思想、史学思想、教育思想和道德思想,等等。作者力图对学衡派及其文化思想做出客观的评价。马克斯·韦伯曾指出:"社会科学领域里最值得重视的进步毫无疑问与下列情况有关:文明的实际问题已经转移并且有对概念结构进行批判的形式。"[①]欧战与俄国十月革命的爆发,有力地表明了20世纪初的世界"文明的实际问题已经转移":资本主义危机和社会主义、民族主义运动的兴起,已成了为人关注的时代大趋势;"欧洲文化中心论"动摇,世界文化开始由东西方对立走向对话;理性主义、科学主义受到质疑,人文与科学、物质文明与精神文明、继承传统与创新进取必须协调发展等诸多问题,也愈益成了人们反省的热点。从根本上说,学衡派新人文主义的文化思想,正反映了对业已转移了的文明的实际问题的思考,表现了对既有概念结构的批判。它开拓了时人的思维空间,同时也丰富和推进了中国社会文化思潮的发展。本书不回避学衡派与新文化运动的冲突及其固有的失误,但又肯定二者都是在现代思想层面上运作的思想文化派别,其分歧的本质乃在于学理之争,故互有得失;本书指出了学衡派因文化保守的情结,而于传统情有独钟,但又肯定他们从世界人类发展的角度立论,在中西文化问题上,却体现了较比更为健全的文化心态;本书肯定新文化运动是其时的主流文化,学衡派不免于边缘化,但复强调后者同样属新文化的一族。不仅如此,学衡派所反复强调的,在人类社会追求进步与发展的过程中不容轻忽人文关怀的重要命题,无疑又具有可贵的前瞻性。在人们诉求人性和人文精神的呼声日高的今天,其内在的合理性愈加明显。这也正是吴宓诸人重现魅力,为人们记起的重要原因所在。

学衡派诸子多是学贯中西的大学者,准确把握他们的文化思想并非易事。作者学养有限,因之,本书疏漏之处,尚祈读者指正。

[①]《科学理论文集》,第204页,转引自雷蒙·阿隆著,葛智强译:《社会学主要思潮》,华夏出版社2000年版,第387页。

目 录

第一章 欧战后中国社会文化思潮的变动

一、"西方的没落"与世界文化的对话 / 001

二、马克思主义者、西化派、东方文化派 / 010

三、"科学与玄学"之争的再认识 / 023

第二章 美国的新人文主义和学衡派的兴起

一、从理性主义到非理性主义 / 030

二、美国的新人文主义 / 036

三、白璧德与他的中国门生 / 048

四、《学衡》创刊与学衡派的崛起 / 054

第三章 "今古事无殊,东西迹岂两"
　　　　——学衡派的文化观

一、文化运思的理路 / 075

二、"以发扬光大中国文化为己任" / 083

三、中西文化观 / 103

四、学衡派文化思考的得失 / 125

第四章 "文学是人生的表现"
　　　　——学衡派的文学思想

一、文学与人生 / 131

二、文言文与白话文 / 153

三、旧文学与新文学 / 163

四、旧体诗与新体诗 / 175

第五章 "国可亡，而史不可灭"
——学衡派的史学思想

一、学衡派与西方史学思潮的变动 / 195

二、"中国史学之双轨" / 211

三、"钻研古书，运以新法" / 229

四、论诸子学 / 251

第六章 "教育之改造"
——学衡派的教育思想

一、"教育之目的，在造出真正之人" / 266

二、突出能力培养，注重宏通教育 / 276

三、"创立我国独立之教育制度" / 295

第七章 "道德为体，科学为用"
——学衡派的道德思想

一、人性二元论 / 306

二、"道德为体，科学为用" / 312

三、支持终极的信念："宗教实为道德之根据" / 326

四、"天、人、物三界"与君子精神 / 335

五、从学衡派说到贝尔的《资本主义文化矛盾》/ 342

第八章 "澄清之日不在现今，而在四五十年后"
——学衡派的历史地位

一、学衡派的终结与吴宓的期盼 / 348

二、明确两个前提 / 353

三、学衡派：新文化的一族 / 360

附　录

　　欧战前后：国人的现代性反省 / 374
　　新文化运动与反省现代性思潮 / 414
　　五四前后外国名哲来华讲学与中国思想界的变动 / 443
　　反省现代性的两种视角：东方文化派与学衡派 / 489

主要参考书目 / 512
后　记 / 519

第一章 欧战后中国社会文化思潮的变动

　　一次大战中疯狂的破坏、恐怖，其高效率与理智化的非人道与愚蠢，给西方式的乐观与自信带来了突然却决定性的——从某些方面言也是永远的——结束。

——〔美〕艾恺

　　欧战及俄国十月革命的爆发，是世界历史由近代转入现代的重要标志。这是人所共知的。不过，如果从文化史的角度看，则又可以说，欧战后的世界开始了东西方文化对话的新时代。就中国而言，因时人对此感悟不同，欧战后的中国社会文化思潮发生了新的变动。由是形成的思想张力和搏击，构成了中国文化发展的契机。这也是我们理解学衡派的文化思想首先必须顾及的重要的历史场景。

一、"西方的没落"与世界文化的对话

　　1914—1918年的第一次世界大战，绵延4年，参战国达31个，包括六大洲的15亿人口，占当时世界人口的四分之三。这场大战使欧洲1000万人丧生，2000万人致残，许多地区化为焦土，满目疮痍。大战耗资4000亿美元，约占战前各交战国财富总和的一半。战后的欧洲，国疲民穷，处处残垣断壁，一片悲凉萧条的景象。战争惨绝人寰，创深痛巨，使许多欧洲人对自己的前途和命运失去了信心，陷于悲观、混乱和迷茫之中。因之，彷徨无主、哀叹颓唐、复古迷信之风，弥漫于欧洲大陆。法国著名作家韦拉里1919

年初在与人书中说，欧人危疑彷徨，莫知所措，杂药乱投，实陷于理性危机。"有主复古者，于是欧战方酣之时，人乃争读古书，又虔心祈祷，乞灵于古之宗教。古之英雄、圣哲、诗人、学者，一一奉为偶像，资以鼓吹，一若行其所言世即可救者；而极奇僻、极矛盾之学说教理，各皆有人提倡，有人信从，此兴彼仆，盛行一时，陆离光怪，莫可名状。此种纷乱而复杂之情形，适足见欧洲人精神之悲苦。"①据统计，仅巴黎一城，以算命为业者就有40000人，而伦敦更多至不可胜数，"且全城居民，趋之若鹜"②。不过，韦拉里等人还只是看到欧人的理性危机，而德国的一位青年中学教师斯宾格勒于1918年7月欧战行将结束之时，便推出他的成名作《西方的没落》，径直断言西方文明正面临着没落的命运。斯宾格勒认为，每一种文化犹如有机体，都有自己发生、发展、兴盛和衰亡的过程。欧战不是"民族感情、个人影响或经济倾向的一团一时性的偶然事故"，而是表明西方的"浮士德文化"正走向死亡。《西方的没落》初成于1914年欧战前夕，似乎不幸而言中，故出版后立即轰动了西方。初版9万部，风行一时，其盛况为达尔文《物种起源》出版以来所未有。

　　欧战使许多西方人对自己的文化丧失信心，他们痛定思痛，对遥远静谧而又陌生的东方文化便油然生羡慕之情。故战后的欧洲出现了"崇拜亚洲之狂热"。例如，印度大诗人、大哲学家泰戈尔时在欧洲游历，所到之处，都受到了盛大的欢迎。《东方杂志》记者报道说："一位宽衣博袖、岸然道貌的印度哲人，降临于中欧兵劫以后的瓦砾场，使一群兵乱流离、惊魂未定的众生，得领略东方恬静和平的福音，以减杀其生命的悲哀。"③当然，不仅是印度哲学，中国文化也在欧洲大行其道，孔子、老子被许多人奉为宗师，其中仅《道德经》的译本在战后的德国就出版了8种。此外，专门研究中国学问的各种团体，也在各地建立起来。一位西方学者说："东方文化在欧洲之势力及影响早已超出少数消遣文人及专门古董家之范围，而及于大多数之人，

---

① 〔法〕韦拉里著，吴宓译：《韦拉里论理智之危机》，《大公报·文学副刊》第10期，1928年3月5日。
② W：《未来生活之新解释》，《东方杂志》第17卷第6号，1920年3月。
③ 愈之：《苔莪尔与东西文化之批判》，《东方杂志》第18卷第17号，1920年9月。

凡今世精神激扰不宁之人皆在其列。"①

欧战也令久视西方为自由、平等、博爱故乡的东方民族目瞪口呆，引起了后者对东西文化的反省。印度的诺贝尔奖获得者泰戈尔，被时人誉为"东方第一大人物"，他的见解颇具代表性。战后泰戈尔在欧洲各地的演讲，直言不讳地批评了西方文化对东方文化的压迫，他说："欧洲人是一种有组织之自私民族，只有外部的物质的生活，而无内部的精神生活，而且妄自尊大，欲以自己之西方物质思想征服东方精神生活。致使中国、印度最高之文化，皆受西方物质武力之压迫，务使东方文化与西方文明所有相异之点，皆完全消灭，统一于西方物质文明之下，然后快意。此实为欧洲人共同所造成之罪恶。希望青年将从前种种罪行忘去，努力为新世界之造。"据记者报道，泰戈尔"语至沉痛处，声色俱厉，满座为之肃然"②。其后，泰戈尔访问了中国与日本，并发表了许多文章，继续发挥他的观点，鼓吹复兴东方文化。他强调，我们相信西方文化有自己的优长，它的光明若绝灭了，同处在地平线上的东方也难免陷于黑暗；我们也承认西方的"科学利用物质"法则，将可造福人类，因之西洋人民"有教导世界的使命"；但我们更相信促进人类和平的伟大事业，"必须以某种伟大的、情绪的、豪爽的、创造的观念为基础而后可"，因为创造的材料虽在科学的手中，"但是创造的天才却在'人'的精神理想中"。西方对东方的侵略，尤其是此次可怖的欧战，足证西方人恰恰缺少此种"精神理想"与伟大的胸怀，若不能改弦更张，"西方人就不免要毁灭这个世界了"③。其间，中国的许多报刊大量登载泰戈尔的文章、讲演与谈话，一时产生了颇大的影响。

日本舆论对欧战的反应也值得重视。1919年日本《新公论》杂志发表《新欧洲文明思潮之归趋及基础》一文，认为欧战已令西方文明的"大缺陷"暴露无遗。欧人从来对自己的西方文明"尊重自夸，未免过甚"，实则文明并非欧洲的专利，例如印刷术等四大发明就是源于中国。东方人于西方文化一般都能热心研究、学习，从中获得教益，但欧人则反之，对灿烂的东方文化却不屑一顾。作者断言，西方文化要想得到根本救治，它也必须向东方文

---

① 〔德〕雷赫尔著，吴宓译：《孔子老子学说对德国青年之影响》，《学衡》第54期，1926年6月。
② 王光祈：《德国人之倾向东方文化》，《亚洲学术杂志》1921年第2期。
③ 〔印度〕泰戈尔：《东与西》，《东方杂志》第20卷第18号，1923年9月。

明请益,"而得暗示与启发"①。

中国是东方文明古国,人们对欧战的反应愈显强烈。战后访问过中国的罗素曾提到,访华期间有不少人对他说,1914年前自己对于西方文化不甚怀疑,但及欧战起,却不能不相信它必有自己的缺陷②。这是可信的。不过最早著文明确指出这一点的,当数《东方杂志》主编杜亚泉。他在欧战初期即连续发表了《大战争与中国》、《大战争之所感》诸文,以为欧战与中国的关系表现有二:"一是刺激吾国民爱国心,二为唤起吾民族之自觉心。"他说,"世人愿学神仙,神仙亦须遭劫",西方文化显露弊端,这绝非是吾人的偏见;因之,国人当重新审视中西文化而不能全盘照搬西方。③ 继杜亚泉之后,中国老资格的思想家梁启超发表了批评西方文化更具分量的意见。1918年底欧战刚结束,梁启超即与蒋百里、张君劢等7人赴欧,到1920年3月归上海,历时1年多,先后考察了英、法、比、荷、瑞、意、德诸国。旅欧途中,梁随录自己的观感,这便是后来的《欧游心影录》。自1920年3月起,他将随感录的主要内容在上海《时事新报》和北京《晨报》上分别连载,时间长达半年之久,产生了很大的反响。梁不仅以他特有的"常带感情"的笔触,为国人生动地描绘了战后欧洲哀鸿遍野、凄楚悲凉的情景,而且指出西方物质文明及其"科学万能"的迷梦,已告破产。他写道:"(西人)好像沙漠中失路的旅人,远远望见个大黑影,拼命往前赶,以为可以靠他向导,那知赶上几程,影子却不见了,因此无限凄惶失望。影子是谁?就是这位'科学先生'。欧洲人做了一场科学万能的大梦,到如今却叫起科学破产来。"④ 归国后他几次演讲都反复强调,此次旅欧的最大收获就是对中国文化的悲观情绪一扫而光,相信它可以开出新境并助益西方文化,因此在思想上变被动为主动。不过,无论是杜亚泉还是梁启超,其上述见解都只限于随感而发,缺乏系统的论证。1920年底,梁漱溟推出自己的成名作《东西文化及其哲学》,则从哲学的思辨上提出了关于世界文化发展著名的"三种路向"说,即:西方文化意欲向前要求,走第一路向;中国文化意欲自为调和持中,走第二路

---

① 见《东方杂志》第16卷第5号,1919年5月。
② 〔英〕罗素著,赵文锐译:《中国之问题》,中华书局1924年版,第190页。
③ 《东方杂志》第11卷第3号,1914年9月。
④ 李华兴、吴嘉勋编:《梁启超选集》,上海人民出版社1984年版,第724页。

向；印度文化意欲反身向后，走第三路向。他断言，以西方、中国、印度为代表的人类三种文化将在三期之内，"次第重现一遭"。现在世界文化正折入第二路向，趋归于"中国化"。由是，他揭出了在不远的将来中国文化必将复兴的重要命题。这是近代国人系统论述中西文化的第一部著作，它引起了激烈的争论。实则无论梁漱溟的具有世界文化模式论意义的理论见解是否确当，毫无疑问，它已为国人进一步认识中西文化提供了新的基点，其影响所及，我们今天都能感受到。

上述因欧战在东西方所引起的反响，其时持论激进或持自由主义观点的人，多不屑一顾，以为反动复古，嗤之以鼻。例如，有人就认为，是欧战"重新引动了中国人的傲慢心"，因之"'西方文化与东方文化'居然成了中国新思潮中的问题"[1]。胡适也指出，欧战后西洋人对自己的文化"起一种厌倦的反感，所以我们时时听见西洋学者有崇拜东方文明的议论。这种议论，本来只是一时的病态的心理，却正投合东方民族的夸大狂；东方的旧势力就因此增加了不少的气焰"[2]。这种说法不仅抹杀了许多主张复兴中国文化的本国人士的意见，甚至也将包括罗素、杜威等在内肯定过中国文化优长的许多西方学者的意见一并抹杀了。时至今日，也仍有不少的论著沿袭此类的观点。上述的判断不能说没有自己的一点合理性，但从根本上说，却是以偏概全，从而忽略了欧战后世界历史发生重大变动的一个重要侧面：世界文化的对话。

欧战所以成为世界历史的转变点，还包含着这样一层意义：作为第一次世界大战，它以极其尖锐的形式表明，人类的命运休戚相关，"环球同此凉热"。而战后诸如国际联盟一类世界性组织的出现，也说明人类已自觉到有协商解决共同性的世界事务的必要（尽管"国联"在其时实际不过是列强的联盟）。这在观念形态上，便是表现为文化观念的变动。英国文化人类学家雷蒙德·威廉斯说：

> 文化观念的历史是我们在思想和感觉上对我们共同生活的环境的变迁所作出的反应的记录。……文化观念是针对我们共同生活的环境中一

---

[1] 《中国社会思潮的大变动》，见《瞿秋白文集》（政治理论编）第1卷，人民出版社1987年版，第26页。
[2] 胡适：《我们对于西洋近代文明的态度》，见陈崧编：《五四前后东西文化问题论战文选》，中国社会科学出版社1985年版，第647页。

个普遍而且是主要的改变而产生的一种普遍反应。其基本成分是努力进行总体的性质评估。……文化观念的形成是一种慢慢地获得重新控制的过程。①

所谓世界文化的对话，说到底，就是战后人类在肯定世界文化多元发展的基础上，开始谋求综合东西方文明的智慧以解决全球性的共同问题的过程，它所反映的正是文化观念的变迁。只是因具体的场景不同，战后东西方民族在走向世界文化对话的过程中，其文化观念的变迁表现出了相异的态势而已。

在西方，它表现为许多有识之士摆脱"西方中心论"，开始以平等的心态研究和借鉴东方文化。数世纪以来，欧化东渐的过程也就是西方资本主义推行殖民扩张政策，迫使东方屈服于西方的过程。由是，在西方民族中便形成了以自己的价值观衡量一切，无视东方文化根深蒂固的所谓"西方中心论"。战后欧人对西方文明躬身自责和称誉东方文明，不应当简单地都归之于"一时病态的心理"，其中许多有识之士确是基于对大战的反省，进而对东西文化重新进行了"总体的性质评估"，获致了新的认识。《西方文明史》的主编马文·佩里指出：毫无疑问，任何能允许如此毫无意义的大屠杀持续 4 年之久的文明，都已经表明了它弊端丛生，正走向衰败。所以，"大战之后，欧洲人对他们自己和他们的文明有了另外的一种看法"，即不再自信西方文化是首善的了。② 在此种新的认识中，最为深刻也最具勇气的见解是斯宾格勒在其名著《西方的没落》中提出的，这就是：明确反对"西方中心论"，承认世界文化的多元发展。他写道：

这种使各大文化都把我们当作全部世界事变的假定中心，绕着我们旋转的流行的西欧历史体系的最恰当的名称可以叫作历史托勒密体系。这本书里用来代替它的体系，我认为可以叫作历史领域的哥白尼发现，因为它不承认古典文化或西方文化比印度文化、巴比伦文化、中国文化、埃及文化、阿拉伯文化、墨西哥文化等占有任何优越地位——它们

---

① 〔英〕雷蒙德·威廉斯著，吴松江、张文定译：《文化与社会》，北京大学出版社 1991 年版，第 374 页。
② 〔美〕马文·佩里主编，胡万里等译：《西方文明史》下卷，商务印书馆 1993 年版，第 368、454—455 页。

都是动态存在的个别世界，从分量看来，它们在历史的一般图景中的地位和古典文化是一样的，从精神上的伟大和上升的力量看来，它们常常超过古典文化。①

斯宾格勒的观点在西方引起了强烈的反响。美国学者葛达德、吉朋斯在合作评介前者的著作时，就特别指出："明乎人类文化之途乃由多数个别之文化，而非由一文化之继续生长。明乎文化之定律及各文化肇始之年代，并其发展之分期，则本书之内容思过半矣。"②欧洲著名学者爱德华·迈尔虽不赞成斯宾格勒的许多观点，但他的文化多元论却给予了坚决的支持。"他尤其信从有机地活着的诸文化的平行论的基本观点，并以他的重大威望掩护了这一观点。……在文化之为一种有机结构，之为一种历史形态这一问题上，他是公开地和这位年纪较轻的思想家站在一边的。"③在东方，斯宾格勒的观点自然更受到了欢迎。有人在天津的《大公报》上著文说，斯氏的最大长处，"在能超出欧美寻常人士之思想感情范围之外"，"而不以某一族某一国为天之骄子，可常役使他国他族，而常保其安富尊荣"。他的这一崭新的研究方法，"实已予吾人以极深刻之刺激及有益之榜样"。④斯宾格勒把自己的文化多元论比作天文学史上的哥白尼革命，不无道理，从这个意义上说，《西方的没落》一书的出版，是战后开始世界文化对话新时代的一个重要表征。

理解了这一点，我们对于战后罗素、杜威、杜里舒等人先后访华，并发表批评西方文化和赞扬中国文化的言论，倡导中西文化融合，就不应当怀疑其诚意。罗素访华归国后曾写了《中国之问题》一书。他在书中分析了中西文化的不同特色后指出，"吾人文化之特长，为科学之方法；中国人之特长，为人生目的之正当观念"。中国人所发明的人生之道已历数千年，若为各国普遍采纳，将大有益于世界。"欧人则不然，其人生之道以竞争、侵略、

---

① 〔德〕奥斯瓦尔德·斯宾格勒著，齐世荣、田农等译：《西方的没落·导言》，商务印书馆1961年版，第34页。
② 〔美〕葛达德、吉朋斯著，张荫麟译：《斯宾格勒之文化论》，《学衡》第63期，1928年5月。
③ 〔英〕查理·弗兰西斯·爱金孙：《西方的没落》英译者第一卷序言，见〔德〕奥斯瓦尔德·斯宾格勒著，齐世荣、田农等译：《西方的没落》，商务印书馆1963年版。
④ 吴宓：《斯宾格勒西土沈沦论述评》，《大公报·文学副刊》第7期，1928年2月13日。

变更不息、不知足与破坏为要素。夫'功效'以破坏为目的，其结果必归于灭亡。"西洋文化当"采求东方之经验"，以自救其弊，"此予之所以远游东方而大有望于中国也"①。该书是以西方读者为对象的，罗素自不必作如斯的违心之论。蔡元培曾谈到欧战后中国学者到欧美去，"总有人向他表示愿意知道中国文化的诚意。因为西洋人对于他们自己的文化，渐渐有点不足的感想，所以想研究东方文化，做个参考品"②。可见其时罗素诸人的见解，并非绝无仅有，而是具有一定的代表性。需要指出的是，战后不少西方学者已经开始了综合研究世界文化的实践，并出版了一批有影响的著作。例如，哥伦比亚大学经济、政治、历史、哲学 4 系的 12 位学者合作出版了《当代文化概论》；威尔士等 56 位学者推出了《历史大纲》；房龙与麦克勃则分别出版了《人类的故事》和《文明之进化》，各书均为"综合的世界文化史"。《最近文化史之趋向》一文的作者评论说，这些新著的一个共同点即在于强调"今后世界公共之和平与人类公共之幸福，非对人类文化发生综合之意义与总合之态度，从智识之创造以改造人心而增进人格，则世界之前途无望是也"③。此外，剑桥大学等西方一些著名大学的入学考试，开始增加包括中国的古代典籍在内的东方文化的内容，固然反映了西人对东方古典文明的重视；而战后瑞典的诺贝尔评奖委员会将文学奖授予印度的泰戈尔，显然更具有象征的意义。泰戈尔在获奖后说："（这）也可以说是西方人民承认东方人是世界公共文化的共同工作者。这种共同工作在目前却有非常重大的意义。这种共同工作便是表示东西洋两大半球的人们的相互提携。"④善良的东方民族感受到西方民族的文化观念正发生可喜的变化，是多么的欣慰！

如果说，上述西方战后文化观念的变动，是体现了克服自大心理以平等待人的取向；那么，东方的变动取向则是体现了克服自卑心理以自立立人。列宁说，第一次世界大战唤醒了东方民族。战后东方民族的觉醒不仅表现为民族民主运动的高涨，同时还表现为文化民族主义的凸显。毛子水的《师友记》记载说，梁启超赴欧考察，后即在巴黎近郊的美景村开始准备写文章，

---

① 〔英〕罗素著，赵文锐译：《中国之问题》，第 10—11、190—191 页。
② 蔡元培：《五十年来中国之哲学》，见《最近五十年》，《申报》五十年纪念专刊，1922 年。
③ 高宝寿：《最近文化史之趋向》，《东方杂志》第 20 卷第 13 号，1923 年 7 月。
④ 〔印度〕泰戈尔：《东与西》，《东方杂志》20 卷第 18 号，1923 年 9 月。

"其目的在为中国谋出路,尤其是为中国文化谋出路"[①]。而泰戈尔则告诫说:"我们可以同样证明人类在精神生活上是全相一致的,虽然体质可以各不相同。……从东方的植物里产下的果实,现在应该禀献给世界了。但在和欧洲文化结合之前,亚洲是应该利用他们的文化宝库,获得精神自由,与西方人同站在文化的水平线上。假如这一着失败,东方人珍贵的遗产,怕就要消灭,因为单模仿西方是无益而且可笑的。"[②]很显然,从泰戈尔到梁启超,东方的有识之士正是从欧战的烈焰中感悟到西方文化必有所短,东方文化自有所长,因而认定东方民族的出路端在复兴固有文化以裨益世界,而不应是盲从西方。不管他们的文化运思实际上还存在着多少误区,其基本的理路并不错。泰戈尔在中国被持论激进者斥为替旧势力张目,实则是一种误解。泰戈尔倡复活东方文化,持论容有过当,但他却绝非是抵拒西方文化的守旧者。他曾一再强调指出,唯真理是从而不必问它来自东方或是西方。他认为科学是西方民族带给东方民族最宝贵的礼物,并劝中国"快学科学"。泰戈尔有一个生动的比喻,他说:真理和鸟一样,有时在天空中翱翔,有时也须躲在巢里。巢的需要是无穷的,其建筑的法则是永久的。数世纪以来,东方人不曾留心给真理建一个巢,她单凭两翼一味追求"无限"的境界,结果掉到了地上,受了伤,疼痛着求别人的救助了。"但是,如果因此便说天空的翱翔者与巢的建造者,这两个是永不会联合的,这话是对的吗?"[③]比喻切当与否,姑且不论,但泰戈尔渴望东西文化平等对话的殷殷之情却是跃然纸上。为此,他在印度创立了国际学院,邀请各国学者共同研究。他说,"(这)就是东方人和西方人共同工作以创造新的人类公共的文化。但要实现这个,西方人的帮助实在是非常必要的。"[④]梁启超主张借助西方文化来扩充中国固有文化,再以中国文化去助益西方文化,并使二者化合成全新的文化以造福人类。应当说,其文化取向与泰戈尔是相同的。梁漱溟相信中国文化的复兴将意味着世界文化的"中国化",失之偏颇,这是近代中国文化民族主义发展到最高峰的一种情绪化的表现,受到了时人的批评;但人们又多忽略了这样

---

① 毛子水:《师友记》,台湾传记文学出版社1987年版,第138页。
② 化鲁:《苔莪尔的东西文化联合运动》,《东方杂志》第20卷第2号,1923年1月。
③ 〔印度〕泰戈尔:《东与西》,《东方杂志》第20卷第18号,1923年9月。
④ 化鲁:《苔莪尔的东西文化联合运动》,《东方杂志》第20卷第2号,1923年1月。

一点：他不仅主张"承受"西方文化，而且其世界文化"三种路向"说，又是以否定"西方中心论"，肯定文化多元发展为前提的。欧战后在中西方分别出现了一部主张多元论有影响并引起了激烈争论的文化专著，即斯宾格勒的《西方的没落》与梁漱溟的《东西文化及其哲学》，这也许是偶然的巧合，却具有象征的意义："西方中心论"已告动摇，世界文化对话的新时代正在到来。

世界文化走向对话，其外烁特征是否定"西方中心论"，承认世界文化多元性和东西互补。此一文化观念的变动在战前已露端倪，但它在东西方具有确定的形态和表现出明确的趋向，却无疑是在战后。"西方的没落"、"欧洲文明的危机"、"世界化"、"东方文明的复活"、"复兴中国文化"、"中国化"等新的语言符号在战后纷纷出现，本身就说明了这一点。它是西方资本主义文化衰堕和东方民族文化主体觉醒的产物。固然，真正实现世界文化对话，不是轻而易举和一蹴而就的事情，而是各国人民逐渐学会消除敌意、隔阂，实现和谐相处的长期而曲折的过程。对西方民族来说，真正彻底地消除民族优越感和霸权观念，诚恳平等地与东方民族和谐相处，谈何容易！同样，对东方民族来说，复兴固有文化以助益世界的目标是揭出来了，如何处理古今东西的关系，避免颂古非今和隆东抑西而陷于自我封闭，所面临的误区正多。但是，尽管如此，世界文化对话的时代毕竟已经到来，它不能不影响到战后中国社会文化思潮的变动。

二、马克思主义者、西化派、东方文化派

欧战成为世界历史发展的转变点，包含着两大特征：一是世界文化走向对话；一是十月革命诞生了第一个社会主义国家，标志着人类历史进入了无产阶级和社会主义革命的新时代。二者自有其内在的联系。缘于国人对此感悟不同，战后中国社会文化思潮面临着新的变动。

新文化运动的兴起几与欧战同步。新文化运动的倡导者们奉西方文化为圭臬，为了保持自己所崇敬的西方文明的圣洁形象，最初总是把这场残酷的战争说成是代表西方文明正宗的法兰西文明与德国军国主义，即正义与邪恶

间的较量。陈独秀在《法兰西人与近世文明》中就曾强调指出，法兰西人是创造近代文明的"恩人"，"方与军国主义之德意志人相战，其胜负尚未可逆睹"。"若法兰西人，其执戈而为平等博爱自由战者，盖十人而八九也。"① 蔡元培 1917 年在北京政学会的演讲，说得更具体：

> 此次战争，与帝国主义之消长，有密切关系。使战争结束，同盟方面果占胜利，则必以德国为欧洲盟主，亦即为世界盟主，且将以军国主义支配全世界。又使协约国方面而胜利，则必主张人道主义而消灭军国主义，使世界永远和平。……吾人既反对帝国主义，而渴望人道主义，则希望协约国之胜利也，又复何疑！②

这说明他们不仅未能看清欧战的实质，且未感受到世界潮流的变动。

但是，战后强权主义有增无减的现实，尤其是受俄国革命的感召，以李大钊为代表的新文化运动的左翼，开始转向以俄为师，接受马克思主义。早在 1918 年，李大钊在发表的《法俄革命之比较观》一文中，即已感悟到"桐叶落而天下惊秋"，法兰西文明已成明日黄花；俄国革命则若春天的惊雷，预示人类文明的发展正经历"绝大之变动"。其后他又连续发表了《庶民的胜利》、《布尔什维克主义的胜利》、《我的马克思主义观》等重要文章，更进一步明确指出了欧战是"资本家的政府"间的不义战争，而俄国十月革命的胜利则开辟了世界历史的新纪元。同时，他第一次将马克思主义的唯物史观、政治经济学和科学社会主义，向国人作了全面的介绍。李大钊开始由一位激进的资产阶级民主主义者，转变成了一位马克思主义者。在李大钊等人的影响和带动下，宣传马克思主义的刊物和社会主义的团体像雨后春笋般在全国各地纷纷涌现出来。例如，在长沙，有毛泽东主办的湖南学联刊物《湘江评论》；在天津，有周恩来、郭隆真、邓颖超等组织的觉悟社，出版了《觉悟》；在北京，有瞿秋白、郑振铎等创办的《新社会》；在武汉，有恽代英等组织互助社等团体和《互助》等刊物；在山东，有王

---

① 陈独秀：《独秀文存》卷 1，安徽人民出版社 1987 年版。
② 蔡元培：《我之欧战观》，见高叔平编：《蔡元培全集》第 3 卷，中华书局 1984 年版。

烬美等组织的励新学会,出版了《励新》月刊;在南昌,有方志敏等组织新学生社,等等。据统计,仅五四运动后一年里,全国新出版的宣传马克思主义的刊物就有400种。当时有人这样写道:"一年以来,社会主义底(的)思潮在中国可以算得风起云涌了,报章杂志底上面,东也是研究马克思主义,西也是讨论鲍尔希维克主义,这里是阐明社会主义理论,那里是叙述劳动运动的历史,蓬蓬勃勃,一唱百和。社会主义在今日中国,仿佛有雄鸡一唱天下晓的情景。"[①]尽管其时许多人对社会主义的理解尚属幼稚,但李大钊等人的实践毕竟表明,五四后的新文化运动已超越了自身,成为宣传马克思主义的运动了。

与李大钊等人相反,以胡适为代表的新文化运动的右翼,对欧战后世界潮流的变动,却是无动于衷。丁文江以为西方政治家、教育家缺乏科学知识的修养才是欧战发生的真正原因;吴稚晖干脆说欧战的发生,"是余中国人之罪"。这类说法很能代表这部分人的见解与心绪[②]。胡适信仰实验主义,在政治上坚持自由主义,主张"好人政府"和由一点一滴做起的社会改良主义,反对俄国式的"过激革命"。他强调"多研究些问题,少谈些'主义'",目的是反对在中国传播马克思主义。胡适事后曾回顾说:五四后"新分子高谈马克思主义","我看不过了,忍不住了,因为我是一个实验主义的信徒,于是发愤要想谈政治。我在《每周评论》第31号里提出我的政治的导言,叫作'多研究些问题,少谈些主义'。"[③]有一次胡适经俄国赴欧,李大钊曾让人劝其不要西去,径直回国,但胡适不听,坚持"往西去!"经由美国而归。此事具有强烈的象征性。

李大钊等人转而"以俄为师",胡适等人却坚持"往西去",以欧美为师,新文化运动队伍的分裂便成了不可避免。1919年夏,在李大钊、胡适之间发生了"主义与问题"的著名论争之后,新文化运动中的马克思主义与自由主义两派,终归分道扬镳。杨东蓴在1931年出版的《本国文化史大纲》中,这样描述新文化运动的分裂:"不到几时,《新青年》受了苏俄革命的影

---

① 潘公展:《近代社会主义及其批评》,《东方杂志》第18卷第4号,1921年2月。
② 丁文江:《玄学与科学》,《努力周刊》1923年4月12日;吴稚晖:《箴洋八股化之理学》,见张君劢等:《科学与人生观》,上海亚东图书馆1923年版。
③ 胡适:《我的歧路》,见钟离蒙、杨凤麟主编:《中国现代哲学史资料汇编》第1集第2册。

响,便断片地介绍了马克思的学说;而李大钊竟在北大讲授唯物史观。后来思想分野,李大钊和陈独秀便信奉马克思主义,而成为中国某某党的指导人物;胡适一派便信奉杜威的实用主义,提出'多研究些问题,少谈些主义'的口号。九年陈独秀所主持的《向导周报》,因此就成为鼓吹某某主义的言论机关;十一年胡适所主持的《努力周报》,因此就成为鼓吹好人政府的言论机关。"①这就是说,新文化运动的队伍分裂成了马克思主义者和自由主义者两大派别。

战后,新文化运动的分裂固然引人注目,但东方文化派的异军突起,也同样令时人刮目相看。

所谓"东方文化派",并无明确的界定,它是其时持论激进的年轻的马克思主义者用以泛指欧战后力主反思西化并以复兴中国固有文化为己任的一派人,意存调侃与贬斥。例如,邓中夏说:"这一般新兴的反动派,我们替他取一个名字,叫做'东方文化派'。"②其主要的代表人物有:梁启超、张君劢(玄学派);梁漱溟(后来的农村建设派代表);章士钊(1925年创办《甲寅》杂志,又称"甲寅派"代表);吴宓、胡先骕、梅光迪(1922年创办《学衡》杂志,又称"学衡派"代表)等。东方文化派内部派别林立,个人情况也多不同,但他们对于战后世界潮流变动的感悟,理路相类(学衡派服膺新人文主义,有所不同):欧战是西方文化过于趋重物质文明而忽略精神文明的必然结果。西方文化破绽百出,相形之下,东方文化趋重精神文明是其优长,自有它独立的价值。东方文化派同样主张社会改良,抵拒马克思主义和社会主义。梁启超说,马克思主义的阶级斗争学说"以暴易暴";唯物史观"极为浅薄,决不足以应今后时代之新要求"。总之,现代社会的痼症"这个病非'共产'那剂药所能医的"③。东方文化派中每个人开出的救治中国的处方不尽相同,如"走孔子的路"、"以农立国"、"农村救国论"等,但他们都强调从东方文化吸取诗情却是共同的。因之,就此而言,时人冠以"东方文化派",却也传神。

---

① 杨东莼:《本国文化史大纲》,北新书局1931年版,第493页。
② 邓中夏:《中国现在的思想界》,见蔡尚思主编:《中国现代思想史资料简编》第2卷,浙江人民出版社1982年版,第173页。
③ 梁启超:《先秦政治思想史》,《饮冰室合集》,专集50,第183页;李华兴、吴嘉勋编:《梁启超选集》,第873页。

东方文化派可以追溯到欧战结束前曾与《新青年》论战的《东方杂志》主编杜亚泉,但其势力确然兴起,却是以1920年梁启超发表著名的《欧游心影录》为标志。胡适强调梁启超是书的发表,如同放了一把"野火",使西方文明的权威在许多人心目中发生了动摇;而同年底梁漱溟出版他的成名作《东西文化及其哲学》引起了很大的轰动,且在短短的3年里再版十余次,产生了长久的影响,都说明东方文化派在其时具有怎样的影响力。东方文化派的出现不是偶然的,它有自身的必然性:欧战既暴露了西方文化的弊端,促进了世界文化的对话,久受压抑和冷落的东方文化在东西方引人关注,甚至一时形成全球的"东方文化热",是题中应有之义和合乎逻辑的事情。《申报》记者评论说,东方学者泰戈尔访问欧洲和西方学者杜威、罗素、杜里舒等人相继访问中国,都受到了热烈的欢迎,这是"战后东西文化对流作用之一种表现"[①]。东方文化派的出现,是国人反思欧战,重新审视中西文化和应乎世界文化对话的潮流的产物。此其一。新文化运动以西学反对中学,以新学反对旧学,于其时的思想解放运动虽产生了巨大的推动作用,但由于对复杂的文化问题采取了简单化的态度,一味颂扬西方文化和否定固有文化,也存在着民族虚无主义的弊端。欧战后西方文化既破绽百出,且出现了世界文化对话的潮流,其弊端自然凸显了。陈嘉异说,主新文化者"一谈及东方文化,几无不举首蹙额直视为粪蛆螂蜣之不若"。"以国人而自毁其本族之文化若是,此虽受外来学说之影响,而亦国人对于己族文化之真正价值初无深邃之研究与明确之观念使然。"[②]东方文化派的出现又是反思新文化运动的结果。此其二。战后中国民族民主运动进一步发展,要求民族自决的呼声日高。东方文化派高扬了近代中国的文化民族主义。梁漱溟在谈到自己所以决心要写《东西文化及其哲学》这本书的动因时说:现在对于中西文化问题,"正是要下解决的时候,非有此种解决,中国民族不会打出一条活路来!"[③]张君劢也说:"吾国今后新文化之方针,当由我自决,由我民族精神上自行提出要求。若谓西洋人如何,我便如何,此乃傀儡登场,此为沐猴而冠,既无所谓文,

---

[①] 王光祈:《德国人之倾向东方文化》,《亚洲学术杂志》1921年第2期。
[②] 陈嘉异:《东方文化与吾人之大任》,见陈崧编:《五四前后东西文化问题论战文选》,第296、280页。
[③] 梁漱溟:《东西文化及其哲学》,见陈崧编:《五四前后东西文化问题论战文选》,第399页。

更无所谓化。"①东方文化派强调复兴民族文化进而复兴中国,这说明,归根结底,它的出现又是中国民族进一步觉醒的产物。此其三。

由上可知,战后中国社会文化思潮的演进发生了新的变动,即由原先新文化运动一枝独秀,"一帆风顺,称霸一时,真有'定于一尊'的势子"②,衍化成了马克思主义者、自由主义者、东方文化派三派各领风骚的格局,呈现出多元演进的态势。三派的文化取向,各异其趋。

东方文化派的文化取向是:调和中西,实现中国文化的复兴。

调和中西文化,实现中国文化的复兴,这是东方文化派的共识。梁漱溟反对调和,主张以"中国化"代替"西方化",是一种极端的见解,东方文化派中的多数人并不赞成。例如,严暨澄就指出,东西文化各有长短,二者调和是最佳的选择。"中国人和西洋人对自己的态度,都要改变一下,增一些,减一些,而彼方要增的恰巧是此方的东西;此方所要增的,也恰巧是彼方的东西;那么,这也就调和了……何必要反对调和之说呢?"③事实上,梁漱溟说对于西方文化要"全盘承受,而根本改过",也不曾脱中西调和的模式,只是为维护"路向"说而在字面上故为抵拒罢了。至于如何实现中西调和,梁启超与陈嘉异的表述最具体。梁主张:(一)"人人存一个尊重爱护本国文化的诚意";(二)借助西方的研究方法,"得他的真相";(三)"把自己的文化综合起来,还拿别人的补助他",使二者起化合作用,成一新文化系统;(四)把这个新文化系统往外扩充,使世界受益。④陈则主张:(一)"以科学方法"研究东方文化;(二)以"东方文化真义"建一有价值的生活;(三)输中国文化精蕴于欧洲;(四)融合西方文化的"精英","创造一最高义的世界文化。"⑤二者大同小异,可以概括为:借助西方的科学方法,整理、研究固有文化,在得其精华的基础上,再融汇西方文化,创造民族新文化,助益世界。应当说,作为一种原则,这是对的。它强调了以民族文化为主体建设新文化的可贵思想,使自己与醉心欧化划清了界限,同时又从根本上有

---

① 张君劢:《欧洲文化之危机及中国新文化之趋向》,见陈崧编:《五四前后东西文化问题论战文选》,第394、443—444页。
② 邓中夏:《中国现在的思想界》,见蔡尚思主编:《中国现代思想史资料简编》第2卷,第173页。
③ 严暨澄:《评〈东西文化及其哲学〉》,见陈崧编:《五四前后东西文化问题论战文选》,第459页。
④ 梁启超:《欧游心影录》,见陈崧编:《五四前后东西文化问题论战文选》,第373—374页。
⑤ 陈嘉异:《东方文化与吾人之大任》,见陈崧编:《五四前后东西文化问题论战文选》,第279页。

别于传统的守旧派。但其文化主张也存有着明显的误区，一是执着于以精神文明、物质文明判分中西文化，复认定欧战已宣告了物质文明的破产，便难以尽脱隆中抑西的情结；他们把中国文化的"真相"、"真义"即精华，体认为"孔子的态度"、"孔颜的人生"或叫孔孟的"精神生活"，即简单归结为儒学传统，强调了文化的承继性却忽略了文化的时代性。因是之故，他们的调和中西，创造新文化的主张，由于缺乏坚实的理性基础，自然少了时代的亮度，而难于尽脱恋古的情结。

自由主义者的文化取向是：西化。

1922年11月胡适在日记中有这样一段记载：

> 梦麟谈欧洲情形，极抱悲观。这一次大战，真是欧洲文明的自杀。法国已不可救了；拉丁民族的国家——意大利、西班牙、葡萄牙——将来在世界上只有下山的前途，没有上山的希望。德国精神还好……但世界的文化已在亚美两洲寻得了新逃难地。正如中国北方陷入野蛮人物手里时，尚有南方为逃难地。将来欧洲再堕落时，文化还有美亚澳三洲可以躲避，我们也不必十分悲观。[①]

在这里，胡适虽然也对欧战表示震惊，但他很快即自为宽解，相信西方文化已是"世界的文化"，欧洲虽发生"文明的自杀"，那毕竟是局部的问题，已成为世界文化的西方文化是无须"悲观"的。很显然，其思想进路的前提是：西化就是世界化。在斯宾格勒的名著《西方的没落》久已风靡之后，胡适于西方文化无所反省，其固执与肤浅令人震惊。需要指出的是，胡适在公开场合绝少提及欧战及其严重的后果，相反却极力为之掩饰。在《我们对于西洋近代文明的态度》一文中，他讥笑一些人是传统文化的"夸大狂"，但自己却又成了西洋文明的"夸大狂"。欧战和社会主义的高涨已充分暴露了西方社会和资本主义文明的破绽，胡适却不顾现实，固执地硬要把西方描绘成是"民权世界、自由政体、男女平权的社会"，是正在建设中

[①] 《胡适日记》上册，中华书局1985年版，第391页。

的"人的乐园"、"人世的天堂";西洋文明才是"真正理想主义的文明"。①他依旧不脱民族虚无主义的偏向,指斥中国民族乃是不长进的民族,百事不如人。他写道:"只有一条生路,就是我们自己要认错。我们必须承认我们自己百事不如人,不但物质机械上不如人,不但政治制度不如人,并且道德不如人,知识不如人,文学不如人,音乐不如人,艺术不如人,身体不如人。"②总之,在胡适眼里,中国文化一无是处。认为"东方文明"甚至不成名词的常乃德,曾将胡适等人的文化取向作了如下概括:"在文化和思想问题上,我是根本赞同胡先生的意见的,我们现在只有根本吸收西洋近代文明,决无保存腐败凝滞的固有旧文明之理。"③胡适诸人依然故我,他们在简单否定固有文化基础上所指出的中国文化的"一条生路",无疑是一条不脱民族虚无主义的醉心西化之路。所以胡适等自由主义者实为"西化派"。

马克思主义者的文化取向是:在争取民族民主革命的斗争中,实现中国民族新文化的创造。

马克思主义者坚持唯物史观,相信文化的变动终归是服从于社会政治经济的变动。他们认为,中国固有文化已不能适应"经济的发达",成了"社会进步的障碍"了。同时因列强的侵略,中国旧文化复陷入了殖民地文化的命运,反转来又成了列强借以愚弄中国人的侵略"武器"。所以主张复活旧有文化,无异于为反动势力张目;但我们也决不应当去"歌颂西方文化",西方资本主义的所谓自由、平等、博爱,只是"纸上谈兵",绝非是"事实上平等"。④胡适所津津乐道的西洋近代文明,已经是"腐朽不堪、行将死亡的文明"。现在西方真正新兴的健康的文化,是"新兴的无产阶级的文化",即马克思主义。我们所当欢迎的西方文化是指后者,而不是前者⑤。瞿秋白、泽民等人还特别提出了一个引人深思的见解:帝国主义不但在政治经济上实行侵略,而且也竭力在阻止殖民地的科学文化发展,因为它们"唯恐弱小民族因真得科学文化而强盛"。所以胡适将百事模仿西方认作中国文化的生

---

① 胡适:《胡适文存》三集一卷。
② 胡适:《介绍我自己的思想》,见蔡尚思主编:《中国现代思想史资料简编》第3卷。
③ 胡适:《东西文化问题质胡适之先生》,见陈崧编:《五四前后东西文化问题论战文选》,第676页。
④ 瞿秋白:《东方文化与世界革命》,见陈崧编:《五四前后东西文化问题论战文选》,第561、562页。
⑤ 希祖:《我们对西洋近代文明的态度》,见陈崧编:《五四前后东西文化问题论战文选》,第665—666页。

路，这不仅在事实上行不通，就是从帝国主义"处处阻滞此种可能"的情势看，也不过是主观的空想而已。这样，马克思主义者便将中国的文化问题，逻辑地归结为中国革命和世界无产阶级革命的一部分。他们反对把文化问题与中国社会的革命改造割裂开来，从而变成少数学者的空谈。瞿秋白等人以为，在帝国主义时代，世界已经打成一片，东西文化自然也是"融铸为一"。从这个意义上说，新文化的创造是全人类的共同事业，即"全世界无产阶级得联合殖民地之受压迫的各民族……同进于世界革命"。但是处于殖民地地位上的中国，毕竟不同于西方国家，传统的"封建思想不破"，就无法抗拒"帝国主义侵略"；而帝国主义不倒，"东方民族之文化的发展永无伸张之日"。这决定了中国文化的出路只能是与"民族的解放运动"和"普遍的民主运动"同时并行，即只有推翻了中国封建主义和帝国主义的反动统治，"东方文化之恶性"才能得到消除，也才能"真正保障东方民族的文化的发展"。总之，马克思主义者认为，中国文化的出路既不在于崇古倒退，也不在于皈依西化，而在于通过一场民族民主革命的洗礼，在质变的基础上，为自身的发展开辟广阔的天地。

马克思主义者的出现，无疑为推动近代中国文化的发展增添了一支重要的生力军。他们将中国民族新文化的建设问题与世界历史发展的必然趋势相联系，主张在争取民族民主运动的斗争中实现中国民族新文化的创造，这从根本上既避免了民族虚骄情绪，也避免了醉心欧化的民族虚无倾向，从而显示了一种全新的思路和开阔的视野。但是，也应当指出，他们的见解过于写意，未曾涉及中西文化冲撞与融合远为宏富的内涵，多少是用中国社会革命论简单代替了中西文化论。他们指出中国文化的出路必然从属于中国民族民主革命的前途，这是深刻的；但它毕竟还没有正面回答中西文化关系问题。他们强调"全人类的新文化"的创造，突出了文化的时代性，但同时却又认为"文化本无东西之别"，所谓东西文化的差异不过是"进步了的工业生产国"与"落后的手工业生产国"的分别罢了①。在 20 世纪，东西文化更当"融铸为一"。这显然又忽略了文化的民族性及其承继性。因此，他们深刻的文化见解又难免显得简单化了。

---

① 瞿秋白：《东方文化与世界革命》，见陈崧编：《五四前后东西文化问题论战文选》，第 561、562 页。

战后中国社会文化思潮的发展，形成了马克思主义者、西化派、东方文化派各领风骚的格局，这是许多人都感受到的了。思想激进的人喜欢用"革命文化"、"彷徨文化"、"反动文化"来分别界定这三种文化思潮，以为马克思主义者是代表新式工业的无产阶级思想；西化派是代表新式工业的资产阶级思想；东方文化派是代表农业手工业的封建思想，尤其强调"在中国占势力而又最反动的，是东方文化派"①。他们主张在中国新式工业尚未充分发达的情况下，代表劳资阶级思想的前两派应联合起来共同向东方文化派进攻。将东方文化派斥为复古反动思潮的代表。此种见解失之偏激。东方文化派虽然反对马克思主义与"过激的革命"，但只是限于学理上的不赞成，尚非在实践上抗拒革命，这与西化派相同；他们不懂得西方现代社会的弊端与资本主义制度的关系，而简单地归之于工业的发展，因之，其中的一些人为避免西方社会的弊端而主张"农业立国"，过分颂扬东方传统的生活方式。这反映了他们思想狭隘的一面，但与封建复古思想还不能同日而语。1923年，毛泽东对当时中国社会政治力量的分野，是这样分析的：

> 把国内各派势力分析起来，不外三派：革命的民主派，非革命的民主派，反动派。革命的民主派主体当然是国民党，新兴的共产党是和国民党合作的。非革命的民主派，以前是进步党，进步党散了，目前的嫡派只有研究系。胡适、黄炎培等新兴的知识阶级派和聂云台、穆藕初等新兴的商人派也属于这派。反动派的范围最广，包括直、奉、皖三派（目前奉、皖虽和国民党合作，但这是不能久的，他们终究是最反动的一方）。三派之中，前二派稍后的一个期内是会要合作的，因为反动派势力来得太大了，研究系和知识派和商人派都会暂时放弃他们的非革命的主张到和革命的国民党合作，如同共产党暂放弃他们最急进的主张，和较急进的国民党合作。所以，以后中国政治的形势将成为一式：一方最急进的共产党和缓进的研究系、知识派、商人派都为了推翻共同敌人

---

① 易群：《什么是文化工作》，见钟离蒙、杨凤麟主编：《中国现代哲学史资料汇编》第1集第5册。

和国民党人合作，成功一个大民主派；一方就是反动的军阀派。①

这就是说，进步党与研究系出身的梁启超以及属于东方文化派的知识分子，与胡适、丁文江等西化派知识分子等，同属于"一个大的民主派"，都是其时的革命同盟者。这才是清醒的判断。至于他们不同的文化主张，也应当作如是观。

18世纪末，在经历了法国大革命，确然完成了向近代社会转换的西方，曾出现了激进主义、自由主义和保守主义三种思潮并存的局面，它们在同一思想层面上运作，同为近代资产阶级的社会思潮。20世纪20年代即经历了五四运动后的中国社会，已完成了向近代的过渡，从严格意义上讲，封建的思想观念虽仍浓重地存在着，但能成气候的封建复古思潮实成绝响。陈嘉异说："余所谓'东方文化'一语，其内涵之意义，决非仅如所谓'国故'之陈腐干枯。精密言之，实含有'中国民族之精神'，或'中国民族再兴之新生命'之意蕴。"② 梁漱溟也说："我观察西方文化有两样特长（指"科学的方法"与"人的个性伸展"。——引者）……我对这两样东西完全承许，所以我的提倡东方文化与旧头脑的拒绝西方化不同。"③ 可见，东方文化派虽重传统，却与封建顽固派不同，实为现代意义的文化保守主义者。战后马克思主义者、西化派、东方文化派所分别代表的三种文化思潮，其实质也就是马克思主义、自由主义和文化保守主义。三者都是主张发展新文化，只是因对世界潮流感悟不同，具体的取向各异而已。柳诒徵在其1932年出版的名著《中国文化史》中，描述战后中国社会文化思潮的激荡时说："欧战以后，世界思潮，回皇无主，吾国学者，亦因之而靡所折衷，不但不慊于中国旧有之思想制度，亦复不满于近世欧美各国之思想制度。故极端之改革派，往往与俄国之过激主义相近，次则诵述吾国老庄、鲍生之说，斯反于原人社会，而抉破近世之桎梏，是亦时势使然也。然因此现象，复生二种思潮：一则欲输入欧美之真文化，一则欲昌明吾国之真文化，又以欧美人之自讼其短，有取法

---

① 毛泽东：《外力、军阀与革命》，《新时代》第1卷第1号（特载），人民出版社1980年影印，1923年4月湖南自修大学出版，第17页。
② 陈嘉异：《东方文化与吾人之大任》，见陈崧编：《五四前后东西文化问题论战文选》，第279页。
③ 梁漱溟：《东西文化及其哲学》，见钟离蒙、杨凤麟主编：《中国现代哲学史资料汇编》第1集第5册。

于吾国先哲之思……而吾国人以昌明东方文化为吾人之大任之念,乃油然而生。……其思想之冲突而相成,实一最奇幻之事也。"① 在这里,柳诒徵不仅大致指出了上述三种文化思潮的存在,而且所谓战后"世界思潮,回皇无主",中国学者也因之"靡所折衷",各种思想"冲突而相成",也正肯定了三种思潮在同一层面上运作——探寻中国文化的出路。

不过,要正确理解东方文化派的历史合理性,还有必要分析上述三派对战后世界潮流变动的不同感悟所形成的时代张力。因中西方的时代落差,西化派虽存民族虚无主义的非理性倾向,其主张对于不断抨击封建旧势力,促进国人迎受西方文化所起的作用仍不容低估。这也是马克思主义者将西化派视为反封建的同盟者的根据。但是西化派既反对马克思主义在中国的传播,复无视中国文化的独立价值,说明它对战后世界历史变动的两大潮流,即无产阶级的社会主义革命和世界文化的对话,均无所容心。这样,西化派所代表的文化思潮便因缺乏时代新意,道路越走越窄,20 世纪 30 年代后一些人径直走入全盘西化的死胡同,就反映了这一点。马克思主义者坚持唯物史观和民族民主革命的方向,他们把握了世界历史进入社会主义新时代的时代脉搏,因而展现了全新的思路和广阔的视野。马克思主义成为引导中国社会文化思潮前进的主潮,是无可疑义的。同时,就中国革命需要马克思主义与中国国情相结合,世界无产阶级革命事业需要充分吸收全人类创造的文明成果而言,肯定世界文化平等对话是马克思主义者的文化观的应有之义。所以毛泽东说:"自从中国人学会了马克思列宁主义以后,中国人在精神上由被动转入主动。从这时起,近代世界历史上那种看不起中国人,看不起中国文化的时代应当结束了。"又说:"伟大的胜利的中国人民解放战争和人民大革命,已经复兴了并正在复兴伟大的中国人民的文化。"② 但是,"应有之义"是一回事,是否体认到"应有之义",则又是一回事。进入 20 年代后,李大钊等人转向政治斗争,无暇进一步探讨中西文化问题。瞿秋白等年轻的马克思主义者远未成熟,他们强调文化本无东西之分,只有先进的工业国文化与落后的手工业国文化之差异,这与胡适等人强调中西文化差别只是手拉车文明

---

① 柳诒徵:《中国文化史》下册,中国大百科全书出版社 1988 年版,第 869—870 页。
② 《毛泽东选集》第 4 卷,人民出版社 1991 年版,第 1516 页。

与摩托车文明的差别，因而不成对待之词，异曲同工。这说明其时年轻的马克思主义者对战后世界文化对话的潮流，尚缺少应有的感悟。他们与西化派一道简单地否定了泰戈尔和东方文化派，也反映了这一点①。而且，由于马克思主义者此后多长期投身于艰难困苦的政治斗争和军事斗争，他们对于中西文化问题的深入探讨便也不能不长期地受到了限制。

东方文化派与西化派一样不赞成俄国式的"过激革命"，抵拒马克思主义的传播，说明它于战后世界社会主义革命新纪元的肇端无所心得，这不能不限制了自己的视野。但它对世界文化对话的潮流的涌动，却十分敏感，如"'西方的没落'与世界文化的对话"一节所述，它鲜明地揭出了复兴中国文化裨益世界的宗旨。由是，它探讨中国文化的根本精神、特色、独立价值以及中西文化的比较、融合诸多深层次的文化问题，并与西化派展开论争，为国人开拓了新的思维空间。例如，梁漱溟的《东西文化及其哲学》一书的出版，之所以引起了普遍的轰动和激烈的争论，端在于它是近代国人系统论述文化问题的第一部著作，作者从思辨的意义上提出了关于世界文化发展的新思路，发人所未发，尽管它并非没有失误。蔡元培说："文化问题，当然不但是哲学问题，但哲学是文化的中坚。梁氏提出的，确是现今哲学界最重大的问题；而且中国人是处在最适宜于解决这个问题的地位。我们要解决它，是要把三方面的哲学史细细的析察，这三种民族的哲学思想，是否绝对的不能并行；是否绝对的不能融合？"②蔡强调梁书提出了"现今哲学界最重大的问题"，便是肯定了梁书的开榛辟莽之功。由是推而广之，整个东方文化派的价值自然也就更不容轻忽了。近代的一位学者评论说，东方文化派批判了风行一时的醉心欧化倾向，第一次为国人恢复对固有文化的信心找到了新的基点。他写道："（这场文化论争）其主要争点是中国究竟应否抛开了自己根本的精神而迷信西洋文化的'德'、'赛'两先生，其历史上的意义是唯心论的重新抬头，东方文化论者得到了一个新的立场。""西洋文化本身的缺陷，经东方文化论者指出以后，我们必有更深切的认识。将来就是西洋文化论者占了优势，思想界也必不能不受这次东方文化论调的影响，因而对西洋文化

---

① 杨明斋于1924年出版的《评中西文化观》一书，多少注意到了中国文化具有独立的价值。但从总体上看，当时的马克思主义者多忽略了这一点。
② 蔡元培：《五十年来中国之哲学》，《申报》纪念专刊《最近之五十年》，1922年。

不会有完全盲从的病态。这一点的转变,实在是很要紧的。"① 这是平心之论。

三、"科学与玄学"之争的再认识

战后中国社会文化思潮三足鼎立,常起冲突,其中关于"科学与玄学"的论争,最能集中反映出三者思想的分野。

1923年2月,张君劢在清华学校作"人生观"讲演。他没有提出自己主张的人生观,但认为:科学为客观的,人生观为主观的;科学为论理的方法所支配,人生观则起于直觉;科学以分析方法入手,人生观则为综合的;科学为因果律所支配,人生观则为自由意志的;科学起于对象之相同现象,而人生观起于人格之单一性。总之,人生观无客观标准,其问题的解决,"决非科学所能为力,惟赖诸人类自身而已",即只能靠玄学才能解释人生观。4月,丁文江在《努力周报》上发表《科学与玄学》,力斥其非。此后,梁启超、吴稚晖等不少人参加辩论。这便是有名的"科学与玄学"之争,或叫"科学与人生观"之争。论争持续了半年之久。同年底亚东图书馆出版讨论集《科学与人生观》,并请陈独秀、胡适作序。论战遂告结束。这场论争虽然主要是在东方文化派与西化派中进行,但部分马克思主义者实际上也参加了。

其时,马克思主义者和西化派无不将这场论争归结为科学与反科学之争,因之斥张君劢诸人为反动。今人的著作更多沿其绪,强调"这是反对科学发展的一种思想,是'五四'精神的反动"②。实则,脱离了20世纪初年西方文化思潮的变动和国人反思欧战的历史场景,对这场论争性质的判断是不可能准确的。

在19世纪的西方,随着科学的突飞猛进和工业化的迅猛发展,相信科学万能的科学主义思潮也风行一时。丹皮尔说,所以称19世纪是"科学的世纪",不仅是因为有关自然界的知识在迅速增长,还是因为"人们对于自然的宇宙的整个观念改变了,因为我们认识到人类与其周围的世界,一样服

---

① 伍启元:《中国新文化运动概观》,现代书局1934年版,第80、174页。
② 北京师范大学历史系中国现代史教研室编:《中国现代史》上册,北京师范大学出版社1983年版,第112页。

从相同的物理定律与过程,不能与世界分开来考虑,而观察、归纳、演绎与实验的科学方法,不但可应用于纯科学原来的题材,而且在人类思想与行为的各种不同领域里差不多都可应用"①。科学主义相信人的精神情感世界同样服从物理定律,拉·美特利的著作《人是机器》反映的正是这种观点。因之,西人征服自然追求物质利益的欲望日增,精神境界的提升却未免受到漠视,而使情感世界归于偏枯。战后人们痛定思痛,多归罪于科学主义。罗素说,"我们常想着专门的效能最为尊贵,而道德上的目的则不值一钱。战争是这种见解的具体表现"。新毒气弹可灭全城,是可怕的,但在科技上却是可喜的,所以人们总是相信"科学是我们的上帝",并对它说,"你虽然杀了我,我还是信任你"。②20世纪初年,西方社会思潮的一个重要变动,便是非理性主义作为科学主义的一种反拨而大炽,其中杜里舒的生机论和柏格森的生命哲学最具影响力。前者根据每一个细胞均可发达成独立的生命整体这一生物学的最新发现,在强调"全体性"概念的基础上,提出了所谓"生机主义的人生观",以为人格是独立的,自由意志是可能的,因此每一个人不仅有可能而且有责任于社会全体做出贡献。后者则以为,宇宙可分为二,一曰空间,或曰物质;一曰生活,或曰精神。空间为自然科学研究的对象,其求公例,是固定呆死的,皆出于理智;生活则为自由的、变动的、创造的,舍直觉无由把握,非理智所能适用。生命的进化源于生机的冲动,即人的精神道德生活之创造流的驱使。生机论与柏格森的生命哲学都存在着某种神秘的倾向,但它们都反对用单纯力学观点解释生命现象,并试图用运动变化和整体联系的观点说明生命现象,强调生命的精神创造和心灵世界的独特性,强调人文科学方法的独特性,又显然具有自己的合理性。胡秋原先生说:"柏格森主义代表对科学主义之反动,代表西洋文化之一种反省或自嘲。"③这无疑是正确的。

  西方的此种思潮的变动影响到了中国。许多报刊都在介绍杜里舒的生机论和柏格森的生命哲学。梁启超、张君劢等人游欧时就曾拜访过柏格森。梁在《欧游心影录》中反复强调西方"科学万能梦"的破产,但为避免误

---

① 〔英〕W. C. 丹皮尔:《科学史》,商务印书馆 1975 年版,第 283 页。
② 〔英〕罗素:《罗素论近世中国》,《晨报副刊》,1922 年 11 月 20 日。
③ 胡秋原:《西方文化危机与二十世纪思潮》,台湾学术出版社 1981 年版,第 340 页。

解，他又特地注明说："读者切勿误会因此菲薄科学，我绝不承认科学破产，不过也不承认科学万能罢了。"可以说这是国人明确反对科学主义的第一声。其后在论争中，张君劢等人实际上是在演绎梁的思路。例如，张君劢说："近三百年之欧洲，以信理智信物质之过度极于欧战，乃成今日之大反动。吾国自海通以来，物质上以炮利船坚为策，精神上以科学万能为信仰，以时考之，亦可谓物极将返矣。"①李宗武也指出："19世纪末叶以来，从科学万能的信仰中好像已漏出许多绝望的叫声。人类生活的背景越发现出忧郁、阴暗、乏味的色彩。文明各国的悲剧惨象，只是有增无减，这到底是什么道理？……（原来）人的生活决不是到处可以用点、线、圆弧说明的；决不单是物质满足就得享受幸福，免除烦闷；决不是征服自然就算已毕能事——虽然在中国讲这句话，好像还太早。"②因之，将当年的这场论争简单概括为科学与反科学之争，显然是不恰当的。

　　说到底，人生观问题是人的境界问题。境界的高低首先取决于它是否符合规律。不理解宇宙和人类历史的发展规律，在人生问题上就不可能有高的境界。而要正确认识此种规律，就需要科学思想的指导。从这个意义上说，唯有科学才能解决人生观问题是正确的命题。张君劢以为科学无权过问人生观问题，或如梁启超等人以为科学只能解决人生关涉理智方面的问题，其他有关情感方面的问题是绝对超科学的，失之偏颇。相反，胡适、丁文江诸人强调科学足以指导人生观，应将科学应用到人生问题上去，则是对的。而以唯物史观为指导的马克思主义者的见解，则更显力度，如瞿秋白说："总之，科学的因果律，不但足以解释人生观，而且足以变更人生观。每一'时代的人生观'为当代的科学知识所组成；新时代人生观之创造者便是凭借新科学知识，推广其'个性的人生观'使成时代的人生观。可是新科学知识得之于经济基础里的技术进步及阶级斗争里的社会经验。"③但是，也要看到当时论争双方对概念的运用往往缺乏同一的界定，因之常常是各道其是，渺不相涉。"科学"一词，从狭义上讲，专指自然科学；但从广义上讲，则应包括社会科学在内。张君劢、梁启超等人所讲的科学是指自然科学。因此，张君

---

① 张君劢：《再论人生观与科学并答丁在君》（下篇），见张君劢：《人生观之论战》，上海泰东图书局1923年版。
② 李宗武：《人的生活与神秘》，《学灯》1922年6月5日。
③ 瞿秋白：《自由世界与必然世界》，《新青年》1923年第2期。

励强调科学的特点是客观的,以逻辑分析为主要方法,重视因果律;而人生观的特点却是主观的、直觉的、综合的、意志自由的、单一性的等。显然,他实际上是强调人类精神创造和心灵世界的独特性,以为自然科学研究的方法不足以解决全部的人生观问题,而有赖于人文科学独特的方法。尽管他未能看到自然科学的方法正向人文科学渗透,但其见解自有的合理性也是应当看到的。

值得注意的是,张君劢将论争双方的根本分歧,最终归结为是否承认"自由意志"。他在《人生观之论战序》中说:"此二十万言之争论,科学非科学也,形上非形上也,人生为科学所能解决与不能解决也,有因与无因也,物质与精神也,若去其外壳,而穷其精核,可以一言蔽之,曰自由意志问题是也。"从总体上看,张君劢等人所谓的自由意志,并非主张人可不受客观条件的制约而随心所欲,而是与科学主义将人视同机器和主张意志必然论相对待,强调人毕竟有判断是非、取舍善恶和采取行动改变自己处境和命运的意志空间,因而才有精神境界与道德规范问题。范寿康认为,不管张的其他观点是否正确,他将自由意志问题提出作为人生观的根本问题,却是不错的。他说:"我们的意志作用常常执行某种行为或抑制某种行为。我们的意志作用有这一种选择的自由,所以我们对于行为才有责任之可言。我们对于善恶能够随意取舍,所以我们人类才有道德之可言。"[1]梁启超也指出,科学主义的机械论的人生观,将人类的精神生活也说成与物质一样受"必然法则"的支配,这是变相的运命前定说。既否定了人类的自由意志,还有什么善恶的责任?为善为恶都不过是那"必然法则"推动着我动,还有何道德可言?上述强调人生境界的高低首先取决于是否符合历史的发展规律,这并不否定人类精神生活的多样性与道德自律的必然性,因为社会历史的和谐发展本身就体现着多样性的统一。因此,梁启超等人为反对机械主义提出自己的"自由意志"说,有它的合理性,是不应当抹杀的。

胡适等人正是因无视这一点,终究暴露出了自己科学主义的破绽。例如,丁文江说,"科学方法是万能的",它终将"统一"人类的人生观。[2]胡适则毫

---

[1] 范寿康:《意志自由与道德》,《学艺》第6卷第7号,1925年1月15日。
[2] 丁文江:《玄学与科学》,《努力周报》1923年第49期。

不隐晦，承认自己的"新信仰"与吴稚晖完全相同，正是张君劢所谓的"机械主义"，或梁启超所说的"纯物质的纯机械的人生"。他引后者的话说：

> 我以为动植物且本无感觉，皆止有其质力交推，有其辐射反应，如是而已。譬之于人，其质构而为如是之神经，即其力生如是之反应。所谓情感、思想、意志等等，就种种反应而强为之名，美其名曰心理，神其事曰灵魂，质直言之曰感觉，其实统不过质力之相应。
>
> 人便是外面止（只）剩两只脚，却得到了两只手，内面有三斤二两脑髓，五千零四十八根脑筋，比较占有多额神经系质的动物。①

把人仅仅视为由几多血肉筋骨组成的动物，以为其情感、思想、意志等精神活动都不过是"质力相应"而已，因之借助科学方法终将统一人类的人生观。这是典型的科学主义的机械论。

遗憾的是，主张唯物史观的陈独秀等人，实际上也尚未尽脱科学主义的藩篱。陈独秀说："世界上那（哪）里有什么良心，什么直觉，什么自由意志！……我们相信只有客观的物质原因可以变动社会，可以解释历史，可以支配人生观，这便是'唯物的历史观'。"②所以他主张所争当在"证明科学万能"③。唯物史观是辩证的，而非是机械的。恩格斯说，"根据唯物史观，历史过程中的决定性因素归根到底是现实生活的生产和再生产。无论马克思或我都从来没有肯定过比这更多的东西。如果有人在这里加以歪曲，说经济因素是唯一决定性的因素，那么他就是把这个命题变成毫无内容的、抽象的、荒诞无稽的空话"。他还特别强调指出，决定历史进程的动因，除了经济的因素外，还当包括政治的、法律的、哲学的和宗教的观点等"一切因素间的交互作用"。④这显然是肯定了上层建筑和观念形态诸因素的作用。陈独秀等人当然不是有意歪曲唯物史观，但他们对唯物史观的理解显然尚存片面性。他们坚持社会变动的终极原因是物质的因素，是对的；但却忽略了精神领域的

---

① 胡适：《科学与人生观序》，《胡适文存》二集二卷。
② 陈独秀：《科学与人生观序》，见《科学与人生观》。
③ 陈独秀：《答适之》，见《胡适文存》二集二卷。
④ 《马克思恩格斯选集》第4卷，人民出版社1995年版，第695—696页。

相对独立性及其诸因素的交互作用。

至此，有必要对这场论争进行再认识。其一，唯有科学才能解决人生观的问题是一个正确的命题，因为科学无禁区，人类的认识是无限的。梁启超、张君劢等人试图给科学划定禁区，这是他们的失误。尤其是在其时中国亟待提倡科学的情势下，他们的此种失误有损科学的权威，易生负面的影响。但是，同时也应当看到，人类精神情感世界毕竟有别于物质自然界，具有独特性，在此一领域进行的研究全凭自然科学的方法，必多方枘圆凿，扞格难通，而社会科学与人文科学的方法便不能不具有自己独立的价值。这同样是一个正确的命题。因之，梁启超、张君劢等人的观点便不宜全盘简单抹杀。其二，从表面上看，这场论争的核心问题是科学与人生观的关系问题，但较其深层次的实质性分歧，却是在于如何认识科学主义，或叫作如何正确理解和处理科学与人文的关系。实际上，此一根本问题其时双方都有人揭明了，如前所述，张君劢就强调双方的根本分歧在于是否承认"自由意志"；而陈独秀则讲得更明确，他对胡适说："我们现在所争的，正是科学是否万能的问题。此问题解决了，科学已否破产便不成问题了。"[①] 只是因当时论争双方多喜泛论，致使真正的主题未得彰显而已。科学主义所以被作为问题提出来，固然是受西方思潮的影响，但更主要是人们反省欧战的结果。前面曾谈到，印度的泰戈尔在高度评价了西方的科学作用后，特别指出科学诚重要，"但是创造的天才却在'人'的精神理想中"，他实际是批评了相信科学万能的科学主义。无独有偶，其时的林宰平在批评丁文江以为只有科学家才有高道德时也指出："你说活泼的心境，只有拿望远镜、显微镜的人，但是要仔细望远镜、显微镜掉了的时候。"他还以为，若在10年以前，此种关于科学万能的极端主张是不必驳他的，"因为要提倡一种举世不谈的道理，不能不拉满弓待它过来或可得于正鹄，宁可讲得过火些，不如此不能引起多人的注意"。但这几年知道科学重要的人慢慢多了，"现在提倡科学，正要为它显出真正的价值筑了坚实的基础"，"不必一定采用这种方法了"。[②] 人所共知，自19世纪末以来中国的科学主义思潮也在逐渐滋长，它在这场论争中

---

① 陈独秀：《答适之》，见《胡适文存》二集二卷。
② 张君劢：《读丁在君先生的〈玄学与科学〉》，《学灯》1923年6月5、6日。

更得到了集中的表现。因此，在某一定程度上可以说，梁启超、张君劢等力攻"科学万能"论是国人对科学的认识深化的结果，尽管他们在科学与人生观问题上的见解还多有失误。

这场论争没有脱离战后反思中西文化的路向，因之论争中三派思想分野依然清晰可辨。张君劢等人所以力攻"科学万能论"，要在反省西方物质文明的偏颇导致了欧战，呼吁重视人文精神的价值和中国文化的优长，但他们却不恰当地主张"复活新宋学"；丁文江诸人竭力维护科学的权威，但却陷入了科学主义，固执地坚持"不相信中国有所谓'精神文明'"[①]；陈独秀等人坚持唯物史观，批评胡适诸人不彻底，陷于唯心论，慧眼独具，但却同样未能尽脱科学主义的羁绊。三派各有长短，互有得失。经此论争之后，20世纪20年代的书店里充满了有关"人生哲学"或"人生观"的著作，它们都强调情志与理智即人文与科学两方面的综合。这说明论争双方的观点相反相成，产生了综合的、正面的效应。因之，与其将这场论争说成是科学与反科学之争和东方文化派对"五四"精神的反动，不如说这是国人在反省欧战的基础上对科学问题进行的再认识，是中西文化问题论争的继续来得更深刻些。就东方文化派而言，尽管其时中国面临的主要问题尚非迷信科学而是菲薄科学，但是它提出要重视科学却应反对科学主义，并进而要求重新审视中国文化，趋重精神文明的价值优长，毕竟表现了可贵的前瞻性。

综上所述，可知欧战后中国社会文化思潮的激荡，包容着马克思主义、自由主义、文化保守主义各领风骚。马克思主义者、西化派、东方文化派三者都在同一框架中运作，它们间的张力和搏击构成了其时中国社会文化发展的契机。当从这个意义上，去认识东方文化派及其所代表的文化保守主义；同样也要在这个意义，去认识东方文化派中别具一格的"学衡派"及其所代表的新人文主义。

---

① 胡适等：《丁文江这个人》，台湾传记文学出版社1979年版，第36页。

第二章　美国的新人文主义和学衡派的兴起

  我至美洲,学于白璧德师,比较中西文明,悟彻道德之原理,欲救国救世……

——吴宓

  学衡派所以在东方文化派中别树一帜,要在于其主帅人物,如吴宓、梅光迪、胡先骕等,多师从美国的新人文主义大师白璧德。归国后,他们创《学衡》杂志,更明确奉乃师的新人文主义为圭臬,知人论世,自与其他东方文化派不尽相同。唯其如此,要理解学衡派的兴起,不仅需了解欧战后中国社会文化思潮变动的态势,而且有必要进一步考察美国的新人文主义及其与前者的关系。

一、从理性主义到非理性主义

  "人文主义"一词的英文原文Humanism,译自德语Humanismus,而后者则是迟至1808年才由一位德国教育家在一次有关古代经典在中等教育中的地位的辩论中,依拉丁语词根Humanus杜撰的。但这位教育家杜撰人文主义这个词,却也有所本。15世纪意大利的学生称呼他们教授古典语言和文学的教师,就使用了一个词叫Humanista,英文即Humanist。这些教师所教的科目在文艺复兴时代被称作Studia humanitatis,英文即"the humanities"(人文学),在15世纪指的是以希腊文、拉丁文为基础的那些学科,如修辞学、逻辑学、天算学、历史、文学、道德哲学等人文学科。至于历史学家用"人文主义"一词来概括文艺复兴时期人文学者强调人和人的价值具有首要意义的世界观,则更要晚到19世纪。1859年乔治·伏伊洛特出版了《古代经典的复活》一书,又名《人文主义的第一世纪》,他是第一位用"人文主义"概括文艺复兴历史时期的历史学家。翌年,伯克哈特的名作《意大利文艺复兴时期的文明》出版,更使上述的概括成了权威性的历史诠释。

人文主义是一个有争议的问题,人们对它的内涵见智见仁,有不同的理解。这主要有两种不同的界定:一是狭义的,强调人文主义是意大利文艺复兴时期出现的一场新思想、新文化运动,"这就是说,人文主义是在特殊的环境下发生的,是一个历史范畴,有其不可重复性"[1];二是广义的,强调人文主义是西方文化的一种传统。英国的阿伦·布洛克在《西方人文主义传统》一书中说:

> 我姑且不把人文主义当作一种思想派别或者哲学学说,而是当作一种宽泛的倾向,一个思想和信仰的维度,一场持续不断的辩论。在这场辩论中,任何时候都会有非常不同的、有时是互相对立的观点出现,它们不是由一个统一的结构维系在一起的,而是由某些共同的假设和对于某些具有代表性的、因时而异的问题的共同关心所维系在一起的。我能够找到的最贴切的名词是人文主义传统。

尽管布洛克强调人文主义传统充满着争论,但他仍指出人文主义传统具有以下最重要的和始终不变的特点:其一,"以人为中心";其二,强调"做人的尊严";其三,对思想批判的重视。[2]

本书对人文主义的界定取广义。人文主义一词虽出现甚晚,近代人文主义运动史也确是肇端于文艺复兴时期,但是,西方的人文主义传统却可追溯到古希腊时代。古希腊哲学家从苏格拉底开始,就已将人提升到了首位。智者派的普罗泰戈拉更明确提出了"人是万物的尺度"的口号,力图以人作为衡量一切的标准,从而在哲学上第一次突出了人的主体地位。但因历史的局

---

[1] 张椿年:《从信仰到理性:意大利人文主义研究》,浙江人民出版社1996年版,第1页。
[2] 〔英〕阿伦·布洛克著,董乐山译:《西方人文主义传统》,生活·读书·新知三联书店1998年版"绪论",第233—235页。

限，古希腊先哲可贵的人文主义思想还处在萌芽状态，无由形成强势的社会思潮。文艺复兴时期的人文学者们将"人和人的价值具有首要的意义"的认知，锻炼成新兴的资产阶级借以反对封建主义的世界观和思想武器，从而开创了近代西方人文主义运动的新时代。但这一切既是在"古学复活"的旗号下进行的，其与古希腊的人文主义传统一脉相承，是不言而喻的。西方人文主义传统也并未随着文艺复兴时代的完结而中绝，相反，它与西方社会的发展相伴而行，一以贯之；同时，其内涵也多变动不居，充满着争议。需要指出的是，本书所研究的美国人文主义大师白璧德及其中国的追随者梅光迪、吴宓等学衡派，自称新人文主义以与古典人文主义相区别，显然，他们对于人文主义的理解同样也是取广义的。

纵观历史，从19世纪中叶起，西方的人文主义发生了深刻的变动：由近代向现代转型，即由理性主义转向非理性主义。这与其时西方社会文化思潮变动的大趋势，正相契合。

西方的理性主义传统，最早发端于古希腊神话的象征文化之中，太阳神阿波罗便是人类最高理性的超自然的本体象征。苏格拉底的名言"知识即美德"，最早揭出了西方以人类智慧和理性为道德基础的理性主义的重要命题。柏拉图相信：理性、灵魂和肉体是构成人的三要素，而理性尤居崇高与不朽的地位。其影响深远的"理念"说，实已包含着追求理性的最初自觉。其后，经文艺复兴、启蒙运动，尤其是法国大革命，理性主义得到了空前高扬。恩格斯曾写道：

> 在法国为行将到来的革命启发过人们头脑的那些伟大人物，本身都是非常革命的。他们不承认任何外界的权威，不管这种权威是什么样的。宗教、自然观、社会、国家制度，一切都受到了最无情的批判；一切都必须在理性的法庭面前为自己的存在作辩护或者放弃存在的权利。思维着的知性成了衡量一切的唯一尺度。[①]

新兴的资产阶级正是高揭理性主义的大旗，以与封建蒙昧主义抗衡。他

---

① 《马克思恩格斯选集》第3卷，第719页。

们相信"理性王国"业已出现,理性将支配着世界,因而表现出了乐观主义与进取的精神。

同时,从苏格拉底、柏拉图,经笛卡儿、斯宾诺莎,到康德、黑格尔,西方理性主义的哲学日臻完备。此种哲学相信,理性乃是宇宙与世界的本原和内在化的秩序结构。宇宙和世界的生成与发展,说到底,都不过是先验的理性依其内在的逻辑自我展开的过程。理性也是人的本质。因之,人不仅可以认识和把握客观的自然界,而且其本身也遵循着理性的同一原则。此种对理性的崇拜,随着近代自然科学的发展和科学主义的兴起,愈趋于极端。例如,德国生物学家、哲学家恩斯特·哈克尔曾出版了一部有影响的科普读物《宇宙之谜》,试图为自希腊人以来一直使人类迷惑不解的宇宙谜团,提供一个解答。他把自己的"一元论哲学"归结为这样的信念,它是:

> 一个庞大的、统一的、不间断的、永恒的发展过程从整个自然中得出的;所有自然现象毫无例外地,从天体的运动和滚石的落下到植物的生长和人的意识,都遵守同一个伟大的因果规律;一切最终可以归于原子的力学作用。[1]

但是,自19世纪中叶以降,理性主义开始迅速褪色,出现了所谓的"理性危机"。究其原因,主要有三:其一,资本主义内在矛盾的日益显露。18世纪人们所欢呼的所谓理性的王国,说到底,无非是资产阶级的理想化的王国。然而,进入19世纪后,受生产的社会化与生产资料私人占有这一资本主义固有矛盾的制约,西方资本主义社会的内在矛盾日益显露:经济的周期性危机、贫富悬殊、阶级尖锐对立。同时,随着物质生产的不断发展,传统道德融化在了资产阶级利己主义的冰水之中,人欲横流,愈益加剧了社会的倾轧与动荡。所谓的理性王国,在人们的心中破灭了。尤其是第一次世界大战的爆发使欧洲化为一片焦土,惨绝人寰,创深痛巨。"上帝死了"、"西方没落",种种悲观的论调渐起,理性自然陷入了危机。其二,现代性的发展与人的主体性的异化造成了人的孤独。现代启蒙的结果造成了人与自然的分

---

[1] 转引自〔英〕阿伦·布洛克著,董乐山译:《西方人文主义传统》,第176页。

离，这具有双重的意义。一方面，世界的神性消失了，变成一个遵循科学理性原则的宇宙大机器。人不仅可以通过科学理性认识和把握这部大机器，而且可以以人的意志改造和利用它。由是，人成为支配自然界的主人，确立起了人的主体性；但另一方面，人在利用科学理性征服自然界的同时，其自身作为自然的一部分，也必然被科学理性的普遍有效性纳入被征服之列。这即是说，在现代性的发展中，人的主体性在确立的同时，便又异化了。它集中表现为理性的普遍性原则对于人的个性的压抑。说到底，人虽冲破了神的网罗，但他又发现自己复陷入了理性的樊笼之中。由是，人感到了孤独，再次出现了"人的危机"。其三，理性主义哲学的困顿。从苏格拉底到黑格尔，理性主义哲学发展达于极致，形成了封闭式的思维。它强调整体性、同一性，而抹杀特殊性、多样性；奢谈抽象的人性、本质，排斥人的情感、意志。它将活生生的人理性化、抽象化和虚化了，终至于掩盖了人性的真相。缘是，理性主义哲学走向了自己的反面：由反对封建主义的智者之学，浸成了理性教条主义。[①]

　　服膺唯物主义历史观的马克思主义者以为，理性主义的衰堕和西方社会的弊端丛生，归根结底，是反映了资本主义制度的危机。他们主张通过无产阶级的社会革命，根本改造资本主义的生产方式，将社会引向更高的社会主义新阶段。与此相反，服膺唯心主义历史观的许多西方现代学者，却将问题归结为理性对人性的禁锢，因之将目光转向人的内心世界。他们相信，只要久受压抑的人的情感、意志和欲望得到尽情的发舒，隐耀不明的人性光华将普照大地，驱尽阴霾。缘是，他们呼唤人性的王国，径直走向了非理性主义。叔本华倡言无意识的"生命意志"论，成为非理性主义哲学的先声。1872年尼采在早期著作《悲剧的诞生》中，提醒人们注意希腊文化中代表理性的太阳神备受重视，而代表非理性的酒神却被忽略了。他说："闪电、暴雨、冰雹，这些不带任何道德意识的自由之力是多么的与众不同啊！那些不受理性困扰的纯粹的意志多么幸福，多么强大啊！"[②] 随后他大声疾呼"重新评价一切"，被公认是非理性主义崛起最具影响力的宣

---

① 参见杨寿堪：《冲突与选择：现代哲学转向问题研究》，北京师范大学出版社1996年版。
② 转引自〔法〕丹尼尔·哈列维著，谈培芳译：《尼采传》，百花洲文艺出版社1996年版。

言。接踵而起的弗洛伊德强调"无意识"是人的本质，肯定性本能的意义；柏格森倡言神秘的"意识流"，颂扬直觉主义；波德莱尔、魏尔伦诸人的"为艺术而艺术"的美学崇拜，和热衷于"感官的混乱"的种种试验，如此等等，都进而使非理性主义在19世纪末至20世纪20—30年代浸成了强劲的社会文化思潮。

阿伦·布洛克说："自从希腊人认识到批判理性的力量、系统思想的力量以来，理性在人文主义传统中的地位，就既具有中心重要性又引起众多争议。的确，人文主义的历史可以看成是一场常年的辩论，辩论的不是关于该词的含义，而是关于理性的范围和它的成就。"[①] 这就是说，西方人文主义的历史实际上就是一场关于理性争论的历史，因之，19世纪中叶后西方社会文化思潮变动的一个重要表征，就是人文主义的转型：由理性主义的人文主义转向非理性主义的人文主义。也唯其如此，阿伦·布洛克称20世纪的非理性主义是一种"新版本的人文主义"、"新的人文主义"。

这里有必要指出两点：其一，非理性主义者并未轻忽人的尊严，相反，对人的理解深化了。但是，由于他们对理性主义采取了全盘否定的态度，却使自己走向了另一极端。孟子说"人之所以异于禽兽者几希"。人之所以有别于动物，就在于人的行为具有目的性和意义，他能够凭借自己思维的悟性，通过逻辑的演绎、归纳，认识与改造主客观的世界，即是理性的。归根结底，人无由最终摆脱理性的指导。从这个意义上说，"理性是人的本质"并没有错。非理性主义者反对理性主义的教条和理性专制是对的，但他们要踏倒一切理性的藩篱，盲目崇拜人的本能冲动，难免要陷入反理性和反科学的误区。其二，19世纪中叶后人文主义由理性主义向非理性主义转型，这不是绝对的，并不意味着理性主义戛然而止，无有继起者。同时，如上所述，既然人文主义的历史本身即是围绕着理性的范围与成就争论的历史，所谓理性主义的人文主义者并不等同于崇拜理性的教条主义者。阿伦·布洛克的《西方人文主义传统》在谈到19世纪末非理性主义兴起时说："这样一种方向的变化对人文主义传统形成了直接的威胁，因为人文主义传统在反对过分依赖理性而提出要发挥想象力的要求的时候，曾经认识到需要用精神的客

[①] 〔英〕阿伦·布洛克著，董乐山译：《西方人文主义传统》，第239页。

观性来制约主观性。"①这就是说，19世纪人文主义传统既反对过分依赖理性，同时也不赞成放纵主观性。明白了上述两点，便不难理解20世纪初年以美国白璧德为首的新人文主义何以崛起，自称前绍19世纪人文主义大师阿诺德的绪余，既批评理性教条主义，复与非理性主义异驱了。

二、美国的新人文主义

18世纪被称为"理性的世纪"。然而，甫入19世纪，一些人文主义者便起而指斥过分依赖理性的种种弊端。例如，卡莱尔在19世纪初就曾指出，如果我们要用一个专有名词来形容我们这个时代，那么，最恰当的不是"英雄时代"、"虔诚时代"，也不是"哲学时代"或"道德时代"，而是"机械时代"。他说："如今不仅外在与物质方面由机器所操纵，内在与精神方面也是如此。……这种习惯不但规定了我们的行动模式，也规定了我们的思想与感觉模式。人的手固然变成机械，脑和心也是如此。"②所谓的"机械时代"，是指人们对于科学理性的盲目崇拜和大工业生产使人变成了机器的附庸，因而思想情感的世界渐趋偏枯。不过，包括卡莱尔在内，其时的人文主义者虽然指斥理性教条主义，但是并不全然反对理性，相反，他们主张提升人们的精神境界，恰恰是在强调思想的向度和以人类精神的客观性制约主观性之必要，讲的还是理性。19世纪系统阐发此一人文主义思想最具影响的代表性人物是阿诺德。

阿诺德（1822—1888），英国著名的诗人和评论家。他所处的维多利亚女王时代，新旧冲突激烈。阿诺德反对保守党的复古倒退，主张民主政治，但是也反对自由党的激进主义。他认为民主政治的实现需要智慧和想象力，而其时的英国人恰恰唯科学主义是从，陷于机械主义，缺乏智慧和想象力。他说："在我们这个现代世界……整个文明是机械和外在的文明，其程度远

---

① 〔英〕阿伦·布洛克著，董乐山译：《西方人文主义传统》，第200页。
② 《卡莱尔著作》（*Work of Thkmas Carlyle*）第2卷，第233—234页。转引自〔英〕雷蒙德·威廉斯著，吴松江、张文定译：《文化与社会》，第108、109页。

远超过希腊和罗马文明，而且其机械与外在的趋势与日俱增。"① 这表现有二：一是崇拜自由、争吵、示威，人人都想从其所欲。不知自由只是达到善的一种方法，其本身并非是善。自由"是一匹很好骑的马，但要有驰骋的地方"，即要受一定的约束才能到达正确的目的地②。二是偏重实行、效率和物质享乐，而轻内心世界的精神修养。因之，英国的许多人"就精神上言，乃残缺不完，失其常度之人"③。《文化与无政府》一书是阿诺德的代表作，它集中批评了维多利亚时代英国人的自满、庸俗和拜金主义，社会缺乏准则和方向，陷于无政府状态。他将英国社会分为野蛮人（贵族）、市侩（中产阶级）和平民（一般群众），以为他们各有所短，都缺乏美与智的融合，而欲救治他们，唯赖文化。他写道："提倡文化能极大地帮助我们摆脱目前出现的困境；文化就是追求我们的整体完美，追求的手段是通过了解世人在与我们最为有关的一切问题上所曾有过的最好思想和言论，并通过这种知识，将源源不断的新鲜自由的思想输入我们固定的概念与陈旧习惯。""我们推崇的文化最重要的是一种内在的操作……（文化）将人类的完美置于一个内部的条件之中。"④ 阿诺德强调文化对心灵的陶冶，即通过持续地力求造成、改进和广泛传播文学艺术、自然科学和人文科学当中最有真实价值的东西，以追求人的"整体完美"，首先是心灵的完美，从而使人摆脱机械主义的束缚和庸俗，变得有教养。在这里，阿诺德不仅提出了著名的心理学的文化概念，而且更重要的是，较比更鲜明和具体地提出了在工业社会发展的条件下，如何避免过分依赖科学理性和追求人类全面发展的时代课题：这就是要求关怀人类的精神家园，在创造物质文明的同时，不忘继承人类精美的文化遗产，不偏离追求真善美的人生终极的价值取向。说到底，他是反对机械教条的理性主义，而主张理性的精神追求。阿诺德被认为是19世纪"第一批评家"，美国学者昂纳尔·特里林且称之为："我们的时代中人文主义传统在英国和美国的伟

---

① 〔英〕阿诺德：《文化与无政府》，转引自〔英〕雷蒙德·威廉斯著，吴松江、张文定译：《文化与社会》，第161页。
② 吕天鶴：《安诺德之政治思想与社会思想》，《东方杂志》第19卷第3号，1922年2月。
③ 梅光迪：《安诺德之文化论》，《学衡》第14期，1923年2月。
④ 〔英〕阿诺德：《文化与无政府》，转引自〔英〕雷蒙德·威廉斯著，吴松江、张文定译：《文化与社会》，第160—165页。

大继续者和传播者。"①

阿诺德的见解自有其合理性。但他认为在富有智慧、饱有文化之人当政并提高了多数人的程度同进于文化之前，民主政治是不可能的，陈义过高。梅光迪也以为阿诺德是"理想家"，陈义"则太高，非恒人所易行"。同时，他又显然过分夸大了文化的作用，陷于文化决定论。时人嘲笑他是华而不实的"羊皮手套教派之牧师"，其文化论是虚无缥缈的"月光"②，容有过当；高度评价他是"19世纪思想中一位伟大而重要的人物"的《文化与社会》一书作者雷蒙德·威廉斯的批评，就应当说是较为客观的了："他太多地强调理解的重要而太少地强调行为的重要，因而文化有时显得极像持异议者灵魂的拯救：先促成一件事，然后再做其他事。其中确实有任由文化变成一种神物（fetish）的危险。"③

然而，不管时人与后人如何评说，重要的问题在于，阿诺德的思想毕竟为 20 世纪初在美国兴起的以白璧德为代表的新人文主义作了准备。

美国新人文主义运动的领袖人物是白璧德。

白璧德（Babbit Irving，1865—1933），生于美国俄亥俄州，先后就读于哈佛大学和巴黎大学。长期任哈佛大学比较文学系教授，是哈佛最受人尊敬的三大教授之一，同时也是 20 世纪初美国文学批评界的泰斗。学问博大精深，除精通西洋古今文学外，还通晓梵文与巴利文。对佛学的研究也造诣甚深。他饶有著述，1907 年出版第一本著作《文学与美国大学教育》，最初确立了自己的人文主义。其后又陆续出版了《新拉奥孔》、《法国现代批评大师》、《卢梭与浪漫主义》等书。

穆尔（Paul E. More，1864—1937），与白璧德齐名，同为哈佛大学文学教授，著有《雪伴集》、《柏拉图主义》、《柏拉图之宗教》等书。1929 年《伦敦时报·文学副刊》曾评论说："近二十年中，由白璧德及穆尔二氏之指导，而美国文学界启一曙光，放一异彩。……白璧德任哈佛大学教授多年，门徒尤众。于是二十年来，其影响尤著，而所谓'新人文主义'之运动，不但使美国文学日进于光明，且进而解决道德思想之根本问题，将以救人心之危，

---

① 转引自〔英〕阿伦·布洛克著，董乐山译：《西方人文主义传统》，第 167 页。
② 梅光迪：《安诺德之文化论》，《学衡》第 14 期，1923 年 2 月。
③ 〔英〕雷蒙德·威廉斯著，吴松江、张文定译：《文化与社会》，第 177、173 页。

与群治之乱，使全世界均蒙其福利焉。白璧德等人之影响，最近十年骤为增进广被。"① 新人文主义在欧美有广泛的影响，时间长达 20 年之久。它不是一场单纯的文学评论运动。它继承了 19 世纪以阿诺德为代表的人文学者对现代资本主义的批判精神，实代表一种文化思潮。吴宓说，白璧德、穆尔二人，"生平最重理性，然极反对'理性主义'"。② 白璧德诸人称自己主张的是"新人文主义"、"实证主义的人文主义"、"科学的人文主义"，以区别于古典的人文主义和文艺复兴时期的人文主义。

新人文主义的理论基础是人性论或叫"人性二元论"。白璧德等人指出，亚里士多德以为自然物皆存内在的目的，如橡子要长成大橡树，驹之目的要长成马等。但动植物不自觉，而人类却是有意识的。故人类既在自然界（万物）之中，又在自然界（万物）之外，因为人有意志，知选择。据此可知，人性二元：一为自然（同于物）；一为超乎自然（在物之上）。换言之，人之本性中实有高下之二部分，或曰"理"曰"欲"。"人文主义之哲学，承认此事，谓人之所以为人，以其独具意识，有方向之意志。"③ 简言之，他们是以为人性中存在着善恶永久的冲突，人之所以为人，端在于扬善抑恶，以理制欲："若人诚欲为人，则不能顺其天性，自由胡乱扩张，必于此天性加以制裁，使有节制之平均发展。"④ 这在白璧德，又叫作确立"较高之意志"，"为精约之律"；在穆尔，谓"人心中有所谓'内心制止之精力'，能反抗本能之冲动，与'冲动之精力'为敌"；在薛尔曼，则说"须承认此种制止之冲动之存在，且尊崇而服从之也。人禽之别，在于此点。此微物，乃能划分宇宙为二"。⑤

理解此种"人性二元论"，是理解新人文主义的前提，因为后者正是借此反思现代工业社会的弊端。白璧德等人以为西方旧有文明内含两大原素：一为希腊罗马的人文精神；一为希伯来的基督教传统。二者对人性二元恰形成了制衡的机制，有助社会的稳定。现代社会反对封建主义与基督教神学是

---

① 《美国文学新讯》，《大公报·文学副刊》第 66 期，1929 年 4 月 1 日。
② 吴宓译：《穆尔论自然主义与人性主义之文学》一文"按语"，《学衡》第 72 期，1929 年 11 月。
③ 吴宓译：《穆尔论自然主义与人文主义之文学》，《大公报·文学副刊》第 101 期，1928 年 12 月 26 日。
④ 胡先骕译：《白璧德中西人文教育谈》，《学衡》第 3 期，1922 年 3 月。
⑤ 浦江清：《薛尔曼现代文学论序》，《学衡》第 57 期，1926 年 7 月。

对的，但它同时复破坏和否定了旧有的二元论，犹如在倒脏水时将盆中的孩子一同倒掉了一样，不能不陷于谬误。所谓新文明也内含两大原素，一为培根为代表的科学主义，一为卢梭为代表的感情的浪漫主义，"二者皆属于物性，或曰自然之范围"，可统称之为自然主义。"故今日者实科学与感情的浪漫主义并立称霸，而物性大张，人欲横流之时代。彼宗教与人文，仅有一线之生机，不绝如缕。"[①] 白璧德等人还进而分析说，卢梭主义性善，颂扬自然状态而反对理性和社会约束，这虽有助于反神权，但从根本上说却是荒谬的。人欲绝对自由，如何与他人相处？"社会之组织，根本即为反抗自然者，如何能自毁其基础？故一切人类之行为，不能以其合于自然状态与否而判定其善恶，当问其合不合于人类组织之基础与目的"。土非自然而欲型为盂，木非自然而欲为器，"逆其性而强为之者，陶人匠人之精神也"；同样，人类欲求社会发展不能不于私欲有所克制，"则人类之精神也"。社会发展非缘自然，乃由人力，"斯即所谓人之内心制止之精力，阻止自然之冲动"[②]。科学的精确性及其成就值得尊敬，但崇拜科学的绝对权威，视宇宙为一大机器，人不过是一小齿轮的科学主义，却不足为训。因为自然科学研究的是一种"物质之律"，属于客观自然界；而人类的精神世界与社会生活则更加复杂，它有自己的"人事之律"。"所谓'人事之律'者，即收敛精约之原理，而使人精神上循规蹈矩，中节合度是也。""物质之律"的进步还必须有高尚的目的方可底于文明，此高尚的目的正有赖于"人事之律"的指导。科学主义无视"人事之律"的存在，陷入了机械主义。所以，在白璧德等人看来，浪漫主义与科学主义虽表面上存在分歧，但都流于自然主义，二者互相发明，破坏了传统的二元论，使人类精神失范，世风日下，尔虞我诈，这正是导致欧战的根本原因。白璧德说，"徇物而不知有人"，"则必生大战，此势之必不可免，而千古莫能易者也"[③]。缪莱也说："读近世史者，不难认明此次大战，并非人类可惊之奇变，而实为英国工业革命以来，人类之物质欲望愈益繁复，窃夺文化之名，积累而成之结果。"[④]

[①] 陈钧译《福禄特尔记阮讷与柯兰事》一文的"编者识"，《学衡》第 18 期，1923 年 6 月。
[②] 浦江清：《薛尔曼现代文学论序》，《学衡》第 57 期，1926 年 7 月。
[③] 〔法〕马西尔：《白璧德之人文主义》，《学衡》第 19 期，1923 年 7 月。
[④] 转引自《白璧德与人文主义》，新月书店 1930 年版，第 9 页。

所以，毫不奇怪，欧战后人多倡政治经济改革，寻觅亡羊补牢之计，白璧德则独树一帜，以为根本之图，在于结束精神的无政府状态，恢复"精神的纪纲"。具体地说，便是当"重新建立旧二元论"。他说："先将较高意志，确定为一心理事实，然后再自此鹄的努力。所谓真二元论者，即生命的冲动与生命的约束。"①重新建立旧二元论并非要皈依宗教，也不是要否定个人主义、情感和科学，只是主张人类须常以超乎日常生活上之完善的观念自律，即借全人类文明的精华，确立正当的标准，对于一己的意志和生命的冲动行理性的导引和制裁，以求内心生活的和谐，并不断超拔自己以日趋于真善美的境界。极言之，宗教已失根据，白璧德主张以新人文主义代替它。吴宓对新人文主义曾作如下的概括：

> 宗教昔尝为道德之根据，然宗教已见弃于今人，故白璧德提倡人文主义以代之。但其异乎昔时（如希腊、罗马）异国（如孔子）之人文主义者，则主经验，重实证，尚批评，以求合于近世精神。易言之，即不假借威权或祖述先圣先贤之言，强迫承认道德之标准，而令各人反而验之于己，求之于心。更证之以历史，辅之以科学，使人于善恶之辩，理欲之争，义利之际，及其远大之祸福因果，自有真知灼见，深信不疑，然后躬行实践，坚毅不易。……白璧德先生不涉宗教，不立规则，不取神话，不务玄理，又与佛教不通同。总之……实兼采释迦、耶稣、孔子、亚里士多德四圣之说，而获集其大成。又可谓之为以释迦、耶稣之心，行孔子、亚里士多德之事。②

白璧德的新人文主义，可以概括为这样的理路："一"、"多"融合的认识论、"善恶二元"的人性论、以理制欲的实践道德论。白璧德说："柏拉图曰'世之所谓一，又有所谓多，有能合此二者，吾将追踪而膜拜之'。欲'一'、'多'相融洽，其事极难，恐系难之又难者，然其重要固自在。"柏拉图是客观唯心论者，他认为任何特殊的东西都有它的"一般"，这就是"理

---

① 吴宓译：《白璧德论卢梭与宗教》，《大公报·文学副刊》第192期，1931年9月4日。
② 吴宓译：《白璧德论民治与领袖》，《学衡》第32期，1924年8月。

念"。例如，特殊的美的事物之外，有一个"美的理念"。理念是绝对的，是"一"，它是具体事物追求的目的和模仿的摹本；具体的事物是相对的，是"多"。它们分属于两个世界，前者是永恒的、真实的，后者是变幻不定的、非真实的。前者高于后者。柏拉图把人类从具体事物抽象得到的普遍的概念加以绝对化，使之与特殊的东西对立起来，复借助不灭的灵魂，勾连理念世界与经验世界，充满了神秘的色彩。白璧德强调实证与经验，他不相信灵魂说，但他借用了柏拉图"一"、"多"的哲学范畴作为自己新人文主义认识论的基础。白璧德所谓的"一"、"多"有两个层面的含义：一是在本体论的意义上，指至善的理念与多样化的具体事物。如他说："人心欲保持中和，则于一贯 Unity 及多端 Plurality 之间必持精当之平衡。"二是在实践的意义上，指集约、纪纲与博放、自由。如他说：一、多融合最为重要，"国家之不能达此鹄的而遂陷于危亡者比比也。古印度之亡，亡于但知有'一'，不知有'多'。而希腊则反是，既不能得一贯之理以约束之，乃流为轻浮柔靡"。正是在上述"一、多"形而上的观照下，新人文主义关于人性二元、以理制欲以及强调标准与中庸等理论架构便显现了自己内在的思想进路。值得重视的是，白璧德等人复将自己的主张概括为同情与选择的统一，以与古典人文主义和人道主义等相区别。白璧德说，"征之历史，人文主义者常徘徊于同情与训练选择两极端之间，而其合于人文与否，应视其能否执两端之中而得其当"。"有同情而不加以选择，其弊失之滥，缺乏同情之选择，势必使人流于傲。"古典人文主义只重选择而缺乏同情，故流于自傲。文艺复兴是对中世纪神权压抑人性的反动，但其时反对一切选择，强调"官觉解放"、"理性解放"、"良心解放"，矫枉过正，出现了极端个人主义倾向；人道主义则相反，重博爱而不问其他，又往往流于滥。唯新人文主义者主中庸，"视其一身德业之完善，较之改进全人类为尤急。虽亦富于同情，然必加以训练、节制之判断"①。说到底，白璧德诸人所谓的同情与选择的统一，就是强调情感与理性的融合。新人文主义者在自己的大纛上写明的纲领是："一多融合，持中自律，从我做起。"他们强调自己的主张是实证的经验的"最精确、最详赡、最新颖之人文主义"，不管是否自夸，它在当时众多的思潮中自成系统，独

---

① 徐震堮译：《白璧德释人文主义》，《学衡》第 34 期，1924 年 10 月。

树一帜，却是显而易见的。

以白璧德为代表的新人文主义于20世纪初崛起，无疑是反思欧战的结果，但它同时又是与上述阿诺德的人文主义思想一脉相承。《简明大不列颠百科全书》"新人文主义"条写道："以英国诗人和评论家M.阿诺德的文学和社会理论为基础于1910—1930年间在美国开展的一个评论运动。"①这至少可以指出以下几点：其一，批判的对象都是工业社会的机械主义。阿诺德大声疾呼，现代社会的"整个文明是机械和外在的文明"，且程度与日俱增。白璧德也明确指出："人文学问之在今为物质科学所侵凌，与昔之受神学之侵凌者无殊，故须竭力为之辩护。"②其二，视道德观念高于一切。阿诺德说，重要的问题是唤醒人们心中的"最佳自我"，这是"一种普遍的人性精神以及对人类完美的爱"。所以政局的中心不在下议院，"而在国家这颗骚动的心灵"。③白璧德也强调"政治之根本在于道德……即改善人性，培植道德是也"④。其三，主张人性制裁。阿诺德说，我们不能顺从我们的天性，"我们对于这种天性必定要加以制裁"⑤。白璧德则谓，"凡人欲其拣择正当，必先有正当标准，欲得正当之标准，必须对于一己之意志冲动，时刻加以限制"⑥。其四，重视继承人类优秀的文化传统。阿诺德强调要充分借鉴前人"有过的最好思想和言论"，借文化追求完美。白璧德也说，"当效法古希腊人利用前古之成绩，以为创造……表阐人类公性之精华"⑦。只是20世纪初年的西方，社会弊端愈益显露，尤其是人类历史上第一次世界大战的爆发更令西方资本主义文明的痼疾暴露无遗，故白璧德的新人文主义在阿诺德的思想基础上更进一步发展了，不仅愈加系统化和理论化，且成就为影响广泛的社会文化思潮，为后者所不可同日而语。所以，梅光迪说"白璧德是当今的阿诺德"，吴宓则说白璧德远过于阿诺德，二者都可以说是正确的。

同时，新人文主义的出现，又是与19世纪末20世纪初勃兴的非理性

---

① 《简明不列颠百科全书》，第8卷，中国大百科全书出版社1986年版，第642页。
② 吴宓译：《白璧德论卢梭与宗教》，《大公报·文学副刊》第192期，1931年9月4日。
③ 徐震堮译：《白璧德释人文主义》，《学衡》第34期，1924年10月。
④ 《文化与无政府》，第168、164页，转引自〔英〕雷蒙德·威廉斯：《文化与社会》，第168—169页。
⑤ 吴宓译：《白璧德论民治与领袖》，《学衡》第32期，1924年8月。
⑥ 吕天鶹：《安诺德之政治思想与社会》，《东方杂志》第19卷第23号，1922年12月。
⑦ 转引自胡先骕：《评尝试集》，《学衡》第2期，1922年2月。

主义的思潮相颉颃的结果。梅光迪在《现今西洋人文主义》一文中说：白璧德的新人文主义自成一家之言，"而于近世各种时尚之偏激主张，多所否认，盖今日思想界之一大反动也"[①]。新人文主义可以说是对非理性主义的一种反动。在白璧德诸人看来，叔本华、尼采等人为代表的非理性主义思潮，正是卢梭始作俑的浪漫主义或叫自然主义的膨胀发展。因为，理性的教条主义固然不可取，但是，尼采诸人由反对理性教条而走向极端，复盲目倡导唯意志论和颂扬情感冲动，同样为害甚烈。"夫希腊人专信理智，固属偏谬，然若过崇意志，漫无区别，则其害亦甚大（尼采之超人主义，流为德意志之军国主义，遂有欧战）。……盖因过崇绝对意志，而忽略变动相对之一端，与过崇绝对之理智而忽略此端，其害正相同也。"白璧德同样批评柏格森的无意识的生命冲动，"主张任性纵欲，不加制裁，其冲动之精力之说，实为帝国主义之发端"[②]。此外，詹姆斯和杜威的实验主义也被认为轻忽文化传统，不懂得从柏拉图到孔子，古代许多伟大的学说正包含着前人的道德经验，必导致实用主义，同样遭到了白璧德新人文主义者的反对。

固然，新人文主义以人性论为理论基础，其局限性是明显的。它从先验的人性二元论出发，演绎出以理制欲、扬善抑恶等一系列主张；并将西方社会的种种弊端，尤其是欧战的原因，全都归结到道德失范和精神的无政府，因而将确定标准，制裁人性作为战后亡羊补牢的根本之图。道德观念，说到底，是社会政治经济的产物。新人文主义既对西方社会政治经济的变动全然不屑一顾，其关于人性、道德、智慧、制裁等的论说，便不能不成为唯心的"道德决定论"——一种脱离社会历史与现实空灵的道德说教。同时，新人文主义者对于非理性主义关于人的非理性研究的合理性，也缺乏应有的重视。进入20世纪30年代后，"新人文主义者开始被认为是文化上自命不凡的人物"[③]，影响渐消，就是不足为奇的了。在这方面，新人文主义者与阿诺德同样是一脉相承的。但是，尽管如此，新人文主义却能在20世纪初年风行一时，以下两点是必须看到的：

其一，给"破碎的世界"以终极的关怀，楚楚动人。

---

① 梅光迪：《现今西洋人文主义》，《学衡》第8期，1922年8月。
② 吴宓译：《白璧德论欧亚两洲文化》，《学衡》第38期，1925年2月。
③ 《简明不列颠百科全书》第8卷，第642页。

人类所以不同于动物，要在于它能创造文明，在改造客观世界的同时改造主观世界，即在征服自然创造物质文明的同时，能创造精神文明，营造精神家园。可以说人类从走出蒙昧时起，便开始了追求崇高、完美和终极关怀价值理想的历程。古罗马的先贤对人的颂词是："在人看来，人是最美的。"而在人性先后遭到中世纪神权和近代机械主义的压抑而生异化和病态时，西洋人也先后掀起了从文艺复兴到启蒙运动和20世纪初两次大规模的人文主义的运动，这说明人类追求人文精神和终极关怀的理想是多么的执着。我们说道德的观念是历史的产物，但这并不否认因文化具有的传承性，人类对真善美的追求实已沉淀成了一种超时空的抽象的理想或理念。自称是当代新人文主义者的美国学者乔治·萨顿说："我认为，就我们可以看到的来说，生命的最高目的是造成一些非物质的东西，例如真善美。对于我们的实际目的来说，并不需要知道这些东西是否绝对地存在。我认为，无论是否有一个最高的顶点，无论这个顶点最终能否达到，我们都必须朝着这些理想奋勇前进。我不能为我的生命找到其它的意义，不能为我的行动找到其它的动因。"①反映的也正是这种体悟。同时，文化所含的物质文明与精神文明，二者虽云相辅相成，但并非同步。在许多情况下，物质文明进步了并不意味着精神文明随之进步；而且前者的进步是确定的，包括情志意在内的精神文明的进步又往往具有反复性。马克思说："事实上，自由王国只是在由必需和外在目的规定要做的劳动终止的地方才开始；因而按照事物的本性来说，它存在于真正物质生产领域的彼岸。"②这就是说，在生产力高度发展的前提下，历史进步只能由人文精神的质量来体现。那就是，人们都拥有一种非异化的、完整的和创造性的人生态度与生活方式。所以，马克思还指出，"每个人的自由发展"应该是"一切人的自由发展的条件"。这是对西方传统人文主义精神的最高理论概括，它是以历史唯物论为前提的。但马克思所说的此种"自由王国"，或是"每一个人的自由发展"，都只有在剥削制度已经消灭，文明高度发达的遥远的未来社会才可能出现；而资本主义社会从本质上说正是一种尔虞我诈和追求物欲的社会，物质文明诚然美备，精神家园却时常荒芜。欧

---

① 〔美〕乔治·萨顿著，陈恒六等译：《科学史和新人文主义》，华夏出版社1989年版，第9页。
② 《马克思恩格斯全集》第25卷，第926页。

战所以令西洋人陷悲观失望,就在于它使人们看到了"人之所以异于禽兽者几希"的严酷事实:"第一次世界大战难以与循序渐进的理性文明相协调。20世纪的文明人在野蛮性方面超过了早期所有的野蛮人"。"西方文明似乎是脆弱的,不经久的,而且尽管西方看上去取得了不平凡的成就,但这距离野蛮也不曾超出一步或两步。"① 白璧德等人力斥私欲横流、精神失范的社会现实,以为人类在追求社会进步的过程中必须在尊重"精神之律"与"物质之律"的分别的基础上,处理好二者的关系。这就是:既要按科学技术理性办事,又要强调人在世界中的生存的自主性;在遵循物质法则的同时,又能使人类的生活充满人情的欢乐。一句话,人类应当注意保持物质文明与精神文明的和谐,尤其要注意保持人文信仰、道德意志和温情具有的永恒价值。他们主张恢复精神的纪纲,教人"皆知为人之正道",道德自律,从我做起,救人救世,建立合理的人生与和谐的社会。以人性论为基础的新人文主义虽非科学,但它显然已触及了"客观必然性"与"主体自由"的辩证关系及社会发展深层次的文化哲学问题,凸显和刺激了终极关怀这一人类永恒而又久经冷漠的情结,或叫崇高的价值理想,包含着巨大的历史合理性。它对于甫经欧战的腥风血雨,心理脆弱的时人来说,脉脉含情,是批判、抗争,又是安抚、昭示,自然最为楚楚动人。故《伦敦时报》评论说:"新人文主义运动不但使美国文学日进于光明,且进而解决道德思想之根本问题,将以救人心之危与群治之乱,使全世界均蒙其福利焉。"卡静也指出:"新人文主义是现代混乱与民主的粗俗的栅栏。"②

其二,超越民族主义,应乎世界文化对话的潮流。

需要指出的是,论者多以文化保守主义界定新人文主义,这若就后者重视文化传统而言,固然不错;但西方传统的文化保守主义多具民族主义色彩,而白璧德的新人文主义却超越了民族主义。当年阿诺德主张借鉴一切前人最好的思想与言论,就已显示了宽广的胸襟,而在实际上他的努力也为"褊狭的英国文化带来了欧洲大陆的影响"③。新人文主义将这一点发扬光大了。欧战正酣之时,西方各参战国民族主义盛行,英美之人痛斥德人

---

① 〔美〕马文·佩里主编,胡万里等译:《西方文明史》下卷,第368—369页。
② 〔美〕卡静著,冯亦代译:《现代美国文艺思潮》,晨光出版公司1949年版,第168页。
③ 《简明不列颠百科全书》第8卷,第64页。

残暴,而自诩为仁义之师。哈佛大学校长伊略脱且联合美国国内名流数十人,致德国学者公开信,斥其以科学为战争利器供政府使用,与之断交。而后者则反唇相讥,指责各国合谋欲尽灭德人,表示不能不忠于政府。白璧德力排众议,以为战争乃西方社会弊病丛生的必然结果,"英美诸国与德国正同,决不可责人而恕己"。结果其言论遭国人大忌,"几于得祸"。①尽管白璧德也未能正确说明欧战的原因,但他能摆脱狭隘的民族主义,径斥欧战为不义之战,却是难能可贵的。不仅如此,当年的阿诺德尚未明确指出借鉴东方文化的智慧,而新人文主义者却反复强调这一点。白璧德说:"今试问此东西诸伟大之旧文明,其中所含之智慧,究为何物?苟或失此,则人类将自真正文明,下堕于机械的野蛮。此物究为何耶?文化问题之重要未有甚于今日者。"②他认为欧战充分暴露了西方文化的衰弱,新近德人斯宾格勒的《西方的没落》一书风行欧美,也反映了这一点。故西方文化"亟应取亚洲古昔之精神文明,以为药石"③。实际上,白璧德等人曾一再明确表示,新人文主义本身就是综合东西文化的产物。例如,穆尔在谈到包括自己在内的美国新人文主义运动缘起时说,"诸君深憾大多数人之思想不彻底,而又不负责任,于是穷研苦思,深通前古东西之文化学术,而创造一种新颖之人文主义,以为今世之用"④。我们在上一章曾指出,欧战后的世界开始了一个东西文化对话的新时代,它的一个重要表征,就是西方的有识之士开始摆脱"欧洲中心论",承认文化多元并主张综合东西文化的智慧以解决人类面临的共同性问题。很显然,新人文主义的出现再次为我们提供了生动的事例。而反过来又可以说,新人文主义不仅是反思欧战的结果,同时它又是世界文化走向对话的产物。此外,白璧德诸人学识渊博,人格高尚,胸怀博大,其主张综合中西古今,借助全人类的共同智慧共赴时艰,无疑又增添了新人文主义的魅力。

综上所述,我们可以作这样的概括:19世纪末20世纪初,西方人文主义发生了由理性主义向非理性主义的转型,与此同时,美国的新人文主义继承19世纪以阿诺德为代表的人文主义传统而并兴。前者属主流派,后者则属

---

① 马西尔《白璧德之人文主义》一文吴宓按语,《学衡》第19期,1923年7月。
② 胡先骕译:《白璧德中西人文教育谈》,《学衡》第3期,1922年3月。
③ 徐震堮译:《白璧德论欧亚两洲文化》,《学衡》第38期,1925年2月。
④ 吴宓译:《穆尔论现今美国之新文学》,《学衡》第63期,1928年5月。

非主流派。二者的共同点在于：都反映了对科学主义、弊端丛生的资本主义，尤其是欧战的反思，因而都具有自己的历史合理性；但囿于唯心主义的历史观，都不免无视资本主义政治经济的救治，而集注于呼唤人性。故从根本上说，又都未能为20世纪历史的发展指示方向。二者的相异在于：非理性主义颂扬情感、意志与欲望，全盘否定理性与文化传统；新人文主义则强调文化传统和依人类精神的客观性对主观的情感世界实行规范与制约的必要性。后者所关怀的人类终极的理想或精神家园，既是先验的、预设的，又是客观的、外在的，这即是追求至善之境的理念；而前者所关怀的终极理想或精神家园，既是个性化的、内在的，又是盲目的、无意识的，这即是追求本色的生命冲动。因是之故，前者表现出了强烈的反传统的现实批判精神，但却趋向于悲观主义；而后者趋向于乐观主义，却又染上了中庸的色彩，钝化了自己的批判精神。然而，二者相反相成，实又构成了时代的合题：必须尊重非理性，以深化人对自身的理解；必须尊重传统与人的精神价值，以增强人对于现代性的自觉。缘是出发，去看待新人文主义的兴起及其得失，尤其是信奉新人文主义的中国学衡派的兴起及其得失，将有助于增加历史感，避免简单化。

三、白璧德与他的中国门生

白璧德在哈佛大学任教数十年，学识渊博，德高望重，对于学生有很强的吸引力。曾是他的得意门生的美国著名文学评论家薛尔曼，对乃师有一段素描，颇能现其风采：

> 白璧德先生为研究生讲授（一）文学批评史，（二）卢梭及其影响两学程。……（师生）上课时围桌而坐。先生携布囊来，囊中储书且满，至不能容。先生入座，则由囊中取出讲义稿若干页，排列案头。于是先生于椅中大摇其身躯，而批评之学说忽自其口中如潮涌出。或抨击某派之主张，或纠正某诗之章旨。……至其所称述，则忽而释迦，忽而亚里士多德，忽而柏拉图，忽而霍布士，忽而但丁，忽而巴斯喀尔，忽而弥尔顿，以及其他，不可俱举。先生以古今东西之智慧，浸灌学生之身。

先生之思想，如急流巨潮，奋迅冲决，使学生承受应接之不暇。学生多未能了解先生所言，但皆知先生异常认真，十分热诚。皆知先生所言者极关重要，他日于世道人心必有绝大之影响。又皆知先生所言者词意坚决，自信不疑，直对学生平生昔之信仰深深刺入，于学生往日所爱好者，出以讥笑而摧毁无余，使学生不得不细心整理从新建设其智识之全部系统。先生积年累月，以此为训，如炮火矢石，愈来愈猛，使学生之幻思妄念尽行消除，而先生之思想义理之系统遂得成立矣。……学生课毕走出，则觉胸中充满各种义理，经白璧德先生之启示而认为不可须臾离者。……本来诸多分离独立各不相关之趋势，先生乃皆以思想潮流之中心问题解释之，而明其间之关系。同时，学生又深知博学之益与多读书之要。先生所传授之文学及人生之理论，虽尽终身遵行之，体验之，有不能尽者矣。①

对于中国留学生来说，白璧德的魅力还在于他尊重中国文化，使人感到亲切。如上所述，白璧德摆脱了"欧洲文化中心论"，肯定东方文化的价值。同时，也许是因其夫人出生于福州的缘故，他虽然不懂中文，对于中国文化却十分关注并给予了很高的评价。他曾应美东部中国学生会的邀请，作关于"中西人文教育"的讲演。在讲演中，他不仅强调当综合古今东西以保存人类文化的精华，而且指出，中国文化重道德观念，最富于人文精神。"孔子之道有优于西方之人文主义者，则因其能认明中庸之道，必先之以克己及知命。"白璧德认为孔子与亚里士多德的学说多不谋而合，中西方都应该对二者的伦理学作比较研究，以期"告成一人文的君子的国际主义"②。他的讲演被刊登在《中国留美学生月刊》1921年12月的第17卷第2期上，产生了一定的影响。

白璧德的第一位中国学生是梅光迪。他是安徽宣城人，1915年毕业于芝加哥的西北大学文学学院。是年夏天，梅光迪与胡适、任鸿隽等人都在绮色佳度假，时常讨论中国文学问题，胡适认为古文是半死或全死的文字，梅光

---

① 吴宓译：《薛尔曼评传》，《学衡》第73期，1931年1月。
② 胡先骕译：《白璧德中西人文教育谈》，《学衡》第3期，1922年3月。

迪大不以为然，两人展开辩难，愈趋激烈。同年，梅光迪因柯瑞恩介绍，读了白璧德的《法国现代批评大师》，惊为圣人复生，遂转入哈佛大学研究院，从学于白璧德。他说，白璧德的著作，"对我来说是一个崭新的世界，更是一个被赋于新意义的旧世界"①。意思是说，白璧德的学说使人类的文化传统展现了新的意义。由是，梅光迪更加执着于自己的文学主张。也因是之故，他向国人介绍白璧德、穆尔时，特别强调他们与东方文化的关系，他说：

> 吾今之急欲为介绍者，尤以其深知东方文化也。盖两人无不通巴利与梵文，研精内典。白璧德先生兼及吾国文艺哲学，凡英法德文之关于吾国文艺哲学著作无不知，而尤喜孔子。两人固皆得世界各国文化之精髓，不限于一时一地，而视今世文化问题为世界问题者也。……白璧德先生尤期东西相同之人文派信徒，起而结合，以跻世界于大同。则两先生思想与吾人关系之密切，又不待言喻矣。②

1933 年白璧德逝世，其好友门生为文述其言行，凡 39 篇，合为《白璧德——人与师》一书，于 1941 年出版。其中第 15 篇为梅光迪文，中引中国古语："经师易得，人师难求。"书名本于斯义，足见梅光迪于乃师相知之深。

梅光迪固然是后来在中国宣传新人文主义的第一人，但对于白璧德来说，更重要的还在于，梅光迪为他引来了自己最为得意的中国门徒，后来在中国传播自己的学说最为得力的人物，这便是吴宓。吴是陕西泾阳人，1917 年由清华留美预备学校派赴美，初入弗吉尼亚州立大学学习文学，1918 年入哈佛大学。因一偶然的机会，得以结识梅光迪。后者不仅向吴宓详细介绍了白璧德及穆尔的学说，且引他登门拜见白璧德及其夫人。早在清华时吴宓就已接触过 19 世纪初西方著名人文主义学者卡莱尔的著作，并深表赞许。1915 年 5 月 21 日，他在日记中写道：

> 续读 Carlyle 文集。其论世变始末，谓今世为机械时代（Age of

---

① 《梅光迪文录》，《中华丛书》委员会印，1956 年，第 10 页。
② 梅光迪：《现今西洋人文主义》，《学衡》第 8 期，1922 年 8 月。

Mechanicism）凡政治、学问，甚至宗教、文章，以及人之思想、行事、交际，莫不取一机械的趋向。精神的科学与形而上之观感，几于消灭。是不可不急图恢复，以求内美之充实，与真理之发达。凡此云云，均合于余近数年来日益警觉之感触，特言之不能如氏之明显。所谓 The chains of Mechanicism now lies heavy upon us（"机械论的锁链沉重地加诸我们身上"）者，切肤棘荆，渐增繁剧。又岂特是非利害之颠倒，为足致人之失望哉？虽然，Carlyle 亦非尽悲观派，其结论之言，深足启发壮志，愿与有心人共究之。①

及谒白璧德，吴同样大为惊服，视白璧德为当代的苏格拉底，认为他的学说是最新的人文主义，"综合古今东西的文化传统，是超国界的"，"立论宏大精微，本为全世界，而不为一时一地"。自己能由梅光迪导谒白先生，受其教，明其学，传其业，深感荣幸。从此他奉白璧德为师，努力多读、细读他的著作，并通过课堂亲聆先生讲授，悉心学习先生的精神与人格。②吴宓后来回忆说："（1918—1919 年）中，宓最专心致志，用功读书。校课而外，又读完白璧德师及穆尔先生全部著作。是故宓留学美国四年，惟此'第二学年'，为学业有成绩、学问有进益之一年也。"③

需要指出的是，吴宓及时将结识梅光迪及有关白璧德学说的信息，通报给了国内的好友吴芳吉。后者在 1918 年 6 月 28 日的日记中记述吴宓来信的内容说：

……又谓得一新交梅光迪君，皖人，辛亥年即来美。其志业与我辈吻合，彼专治文学，谓文学功用今尤切要。彼深鄙北京大学诸人，如胡适、陈独秀一流。又谓哈佛大学有教师某某极有实才，所见迥别，乃十年来美国新文学派之首领。此派主义，专与 19 世纪之浪漫派，Romanticism 角竞，推陈出新，去粗返真，以脱离无政府个人主义，而归本于伦理美术之至理，以造就至善之文学，取各国文明之精华熔铸

---

① 《吴宓日记》第 1 册，生活・读书・新知三联书店 1998 年版，第 441 页。
② 吴学昭：《吴宓与陈寅恪》，清华大学出版社 1992 年版，第 20 页。
③ 《吴宓自编年谱》，生活・读书・新知三联书店 1995 年版，第 182 页。

之。此其在世界地位，亦与我等在中国将来之攻斥《新青年》杂志一流同也。①

吴芳吉与清华同学组成的天地会国内成员（有关天地会下面即将谈到）保持着密切的联系，他自然又会将这些信息传递出去。这说明通过吴宓，美国的新人文主义实早在1918年就传播到了中国。

时与吴宓一道师从白璧德的中国学生，有张鑫海（后改歆海）、楼光来、汤用彤、林语堂等。吴宓以为白璧德的学说应广为传播，发扬光大，但时留美学生多达二千余人，在哈佛者也有五六十人，受学于白先生者仅四五人，他深引为憾。故1919年7月陈寅恪初到哈佛，吴宓便赶紧引他去进谒白璧德。1933年白璧德去世时，吴宓发表有《悼白璧德先生》一文，其中提到的白璧德的中国弟子，计有梅光迪、吴宓、汤用彤、张歆海（即张鑫海）、楼光来、林语堂、郭斌和、梁实秋等八人。并谓：梅"从学最早且久，受知亦最深"；林则"虽尝受先生课，而极不赞成先生之学说"；梁"曾屡为文称述先生之人文主义"；而要以吴、郭二人"为最笃信师说，且致力宣扬者"。及门弟子外，胡先骕"尝译述先生之著作，又曾面谒先生，亲承教诲"②。这样看来，白璧德的中国入门弟子，终其一生，总共也不过七八个人。不过，后来成为"学衡派"主将的几位最重要的人物，如梅光迪、吴宓、汤用彤等，在吴1921年归国前都已聚首于哈佛了。不仅如此，他们在导师的影响下，实已在积极酝酿归国后联手宣传人文主义，以与新文化运动相抗衡。

白璧德不仅看重中国旧有文化，而且关注中国正发生的新文化运动及其激烈的新旧之争。他在上述的讲演中，公开批评新文化运动矫枉过正，不免重蹈西方机械主义的复辙。他说，中国文化的最大优点在于以道德立国，富于人文精神。今天的中国应当有工业革命，发展科学，反对伪古学派的形式主义，以抵御列强的侵略，这是对的；但是，"同时必须审慎，保存其伟大之旧文明之精魂"，不应如在倒浴水时将盆中的孩子一起倒掉。他称新文化运动为"功利感情运动"，他说："今日中国之功利感情运动，亦以文化与道

---

① 吴芳吉著，贺远明等选编：《吴芳吉集》，巴蜀书社1994年版，第1259页。
② 吴宓：《悼白璧德先生》，《大公报·文学副刊》第312期，1933年12月25日。

德相标榜,惟其所谓文化道德,亦正如吾西人今日之不惜举其固有之宗教及人文的道德观念而全抛弃之。"在讲演的最后,白璧德主张中西方的人文主义者联合起来,为建立一个"人文的、君子的国际主义"而努力,这实际上是在号召中国的留学生归国与新文化运动抗衡。他说道:"吾所希望者,此运动若能发轫于西方,则在中国必将有一新孔教之运动,摆脱昔日一切学究虚文之积习,而为精神之建设。要之,今日人文主义与功利及感情主义,正将决最后之胜负,中国及欧西之教育界,固同一休戚也。"①白璧德肯定中国文化有自己的优长,以为新文化运动失之偏颇,不无道理;但他将这场于中国社会影响深远的新文化运动,简单地说成是"功利感情运动",说明他对中国的问题缺乏深入的了解,因之其批评也就难免失之偏颇了。

上述是公开演讲,白璧德与自己弟子们的谈话,自然其情愈为殷殷。他曾对吴宓等人说,西人对于中国文化知之甚少,今中国国粹日益沦亡,怕日后即在中国欲明其圣贤哲理而不可得。应乘时发大愿,研究中国之学,且加以传播。此其功实较精通西学为尤巨。吴宓1920年11月30日的《日记》写道:"白师甚以此望之宓等焉。"他且十分感动,表示:"归国后,无论处何境界,必自以一定之时,研究国学,以成斯志也。"1921年1月,吴将发表在《中国留美学生月报》上的《中国之旧与新》(*Old and New in China*)一文送呈白璧德阅正。其《日记》又写道:"白师谓于中国至切关心。东西各国之儒者 Humanist 应联为一气,协力行事。则淑世易俗之功或可冀成。故渠于中国学生在此者,如张(鑫海)、汤(锡予)、楼(光来)、陈(寅恪)及宓等,期望至殷云云。"乃师的期望是明确的:弟子们应以弘扬中国文化的优秀传统为职志,并借此共同推进世界人文精神的高扬。

导师的指点,令弟子们跃跃欲试,都想参与国内的文化论争。张鑫海表示,"羽翼未成,不可轻飞。他年学问成,同志集,定必与若辈鏖战一番"②。这是年轻的师弟的意见,梅光迪作为大师兄实已在积极的进行之中。据《吴宓自编年谱》记载:1918年吴宓初入哈佛,即有人告诉他说,有清华公费生梅光迪,治文学批评,造诣极深。他原与胡适争论新旧文学,"今胡适在国

---

① 胡先骕译:《白璧德中西人文教育谈》,《学衡》第3期,1922年3月。
② 吴学昭:《吴宓与陈寅恪》,第19页。

内,与陈独秀联合,提倡并推进所谓'新文化运动',声势煊赫,不可一世。故梅君正在'招兵买马',到处搜求人才,联合同志,拟回国对胡适作一全盘之大战。按公(指宓)之文学态度,正合于梅君之理想标准,彼必来求公也,云云"。不久,梅果然来访宓,并邀宓至其宿舍,屡次作竟日谈。梅慷慨流涕,"宓十分感动,即表示:宓当勉力追随,愿效前驱,如诸葛武侯之对刘先主'鞠躬尽瘁,死而后已',云云"。梅光迪四处招兵买马,其劲头十足可知。吴宓同样心旌摇摇,1919年10月梅先期回国,而吴于次年底即撰成《中国之旧与新》并公开发表,不啻已实际参加了与新文化运动的论争。吴宓晚年自述,1920—1921年最后一学年,学习思想不如前集中,原因是"移其注意于中国国内之事实、情况,尤其所谓新文化运动兼及新教育",不少时间用于写汉、英文章刊布。"盖此一年,宓虽身在美留学,实不啻已经回国,参加实际之事业活动也矣。"①这是合乎实际的。

1921年5月中,梅光迪来书招吴宓,说:自己回国后先在天津南开大学任教一年,后改就南京高师兼东南大学英语及英国文学教授。现已与中华书局约定,编撰《学衡》杂志,但总编辑非君莫属。校长郭秉文已发出聘书,敬聘宓为南京高师、东南大学英语兼英国文学教授,请即应聘。"兄(宓)素能为理想与道德,作勇敢之牺牲,此其时矣!"吴先于1919年接北京高师之聘,且薪水远在前者之上,但他接函后,只略一沉思,即到邮局发电,毅然辞去北京高师之聘,接受郭校长的聘约。同时,即着手作回国准备。6月下旬,吴宓告别师友,离开波士顿,踏上了归途。由是,白璧德的中国弟子们风云际会,于国内东南一隅树新人文主义之帜,正式参与文化争论和致力于弘扬民族文化的时机便是成熟了。

四、《学衡》创刊与学衡派的崛起

1922年1月,《学衡》杂志正式创刊。《学衡杂志简章》标明"宗旨":"论究学术,阐求真理,昌明国粹,融化新知,以中正之眼光行批评之职事,

---

① 《吴宓自编年谱》,第177、209—210页。

无偏无党，不激不随。"① 是为"学衡派"崛起的标志。

吴宓说："《学衡》杂志由梅光迪君发起，并主持筹办。一年前，已与中华书局订立契约，并已约定撰述员同志若干人。"② 又说："《学衡》创始于梅光迪君，而柳诒徵先生及刘伯明、胡先骕诸君首先赞之。此志之宗旨及理想，实由梅君所草定。予加入略后……"可以说，《学衡》的创意始于梅光迪，但它得以成立，却是得力于梅在美国西北大学的同学、在东南大学主持工作的刘伯明诸人的支持。吴宓虽加入略晚，但《学衡》的正式起动是在他的主持下进行的。时杂志社及同人集会之所即设在吴的寓所："南京鼓楼北，二条巷，二十四号。"吴且自制"学衡杂志社"油漆大牌，白底黑字，悬钉于门外。第一次也是唯一的一次全体社员会，便是在这里召开的。他们是：梅光迪、吴宓、刘伯明、胡先骕（留美，东南大学生物系主任）、萧纯锦（留美，东南大学经济系主任）、徐则陵（留美，东南大学历史系主任）、马承望（暨南大学教授）、柳诒徵（曾游学日本，东南大学历史系教授）、邵祖平（东南大学附属中学国文教员），共8人，以留美的东南大学教授为主。会议定杂志体例，分通论、述学、文苑、杂俎、书评、附录6门。并派定梅、马、胡、邵，分别为通论、述学、文苑、杂俎各门的主任编辑。会议还公推柳诒徵撰作《弁言》，其中说："谨矢四义：一、诵述中西先哲之精言以翼学；二、解析世宙名著之共性以邮思；三、籀绎之作必趋雅音以崇文；四、平心而言，不事漫骂以培俗。"吴撰《简章》。杂志封面的"学衡"二字，则请湖南宿儒曾农髯老先生题写。吴宓为杂志的总编辑兼干事。其后充任编辑的人员还有柳诒徵、汤用彤、缪凤林、景昌极等。

迄1933年7月停刊，《学衡》共出版79期。其中，1922年1月—1926年12月为月刊，计60期，即第1—60期。1927年因北伐战争，停刊一年。1928年1月复刊，改为双月刊，至1929年11月，共计出版12期，即第61—72期。1930年总编辑吴宓赴欧游学，再停刊一年。1931年1月再度复刊后，出版变得断断续续，很不正常。同年1、3两月，计出3期，即第73—75期。1932年5、12两月，计出2期，即第76—77期。1933年5、7

---

① 《学衡杂志简章》，《学衡》第1期，1922年1月。
② 《吴宓自编年谱》，第227页。

两月，计出 2 期，即第 78—79 期。但无论如何，《学衡》前后坚持出版了 12 年之久，这在当时已是十分难能可贵的。

《学衡》自第 13 期（1923 年 1 月）起，每期皆增入英文《简章》及本期英文《目录》。"由是《学衡》杂志遂为旅居中国之欧美人士及英文读者所注意。"它同时向国内外发行，在第 60 期上有启事说："国内及日本，每期三角，全年（六期）一元五角。欧美各国，每期四角，全年（六期），二元。"据中华书局报告，在国内各省中，订阅和零期购阅者，以江苏为最多，奉天次之。四川、湖南也较多，其余各省则甚少。徐铸成先生在《报海旧闻》[①] 中曾谈到 20 世纪 20 年代他在无锡的省立第三师范读书，图书室里的杂志就有《新青年》、《学衡》和《科学杂志》等。足见至少在江苏，《学衡》在学界还是有着相当影响的。《学衡》还与国外的某些学术机构互相交流。此外，从第 1 期起，吴宓即按期将杂志寄赠英国博物院、牛津大学图书馆、剑桥大学汉学家 Soothill 教授；法国国家图书馆、巴黎大学东方学院汉学家伯希和教授；美国国会图书馆、哈佛大学图书馆；美国白璧德教授等。"各一份，历久不断。"[②]

1928 年 2 月在同样由吴宓主编的《大公报·文学副刊》上，有文评介《学衡》的特色，其中说："此志形式上之特点，为：（一）除小说戏剧纯用文言，不用白话；（二）不用新式标点，只用旧式圈点。至其内容，则介绍西洋思想、翻译西洋文学名著，与整理国学、阐明道德并重。其文苑一门，每期选录时贤新作、古文及旧式诗词（翻译西诗亦用旧诗体），至新式之诗则未见登载。"[③] 这即是说，《学衡》的特色是形式上守旧（不用白话文与新式标点），内容上中西学并重。这种概括是比较准确的，也与《学衡》"昌明国粹，融化新知"的宗旨相吻合。《学衡》中除了"文苑"、"杂缀"外，其他各栏刊登的文章总数为 414 篇。其中，文学类 72 篇，约占总数的 17%；史学类 158 篇，约占 38%；评论类（含文化论争及政论）52 篇，约占 13%。足见《学衡》杂志是一家以文史研究为基础的评论性刊物。

在《学衡》上先后撰稿的作者为数甚多，但就撰稿较多者而言，主要作

---

① 徐铸成：《报海旧闻》，上海人民出版社 1981 年版，第 121 页。
② 《吴宓自编年谱》，第 241 页。
③ 《学衡杂志：五九、六十期》，《大公报·文学副刊》第 7 期，1928 年 2 月 20 日。

者约有 21 人，可列表如下：

姓名	籍贯	生卒年	学历	工作单位
刘伯明	江苏南京	1887—1923	留学日美	东南大学教授
梅光迪	安徽宣城	1890—1945	清华毕业留美	东南大学教授
吴宓	陕西泾阳	1894—1978	清华毕业留美	东南、清华大学教授
胡先骕	江西新建	1894—1984	北京大学预科班留美	东南大学教授
柳诒徵	江苏镇江	1880—1956	游学日本	东南大学教授
汤用彤	湖北黄梅	1893—1964	清华毕业留美	东南大学教授
吴芳吉	四川江津	1896—1932	清华留美预备班	西北大学教授
缪凤林	浙江富阳	1898—1959	东南大学毕业	东北大学教授
景昌极	江苏泰州	1903—1982	东南大学毕业	东北大学教授
刘朴	湖南湘潭		清华毕业留美	东北大学教授
刘永济	湖南新宁	1887—1966	清华留美预备班	东北大学教授
王国维	浙江海宁	1877—1927		清华国学研究院导师
张荫麟	广东东莞	1905—1942	清华毕业留美	清华大学教授
李思纯	四川成都	1893—1960	留法	东南大学教授
林损	浙江瑞安	1890—1940		北京大学教授
郑鹤声	浙江诸暨	1901—1988	东南大学毕业	教育部编审处常任编审 国立中央大学教授
郭斌和	江苏江阴	1897—？	香港大学毕业留美	东北大学教授
孙德谦		1873—1935	东吴大学毕业	上海大学教授
胡稷咸	安徽芜湖		香港大学毕业	中学教员、武汉大学教授
徐震堮	浙江嘉善	1901—1986	留学	松江女中教员、 浙江大学教授
王恩洋	四川南充	1897—1964		成都东方文教学院教授

分析上表的资料可知：（一）在此 21 名主要作者中，可考者留学生 10 人，占总数 48%，其中留美者 8 人，占 38%。这即是说，《学衡》的作者队伍以归国留学生，尤其是留美学生为中坚。（二）从工作单位与毕业学校看，出身东大或在东大任教者 10 人，占总数 48%；出身清华或在清华任教者 8 人，占总数 38%。这说明《学衡》的作者队伍又是以东南大学与清华大学的

师生（或毕业生）为主体。更准确些说，前期是以东南大学的师生为主体，总编辑吴宓执教清华后，则变为二者并重。（三）他们多是南北各大学的教授，学有专长的知名学者。王国维为清华国学研究院的导师，著名的国学大师，在国内有崇高的学术地位。柳诒徵、缪凤林、张荫麟等，是著名的历史学家，其中柳诒徵且是南京教育部部聘教授，公认的史学大师。胡先骕是著名的植物学家，时任静生所所长、中国植物学会首届会长、南京中央研究院评议员。梅光迪、吴宓、郭斌和等精通西洋文学史，吴且为部聘教授、红学专家、中国比较文学的开创者。吴芳吉为著名的诗人。汤用彤为佛学史专家。刘伯明等人则为知名的哲学史家。如此等等。需要指出的是，他们中许多人不仅留学国外著名学府，通晓西学，视野开阔，而且国学功底深厚。例如，梅光迪、胡先骕都参加过童子试，后者且为府学庠生。胡能诗，为南社社员，自谓："束发毕经史，薄誉腾文场。下笔摹古健，颇欲追班扬。一时冠盖俦，交口称麟凰。"① 虽不无高自标举之嫌，却也并非虚言。吴宓承家学，也能诗，后执教清华大学，师从著名诗人黄节，其诗益进。汤用彤能成就为魏晋佛学史的专家，固不必说，刘伯明留学日本时曾从章太炎研究古文字学，其国学之功底可见一斑。

要言之，《学衡》杂志的作者，主要是一批大学的教授，学贯中西的知名学者。而他们中的大部分人，实际上也就构成了学衡派的基干力量。

《学衡》杂志的出版固是学衡派崛起的标志，但学衡派的势力并不囿于《学衡》，以下几种刊物也曾是他们的重要阵地：

《大公报·文学副刊》。1927年12月，天津《大公报》总编辑张季鸾请吴宓任新增的《文学副刊》主编，吴接受了，其"本意想在新文化运动期刊如雨后春笋的情形下，占领一角阵地，宣传一己之主张"②。该副刊每星期一出版，自1928年1月2日至1934年1月1日，共出313期。除了1930年8月初至1931年9月底因游学欧洲，托浦江清代理编辑第134—194期外，均由吴宓自己任编辑。在这六年中，吴宓长期约请的组稿人有浦江清（清华大学教授）、朱自清（清华大学教授）、张荫麟（浙江大学教授）、赵万里（北

---

① 胡先骕：《壮游因少陵韵》，见《胡先骕先生诗集》，台湾中正大学校友会编印，1992年。
② 吴学昭：《吴宓与陈寅恪》，第64页。

京图书馆工作)、毕树棠（清华图书馆工作）五人。时为清华大学学生的贺麟、季羡林等也曾应邀投稿。副刊以"大公无私，立论不偏不倚"为宗旨，翌年，办刊方针又作以下重要的改良：

（1）改介绍批评之专刊，为各体具备之杂货店，增入新文学及语体及新式标点（并增入新诗、小说之创造作品）。

（2）改首尾一贯而全体形式完美之特刊，为一公共场所，每一作者，不论何派何等，均得在此中自行表现，以作者为单位，而不成团体。每篇作者各署名。

（3）改总统制为委员制，即一切不由宓一人主持，而由诸人划分范围，分别经营。对于该类稿件，有增损去取之全权。宓仅负集稿编次之责，而宓以后因事须出游时，诸人亦可代办各事云。①

《学衡》第77期上刊有广告，这样介绍《大公报·文学副刊》："内容略仿欧美大报文学副刊之办法，而参以中国之情形及需要。每期对于中外新出之书，择优介绍批评。遇有关文学思想之问题，特制专论。选录诗词及笔记谈丛，亦力求精审。撰述及投稿者，类皆一时知名之士，而编辑尤具匠心。凡爱读《学衡》者，不可不读《大公报·文学副刊》。"这里需指出两点：一是该副刊显然是《学衡》的延伸。《学衡》与《大公报·文学副刊》是吴宓主编的两个最重要的刊物，同时也是学衡派最重要的阵地。二是副刊"增入新文学及语体及新式标点"，说明吴宓诸人并不固守反对新文学的立场。

《湘君》季刊。1922年夏创刊，附设于湖南长沙明德中学校内。总编辑吴芳吉，社长刘永济。吴芳吉说，"长兄（指吴宓。——引者）在南京创《学衡》杂志，某因创《湘君》应之"。该刊的宗旨，强调"道德"、"文章"、"志气"，以求文艺与道德之合一，而归本于性情。其内容则以诗文杂著小说戏曲等为主，文言白话，新旧体裁，兼蓄并收，不拘一格。吴芳吉曾将《湘君》与《学衡》加以比较，他说："两者精神虽同，旨趣各异。《湘君》注重创作，《学衡》多事批评；《湘君》但载词章，《学衡》更及义理；《湘君》之气象活泼，《学衡》之态度谨严；《湘君》之性近于浪漫，《学衡》中人恪守

---

① 《吴宓日记》第4册，第197页。

典则；《湘君》意在自愉，《学衡》存心救世。"①比较不无道理，但需要指出的是，《湘君》也"多事批评"，吴芳吉本人有名的多至四论的《吾人心目中的新旧文学观》长文，即刊载其中。《湘君》与《学衡》的关系极为密切，前者的主笔常为后者撰稿，后者不仅时常转载前者的文章，且为之代售。吴宓本人甚至代为筹借资金。吴宓《自编年谱》1923年条下有这样的记载："二月初，碧柳所经营之《湘君》季刊第二期出版，寄到。宓即召集熟识之学生，在东南大学口字房一教室内，开一小会，讲述《湘君》之特别优点，并为推销。"《湘君》在长沙颇不行销，在外埠尤其是江苏销路尚好。英人庄士敦曾购以分寄国内牛津大学等校。但因经费短缺和内部分歧等原因，《湘君》难乎为继，1924年随着吴芳吉、刘永济诸人应聘分赴西北大学和东北大学执教，遂告停刊了。

《文哲学报》。1922年创刊，南京高师文学研究会与哲学研究会刊行，但其实际主持者乃是柳诒徵、缪凤林等学衡派健将，故柳晚年回忆说"又与学生缪凤林、景昌极等创办《史地学报》、《文哲学报》……"②该报的《发刊要旨》指出："本志以研究文学哲学为旨，国故西学，齐重互见，古言今说，兼取并论。""迩年以来，国人盛言西化，文学哲学，谈者纷多……取论立言，其失孔多。罔者从风，甚且掇拾自矜，遂致论者愈众，萝乱弥甚。……（同仁）诚以对于现状，深怀不安，故自忘浅薄，发其区区。"③显然，其旨趣与《学衡》是一致的。故该刊出版后，反对派指斥它沿《学衡》的故智，无非是学衡派"添子添孙"。

《国风》。1932年9月1日创刊。社长柳诒徵，编辑委员有张其昀、缪凤林等。其封面高标宗旨："发扬中国固有文化，昌明世界最新之学术。"初为半月刊，从1935年8月第7卷第1号起改为月刊。作者主要是东南大学的教授柳诒徵等学衡派诸人。其中，第1卷第3号的《圣诞特刊》、第5号的《国防特刊》、第9号的《刘伯明先生纪念》专刊，以及第7卷第2、3号的《南京高师二十周年纪念刊》，尤为集中地反映了学衡派的文化思考。

由上不难看出，除了《湘君》外，学衡派的刊物都是以东南大学为依

---

① 《自订年谱》，见吴芳吉著，贺远明等选编：《吴芳吉集》，第545页。
② 《我的自述》，《柳翼谋先生纪念文集》第9页，《镇江文史资料》1986年第11辑。
③ 《文哲学报》1922年第1期。

托。这就难怪时人有言"南高与北大相抗衡"了（南高为东大前身）。

学衡派的主要代表人物有：

梅光迪（1890—1945），字迪生，又觐庄，安徽宣城人。12 岁应童子试，18 岁毕业于安徽高等学堂。1911 年入清华学堂，旋赴美，初入威斯康辛大学，1913 年转往芝加哥的西北大学文理学院。1915 年春毕业。是年夏，与胡适、任鸿隽、杨铨、唐钺等在绮色佳城度假，彼此讨论中国文字与文学的问题。胡适以为古文是半死或全死的文字，梅光迪大不以为然，二人争论愈烈。秋间转入哈佛大学研究院，师从白璧德，专攻西洋文学。《胡适留学日记》1915 年 9 月 17 日写道："梅君少年好文史，近更撷拾及欧美。新来为文颇谐诡，能令公怒令公喜。"① 杨铨 1916 年 2 月 14 日的《题胡梅任扬合影》诗也有言："觐庄学庄重，莞尔神自奕；糠秕视名流，颇富匡时策。"② 这说明，梅光迪入哈佛接受新人文主义后，其见解愈形系统和自信。1917 年胡适归国参加新文化运动且"暴得大名"后，他在哈佛也愈加自觉地开始抓紧物色同志，准备归国与胡适诸人公开论战。1918 年他终得结识新到哈佛的吴宓，二人志同道合，对归国后的进退作了规划。1920 年梅光迪回国，任南开大学英文系主任。翌年，应美国西北大学同学刘伯明之邀，转任东南大学西洋文学系主任。在这里，他结识了柳诒徵、胡先骕等新的同志，并开始具体筹划创办《学衡》杂志。同年 8 月吴宓应约归来并出任杂志的总编辑。明年《学衡》正式出版，无异于为学衡派的崛起及其揭出新人文主义的旗帜举行了奠基礼。吴宓说，《学衡》杂志的"宗旨及理想，实梅光迪君所草定"。梅光迪在该杂志上发表的文章，主要是前几期上的《评提倡新文化者》、《评今人提倡学术之方法》、《论今日吾国学术界之需要》等，总共不过 5 篇，且 1924 年后曾两度赴哈佛讲学，甚少过问杂志事，但这都不影响他成为《学衡》和学衡派的主帅人物之一。究其原因，这不仅在于他手定了《学衡》的"宗旨与理想"，为学衡派的创始者，而且还在于他个人的魅力。王焕镳曾比较梅光迪与吴宓说，二人创办《学衡》，年皆未及 30。"吴先生勤以纂述，朝夕兀兀，译名著，信达雅远出林畏庐上；梅先生深恶标榜，文不苟作，作必

---

① 《胡适日记》（三），台湾商务印书馆 1980 年版，第 784 页。
② 《胡适日记》（三），第 846 页。

尽撷其蕴,挥斥跌宕,骂讥笑诃,无不极其趣,一文甫出,传诵遍于横舍,士习为之丕变。""吴先生严肃寡言,动止有程,学子或畏苦不敢亲;先生则春容间旷,机趣盎然,出辞隽永,动衷座人。至议大政,临大难,则又守正趋义,屹然如山岳之不可憾。……故与人无畛域,人亦不甚嫉之。"①所说容有过当,但他强调耿直不阿,敏于事敢于言,对事不对人,是梅性格的一大优点,却大致不差。只要看看他与胡适在留学时的争论,以及他在《学衡》上的文章,便不难明白这一点。如果我们承认学衡派与胡适诸人间的论争具有学理上的意义,那么我们也应当承认二者间的此种学理分歧,最初正是缘梅光迪而日明的。对立派常以"梅光迪"作为"学衡派"同义词,其本身也说明了这一点。

梅光迪先后在美国20年,精通英文,西洋文学的修养且在普通美国教授之上,于中西文化学术思想具有辨章源流、心领神会的深厚功力,人多以为是促进中西文化融会难得的人才。但遗憾的是,梅光迪著述不多,未尽其才。胡先骕因之叹惜道:"惜梅光迪不勤于著作,虽有崇高之理想,而难于发表,遂使其所蕴藏之内美,未能充分发挥,因而不能发生重大之影响,殊为憾事。胡适之尝言觐庄之病在懒,懒人不足畏,不幸乃系事实。否则旗鼓相当,未知鹿死谁手矣。"②梅光迪后来曾任浙江大学文学院院长。1945年病逝。著有《梅光迪文录》。

刘伯明(1887—1923),名经庶,字伯明,江苏南京人。汇文书院毕业后赴日,为留学生青年会干事。"与章太炎先生游,治说文及诸子,故于国学致有根柢。"③入同盟会。英占片马,留学生组织国民公会,刘起草宣言。1911年共和成,不愿为官,赴美,入西北大学研究院攻哲学与教育,得博士学位。1915年归国,任金陵大学国文部主任、教授兼南京高师教授。1919年起专任南高师训育主任及文史地部主任。1923年南高师改东南大学,任文理科主任兼校长办公处副主任,德高望重,无副校长之名而有副校长之实。"庶务慎委,而讲学不倦,东南大学奉为魁首。"④刘伯明尤嗜柏拉图及斯宾诺

---

① 《梅光迪先生文录序》,见《梅光迪文录》,《中华丛书》委员会印,1956年11月。
② 胡先骕:《梅庵忆语》,《子曰丛刊》1934年第4辑。
③ 郭秉文:《刘伯明先生事略》,《学衡》第26期,1924年2月。
④ 张其昀:《源远流长之南京国学》,《国风》月刊,第7卷第2期,1935年。

莎学说,"力持人文主义,以救今之倡实用主义之弊"①。他的代表作有:《学者之精神》、《再论学者之精神》、《共和国民之精神》、《非宗教运动平议》等,气势宏大,而持论平实。由于早逝,他在《学衡》上发表的文章不太多,但他不仅是该杂志的创始者,而且是学衡派有力的呵护者。胡先骕说:由于刘伯明的吸引,白璧德的高足梅光迪、张歆海、楼光来、吴宓,连翩归任教授,"不但为英文系开一新纪元,且以养成东大之人文主义学风焉"②。梅光迪也在《九年后之回忆》中说:"民(国)十一年,《学衡》杂志出世,主其事者,为校中少数倔强不驯之分子,而伯明为之魁。""《学衡》杂志者,以'阐扬旧学,灌输新知'为职志,对于一切流行偏激之主张,时施针砭,故大触当时学术界权威之忌。其主持者之于校务,亦是非好恶,不肯同于众人。伯明为《学衡》创办人之一,其他作者,亦多其所引致之教授,与其私交甚密者。而以其所处地位,一面须顾及内部之团结,一面又不欲开罪外界之学阀,故其在《学衡》上发表之文字,远不如他人之放言无忌,亦不如其私人谈话之激扬也。"③在某种程度上可以说,没有刘伯明就不会有《学衡》的问世。1923年底,刘伯明积劳成疾,英年早逝。《国风》杂志特刊行《刘先生纪念专号》,以寄哀思。吴宓的挽联说:"大业初发轫,遽尔撒手独归。虽云后死者皆有责,我愧疏庸,忍泪对钟山兀兀。问今后,更何人高标硕望,领袖群贤。"④耐人寻味的是,胡适也挽以联:"鞠躬尽瘁而死,肝胆照人如生。"⑤刘的逝世是对《学衡》及其学衡派的沉重打击,因为东大内部的派别之争随之即起,《学衡》同人被迫星散,他们知道从此结束了自己的"黄金时代"。刘伯明著有《西洋古代中世哲学史大纲》、《近代西洋哲学史大纲》。

吴宓(1894—1978),字雨僧,陕西泾阳安吴堡人。吴氏家族是当地有名的宦商世家。吴宓之父吴建常民初曾任甘肃凉州副都统,后来又任国民政府监察院监察委员。1907—1910年吴宓在宏道书院求学。1911年入清华学堂。1917年赴美留学,先入弗吉尼亚大学英国文学系,后转入哈佛大学比较

---

① 《梅光迪先生文录序》,见《梅光迪文录》。
② 胡先骕:《梅庵忆语》,《子曰丛刊》1934年第4辑。
③ 《梅光迪文录》,第30—31页。
④ 《挽刘伯明君联》,《吴宓诗集》卷6,中华书局1935年版。
⑤ 郭秉文:《刘伯明先生事略》,《学衡》第26期,1924年2月。

文学系，师从白璧德。1921年获硕士学位。同年归国，任东南大学西洋文学系教授，与梅光迪等人创办《学衡》杂志。吴宓在该杂志上共发表文章42篇（次），为数之多仅次于柳诒徵。同时，作为总编辑，他苦心经营，用力最多。《学衡》所以能维持12年之久，与其努力是分不开的。吴宓说："予半生精力，瘁于《学衡》杂志，知我罪我，请视此书。"① 唯其如此，在人们的心目中，《学衡》与吴宓的名字密不可分。吴宓在主编《学衡》的同时，还兼任天津《大公报·文学副刊》主编6年，共出313期。此二刊是学衡派最重要的阵地。所以，就此而言，梅光迪与吴宓虽同为学衡派的主帅人物，但在前者于1924年再度赴美且由是甚少过问《学衡》事后，学衡派的真正的主帅人物，实非吴莫属。在中国介绍白璧德新人文主义学说的第一人，是梅光迪；但是，使此种介绍变得系统有力并卓有成效地身体力行，却当首推吴宓。他在《学衡》上组织了20篇译文，约占本刊发文总数的5%，较系统地介绍了新人文主义的学说。其中，他自己译了《白璧德之人文主义》、《白璧德论民治与领袖》、《白璧德论欧亚两洲文化》、《白璧德论今后诗之趋势》等文近10篇。后来梁实秋征得吴宓同意，将吴及《学衡》上有关白璧德的译文结集成《白璧德与人文主义》一书，交上海新月书店于1930年出版。《学衡》第68期有"广告"说："近来中国文坛对于白璧德教授已起了重大的注意。但是他的思想及作品尚无详细的介绍，所以虽然有人赞扬他，而我们不能明其底蕴，虽然有人菲薄他，而我们亦难辨其是非。现经梁实秋先生选辑吴宓先生及其友人所译白璧德最精采的文章数篇，编纂成书，弁以长序，并附插白璧德像一巨幅。倾向浪漫主义的人，读此书犹如当头棒喝，研究文学思想的人，读此书更当有所借镜。"这是中国较为系统地介绍白璧德学说的第一本也是唯一的一本著作。吴宓说自己"本体思想及讲学宗旨，遵依美国白璧德教授及穆尔先生之新人文主义"。② 这即是说，他于新人文主义身体力行。吴宓曾自称"我是东方安诺德"，柳诒徵则径直称他是"中国的白璧德"。他批评新文化运动的代表作是《论新文化运动》。吴宓不仅在西方文学史的教学与译介方面卓有建树，更主要的是他最早将西方比较文学的观念和研究方

---

① 锐锋：《吴宓教授谈文学与人生》，见黄世坦编：《回忆吴宓先生》，陕西人民出版社1990年版，第174页。
② 见黄世坦编：《回忆吴宓先生》，第174页。

法引入了中国。他于 1920 年在《民心周报》发表的《〈红楼梦〉新谈》，被公认是中国比较文学的开山之作，同时复令《红楼梦》的研究别开生面。归国后在清华开"中西诗之比较研究"等课程，为我国培养了第一批比较文学的人才。钱锺书 1937 年在与人书中谈到吴宓时就曾指出："我这一代的中国青年学生从他那里受益良多。他最先强调'文学的延续'，倡导欲包括我国'旧'文学于其视野之内的比较文学研究。15 年前，中国的实际批评家中只有他一人具备对欧洲文学史的'对照'（Synoptical）的学识。"[1] 1924 年吴宓受聘到东北大学，但任教只一学期，又转入北京国立清华大学。翌年初，受聘主持筹建国学研究院并任主任。成立该院的目的是要为融合中西、弘扬中国文化，培养国学研究的高级专门人才。吴宓主持制定了国学研究院的章程，并聘定了梁启超、王国维、陈寅恪、赵元任四大导师。国学研究院存在的时间虽不长，但成绩斐然，培养出了一批出色的学者，在近代教育史上有着重要的地位。同时，它也彰显了作为新人文主义者的吴宓的文化思想与教育主张。当年清华学生贺麟说："民国十四年，吴宓（雨僧）先生初到清华，任研究院主任，无疑地，吴宓先生是当时清华的一个精神力量。"[2] 主编《学衡》与主持国学研究院，是吴宓在 20 世纪 20—30 年代双峰并峙的两大成就，也是人们研究吴宓和学衡派应当兼顾的两个方面。吴宓著有《吴宓诗集》和《希腊文学史》等。

胡先骕（1894—1984），字步曾，江西南昌人。曾祖胡家玉，道光二十一年探花，官至贵州学政，后累迁至都察院左都御使。父胡承弼，光绪二年举人，官至内阁中书。以"步曾"为其字，望步先曾祖学业事功之后尘。母陈氏通经史，谙诗词，予其以良好的教养。一次席上，客出"五龄小子"，对以"七岁神童"，人誉为神童。9 岁父去世，家道中落。13 岁应童子试，同年入南昌洪都中学堂，是为受现代教育之始。1909 年入京师大学堂。1912 年赴美，入加州伯克莱大学农学院，攻植物学。1914 年参与捐资创办《科学》杂志，并参加胡适发起的"读书会"。从翌年起，开始不断在该杂志上发表科学论文。1916 年归国，任江西庐山森林局副局长。次年受聘为南京

---

[1] 转引自〔美〕胡志德著，张晨译：《钱锺书》，中国广播电视出版社 1990 年版，第 5 页。
[2]《我所认识的荫麟》，见张荫麟：《东汉前中国史纲》"附录"，重庆中央青年印刷所 1944 年版。

高师农林科教授，后兼生物系主任。1922年与梅光迪、吴宓等共同发起创办《学衡》杂志，并为主要撰稿人。胡先骕是学衡派的主将之一，他的代表作《评〈尝试集〉》、《中国文学改良论》、《评胡适〈五十年来中国之文学〉》诸文，集中抨击胡适的文学革命论。胡先骕能诗，为南社社员，还发表了许多诗作与诗评。正由于他既是出色的科学家，又具深厚的国学功底，擅长诗文，故其于教育改革力主文理兼顾，培养通才。他在《说今日教育之危机》、《留学问题与吾国高等教育之方针》、《致熊纯如先生论改革赣省教育书》等文中，提出了颇有特色的教育思想。1923年秋，胡先骕再度赴美，入哈佛大学，继续攻读植物分类学博士学位。1925年归国后，先后任北京大学、北京高师教授。进入30年代后，更先后任静生生物研究所所长、中国植物学会首届会长、南京中央研究院评议员，当选为国际植物命名委员会委员。他已成国际知名的科学家，但仍撰文不辍。著作有《胡先骕文存》、《胡先骕先生诗集》。

柳诒徵（1880—1956），字翼谋，江苏丹徒县（今镇江市）人。父柳泉，塾师，家计艰难。5岁丧父，全家靠亲族及慈善机关救济度日。从母亲苦读诗书，17岁中秀才。1900年变法兴学，南京开编译局，受聘入局中编教科书。1902年随缪艺凤先生赴日本考察教育。次年与人办南京思益小学、江南中等商业学堂及镇江大港小学。同时，辞译局事，兼江南高等学堂、两江优级师范教习。1911年任镇江临时县议会副议长及镇江中学校长。1915年任南京高师国文历史教员。后高师改东南大学，任历史学教授。柳诒徵在东大培养了一批英才，德高望重。茅以升在《记柳翼谋师》中说："我自少年就学之初，即承名师指导，得窥文史之堂奥，先入为主，感到终生受益。"[①]1922年，他与梅光迪、吴宓、胡先骕等共同创办《学衡》。后者与之关系，在师友之间。柳诒徵对梅、吴等服膺的新人文主义，也十分赞成。他在《送吴雨僧之奉天序》中说："宣城梅子迪生，首张美儒白璧德氏之说，以明其真，吴子和之。盖溯源于希腊之文学美术哲学，承学之士始晓然于欧美文教之自有其本原，而震骇于晚近浮薄怪谬之说者，所得为甚浅也。梅子、吴子同创杂志曰《学衡》，以诏世。其文初出，颇为聋俗所诟病。久

---

① 《柳翼谋先生纪念文集》，《镇江文史资料》1986年第11辑。

之,其理益彰,其说益信而坚。……美之士夙承白璧德之教,迪生启之以吾国闻,所谓同声相应也。辽之学肇造未数年,雨僧以筚路蓝缕之功,为亚洲建一新希腊,亦华之白璧德矣。学术在天壤,惟人能宏之。二者各以一身肩吾国文教之责,使东西圣哲之学说炳焕无暨,视昔之所播于东南者,益声大而远,岂惟不局于一学校,抑亦不局于一地、一群、一社、一时之事矣。"[1]柳诒徵是学衡派的一员主将,在《学衡》上著文最多。其中,他的讲义《中国文化史》在该刊长时间连载,产生了很大的影响。后由正中书局正式出版,三大册,流传甚广,人称鸿篇巨制。他还与缪凤林等人先后创办了《史地学报》、《文哲学报》、《国风》等刊物,潜心于史学研究,成就斐然。吴宓以为他的史学成就,可与梁启超并驾齐驱。柳诒徵为文止于平心静气的学术研究,对于教育界、学术界虽然也时加评论,但止于笼统指摘,绝不评诋个人。他的《论近人治诸子学者之失》,论及章太炎、梁启超、胡适之诋孔。章见文来信感谢,后相见赠他八字扇面,是《刘歆传》的"精见强识,过绝于人"八字。梁无反响,1922年底到东大讲学,则赠一联:"所见者大,独为其难。"胡适见面,"也很客气"[2]。其人格与学风,于此可见一斑。1924年因东大风潮,转东北大学、北京高师等校任教。自1927年起,任江苏国学图书馆馆长,前后10年,致力于改革。1937年日本侵华,他不顾个人安危,将本馆24万多册图书,辗转迁徙,终得完璧归赵,厥功甚伟。柳诒徵著述宏富,除《中国文化史》外,还有《国史要义》等。

吴芳吉(1896—1932),字碧柳,别号白屋吴生。四川江津县人。家素贫。1911年考选游美,入清华学校中等科一年级,与吴宓等同学。1912年因外籍教师侮辱学生,被推为四川省代表,据理抗争,竟被学校开除学籍。自是往走各地,流转谋食,备尝艰辛。他曾自谓:"七岁即以家难飘流于外,为奴行乞,不得一饱,将二十年矣。此二十年中,惟十三至十六时读书北京清华学校,为平生快乐无忧之日,过此则世变日亟,而苦亦愈甚。忆弱冠作客海上,曾连月不能再食,食亦惟粥而已。"[3]其间,曾任四川永宁中学国文教员、上海佑文社及文明书局校对。1918年任上海中国公学大学部国文教

---

[1] 《吴宓诗集》卷6,《辽东集》,中华书局1935年版。
[2] 柳诒徵:《我的自述》,《镇江文史资料》1986年第11辑。
[3] 《吴白屋先生遗书》,书札三,《与吕光锡》之二。

授,并《新群》杂志编辑。1920年入湘,为长沙明德中学教员。吴宓与吴芳吉为挚友,1917年赴美后,不仅在留美的清华同学中发起募捐,定期周济吴芳吉,而且不断为之购置书刊,并行函授。芳吉遂通英文,"学因日进"。故他称吴宓是"良友而贤师"。同时因宓之故,也接受了白璧德的学说。吴宓回国创《学衡》杂志,吴芳吉便与刘永济等人在长沙创《湘君》,"以应宓所主之《学衡》月刊"①。他与新文化运动辩难的代表作,是四论《吾人眼中之新旧文学观》。他是著名的诗人,虽一生短暂,却创作了大量的诗篇。中西学的素养,时代精神的召唤,加之艰难人生的磨炼,使他的诗不仅贴近生活,充满着爱国主义的激情,而且从形式、内容到艺术风格,都表现出了可贵的创意,形成了自己的特色——"白屋诗体"。郭沫若与之有文字往来,"尝谓吴君为数千年旧礼教的压阵将军"②。1925年后,吴芳吉曾先后任西北大学、成都大学等校教授。1931年任江津中学校长,次年病逝,年仅36岁。著有《吴芳吉集》。

对于学衡派的兴起,以往论者多斥之为封建复古思潮对于新文化运动的反动,失之肤浅。学衡派兴起的历史动因,可以指出以下几点:

学衡派的中坚多为留学生,在出国之前,他们年仅十六七岁,恰同学少年,风华正茂。然而,对于国家来说,其时却值命途多舛之秋:民国虽成,空有其名,袁氏盗国复辟,军阀混战,国步维艰。如果说,吴宓等初入清华,心系出洋,多怀光宗耀祖之思;那么,经历了上述变故之后,他们实已油然生爱国之情与强烈的社会责任感。1915年袁世凯与日本签订丧权辱国的"二十一条"事发后,吴宓在《五月九日即事感赋示柏荣》中写道:"河山拱手让他人,一纸约章飞孤注。哀我将作亡国民,泪眼依稀看劫尘。十年歌哭成何补,千禩文物自兹沦。醉生梦死生亦贱,酣嬉尚思巢幕燕。只手欲遮天下目,翻讶外交能权变。盈廷衮衮类童蒙,国亡犹望富家翁。豆剖瓜分行自取,飞扬跋扈待谁雄?哀莫大于人心死,江河日下情何已。"这里还仅停留于愤怒指责袁氏专制卖国;而同年在《即事书怀赋赠真吾》中则谓:"谈诗说剑非常业,许国忧民甚旧痴。""横流孤柱伊谁责?落日中原应有

---

① 莫健立:《吴白屋先生传》,见《吴白屋先生遗书》。
② 《〈吴芳吉遗书〉雕版消息》,《大公报·文学副刊》第292期,1933年8月7日。

人。"①其忧国忧民强烈的社会责任感,已是溢于言表。而胡先骕也有"颇思任天下,衽席置吾民"的诗句,表达了同样情怀。②需要指出的是,就在国人反对"二十一条"抗议声中,吴宓、汤用彤等人即在清华发起组织了"天人会","注重爱国精神",会之宗旨:"除共事牺牲,益国益群而外,则欲融合新旧,撷精立极,造成一种学说,以影响社会,改良群治。又欲以我辈为起点,造成一种光明磊落、仁慈侠骨之品格。必期道德与事功合一,公义与私情并重,为世俗表率,而蔚成一时之风尚。"天人会成员先后30多人,包括吴芳吉、刘朴、刘永济等人在内,后来成为学衡派中坚的许多当年的清华同学,均加入了。吴宓后来回忆说,是会成立之初,"理想甚高,情感甚真,志气甚盛"。天人会宗旨的是非,可暂不置论,但它无疑表明,这些莘莘学子不仅有强烈的社会责任感,而且正组织起来,谋求具体"造成一种学说",以救国利民。然而,护国战争后,军阀混战,国事愈不可问,他们多陷于迷茫。相信科学救国,"乞得种树术,将以疗国贫"的胡先骕,于1916年归国,才发现"乃今事攘夺,吾谋非所珍"。他先是息影于庐山,后始执教于东南大学,颇为心灰意懒。而即将赴美的吴宓,心态稍异。1917年他在东渡太平洋的轮船上,心中充满着憧憬:"此行何所遇?长途想悠悠。……去矣日已远,回望泪盈眸。异域植良材,仙方期冥搜。学子千百辈,负笈履新州。志士惜日短,因勉追前修。国脉一线存,济川此其舟。"③很显然,他是把向西方寻求救国真理当作此行的最大目的。在美国,梅光迪、吴宓、陈寅恪等人都曾加入了波士顿留学生因愤于国耻于1915年成立的"中国国防会",目的要唤醒国民,救亡图存。该会在上海刊行《民心周报》,梅光迪曾提出办报大纲9条,供讨论。吴宓作为该会的董事,负责在美组稿、发行。有人劝他不要为报事浪费时光,徒劳无益,吴宓说:"吴宓每念国家危亡荼苦情形,神魂俱碎。非自己每日有所作为,则心不安。明知《民心》报之无益,然宓特藉此以自收心,而解除痛苦而已。"其拳拳报国之心可掬。同时,在吴宓等人看来,也果然不虚此行,"仙方"终于找到了,这就是白璧德的新人文主义。吴宓曾反复强调,"我至美洲,学于白璧德师,比较中西文明,悟彻

---

① 吕效祖:《吴宓诗及其诗话》,陕西人民出版社1992年版,第56、58页。
② 《胡先骕先生诗集》,第18页。
③ 吕效祖:《吴宓诗及其诗话》,第211、78—79页。

道德之原理，欲救国救世"①。梅光迪则谓："在许多基本观念及见解上，美国的人文主义运动乃是中国人文主义运动的思想泉源及动力。"②所以，梅光迪等人在东南大学刊行《学衡》杂志，便是树起了新人文主义的旗帜。为寻求救国的真理，终接受美国的新人文主义，是学衡派兴起的根本动因。此其一。

　　20世纪的中国与世界密不可分，故欲考察学衡派兴起的动因，不可不注意西方乃至于世界文化思潮宏观格局的变动。如前所述，此种变动呈现出三种明显的发展态势：一是缘反思欧战，相信西方文化独尊的所谓"欧洲中心论"根本动摇，东方文化的固有价值愈益为人所认识，东西方文化开始由对立走向对话；二是西方文化思潮正经历着由理性主义向非理性主义的转型，这一方面固然反映了人们对于资本主义种种积弊的深切批判和西方人文主义精神的深化；但另一方面也滋长了全盘否定文化传统和归趋于反理性与悲观主义的负面倾向。美国的新人文主义自称是科学的人文主义，它既是人们反思欧战与资本主义的产物，同时又是不愿苟同非理性主义的结果。但是，新人文主义强调了承继人类文化传统的重要性，却钝化了批判传统的必要性，尤其是轻忽了东方后进民族摆脱封建文化传统重负的急迫性。三是科学社会主义代表西方文化真正健康发展的方向，它缘于俄国十月革命，正日益扩大着自己的影响。此三种发展态势互相激荡构成世界文化走向的大背景，不能不给20世纪20—30年代中国文化思潮的变动以深刻的影响。新文化运动倡科学与民主，高扬理性，这是许多论者都强调的，但人们忽略了胡适将新文化运动归结为一种态度，即尼采所说的"重新评价一切"的态度，同样有力地说明了新文化运动的倡导者们深受西方非理性主义文化思潮的影响。其猛烈批判旧文化，表现出大无畏的反传统精神，振聋发聩，理有固然；而新文化运动存在着简单否定中国文化传统和民族虚无主义的消极倾向，也明显地带上了西方非理性主义的印记。所以张君劢说："吾与东荪及适之，皆受欧美反理智主义哲学之洗礼之人也。"③白璧德批评新文化运动简单否定中国固有文化的传统，犹如倒洗澡水将盆里的孩子一起倒掉了。他主张中国的"君子"应当继承和弘扬以孔子为代表的中国人文主义的精神，与西方的"君

---

① 吴学昭：《吴宓与陈寅恪》，第18、70页。
② 《梅光迪文录》，第10、26页。
③ 张君劢：《思想与社会·序》，见张东荪：《思想与社会》，商务印书馆1946年版，第1页。

子"联手,共同推进人类新文化的建设。白璧德强调了中国文化的价值和中西文化的融合,但却未能看到新文化运动批判传统乃至于矫枉过正,这在中国特定条件下具有的巨大的历史合理性。白璧德的判断集中地代表了新人文主义观察中国文化的角度,他并希望自己的中国学生能身体力行。这自然有力地影响了吴宓诸人的文化取向。

其时,新文化运动不仅在国内,而且在美国的中国留学生中也引起了争论。早在1915年夏,胡适与梅光迪、任鸿隽等人在绮色佳城已就文学问题争得面红耳赤。在哈佛大学的校园里,梅光迪、吴宓、陈寅恪等人课余常在一起评论国内的新文化运动。他们肯定中国文化必须接受西方文化的助益,非蜕故变新,不足以应无穷的世变;但不赞成陈独秀、胡适诸人全然否定中国文化,失之偏激。他们认为,各国文化互有长短,重要在于善取他人之长以为我用,然而这里的前提是"亦必茂明其所本善,斯能卓然有以自竟。非是则谓之奴从。夫至于奴从,则灵魂丧失,不复有我"。现今中国的当务之急在于提高民族的自信心,犹如慈母之于亲子,虽甚不肖,但一有病痛,总是千方百计加以调理,使之尽快康复。"一味全盘否定固有文化",自解民心,是不可取的。① 同时,就是欲融合西方文化,以启发国人的情思,也"必须高瞻远瞩,斟酌损益",而非嚣嚣然者可比。② 实际上,这些议论即是后来《学衡》杂志维护传统、慎取西学、"昌明国粹,融化新知"主旨的渊源。时留学生中的激进者多斥梅、吴诸人为守旧,后者则大不以为然。吴宓指出,是非功过,当留待史家定案,不能以局中人自为论断。"故今有不赞成该运动之所主张者,其人非必反对新学也,非必不欢迎欧美之文化也。若遽以反对该运动之主张者,而却斥为顽固守旧,此实率尔不察之谈。……今诚欲大兴新学,今诚欲输入欧美之真文化,则彼新文化运动之所主张,不可不审查,不可不辨正也。"③ 不仅如此,他们相信新文化运动全面否定传统,为害无穷,并表示古有伍子胥自诩"我能覆楚",申包胥则曰"我必复之",吾人当勉为"中国文化之申包胥"。荀子说,有所见,有所蔽。与乃师一样,从新人文主义的立场出发,吴宓诸人贵在自觉新文化运动的弱点,却失之轻忽

---

① 汪懋祖:《送梅君光迪归康桥序》,《学衡》第4期,1922年4月。
② 吴学昭:《吴宓与陈寅恪》,第28页。
③ 吴宓:《论新文化运动》,《学衡》第4期,1922年4月。

后者所拥有的历史合理性。故信奉新人文主义，以中国文化自任，反思新文化运动，是学衡派得以兴起的重要内驱力。此其二。

学衡派是与东南大学的名字连在一起的，要理解学衡派的兴起，还应当了解后者。东南大学最早的前身是1902年创办的三江师范学堂，1905年改称两江师范学堂。1915年在此基础上成立南京高等师范学校，设有国文、理化两部，分国文、体育、工艺、农业、英文教育、商业七科。1920年12月，南高将教育、农业、工艺、商业四科划出，筹建东南大学。1923年7月，南高与东大合并，仍称东南大学。东大设文理、教育、农、工、商五科，共27个系。教职员工200余人，学生1600多人。南高、东大人才济济，时校内著名学者有陶行知、陈鹤琴、柳诒徵、胡刚复、秉志、胡先骕、茅以升、熊庆来、竺可桢等，培养出了文理科许多出色的人才。如物理系就培养出了严济慈、吴有训、赵忠尧等著名毕业生。历史系则培养出了缪凤林、张其昀、郑鹤声等著名的学者。人称南高、北大为中国南北两大教育重镇。1935年，《国风》杂志发行纪念南高成立20周年特刊，高度赞扬当年的南高东大是言论自由，注重科学研究的良好学术机关。郭斌和且将南高东大的精神，归结为四点："保持学者人格"、"尊重本国文化"、"认识西方文化"、"切实研究科学"。[①] 但南高东大对新文化运动颇持异议，这不仅包括文科的教员，而且还包括许多理化的教员在内。胡先骕不必说，著名生物学家秉志也曾在《科学》第11卷上发表《论中文之双名制》一文，表示不赞成否定中国的语言文字。严济慈指出，"1921年南高成立生物系，时新文化运动势张甚，从者众，南高一注于科学，秉志、胡先骕、陈席山、陈焕庸等，称冠国中"[②]，同样也反映了这一点。时胡适有言，北大重革新，南高重保守。但南高人不以为然。吴俊升的说法最具代表性，他说："在文化的使命上，南高的成就，虽然在开创方面不能说首屈一指；可是在衡量和批判一切新思想、新制度，融合新旧文化，维持学术思想的继续性和平衡性这一方面，它有独特的贡献。在有些方面，诚然有人批评过南高的保守，可是保守和前进，在促进文化上是同等的重要，而高等教育机关的文化使命，本是开创与保守、接受与批判缺一不可

---

① 郭斌和：《南京高等师范学校二十周年纪念之意义》，《国风》月刊，第7卷第2期，1935年。
② 严济慈：《南高东大物理学之贡献》，《国风》月刊，第7卷第2期，1935年。

的。南高师对于文化的贡献,如其不能说在开创与接受方面放过异彩,在保守与批评方面,却有不可磨灭的成就,何况有些方面,如教育理论与方法的革新,农业之改良,体育的提倡,南高还是开全国风气之先的呢。"[1]这是比较客观的说法。东南大学是一所言论自由、学术研究空气浓厚的学校,说它重保守不应含贬义,因为它重传统而不守旧,重批评而不盲从。很显然,南高东大的此种氛围与学衡派宗旨一拍即合。所以梅光迪到校不久,即在文理科著名的学者中找到了许多志同道合的同志,并在校领导的支持下顺利地筹办起了《学衡》杂志。他通知远在美国的吴宓归来,强调说"今后决以此校为聚集同志知友,发展理想事业之地"。梅光迪的判断没有错,除了原有的刘伯明、柳诒徵、胡先骕等人外,吴宓、汤用彤、顾泰来、黄华等留学美国的同学,相继来归。不仅《学衡》刊行了,《史地学报》、《史学杂志》、《国风》等也先后问世。东大果然成了学衡派理想的基地,尽管后来发生了变故。所以毫不奇怪,"时流乃加以东大'学衡派'之称"[2]。有重传统的东南大学为依托,学衡派的兴起便获得了地利与人和的保障。此其三。

除了上述的原因之外,梅光迪诸人情绪化的心理倾向,也值得注意。梅光迪原与胡适是朋友,因文学问题意见不合,争论激烈,互不相让,不免产生了对立的情绪。胡适归国参加新文化运动,名声大噪,梅光迪在美国"深鄙"之,决心招兵买马,与之抗衡。他表示,伍子胥虽覆楚,申包胥却能复之,其与胡势不两立的情绪是十分明显的。当然,不单是梅光迪如此,时白璧德的中国弟子们"均莫不痛恨胡、陈"[3],待时而动,一样愤激不平。胡先骕与胡适在美时也是朋友,但胡适1917年在《新青年》上发表《文学改良刍议》这篇成名作时,却指名批评胡先骕的一首词是堆砌"烂调套语"的代表作,这自然引起了对方的不满。胡先骕随即撰成批评胡适的《评〈尝试集〉》长文,但其时新文化运动"独尊",胡适"暴得大名",更炙手可热,故是文在长达两年的时间里却无处发表。胡先骕心中之愤懑,不难想见。后来该文发表在《学衡》的创刊号上。吴宓在《自编年谱》中谈到《学衡》的缘起时说:"《学衡》杂志之发起,半因胡先骕此册《评〈尝试集〉》撰成后,

---

[1] 《纪念母校南高二十周年》,《国风》月刊,第7卷第2期,1935年。
[2] 李清悚:《回忆东大时代柳翼谋师二三事》,《镇江文史资料》1986年第11辑。
[3] 吴学昭:《吴宓与陈寅恪》,第19页。

历投南北各日报及各文学杂志，无一愿为刊登，或无一敢为刊登者。此，事实也。"① 联系到此后胡先骕的文章主要集中批胡适，和梅光迪专门致函胡适：《学衡》出来了，你怕不怕？而胡适也称《学衡》是《学骂》，甚至晚年在台湾还耿耿于怀：既谓"《学衡》是吴宓这班人办的，是一个反对我的刊物"②；又当着原东南大学校长郭秉文的面说，张其昀任教育部长，是"南高征服了北大"，以至于郭很严正地批评说："学术为公，再不可有门户之见。"③《学衡》创刊及其学衡派的出现，与梅光迪等主要人物的情绪化的心理倾向不无关系，是显而易见的。此其四。

简言之，学衡派的兴起，并非复古势力的反动，而是欧战后在西方和世界文化思潮大格局变动的影响下，中国社会文化思潮深刻演进的产物。

---

① 《吴宓自编年谱》，第229页。
② 胡颂平：《胡适之先生晚年谈话录》，台湾联经出版事业公司1984年版，第64页。
③ 张其昀：《敬悼胡适之先生》，见潘维和主编：《张其昀博士的生活和思想》上，台湾中国文化大学出版部1982年版，第325页。

第三章 "今古事无殊，东西迹岂两"
——学衡派的文化观

其真能于思想上自成系统，有所创获者，必须一方面吸收输入外来之学说，一方面不忘本来民族之地位。此二种相反而适相成之态度，乃道教之真精神，新儒家之旧途径，而二千年吾民族与他民族思想接触史之所昭示者也。

——陈寅恪

欧战后，"欧洲文化中心论"根本动摇，世界文化潮流出现了由对立走向对话的新变动。这反映了在世界历史日趋统一发展的进程中，人类愈益关心自身的命运，希望借助东西方的智慧以解决面临的共同问题。服膺新人文主义的学衡派，在肯定文化具有的历史与世界的统一性的基础上所展开的文化观，既强调继承传统建立民族新文化，复主张中西文化互相融合，"一同休戚"。它不仅在更加完整的意义上，反映了世界文化潮流的新变动；而且，也反映了学衡派既摆脱了东方文化派隆中抑西的虚骄心理，也超越了西化派的民族虚无主义，具备了较比更为健全的文化心态。

一、文化运思的理路

学衡派多是留学生，他们在出国之前于文化问题的思考尚无明晰的思路，而陷于迷离困惑和矛盾的心态。汤用彤写给吴芳吉的信，集中地反映出了这一点，他写道：

吾现自觉学问一事，如堕入深渊。吾信孔子仁心仁德，而不许其对于现在社会有魔力。吾羡老氏之高远，而不信其可行于世。对于耶教，吾常辞而辟之，而或一许之。对于物质文化，常痛恨之，而有时亦欣之，羡之。近读近世激进派自由思想派之歌剧诗文，则又不能不寄以同情也。故吾现在之情，状如一叶扁舟处大洋之中，遇惊涛骇浪狂风巨飓四面砰击，其苦万状。故知半解之学问，决不可图精神上之生存，无强有力之信仰，必不可以驱肉体之痛苦。试以一知半解之人视肉欲动物为受痛苦，而不知一己精神上痛苦乃尤甚也。平日偶一思及托尔斯泰之言论，见其毕生精力萃于"何为生命"一语，其意以为能解决此问题，乃有拓清世界苦恼之望，易言之，即如何乃能使人快乐也。……其余西方文化之弊，若极力讲求科学，极力讲求速率，人之言行无不以之为准，故哲学者至有讥其自性泪没，目为机械人者。他若资本劳工之冲突，社会无似中国和平亲爱之风，祸源杀机，处处隐伏，实不能谓其国家社会安全也。①

其后，他们服膺新人文主义，自觉有了"强有力之信仰"，心中豁然开朗。由是学衡派形成了自己独特的文化观，其文化运思的理路明显地带上了新人文主义的色彩。

新人文主义的哲学观照，是柏拉图的"两个世界"论。柏拉图认为存在有两个世界，即现象世界与理念世界，前者生灭无定，语其是非，皆属相对，是"多"；后者长住永存，不生不灭，有绝对的真，是本体的世界，是"一"。理念世界是现象世界的摹本，是至善与理想的世界。柏拉图主张以理念世界作为改造现象世界的准则，为人世理智行为之向导。信奉新人文主义的学衡派，同样接受了柏拉图的上述理论。刘伯明是研究西方哲学史的专家，他以为柏拉图"两个世界"论的核心思想是在追求"止于至善"的理想。这是柏氏学说的精髓，也是其哲学的纲领②。吴宓说自己"有一贯综合之人生观……其中根本义有二：曰一多，曰两世界"③。他的学生也回忆说："先

---

① 吴芳吉著，贺远明等选编：《吴芳吉集》，第 1217—1219 页。
② 刘伯明、缪凤林编著：《西洋古代中世哲学史大纲》，中华书局 1929 年版，第 80—84 页。
③ 锐锋：《吴宓教授谈文学与人生》，见黄世坦编：《回忆吴宓先生》，第 173 页。

生改造了柏拉图哲学,其要旨是把世界分成两个:一个先生名之为the World of Truth,另一具则名为Vanity Fair(均为先生的原文);真善美必须求之于前者,而名利场中人则执迷于后者。先生即以此两个世界的学说来解说古今中外文学作品的义谛。"①柳诒徵在《国风》半月刊的发刊辞中也强调指出:"宇宙人生,经验所及,实有二世界,(一)为事实,(二)为价值;(一)主于多,(二)主于一;(一)启知识,(二)成道德;(一)由理智,(二)采意志。……柏拉图语录中论此极透彻,美国穆尔先生于《柏拉图之宗教》书中更阐释之,可参阅也。"②实际上,吴宓诸人不仅以"一多、两世界"的理论指导人生和评说文学,且将之作进一步的引申,从而为学衡派的整个文化观奠定了哲学基础。

什么是文化?学衡派并无统一的界定。刘伯明说"文化为人类心灵造诣之总积"③。徐则陵谓"文化起于人心与自然及人为环境之互感,其动力则出于观念之实现与开展"④。陆懋德则以为文化是"一国人的生活"⑤。但是,从总体上看,学衡派又有一以贯之的基本观点:文化是人类追求至善的理想世界过程中的创造物。胡稷咸强调:"人群进化之最后目的,在实现吾人之理性,使天下之人皆归于仁。""人类生存最高尚之目的,为道德之发展,则余所深信,虽雷霆万钧之力不能变也。"⑥擅长思辨的陈寅恪,将问题表述得更富于哲理。他认为,古今中外志士仁人往往憔悴忧伤,继之以死。其所伤之事,所死之故,不只限于一时一地,"盖别有超越时间地域之理性存焉"。此种超越时空的理性,又往往非同时空的众人所能共喻。⑦这里陈寅恪所谓的"理性",有时他又径称"Idea"(理念),正是学衡派所共仰的柏拉图式的理念世界。

相信止于至善的理念世界的存在,自然是一种先验论。但是,它毕竟

---

① 何兆武:《回忆吴雨僧师片断》,见李赋宁等编:《第一届吴宓学术讨论会论文选集》,陕西人民教育出版社1992年版,第104页。
② 《国风》半月刊创刊号。
③ 刘伯明、缪凤林编著:《西洋古代中世哲学史大纲》。
④ 徐则陵:《高级中学世界文化史课程纲要》,《史地学报》第2卷第4期,1927年。
⑤ 陆懋德:《中国文化史》,《学衡》第41期,1925年5月。
⑥ 胡稷咸:《敬告我国学术界》,《学衡》第23期,1923年11月。
⑦ 《王静安先生遗书序》,见《陈寅恪史学论文选集》,上海古籍出版社1992年版。

成了学衡派文化运思的起点：文化是人类追求止至善的理念世界过程的创造物，"其动力则出于观念之实现与开展"。

由是出发，学衡派在自己的文化运思中提出了三个重要的文化观念：

其一，世界文化的统一性。

学衡派强调，对文化问题的思考要"以全人类为本位"，具备"世界性观念"，而不应当仅仅局限于一国的范围。①吴宓于西方哲学家最信服英国的亨勒，专门翻译了他的《物质生命心神论》一文，刊于《学衡》。他在译文的附识中说："（今世哲学家众多，本人）独取亨勒（R. F. Alfrek Hoernle）者之说，以为最获我心，而足以服膺而无失。……其立说之根本，在一'全'字。以为哲学固必本于人类之经验，然此经验必兼包精神与物质，玄想与实际生活，价值与事实，推理与观察实验，宗教道德与自然科学。苟取其一，而弃其二，则其经验必偏而不全。又必着眼于全体之宇宙，千古之历史，方始能得全部之经验。以人类全部之经验，为思考之材料，则可得颠扑不破之真正哲学。"②学衡派所以强调要有世界性观念和把握全人类的经验，是因为他们认为各国文化的个性固然存在，但世界文化又具有内在的统一性，也不容忽视。郭斌和曾批评指出，当今学术界历史的相对主义盛行，研究比较文化者，往往于只热衷于各文化间个性差异的描述，"而于各种真正文化中之有普遍性永久性之共通诸点，反漠然不稍措意"③。这里需要进一步指出的，他们强调世界文化的统一性，非但不影响自己肯定文化具有的民族性，相反，在此识见的基础上，其对本国文化的挚爱之情愈显真切。例如，吴宓一方面认为只要有利于自立自达，益国益民，对于文化不必囿于国界。中国青年人尽可以学习释迦、耶稣、苏格拉底、白璧德、马克思和列宁，而欧美人士也不妨学习中国的孔子、孟子，因为这些思想家的思想已是全世界共同的财富；同时，另一方面，他又强调说，以苏格拉底与孔子相较，二者都是圣人，但中国人毕竟更熟悉和更易于理解孔子的学说，且苏格拉底主知，"孔子则知行并重，于中国人之国民性尤为适合"，"故中国之人终以尊孔子为圣

---

① 胡稷咸：《敬告我国学术界》，梅光迪：《我们这一代的任务》，《中国学生月刊》第12卷第3期。
② 吴宓译：《物质生命心神论》，《学衡》第53期，1926年5月。
③ 郭斌和：《孔子与亚里士多德》，《国风》半月刊，第1卷第3期，1932年。

人为正途"①。他曾表示,自己虽然熟悉西方文化和肯定基督教,但是自己终归是中国人,自小受儒学熏陶,故无意加入基督教。这也正是学衡派的文化主张依然与其时的文化民族主义相契合的一个重要原因。

世界文化具有统一性,这无疑是个正确的命题。因为人类具有相通的生活方式,且其文化的发展皆循共同的规律:一定的文化是一定的社会政治、经济的反映,同时反作用于政治与经济。学衡派揭出了此一重要的命题,但却未能予以科学的说明。他们提出世界文化的统一性问题,更多还是接受了柏拉图哲学的影响。柏拉图强调世界是"一",即强调多样性的现实世界统一于其摹本至善的理念世界。理念世界不但是一切知识的渊薮,也是各种变化的最终的目的论的原因。万有皆从善的意义,便是理念世界与物质世界的目的论的关系。但是,理念世界既是永恒不变的,它怎样使物质世界趋向理念世界达到至善的目的呢?柏拉图以为这是由于"爱"(Eros)。柏拉图的爱是指人类于不完善中追求完善的渴望,是天赋的追求不朽的欲望。故在柏拉图看来,世界的统一性就是其归趋于至善的理念世界的目的性。②吴宓等人于此深为信仰。吴宓曾指出,人间的爱包括男女之爱,都是相对的不稳定的和混杂的,唯有对上帝的爱却是客体为"一",关系也为"一",因而是最为稳定和最有益的。由此入道,人们才能从理智上看到真理。他说:

> 上帝的世界,即,宗教,有它自己的宇宙,作为一种秩序、系统、计划、协作、目的、理解、美、完美,它可以被人们理解(虽然是局部的);它也响应人们的呼喊或祈祷;满足人们头脑与心灵(之要求);它是完整的,永恒的,不可摧毁的——然而它也并不需要或依赖人的努力保护或修补它——这样它就支持了我们的终极信念。③

吴所谓的"上帝的世界"、"终极信念",实相当于柏拉图的至善的理念世界。所以,他们所强调的世界文化的统一性,说到底,也就是指人类追求

---

① 吴宓:《孔诞小言》,《学衡》第 79 期,1933 年 7 月。吴宓:《论孔教之价值》,《国闻周报》第 3 卷第 40 期。
② 参见丘镇英:《西洋哲学史》第一篇,北京师范大学出版社 1986 年版。
③ 吴宓:《文学与人生》,清华大学出版社 1996 年版,第 188 页。

至善的终极信念。学衡派将世界文化的统一性归结为人类的终极信念,自有其深刻之处,不可轻忽;但由于他们未能从世界各国政治、经济和文化发展的多样性与不平衡性上,去正确说明此种人类终极信念的现实性基础,他们也就未免失之于道德理想主义的虚玄,而留下了误区。

其二,文化的历史统一性。

1917年梅光迪在《中国学生月刊》发表《我们这一代的任务》一文,其中说:"我们今天所要的是世界性的观念,能够不仅与任一时代的精神相合,而且与一切时代的精神相合。我们必须理解,拥有通过时间考验的一切真善美的东西,然后才能应付当前与未来的生活。这样一来,历史便成为活的力量。"[①] 在梅光迪看来,过去、现在、未来并非是彼此孤立的,在历史的长河中,它们浑然一体。人类创造的一切真善美有生命力的东西,都将超越时代,助益于未来。正是在这个意义上,梅光迪强调历史不是僵死的遗存物,而是活生生的现实性的力量。在这里,他显然是提出了文化的历史统一性问题。所谓文化的历史统一性,就是指文化具有的承继性与内在的超越性。吴宓以为人之所以异于禽兽,就在于人有记忆,因而有历史的观念。他曾引艾略特的话说:"传统:历史感=现在中的过去(本国+世界)";"创造:由现在改变了的过去(新奇+沿袭)";"意识到的'现在'也显示意识到了'过去'"。[②] 在吴宓看来,所谓的古今新旧问题,实质上是包含着是否承认应有的历史观念和尊重历史的统一性问题。同样,柳诒徵说"文化有随时变迁者,亦有相承不变者,不可拗执一说"[③],他所强调的也在"相承不变者",亦即文化的历史统一性。

提出文化的历史统一性问题,有助于避免简单化地否定文化传统和民族虚无主义的倾向;但遗憾的是学衡派在提出了这一极有意义的命题的同时,未能自觉地避免轻忽文化的历史变异性的非理性倾向。梅光迪在哈佛时,曾经就历史的"变"、"常"问题与胡适发生争论。胡适从进化论出发,以为人类的历史就是弃旧图新的历史。梅光迪则以为历史应是人类求不变价值的记录[④]。胡适认为人类的历史就是弃旧图新的历史,强调了文化的历史变异性和

---

① 梅光迪:《我们这一代的任务》,《中国学生月刊》1917年1月第12卷第3期。
② 吴宓:《文学与人生》,第191页。
③ 柳诒徵:《史学概论》,见柳曾符、柳定生选编:《柳诒徵史学论文集》,上海古籍出版社1991年版。
④ 侯健:《从文学革命到革命文学》,台湾中外文学月刊社1974年版。

创新意识，却忽略了文化的历史统一性和对传统的尊重；梅的见解则相反，强调了文化的历史统一性和对传统的尊重，却又轻忽了文化的历史变异性和创新的重要性。二者皆失之偏颇。

其三，文化发展中的"选择"原则。

学衡派既是文化的理想主义者，他们逻辑地提出了文化的选择原则。吴宓说，"今中西交通，文明交汇，在精神及物质上，毫无国种之界，但有选择之殊"①。陈寅恪在谈到文化间接传播的利弊时，曾发表了这样的见解："间接传播文化，有利亦有害：利者，如植物移植，因易环境之故，转可发挥其特性而为本土所不能者，如基督教移植欧洲，与希腊哲学接触，而成欧洲中世纪之神学、哲学及文艺是也。其害，则辗转间接，致失原来精意，如吾国自日本、美国贩运文化中之不良部分，皆其近例。然其所以致此不良之果者，皆在不能直接研究其文化本原。"②陈寅恪直接评论的对象虽是文化间接传播的利弊问题，但他强调吸收外来文化要理解其"精意"，取其精华而避免外来文化中的"不良部分"，实质无疑仍在于强调文化选择的重要性。"选择"本是新人文主义的一个重要原则，在白璧德等人看来，人性二元，追求至善的过程既是以理制欲，扬善抑恶的过程，也就是选择的过程。故马西尔在《白璧德之人文主义》中说："人道主义重博爱，人文主义则重选择。"③同时，阿诺德将文化定义为"世界上表达出来的最佳思想和言论"，实际上也强调了选择的原则。文化的世界统一性表现为空间上统一，文化的历史统一性则是表现为时间上的统一，学衡派将选择的原则引入文化思辨，便为二者时空交汇提供了有力的契合点，从而使自己的见解愈显深刻，首尾一贯，浑然一体。文化的选择原则适合于古今中外，但要选择，自然就要有选择的标准。这也是学衡派的一种愿望。梅光迪说，我们只有"拥有通过时间考验的一切真善美的东西……我们才有希望达到某种肯定的标准，用以衡量人类的价值标准，判断真伪与辨别基本的与暂时性的东西"④。必先继承一切真善美的文化传统，才有望确立某种标准；或者说，欲进一步获得真知灼见，须先

---

① 吴宓：《孔诞小言》，《学衡》第79期，1933年7月。
② 蒋天枢：《陈寅恪先生编年事辑》，上海古籍出版社1981年版，第83页。
③〔法〕马西尔著，吴宓译：《白璧德之人文主义》，《学衡》第19期，1923年7月。
④ 梅光迪：《我们这一代的任务》，《中国学生月刊》，第12卷第3期。

从历史文化中觅得一个立足点。如此看来，标准虽云待努力，但是，在实际上，标准的标准却似乎已经有了，这就是承继梅光迪所谓的人类真善美的文化传统，或陈寅恪所强调的"从史中求史识"[1]；梁实秋所坚信的文学创作与批评的最后准绳，当从以往伟大的作品中寻找[2]，但讲的最概括的是吴宓，他说："吾之论事标准，为信'一'、'多'并存之义，而偏重'一'。且凡事以人为本，注重个人之品德。吾对于政治社会宗教教育诸种问题之意见，无不由此所言之标准推衍而得。"[3] 文化选择的标准是什么？就是坚持"一多并存"的原则，强调传统与道德的规范。说到底，学衡派所强调的选择原则，是一种历史经验主义。方法取决于目的，是为理解学衡派文化思想的关键处。

吴宓曾有诗曰"今古事无殊，东西迹岂两"。至此，学衡派文化运思的理路，可以作这样的表述：在坚信文化具有世界的和历史的统一性的基础上，强调文化发展中的选择原则，以归趋于止至善的理想主义。

学衡派文化运思的理路包含着自身明显的合理性。尼·瓦·贡恰连科说："只有承认人类文化历史的统一性，世界文化的完整性（这当然既不排除矛盾，也不排除曲折、渐进与飞跃的间断），才会为科学地认识世界文化继承性的过程奠定坚实的方法论基础。"[4] 学衡派强调文化具有世界的和历史的统一性，既反映其文化运思具有开放的特性，而与一般褊狭的东方文化论者划开了界限；又反映其重视传统和文化的民族个性，而与全盘西化论者异趣。从这个意义上说，学衡派拥有广阔的思维空间。文化选择原则的提出，既是其文化思辨的逻辑结果，又使之带上了鲜明的现实性。但是，学衡派终究受柏拉图"理念世界"的影响，他们所理解和强调的文化的世界与历史的统一性，归根结底，在于道德理想主义。而文化的选择问题，从本质上说即是对文化遗产的诠释和继承问题。这样，学衡派既刻意追求道德理想主义，便不免流于空疏。学衡派此种运思理路的矛盾品格，在其文化观的展开过程中，明显地表现了出来。

---

[1] 俞大维：《怀念陈寅恪先生》，台湾《"中央研究院"历史语言所集刊》第41卷第1期。
[2] 梁实秋：《现代中国文学之浪漫的趋势》，见《梁实秋论文学》，台北时报文化出版公司1981年版，第18页。
[3] 吴宓：《论事之标准》，《学衡》第56期，1926年8月。
[4] 〔苏联〕尼·瓦·贡恰连科著，戴世吉、张鼎芬等译：《精神文化——进步的源泉和动力》，求实出版社1988年版，第39页。

二、"以发扬光大中国文化为己任"

　　学衡派对于中国固有文化衰弊的现实及其自身的弱点并不回避,其指摘甚至也是十分严厉的。1919年新文化运动正如日中天,时在美国的吴宓、陈寅恪等人十分关注这场运动,常在一起讨论中国文化问题。他们尽管不赞成新文化运动激烈的反传统,但于固有文化自身弱点的批评也多有精辟独到的见解。陈寅恪曾指出,中国不仅科学不如西方,即哲学美术等也远逊于希腊。"至若周秦诸子,实无足称。老、庄思想尚高,然比之西国之哲学士,则浅陋之至。余如管商等政学,尚足研究。外则不见有充实精粹之学说。"他认为,所以如此,其主要原因在于中国文化只重实用,不究虚理。重实用固有自己的长处,但短处在于利害得失,观察过明,人多计较,不免利己营私,而难以团结和缺少精深远大之思。故中国重人事,士人争趋八股,以求功名富贵,而学德之士,终属极少数。现在的中国留学生多学工程实业,希慕富贵,不肯致力于基础理论研究,缺乏远见,正反映了传统的积习。吴宓完全同意陈寅恪的见解,他认为中国诗多咏人事、实像及今古事迹,同样"不脱实用之轨辙"[①]。其后,景昌极在《新理智运动刍议》一文中对陈、吴的上述观点又作了进一步发挥。他认为,中国文化重实用,缺乏古希腊那种为真理而求真理的"爱智"精神和人生态度,故高深纯正的理智不被人承认有独立发展的价值,条理清晰、察验周详的论理方法也很少有人问津,这严重制约了中国科学和国人思维能力的发展。[②]

　　吴宓等人的见解,与新文化运动倡导者陈独秀诸人正好相反,后者认为中国文化的弱点在于重虚理而轻实利。例如,陈独秀说,"物之不切于实用者,虽金玉圭璋,不如布粟粪土。若事之无利于个人或社会现实生活者,皆虚文也,诳人之事也"[③]。应当说,二者各有所见,也各有所蔽。中国文化是复杂的,其长短优劣往往并生杂陈,而非泾渭判然。"重实用轻虚理"与"重虚理轻实用"的现象都存在。故无论以"重虚理"还是以"重实用"相

[①] 吴学昭:《吴宓与陈寅恪》,第9—10页。
[②] 景昌极:《新理智运动刍议》,《国风》半月刊,第8卷第4期,1936年。
[③] 《敬告青年》,见陈独秀:《独秀文存》卷1,安徽人民出版社1987年版。

况，都不免失之偏颇。这个道理，柳诒徵看得清楚。他曾强调说，"中国民性复杂"，不得简单谓之"尚武"，也不得简单谓之"文弱"；不得简单谓之"易治"，也不得简单谓之"难服"。"欲知中国历史之真相及其文化之得失"，须对中国历史文化作全面系统的研究。[①] 耐人寻味的是，吴宓等人归国形成学衡派后，其对中国文化的观察，在视角上发生了重要的转换：不再重复中国文化的弱点在于重实用而轻虚理，而强调今人重功利与物质的意义，而轻精神的价值，少精深远大之思。他们认为中国文化生生不已，绵延五千年，必有其超越时空的特质在，因之，重要的问题是要寻出此种具有永恒价值的抽象的特质，将之发扬光大，才能重建民族的自尊。吴宓说："只有找出中华民族文化传统中普遍有效和亘古常存的东西，才能重建我们民族的自尊。"[②] 所谓需要找出的中国文化传统中"普遍有效和亘古常存的东西"，在学衡派看来，这就是中国文化的精神。这也就是说，吴宓诸人对于自己的原先观点作了修正：即肯定了中国文化也重"虚理"，有远大精深之思，其最可宝贵的便是体现着中国文化的精神。

学衡派转而着意探讨中国文化的精神。在这方面，柳诒徵、吴宓和陈寅恪诸人的观点最具代表性。

柳诒徵是学衡派中享有盛誉的史学大家，所著《中国文化史》一书产生了广泛的影响。他在该书的绪论中，开宗明义即提出了这样的问题："中国文化为何？中国文化何在？中国文化异于印、欧者何在？此学者所首应致（质）疑者也。"问题提得确实十分尖锐：从世界各国的历史看，有由强盛而崩溃者，有由弱小而积合者，有由复杂而涣散者，类型不一。唯中国幅员辽阔，民族众多，于五大文明古国中，"中国独寿"，这难道是偶然的吗？换言之，中国凭何术能开拓、抟结此天下？能容纳、沟通此诸族？能开化甚早而又历久弥新？他说，"吾书即为答此疑问而作"，即欲为国人解此中国历史之谜。柳诒徵认为谜底即深藏在中国文化之中，这就是中国文化独具的精神。他说，中国文化的中心是人伦，"讲两个人的主义"。一人之外必有他人，由一而二，由二而三，以至于无穷。但个人要应付多人，必须先从二人做起，

---

① 柳诒徵：《中国文化史》"绪论"，中国大百科全书出版社 1988 年版。
② 吴宓：《中国之旧与新》，《中国留学生月报》第 16 卷第 3 期，1921 年 1 月。

其妙法就是"恕"。中国的美德如"仁"字，即是讲"二人"。所谓以己之心度人之心，己所不欲勿施于人，无不从双方立言。人人遵此而行，天下无往而不谐和。"二人主义"进而又析为五种：君臣、父子、夫妇、兄弟、朋友，至此人伦关系的范畴囊括无遗。凡一人对任何一人能以恕道相处相安，由此即可对大多数之人也相处相安。"仆尝谓五伦为二人主义，二人主义者，即所谓相人偶也，相人偶者，由个人而至大多数人之中，必经之阶级也。"这就是说，人伦精神，即以"二人主义"为基础的五伦观念是整个中国文化的出发点，也就是中国文化之树亘古常青的精神本原。所以，不懂得五伦，便是不懂得为人之道："人必自五伦始，犹之算学必自四则始，不讲五伦，而讲民胞物与，犹之不明四则，辄治微积分，何从知为人之道哉。"[1] 中国历史之谜找到了，柳诒徵说："中国文化的根本，便是就天性出发的人伦，本乎至诚。这种精神方能造就中国这么大的国家，有过数几千年光荣的历史。"[2]

吴宓在柳诒徵上述见解的基础上，进一步提出了"理想人格"的问题。柳认为人伦精神是中国文化的根本精神，吴则指出人伦精神的"中心"，乃在于"理想人格"。他说，"中华民族之道德精神，实寄任于圣人君子之理想人格"，它是中国"文明之中心"。理想人格的别称，就是中国古代所谓的"圣人"、"君子"、"士人"、"士"。它包括这样一些内涵：（1）内圣外王，德行兼备；（2）诚意正心修身齐家治国平天下；（3）富贵不能淫，贫贱不能移，威武不能屈；（4）穷则独善其身，达则兼济天下。[3] 在另一处，吴宓又将问题具体化为"书生"与"官僚"，"君子"与"小人"的对立，进一步加以发挥。他指出，秦汉以降，中国社会最具势力的知识阶级中有两种人，即书生与官僚：书生为极少数，官僚则大多数；书生尚义，官僚重利；书生趋理想，官僚务实际；书生能读古书，而务仿效儒教之理想人格；官僚亦能读古书，亦了解儒家理想人格，顾立身行事则与之反；书生求为圣贤，或至或不至，官僚取法盗跖，乐为乡愿，有能有不能；书生蔽于愚，而常多失败，官僚肆其智，而每易成功；书生能发挥人类高尚之意志，官僚则助长人类卑下之情欲。吴宓强调，这里的书生与官僚是人格的称谓，不是阶级职位的区

---

[1] 柳诒徵：《孔学管见》，《国风》半月刊，第 1 卷第 3 期，1932 年。
[2] 柳诒徵：《对于中国文化之管见》，《国风》半月刊，第 4 卷第 7 期，1934 年。
[3] 吴宓：《悼柯凤孙先生》，《大公报·文学副刊》第 297 期，1933 年 9 月 11 日。

别。所以可以说，书生是知识阶级中的君子，官僚则是知识阶级中的小人，或径称之曰君子与小人，更为切当。① 这在郭斌和，则概括为"有体有用之人才"。他说，"有体即是有原则有理想，有用即是有方法有条理。吾国教化与政治合一，教化属理想，政治属实际。政教合一，乃理想与实际并重之表现"。② 各人具体表述虽有差异，但其核心内涵，实不外"内圣外王，德行兼备"一句。总之，吴宓诸人认为"理想人格"是"中华民族之元气"，③ 一旦澌灭消散，中华民族徒存虚名，终归淘汰；反之，理想人格犹存，中国可弱而不可亡，必有复兴之时。

吴宓在提出理想人格的同时，还提出了"中国学术系统"的概念，并将二者联系了起来。他指出，中西文化各有其学术系统，所谓系统，譬之河流之有堤岸，既防水患，更增水力，人类赖以利用厚生。人在此系统之中，即置身于文化之中心，博观约取，陶熔漫润，有可循之轨。要知道西洋的学术系统，须研究柏拉图、亚里士多德以降直至现代西方学者的著述。中国的学术系统则体现在经史子集之中。"学术系统与理想人格，二者实组合一体，交相为用。惟由此系统乃能产生如此人格（指上述理想人格。——引者），亦惟产出此种人格，乃能证明此系统之成功及其存在价值。"④ 很显然，吴宓所谓的学术系统，实兼有文化传统与文化范型双重含义，故他说人在学术系统中，便是在文化中心，受其熏陶，有轨可循。有什么样的学术系统，便产生什么样的人物。这也即是说，人是生活在特定范型的文化中，他不仅是文化的创造者，而且首先是特定的文化传统的产物。梅光迪说历史是"活的东西"，也包含着同样的意义。学衡派强调理想人格与学术系统互为表里，他们便为自己"客观的道德理想主义"，规定和安顿了固有文化的家园，其挚爱传统文化是合乎逻辑的。学衡派以为，在西方，文艺复兴以还，博学之士多无行，已渐失古代学术系统与理想人格合一并用的精义。美国白璧德等新人文主义者的兴起，正是要拯救西洋学术系统与理想人格。中国历史上曾产生过不可计数的贤人君子，充分证明了古来的学术系统是有价值的，但是它

---

① 吴宓：《民族生命与文学》，《大公报·文学副刊》第197期，1931年10月19日。
② 郭斌和：《曾文正公与中国文化》，《大公报·文学副刊》第256期，1932年11月9日。
③ 吴宓：《民族生命与文学》，《大公报·文学副刊》第197期，1931年10月9日。
④ 吴宓：《悼柯凤孙先生》，《大公报·文学副刊》第297期，1933年9月11日。

也正面临着断绝的危险,故中国不再出现杰出的人物,民族危机与文化危机并行。这实际上是彰显了学衡派的抱负:主张新人文主义的学衡派正是以弘扬中国文化的学术系统与理想人格为己任。

与柳、吴二人相较,陈寅恪的见解愈显空灵,陈义高超。他认为,中国文化最可宝贵的精神,最终可以归结为一句话:"独立之精神,自由之思想。"这也可以看作是陈寅恪对于"理想人格"最高境界的一种概括。

陈寅恪是有感于王国维之死,而渐次形成此一见解的,且终其一生信守不渝。

1927年6月2日,清华国学研究院导师王国维自沉于颐和园的鱼藻轩。社会舆论为之哗然。于其死因有种种猜测,殉清说、厌世说、与罗振玉恩怨说,莫衷一是。激进者斥之顽固,同情者惜其轻生,一时纷扰不已。[①]时分别任国学研究院主任与导师的吴宓与陈寅恪,同受王国维的遗命,代为整理其书籍,他们并不否认王殉清。吴宓在日记中说:"王先生此次舍身,其为殉清室无疑。"[②]陈寅恪挽联则云:"十七年家国久魂销,犹余剩水残山,留与累臣供一死。"[③]但他们都以为时人是非之论,于王国维的平生之志多不能解,尤其是陈寅恪为此作了多次阐释,论及中国文化的精神,见解独到。1927年他在《王观堂先生挽词》中说:

> 凡一种文化值衰落之时,为此文化所化之人,必感苦痛,其表现此文化之程量愈宏,则其所受之苦痛亦愈甚;迨既达极深之度,殆非出于自杀无以求一己之心安而义尽也。吾中国文化之定义,具于白虎通三纲六纪之说,其意义为抽象理想最高之境,犹希腊柏拉图所谓 Idea 者。若以君臣之纲言之,君为李煜亦期之以刘秀;以朋友之纪言之,友为郦寄

---

① 关于王国维的死因,人们至今争讼纷纭。胡适晚年说,北伐军北上,梁启超谋出逃,"王国维的死,是看了任公的惊惶才自杀的。王国维以为任公可逃得了;而他没有这么多的门生故旧,逃那里去呢,所以自杀了"(胡颂平:《胡适先生晚年谈话录》,台湾联经出版事业公司1984年版,第232页);王国维的最后一位入室弟子戴家祥先生于1996年也还认为,王并非为效忠清室而死(吴仁安、庄建国:《王国维并非为效忠清室而死》,《浙江学刊》1996年第2期)。
② 吴学昭:《吴宓与陈寅恪》,第42页。
③ 《王观堂先生挽联》,见《陈寅恪诗集》,清华大学出版社1993年版,第16页。陈寅恪晚年则谓:"我认为王国维之死,不关与罗振玉之恩怨,不关满清之灭亡,其一死乃以见其独立自由之意志"(见陆键东:《陈寅恪的最后二十年》,生活·读书·新知三联书店1996年版)。

亦待之以鲍叔。其所殉之道，与所成之仁，均为抽象理想之通性，而非具体之一人一事。夫纲纪本理想抽象之物，然不能不有所依托，以为具体表现之用；其所依托以表现者，实为有形之社会制度，而经济制度尤其最要者。故所依托者不变易，则依托者亦得因以保存。……近数十年来，自道光之季，迄乎今日，社会经济之制度，以外族之侵迫，致剧疾之变迁；纲纪之说，无所凭依，不待外来学之掊击，而已销沉沦丧于不知觉之间；虽有人焉，强聒而力持，亦终于不可救疗之局。盖今日之赤县神州值数千年未有之钜（巨）劫奇变；劫尽变穷，则此文化精神所凝聚之人，安得不与之共命而同尽，此观堂先生所以不得不死，遂为天下后世所极哀痛而深惜者也。①

这段话有几点值得注意：一是将"三纲六纪之说"视为中国文化的根本精神，以为那似柏拉图的理念，是"抽象理想之通性"；二是认为此纲纪理想是以传统的社会制度尤其是经济制度为依托的，近代以来社会经济制度既已发生了巨大的变迁，它无可避免地归于消沉沦丧；三是王国维既为"此文化精神所凝聚之人，安得不与之共命而同尽"。吴宓对陈的挽词评价很高，尤其称第一点"陈义甚精"。实则第二点已近乎历史唯物论的观点，更显深刻。不过，需要特别指出的是第三点：它强调了"文化精神"与王国维"共命而同尽"。这就是说，陈寅恪虽然强调了王国维之死的文化原因，即是为具有"抽象理想之通性"的三纲六纪而非一朝一姓而死，确实陈义高远；但是，他毕竟未指出王国维的死所体现的具有普遍与亘古价值的中国文化精神是什么。相反，整个挽词给人一种印象，具有"抽象理想通性"的中国文化精神，也已随着王国维的死而风流云散。故其《挽王静安先生》诗曰："敢将私谊哭斯人，文化神州丧一身。"② 也许陈寅恪意识到了这一点，故在1929年撰写的《王观堂先生纪念碑铭》中，着意加以彰显：

……士之读书治学，盖将以脱心志于俗谛之桎梏，真理因得以发

---

① 《陈寅恪诗集》，第10—11页。
② 《陈寅恪诗集》，第9页。

扬。思想而不自由，毋宁死耳。斯古今仁圣所同殉之精义，夫岂庸鄙之敢望。先生以一死见其独立自由之意志，非所论于一人之恩怨，一姓之兴亡。呜呼！树兹石于讲舍，系哀思而不忘。表哲人之奇节，诉真宰之茫茫。来世不可知也，先生之著述，或有时而不章。先生之学术，或有时可商。惟此独立之精神，自由之思想，历千万祀，与天壤而同久，共三光而永光。①

现在他强调王国维之死体现了士人"独立之精神，自由之思想"的真谛，即"哲人之奇节"，与天地同光的中国文化最可宝贵的精神——"斯古今仁圣所同殉之精义"。

在《王观堂先生挽词》中，陈寅恪强调中国文化精神是具有"抽象理想通性"，相当于柏拉图的"理念"、"范型"，因失去了固有的社会经济制度的支撑，无可挽回地归于沦丧消沉。1934年他为王国维遗书作序时，对此也作了重要的修正。他指出，古今中外志士仁人，往往憔悴忧伤，继之以死，但其所忧所死之事，不止于一时一地，而"别有超越时间地域之理性存焉"，只是不易被同时同地识见浅薄的众人所理解而已。中国三十年来，人事巨变，但是等量齐观，都无非如庄子所说，此一是非，彼一是非而已。② 这就进一步明确地肯定了，中国文化"别有超越时间地域之理性存焉"，王国维之死所体现的"独立之精神，自由之思想"，就是中国文化的精髓，仍然具有现代意义的"理想通性"。直到晚年，陈寅恪仍然强调："对于独立精神，自由思想，我认为是最重要的……一切都是小事，惟此是大事。"③ 并在《柳如是别传》中，又以此向柳如是致敬：

夫三户亡秦之志，九章哀郢之辞，即发自当日士大夫，犹应珍惜引申，以表彰我民族独立之精神，自由之思想。何况出于婉娈倚门之少女，绸缪鼓瑟之小妇，而又为当时迂腐者所深诋，后世轻薄者所厚诬之

---

① 陈寅恪：《金明馆丛稿二编》，上海古籍出版社1980年版，第218页。
② 《王静安先生遗书序》，见《陈寅恪史学论文选集》，上海古籍出版社1992年版，第502页。
③ 转引自陆键东：《陈寅恪的最后二十年》，第111—112页。

人哉！①

柳诒徵、吴宓、陈寅恪对中国文化精神的概括，正形成了一个宝塔式的递进序列：人伦道德 —— 理想人格 —— 独立的精神、自由的思想。它的基础是体认中国文化重伦理，以"人伦道德"为中心。孔子说，"仁者爱人"，"泛爱众"，"克己复礼，天下归仁"；《易》曰"德成于上，形成于下"。足见此种体认不无道理。正因为中国文化是伦理道德型的，故重自身修养，追求人格完善。所谓立德、立功、立言的"三不朽"，希圣希贤，求为君子，中国文化确实存在着"理想人格"的希冀。同时，中国文化注重"养浩然之气"，即崇尚气节情操，敬仰倚世独立的气概，所谓"富贵不能淫，贫贱不能移，威武不能屈"，"三军可夺帅，匹夫不可夺志"，"朝闻道夕死可也"，"士可杀不可辱"，又可以说是表现了可贵的"独立的意志，自由的思想"。总之，从先秦儒学主"正心诚意修身持家治国平天下"，到宋明理学讲"内圣外王"；从张载浩然明誓"为天地立心，为生民立命，为往圣继绝学，为万世开太平"，文天祥慷慨悲歌"人生自古谁无死，留取丹心照汗青"，到顾炎武大声疾呼"天下兴亡，匹夫有责"，不仅说明古代士人是从本体论的意义上强调道德修养，而且反映中国文化注重行为道德、情操气节、社会责任和历史文化的使命，浸润着人文的光华，确实表现出了伦理精神的伟大与崇高。在某种意义上可以说，正是此种道德精神与理想人格构成了中国文化精神的脊梁。因此，学衡派将人伦精神、理想人格，认作中国文化传统中有永恒价值的东西，以为它构成了"民族文化的基石"，应当加以继承和弘扬，是正确的。

为了理解学衡派提出"中国文化精神"和揭出"重建民族的自尊"的命题具有怎样的特色与时代意义，有必要将之置于其时的社会文化思潮中加以考察。

20世纪20—30年代，关于中国固有文化的见解，人们依然见智见仁，论争纷起。1924年曾为新文化运动主将的陈独秀在一篇文章中，仍固执地认定中国文化除了"尊君抑民，尊男抑女"、"知足常乐，能忍自安"之外，

---

① 陈寅恪：《柳如是别传》第2册，上海古籍出版社1980年版，第727页。

实在没"几样能为现在社会进步所需要"的东西。① 另一位主将胡适直到 1930 年也还在指斥中国是一个"一分像人九分像鬼的不长进民族",中国文化"是懒惰不长进的民族的文明"②。在陈、胡等激进主义者的眼里,中国文化根本就不存在什么有亘久价值的精神。但是,随着欧战后东方文化派的兴起,毕竟有越来越多的人相信中国固有文化有自己的优长,且极力抽象此种特质。1927 年常乃德对此加以概括,他说:"……单就中国文化的界说而论,一般人的见解从极端抽象到极端具体,可以有许多种不同的解释如下:一,极端抽象的解释,如以中庸调和为中国文化的特质之类。二,比较抽象的解释,如以忠孝节义为中国文化的特质之类。三,半抽象半具体的解释,如以大同和平为中国文化的特质之类。四,比较具体的解释,如以家族制度君主制度为中国文化的特质之类。五,极端具体的解释,如以大布之衣大帛之冠为中国文化的特质之类。"③ 很显然,这些抽象只是强调中国文化的"特质",尚未提出"中国文化精神"的概念,同时其概括也多流于浮泛和一般化。

缘是,我们可以指出三点:其一,欧战后关于精神文明、物质文明的争论固然十分热烈,但是较比只有学衡派更为明确地提出了"中国文化精神"的概念并加以系统阐发。其二,学衡派将中国文化的精神概括为人伦道德—理想人格—独立的精神、自由的思想,具有鲜明的特色。需要指出的是,对于博大精深的"中国文化精神"的内涵,想用一句话作简单明了的概括,谈何容易!而迄今见智见仁,莫衷一是。例如,当今就有将之概括为"和合精神";"厚德载物,民胞物与"的精神;"天行健,君子以自强不息"的精神,等等。所有这些概括是否确当,可不置论,但无论如何,学衡派的体认与概括不仅成一家之言,而且至今仍不失其深刻。其三,也是最重要的,学衡派强调"只有找出中华民族文化传统中普遍有效和亘古常存的东西,才能重建我们民族的自尊",他们实际上是提出了一个重要的时代课题:中国文化的精神是中国民族的脊梁,复兴中华民族有赖于继承和弘扬民族精神。这一点实际上也正是我们今天所反复强调的时代主旋律。

---

① 陈独秀:《太戈尔与东方文化》,《中国青年》1924 年第 27 期。
② 胡适:《介绍我自己的思想》,见蔡尚思主编:《中国现代思想史资料简编》第 3 卷,第 167 页。
③ 常乃德:《中国民族与中国新文化之创造》,见陈崧编:《五四前后东西文化问题论战文选》,第 686—687 页。

学衡派所以执着体认人伦道德、理想人格是中国文化的根本精神，还出于他们对中国现实问题的思考。其时，中国政治腐败，贿赂公行，全国一盘散沙。九一八事变后，日本加紧发动全面的侵华战争，当局却采取不抵抗的政策，复使中华民族岌岌可危。学衡派以为这都由于固有的道德精神隐耀不明的结果，因此唯有弘扬民族精神，"以人格而升国格"，才能使灾难深重的中华民族得以"重建民族的自尊"。柳诒徵说："诸君请先从切身做起，慢慢的将人伦的天性，推而至于一村一乡一省一国，使中国文化的精神，重新发扬起来，那便是中国民族复兴的良药，见了功效了。"①胡先骕也指出，没有道德精神的支持，一切政治经济的所谓改革都无非尽托空言，对于中国文化精神必须身体力行，发扬光大，中国的民族复兴才有希望。吴宓针对日寇入侵，国势阽危，提出了"道德救国论"。他指出，就国防而言，要抵抗日本的侵略，仅仅讲经济物质的条件是不够的，没有道德信仰贯穿其中，以民膏民脂换得的飞机大炮，适足以资敌。将帅不和，扣军饷，一些高级将领甚至于泄密，卖国求荣，如此情状，何以为战！讲道德并非坐而论道，空言无补，而是要积极行动，其力量至为伟大。"吾国人不敢死，不能牺牲，御暴日之侵陵，乃不道德之尤者。而求抗日之成功，求国命之不斩，则必军事政治经济教育诸端，皆有精神，皆合乎道德而后可。道德非专门之业，而为凡人凡事随地随时所必需，犹燃薪炭与燃火酒煤油，其中皆有热力也。"②他把国人的精神境界、人格力量，视为综合国力中最重要的亲和力与凝聚力。缪凤林干脆认为，东北军的将领如果幼习史传，富有道德信仰，必不至于拥兵数十万，坐视东省沦亡，行不抵抗主义。我们尽可以批评学衡派将中国文化精神仅仅归结为人伦道德、"理想人格"，而将"天行健，君子以自强不息"等内涵刊落了，不免于褊狭；对于传统的人伦道德、"理想人格"，也不免于理想化了；同时，将中国的全部问题都归结为道德问题，也自然是不对的；但是，如上所述，中国文化传统中那种"富贵不能淫，贫贱不能移，威武不能屈"，推崇人格情操、民族气节的精神，那种"天下兴亡，匹夫有责"激越的爱国主义，也确实是传统的伦理精神与理想人格中应有之义。在八年抗

---

① 柳诒徵：《对于中国文化管见》，《国风》半月刊，第4卷第7期，1934年。
② 吴宓：《道德救国论》，《大公报·文学副刊》第214期，1932年2月15日。

战期间，这是可以并且事实上得到了弘扬的民族精神。所以学衡派的上述主张，应得到同情的理解。不仅如此，学衡派都是一些服膺科学与民主的资产阶级自由主义者，他们实际上是在新文化运动揭橥的科学与民主的基础上，提出了一个更深层次的问题：中国民族的复兴必须建立在"民族文化的基石"上，即必须以"中国文化精神"（民族精神）为精神支柱，这在吴宓就叫作"求抗日之成功，求国命之不斩，则必军事政治经济教育诸端，皆有精神"；依今日的说法，则叫作必须借助中国本有的精神资源以为接引和吸收新资源的保证。否则，科学、民主，一切良法美意，都将成为无本之木，无源之水。胡先骕在《中国今日救亡所需之新文化运动》一文中，主张中国应有一场有别于陈、胡领导的新文化运动的"新文化运动"，他说："一方对于吾国文化有背于时代性之糟粕固须唾弃，而其所以维护吾民族生存至四千年之久之精神，必须身体力行，从而发扬光大之，则今日之弊政可以廓清，政法经济上重要之改革，亦可施行而无阻。"[①]他所表述的也正是上述所谓的更深层次的问题。

学衡派体认人伦道德与理想人格是中国民族文化的基石，突出的是文化的历史统一性，它与体认"伦理的觉悟，为吾人最后觉悟之最后觉悟"[②]，强调破旧立新与文化发展的时代性的新文化运动，固然不能不生冲突，但是二者得失互见，实形成了合题。这可以从二者对以下三大问题的分歧中看出来。

其一，新旧文化的关系问题。

在新文化运动中，所以矛盾迭起，争论激烈，从理论层面上看，人们对新旧文化关系理解不同，是带根本性的思想分歧。陈独秀等新文化运动的倡导者认为，新旧绝分两途，如水火不能相容。因为在他们看来，"新"就是西方文化，"旧"就是中国文化。前者以民权为中心，后者以专制为特色，二者根本不能相容，新旧也自然不能并存。汪淑潜说："所谓新者无他，即外来之西洋文化也；所谓旧者无他，即中国固有之文化也。……二者根本相违，绝无调和折衷之余地。"如果要"新"，就必须排除"旧"；如果要"旧"，就必须排除"新"。"新旧之不能相容，更甚于水火冰炭之不能相

[①] 胡先骕：《中国今日救亡所需之新文化运动》，《国风》半月刊，第1卷第9期，1932年。
[②] 《吾人之最后觉悟》，见陈独秀：《独秀文存》卷1，第41页。

（容）也。"①陈独秀见解更明确。他认为，既然无论政治、学术、道德、文章，"西洋的新法子"与"中国的老法子"绝对是两样的，那么新文化建设的首要问题，就是要在"新、旧"即"中、西"之间任取其一。决计守旧，"一切都应该采用中国的老法子"；决计革新，"一切都应该采用西洋的新法子"。在这里，什么"国粹"、"国情"并无意义，"因为新旧两种法子，好像水火冰炭，断然不能相容，要想两样并行，必至弄得非牛非马，一样不成"②。所以他主张不塞不流，不止不行，新文化建设应当破字当头。陈独秀等人坚决反对新旧调和，主张对以孔教为代表的传统文化，应当有彻底的觉悟和勇猛的决心，表现了可贵的不妥协的反封建精神。这在当时对于激励人们冲破千年封建思想的网罗，有着重要的意义。但是，他们毕竟又走向了另一个极端，把复杂的文化问题简单化了。文化的发展是继承与创新交替演进的无穷序列，任何新文化的创造都离不开旧文化的基础，都只能表现为旧文化的蜕变更新。陈独秀等人把新旧完全割裂开来，主张非此即彼，步入了形而上学的误区。

学衡派对此不以为然。1916年吴宓还是清华的学生时就表示异议："余常闻新旧人物之冲突，以为调和未尝无术。"③1921年他在美国的《中国留学生月报》上发表了《中国之旧与新》，开始公开批评新文化运动的新旧观。次年复在《学衡》上发表《论新文化运动》，其观点愈加系统。吴宓指出，中国昔日之弊，在墨守旧法，凡旧者皆尊之，凡新者皆斥之。所爱者则加以旧名，所恶者则诬以新之罪状。今日之弊，在假托新名，凡新者皆尊之，凡旧者皆斥之。所恶者则诬以旧之罪状，所爱者则假以新之美名。二者都不可取。但是从今日国人的心理看，第一种流弊已渐消歇，第二种流弊正成为主要的倾向。因之，有必要"绝去新旧之浮见，而细察其中之实情"。他认为，新旧是相对的概念，昨为旧，今为新。旧者未必是，新者未必非，反之亦然。因此，对于新旧要作具体分析，尤其人文科学不同于自然科学，更不能"以新夺理"，因为"新亦有真伪之辨"。同时，"新未有无因而至者，故不

---

① 汪淑潜：《新旧问题》，《青年杂志》第1卷第1号。
② 陈独秀：《今日中国之政治问题》，《新青年》第5卷第1号。
③ 吴宓：《乙卯日记》，1916年7月10日，转引自李赋宁等编：《第一届吴宓学术讨论会论文选集》，第333页。

知旧物,则决不能立新"。这就是说,新旧不仅是相对的,它们不能等同于是非的判断;而且二者又存在着传承的关系,新是旧物的蜕变,并不能截然割断。所以"今欲新文化,必先通知旧有文化"①。此种见解应当说是正确的。据此,吴宓强调自己所以不满意于新文化运动,不是因其新,而是因其失之偏颇。他批评新文化运动的倡导者只注重"革命"的观念,"而忽略中国历史文化之基本精神"②。他说:"新文化运动者反对中国的传统,但他们在攻击固有文化时,却将其中所含之普遍性文化规范一并打倒,徒然损害了人类的基本美德与高贵情操。"③吴宓诸人始终认为,对传统文化不能一概否定,要有分析,否则就会导致如同倒洗澡水将盆中的孩子一起倒掉一样的恶果。所以李思纯批评新文化运动对于旧文化的否定过于轻率,对于固有文化未作慎重"精确"的估价之前便全盘否定它,这如同法官事先没有研求证据便判决案犯死刑,一样是不负责任的。④这在很大程度是击中了新文化运动倡导者的致命伤。

在具体应当怎样处理新旧文化关系问题上,学衡派个人的提法并不完全相同。李思纯主张"当于旧化不为极端保守,亦不为极端鄙弃;对于欧化不为极端迷信,亦不为极端排斥。所贵准于去取适中之义,以衡量一切"⑤。所谓"取适中之义",稍嫌空泛。胡先骕则以为,"对于吾国文化有背于时代性之糟粕固须唾弃,而其所以维护吾民族生存至四千年之久之精神,必须身体力行从而发扬光大之"⑥。他提出了对于旧文化当取其精华,去其糟粕的原则。柳诒徵则强调今天的中国是过去中国的发展,传统不论其好坏,都会影响到今天,故重要的问题是对旧文化要有所因袭但又不能全部因袭,即要明确选择的原则。他说:"有过去之中国而后有今日之中国,而过去之中国之方法可以遗留利若害于今日,而又非一切反之过去之中国之方法,遂可解决其利害。故今日之中国,必须今日之中国人自求一种改造,今日中国之方

---

① 吴宓:《论新文化运动》,《学衡》第4期,1922年4月。
② 吴宓:《雨僧日记》,转引自吴学昭:《吴宓与陈寅恪》,第92页。
③ 吴宓:《中国之旧与新》,《中国留学生月报》第16卷第3期。
④ 李思纯:《论文化》,《学衡》第22期,1923年10月。
⑤ 李思纯:《论文化》,《学衡》第22期,1923年10月。
⑥ 胡先骕:《中国今日救亡所需之新文化运动》,《国风》半月刊,第1卷第9期,1932年。

法，不能无所因袭，而又不能全部因袭，此先决问题所宜共同了解者也。"①胡先骕与柳诒徵的主张实际上是提出了扬弃的原则，充满着辩证法。不过，较比起来，吴宓提出的带有思辨色彩的原则，最能体现学衡派的共识及其得失。吴宓认为，人是生活在传统中，因为传统就是现在中的过去。人既不能脱离"现在"，自然也不可能脱离传统。他说："进步是传统的不断的吸收与适应。"②在这里，吴宓指出文化的进步与发展，归根结底，只能是传统（旧文化）的进步与发展，从而显示了文化发展的历史统一性，这是深刻的；不仅如此，更值得注意的是，他还提出了传统的现代性转换的重要思想。吴宓指出，在当今的时代，无视世界的潮流而固守旧文化，必阻碍国人的进步；但是，尽弃旧物，又不免失其国性。所以，唯一正确的做法，是依世界的潮流，"于旧学说另下新理解，以期有裨实用"③。所谓"于旧学说另下新理解"，就是借助于西方现代学说对于传统进行重新阐释，以期实现传统的现代性转换。此种见解，在其时发人所未发。很显然，它不仅较陈独秀诸人所谓"新旧之不能相容，更甚于水火冰炭之不以相入（容）"的说法，远为深刻；而且也较梁启超"拿西洋的文明来扩充我的文明"的主张，更富有新意。

不过，吴宓的见解也仍隐含着误区。马克思说："一切发展，不管其内容如何，都可以看做一系列不同的发展阶段，它们以一个否定另一个的方式彼此联系着。"④事物的发展包含着否定之否定的过程。吴宓看到了文化发展的内在统一性，及其经重新阐释向现代转换的可能性，但他显然忽略了此种对传统的重新阐释和实现传统的现代性转换，仍必须以对传统的理性批判为前提，即忽略了文化的进步不是传统（旧文化）自然发展的结果，恰恰相反，从本质上说，它是批判和超越传统（旧文化）的结果，因而显示了文化发展的阶段性即时代性。唯其如此，吴宓及整个学衡派在文化的价值取向上，产生了非理性的偏向，即重视传统的继承而轻忽传统的批判与超越。吴宓说"个人之价值取决于他所吸收的传统的量与质"⑤，反映了这一点；他从

---

① 柳诒徵：《自立与他立》，《学衡》第43期，1925年7月。
② 吴宓：《文学与人生》，第76页。
③ 《吴宓日记》第1册，第404页。
④ 《马克思恩格斯全集》第4卷，第392页。
⑤ 吴宓：《文学与人生》，第76页。

"一多"关系界说新旧,更是反映了这一点。吴宓说,新旧至难判定,天理人情物象,"古今不变,东西皆同",犹如天上的云彩虽朝暮变幻,但它为水蒸发所致,此物理不变。"故百变之中,自有不变者存"。"则世中事事物物,新者绝少,所谓新者,多系旧者改头换面,重而再见。"① 淡化新旧事物质的差异是学衡派的致命伤。但是,学衡派主张文化保守,却并非是守旧者。因为,尽管学衡派有自己的失误,但其基本的信念在于坚信中国文化的精神依然富有生命力,具有现代的意义;主张适应世界潮流,对传统"另下新理解","推陈出新",并没有错。与学衡派相知的钱穆说:"余之所论每若守旧,而余持论之出发点,则实求维新。"② 人们对于学衡派也应当作如是观。

其二,中国的礼教问题。

新文化运动猛烈冲击封建旧礼教,曾有力地促进了国人的思想解放,厥功甚伟。其中,"礼教吃人"一说,最为令人振聋发聩。吴虞说:"我们如今,应该明白了!吃人的就是讲礼教的!讲礼教的就是吃人的呀!"③ 其说于当时影响实巨。但是,从今天看,斥"礼教吃人",笼统骂倒,缺乏分析,不免失之简单化。礼教是中国文化的一个重要范畴。礼是指行为实践或道德行为规范,它含有约束的意义,不仅约束个人,也约束家庭、社会和国家。故孔子说"为国以礼","不学礼,无以立"。教则含教化、教育的意义。孔子说"克己复礼为仁",就是指人克制自己以符合规范,维护社会和谐,便是体现了道德的精义——"仁"。这里包含着孔子重要的德育思想。中国素称"礼义之邦"、"礼教之国",就是指有高度文明的国家的意思。这本身即说明,礼教不仅是中国文化的重要范畴,而且在历史上对于促进中国文明的发展曾起过重要的积极作用。只是随着历史积淀的加重,传统礼教日趋僵硬,尤其是宋明后衍化出"存天理,灭人欲"的谬说,愈成为了束缚人性的桎梏。新文化运动批判封建旧礼教是对的,但是缺少历史分析,失之偏颇。

学衡派对新文化运动抨击"礼教吃人"持强烈的批评态度。柳诒徵甚至以为中国社会动荡,道德沦丧,究其原因,即"在于打倒吃人之礼教也"。胡先骕也指出,"最大之原因,厥为五四运动以还,举国上下,鄙夷吾国文

---

① 吴宓:《论新文化运动》,《学衡》第 4 期,1922 年 4 月。
② 余英时:《钱穆与中国文化》,上海远东出版社 1996 年版,第 3 页。
③ 吴虞:《吃人与礼教》,《新青年》第 6 卷第 6 号。

化精神之所寄，为求破除旧时之礼教之束缚，遂不惜将吾国数千年社会得以维系，文化得以保存之道德基础，根本颠落之。夫如是求其政治不腐败，人心不浇漓，国本不动摇者，未之有也"①。这些过头的话自然是不正确的，学衡派也因此被目为维护旧礼教的反动派。实际上学衡派的批评正是从历史的分析入手，因此至少在学理上守住了自己的立场。他们强调礼是人类社会发展的必然产物，具体讲，其缘起有四方面的成因：一是出于习惯；二是"因人性而为之节文"，即对人的行为的规范；三是起于宗教仪式；四是道德教化的需要。要言之，"礼是社会的习惯，亦是社会的秩序"，国人的道德赖以养成，社会和谐赖以维持。"人之所以为人，完全因为有'礼'。"这种见解是合乎历史实际的。不仅如此，由是以进，学衡派指出，中国历史所以源远流长，生生不已，一个重要原因就在于礼教完备，社会得以维持和谐发展。所以缪凤林说，"中国文化的根本在礼"，"中国文化最伟大之成就，即在其礼教之邃密"。② 吴宓则称礼教"为吾国之国粹"③。从文化史的角度看，如果我们承认伦理型的中国文化重视人际关系，政教合一，礼法完备，"郁郁乎文哉"，因之有"礼义之邦"的盛誉；那么也应当肯定他们的这些看法非但不应视作"反动"，而且应当承认颇具眼光。同时，学衡派并不否认礼教当随着时代的变动而发生变动，不过他们提出这样一种见解：礼之节文虽时有变通，而礼之"义理"、"根本"或叫"精义"，永久不易。陈寅恪说"礼法虽随时俗而变更，至于礼之根本，则终不可废"④。吴宓也说，对于礼教，偏于激进者，"则全体破坏，玉石俱焚"；而偏于守旧者，则一味复古，不辨精粗，各走极端，不合正道。"吾侪居今之世，颇欲讲明礼教之精意，而图保存之。然所图保存者，乃礼教之精意，亘万世而不易者也。至若仪文制度之末节，乃随人民生活社会情状及风俗习惯，刻刻改变，无有留停，自当随时变通斟酌损益，决无强摹古人之理。"⑤ 礼教随时代变动，但是任何时代都不能没有礼教以维持社会秩序，从这个意义上说，人类设立礼教的初衷永远是

---

① 胡先骕：《中国今日救亡所需之新文化运动》，《国风》半月刊，第 1 卷第 9 期，1932 年。
② 缪凤林：《谈谈礼教》，《国风》半月刊，第 1 卷第 3 期，1932 年。
③ 吴宓译《论循规蹈矩之益与纵性任情之苦》一文按语，《学衡》第 38 期，1925 年 2 月。
④ 俞大维：《怀念陈寅恪先生》，见《陈寅恪先生文集》，台湾里仁书局 1981 年版。
⑤ 吴宓：《论孔教之价值》，《国闻周报》第 3 卷第 40 期。

合理的，因而也可以说礼教的"精意"是古今不易的。要看到学衡派强调此种似乎不言自明的道理，一方面固然是针对着吴虞等人"礼教吃人"的片面提法而发的，另一方面也是意在突出自己的道德理想主义，故其所谓的礼之"义理"、"根本"、"精意"，不仅是指"礼教对人类的意义"，更重要的是强调礼教的"理念"、"范型"本在于追求至善的信仰。所以，学衡派的失误不在于历史地肯定礼教，也不在于维护旧礼教，而在于沉湎于抽象的理念，对旧礼教严重束缚人性的现实缺少切肤之痛。因之，我们尽可以批评学衡派未能在实践上积极参与新文化运动对旧礼教的批判，却不能简单否定他们在学理上批评新文化运动的矫枉过正。

其三，关于孔子的评说。

"打倒孔家店"是新文化运动中另一个惊世骇俗的口号，它同样在振聋发聩的同时引起了激烈的争论。学衡派以"辩护士"自居，坚决反对批判孔子。他们强调研究历史人物，"首重了解与同情"，其法则在考证事实精确与批评义理允当。但是，时人批孔，则两者皆失。柳诒徵指出，自有史以来，孔子之道并未完全在中国施行，相反，人们的行为多大悖于孔教，"盖孔教之变迁失真，亦已久矣"。从前尚有执孔子之语为护符，现在并此虚伪的言论也没有了，人们仍热衷于诛引无拳无勇、已死不灵的孔子，不是很可笑吗？这就是说，时人未能将先秦的孔子与后人假托的孔子加以区别，是为疏于考证。他还指出，人谓孔子尊君，成独夫专制之弊，但是，无论孔子不独尊君，且不主专制，就时代说，桀、纣、幽、厉皆先于孔子，"是果由何人学说演成？"西方各国未行共和前，也行君主政体，专制尤甚，如路易十四、尼古拉一世，他们难道也都奉孔教？"君主专制同也，而孔教之有无不同，则孔教非君主专制之主因必矣。讲科学方法者，当知因果律，不可如是之武断也。"[1] 是为批评义理失当，即逻辑不通。学衡派坚持高度评价孔子的历史地位，强调孔子不仅是中国古代文化的集大成者，而且是与西方的苏格拉底、柏拉图、亚里士多德并驾齐驱的世界文化伟人。景昌极认为，"孔子实是中华民族的代表人物，孔子仍然值得全中华民族的崇敬，并且值得全世界受过科学洗礼的人去崇拜"。同时，他们又反对神化孔子和尊孔教，以

---

[1] 柳诒徵：《论中国近世之病源》，《学衡》第 3 期，1922 年 3 月。

为孔子是个"丝毫无神学意味和玄学意味的人","孔子在中华民族的心目中,却始终是个人"。① 唯其如此,孔子自然也有不足之处,如其学说少系统性,科学思想也欠缺,等等。所以张鑫海主张"今日宜以批评精神研究孔子之学说",盲目崇拜固不可取,但只以漫骂攻讦为能事,也非批评的正道。"于孔子则一概推翻抹杀,是诚可悲。"② 学衡派的上述见解合乎逻辑,即便从今天看来,也应当说是正确的。他们的缺憾在于,未能看到新文化运动所以激烈反孔,并非真欲否定孔子本人,而是意在推倒成为千年封建专制统治护身符的孔子偶像,以促进国人的思想解放。李石岑以下批评梁漱溟的见解不无道理,他说:

> 陈独秀先生办《新青年》杂志,极力反对孔子,极力斥骂孔子,实在有他一番苦心。他冒社会上之大不韪,去悍然于这种"非孔"生活,他心髓微处,以为我此刻虽糟蹋了孔子,但我却可以推倒你们军阀的靠山,拔掉你们老百姓的迷根。所以陈君这种杂志,在社会改造上,在文化开展上,都有不可灭的功绩。……梁君阐明孔家哲学,我认为一定可找出真孔子的面目……但这是孔子一人之幸,却是中国之全体不幸。所谓不幸,便是那许多"伪孔"伺机而至。③

从这点上说,学衡派只满足于纯学术的立场,在政治上失之幼稚,对新文化运动的真义缺乏理解。但是,无论如何,学衡派终究是一批真诚的学者,他们坚信"孔子之更为人认识崇敬,亦文化昌明、学术进步必然之结果"④。历史毕竟证明了这是有远见的。今天,孔子作为世界文化伟人正受到普遍的尊崇,孔子学说中所包含的许多人文智慧有益于当今人类社会的发展,已成各国学者的共识。

由上可见,学衡派与新文化运动倡导者们一样主张发展新文化,但是二者于学理上产生分歧,后者强调超越传统,破旧立新,不塞不流,不止不

---

① 蔡尚思:《孔子之真面目》,《国风》半月刊,第1卷第3期,1932年。
② 张鑫海:《孔子学说之精意》,《学衡》第14期,1923年2月。
③ 李石岑:《评〈中西文化及其哲学〉》,《民铎》第3卷第3号。
④ 吴宓:《孔诞小言》,《学衡》第79期,1933年7月。

行；前者则强调重新阐释传统，推陈出新，继承与发展传统。也因是之故，二者互有得失。新文化运动倡导者猛烈批判封建旧文化，代表着新文化发展的方向，但是多对中国固有文化持虚无主义态度，而趋向西化；学衡派则相反，对批判旧文化缺乏应有的紧迫感，但对中国文化的复兴充满信心。《学衡》杂志的《简章》明确指出："吾国文化有可与日月争光之价值。"[1]陈寅恪说得更具体："华夏民族之文化，历数千载之演进，造极于赵宋之世。后渐衰微，终必复振。譬诸冬季之树木，虽已凋落，而本根未死，阳春气暖，萌芽日长，及至盛夏，枝叶扶疏，亭亭如车盖。"[2]因此，他们矢志不渝，"以发扬光大中国文化为己任"[3]。为此，他们提出了两种主张：

其一，要让国人了解、熟悉和热爱中国文化。学衡派认为，中国文化源远流长，博大精深，仅凭短时段的观察便下断言，以为无价值，难免武断与轻率。必须对中国的历史作全面的考察，才能真正发现其价值所在。柳诒徵说，"学者必先大其心量以治吾史，进而求圣哲立人极、参天地者何在，是为认识中国文化之正轨"[4]。所谓"必先大其心量以治吾史"，就是强调对中国文化要先存热爱之心，然后才能真正理解其博大与精微。缪凤林则进而提出了国人的"文化的修养"或"文化的训练"的概念。他说，现在主张摧毁中国文化的人，总是找各种理由，加以种种恶名，故欲保存和光大中国文化，也必须提出种种理由，告诉国人什么是中国文化的精华，中国文化何以仍然能够助益于现代的国家。但是要使国人理解和信服此种种理由，又必须使他们对中国文化"有相当的接触与了解，是为'文化的修养'或'文化的训练'"[5]。要言之，学衡派以为要复兴中国文化，最重要的便是要宣传普及中国历史文化知识，让国人了解，熟悉和热爱中国文化。这与梁启超强调"人人存一个尊重爱护本国文化的诚意"是相通的，但又超越了梁启超，原因就在于他们明确而具体地提出了研究、宣传与普及中国历史文化知识，以提高民族自信心的历史任务。柳诒徵所以撰皇皇巨著《中国文化史》和学衡派所以

---

[1] 《学衡》第1期，1922年1月。
[2] 《邓广铭〈宋史职官志考证〉序》，见陈寅恪：《金明馆丛稿二编》。
[3] 吴学昭：《吴宓与陈寅恪》，第128页。
[4] 柳诒徵：《中国文化史·弁言》。
[5] 缪凤林：《文化的训练》，《国风》半月刊，第4卷第9期，1934年。

高度重视宣传此书，原因也盖在于此。国人应有中国文化的"修养"与"训练"，这是值得今人借鉴的重要思想。

其二，物质文明建设与精神文明建设并重。学衡派既视人伦道德、理想人格为中国文化的精神和重建民族自尊的基石，弘扬中国文化的此种精神自然成为他们共同思路。但是，其个人的具体主张又不尽相同。柳诒徵认为进化与退化是历史上并存的现象，不是绝对的，当叩其两端，"一面要看进化的，一面要知道退化的，那就可以找出民族复兴的一条路出来了"。在他看来，汉以前国小，人民有亡国之思，人人为国出力。国家对内行统制主义，对外则务求发展，民族精神振奋，故国家强胜。汉以后，国家日大，内失统制力，人心为私，故国日弱。他说，唐宋以来的思想不可用，"我们要寻找民族复兴的道路，可以从汉朝去找……那就非照汉朝人行事不可"。因为周秦两汉"一切精神粗犷，皆与今日中国处于列强环峙之形势相合，故非用其法不可。唐宋以来苟且之制度，不足以应付今日之环境也"[①]。柳说实不免于迂阔。陈寅恪与刘弘度则主发展宋学。陈寅恪说："吾国近年之学术，如考古、历史、文艺及思想史等，以世局激荡及外缘熏习之故，咸有显著之变迁。将来所止之境今固未敢断论，惟可一言蔽之曰，宋代学术之复兴，或新宋学之建立是已。"[②]刘弘度也以为，"微宋明诸子理学不足以代表中国文化"，"默察世运所系，风会所趋，理学复兴殆成必至之势"[③]。但是，最值得注意的是吴宓的见解。他先是强调应以儒学精神为主复兴中国文化："自中华民族之历史及今后之命运言之，应以儒教之精神为主，以墨家为辅，合儒与墨，淬励发扬，而革除道家之影响及习性，实为民族复兴之务及南针。"[④]其后更确定的表述则作了重要的调度：

    中华民族是一个讲求实际的，聪明的，优秀的和勤劳的民族，充满了常识，并长于实际智慧与道德。今后欲振兴中国，在实行上应：（1）发展并改进经济与实业（科学、技术、组织）；（2）促进与实施实

[①] 柳诒徵：《从历史上求民族复兴之路》，《国风》半月刊，第5卷第1期，1934年。
[②] 《邓广铭〈宋史职官志考证〉序》，见陈寅恪：《金明馆丛稿二编》。
[③] 刘弘度：《吴白屋先生遗书》，书札二，"与刘弘度、刘柏荣"之七。
[④] 吴宓：《民族生命与文学》，《大公报·文学副刊》第197期，1931年10、19日。

用道德（常识、中庸）。①

这里所谓的经济与实业，包括科学技术与民主制度（组织），实际就是指作为现代社会基础的物质文明建设。所谓实用道德，则指以人伦道德、理想人格为核心的中国文化的精神。所以，吴宓实际上是提出了十分重要的思想：中国的民族复兴必须实行物质文明建设与精神文明建设并举的方针。如前所述，学衡派强调具有永恒价值的固有文化精神，是重建中国民族自尊的"民族文化的基石"；强调提倡道德精神、理想人格并非坐而论道，空言无补，犹如薪炭、煤油、酒精的燃烧内含着热量一样，它将为政治、经济、军事、教育诸方面的建设提供内在的精神动力，这些与现在吴宓的主张显然是一脉相承的。所以，我们有理由重申以下的论点：在欧战结束后崛起的学衡派，提出了一个中国社会发展所面临的更深层次的时代课题，这就是中国民族的复兴仅仅依靠从西方引进的科学与民主是不够的，它还要赖于中国文化精神的导引、承接和整合，即需要民族精神这一强大的支柱。

要言之，学衡派个人的见解虽然不尽相同，但是以复兴中国文化为己任，主张热爱固有文化并以弘扬中国文化的精神为民族复兴的基石，却是共同的。这也是人们理解和评价学衡派必须把握的基本点。

三、中西文化观

欧战后，"西方文化中心论"根本动摇，世界文化开始走向对话。在东方，尤其在中国，随着民族民主运动的发展，文化民族主义也迅速高涨。笔者曾在一篇文章中说："民族主义是以共同文化为背景，要求在政治与文化合一的基础上实现民族认同与发展的一种心理状态与行为取向。其核心的信仰是本民族的优越性及缘此而生的忠诚与挚爱。""从普遍的意义上说，所谓文化民族主义，实为民族主义在文化问题上的集中表现。它坚信民族固有文化的优越性，认同文化传统，并径直要求从文化上将民族统一起来。说到

---

① 吴宓：《文学与人生》，第123页。

底，政治民族主义与文化民族主义是互为表里的，只是因各国情势不同，其具体的表现形式有不同而已。但文化民族主义较单纯的政治民族主义更为深刻与持久。"[1] 近代中国的文化民族主义兴起于甲午战后，欧战后达到顶峰，以梁启超、梁漱溟等为代表的东方文化派的崛起，要求重新审视中西文化，肯定中国文化的优长和独立发展民族新文化，是其重要的表征。学衡派也被时人视为东方文化派，这不无道理，因为在他们的身上也表现出了此种文化民族主义。这集中表现在学衡派以民族文化为荣，不能容忍西方殖民主义者对中国民族和文化的贬抑。

学衡派力斥西方反动的人种论，坚信中国民族同样是优秀的民族。西方殖民主义者为了替自己的侵略扩张政策张目，极力宣扬反动的人种论，强调西方民族是优秀民族，而东方民族是劣等民族，优胜劣败，事有固然。例如，德人苦尔次与英人薛尔息等即倡言说，中国人胸腺不若欧美白人发达，大脑中尚有猴沟等原始特征，进化也不及白人高，"则其在种族竞存中之运命，盖可想见"[2]。一些"醉心欧化"的人受此种反动的人种论的影响，丧失了民族的自信心，他们将中国文化的衰弊也归咎于中国人种的低劣，以为西方人种天然优于有色人种，"黄种已随红种、黑种而去势"，因此中国除了变种易俗外，一切自强的努力都将是徒劳无益的。[3] 自晚清以来，志士仁人力斥"白优黄劣"之谬。如章太炎即指出，人类是进化的产物，天演日进，民智日开，故就各文明国家而言，人种并无高低优劣之分，其"血轮大小，独巨于禽兽，头颅角度，独高于生番野人，此文明之国种族所同也"[4]。所以中西民族"皆为有德慧术知之氓"[5]。迄20世纪20—30年代，上述西方反动的人种论依然甚嚣尘上。学衡派力斥其非。欧阳翥在《国风》上发表《救亡图存声中国民应有民族之觉悟》，愤慨地指出，西人借优胜劣败之说，视中国为劣等民族，造出种种谬说相诋，无非意在瓦解中国人的民族自信心。5000年前，欧人尚处于野蛮状态时，中国文化已自成系统，"即此一端，已足证

---

[1] 郑师渠：《论近代中国的文化民族主义》，《历史研究》1995年第6期。
[2] 欧阳翥：《救亡图存声中国民应有民族之觉悟》，《国风》半月刊，第8卷第8期，1936年。
[3] 《祝黄种之将兴》，《东方杂志》第1卷第1号，1904年3月。
[4] 章炳麟：《论学会有大益于黄人亟宜保护》，见汤志钧编：《章太炎政论选集》上册，中华书局1977年版，第8页。
[5] 《原人》，《訄书》重订本，《章太炎全集》（四），上海人民出版社1985年版。

吾人之优秀"。目前中国的落后是暂时的，绝不足惧。国人当奋斗自强，"岂可误信人言，自轻其文化？"①欧阳矗还只限于一般的谴责，刘咸同样在《国风》上发表的长文《人种学观点下之中华民族》，则着意从人种学上正面论证中国民族"非但不劣，且优点甚多"，尤可值得注意。刘咸说，依体性推人种优劣，本非人种学者的本意，因世人对于"自身问题"不厌求详，并欲知其底蕴，故人种学者偶然也有依演化理论而估定其价值。为了减少国人亡国灭种之忧，本文才决意依中华种族的体性，做出讨论。是文将人类的体性分为以下11种：头形、肩面垂度、肤色、发状与发色、唇、眼、眉梁骨、鼻、躯、脑、血液，分别判断白、黄、黑人种的优劣，然后再加以总体估定。如，鼻：分狭中阔，与进化成反比，白狭，黄中，黑宽，但中国南方人多阔鼻，"此点在天演进化上未占得优越之地位"；肤色：抗病力肤色深浅成正比，故白人只宜在寒带，黑只宜热带，黄则介二者间，寒热皆宜，"海水到处有华侨"，受肤之赐；发状与发色：发分直、波、耗三种，波状者最近猿猴，直次之，耗最近"人性"。据此，白种最近猿，吾人次之，黑人最"人化"。身体毛多少与进化成反比，黄人肤光洁，少油腺，"吾国人演化史上之地位，又高出白种多多矣"。发色显性胜隐性，"论发色，吾国人又占优胜矣"。刘咸最后作总论定说："由上述事实，以观吾国人种，在体性方面，非但不低劣，且优点甚多，在演化程序中可占优越之地位。此事实昭示如此，并非故作唯心之论，以安慰国人者。"②刘文的见解是否科学并不重要，重要在于它借"人种学"证明中华民族同样是优秀的民族，以其人之道反治其人之身，反映出强烈的民族认同感和文化民族主义的情结。

学衡派反对"中国文化西来"说，坚信中国文化是独创的。自19世纪末以来，所谓"中国文化外来"说盛行一时，其中又以法人拉克伯里于1880年出版的《中国太古文明西元论》一书，力论中国民族来自巴比伦，即"中国人种西来"说，影响最巨。清末章太炎、刘师培、蒋智由等许多人趋之若鹜。例如，章太炎的《序种性》；刘师培的《华夏篇》、《思祖国篇》、《古政原始论》、《中国民族志》等，都承其说。而蒋智由且著有《中国人种考》一

---

① 欧阳矗：《救亡图存声中国民应有民族之觉悟》，《国风》半月刊，第8卷第8期，1936年。
② 刘咸：《人种学观点下之中华民族》，《国风》半月刊，第1卷第8期，1932年。

书,作了进一步的发挥。究其失误的原因,盖源于文化民族主义的心理:中国人种既与西人同出巴比伦,且远征东方有如此的伟业,自可进一步破"白优黄劣"之说。所以蒋智由自述《中国人种考》缘起说:"讲明吾种之渊源,以团结吾胞之气谊,使不敢自惭其祖宗,而陷于其种族于劣败之列焉。其于种族保存,与夫种族进化,有取于是焉必巨矣。"[①]志士仁人固然用心良苦,但是,说到底,借西人以自重,这实际上仍然是一种自信心不足的表现,因为它不自觉地默认了西方某些学者否定中国文化的自创性与独立性。直到20世纪30年代,一些西方学者仍然对此喋喋不休,坚持中国文化是境外移入的,否定中国文化的独立性。1930年法国政府特派来华考察高等教育的马古烈,在上海"东方文化学会"讲演,也仍断言中国文化源自于亚美尼亚,"这有语言学和地质学上的两大证据"[②]。

需要指出的是,人类的起源、现代中国人种的起源与中国文化的起源,三者是不同范畴的问题。关于人类的摇篮——人类的发祥地,最先是达尔文提出的"来自非洲说"。1929年12月2日,我国著名古人类考古学家裴文中教授在北京周口店龙骨山发现了第一个"北京猿人"头盖骨后,荷兰解剖学家杜布瓦发表了他于1890年在印度尼西亚爪哇发现的"爪哇猿人"头骨化石。由是,学界关于人类发祥地的推测的重心,便开始由非洲移向亚洲——中国。其后70年间,随着各处古人类考古的一系列重大发现,关于人类起源的钟摆始终在非洲与亚洲——中国间来回摇摆不定。而1949年后考古的成就不断为后者提供助力。20世纪60年代以来,我国相继发现了距今110万年前的陕西蓝田猿人,距今170万年的云南元谋人。1984年,又在重庆巫山发现了距今230万年的人类活动遗存。而不久前河北的泥河湾也发现了距今约300万年的石器。这些重大发现表明距今300万年已有人类的祖先生活在中国这块古老的土地上了。目前,我国科学家正在继续寻找距今200万年至400万年的早期人类化石和石器工具。谈家桢、贾兰坡、钱学森等著名科学家曾联名提议说:"国外科学家(关于)人类最早的祖先诞生于非洲的(研究)结果,不仅否定了我们一直笃信的中华民族的远祖是北京猿人的信

---

① 蒋智由:《中国人种考》,商务印书馆,光绪二十三年,第186页。
② 马古烈:《亚洲文化的变迁和他的特点》,《东方杂志》第27卷第11号,1930年6月。

念，而且也与我国发现的大量考古证据不符。鉴于国外科学家的实验方法不无商榷的余地，我们极需用以现代分子生物学为主的方法探索我国史前的早期部落的形成和发展，用科学的事实使5000年古老的中华民族史更向前追溯。""我国是人类化石资料很丰富的国家，国内外的一些古生物学家分析我国近年来发现的人类化石后认为，现代人的进化过程是在亚洲、非洲和欧洲同时发生的，因而探索人类的起源和中华民族的起源的重任正落在我们这一代人的肩上。"[1] 现代中国人的起源是指人种的起源。人种的形成是在人类演化进程中的较晚时期，约20万年前才出现的。关于人种起源，学术界存在"非洲起源说"与"多地区起源说"的争论。我国部分古人类学者相信现代中国人是土生土长的，北京猿人是其祖先。但是，新近的mt DNA的研究进一步确立全世界人类都来自20万年前的非洲人，完全否定了人种多地区起源的观点，当然也否定了北京猿人是中国人祖先的说法。但这远非定论，学界仍存歧见。我国有些学者认为：可能现今长江以南和长江以北两地区的中国人是由两个不同祖先发展而来的人群，而非全是北京猿人的后裔。中国人可能起源于我国南部地区，然后逐渐向北扩展迁移。[2] 但是，中国文化的起源是指有史以来中华民族自觉的文化创造的问题，它与现代中国人的起源不是一个概念。无论史前的人类起源或现代中国人起源的最终结论如何，中国文化是中华民族独立创造的，关于这一点，当今的学术界久成共识，是无可疑义的。

很显然，在晚清，拉克伯里等人是将人种起源与文化起源混为一谈。他们不仅提出"中国人种西来"说，而且同时强调"中国文化西源"说，否定中国文化是中华民族独立创造的，因而具有民族的独立性。这是与"西方文化中心"论及殖民主义的理论一脉相通。欧战后，随着文化民族主义高涨和中国近代考古学的初步兴起，志士仁人对于中国文化愈形自信，其重要的表现，就是他们注意到了中国人种起源与中国文化起源二者间的概念差异，中国文化的自创性问题第一次被响亮地提了出来。梁启超在一次讲演中指出，埃及、小亚细亚、希腊、印度、中国为世界文明的五大发源地，但前四者彼此间有交往，其文明"自己的实兼有外来的"。唯中国因山海阻隔，与前四

---

[1] 转引自李文斌、孙敏莉：《震撼世界的"巫山人"——关于人类起源的故事》，《科技潮》1998年第12期。

[2] 张振标：《人类的摇篮与中国人的由来》，《科技潮》2000年第2期。

者并无交通,其文明全然为独创的。陈嘉异讲得更明确,他说:"吾族建国华夏,实为绝早,纵令西来,亦远在有史以前。而有史以后之文化,则固自伏羲神农黄帝以来,列祖列宗所披荆斩棘、积铢累寸而手创,决非受任何外族之影响而始生者,则实一不可诬之事实也。"① 值得注意的是,学衡派同样坚持中国文化的独创性。欧阳翥以为,西人"谈民族文化者,主张文化一源,至谓中国无固有之文化,吾人之声明文物,皆由欧洲东来"②,与反动人种论一样,都是意在瓦解中国民族的自信心。在这个问题上,柳诒徵的见解最为系统。他的《中国文化史》开宗明义第一章,便是"中国人种之起源"。他详细考察了所谓"中国文化西来"说的由来,以为其说并无确证,绝不可信。地质学已经证明史前人类已达数十万年,中国茫茫九州,从古初无人类,必待至最近数千年中,才有人类从巴比伦、中亚西亚转徙而来,于理不通。陈嘉异说中国人种"纵令西来,亦远在有史以前",还意存游离,柳诒徵的见解则是斩钉截铁,明确断言中国人种不仅起源于中国本部,而且不限于一地,是多元混合而成的。他说:"要之羲、农以后所谓华夏之族,实由前此无数部落混合而成。……彼以为中国土著,只有一族,后之战胜者,亦只外来之一族者,皆不知古书之传说,固明示以多元之义也。"③ 在另一处,柳诒徵又指出,秦汉以后中国文化的主体已十分强固,虽有印度等外来文化不断传入中土,终无由改变中国文化的独创性品格:"秦汉以降,国势日恢,乃有印度之思想与吾国固有之思想结合,而波斯、大食犹太人之数理,以迄近世意大利、法兰西、荷兰、葡萄牙之文物,亦时时缘水陆之交通,直接邮递于中土。然以国族强大,其吸收而抉择者,仍一秉自力,不为他力所牵而颠倒也。"④ 柳书分三编,其中第一编即是邃古至两汉,吾民族本其创造力,建立国家,"构成独立之文化时期"。缪凤林也撰有长文《中国民族西来辨》,表述了同样的见解。⑤ 陆懋德在《周秦哲学史》中也强调指出:"余谓中国文化或为独立的发明,不受他国影响。"⑥ 郑鹤声则是这样说:"我国自黄帝开国

---

① 陈崧主编:《五四前后东西文化问题论战文选》,第 284、285 页。
② 欧阳翥:《救亡图存声中国民应有民族之觉悟》,《国风》半月刊,第 8 卷第 8 期,1936 年。
③ 柳诒徵:《中国文化史》第 1 章,中国大百科全书出版社 1988 年版。
④ 柳诒徵:《自立与他立》,《学衡》第 43 期,1925 年 7 月。
⑤ 缪凤林:《中国民族西来辨》,《学衡》第 37 期,1925 年 1 月。
⑥ 陆懋德:《周秦哲学史》,撰者自刊,1923 年,第 2 页。

以来，有久远的历史，有显著的文化。清朝末年以来，误信外人的谰言，认定我民族出自西方，固不免数典忘祖的笑柄。更有以黄帝尧舜为无其人，以夏禹为九鼎上之动物，是无异毁弃先民光荣的历史。"①固然，柳诒徵诸人上述的见解尚缺少考古学的充分支持，因而在当时还只能算是一种假设。但是，后来的新中国考古不仅证明了中国文化发源于中国本土，且以"满天星斗"形象地比喻其多元成因。当代一位著名的考古学家这样说：

在中国早期文明发生和形成过程中，外界文化不可能发挥重要的作用。中国文化同外国文化的大规模的交流，是在古代文明已经完全形成以后的汉代才开始的。因此这种交流的规模无论有多大，也只能在有限的范围内影响中国文化的发展，而不能从根本上改变中国文化的民族特性。②

这实际上也已证明了柳诒徵的判断基本上是正确的。

长期以来，人们只是笼统地将学衡派归入东方文化派，即只看到他们之间的共同性，却忽略了学衡派与梁启超、梁漱溟等东方文化派中的主流派之间还存在着根本性的差异，即后者终不脱隆中抑西的传统思维模式和盲目虚骄的心态，而前者从总体上说，则已超越了此种传统的思维与心态。

学衡派注意到了欧战后世界文化正走向对话的历史趋势，并对此感到欣慰。吴宓主编的《大公报·文学副刊》上发表有《欧洲战后思想变迁之大势与吾国人应有之觉悟》一文，强调说："欧战后最显著之事实，厥为东西文化之接触与联合。……前此东西文化虽有接触，然欧美之人常以西方文化代表全世界，而不认有他种文化。"现在世界潮流正发生变化，"19世纪用于纵的方向（时间古今），今则并用之于横的方向（空间东西）。""斯宾格勒之西土沈（沉）沦论，实乃名为世界文化史总论，亦足为此趋势之代表。"③《学衡》则连载了张荫麟译，由美国学者葛达德和吉朋斯合著的《斯宾格勒之文

---

① 郑鹤声：《中小学本国史教授的目标》，《中学历史教学法》附录一，中正书局1935年版。
② 严文明：《中国史前文化的统一性与多样性》，《北京大学哲学社会科学优秀论文选》第2辑，北京大学出版社1988年版。
③ 吴宓：《欧洲战后思想变迁之大势与吾国人应有之觉悟》，《大公报·文学副刊》第3期，1928年1月16日。

化论》一书，编者在按语中强调指出，斯氏的过人之处即在于他能突破"欧洲中心论"，承认世界文化多元发展，"而不以一族一国为天之骄子，常役使他国他族而自保其安富尊荣"①。但是，他们虽然也主张重新审视中西文化，却不赞成梁启超、梁漱溟等人对西方文化的某些偏见，以为仍不脱盲目虚骄的窠臼。

梁启超在《欧游心影录》中说，欧洲人犹如沙漠中迷路的旅人，发现远处有一黑影，拼命往前赶，以为可以他为向导，走出迷津，哪知赶上几程，黑影却不见了，因此无限凄惶失望。"影子是谁，就是这位'科学先生'。欧洲人做了一场科学万能的大梦，到如今却叫起科学破产来，这便是最近思潮变迁一个大关键。"②尽管他在"自注"声明自己并非承认科学破产，只是不承认科学万能，但他的此种评论，至少在客观上如胡适所说，犹如放了一把野火，使科学在中国的权威大受贬损，产生了不良的影响。"科学破产"论也因此喧嚣一时。学衡派对此态度十分明确，他们认为欧战以科学为杀人的利器，固然说明人类对于科学应当有所制驭，以防流弊，但是若因噎废食，"遂欲废黜科学"，则是大错。因为"此于科学方法及精神之本体无伤，将来科学必日益发达，可以断定"③。汤用彤甚至指名批评梁启超，以为对于科学的理解过于肤浅。他说："梁任公今日学者巨子，然其言曰：'从前西洋文明，总不免将理想实际分为两橛，（中略）科学一个反动，唯物学派遂席卷天下，把高的理想又丢掉了。'此种论调，或以科学全出实用，或以科学理想低下，实混工程机械与理想科学为一，俱非探源之说。"④

欧战后，东方文化派反思中西文化，不乏合理的见解，但是他们中许多人热衷于以"精神文明"、"物质文明"判分中西文化，隐含着高尚与粗鄙的褒贬之意，却明显地流露出隆中抑西的虚骄心态。新文化运动的倡导者们对此种论调最为厌恶，以为"今日最没有根据而又最有毒害的妖言是贬西洋文明为唯物的（Materialistic），而尊崇东方文明为精神的（Spiritual）"⑤。持论

---

① 〔美〕葛达德、吉朋斯著，张荫麟译：《斯宾格勒之文化论》，《学衡》第61期，1928年1月。
② 陈崧编：《五四前后东西文化问题论战文选》，第346页。
③ 刘伯明：《评梁漱溟〈东西文化及其哲学〉》，《学衡》第3期，1922年3月。
④ 汤用彤：《评近人之文化研究》，《学衡》第12期，1922年12月。
⑤ 胡适：《我们对于西洋近代文明的态度》，见陈崧编：《五四前后东西文化问题论战文选》。

激烈，却不无道理。学衡派也以为这种区分既不符合事实，而且是有害的。他们指出，"人情人道之思想西洋亦有之，非仅见于中国"①，西方文化也有自己的本末精粗、终始体用之分，即"道学与器学"、"为人与治事"、"形上与形下"、"精神与物质"等等的分际。例如，西方既有徐伯林的飞艇、马可尼的无线电报、牛顿的力学三定律、毕达哥拉斯的勾股弦定律，也有柏拉图的《理想国》、亚里士多德的中庸之道、耶稣的山顶训言、但丁的《神曲》、哥德的《浮士德》等等。即以近代的文学论来说，既有尼采的超人主义、托尔斯泰的人道主义，也有白璧德的新人文主义。而就文学的方法论讲，在美国既有以古器物学古文字学为文学，而专务于考据，琐屑繁碎，以数百页的博士论文证释古人诗中的数行者；也有提撷宗教道德之精华，讲明修身治国之要旨，论究人生义理，以立人极而救世患为文学者。如何就能贬抑西方文化是偏枯粗鄙的物质文明！吴宓说："苟武断拘执，强谓东方主精神，西方重物质，或中国以道德，而西人只骛功利者，皆错误。"②不仅如此，后来他一再对国人终难尽脱的虚骄心态深以为憾。例如，1946年10月17日，吴宓在日记中还写道："对西洋文化不深知，每以近世唯物功利概括西洋文化。大误。"③柳诒徵持同样的观点，说："道德精神乃人间之至宝，而非一国所专有，谓东洋重精神，西洋重物质，妄也。东洋之孔子、释迦耶稣与西洋之苏格拉底、柏拉图、亚里士多德等皆重精神，而军阀市侩、盗匪流氓，东西洋固皆有之。"④

需要特别指出的是，作为学衡派主帅的吴宓不仅不赞成以精神文明与物质文明判分中西文化，而且实事求是地指出西方的精神文明在某些方面实非国人所及。《学衡》第78期刊载有留美学生琴裴女士用白话文写的《留美漫记》，其中这样写道：

  凡是到达美国的人，每每好说美国是有文明的Civilization而无文化Culture的。那意思就是说，美国虽有偏于物质方面的"文明"，但却

---

① 刘伯明：《评梁漱溟〈东西文化及其哲学〉》，《学衡》第3期，1922年3月。
② 吴宓：《文学与人生》，第151页。
③ 《吴宓日记》第10册，生活·读书·新知三联书店1999年版，第145页。
④ 《发刊辞》，《国风》半月刊创刊号，1932年。

缺少偏于精神方面的"文化"的。但在我个人的观察，那样的意思是不对的。美国民族……他们在物质方面，固然有惊人的进步，即在精神方面，又何尝不是一日千里的向上发展。仅就人才一项论，在科学界出了许多伟大的发明家，是不用说了。就是文学界，也曾产生过伊尔文、考伯、爱麦生、郎佛楼、亚伦坡、惠德曼、詹姆士、杰克·伦敦等等震惊世界的文学大师。观此可知法国杂志的主笔 J. de Fabrigatesq 氏所说"美洲是物力杀人的世界"那句话，实在不过是片面的观察罢了。

吴宓在按语中说："此段乃极持平之论。"但是他的见解远未止于此，而是进一步指出中西人根本差异"乃精神，非物质"，他说：

夫中西人之差异如此，乃精神，非物质。西人之精神，约言之，曰直情径行，曰热烈笃至，曰坚忍不拔，曰迅速断制，曰为团体之奋斗，曰求远大之利益，曰重实际，曰持强力，曰先求诸心，曰敢负责任，曰有纪律，曰善组织，曰能为理想而牺牲。异乎中国人之诈伪冷淡，因循敷衍，散漫自私，欺软怕硬，尚空谈，要面子，重虚荣，好货通利，蔑视理想者，而西人之所以若此，则由于其宗教哲学文学艺术陶铸之功。①

强调国人与西人相较，所差在"精神，非物质"，在这里吴宓实际上是对中国的国民性提出了严厉的批评。年轻的张荫麟的见解更显明快，他指出：中西文化的根本差异不在于精神文明与物质文明的区别，而在于时代性的不同，即后者是近代文化而前者还未完全迈出中古时代。故国人因西方物质文明取得成就，便认定西方文明本质是功利主义的，中国文化则是非功利主义的，"这是大错特错的"。事情恰恰相反，正因为西人在价值观上较中国人更能超越具体的实务，注意追求纯粹的科学真理，故其功利的成就反较中国人为大。他说："观见价值的忽略，纯粹科学的缺乏，这是我国历史上少一个产业革命时代的主因之一。"②张荫麟从价值观和思维方法上的差异，说

---

① 景昌极：《新理智运动刍议》，《国风》月刊，第 8 卷第 5 期，1936 年。
② 张荫麟：《论中西文化的差异》，见张云台编：《张荫麟文集》，北京科学教育出版社 1993 年版。

明中国物质文明的落后恰恰反映了自身在精神观念层面上的欠缺，并将之与文化的时代性问题相联结，其见解更显深刻，表现了可贵的唯物论倾向。这与新文化运动倡导者陈独秀诸人的观点，实际上并无二致。

学衡派对梁漱溟的成名作《东西文化及其哲学》一书的批评也耐人寻味。其时围绕梁书正引起持续数年的争论。梁书的最大特色就在于，它第一次大胆地为人们描绘了世界文化发展的模式，论证了中国文化复兴原是这一文化模式自身运作的必然结果。梁在书中提出了著名"三种路向"说：西方文化是以"意欲向前要求为根本精神的"，走第一路向；中国文化是以"意欲自为调和持中为根本精神的"，走第二路向；印度文化是以"意欲反身向后要求为根本精神的"，走第三路向。三种文化取向的不同，原因在于彼此哲学的差异。西方哲学尚理智，重功利，偏于向外；印度哲学全然排斥理智与直觉，径求情志的安慰，结果成了厌生哲学；中国哲学尚直觉，重情志，偏于向内。梁断言，以中、西、印为代表的人类三种文化在三期之内，"次第重现一遭"。现在西方文化弊端丛生，已走到了尽头，势必折入第二路向。故在最近的将来，中国文化必然复兴，即全世界都要走中国的"第二路人生"，即实现"中国化"。否定"西方文化中心论"，肯定世界文化多元发展与中国文化的独立价值，这是梁漱溟的过人之处；但是其虚骄之情，却又溢于言表。所以，梁漱溟这本书的出版，是欧战后中国文化民族主义达于顶峰的重要标志，同时也是其盲目虚骄的心态集中暴露的代表作。一些人称颂梁书是"黑暗中的一盏明灯"，是救济 20 世纪世界文化的"开宗明义第一章"。章士钊甚至认为，梁书的出版是最值得中国人焚香祝祷的大事。但是，胡适等新文化运动的倡导者们却斥之为"闭眼瞎说"。有趣的是，被人归入东方文化派的学衡派，与新文化运动的倡导者们一样，对梁漱溟的这本书持批评的态度。景昌极指斥梁贬抑西方的理性而颂扬中国的所谓直觉，极不利于科学的发展，"此真可谓集怀疑神秘杂糅之大成，直使中国学术走入牛角尖里去而后快也"[①]。不过，学衡派中最为系统与平实的批评，当数刘伯明在《学衡》上发表的《评梁漱溟〈东西文化及其哲学〉》一文。刘肯定梁书有自己的重要价值，但是也指出它存在明显的失误：梁先谓三种文化各有特长，不

---

① 陈崧编：《五四前后东西文化问题论战文选》，第 374 页。

分先后，但最后却导入文化循环论，而以印度化为归宿，此不仅失之自相矛盾，且不免依佛学成见评论西方文化，而流露出尊东抑西的情绪。此其一。梁谓西洋文化"通是科学与德谟克拉西"，希腊人仅有科学精神，重现世，优游乐生，故走第一路向，"实偏而不全"。西洋文化传统中显然存在有科学、带浪漫色彩的神秘思想、人本主义三种倾向。希腊时科学还仅限于抽象的理论，未尝以科学方法措诸实用，后经培根等人，才形成了科学的实践思想，而其实际运用更要晚到18世纪的工业革命。苏格拉底信灵魂不灭，柏拉图等谓人的精神本属于天，迨入人间，清净全失，这些都属于浪漫的神秘思潮，后复与基督教教义融合，成中世纪的精神生活。虽经文艺复兴及17世纪科学思想发达的冲击，此种浪漫与神秘的思想"迄今其势虽稍杀，然崇信者为数尚多"。西洋的人本思想及人生哲学同样十分丰富。希腊人之道德依习惯，到苏格拉底始倡自知，主知即是善。柏拉图稍异，主以理节情，非专主理性。亚里氏多德进而复强调中庸之道。其后西洋感情生活日益发达，至今虽派别渐分，但是其人本倾向及感情生活并未中绝。对西洋文化缺乏通识，抹杀其精神生活，以偏概全。此其二。梁谓西人尚功利，即尚理智，因为有待理智计算功利，并认直觉即情感，将理智与直觉相对立，实为大误。实际上，西人不仅尚功利，工于计度，也讲情志，重理性，也重直觉。同时，重理智与重功利二者并无必然的联系。苏格拉底重理智，却不尚功利，精神高尚，人所共知。休谟虽偏功利主义，但是也主道德情操之可爱。梁将科学与德谟克拉西与向外逐物的精神相提并论，尤为不合理。"夫不知善用科学，虽能产生逐物之流弊，但二者终有别也。"梁"反对理智，亦属太过"，实则他自己著书本身不就是理智的事吗？重直觉而轻理智，有导致轻忽科学精神的不良后果。此其三。应当说，刘伯明的批评是十分中肯的。

需要指出的是，学衡派不仅批评东方文化派中主流派的虚骄，而且指出了其失误的一个重要原因，就在于未能正确理解欧战后世界文化潮流的变动。梁启超在他的《欧游心影录》中说："我们可爱的青年啊，立正，开步走！大海对岸边有好几万万人，愁着物质文明破产，哀哀欲绝喊救命，等着你来超拔他哩……"[①]梁漱溟也强调西方文化弊端丛生，第一路向走到了尽

---

① 吴宓：《民族生命与文学》，《大公报·文学副刊》第195期，1931年10月5日。

头。他们显然过分张大了西方文化的危机，而对中国文化沾沾自喜。学衡派认为，战后思想多表现为反省，这固然有其价值，但要防止走极端，即隆中抑西，重蹈自我封闭的覆辙。欧战虽然暴露了西方文化的弊端，但其前途并未有艾。斯宾格勒写了《西方的没落》，勇于否定"西方文化中心论"，是可贵的；但他断言西方文化没落，却是并无根据，无非耸人听闻。是书在西方争论甚大，德国战败，创深痛巨，斯氏作为德人自然易于说出西方没落的话来。而法国人则斥之为荒诞，并不以为然。"故比较二者，吾人虽极同情于德人之热烈伟论，而宁当遵从法人之真知正见也。"学衡派尤其提醒国人注意，"文化之研究乃真理之讨论"，不能因深恨西方列强侵略中国，便对于此次欧战抱幸灾乐祸的心理，隆中抑西，失之过当。"吾国人如走入歧途，不特对于世界文明之责任未完，即建设新国改良群治之目的亦不能达也。"[1]

那么，应当怎样正确对待中西文化？学衡派以为斯宾格勒的著作不仅是世界文化潮流变动的有力表征，而且斯氏于书中所创立的一种新的研究方法，实际上已为吾人提供了正确对待中西文化远为明晰的思路，这包括有二：其一，肯定世界文化的多元结构，尊重"每种文明内蕴之精神，所谓其基本理想，本此以观察解释一切"[2]。因是之故，对中西文化的思考应打破已有的思维模式，"在19世纪用于纵的方向（时间今古）者，今则并用之于横的方向（空间东西）"[3]。即应改变以往仅从纵向的进化序列上肯定中国文化落后于西方文化的思维定式，改以同时从横向的空间上肯定中西文化是各自独立和平衡的两大文化体系，二者各具价值，彼此并无优劣高低之分。其二，肯定世界文化具有统一性，"古今东西各族各国之历史及文化，皆具有公共之原理而具同一之因果律"[4]。因是之故，考察文化问题应当借助"综合"的方法，即不能囿于一国一族，应具有世界性的胸怀和眼界。要言之，对待中西文化，国人应当具备平等开放的心态。柳诒徵著《中国文化史》已经在自觉地实践这一点了，他在本书的"绪论"中写道：

---

[1] 《欧洲战后思想变迁之大势与吾国人应有之觉悟》，《大公报·文学副刊》第3期，1928年1月16日。
[2] 张荫麟译：《斯宾格勒之文化论》一文"编者按"，《学衡》第61期，1928年1月。
[3] 《欧战后思想变迁之大势与吾国人应有之觉悟》，《大公报·文学副刊》第3期，1928年1月16日。
[4] 景昌极：《新理智运动刍议》，《国风》月刊，第8卷第5期，1936年。

人类之动作有共同之轨辙，亦有特殊之蜕变。欲知其共同之轨辙，当合世界各国家各民族之历史，以观其通；欲知其特殊之蜕变，当专求一国家，一民族或多数民族组成一国之历史，以觇其异。……（本书有二义）一以求人类演进之通则，一以明吾民独造之真际。

依此，学衡派对于中西文化问题，强调了以下几种观点：

其一，中国文化独具特色与优长，国人当自尊。

柳诒徵指出，中国以"中"为名，始定于唐虞之际。"中国"乃文明国之义，非方位、界域、人种之谓，它反映了先民高尚广远的品格和务以中道诏人御物的特性，故"一言国名，而国性即以此表现"①。中国早在秦汉即已形成中央集权的国家，并无现代的交通工具，却能统御大宇，混合殊族，历久弥坚，正有赖于此种特性；同时，从学术上看，春秋战国以来，所谓九流十家之学，儒道墨法诸派争荣并茂，后则有章句、训诂、考证、义理之学，逐渐演进，学派众多，气象万千，源远流长；从文字上看，中国文字起源远古，至今通行全国，较英文流布更为久远；从生活上看，中国的丝绸、茶叶、民居、道路，无一不是别具特色。中国文化的独特个性与优长是显而易见的。陈寅恪则指出，中国文化具有"大度宽容"的品格，中国人遵守"攻乎异端，斯害也已"之训，对儒、佛、回、蒙、藏诸教兼收并蓄，不事排斥，故没有欧洲那样以宗教牵入政治，千余年来虐杀教徒，血战不息。时至今日，各教派仍互相仇视，几欲尽灭异己而后快。②学衡派以为应当尊重中国文化自己的特性，不能简单以西方文化为标准评判中国文化。以诗歌为例，论者每以中国无长诗而认定中国诗歌不如西洋，便不恰当。浦江清认为，"此非中国诗人才有所短，可以两点解释之。一者文学之传统中西互异；二者诗之范围亦不全同。"就前者而言，欧洲文学始于荷马的史诗，继起者为希腊人之诗剧，皆长篇巨制。亚里士多德所谓诗即指史诗与戏剧而言。所以西洋诗人承其传统，莫不倾心于长诗创作。而中国诗歌导源于三百篇，后者为周代乐章，皆短篇。传统既分，其流自别；就后者而言，中国所谓诗，

---

① 柳诒徵：《中国文化史》上册，第33页。
② 吴学昭：《吴宓与陈寅恪》，第12页。

只是韵文之一部分,其长篇巨制如《楚辞》中的《离骚》、《天问》,汉赋中的《上林》、《子虚》,以及后世的弹词、戏曲,皆别称为骚、赋、弹词、曲,而不称为诗。如按西方文学定义,则此骚、赋、弹词、曲等,都可以入长诗的范围。浦江清说,他读了唐代诗人王建的《宫词》后,"始悟中国诗,原可以小诗之体制,发挥长诗之作用"[①]。浦江清的观点未必是定论,但是他从文化传统的差异上解说中西诗歌的不同,无疑要比简单否定中国诗歌的议论更为深刻。

学衡派不否定近代以来中国文化的衰弊,但是他们相信这并不足以动摇中国文化的独立价值,因为对历史文化的考察应当着眼于长时段,而不能以偏概全,仅因暂时的衰弊,便全盘抹杀或动摇中国文化的地位。日本在短短的50年里能一跃成为世界强国,这本身即说明包括中国文化在内的东方文化具有强大的生命力,无须悲观。在历史上中国的四大发明及孔子的思想曾有力地影响过欧洲,今中国虽是落后了,"但是究竟这一东西学时代的思想,对于摩托车飞机的现代绝对不能适用么?这一层值得西洋人平心静气地思索,也值得我们平心静气地思索"[②]。欧战后西方文化暴露了自己的弱点,至少中国文化重人伦道德,强调和谐与厚德载物的精神,"此正西方个人主义之药石也"[③]。应当说,这绝非虚骄。其时白璧德就强调以孔子为代表的中国文化蕴含着可贵的人文主义精神,大有益于西方与全人类。此后,随着西方社会矛盾的日益发展,迄今包括汤因比、李约瑟等人在内愈益增多的西方学者也都在积极倡导这一点。

同时,也正是在这个意义上,学衡派又充分肯定梁漱溟的《东西文化及其哲学》一书,以为它勇于打破"欧洲文化中心",理直气壮地肯定了中国文化具有独立的价值与特色,"就其全书而观之,是书确贡献于今日,其影响之及于今日学术界者,必甚健全"[④]。同时,强调爱国者不问国势之强弱,国人须知中国文化之可爱,"吾国人目前之大误",即在于"不自知其国民

[①] 《花蕊夫人宫词考证》,见《浦江清文录》,人民文学出版社1958年版,第48页。
[②] 范存忠:《孔子与西洋文化》,《国风》半月刊,第1卷第3期。
[③] 柳诒徵:《中国文化西被之商榷》,《学衡》第27期,1924年3月。
[④] 刘伯明:《评梁漱溟〈东西文化及其哲学〉》,《学衡》第3期,1922年3月。

性","但知自暴其丑",而"无自尊自爱之信仰心"。①

其二,中西文化具有共同性,持论当平等。

与时人相较,学衡派在强调中国文化的特色的同时,更多地注意到了中西文化间具有的共同性。吴宓与陈寅恪在哈佛时就已在探讨这个问题。陈寅恪以为古罗马的家族制度与中国十分相近,法国人的习性及其政治风俗之陈迹,也多与中国相类。吴宓完全赞成陈寅恪的观点,同时又作了进一步的发挥。他说:"稍读历史,则知古今东西,所有盛衰兴亡之故,成败利钝之数,皆处处符合。同一因果,同一迹象,唯枝节琐屑,有殊异耳。盖天理(Spiritual Law)人情(Human Law)有一无二,有同无异。下至文章艺术,其中细微曲折之处,高下优劣,是非邪正之判,则吾国旧说与西儒之说,亦处处吻合而不相抵触。阳春白雪,巴人下里,口之于味,殆有同嗜。其例多不胜举。"他还举例说,柏拉图在《理想国》中要求君子生在乱世不仅不能同流合污,且要做到淡泊宁静,以义自安,孤行独往,这正是中国先哲主张的"穷则独善其身"之义。足见"东圣西圣,其理均同"②。郭斌和更进而指出,当今历史的相对主义盛行,人们比较文化多着眼于各文化间的差异,而于其间"有普遍永久性之共通诸点",多无所措意,这失之偏颇。他写了《孔子与亚里士多德》一文,就强调了二者的学说有许多共同点,当可引人深思。郭斌和以为二氏人生观相似,都是以稳健平实的态度观察人生,视人为人,而不视人为神,也不视人为禽兽。故孔子与儒家强调"性相近习相远",重教育与人格训练,以养成良好的习惯。亚氏谓"吾人之有道德固非顺乎自然,亦非违反自然,但吾人自然能接受道德,至完全发展,则有待于习惯之养成",正与孔子同;亚氏说"不论何事,苟其成因在我,则其事亦在我,即为我之意志所左右",他强调意志自由。孔子与儒家讲知天命,人不能越此天命的范围,但在此范围之内,固有绝对自由,意志在我,他人不能侵犯,故有"三军可夺帅,匹夫不可夺志也"、"我欲仁斯仁至矣"的说法。此与亚氏意志自由说也正相通;二氏均主"中庸",以为过犹不及。中庸的标准,在孔子称为"道",在亚氏则称为"理"。"中庸之道,为无论何

---

① 吴宓:《文学与人生》,第46—48页。
② 吴学昭:《吴宓与陈寅恪》,第7—8页。

种真正人文主义之基本学说",东西方人文主义学说的最重要代表人物,正是二氏。① 郭斌和的上述见解实为后来的许多学者所认同。

中西文化既各具特色又多相通之处,故学衡派以为二者如梨柚异味,而同悦于口,施嫱殊色,而同美于魂,对中西文化的审视当取平等的态度,而不能横生轩轾,隆此抑彼。缪凤林对刘伯明东西文化观所作的以下概述,实际上也代表了学衡派的共同观点:

> 盖先生于西方文化,惟取其对人生有永久之贡献,而又足以补吾之缺者,与时人主以浅薄之西化代替中国文化者迥异。而吾国文化,虽有可以补西化之弊,然人道人情之思想,亦西土所本有,不得谓昌明华化,即足代替西化也。道并行而不悖,东西文化之创造,皆根于人类最深之意欲,皆于人类有伟大之贡献,断无提倡一种文化必先摧毁一种文化之理。以基督教之导源情意想象,尚可为侧重智慧之西方文化紧要原素,而补西化之人缺陷,则世界伟大之文化,断无不可调和而相互补救其偏者,此又先生讲授东西文化之要义。②

缘是以进,他们的逻辑结论自然在于主张国粹与欧化融合,中西文化互补。

其三,在融合中西文化的基础上建设独立的民族新文化。

吴宓、陈寅恪等人早在哈佛时,就经常在一起探讨中西文化的问题。他们尽管不赞成国内新文化运动的偏激,但是却主张中国应积极吸纳西方文化,才能发展自己的新文化以顺应时代的需要。因为他们相信文化交流是推动文化发展的一个重要因素。"一国之文化与他国之文化相接触,必生变化。而每一度变化,又必为一度之进步,有史以来,皆如是也。"③ 印度佛教的传入,怎样丰富了中国文化的发展,人所共知。唐代少数民族入主中原,以新兴之精神,强健活泼的血脉,注入于久远陈腐的文化,其结果也是促成了唐代灿烂辉煌的文化,唐代文学也因是表现出特有和丰富的想象力。清代

---

① 郭斌和:《孔子与亚里士多德》,《国风》半月刊,第1卷第3期。
② 缪凤林:《刘先生论西方文化》,《国风》半月刊,第1卷第9期。
③ 刘永济:《文学论》,商务印书馆1934年版,第62页。

宗室、八旗的文字，尤其是诗词，多清新天真，慧心独造，成就杰出，这也多半与生力种族初染文化有关。①学衡派多学贯中西，他们对自己有幸成为中西文化交流的受益者，感到无限欣慰。吴芳吉说："余每自喜，生长中国，侧闻孔道，不知前生如何修结。又值世界交通，生命扩大，自梵天史诗，波斯神颂，古希腊诸哲之叙述，近如美洲九子之永歌，以迄芬兰、罗刹、诺曼、摄提之风，或直接，或重译，胥得一一而尽读之。俾余得周知人类感情之变，藉探世界文化之根。此尤自古诗人未有之幸运也。"②他将吸纳外来文化径视为个人生命的扩大，由衷之情，溢于言表。吴芳吉没条件留学，他的感受自然更能代表以留学生为主的学衡派的共同心声。

在学衡派看来，积极吸纳外来文化不仅可以扩大视野，而且可以反转过来重新体认中国固有的民族文化和促进传统学术的研究。陈寅恪曾谈到，自己少喜读小说，独厌恶弹词七字之体的繁复冗长，故略知其内容后即弃而不观。但及长游四方，读其史诗名著，始知其宗教哲理虽有胜过中国弹词七字唱者，然而其构章遣词，繁多冗长，实与后者并无差异，由是小时厌恶之心渐渐改易。"中岁以后，研治元白长庆体诗，穷其流变，广涉唐五代俗讲之文，于弹词七字唱之体，益复有所心会。"③浦江清1931年初在北京饭店观看了德国剧团演出的《浮士德》歌剧后，却从另一角度谈到了与陈寅恪相类的感受：

> 西洋戏剧究属是现实的，所以如易卜生一类的话剧当然西洋人演的好；但是搬演古事，演传奇，传说或历史剧，则中国剧艺进步。中国剧的艺术使古人的生活举动都理想化了，美化了。戏台上的人物和戏台下的观众，举动笑貌，全然不同。浮士德是中世纪故事，但那天演来，剧中人物的举止容貌，和二十世纪人差不多。（就化装言，浮士德罩黑袍，梅菲斯托穿红衣，拖红尾巴，类小丑）……总之，庄严的伟大的美妙的历史剧，恐怕还得推中国剧。我看了外国戏，反倒认识中国剧在世界的

---

① 吕效祖编：《吴宓诗及其诗话》，第204页。
② 吴芳吉著，贺远明等选编：《吴芳吉集》，第559页。
③ 《论再生缘》，见陈寅恪：《寒柳堂集》，上海古籍出版社1980年版，第1页。

地位。①

不论浦江清的评论是否恰当，他实际上提出了有比较才有鉴别的道理，无疑是深刻的。也正是在这个意义上，吴宓强调知识没有国界，知识应当广博。"在今天研治中国学问，必须放开眼界，融合西方学术，才能辟新境"②；胡先骕则谓中国民族既创造了博大的文化，今天当抛弃其狭隘的民族主义，勇敢地迎受世界文化："欧亚等尺咫，文明互摩荡，新元定可纪"③；杨树达则称赞陈寅恪的学术研究本身即是中西文化融合的典范："陈寅恪送所撰《四声三问》来。文言周颐，沈约所以发明四声，由于当时僧徒之转读。立说精凿不可易。以此足证外来文化之输入，必有助于本国之文化，而吾先民不肯故步自封，择善而从之精神，值得特记为后人师者也。"④柳诒徵高度评价胡先骕、秉志、竺可桢在研究中国的动植物与气象领域所取得的杰出成就，不但使世界学术所缺乏的中国部分得以成立，且多所发明，为世界学者所推重。同时进而推论说，国人当以此为榜样，"努力吸收外国之学术，进而研究中国之事物"，以建立"一种中国之新学术"。⑤

必须指出的是，学衡派不仅一般主张中西文化融合，更主要的是明确地提出了此种融合的原则与目的当在于"建设民族独立文化"，即发展中国民族的新文化，从而使自己的中西文化观与全盘西化论者划开了界限，凸显了鲜明的个性。

学衡派的主张，首先是基于对文化融合客观规律的体认。在这一方面，汤用彤与陈寅恪的见解最为精辟。汤用彤在《文化思想之冲突与调和》一文中，具体地探讨了"文化移植问题"。他认为，每一个民族和国家的文化思想都有自己的特性与方向。外来文化移入本土文化，结果是双方都发生了变化。对本土文化来说，它吸收了外来文化，使之"加入本有文化血脉中了"，但是此种变化并不能改变其原来的特性与方向。譬如说中国的葡萄是西域移

---

① 《清华园日记》，生活·读书·新知三联书店1987年版，第56页。
② 水天明：《我所认识的吴雨僧先生》，《第一届吴宓学术讨论会论文集》，陕西人民教育出版社1992年版；缪钺：《回忆吴宓先生》，见黄世坦编：《回忆吴宓先生》。
③ 胡先骕：《思想改造》，《观察》第1卷第8期。
④ 杨树达：《积微翁回忆录》，上海古籍出版社1986年版，第77页。
⑤ 柳诒徵：《清季教育之国耻》，《国风》月刊，第8卷第1期。

植来的，但是中国的葡萄毕竟不是西域的葡萄。棉花是印度移植来的，但是中国的棉花毕竟不是印度的棉花。因为它们适合本地，才能生长在中国。也因为它们须适应新环境，它们也就变成中国的了。对外来文化来说，移植的过程也正是它改变自己的特性与方向的过程。其间经冲突与调和，外来文化终为本土文化所"同化"。例如，佛教已经失却本来面目，而成为中国佛教了。在这个过程中，与中国相同相合的能继续发展，反之，则昙花一现，不能长久。在中国佛教宗派中，天台、华严宗是中国自己的创造，故势力很大。法相宗保持印度的本色，结果虽有伟大的玄奘法师在上，也不能长久流行。"照这样说，一个国家民族的文化思想实在有他的特性，外来文化思想必须有所改变，合乎另一文化特质，乃能发生作用。"[①]陈寅恪本着自己对中国历史文化极其深刻的洞察力，也提出了与汤用彤相同的见解。他指出，佛教教义，无君无父，与中国传统学说、现存制度，格格不入。它所以能在中国思想文化史上发生重大而长久的影响，是"经国人吸收改造"的结果。而若玄奘的唯识宗，不改本来面目，虽震荡一时，"而会卒归于歇绝"。道教对于传入的外来思想，如佛教、摩尼教等，无不尽量吸收，"然仍不忘其本民族之地位"，既成一家之说后，则坚持夷夏之论，以排斥外来的教义。此种思想上的态度，虽似相反，实则相成。其后宋代新儒家继承此种遗业，故能成其大。陈寅恪强调，上述佛教的中国化，尤其是道教与新儒家的成功，已明示了今日中外文化融合的正轨。他说："窃疑中国自今以后，即使能忠实地输入北美东欧之思想，其结局当亦于玄奘唯识之学，在吾国思想史上既不能居最高之地位，且亦终归于歇绝者。其能于思想上自成系统，有所创获者，必须一方面吸收输入外来之学说，一方面不忘本来民族之地位。凡此二种相反而适相成之态度，乃道教之真精神，新儒家之旧途径，而二千年吾民族与他民族思想接触史之所诏示者也。"[②]

与此同时，学衡派提出"文化选择"的原则，使自己上述对文化融合规律的认识进一步深化了。他们以为，处于当今的世界，文明交融，无论在精神与物质上都无国界种界之分，"但有选择之殊"，即"贵在审查之能精与选

---

① 汤用彤：《往日杂稿》，中华书局1962年版。
② 《冯友兰著中国哲学史下卷审查报告书》，见陈寅恪：《陈寅恪史学论文选集》，上海古籍出版社1992年版。

择之得当"①。此种选择的根据,"当以适用于吾国为断"②。对于这一点,汤用彤将之纳入文化冲突与调和的一般规律中加以考察,故其见解愈显精辟。汤用彤指出,文化的融合包含着冲突与调和的过程。调和是因为两种文化有相同或相合之处,冲突则因为有不同或不合之处。如果不清楚两者相同之处,于其相异之处也就必然不甚明了。不知道两者相异,便主调和,这样的调和基础不稳固,必不能长久。唯有深知其异而去主调和,这样的调和才能深入,使外来文化在本土文化中生根,发生久远的作用。汤用彤因之将文化的融合过程区划为三个阶段:(一)因为看见表面的相同而调和;(二)因为看见不同而冲突;(三)因再发现真实的相合而调和。他特别强调说:"这三个段虽是时间的先后次序,但是指着社会一般人说的。因为聪明的智者往往于外来文化思想之初来,就能知道两方同异合不合之点,而作一综合。"③在汤用彤看来,文化的选择问题不仅仅是一个解决是否适于吾用的问题,它首先是一个对于主客文化的准确理解与把握的问题。这自然是将问题提到了更高的境界。

汤用彤所谓"文化移植"就是外来文化被纳入"本有文化血脉中";陈寅恪所谓"一方面吸收外来之学说,一方面不忘本民族之地位",相反而适相成的态度或叫"道教的真精神";以及他们关于主客文化的综合把握与选择的见解,说到底,都是意在强调要以中国的民族文化为主体,积极地整合外来文化,从而发展民族的新文化。这与现代文化人类学的观点是相吻合的。美国著名的文化人类学家本尼迪克指出:

> 文化行为同样也是趋于整合的。一种文化就如一个人,是一种或多或少一贯的思想和行为的模式。各种文化都形成了各自的特征性目的,它们并不必然为其他类型的社会所共有。各个民族的人民都遵照这些文化目的,一步一步强化了自己的经验,并根据这些文化内驱力的紧迫程度,各种异质的行为也相应地愈来愈取得了融贯统一的形态。一组最混乱地结合在一起的行动,由于被吸收到一种整合完好的文化中,常常通

---

① 吴宓:《论新文化运动》,《学衡》第 4 期,1922 年 4 月。
② 梅光迪:《现今西洋人文主义》,《学衡》第 8 期,1922 年 8 月。
③ 《文化思想之冲突与调和》,见汤用彤:《往日杂稿》,第 123 页。

过最不可设想的形态转变，体现了该文化独特目标的特征。我们只有首先理解了一社会在情感上和理智上的主导潮流，才得以理解这些行动所取的形式。①

这就是说，每个民族的文化都是一个内含整合机制的独立的文化模式。文化融合的过程就是文化的整合过程，同时也是特定的文化模式的丰富与发展的过程。学衡派主张在融合中西文化的基础上，建设独立的中国民族文化，符合文化发展的客观规律。

其次，是根于爱国主义的情结。近代志士仁人关于中西文化问题的争论，归根结底，是为了探求民族复兴之路。持论激进者是如此，持论稳健者同样是如此。学衡派宝爱民族文化，其殷殷之情，愈形深沉。他们反复强调，对于民族与国家要有"本能之爱"，而不必问国势一时之强弱。同时，维护国家和民族独立的地位是第一义："坚信并力持：必须保有中华民族之独立与自由，而后可言政治与文化。"②但中国文化既被视作中国民族的根，民族文化的独立自然也就被认作中华民族独立题中应有之义。陈寅恪说吸收外来文化须"不忘本来民族之地位"，其意不仅在强调文化融合的一般规律，同时也是在突出强调保持民族文化独立地位的至关重要性。他曾指斥《马氏文通》强以印欧语系的文法规律为汉语言文法规律，对中国民族文化缺乏应有的尊重。他说，其他语系的文法规律固然可以引为中国文法的参考，但是，"其他属于某种语言之特性者，若亦同视为天经地义，金科玉律，按条逐句，一一施诸不同系之汉文，有不合者，即指为不通。呜呼！文通，文通，何其不通如是耶？"并说："由是言之，从事比较语言之学，必具一历史观念，而具有历史观念者，必不能认贼作父，自乱其宗统也。"③1931年他复著文对其时的国文教学"皆不求通解及剖析吾民族所承受文化之内容"，深表不满，强调"此重公案，实系吾民族精神上生死一大事"④。足见陈寅恪始终是将文化的盛衰及民族精神的枯荣视作中国民族兴亡生死攸关的根本。吴宓完全赞成陈的见解。

---

① 庄锡昌等编：《多维视野中的文化理论》，浙江人民出版社1987年版，第125页。
② 吴学昭：《吴宓与陈寅恪》，第145页。
③ 陈寅恪：《与刘叔雅论国文试题书》，《学衡》第79期，1933年7月。
④ 《吾国学术之现状及清华之职责》，见陈寅恪：《金明馆丛稿二编》，第317—318页。

学衡派对于民族文化,可谓生死相已。1961年,垂暮的吴宓曾专程赴广东探望老友陈寅恪,他在日记中写道:"寅恪兄之思想及主张,毫未改变,即仍遵守昔年'中学为体,西学为用'之说(中国文化本位)……我辈本此信仰,故虽危行言殆,但屹立不动,决不从时俗为转移……"[①] 这里的"中学为体,西学为用",乃是建设独立的民族文化之意,而不能理解为固守封建的纲常名教,否则,真要差之毫厘,谬以千里了。

四、学衡派文化思考的得失

第一次世界大战不仅暴露了西方文明的弊端,而且暴露了西化(对东方民族而言)、现代化(对全世界而言)的弊端。"现代化是一个古典意义的悲剧,它带来的每一个利益都要求人类付出他们仍有价值的其他东西作代价。"[②] 西化、现代化的浪潮既已席卷全球,在世界历史的进程日趋统一的过程中,各国各民族有关世界与人类的意识也愈形自觉。欧战后,东西方并时出现了反省西方文化、西化、现代化的思潮不是偶然的,它反映了人类对共同命运的关注。"欧洲文明中心论"宣告根本动摇,有识之士多主张综合东西方各国古今的历史文化传统,以便借助人类普遍的智慧解决世界面临的共同性问题。欧战后东西方文化由对立走向对话,显示出了世界文化潮流的新变动。学衡派的文化观所表达的运思理路:在坚信文化具有世界的和历史的统一性的基础上,强调文化发展中的选择原则,以归趋止于至善的理想主义;可以说,正是此种世界文化潮流的新变动在中国,在更加完整的意义上的一种回应。不唯如此,学衡派既看到了"东方西方,各族各国,盖同一休戚"[③],因而主张东西文化融合和世界文化的统一性;同时,也看到了各国文化各具特质与精神,"道并行而不悖",因而肯定世界文化多元格局和主张建立中国独立的民族文化。从根本上说,学衡派的文化观是建立在自觉体认世

---

① 吴学昭:《吴宓与陈寅恪》,第143页。
② 〔美〕艾恺:《世界范围内的反现代化思潮——论文化守成主义》,贵州人民出版社1991年版,第209页。
③ 张荫麟译《斯宾格勒之文化论》一文的按语,《学衡》第61期,1928年1月。

界文化是多元性统一发展的理性基础上的,因而,他们既摆脱了东方文化派隆中抑西的民族虚骄心理,同时又避免了新文化运动的倡导者们"一切都应采用西洋的新法子",即归趋西化的民族虚无主义。尤其就中西文化观而言,学衡派超越了近代以来许多志士仁人难以超越的误区,即非隆中抑西便隆西抑中的思维,表现出了更为健全的文化心态。

学衡派明确地揭出了文化具有历史的统一性的命题,有着重要的意义。他们强调历史是"活的力量",传统经重新阐释可以实现现代性转换,进步是传统的丰富与发展等观点,不仅充满了辩证的思维,而且实际上是表达了这样一种极具前瞻性的思想:历史是无法割断的,因而,所谓文化的发展或社会的现代化,只能是传统的发展和传统的现代化。他们的此种见解,使国人对于新旧文化问题的认识深化了。学衡派提出世界文化多元性统一的观点,同样是重要的;但是,更值得强调的是,他们比时人更明确地感悟到了欧战后世界文化正走向对话的历史新变动,因而明确提出了文化研究应当有新的视野与新的方法,这就是要有世界性的眼光,并将以往仅是从进化序列上对一国文化作纵向考察的单一方法,改变为纵向与横向结合的考察,即同时注重将各国文化视为平等独立的区域性文化,作横向和综合的比较研究。要言之,学衡派提出文化的历史和世界统一性的观点以及文化选择的原则,在文化的认识论和方法论上都有着开创性的意义。

日本学者丸山真男曾提出应注重观察思想家在思想创造过程中的"多重价值"问题。他说:"所谓注重观察思想创造过程中的多重价值,就是注目其思想在发端时,或还未充分发展的初期所包含的各种要素,注目其要素中还未充分显示的丰富的可能性。"[①]这一观点对于我们同情地理解学衡派的文化观是有益的。后者确实包含着"多重的价值",以往多被人轻忽了。例如:他们强调中国文化的根本精神在于人伦道德,尤其是理想人格,它是中国人民战胜外敌、复兴民族最重要的精神支柱的观点;强调吸取历史经验,一方面要积极输入外来文化,一方面要不忘本民族的地位,致力于建立民族的独立文化的观点;强调不能菲薄固有文化,应当加强对国人的"文化训练",即重视国人的中国历史文化教育的观点;强调道德建设与经济建设并重的观

---

① 〔日〕丸山真男著,区建英译:《福泽谕吉与日本近代化》,学林出版社1992年版,第195页。

点;如此等等,均属创见,在今天也仍然具有不容忽视的价值。至于学衡派对儒学的诠释及其主张弘扬儒学,则又为新儒家的兴起提供了某种思想助力。

但是,学衡派也存在着自己的弱点。具体说来,是在把握中西方社会及其文化的时代性质这一根本性的问题上,学衡派较新文化运动的倡导者们稍逊一筹,出现了自己的严重失误。

陈独秀等人以西方的进化论和民权学说为指导,他们认为在古代东西方各国文化并无多大的不同,但经法国革命后,东西方社会大异其趋。西方社会推翻了君主和贵族,颁宪法,建民主,进入了近代社会。而东方社会却陷入停滞,仍然是封建的宗法社会。所以近世文明,东西方判然不同:东方文明,名为"近世",实际上并没有超出"古代文明之窠臼"。所谓"近代文明",说到底,是"欧罗巴人所独有"的。①陈独秀等人的此种依进化的程度区分东西方社会及其文化的时代性质的观念,在欧战后愈形自觉。同时,他们将西方近代文化进步的基本特征概括为科学与民主:"西洋人因为拥护德、赛两先生,闹了多少事,流了多少血,德、赛两先生才渐渐从黑暗中把他们救出,引到光明世界。我们现在认定只有这两位先生,可以救治中国政治上、道德上、学术上、思想上一切的黑暗。"②胡适更将新思潮的意义界定为"一种新态度"即"批判的态度"。他引尼采的话说,现今的时代是一个"重新估定一切价值"的时代。"'重新估定一切价值'八个字便是评判的态度的最好解释。"③所以他们请来西方的"德"、"赛"两先生组成理性的法庭,重新估定中国文化的价值,因而表现出了不破不立的强烈批判精神。学衡派则是服膺美国的新人文主义,他们认为自西方近世以来,物质之学大昌,而人生的道理遂晦。科学实业不断兴盛,宗教道德的影响力却日渐式微。因是人不知所以为人之道,竟趋于功利一途,尔虞我诈,是非善恶的观念将绝,终于导致欧战的惨剧。东西方的命运休戚与共,阻止人类道德堕落、维护世界和谐是各民族共同的首要课题。所以,学衡派为中国请来的是"休"先生(Humanism)。人文主义主张从东西文化传统中提精用宏,确立"真正价值之标准",以为人生的向导,故其强调的是对传统的诠释与继承,而非对传

---

① 陈独秀:《独秀文存》,第10页。
② 陈独秀:《独秀文存》,第243页。
③ 《胡适文存》卷4,上海亚东图书馆1922年版,第153—154页。

统的批判与否定。

二者相较，学衡派的失误表现为两个层面。其一，是在社会及文化的时代性层面上。新文化运动的倡导者们正确地看到了中西方的社会及文化在时代性上存在着落差，故主张后进的中国文化应以先进的西方文化为参照系，力行反省，奋起直追。尽管西方的社会及文化其时也正面临着自己的严重危机，新文化运动的倡导者们对此的认识也远非无懈可击，但是中西方所面临的时代课题毕竟不同，因之，新文化运动的倡导者们仍不失其弄潮儿的资格。学衡派的失误在于，除了张荫麟个别人外，他们虽然看到了战后世界文化走向对话的新趋势，但是却不懂得此种文化对话的发生，并不意味着可以忽略对中西方社会及其文化时代性质的判断，尤其并不意味着可以无视东西方间的时代落差。而他们恰恰相反，仅以"西洋近世物质之学大昌，而人生的道理遂晦"一句道德的评价，便代替了对西方近代社会发展的时代性判断；复以东西方"一同休戚"的判断，轻忽了二者间存在的时代落差。这样，他们不仅未能看到西方近代资本主义文化与古代文化质的差异，而且尤其未能看到中国社会所面临的矛盾及时代课题与西方社会的根本差别。白璧德诸人在资本主义已充分发展且百病丛生的美国，发出了"人心不古"的叹息并主张制裁人性，虽不能说没有它的合理性，但于解决西方社会危机已不免于隔靴搔痒之讥。学衡派在国人亟待摆脱封建的思想网罗和力谋发展资本主义的中国，简单移植白璧德的学说，其多方枘圆凿，扞格不通，是很自然的。

其次，是在中西文化融合的层面上。尼·瓦·贡恰连科指出："选择性和诠释这样一些继承性的极其重要的特点，对于理解继承性的实质具有重大意义。继承性的性质，也就是说文化遗产的选择和诠释的性质，是由它所处的社会制度的本质决定的。由此可以得出结论，在某种文化中继承性存在的本身还不能保证它转变为发展的因素。"[①] 在这里，贡恰连科强调文化的继承问题，说到底，是对文化遗产的选择与诠释的问题。而后者则是由它所处的社会的性质决定的。此一见解无疑是正确的，它也同样适合于解说不同文化间的融合。这就是说，一种文化对外来文化的吸纳不仅同样存在着选择

---

① 〔苏联〕尼·瓦·贡恰连科著，戴世吉、张鼎芬等译：《精神文化——进步的源泉和动力》，第46页。

与诠释的问题，而且它也受到了该文化所处社会的性质的制约。新文化运动的倡导者们继承晚清严复的思路，进一步明确地将西方近代文化的特征，概括为科学与民主，这不仅独具慧眼，而且是适应了近代中国争取社会民主与进步的现实需要。学衡派始终强调文化的选择原则，但他们却不赞成新文化运动的倡导者们对西方文化的选择，以为所输入的无非是"伪欧化"。吴宓说："夫西洋之文化，譬犹宝山，珠玉璀璨，恣我取拾，贵在审查之能精与选择之得当而已。今新文化运动之流，乃专取外国吐弃之余屑，以饷我国之人。"① 梅光迪也以为，"彼等于欧西文化，无广博精粹之研究，故所知既浅，所取尤谬。以彼等而输进欧化，亦厚诬欧化矣"②。在学衡派看来，西方文化的"真精神"，乃在于柏拉图诸哲人与基督教所昭示的"为人之正鹄"，或叫"积极之理想主义"。所以，东西方文化的融合，首先就应当是东西方先哲所阐发的人生智慧的综合：

> 今将由何处得此为人之正道乎？曰宜博采东西，并览今古，然后折衷而归一之。夫西方有柏拉图、亚里士多德，东方有释迦及孔子，皆最精于为人正道，而其说又在在不谋而合。……今宜取之而加以变化，施之于今日，用作人生之模范，人皆知所以为人，则物质之弊消，诡辩之事绝。③

具体到中西文化的融合，首先就应是孔孟学说与柏拉图诸人学说的融合：

> 孔孟之人本主义，原为吾国道德学术之根本。今取以与柏拉图、亚里士多德以下之学说相比较，融合贯通，撷精取粹，再加以西洋历代名儒巨子之所论述，熔铸一炉，以为吾国新社会群治之基。如是则国粹不失，欧化亦成。所谓造成融合东西两大文明之奇功，或可企及。……此吾所拟为建设之大纲。④

---

① 吴宓：《论新文化运动》，《学衡》第 4 期，1922 年 4 月。
② 梅光迪：《评提倡新文化者》，《学衡》第 1 期，1922 年 1 月。
③ 胡先骕译《白璧德中西人文教育谈》一文"附识"，《学衡》第 3 期，1922 年 3 月。
④ 吴宓：《论新文化运动》，《学衡》第 4 期，1922 年 4 月。

至此，学衡派的失误是显而易见的：将西方文化的"真精神"归结为"为人正鹄"的"理想主义"，已失之褊狭，复厚古而薄今，高度评价其古代文化，即柏拉图等人的学说，而于其近代的资本主义文化漫不经心。由是以进，尽管他们也已提出了传统的重新阐释与现代性转换，以及传统的丰富与发展等重要的思想，但是，其文化的价值取向毕竟趋重于继承传统，而非批判与创新。唯其如此，他们对中西文化的融合，也就主要是强调古代文化，即孔子儒学与柏拉图等学说的融合，而于最为切要的近代文化关系反多存而不论。近代中国社会效仿西方，追求科学与民主更为迫切的时代课题被轻忽了。从这个意义上说，学衡派的文化见解虽不乏真知灼见，却毕竟未能准确把握时代的脉搏。

要言之，从认识论上说，学衡派的失误源于理论的误导。新人文主义学说主张借助东西方古今传统与人生的智慧，以为人类确立价值的指导，这有助于学衡派开阔视野，形成世界文化多元性统一发展的运思理路；但是，新人文主义的人性论又使学衡派将文化问题最终归结为人类追求"止于至善"的目的，难免陷入了理想主义。从抽象意义上说，人类创造了自身的文化，自然是为了不断超拔自己，追求日益幸福和良善的生活。但是，历史总是具体的，本质的问题在于，一定的国家和民族在一定的历史阶段上应当怎样解决自己面临的具体困难，使本国人民获得进步与安宁。"道德化的政策得以发展的地方，就是对社会结构的认识和测量受阻的地方。"[1] 学衡派恰恰是忽略了对中国社会结构变动及其在此基础上实现传统文化与道德的时代转换的必然性与紧迫性的真切认识，而更多是满足于颂扬"永恒的正义"和道德理想主义，便难免与现实隔膜。这也正是新文化运动成为社会文化的主流，而学衡派却归于边缘化的根本原因。吴宓有"歌成不为时人听"的叹息[2]，"痛感失败与孤独"[3]，也就不足为奇了。

不过，学衡派文化观中包含着合理的内核不仅不容轻忽，而且时移势异，愈显光华。这也是今天它重新为人们所关注的原因所在了。

---

[1] 〔美〕F. 詹姆逊：《关于现实存在的马克思主义的五个命题》，《国外社会科学》1996 年第 6 期。
[2] 《落花诗》（八），见吴学昭：《吴宓与陈寅恪》，第 71 页。
[3] 吕效祖主编：《吴宓诗及其诗话》，第 251 页。

第四章 "文学是人生的表现"
——学衡派的文学思想

采用外国的良规,加以发挥,使我们的作品,更加丰满是一条路;择取中国的遗产,融洽新机,使将来的作品,别开生面,也是一条路。

——鲁迅

学衡派作为新人文主义者,信奉古典主义,强调规范、统整与文学传统的传承,并视文学为批评人生的利器。故其与信奉浪漫主义、写实主义,倡导个性解放的新文学运动相左,是不可避免的。但是,学衡派多留学欧美,专攻西洋文学,其基本理念深植于现代的层面,无可疑义。也唯其如此,他们学有根柢,对于文学与人生、文学创作自身规律以及中国文学发展道路的探索,并不乏真知灼见。学衡派与新文学运动间的分歧,多属学理之争,得失互见,理有固然。后期学衡派的文学思想且发生了根本性的转变,肯定新文学,归趋于平实。斥学衡派为反对新文学的守旧派的传统论点,有失简单化。

一、文学与人生

何谓文学?学衡派对此虽无统一的界定,但其基本见解是一致的。例如,刘永济说:"概括言之,则文学者,乃作者具先觉之才,慨然于人类之幸福有所贡献,而以精妙之法使人类得入于温柔敦厚之域之事也。"[①] 吴宓则

---

① 刘永济:《文学论》,第23页。

谓，"文学是人生的表现"①。他讲授的一门课程就叫作"文学与人生"。而吴宓主编的《大公报·文学副刊》第2期的"通论"，更是这样写道："文学以人生为材料，人生借文学而表现。二者之关系至为密切。每一作者悉就己身在社会中之所感受，并其读书理解之所得，选取其中最重要之部分，即彼所视为人生经验之精华者，乃凭艺术之方法及原则，整理制作，藉文字以表达之，即成为文学作品。"②由是可知，在吴宓诸人看来，所谓文学就是：借精妙的文字所表现的人生。文学是为了人生。这与学衡派所敬仰的19世纪英国著名文学评论家阿诺德的名言"诗为人生之批评"，显然是一脉相通的。胡适在《什么是文学》一文中说，"语言文字都是达意表情的工具；达意达的好，表情表的妙，便是文学"③。学衡派的见解与胡适也是相通的，但无疑较之为深刻。

"文学是人生的表现"这一重要的观点，构成了学衡派文学思想的基础。由是他们从中引出了三个值得重视的见解。其一，文学不可能脱离时代。学衡派认为，文学既是人生的反映，它与作者生当其时的国势民情、政教风俗，必然息息相通。"苟舍社会，去生涯"④，文学创作便成了无本之木，无源之水。社会是变动的，"凡百文学，皆循进化变迁之轨迹"⑤，须与时代俱进。龚自珍的诗何以能"新"，为世所重？根本的原因就在于"其能具时代性"。诗人所处的时代，大至国势朝政，世风民情，小至一己的生活，必有自己的时代特色，而与古人不同，若能以之入诗，自非陈言，而有了新意。故缪钺说，"吾人生于民国，自应写民国之政教，现代之生活。若所写在为唐人宋人之情思，词虽工，弗尚也"⑥。吴宓也指出，"故居今日，而昧于社会情形，世界大势，或不熟悉数十年来国闻掌故者，即有别才，亦难进于诗"⑦。值得注意的是，学衡派不仅强调文学当反映社会生活和与时代俱进，而且还看到了文学不可避免也要受时代的制约。例如，胡先骕就认为，桐城派的文章，"通顺清淡"，"不甚精采"，其致弊的根本原因，说到底，即在于思想贫

---

① 吴宓：《文学与人生》，第16页。
② 《大公报·文学副刊》第2期，1928年1月9日。
③ 胡适选编：《中国新文学大系·理论建设集》，上海良友图书公司1935年版，第214页。
④ 《余生随笔》，《吴宓诗集》卷末，中华书局1935年版，第31页。
⑤ 吕效祖主编：《吴宓诗及其诗话》，第184页。
⑥ 缪钺：《龚自珍诞生百四十年纪念》，《大公报·文学副刊》第230期，1932年5月30日。
⑦ 《余生随笔》，《吴宓诗集》卷末，第31页。

乏。当方苞、姚鼐之时，清朝专制甚，文网密，一时学者竞趋朴学，归于章句训诂琐细之学。加之承平既久，少悲壮激越的事变足为文学的资料，海禁未开，中西文化阻绝，缺乏域外新鲜事物的刺激与启发，整个社会学术思想沉寂枯槁，绝少生气。因之，桐城派诸子，文体精洁而不免于空疏，就是不足为奇了。[1] 其二，文学与政治相辅相成。吴宓主编的《大公报·文学副刊》在《本副刊之宗旨及体例》中指出：从广义上说，政治与文学实相辅相成，难以截然分开。"政治之得失成败因革变迁，每以文学之趋势为先导为枢机，而若舍政治而言文学，则文学将无关于全体国民之生活，仅为文人学士炫才斗智消遣游之资。"所以，要想提高政治以促进国家的建设，应先借文学培其本，植其地，导其源。而要想文学繁荣昌盛，也须以国家政治和国民的生活为创作的源泉。从古今中外的历史看，凡国泰民安之时，政治与文学"最接近而相辅相成"，反之，当衰亡乱离之秋，二者定然背道而驰，不相为谋。故作者倡言，从事政治者不应蔑视文学，而致力于文学者也当能裨益政治。[2] 同时，吴宓对潘次耕为《汪水云诗》所作跋的评论，也值得注意。潘跋排比史事，力辩钱谦益之说，即谓谢太后至燕，见辱于元世祖，被纳为妃嫔，乃无根之谈。吴宓大不以为然，他评论指出：钱氏固卑下，诋毁旧朝，诬蔑国母，诚不足论。但是，"国亡种灭，用夷变夏，作者生当其际，如许伤心，而读诗论诗者，乃只着眼于儿女私情，礼防琐事，斩斩探求争辩，亦足见知音难遇，而文士之固陋为何如也"。[3] 清朝入关，国破家亡，这是何等的时代巨变，而潘跋斩斩于儿女私情，于此无所措意，目光未免短浅。很显然，吴宓是批评潘次耕的文学评论缺乏政治的眼光和抱负。这与上述《大公报·文学副刊》的旨趣无疑是一致的。学衡派好标榜不问政治，但是，其主帅人物和作为自己主要宣传阵地的《大公报·文学副刊》，却强调了文学不能漠视政治的见解，是耐人寻味的。不仅如此，我们后面还将谈到，九一八事变后，学衡派曾创作了许多诗篇热情讴歌中国人民的抗日民族战争。不过，遗憾的是，学衡派格于新人文主义的信仰，未能将此一正确的观点坚持到底。其三，文学创作必然包含着主客观的因素。学衡派以为，"文学既系作者人

---

[1] 胡先骕：《评胡适五十年来中国之文学》，《学衡》第10期，1922年10月。
[2] 《大公报·文学副刊》本刊第1期，1928年1月2日。
[3] 吕效祖主编：《吴宓诗及其诗话》，第206页。

生经验之表现，故世无绝对主观亦无绝对客观之文学"，任何一种文学作品都必然包含着主客观的因素。人既不能与社会绝缘，即不可能有完全的主观而不受客观因素的影响，所以要想表现"完全之自我，实不可得也"；反之亦然，人生的经验至为繁杂，文学要想反映人生便不能不有所选择，"此其选择之标准，非主观而何"？所以要想表现纯粹的客观，所谓"吾为艺术而作艺术"，同样是不可能的。因此，重要在于，"斟酌于主观客观二者之间而得其宜"。[1]

学衡派主张文学表现人生，并注意到了文学与社会、政治及其作家主客观的关系，但是，这并不影响他们对文学创作自身规律性的关注。上述《大公报·文学副刊》的《本副刊之宗旨及体例》在阐述了文学与政治的互动关系后，即明确指出："凡此均指广义，如上所说，惟文学亦自有其价值与标准，不可不知耳。"五四前后是中国现代文学的发轫期，受西方文学思潮的影响，文学创作自身规律的问题正为时人所重视，学衡派于此也多所探讨。他们指出，文学固然当表现人生，但是人生的经验何其繁杂，简单地抄写人生并不能成为文学作品。作家之所以成为作家，重要的有二：一是他独具只眼，能于一般人习见的日常琐碎的生活事实中，寻出人生的原理和诸多事物间相互的关系，从而能深一层地理解与把握人生；二是他善于"运用想象"，即形象思维，从而使自己所表现的人生富有美感，增加了读者的兴味。因之，陈钧在《小说通义》中特别强调了小说创作必须兼顾必然性与或然性的问题。他说，小说所描写的事情如果尽为必然的事情，则必成历史的日记，索然无味；反之，如果尽为或然的事情，则处处失真，必令读者对书中人物无法引起同情。《红楼梦》中的黛玉之死及宝玉遁入空门，贾府式微，都属于必然之事，为全书不可少的结局，读者虽未读完全书，已可推知。"此所谓人心中应有之事也。"《红楼梦》卷帙虽巨，而书中描写的众多人物、场景，却能跃跃然于读者心中，引起无穷的兴味，"又孰非或然之事使之乎？"[2] 这也就是说，文学的真实是指艺术的真实，而不是历史家的实证。陈钧还指出，文学上对人物褒贬的成功的艺术处理，同样能反映出作者

---

[1] 吴宓：《文学与人生》（三），《大公报·文学副刊》第 7 期，1928 年 2 月 20 日。
[2] 陈钧：《小说通义》，《文哲学报》1922 年第 3 期。

对于生活与艺术的深刻理解。文学的褒贬目的不在锄恶扶良，而在激发读者的同情。中国旧小说家不明白这个道理，往往是贤者先抑而后伸，小人则终受报应，千篇一律；实则，现实生活中哪里有如此大快人心的事？《红楼梦》叙宝玉、宝钗结婚，黛玉情场失败，竟以瘵死。这种突破传统大团圆的艺术处理，正是曹雪芹的高明之处，此《红楼梦》之所以为中国第一部小说。黛玉天性抑郁，宝钗善逢迎，后者的狡黠既可信，黛玉的失败自属常理，不足为怪。同样，18世纪英国作家哥尔斯密的名著《威克菲牧师传》，描写道德高尚的牧师一生坎坷，苦不堪言，而无恶不作的桑海尔公子却坐拥名姝，生享温柔艳福。作者同样打破了传统的表现模式，使小说反映的生活更加真实和典型，故产生了极佳的效果，读者无不怜惜牧师而愈恨后者。刘永济在他的《文学论》中则作了更进一步的说明，他说，文学表现人生应当是有选择的，即必须对人生的经验加以"提净"，去芜存菁，去伪存真。"故如实地描写人生，尚不足以极文学之能事，但欲创造高尚之人生，而难离实际甚远，又吐弃自然之法则，则人必难表同情。"[①] 刘永济在这里实概括出了学衡派共同见解：文学的创作源于生活，又高于生活。不过，吴宓和景昌极从不同的角度将这个命题作了更加具体和精彩的发挥。

　　吴宓指出，小说创作不能凭空虚构，不顾事实人情，专写个人心中的理想人物；也不应借小说发表个人的政见、学说、人生观或社会评论等等，如梁启超著《新中国未来记》那样。一个人有思想见解，尽可以直截了当地作为文章发表，不必取径于小说。小说而以改良国家社会为目的，陷入训诲主义，便不可救药。"悬想一世界中既无之世界，以描叙一己之政治希望、科学思想，以理智分析综合构造成书，书中人物无感情，无个性，趋集戏中之傀儡，与化学试验室中之药品仪器，岂得称为小说？"[②] 但是，文学要表现人生，却非丝毫不变地描摹生活，而当通过剪裁、选择进一步提炼生活，从而使文学创作所表现的人生"青出于蓝而胜于蓝"，"文学中所写之人生，乃由作者以己意旨及艺术之需要，选择整理而得之人生。且加以改良修缮，使比直接观察所得者更为美丽，更为真切，更为清晰"[③]。吴宓借助于"实境"、

---

① 刘永济：《文学论》，第101—102页。
② 吴宓（王志雄）：《新旧因缘》，《学衡》第36期，1924年12月。
③ 吴宓：《文学与人生》（三），《大公报·文学副刊》第7期，1928年2月20日。

"幻境"、"真境"概念的运用,充分展布了自己的见解。他说,实境即是亲历的现实生活,所谓文学创作就是"当用整理剪裁选择修缮之法",借助形象思维,改易实境,"造成想象之幻境",然后将之写出。"此幻境必比原来之实境为美",因为实境仅是事物偶然的实况,而幻境却经作家提炼与升华后的情状。但改易实境成幻境,必须以不违背生活的真实为前提。合乎生活真实的幻境,即是"真境"。"故真境乃幻境之最高最美者。"至此境界,真与幻合而为一,不可划分。文学与其他艺术一样都是以表现此种境界目的,似幻实真,亦真亦幻,但是与实境相较,已相去天渊矣。吴宓借酿酒的过程说明实境、幻境和真境的生成及其分际,愈显生动而精辟。他说,譬如酿酒,实境相当于水与生米,作家的理想为制造佳酿的规条和药方,想象力为发酵的酵母,幻境即是酿就的酒。但是,酒有优劣,"真境则是味甘色美质之上品醇酒也"。吴宓对《红楼梦》有独到的研究,所以他进而也以是书为佐证。吴宓认为,《红楼梦》中所谓的"真甄假贾","真事隐去"以及"太虚幻境"等等,都说明曹雪芹深谙上述文学创作的原理。他所谓的"真甄",实皆实境之义。而所谓的"假贾",则是幻境中的真境。所谓"太虚幻境"显然是人间所不可能有的,属于不合乎真的幻境,故书中所写终在虚无缥缈之间。《红楼梦》所写的事,皆幻而皆真。袭人家中姨妹等之婚姻恋爱、刘姥姥与狗儿、板儿、青儿、平儿常在田庄上的所言所行,妙玉被盗劫后结果如何,贾兰贾桂如何长大成立,复兴贾氏,凡此等等,已逸出了幻境的边界,而跨入了实境,所以曹雪芹不去叙及。缘是言之,甄宝玉与贾宝玉本为一个人,甄宝玉是实境中的宝玉,即生活的原型;贾宝玉是幻境真境中的宝玉,经剪裁与提炼后的艺术形象。"故谓甄宝玉当日实有其人,似可;而谓当日确有贾宝玉其人,则决不可也。"在吴宓看来,上述艺术的原理、小说的定法,古今中外皆然,中国小说家能解此理而用此法者固然甚多,但曹雪芹言之最为透彻,而巨著《红楼梦》又是最佳的范例。[1]

在学衡派中,景昌极重在研究哲学,但他从思辨的意义上探究文学与真与美的关系,同样涉及了文学创作的基本原理,与吴宓诸人的见解异曲而同工。景昌极认为文学作品的魅力源于情,而文学作品的情有两种:"人

---

[1] 吴宓(王志雄):《新旧因缘》,《学衡》第36期,1924年12月。

情"与"文情"。故其动人也有两种：人情动人与文情动人。前者"重在动人同情"，后者则"重在动人美感"。他说，"人情"要真，"文情"不必真。"我敢说，凡是最好的文学，最能动人的文情，大概不会主真的。"这是因为：(1)"空间的不真。"一般孤儿寡妇、战士英雄，他们的喜怒哀乐自是铁真，但其呼啸号啼却不成文学；相反，文人学士"去体贴他们"，做成《寡妇吟》、《孤儿行》、《战士诗》、《英雄史》之类，倒成了千古的好文学。应当说，任他文人学士如何体贴，终是空间不同，不如身当其境者来得真切，但何以最真切的反不成文学？"可知文人所以高于俗人，致文人所以为文人，不在情之真假，而别有在。"(2)"时间的不真。"人在动情时，往往说不出话来，而成功的文学作品多为事过情迁后，经一番回忆选择的功夫始创作成的，时间既不可能同一，感情也不会铁真，是显而易见的。由是可知，文情所以高于人情，即文情所以为文情，"也就不在情之真假，而别有在"。他且断言："情的真假与文学之好坏，不生关系。"从表面上看，景昌极主张文情不必真，似与吴宓诸人强调文学创作不能有违生活的真实，是相矛盾的；实则，并非如此。他所讲的文情，是指作家超越时空对于生活的再创造。它虽非"铁真"的生活本身，但却是以"铁真"的生活为基础的，这在景昌极即称"人情"，又称"人事"。故文学创作同时即包含着"动人同情"的"人情"。"人情要真"，"人事要真"，就是强调文学创作不能违背生活的真实。景昌极说，人事求真，文事不求真，"文事是人事经过文人的人格化与艺术化而成"。人事是生活的经验，文事则是对于前者的艺术加工。也可以说，文学作品反映人事即生活，必须是真实的，体现着"人情"，足以引起读者的共鸣；文学作品艺术地再现人事即生活，是文事，体现着文情，借以引起读者的美感。景昌极还提出文学创作借助于形象思维，它与哲学著作注重逻辑与实证是不同的，因之"文理"也不同于"哲理"。他最终总结说："文情"、"文事"、"文理"的标准都不在"真"，而在于"美"。"总之，文学固然要'言之有物'，'物'不必是现世所谓'真'；文学万不能'言之无文'，'文'就是我所谓美。"① 由是可知，归根结底，景昌极乃在倡言：文学创作有自身的规律，即所谓"文情"、"文事"、"文理"，它应反映真实的生活，但

---

① 景昌极：《文学与真与美》，《文哲学报》1922年第1期。

此种反映却应当较生活本身更集中更典型。换言之，评判文学作品的好坏，不仅仅在于它是否反映生活，更主要还在于它是否能"动人以美感"，即是否创造了崇高的艺术美。这正是景昌极所强调的"别有所在"。它与吴宓所说，文学创作目的在于通过选择与想象，易"实境"而造"幻境"，并臻至于"真境"，无疑是一脉相通的。

其时，上海亚东图书馆用新式标点排印《红楼梦》，首载胡适的《红楼梦考证》。胡适在文中批评以蔡元培等人为代表的索隐派，牵强附会，不足为训；但同时却依自己的考据，断言《红楼梦》是自叙之作，书中甄贾宝玉即曹雪芹的化身。学衡派不以为然，以为胡适的热衷考据与索隐派犯了同一错误，即不懂文学创作的基本原理。吴宓说，实则，他们于历史及古书中所搜寻的某些事实，充其量不过是实境中的蛛丝马迹而已，与幻境无涉。"以其强欲化极美之真境幻境为不美之实境，变酒为水与米，真所谓倒行逆施，不解事之甚矣。"①《学衡》第38期载有黄乃秋的《评胡适红楼梦考证》长文，批评胡适所论"大背于小说之原理"。作者认为，《红楼梦》固然是表现人生，但其所表现的人生与实际人生已大不相同，这主要有四：(1)"红楼为已经剪裁之人生"；(2)"红楼为超时空性之人生"；(3)"红楼为契合名理之人生"；(4)"红楼为已经渲染之人生"。要言之，《红楼梦》乃是经过了艺术加工后的人生，而非真实生活的简单描摹。作者写道：

> 是则红楼一书之所叙述，殆断不能以实际人生相绳，长安贾府云云，宝黛等云云，悉因小说贵具体，不尚抽象之故，不得不有此假托。外观虽似一地一家与数人之十数年间事，实则正著者凭其观察，凭其理解，凭其理想，选择人生之精髓，提炼人生之英华，归纳其永久普遍之特性，组成系统，运用其心思才力，渲染其间，乃克造成此幻境，以表其所欲表现之人生真理于此一串赓续之想象事物者也。其中固不无本诸作者当年之情事，与其自身之经历，然既经剪裁与渲染，成此幻境，宗旨又惟在表现人生之真理，其自体要无存在之可言，则充其量"亦不过若即若离而已"。……是故居今日而读红楼，首当体会其所表现之人生

---

① 吴宓（王志雄）：《新旧因缘》，《学衡》第36期，1924年12月。

真理，如欢爱繁华之为幻梦，出世解脱之为究竟，如黛为人卒失败，如钗为人之终成功等；次当欣赏其所创造之幻境，即一串赓续之事物，如布局之完密，人物之复绝，设境之奇妙，谈话之精美等。不此之务，而尚考证，亦只能限于著者与本子二问题，问著者为谁何，生何年，卒何时，家世何若，成此书何日，出版何年，本子有几，优劣何若。审慎其结论，缺其所不知，以备文学史家之采择，而便读此书者得选善本而申感谢此大著者之意。外此即非考证范围，即不容有所附会，其于书中之情节，惟当认定为作者本其观察理解所假设之幻境，用以表暴其见地，谓为作者之所创造，可也；谓为作者之所理想，可也。若斤斤焉求一时一地一家与数人以实之，是在作者方就一时一地一家与数人之假设，表现其所选择所归纳所改善之人生永久全体之真理，而我乃倒行逆施，人之智力相越，有如此哉！①

作者对于文学的理解及其关于红学研究的见地即在今天看来，也是正确的。

同时，从上述"为人生的文学"出发，学衡派强调从事创作的作家必须具备一定的文学素养或称文学的诸要素。刘永济的《文学论》提出四要素：道德与智慧、情感、表现之法、精神。②缪凤林的《文义篇》也提出四要素：情感、想象、思想、形式。③学衡派个人的说法不尽相同，但其内涵却是相通的，概括起来，主要包括三个方面：其一，社会责任感。胡先骕说，诗人要有以天下为己任的社会责任感，对于"民生疾苦，家国休戚"，应当"极为关怀"。④据此，他甚至认为"作品之价值每可以其题旨断定之"，即从作者创作的选题上就可以看出他是否具有社会责任感，因而判其价值之高低。例如，他在《评金亚匏秋蟪吟馆诗》中就指出，人所共知，杜甫的诗篇多以反映重大的社会题材著称，且千古传诵，他决不会去做诸如"美人手"、"美人足"之类的诗的。而秋蟪吟馆诗一再赋灯草三十二韵、落花生三十韵、冬

---

① 黄乃秋：《评胡适红楼梦考证》，《学衡》第38期，1925年2月。
② 刘永济：《文学论》，第78—79页。
③ 缪凤林：《文义篇》，《学衡》第11期，1922年11月。
④ 胡先骕：《读郑子尹巢经巢诗集》，《学衡》第6期，1922年6月。

笋二十韵、菱角二十韵,此外则鬓影、唾香、爪痕、袜尘等作,以及征歌选艳,流连酒色之诗,屡见不鲜,充其量不过是晚唐堕落派之亚流。而梁启超将之与西方的莎士比亚、弥儿顿等著名诗人相提并论,致使身价倍增,实属不伦。[1] 胡先骕对金亚匏诗作的评价是否正确,可不置论,重要在于他提出了关于作品选题的意义问题,却不无合理性。吴芳吉提出"关系论",与胡先骕的见解相类。他说,诗分三种:"自身写照者"、"他人同情者"、"世界之创造者"。前者个人主义,其关系在儿女;次者社会主义,其关系在家国;后者人文主义,其关系在"圣凡"。诗之价值,一半在自身,一半在其关系。"关系之大小浅深,价值之高低贵贱定矣。"[2] 显然,他所谓诗的"关系"大小决定其自身价值高低,实际上也是指作品选题的意义问题。吴宓同样也强调作家的社会责任感,以为无论赋诗作文,"非有极大抱负,以淑世立人,物与民胞为职志者,作之必不能工"。他十分敬佩王安石,认为荆公本经济家,诗文仅为余兴,但诗文中却能时时见其宏大的抱负,此点尤足为后人师法。"故学诗者,匪特学其诗也,必先学其人格,学其志向,而后成诗,则光芒万丈。"[3] 吴宓曾设想编一本"有关天下国家、时变世运者"的诗集,以传后世。不过,与胡先骕、吴芳吉以诗作选题判断作品价值的见解相较,吴宓的看法不尽相同。他指出,论者每谓中国诗人,多言一身一家之事,而甚少涉及天下社会邦国的大事,重私忘公,因此往往加以贬抑,此种见解是不对的。诗的公私广狭,应视作者的怀抱如何,"而不可以题目字面定之"。凡为真正的诗人,必然都具有悲天悯人之心,利世终物之志,忧国恤民之意,并因自身的感受而自然流露于字里行间,而无须刻意铺陈夸张。即便是杜甫、陆游的诗,细细读之,也只能说是因公而忘私而已;西洋的诗人,如弥儿顿、华次华斯诸人,其诗集中十之八九,也都不关涉国计民生,"安可以私事而短之?"吴宓说:"故诗人者,真能爱国忧民,则寄友咏物诗中,正可自抒其怀抱,不必易其题为敬告全国父老昆弟诸姑姐妹,或各大报馆转商学农工各界均鉴,而后方为好诗也。若夫立意卑靡,措词纤巧,叠韵斗险,

---

[1] 胡先骕:《评金亚匏秋蟪吟馆诗》,《学衡》第 8 期,1922 年 8 月。
[2] 吴芳吉:《白屋吴生诗稿自叙》,《学衡》第 67 期,1929 年 1 月。
[3] 《吴宓日记》第 1 册,第 383 页。

雕字镂句，此乃诗中之下流，而不可举以为诗之罪，况玩物丧志！"① 后来他在另一处讲得更加明确："文学作品之价值不在于主题（材料），而在于处理（艺术）。所有的主题都一样好。"② 在吴宓看来，诗而能关乎天下国家、时变世运，"爱读者自多"；但是，一个有社会责任感的诗人，寄友咏物，自能抒其高远的抱负，正不必以题目之大小公私而定其价值的高低，失之简单化。与胡先骕、吴芳吉一样，吴宓的见解并不全面，但也自有其合理性。

其二，善于观察与理解人生。刘永济说："表现实际之人生，与表现创造之人生，其难相等。能观察实际之人生深切，则表现甚著明。"③ 这就是说，文学既然是表现人生，作家首先就必须善于观察与理解人生。这在陈钧叫"科学的观察所以求现状"④。他主张作家要深入社会生活，体察人生百态，虽街谈巷议、坊间喧扰，都应能绘其声音，拟其状态，进而于三教九流，也应能熟悉其生活，掌握其习惯用语。例如，作家想描写一个学生，一定要对学生的学习、运动、游戏，了如指掌；想描写一个军人，则于军营的生活包括纪律、步法、演习，均须知之甚悉。一些作家往往于晚年发表名作而永垂不朽，原因就在于晚年阅历深刻，经验丰富。不过在吴宓诸人看来，要想真正把握生活，理解人生，尚需有两个条件：一是要能自谋生活。吴芳吉说，"要知道社会之生活，必要自谋生活"。如果不能自谋生活，衣食依赖别人，"这种人既失了生活上的资格，当然不配为生活上的批评。这种人做出来的诗，只算无责任的诗，而雕虫小技之所以由起"。⑤ 二是要有学识。社会是复杂的，一个人必须有渊博的学识才能慎思明辨，理解和把握人生的真谛。所以陈钧说，仅有对社会现状的观察是不够的，还必须有哲学的头脑明辨是非："哲学的理会所以求本状。"⑥ 吴宓对此持完全相同的见解，他曾强调说："最难能可贵者，为其人识解之高，能通观天人之变，洞明物理之原。夫然后以中正平和之心，观察世事，无所蔽而不陷一偏，使轻重小大，各如

---

① 吕效祖主编：《吴宓诗及其诗话》，第191页。
② 吴宓：《文学与人生》，第19页。
③ 刘永济：《文学论》，第101页。
④ 陈钧：《小说通义》，《文哲学报》1922年第3期。
⑤ 吴芳吉著，贺远明等选编：《吴芳吉集》，第417页。
⑥ 陈钧：《小说通义》，《文哲学报》1922年第3期。

其分，权衡至当，褒贬咸宜。《石头记》之特长，正即在此。"①吴宓还强调研究文学尤其需要哲学历史等多方面的知识，他引白璧德的话说："严肃认真的研究文学，必须与哲学历史结合在一起，更不用说政治和社会历史了。"②而胡先骕的研究正可以说具体而微地表达了与吴宓相同的见解。他在《评赵尧生宋词》中对赵词痛詈袁世凯之毒，作了这样的评论："盖恨之深，不觉詈之毒也。非忠于清室而又身与戊戌之役者，恨之决不若是之切。盖袁氏之背叛民国、帝制自为之罪固大，然犹未若其败戊戌、植武力、擢金壬、亡清室、叛民国，而身后犹遗武人跋扈、政客纵横之政局，各罪之总和之大也。辛亥党人恨袁氏之叛民国，而每忽视其入民国以前种种之罪恶，故恨之不能如戊戌党人之深切也。"③胡先骕从晚清历史入手，分析赵词毒詈袁氏的历史缘由及其戊戌党人较辛亥党人更加痛恨袁氏的普遍心态，是相当深刻的。对文学现象的研究，不能就文学论文学，而须借助于哲学历史政治诸多学识的综合，才能给予更好的解读，学衡派这一正确的主张在这里得到了生动的体现。

其三，文学艺术的修养。文学是艺术的再现人生，或即如上述景昌极所说，文学必须"言之有文"，这个"文"就是创造"美"。固然，文学作品的美应当是诸要素的结合，如刘永济就认为，好的文学作品必须具备"道德与智慧"、"情感"、"表现之法"、"精神"四要素，四者缺一，其美是不完全的；但是，艺术形式美的创造终具有决定性的意义。缪凤林指出，在文学诸要素中，情感、想象、思想固然重要，但仅仅有此三者，还不能成为文学，"必将以文字为媒介，而以优美之艺术表达之，始得名为文学"④。此种艺术的表达，被称为"形式"，它虽非文学创作的最终目的，仅为表达情思的一种工具，但要想成就艺术的美的文学作品，舍此无由。陈钧也提出："艺术的发表所以求拟境"，"小说家必具有艺术之手腕，出以惊人之笔"。⑤所以，在学衡派看来，作家必须具备文学艺术的修养是不言自明的。吴宓认为，《红

---

① 吴宓：《〈红楼梦〉新谈》，《民心周报》第1卷第17期，1920年3月。
② 吴学昭：《吴宓与陈寅恪》，第20页。
③ 胡先骕：《评赵尧生宋词》，《学衡》第4期，1922年4月。
④ 缪凤林：《文义篇》，《学衡》第11期，1922年11月。
⑤ 陈钧：《小说通义》，《文哲学报》1922年第3期。

楼梦》是中国小说一大杰作,其感人之深,构思之精,行文之妙,即在世界文学之林也罕见其匹。从小说创作的艺术角度看,它的成功在于体现了杰作必须具备的六大要素:宗旨正大;范围宽广;结构谨严;事实繁多;情景逼真;人物生动。[①] 吴宓实指出了文学创作的艺术要求,但欠具体;在这方面,景昌极的见解最为系统,他认为,文学艺术美的创造须注意以下四个方面:(一)"美响",即语言音韵的美。世上最古老的歌谣都是悦耳的,可知美响即重视语言音韵美是人类普遍性的要求,为文学一大特色。美响又有三种:一是节或音节,要求每句之中,字与字间须和谐;二是气或气势,要求每篇之中,句与句间须和谐;三是韵或声韵,要求一句或数句之尾,押一同声的韵。不同体裁的文学作品,于美响的要求当有不同,如散文重一、二类,韵文重一、三类。景昌极虽然认为作品如何能产生美响的效果,大半靠天才,但他也总结出了两点经验:一是"适应",即要适应人类的欣赏心理。他说,音非人心所生,但要令之合乎人心,例如写《长恨歌》就应有抑扬委婉之音,而不当是慷慨激昂的;反之,写《易水歌》就应有慷慨激昂之音,而不当是抑扬委婉的。"可见人心与声音,应求相称,能相称,就叫适应";二是"摹仿",即学习前人的经验。美响并非出口即是,而需试验和实践的过程。陆机说"始踯躅于燥吻,终流离于濡翰",正是表达了此种试验与实践并获成功的过程。因之,前人在声韵、音节、气势方面所已达到的成就和总结的经验,是必须加以摹仿与学习的,以此为基础,久而融化,便能创造。(二)"美影",即想象与文字的表现力。景昌极说,自然界的景色不尽美,但一入文学则成美。在扬州见过二十四桥,后来又曾坐船过扬州,并未见其美,但读杜牧的"二十四桥明月夜,玉人何处叫吹箫"与李白的"烟花三月下扬州"的诗句,却叹服是千古丽句。文学上独到的想象力和文字色泽惊人的表现力之重要,正在于此。他认为,美影与美响一样,也需通过摹仿、实践才能逐渐达到。"文学的色泽与国画色泽相类,同是于自然景色中加以作者的选择、想象,文学的用字,也似画家调颜料,不把旧法子摹仿会了,便去创造,其是说谈何容易。"(三)"美构",即文学的结构。文学固然是反映人生的,但人生凌乱无序,而文学却须有序。景昌极说,这就是指文

[①] 吴宓:《〈红楼梦〉新谈》,《民心周报》第 1 卷第 17 期,1920 年 3 月。

学上的组织、层次、结构、线索、呼应等等，即如何通过必要的艺术形式使文学作品成为有机体，浑然天成。美构的修养也需要讲"适应"，例如韩愈的《猎雉诗》最后两句："将军仰鉴军吏贺，五色离披马前堕"，有意颠倒次序，以应和人类惊奇的心态，若改成"五色离披马前堕，将军仰鉴军吏贺"，效果则要差多了。此外，自然也离不开学习与实践。①（四）"美意"，即创意。文学是对人生的再创造，因之，吴宓说"文学作品总的说来必须是'创造'出来的，想象出来的"②。景昌极对此作了进一步的抽象，以为文学作品的灵魂在于"美意"，即从事文学者必须富有创意。景昌极强调，与美响、美影、美构不同，美意无涉适应，也不靠摹仿，它唯一的需要是匠心独运："尽可无心而合，却不应有意摹仿。"③景昌极以美响、美影、美构、美意概括文学艺术美，自然是不全面的，但不影响他成一家之言，尤其是他提出"美意"即创意是文学创作的灵魂和命意所在的见解，更是值得人们重视。景昌极也与吴宓一样，毕竟没有谈到应如何实现"美意"或"创造"，在这方面，刘永济等人提出"文学自由"的概念，可以看作是一种补充。刘永济说："文学者，极自由之学也。"他批评中国传统文学的一个弱点是"守旧复古之心甚深"，故间接摹仿古人之处多，直接摹仿自然之处少。加之理学盛行，载道之说过甚，故作品往往"缺乏生动之情趣"。④吴芳吉也指出，诗人的思想应是自由的，人格应是独立的。他说，"诗人的天性是超脱的，所以宇宙也不能约束他"。"要有独立的人格，然后配得为一诗人。"⑤人所共知，陈寅恪始终强调思想自由与精神独立之可贵，在他眼里文学更应当是一种自由神圣的事业，故他晚年在论及《再生缘》时，这样写道："《再生缘》一书，在弹词体中，所以独胜者，实由于端生之自由活泼思想，能运用其对偶韵律之词话，有以致之也。故无自由之思想，则无优美之文学，举此一例，可概其余。"⑥把思想自由提到这样的高度，这应成为我们理解学衡派文学思想的一个重要参照。

---

① 景昌极：《文学与真与美》，《文哲学报》1922年第1期。
② 吴宓：《文学与人生》，第19页。
③ 景昌极：《文学与真与美》，《文哲学报》1922年第1期。
④ 刘永济：《文学论》，第12页。
⑤ 吴芳吉著，贺远明等选编：《吴芳吉集》，第414、416页。
⑥ 陈寅恪：《寒柳堂集》，第76页。

学衡派对于文学创作规律的探讨,也涉及了接受美学的理论问题,以为成功的文学作品须有杰出的作家与聪明的读者两个条件,二者兼具,作品才可能流传。对于读者来说,要理解作品和作者的创作思想,需要有很高的鉴赏能力。陈钧说:"读小说者非徒执书讽诵,记忆若干事实,即可谓之尽读小说之能事也。彼善读者,必设身处地,冥想虚摹,寻味其字句,默揣其情节,又复内省自身,外察乎社会,然后作者之造意谋篇,始能了然于吾胸中,不致惝恍迷离,一任其颠倒播弄矣。故读小说者,当具有想象力,以求融会贯通。"[①]刘永济则强调了读者对于作者创作思想理解之非易。他说:"作者之精神,固赖作者之性情、才学与表现之法而见,亦须由读者之性情、才学与品藻之力而分。故读者之心,必与作者之心相吻合、契合,然后得见其精神。得见其精神,然后可从而定其品藻之目,故论作品之精神,必不可不顾读者。"[②]他们都明确地将读者揽入了文学评论的范围,这自然都是受西方现代接受美学理论影响的结果。

不过,既强调人生文学,又肯定文学创作有自身的规律,作为新人文主义者,学衡派在把握文学批评的标准上便不能不遇到困难。他们的见解前后并不一贯,起始面对复杂的文学现象,他们也曾表现出多元判断的宽容,但因固守新人文主义的信仰,终归于坚持一元的判断,而渐趋向僵滞。

从总体上看,学衡派曾从两个层面探讨过对文学价值的判断问题。其一,从内容的分际上,探讨文学作品价值的久暂。胡先骕说:"文学思想,常函局于时代与超越时代两原素。前者以时而推移,后者亘古而不变。"[③]他认为,所谓的"时代精神"最不可恃,因它既称时代精神,说明它不含有永久的要素。而人们所看重的恰恰在于超时代的要素。同时,他又将中国古代诗人分为以李白、杜甫为首的人文派和以陶渊明为首的自然派。他认为,前者重人事,无不以家国盛衰、人民疾苦为念,"而稀有遗世独立之慨";后者则忽视人事,薄功业如浮云,淡泊致远,常怀出尘之思。[④]在胡先骕眼里,两派韵味各异,但后者具有超时代的气质,更为可贵。吴宓肯定"超空

---

① 陈钧:《小说通义》,《文哲学报》1922年第3期。
② 刘永济:《文学论》,第90页。
③ 胡先骕:《文学之标准》,《学衡》第31期,1924年7月。
④ 胡先骕:《读阮大铖咏怀堂诗集》,《学衡》第6期,1922年6月。

立论"的诗歌，见解与胡先骕相类。他认为，只有表现超越时空、具有人类"普遍性"、"永久性"情感的诗作，才是有长远价值的作品；相反，只表现一时事变和一时情感的诗作，待事过境迁，必为人所厌闻。他高度评价欧战时期英国女诗人妮蒂所作《牛津尖塔》，以为它虽歌颂英烈，却能"通篇不及狭小国家之见，一党一族之争，超空立论"①。刘永济在《文学论》中，对胡、吴所涉及的上述文学现象更进一步作了理论上的阐述，他写道："然易变者事理，难迁者人情。事理之所知，常以世改国别而不同，人情之所感，则虽时殊地异而多类。故忠臣之传，不重于今人，而爱情之计，则流美于中土。董贾之策，不出于国境，而元白之诗，则价重于鸡林。此等作品，价值虽有久暂之分，而优劣未可以并论，其性质原不相同也。"②应当说，文学作品尤其是诗歌所表现的内容，确存在着较具体的现实性问题（"事理"）与较抽象的人类普遍性情感（"人情"）的类别差异；但是，这并不是决定文学作品价值久暂高低的决定性因素，真正决定性的因素乃是作品本身的思想内涵和艺术表现力。陶渊明的"采菊东篱下，悠然见南山"和李白的"举头望明月，低头思故乡"这样通灵抒情的诗句，固然至今脍炙人口；但是，杜甫的"朱门酒肉臭，路有冻死骨"和文天祥的"人生自古谁无死，留取丹心照汗青"这样愤世悲壮的诗句，不是也同样千古流传吗？具体的"事理"固然易变，但是，越能深刻揭示事理、反映时代精神的作品，越具有超时空的生命力，这样的事例不胜枚举。同时，"难迁"的"人情"也不可能是凭空产生的，如上引陶渊明和李白的诗句，它们原本也仅是表达了作者现实性的情感，只缘作者高妙的艺术表现力，才具有了足以引起后人共鸣的长久魅力。那些虽是表达"人情"，却因不具艺术生命力而湮没无闻的作品，正不知凡几。所以马克思主义者强调"美学的和历史的统一的评价标准"，以为"那些优秀的古代小说杰作，也正因为以美学手段真实地表现了当时的历史而拥有了历时性，能成为后人形象地理解旧时风俗和社会精神而成为富贵的遗产"③。故胡先骕说"时代精神最不足恃"，这不仅不正确，而且也与上述他自己所强调的从作品的题目大小便可定其价值高低的见解大相径庭。吴宓赞

---

① 吴宓：《英诗浅释》，《学衡》第 9 期，1922 年 9 月。
② 刘永济：《文学论》，第 123 页。
③ 何满子：《就言情武侠小说再向社会进言》，《光明日报》1999 年 10 月 28 日。

扬妮蒂的《牛津尖塔》不牵入"一时一地之感情"和"国家之见","超空立论",实际上也并不准确。该诗所歌颂的"忠骨异国埋"、"为国为神效"的烈士,只是指英国的爱国者甚明,谈不上"超空立论"。刘永济看到了上述表现不同内容的文学作品,仅是性质不同而已,并不足以判其优劣,是很对的;但他却又肯定二者的价值有"久暂之分",不免自相矛盾,失之偏颇。

其二,从作品内容与艺术形式的关系上,探讨道德标准与艺术标准的分际。学衡派认为,文学的本体有形质之分,前者指艺术的形式,后者指作品的内涵,二者应相辅相成,不可偏废,即作品质的精良还需兼顾其形之完美。例如,《儒林外史》堪称典范,它描摹社会人物,穷形尽相,而作者胸存抑郁,想借揭露真相,谋社会改革之心昭然。由是可见,形质可以兼顾,所谓"为艺术之艺术"与"为人生之艺术",二者即能融为一炉[1]。但他们也看到了形质两分,有形未必有质与有质未必有形的复杂性。胡先骕诸人对于艺术性低劣的作品不屑一顾,但对内容有亏而艺术性甚高的作品,却主张宽容对待。胡先骕说:"吾国自来之习尚,即以道德为人生唯一之要素……此种习尚,固足以巩固人类道德之精神,然有时艺术界乃受其害。"如宋代孙觌的《鸿庆集》精严深秀,明嘉靖间常州欲刻其集,竟因"有罪名教",不获刊行。明代的阮大铖固无行,诗作艺术价值却甚高,然其诗集也几没于世,均为可悲之事。"孔雀有毒,文采斐然,严格苛求,亦非批评之责。"[2]景昌极也指出,像《金瓶梅》这样艺术性高而道德影响不善的作品,"当分别言之,识其艺术上之特点,而认其道德上之缺憾可也"[3]。很显然,他们是主张应把道德标准与艺术标准加以区别对待,以免陷于简单化。这应当说是合理的。而刘永济探讨文学作品真善美的关系,实际上是将此一问题进一步提高到哲学思辨的层面,从而使问题深化了。他以为,人生莫不有思,所思合理,即为道德,能思合理,即为智慧,也即是真。而能借艺术美的形式表现此种合理的思者,即是文学。据此,刘永济说,真与善是文学家的学识,文学家不是以抽象的道理劝诫人,而是凭艺术的文字形式感化人。"故文学家

---

[1] 陈钧:《小说通义》,《文学哲报》1922年第3期。
[2] 胡先骕:《读阮大铖咏怀堂诗集》,《学衡》第6期,1922年6月。
[3] 〔美〕温彻斯特撰,景昌极译:《文学评论之原理》,商务印书馆1924年版,第61页。

不可无道德与智慧,而纯正文学非质之道德与智慧之事也。"① 他的意思很明显:文学家固不可无学识,但文学批评的标准只能重在艺术本身。所以,他复批评指出,中国文学因历代重经之故,"多以善为根本",不免侧重道德与事理,而缺少情趣。由上可见,学衡派关于文学批评标准的见解,有得有失,但毕竟都反映了思想的活跃与宽容;遗憾的是,其后他们愈益固执新人文主义的立场,观点便渐趋于一偏。

新人文主义的根本宗旨,就是主张扬善抑恶,以文学为救治人心之具。吴宓说:"美国白璧德倡导所谓'新人文主义',欲使人性不役于物,发挥其所固有而进于善。一国全世,共此休戚,而藉端于文学。"② 所以,尽管吴宓等人也讲文学的目的不在于提倡道德,而在于创造美,但他们终难忘情于理想道德的约束。在他们看来,文学既是表现人生,作者便不能不区别人物品性的高下与行为的善恶,而他取舍与褒贬的依据,就不可能与自己的道德观无涉。同时,文学的基本要素固然在于情感,但情感毕竟有是非、正邪、久暂、公私之分。情感的发抒诚必要,但情感的节制却更可贵。往昔文学之弊在视道德过重过狭,但今之弊却是视道德过轻过泛。他们在道德标准与艺术标准之间摇摆不定,但是最终却是趋重于前者。景昌极以下的一段话,很能反映出学衡派这种矛盾的心态:"夫文章者当以美为主,而以善为辅,真则可置不闻。吾得为之说,曰:以文章美恶论,本无所用其疑与信,惟以善之于人,较美尤要,则有时吾人不得不以疑信道德制度之标准,从而疑之信之。盖美者一人一时之善,善者多人多时之美。多人多时者,自较一人一时者为尤要耳。"③ 在景昌极看来,美固然重要,但毕竟只是个人一时的愉悦,而善却关乎世道人心,更加重要,道德的标准便不能不置于文学批评的首位,所以他说"不合于道德者必无甚高之文学价值"④。而吴宓则更进了一步,干脆说:文学批评的标准应当是"不特为人文学艺术赏鉴选择之准衡,抑且为人生道德行事立身之正轨"⑤。这已是径直将文学批评的标准等同于道德

---

① 刘永济:《文学论》,第 94 页。
② 《空轩诗话》,见吕效祖主编:《吴宓诗及其诗话》。
③ 景昌极:《信与疑》,《学衡》第 47 期,1925 年 11 月。
④ 〔美〕温彻斯特撰,景昌极译:《文学评论之原理》,第 13 页。
⑤ 吴宓:《浪漫的与古典的》,《大公报》1927 年 9 月 17 日。

的标准了。缘是，学衡派的文学思想出现的道德化倾向，其中尤以吴宓最为典型。温源宁先生是吴宓在清华的同事，也是深深理解吴宓的一个人。他曾评论说：吴宓信奉白璧德的新人文主义，"使得他的所有观点无不染上白璧德人文主义的色彩。伦理和艺术可悲地纠缠在一起，你常常搞不清他是在阐释文学问题，还是在宣讲道德问题"[1]。吴宓本人对于这一点也并不隐讳。他对《红楼梦》研究很有心得，他曾对学生说："予有一贯综合之人生观及道德观。予之讲《红楼梦》，只是借取此书中之人物事实为例证，以阐明予之人生哲学而已。"[2]明言以个人的道德观去解读文学作品。不唯如是，他还主张文学创作当循道德理想主义的原则。新人文主义借助柏拉图"两个世界"的思想，倡言人们应当自觉地努力提升自己的道德境界，从而得以不断地超越事实的世界和追求理想的世界。吴宓进而提出，每个人平日的生活，也无非浮沉于两世界中，犹如泅泳者，忽而水底，忽而水面。经此易彼，观感自殊。李后主词中有"梦里不知身是客，一晌贪欢"句，其一晌之梦中贪欢，就是真生活，但只是事实世界的生活。今此刻憬然省悟，则是已入于理想世界中的情境。据此，他强调说，"于文艺有大成就者，盖莫非对此两世界具有强烈之感觉之人也"[3]。这就是说，文学的创作要遵循道德理想主义的进路。毫无疑问，依此而行，文学作品便会成了伦理的教科书。吴宓曾一再立下宏愿要写一部《新旧因缘》，但终未实现，这与他过于固执道德化的文学主张，大约也不无关系。这些与上述学衡派自己关于文学创作规律的精彩论说，相去已是甚远。

　　文学批评的标准问题是迄今学术界仍存分歧的学术问题。毛泽东曾提出政治标准与艺术标准，并认为应该政治标准第一，艺术标准第二的著名见解；新时期胡乔木同志则认为应当以思想标准来取代政治标准，因为政治标准只是思想标准的一种，实际上它还涵盖着道德、法律、哲学等标准。当然也有人主张用真善美的标准取代政治与艺术标准。但无论如何，人们是肯定文学批评的标准是客观存在的。尽管因价值观、人生观、世界观及历史、民族、阶级等的不同，人们对于文学批评标准的理解也不可能一致，但"食之

---

[1] 温源宁：《吴宓先生其人：一位学者和博雅之士》，见黄世坦编：《回忆吴宓先生》。
[2] 锐锋：《吴宓教授谈文学与人生》，见黄世坦编：《回忆吴宓先生》。
[3] 《吴宓日记》第7册，第220页。

于味,有同嗜焉",人类生活毕竟是相通之处为多,故审美及批评的标准也就具有了普遍性。所以,学衡派提出文学批评的标准问题,并强调其普遍性的原则,其本身是合理的。学衡派的文学思想虽然存在着上述道德化的倾向,但它包含着自己合理的内核,却是必须看到的,这就是强调文学艺术家的社会责任感。吴宓诸人作为新人文主义者,要求作家都成为谦谦君子,作品都要体现一种普遍的、绝对的和纯正的人生观,固然失之偏颇;但文学作品毕竟反映了作者对于人生的独特理解,不论自觉与否,总是与作者的世界观、人生观、价值观相关联。他们认为,"欲小说完全与道德无关,实为不可能之事","是故作小说者应悟此理,不必摒弃道德,不必逃避道德",[1] 这并没有错。人类所以需要文学,不是为了诲淫诲盗,而是为了增益人生,所以,文学艺术家应道德自律,洁身自重,"求为人为文之归一致"[2],承担起社会的责任。归根结底,学衡派的良苦用心在于此,人们是应当加以理解的。

耐人寻味的是,学衡派提出了"文学与人生"的命题,并主张文学须"以人为中心"[3],"宣扬与体现人的规律"[4],这与新文学倡导者们的主张,在表面上是十分相类的:其时,沈雁冰的一次讲演的题目就叫作"文学与人生"[5]。而胡适曾指出,新文学运动有两个重要作战口号就是:"活的文学"与"人的文学"。后者是周作人在《人的文学》一文中提出来的,胡适称赞说"这是一篇最平实伟大的宣言","周先生把我们那个时代所要提倡的种种文学内容,都包括在一个中心观念里,这个观念他叫做'人的文学'"。[6] 但是,在实质上,二者却大相径庭。将周作人在《人的文学》中提出的基本观点与学衡派的观点作一比较,对于我们进一步认识后者文学思想的得失,显然是有意义的。

周作人说:"我们承认人是一种生物,他的生活现象,与别的动物并无不同。所以我们相信人的一切生活本能,都是美的善的,应得完全满足。凡有违反人性自然的习惯制度,都应排斥改正。但我们又承认人是一种动物进

---

[1] 吴宓:《评歧路灯》,《大公报·文学副刊》第 16 期,1928 年 4 月 23 日。
[2] 吴芳吉:《白屋吴生诗稿自叙》,《学衡》第 67 期,1929 年 1 月。
[3] 《吴宓日记》第 3 册,第 35 页。
[4] 吴宓:《文学与人生》,第 68 页。
[5] 见《松江第一次暑期学术讲演会演讲录》第 1 期,1922 年 7 月。
[6] 胡适选编:《中国新文学大系·建设理论集》"导言"。

化的生物，他的内面生活，比他动物更为复杂高深，而且逐渐向上，有能改造生活的力量。所以我们相信人类以动物的生活为生存的基础，而其内面生活，却渐与动物相远，终能达到高上和平的境地。凡兽性的残余，与古代礼法可以阻碍人性向上的发展者，也都应排斥改正。"故人是灵肉一体的，"兽性与神性，合起来便只是人性"。要实现人的理想生活，就是要提倡人道主义，即"个人主义的人间本位主义"，"用这人道主义为本，对于人生诸问题，加以记录研究的文字，便谓之人的文学"，"人的文学，当以人的道德为本"。①

如果我们不苛求文字表述的完全一致，那么可以说，学衡派与周作人都强调的是"人的文学"。二者的理路可分别作如下的表述：

周作人：

人的文学＝人道主义的文学：以道德为本 —— 承认灵肉、兽性神性二元一致的人性 —— 引导人性向上追求。

学衡派：

人的文学＝新人文主义的文学：以道德为本 —— 强调善恶、高下二元对立的人性 —— 引导人性向上追求。

二者的共同点在于：都主张文学应当表现人生，助益人生，并从人性论出发，都主张引导人性向上；二者的不同点在于：

其一，于人性认识不同。周作人认为，人性是灵肉、兽性神性二元一体的，并非是对抗的；学衡派则认为，人性中包含着互相冲突两种成分，"其一为放纵之欲，其二为制止之理。其一为被动而成形者，其二能选择训练成形者。其一乃尘秕，其二则神圣"②，即包含着善恶的对立。其二，因为人性认识不同，对于怎样引导人性向上，主张便大相径庭。周作人认为，所谓人的"正当生活"、"理想生活"，就是实现"灵肉一致的生活"。其得以实现的途径，就是信奉"个人主义的人间本位主义"，"所以我说的人道主义，是从个人做起。要讲人道，爱人类，便须先使自己有人的资格，占得人的位置"③。要言之，所谓"人的文学，当以道德为本"，就是尊重和解放人性，"使人人能享自由真实的幸福生活"；学衡派则认为，所谓"正当生活"、"理

---

① 周作人：《人的文学》，见胡适选编：《中国新文学大系·建设理论集》。
② 周作人：《译白璧德论今后诗之趋势》，《吴宓诗集》卷末，"学衡杂志论文选录"。
③ 周作人：《人的文学》，见胡适选编：《中国新文学大系·建设理论集》。

想生活",就是自觉趋向于至善的理想境界的生活,即具备"纯正的人生观"的生活。其得以实现的途径,就是信奉新人文主义,坚持以理制欲,修身克己,"使人性不役于物,发挥其所固有而进于善"。自由不是不要,但须加以节制,"若人诚欲为人,则不能顺其天性自由胡乱扩张,必于此天性加以制裁,使为有节制之平均发展"①。要言之,文学以道德为本,就是倡导"天性制裁",使人都成为孔子所说的"君子",或亚里士多德所说的"沉毅之人"。

其三,周作人以为,欧洲自宗教改革和文艺复兴以来,便开始逐渐发现了人的真理,而中国却需从头去发现"人",去"开人荒"。为此,希望从文学上"起首",提倡人性解放,排斥改正一切"违反人性不自然的习惯制度"。正是由此出发,周作人等新文学倡导者们进一步引出了批判封建礼教和要求改造社会的主张。学衡派则相反,他们认为正是宗教改革和文艺复兴之后,制裁人性的宗教权威既去,"人律"日晦,物欲横流。为此,要借文学"宣扬与体现人的规律",重新管束人性。由此出发,他们进一步引出的结论,却是主张反躬自责而鄙薄改造社会的动议:"人类善恶二元之天性不易,复不提倡自制之道德,而惟诿过于社会制度之不良,以求于一措手一举足之间,使庄严极乐世界,现于大地之上,则结果未有不堕于浪漫派之失望也。"② 由上不难看出,周作人的主张顺应了近代反封建和追求个性解放的时代潮流,而学衡派强调"求自由中之集中",即主张节制自由,实与相左;这也正是前者的文章产生了巨大影响,而后者的论说却是言者谆谆,而听者藐藐的根本原因所在。

不过,尽管如此,周作人的文章自有其弱点,而学衡派的见解也仍有其长处。例如,周文对文学的定义是"用这人道主义为本,对于人生诸问题,加以记录研究的文字,便谓之人的文学",没有触及文学创作源于生活却又高于生活的自身规律性问题,就不如上述学衡派的定义来得更确切些。同时,周文既强调人的一切生活本能,都是美的善的,应得完全满足,又说人应重内生活,提升精神境界,排斥兽性残余;既说兽性残余必须排斥,又强调兽性与神性的二元一致是人性,实存在逻辑上的欠缺。周文强调应承认

---

① 胡先骕译:《白璧德中西人文教育谈》,《学衡》第 3 期,1922 年 3 月。
② 胡先骕:《文学之标准》,《学衡》第 31 期,1924 年 7 月。

人的本能要求都是合理的,并将"个人主义"定为"人的文学"之本,固然有张扬个性解放的意义,但对于作家为承担社会责任在人生观道德观上所应有的自我约束,无所措意,又不免失之偏颇。在这一点上,学衡派强调作家道德自律和"求为人为文之归一致",显然自有它的积极意义。此外,周文强调"应抱定'时代'这一观念",以此作为文学批评的标准,这也固然是对的,但它复主张对于古代文学"相反的意见","唯有排斥的一条方法";对于中外文学,也"只能说时代,不能分中外",却不免轻忽了文学的传承性及其民族性,失之简单化。周文断言,"中国文学中,人的文学,本来极少",并将《水浒》、《西游记》、《聊斋志异》等都归入应当排斥的"非人的文学",就反映出了这一点。相较之下,学衡派强调"进步是传统的不断吸收与适应"①,无疑更值得重视。从这个意义上说,在主张"人生文学"、"人的文学"上,学衡派与周作人等,存在着互补的一面,这是应当看到的。

二、文言文与白话文

学衡派在文学和人生关系的体认上既与新文化运动倡导者相左,其于后者文学革命的主张,便多持异议。经五四运动的推动,新文学传遍全国,确立了自己不拔之基。迨学衡派兴起,主张白话文反对文言文、主张新文学反对旧文学的文学革命实已过了讨论的阶段,进入了创作发达的时期;但是,学衡派对文学革命仍持批评的态度,并借此进一步展布了自己的文学主张。

新文学运动的一个基本的观点,是以为文言文是死文字,白话文是活文字,并将二者比作希腊古代的拉丁文与英法德各国现行的文字,故主张废除文言文,代之以白话文。学衡派于此不以为然,尤其批评比喻不当。他们指出,希腊拉丁文之于英法德诸国是外国文,除非国亡,人民自然不能不用本国文字作文。文言文是中国数千年相沿的固有文字,如何能视作外国文字与欧洲的拉丁文相提并论?同时,欧洲各国文字认声,中国文字认形,认声的文字必因语言的变迁而嬗变;认形的文字则虽语言逐渐变易,而字体可以不

---

① 吴宓:《文学与人生》,第 76 页。

变。故中国周秦之书至今可读，而英国乔塞的诗，非今日一般英人所能解。拉丁文的死寂，也是因政治影响、民族混淆，使语言文字益加驳杂而变易的结果。例如，意大利所以用塔斯干言为国语，是因罗马帝国瓦解后，政治中心已移，塔斯干的方言渐居重要地位，故有被立为国语的必要。又如，诺曼人征服英国后，贵族上流社会皆用诺曼法兰西语，普通人讲盎格鲁－撒克逊语，其初并无用英语为文。后来是因诺曼人与大陆隔绝，与土著同化，至13世纪末，才渐有近代英语的出现。足见中国之文言文自古一脉相承，至今仍被使用，其与拉丁文绝不可同日而语，它富有活力，并非死文字。胡先骕说："吾国文字衍形而不衍音，故只有蜕嬗而无绝对之死亡。周秦之文距今二三千年，而尚易诵习，至于唐宋之文，则无异时人所作，此正吾国所以能保数千年而不绝之故也。……故拉丁文遂变为死文字矣，吾国文字则不然，清丽流畅之文言文，固犹今日之通用之文字也。"① 易峻也说："吾人以为，苟汉字革命不成功，或中华民族不至灭种，则此数千年来随民族生命文化滋长而来之文言文学，必不至即归于死。吾不知五经四书周秦诸子之文，以及楚辞史记汉书等古文，何以即算了已经死去。"② 在学衡派看来，文言文与白话文自古相伴而行，二者的分别，不在于死与活、古与今，而在于"雅俗之别"。雅俗之辨，任何一国的文字都是存在的，随着教育的发展，文言固然可以渐趋合一，雅俗的差别也可以逐渐缩小，但不可能归于消灭。由是可知，文言文不应当也不可能废除。吴宓甚至动情地表示："有人说文言文即将废除了，我说不然。只要我吴宓在，文言文就废除不了。"③

作为新文学运动的主将，陈独秀当年曾在给胡适的信中谈到白话文成功的原因，他说："常有人说：白话文的局面是胡适之、陈独秀一班人闹出来的。其实这是我们的不虞之誉。中国近来产业发达，人口集中，白话文完全是应这个需要而发生而存在的。适之等若在三十年前提倡白话文，只需章行严一篇文章便驳得烟消灰灭，此时章行严崇论闳议有谁肯听？"④ 陈独秀将

---

① 胡先骕：《建立三民主义文学刍议》，见《三民主义文艺季刊》创刊号，1942年。另参见胡先骕《评尝试集》，《学衡》第1期，1922年1月；《评胡适五十年来中国之文学》，《学衡》第18期，1923年6月。
② 胡先骕：《评文学革命与文学专制》，《学衡》第79期，1933年7月。
③ 刘泽秀：《追念吴宓教授》，见黄世坦编：《回忆吴宓先生》。
④ 陈独秀：《答适之》，《胡适文存》2集卷2。

白话文的成功归因于中国社会的近代化，这是十分客观，也是合乎唯物论的十分深刻的见解。近代中国由传统社会向现代社会转型，不仅造就了工商业的发达和人口的集中，使社会交往和信息传播迅速扩大；更主要的是，它造成了传统等级社会的解纽，从而使社会生活，包括精神文化生活，出现了日趋平民化的倾向。在此种历史场景下，作为人们交往工具的语言文字，终要超越传统士大夫狭隘的圈子，归趋于大众化、国语化，这是无可避免的。从这个意义上说，新文学运动主张以白话文取代文言文，不过是自觉地反映了时代的要求罢了。应当说，学衡派的上述批评不乏合理性，例如，批评新文学运动将文言文归为死文字，有失简单化；将中国的文言文与欧洲的拉丁文相提并论，也不恰当，等等。但是，由于未能把握时代的大趋势，他们的基本判断便不能不步入误区，以至于谬以千里。他们不认文言文与白话文的分别是古今之异，而坚持是雅俗之别，就是如此。他们不懂得，二者在古代社会固然可视为雅俗之别，但雅与俗不是凝固的，而是互动，尤其在近代社会急速转型的时候，富有活力的白话文适应社会需要，由俗上升为雅即国语的地位，文言文则由雅退隐，从而在新时代的基础上形成新的雅俗语言文字格局，是正常的历史现象。此外，学衡派总是担心语言常变，且各地不同，舍字形而以语言为基础，强调文言合一，将导致首足倒置，文字破灭。实则，数千年来，中国语言的变化不可谓不大，全国各地的方言也不可谓不多，但中国的文字却是一脉相承，历久而弥坚。这本身既反映了汉字衍形所具有的稳定性与灵活性高度统一的特色与优长（这本是学衡派自己所肯定的），同时也说明了学衡派的担心是多虑。要言之，学衡派固执雅俗之别、文言之别，就是欲坚持文言文的正统地位，这便不能不与新文学背道而驰。但是，我们需要强调指出的是，长期以来论者都是说学衡派反对白话文，此种提法失之笼统，并不确切。严格说来，学衡派并不反对白话文，而只是反对以白话文取代文言文的主流地位。这虽然有违时代的大方向，但他们在此前提下探讨文言文与白话文的关系，以及中国语言文字的发展，在学理上多有积极的意义。而许多论者却恰恰忽略了这一点。

吴宓在《马勒尔白逝世三百年纪念》一文中，对中国语言文字的改革问题曾作这样的评论："自吾人观之，今日中国文字文学上最重大急切之问题，人人所深切感受觉察者，乃为'如何用中国文字表达西洋之思想，如何以我所有之旧工具，运用新得于彼之材料'。……究竟何人之答案为是，毫不系于此时之争辩喧呶，而纯视将来试验所得之结果，比较选择以为定。此问题易词言之，则可曰：'今欲以中国文字表达西洋之思想及材料，而圆满如意，则应将中国原有之文字文体解放至如何程度，改变至如何程度。'其必须解放，必须改变，乃人人所承认，适可而止之义，亦众意佥同。然其所谓可，所谓最适宜之程度，则今日国中新旧各派作者，千类万殊，各异其辞，各异其法：是故（一）有主用纯粹之唐宋八家古文或魏晋六朝文者；（二）有主张用明畅雅洁之文言，只求作者具有才力，运用得宜，固无须更张其一定之文法，摧残其优美之形质者（《学衡》杂志简章）；（三）有主张用中国式之白话者；（四）有主张非用完全模仿欧西文字句法之白话不可者；（五）有主张废汉字而以罗马拼音代之者。……孰为适中，孰为得当，今难遽断，且看后来。"[①]由是可知，吴宓是肯定了为表达现代人的新思想（"西洋之思想及材料"），中国语言文字有加以改革的必要，不过，他强调，对此种改革度的把握是重要的。现有的各种主张，包括学衡派自己的主张，见智见仁，都无非是一家之言。改革正处在实验的过程之中，孰得孰失，尚需假以时日，让实践来证明。吴宓显然是从学理上来看待现实中的意见分歧，心态是正常的。当然，学衡派普遍是强调文言文较白话文为简洁高雅。刘朴说，平民家有对联，没听说有以"国的恩惠，家的喜庆，人人长寿，年年丰收"，代"国恩家庆，人寿年丰"；以"门前没有车子马匹，屋里有芝草兰花"，代"门无车马，室有芝兰"；以"天地国家祖宗老师的位子"，代"天地国亲师位"的，文言较白话之简洁，省时省言省思可知。[②]徐景铨也说，《红楼梦》写大观园一段，且不论文言十而八九，其中下面一句："一句话提醒了黛玉，方觉得有点腿酸，呆了半日，方憬憬的扶着紫鹃向潇湘馆来。一进院门，只见满地下竹影参差，苔痕浓淡"，仅"竹影参差，苔痕浓淡"八字，写尽潇湘馆景色宜人，色泽浓淡，实非纯粹的白话所能。曹雪芹善用白话，但于此仍不得不借用文言，也正说明了这一点。[③]胡先骕则以为，"用白话以叙说高深之理想，最难剀切简明"，例如，以白话译柏格森的哲学，必不达意，若加入一

---

① 《吴宓诗集》卷末，附录六，"大公报文学副刊论文选集"，第92—93页。
② 刘朴：《与刘弘度书》，《学衡》第11期，1922年11月。
③ 徐景铨：《桐城古文学说与白话文学说之比较》，《文哲学报》1922年第1期。

些典雅字句，却又不是纯粹的白话了。①这些说法自然不免偏见，但学衡派对于白话文也并未一笔抹杀。景昌极说，口语简洁通俗，最易感人，故贾宝玉于心胆俱碎时，对林黛玉脱口而言："你放心"；林黛玉临终直叫："宝玉宝玉你好"，说明了这一点。《孔雀东南飞》一诗，情最深而辞最浅，也说明了这一点②。而易峻对白话文更作了进一步的肯定，他说："白话因其词组织之平易解放，活泼自由，故其表现作用有较文言文之须受法度声律等拘束，为易于骋其奥衍曲折之致，以达其透切深密之旨，而能明白晓畅者，此殆可公认。则以学术思想之随时代进步，愈趋繁复精密，其文字上抒写所适用之方式，亦必使之趋于能繁复精密，以全其功用。白话文适应此种要求而起，亦不能事事否认者也。盖在文言文，为古籍中义蕴深微者，往往煞费训诂考据，而犹未能尽通，此殆即由于古文说理之困难。"③这不啻是在肯定白话文而批评文言文，且与上述胡先骕的见解大相径庭。然而，在文言文与白话文的关系问题上，他们都主张二者分道扬镳，各得其所。胡先骕以为，二者的用法当依为文的性质而定，法令公牍，哲学政治，"或取体制之堂皇，或因涵义之邃密"，俗语白话必不能尽其用，而须用典雅之文言文；如果是小说戏剧，取口吻情态逼真，则又必尽采白话口语。作公牍报章学术文字，须用流畅的文言，至少也必须是"文学的国语"。④易峻也持相类的见解，不过他强调关于科学思想及学理的文字，以及小说戏剧等，宜用白话文，记载之文，当以文言文，而此外关于情感意志一类的文字，"则固非纯粹文言文，不足以正风雅"⑤。当然，在学衡派看来，所谓文言与白话分道扬镳，各行其是，就是保持二者间的雅俗之分即文言文的主流地位。这集中表现在他们诸人提出了发展"新文言"的主张。这在吴宓是主张努力学会用文言去表现新思想，使之臻于通晓流畅。他说，文字的体制可以不变，文章的格调却是可变的，西方新思想初传入，作文者自然有艰难磨阻之感，这是因材料新异，而非文字本身不完全，须由作者共同苦心揣摩试验，"强以旧文字表新理想，

---

① 胡先骕：《中国文学改良论》，《东方杂志》第16卷3期，1919年3月。
② 〔美〕温彻斯特撰，景昌极译：《文学评论之原理》，第123页。
③ 易峻：《评文学革命与文学专制》，《学衡》第79期，1933年7月。
④ 胡先骕：《建立三民主义文学刍议》，《三民主义文艺季刊》创刊号，1942年。
⑤ 易峻：《评文学革命与文学专制》，《学衡》第79期，1933年7月。

必期其明白晓畅，义蕴毕宣而后已"①。这样，苦尽甜来，新格调自成，而文字的体制却能保持不变。说到底，他的所谓"新文言"，就是学会旧瓶装新酒，形成适于表达新思想的文言文的新格调。梅光迪的主张有不同，他主张文言文自身不妨有所变化，这包括有四：一是摒弃某些陈言腐语；二是重新起用某些好的古字，以增强文言的表现力；三是添入新名词，如"科学"、"法政"等；四是吸收白话中某些有意义有美术价值的成分。②在这方面，张其昀的主张最富有弹性，他认为，白话文言属"异质的美"，各有特长，未能偏废，文言自身也当随时代进步。他提出中国需要建设"科学的国文"，他说："欲图国文之进步，必须将俗语、俗文在相当程度之内，加以洗炼，使渐与雅语雅文调和，又须使文字内容不悖于近代思想与科学方法。……用近代思想以求博闻，用科学方法以求贯一，我们相信可以造成'新文言'，就是科学的国文。"③很显然，张其昀所说的"新文言"就是在充分吸收和提炼白话文的基础上，加以改良后的文言文。他的主张自然较吴宓、梅光迪等人远为开放，但既强调"新文言"就是将来中国要建设的"科学的国文"，他也仍然是在坚持文言文的主流地位，这是显而易见的。由是，我们不难理解胡先骕何以这样说："（本人）略知世界文学之源流，素怀改良文学之志，且与胡适之君之意见，多所符合，独不敢为鲁莽灭裂之举，而以白话推倒文言耳。"④景昌极何以也这样说：白话在历史上就与文言并行，并不需要新文学家们来提倡。"现在提倡的人，意在压倒文言，叫从前并行的，变成将来的一尊。这就大大不合理，并且万万办不到。"⑤

所以，如前所述，简单指斥学衡派反对白话文是不准确的，他们是反对以白话文取代文言文，而非反对白话文本身。由于新文学倡导者们所主张的以白话文取代文言文，正代表着历史的大趋势，故他们的"大方向"确是错了。但是，这并不影响我们指出学衡派以下的见解，即便在今天看来，也仍具有自己的合理性。

---

① 吴宓：《论新文化运动》，《学衡》第4期，1922年4月。
② 见《胡适留学日记》四，台湾商务印书馆1980年版，第1008—1009页。
③ 张其昀：《"南高"之精神》，《国风》月刊，第7卷第2期，1935年。
④ 胡先骕：《中国文学改良论》，《东方杂志》第16卷第3期，1919年3月。
⑤ 景昌极：《随便说说》，《文哲学报》1922年第2期。

其一，学衡派坚决反对用拼音文字取代汉字，强调中国衍形表意的汉字，是数千年维护中国统一的宝贵财富。若改行拼音文字，"文字破灭，则全国之人，不能吟意"[1]，为祸实巨。20世纪20—30年代西方"文化遗产"的概念开始传入中国，这一新的观念也使学衡派更加关切中国文化典籍的继承问题：既然中国历史文化遗产多是以文言记录，简单倡言废除文言文，这份珍贵的遗产将怎样继承？胡先骕说，"盖人之异于物者，以其有思想之历史，而前人之著作，即后人之遗产也。若尽弃遗产，以图赤手创业，不亦难乎？"[2]吴宓更进了一步，以为保存文言文不仅是继承古代典籍的需要，且为维护中华民族的凝聚力所必需。他说，"即使认为文言已死，亦必学读文言书籍，方是中国人，方感觉中国之可爱，方知如何爱中国之法"[3]。这显然是针对当时新文学倡导者们的民族虚无主义倾向而发，并非无的放矢。傅斯年在《汉语改用拼音文字的初步谈》中曾这样写道："这是不必讳言的，我们也承认他。中国历史上的文学，全靠汉字发挥他的特别彩色，一经弃了汉字，直不啻旁他根本推翻。……一言以蔽之，拼音文字妨害旧文学的生命，帮助新文学的完成。"为了消除旧文学的影响，干脆主张取消汉字，因噎废食，这显然是荒谬的。罗家伦对胡先骕提出的废文言有碍继承历史文化典籍的质疑，不屑一顾，他反驳说："请问胡君，我们是为人生而有的，还是为考古而有的？"应当说，废除文言文，改行白话文后，古代典籍将如何继承是值得认真对待的重要的现实问题，而非尽可留待后人解决的考古学术研究问题。耐人寻味的是，1923年3月20日的《民国日报》副刊《觉悟》，曾发表了大白的《中等学校底国文教授问题》一文，本刊是著名的倡导新文学的刊物，作者也显然是个主张新文学的人士，但文章却提出了一个关于有必要让中学生学点文言文的建议。作者在文中说："然而还有一个问题，就是中等学校毕业生，应不应该有阅览旧籍和普通一般的仍用文言文出版的报章杂志的能力？"对于后者我们或许可以不管，毕业生都不会看文言文的报章，后者没有了销路，不怕他们不改为白话文，但是，"对于前者，却是一件一时没法的事。因为中国的旧籍繁多，我们决不能于短期间内立刻把彼等

---

[1] 吴宓：《再论新文化运动》，《留美学生季报》1922年第4期。
[2] 胡先骕：《中国文学改良论》，《东方杂志》第16卷第3期，1919年3月。
[3] 吴宓：《劝世人多读正经书》，《国风》月刊，第8卷第6期，1936年。

一律译作语体,那么,中等学生阅读旧籍的能力,即有培养的必要了"。这意味着在过渡时代还有教授文言文的必要。不过,"这并不是主张上的反动,也不是手段上的调和,却是一种达到目的的曲线绕行,正如俄罗斯劳农政府因为受资本主义列强压迫,不能不改行新经济政策,以求达世界革命的目的一样"。但是,有一点必须很清楚:"只是培养有阅读的能力为止",因为要"绝对地应用现代通用的语言,就是活文字;不应该用那现代不通用的死文字"。从大白的这篇文章至少可以提出三点:一是说明了当时一些主张新文学的人士也已感觉到,为了继承文化典籍,有培养青年一代具备阅读文言文能力的必要,即文言文不可以尽废。二是作者的建议无疑是正确的,迄今在中学语文课本中古文仍占有相当的分量,就足以说明了这一点。但其时作者提出这样一个正确的建议,却需小心翼翼,一再声明自己并非反动和调和,而且目的是极其有限和暂时的,这说明确实"左"得厉害。陈独秀曾明确表示在文言文与白话文关系的处理上绝不容讨论,显然失之绝对化。三是学衡派提出上述的见解,不仅是合理的,而且表现出了正直学者的勇气。

其二,学衡派认为,文言文本身并非一成不变的,在历史上它也曾吸收了白话文,故各代的文言文不尽相同。唯其如此,有时文白相杂,实不易分清。如《水浒传》"把荷叶来包了"句中"把"、"来"、"了"三字自是白话,而《刺客传》中"左手把其袖"中的"把"字,《离骚》"来吾道乎先路"中的"来"字,韩愈与人书"不如隋间而之易了"的"了"字,却又是文言了。[①]故他们不仅主张文言文当吸收白话,而且以为文言文确有简洁典雅的优点,白话文的发展也需要从文言文中吸收养料。吴宓说"即使自己专写白话,亦必兼通文言"[②]。这与章太炎所说"白话亦多用成语……白话意义不全,有时仍不得不用文言"[③],是相通的。论者往往将之视作守旧者的退而求其次的托词,而轻忽了它的合理性。其实,主张新文学的朱经农在给胡适的信中就曾提出了同样的意见,他说:"所以我说文言有死有活,不宜全行抹杀。我的意思,并不是反对以白话作文,不过'文学的国语',对于'文言''白话'应该并采兼取而不偏废。其重要之点,即'文学的国语'并非'白话',

---

[①] 吴宓:《与刘弘度书》,《学衡》第11期,1922年11月。
[②] 吴宓:《劝世人多读正经书》,《国风》月刊,第8卷第6期,1936年。
[③] 章太炎:《白话与文言之关系》,《国风》半月刊,第6卷第9、10合期,1934年。

亦非'文言'，须吸收文字之精华，弃却白话的糟粕，另成一种'雅俗共赏'的'活文学'。……我所以大胆说一句：'主张专用文言而排斥白话，或主张专用白话而弃绝文言，都是一偏之见。'"①五四后的某些主张新文学的人士强调："必须相信白话是万能的"，"决不要文言来帮助"，"我们必须十分顽固，发誓不看古书，我们要狂妄的说，古书对于我们无用，所以我们无须学习看古书的工具——文言文。"②这固然包含着矫枉必须过正的考虑，但无论从学理还是从实践上看，显然都是不正确的。从今天看，毫无疑问，白话文取得了完全的成功，但谁也不能否定此种成功正包含着对文言文养料的积极吸取。包括陈独秀、胡适、鲁迅、周作人在内，近代著名的文章高手无不具有深厚的古文的底蕴，很能说明这一点。吴晗等老一辈学者且曾反复劝告青年学生，要想提高自己文字的修养，须先背诵数十篇古文垫底。他们显然是肯定文言文不尽是死文字，积极地加以借鉴和吸收将大有益于中国语言文字的发展。

其三，吴宓说只要自己在文言文便不会废除，这自然是情绪化的说法，却也包含着一定的合理性。从今天看，白话文是成功了，但是，文言文是否就被"废除"了呢？如果废除的概念仅仅是指白话文成了国语，文言文失去了传统的正统与主流的地位，那么文言文确实是被废除了；如果废除的概念是指被废止，那么就应当肯定文言文迄今是日渐退隐了，但确实并未被废除。1919年底，蔡元培在北京高师作"国文之将来"的演讲，他说：我敢断言白话文一定占优胜，但文言是否绝对地被排斥，还是一个问题。"照我的观察，将来应用文，一定全用白话。但美术文，或者有一部分仍用文言。"③他预见到白话必然要取代文言的主流地位，但又相信文言仍有自己的价值，尤其在美文方面将发挥长久的作用。1934年钱锺书曾谈到随着时间的推移，文言文与白话文之争，双方渐趋冷静与客观。他说："抑弟以为白话文之流行，无形中使文言文增进弹性（Elasticity）不少，而近日风行之白话小品文，专取晋宋以迄于有明之家常体为法，尽量使用文言，此点可征将来二者未必无由分而合之一境，吾侪倘能及身而见之与？"④在钱锺书看来，文言文不仅

---

① 见《胡适文存》1集卷1，《答朱经农》一，"原书"。
② 茅盾：《进一步退两步》，《茅盾文艺杂论》上集，上海文艺出版社1981年版，第171页。
③ 高叔平编：《蔡元培全集》第3卷，第358页。
④ 钱锺书：《与张君晓峰书》，《国风》半月刊，第5卷第1期，1933年。

没有死,而且因白话文的流行反而有了新的活力,他认为二者的进一步融合将是中国语言文字发展的大趋势。我们由是上述蔡、钱二人的论说中,可得到启发,提出三点:一是今天半文半白的文字还相当普遍地存在着,其中尤以诗词戏剧与文史学术论著为甚,这是不是也反映了蔡元培所说的文言不可能被绝对排斥和钱先生所说的文言的弹性?二是陈寅恪、钱锺书、钱穆等不少著名的老一辈学者甚至终身坚持用文言写作,包括毛泽东在内的许多人,他们主要以白话文写作,但在书信中或在特殊场合又时常用文言,这是否反映了学衡派提出的,因文的性质不同,文白可以各行其道,确有自己的合理性?三是可以预见随着老一辈学者的凋零,会写文言文的人将日趋减少,但相信上述第一种情况将会长期存在。果真如此,钱先生所谓文白二者将来"未必无由分而合之一境"的判断就是正确的,而文言也将因自己不断融进了白话文的发展而延续自己的生命。赵朴初先生曾经指出:"文言文实际还在用,像报纸上的一些标题",如"抗美援朝,保家卫国","一对夫妻一个孩子","绿化祖国"等即是。当代的一位学者因之进而评论说:"文言语法之生命力极强,其长可补白话文之短,于丰富现代语言有重要作用,至今仍是中华语言的组成部分,其未死,亦不可能死。文言文是宝贵的文化遗产,今人当正确待之。"①这应当说是对的。

学衡派不仅于文白关系的主张在学理上有自己的合理性,而且在实践上也并不完全排斥白话文。1932年1月11日的《大公报·文学副刊》第209期就曾声明:"对于中西文学,新旧道理,文言白话之体,新旧写实各派,亦及其他凡百分别,亦一例平视,毫无畛域之见,偏袒之私,惟其为归,惟其真是求,惟善是从。"②本刊确也发表过一些白话文的文章。《时代公论》1922年第4、6、113号上分别发表的柳诒徵的《唤起民众》、《教育民众》和景昌极的《政论平议》诸文,都是白话文。吴宓在主编《大公报·文学副刊》的同时,为《大公报》办的《国闻周报》文艺译稿作校改,用的也是白话文。他为《每周妇女》撰写的《文学与女性》一文,同样是白话文。③吴

---

① 钱世明:《拥凤斋闲话钞》,《光明日报》1999年5月13日。
② 参见《第五年之本副宗旨体例不改,内容材料尽力求精》,《大公报·文学副刊》第209期,1932年1月11日。
③ 《吴宓日记》第5册,1928年8月20日,第113页。

宓还公开声言,拟撰的长篇小说《新旧因缘》,将用白话文。他在《介绍与自白》中说:拟撰《新旧因缘》,"文体拟用中国式之白话,采取西文之情味神理,而不直效其句法,亦不强纳其词字,总之,力求圆融通适,而避烦琐生硬"①。尤其值得注意的是,吴宓对陈诠的白话小说《天问》称赞不已,其中所极力肯定的优点之一就是"文笔之流利",他说:"本书文笔简炼,虽系白话,毫无费辞,而且凝炼而迅疾,真合叙事之文,至重要关头,则字字句句皆是表现事实与动作,无冗词,无软语,无泛义,无弱态。"②这无异于将自己先前认定白话文的毛病在冗长,不如文言文简洁典雅的成见放弃了。所以,钱锺书先生的说法是客观的,他以为随着时间的推移,事过境迁,吴宓诸人对于白话文的看法实已有了很大的改变,"气稍释而矜稍平"。他说,"即吴师雨僧力挽颓波,而近年来燕居待坐,略窥谈艺之指,亦已于'异量之美',兼收并蓄,为广大教化主矣"③。

三、旧文学与新文学

胡适谈到早在1915年夏在美国的绮色佳时,自己就已开始与任鸿隽、梅光迪诸人讨论中国的文字问题。他强调说,"从中国文字问题转到中国文学问题,这是一个大转变"④,文学革命的口号也就是在这时提出来的。从倡言以白话文取代文言文,到主张以新文学取代旧文学,确实反映了新文学思想合乎逻辑的发展。胡适诸人主张文学革命的中心观念,"如果用一句话来概括,就是用现代人的语言来表现现代人的思想,现代人的语言是白话文,现代人的思想就是民主、科学以及后来提倡的社会主义"⑤。新文学运动顺乎历史潮流及其成功是毋庸置疑的,但是,由于包括胡适在内新文学倡导者们在提出自己的命题时,无可讳言,存在着简单化的倾向,所以也加剧了争论的激烈程度。学衡派延伸自己关于文言与白话问题的理路,对新文学运动提

---

① 吴宓:《介绍与自白》,《国风》月刊,第8卷第6期,1936年。
② 吴宓:《评陈铨天问》,《大公报·文学副刊》第46期,1928年11月19日。
③ 钱锺书:《与张君晓峰书》,《国风》半月刊,第5卷第1期,1934年。
④ 胡适:《四十自述·逼上梁山》,见吴奔星等编:《胡适诗话》,四川文艺出版社1991年版,第557页。
⑤ 王瑶:《在东西古今的碰撞中·序》,中国城市经济社会出版社1989年版。

出批评，同样于学理上并不失自己的立场。

胡适等人强调，白话文是活文字，文言文是死文字，故用白话文写的文学是活文学，用文言文写的文学就是死文学。胡适在《建设的文学革命论》中写道："我曾仔细研究，中国这二千年何以没有真有价值真有生命的'文言的文学'？我自己回答道：'这都因为这二千年的文人所做的文学都是死的，都是用已经死了的语言文字做的。死文字决不能产生活文学。所以中国这二千年只有些死文学，只有些没有价值的死文学。'""简单说来，自从《三百篇》于今，中国的文学，凡是有一些价值，有一些生命的，都是白话的，或是近于白话的。其余的都是没有生气的古董，都是博物院中的陈列品。"①胡适主张白话文学将取代文言文学，成为代表中国文学发展方向的新文学，这是对的；但他用"死文学"、"活文学"去界定旧文学、新文学，文言文学、白话文学，将中国传统文学全盘抹杀了，却是失之简单化和武断。张荫麟在《评胡适白话文学史（上卷）》中，在肯定了本书的主要贡献后指出，胡适将白话界定为：戏台上说白的白；清白的白；明白的白，并谓依这三条标准，《史记》、《汉书》里也有许多白话。"吾人观此定义，其最大缺点，即将语言学上之标准与一派文学评价之标准混乱为一。"②朴素与华锦，浅显与蕴深，其间是否可有轩轾之分，可不置论；但是，依胡适的定义，用文言之文法及词汇为主，而浅白朴素的文字，可包括之于白话，然而用语体也可为蕴深或有粉饰之文笔，我们是否将不认其为白话文呢！按胡适的逻辑，其所谓的白话非与文言相对待，而应是活文字与死文字相对待，所以，他的书名也当改为《活文字文学史》才是恰当的。简言之，张荫麟是认为，胡适对于新旧文学的武断源于方法论上的失误，他将语言学上的标准，即将通俗浅显与否，当成了文学批评的标准。张荫麟不愧为具有哲学家头脑的著名史学家，他的这一批评是十分尖锐和深刻的。对于胡适在思想方法上的失误这一点，同样主张新文学的胡梦华也看到了，而且批评同样是十分尖锐的，他说，提倡白话文学是可以的，但是，"如果因为提倡了白话的诗，因而就用白话的标准去估量诗词歌曲的价值，以为白话化的程度越高，这作

---

① 《胡适文存》1集卷1。
② 张荫麟：《评胡适白话文学史（上卷）》，《大公报·文学副刊》第48期，1928年12月3日。

品的价值越大,那就失去了评量艺术的正当的态度了"①。这就是说,文言文学可以被白话文学取代,但这因时代更替而发生的文学转型,并不能动摇几千年中国古代文学自有的价值。同时,学衡派从另一角度提出的批评也是有说服力的。他们认为,文学的死活不在于新旧而在于其自身是否有价值,希腊、罗马时代的荷马、苏格拉底、柏拉图诸贤的著作,都是用古文字写成的,能说它们是死文学?同样,四书五经周秦诸子以及楚辞史记汉书等古文,李杜元白之诗,韩柳欧苏之文,以及宋元各家之词曲,都是二千年来文采皇皇的旧文学,又何以能说是死了?故缪凤林说:将旧文学皆斥为死文学是不对的,"岂知文学之可贵端在其永久性,本无新旧之可分。古人文学之佳者,光焰万丈,行且与天土壤共存"②。胡适的朋友朱经农也提出了同样的问题,他在给胡适的信中提醒后者,古人所作文言作品如《左传》、《史记》,也有"长生不死"的。胡适这样回答说:我也承认《左传》、《史记》在文学史上有长生不死的位置,但这种文学是少数懂得文言的人的私有物,对于一般通俗社会便同死的一样。《左传》、《史记》在"文言的文学"里是活的,在"国语的文学"里,便是死的了。③胡适显然是在取巧,没有正面回答问题。其偏激与固执,可见一斑。

可以说只要仍满足于用"死文学"、"活文学"来解说新文学,胡适就难以摆脱不能自圆其说的困窘,这是他的新文学思想尚不成熟的反映。迨胡适发表《历史的文学观念论》,明确提出:"一时代有一时代之文学,此时代与彼时代之间,虽皆有承前启后之关系,而决不容完全钞袭;其完全钞袭者,决不成为真文学。愚惟深信此理,故以为古人已造古人之文学,今人当造今人之文学"④,则反映他的新文学思想已趋于成熟。他超越了以"活文学"、"死文学"判分新旧文学的简单化和武断,使自己的新文学主张建立在了历史进化观念的基础之上,从而愈加清晰地表现出了可贵的历史洞察力。"历史的文学观念"成了新文学运动真正不摇的基石。学衡派也看到了"新派文

---

① 张荫麟:《整理旧文学与新文学运动》,《学灯》第5卷第2册第10号。
② 缪凤林:《文德篇》,《学衡》第3期,1922年3月。
③ 胡适:《答朱经农》,《胡适文存》1集卷1。
④ 胡适选编:《中国新文学大系·建设理论集》。

学之原理"即在于"历史的文学观念"①。但是,他们于此仍存不同的看法。

在学衡派中,胡先骕、易峻和吴芳吉对于"历史的文学观念"的批评最为集中。胡先骕认为,事物历时变迁固是常理,但不能概谓凡有递嬗,都属进化。例如,生物由单细胞的原虫动物进而为人类,是进化;电子的构成,自原子量之轻如氢气之原子,到重如镭子的原子,原子构成自含少量之原子,如水之分子,到含数千原子如蛋白质之分子,是进化;至于星球与太阳,由星之凝结而成,地球凝结而成山海,风水剥蚀火成岩复变为水成岩,只能叫变迁;社会组织由酋长部落制到封建,终为帝国,是进化;但是,由古昔的峨冠博带,到今天的短衣窄袖,却是变迁。误解科学,滥用进化,必然引起思想的混乱。文学的发展属变迁而非进化,这只要看看从唐至清千多年,诗人未有能胜于李白杜甫者;自17世纪至今,英国诗人未有能胜于莎士比亚、弥尔顿者,就足以说明这一点。②易峻将胡先骕的观点作了进一步的发挥,他指出:胡适讲"文学的历史进化观念","一代新文学事业,殆即全由此错误观念出发焉"。历代文学之流变,只是"文学的时代发展",怎能牵强附会成"文学的历史进化"?要言之,"文学之历代流变,非文学之递嬗进化,乃文学之推衍发展;非文学之器物的替代革新,乃文学之领土的随时扩大;非文学为适应其时代环境而新陈代谢,变化上进,乃文学因缘其历史环境,而推陈出新,积厚外伸也"。文学是情感与艺术的产物,其本质无历史进化的要求,而只有时代发展之可能,这与生物为适应环境求生存而有进化的要求不同。"文学则惟随各时代文人之创作冲动与情感冲动,及承袭其先代之遗产,而有发展之弹性耳,果何预于进化与退化哉!"易峻强调历代文学流变虽是历史发展的常态,却不合历史进化规律。历史进化必有其条贯系统、厘然完整的步骤,一如生物进化莫不一线相承,端绪清晰。但文学的流变却非如此,如古诗变而为律诗,律诗的格律却较古诗为严格,既谓文学趋于解放,何以此处又认"开倒车"为进化呢?"其理论矛盾类如此"。再者,所谓进化必是后优于前,如生物进化上人优于猿,猿优于其他兽类。然而,文学的流变,却不便说戏曲优于词,词优于诗,而五言优于骚,骚又优

---

① 吴芳吉:《三论吾人眼中之新旧文学观》,《学衡》第 31 期,1924 年 7 月。
② 胡先骕:《文学之标准》,《学衡》第 31 期,1924 年 7 月。

于三百篇。故所谓"历史进化的文学观念",实"为不可通之论"。①

吴芳吉同样认定胡适的"历史的文学观念"大谬不然,以为这是新文学倡导者们步入误区的起点:"新派之陷溺由此始。"他说,通观文学史,文自二典之后而有群经,而后有诸子,有两京,有六朝,有八家,看似进化;诗三百篇后有辞、乐府、古诗、近体,而词之后有曲,也看似进化;"然文之奇者,无过于周秦,诗之雅者,莫高于唐宋,周秦以后未尝无文,要皆祖述于彼也。唐宋以后未尝无诗,要当取则于此也。果有进化,胡为至是而称极耶!"旧派又相信文学是退化的,因主复古,同样大谬不然。文学果为退化的,但有歌谣已足,后世何必为文密于三代?复古是不可能的,李、杜已往,其文即便依样复出,也无补于世。"人贵自立,岂在依附古人为与,是退化之说又未为信也。"诗初起并无格调之异,两汉后古风行,齐梁后近体作。古风近于自然而失之平易,近体擅于工整而失之雕刻。"孰为进化也与,孰为退化也与?"文之初起并无体制之异,六朝骈文炽,中唐古文盛,骈文美丽而弊在淫俗,古文质朴而弊在率直,"孰为进化,孰为退化也与?"所以,吴芳吉认为,文学是无所谓进化与退化的,"文学乃由古今相孳乳而成也",如父之生子,子实依父,然父不必贤于其子,子不必肖于其父。文学亦然,古人不必胜于今,今人不必不如古人。后生诚可畏,但是若谓己有超越四书五经及施、曹小说之上者,实不足信。"盖惟倡言进化,乃可妄谓后世之文必胜于前,谓后世之文必胜于前,乃可判断旧者皆为陈死。知旧者皆为陈死,乃可大张文学革新之议,而后新派始有立定脚跟之处,故曰新派必终以进化之说为至当不易者。"

与胡先骕、易峻仅强调文学的发展是变迁而非进化不同,吴芳吉还进一步提出了自己的"文心"说。他说:"新派之陷溺由此始矣,盖只知有历史的观念,而不知有艺术之道理也。夫文无一定之法,而有一定之美。过与不及,皆无当也。此其中道,名曰文心。"所谓文心,实指文学创作的客观规律和作者对于美的追求。吴芳吉认为,文心的作用,如轮有轴,轮行则轴与俱远,轴之所在终不可易。如秤有锤,秤有轻重,则锤与俱移,所止不同,终持其平。古今之作者千千万,其文章的价值各异,所以能衡优劣、别

---

① 易峻:《评文学革命与文学专制》,《学衡》第 79 期,1933 年 7 月。

高下，即在于有文心。"盖文心者，集古今作家经验之正法，以筑成悠久之坦途，还供学者之行径也。故作品虽多，文心则一，时代虽迁，文心不易。欲定作品之生灭，惟在文心之得丧，不以时代论也。"例如，唐虞时代最称治，但击壤衢云之歌，不足称伟大；最乱莫过于六朝，但蓬莱文章，唯如小谢称清发；名义至顺莫如今时民国，但谁信今之文章已大成？新派所谓周秦有周秦的文学，实指周秦人创作的文学，有能合乎文心之妙。故能入文心深处，合乎文心之妙，作品自然永存。后人以其出于某时某代，便称是某时某代的文学，"此本庸妄之见，非识者之言也"。文周孔孟，班马左庄，韩柳欧曾，李杜苏黄之流，超越万世，岂可以时代限！不过，吴芳吉强调我们所以要取千百年前的作品为楷模，不是为了再起古人，而是因为其间确有可资借鉴者在。其作品之文心历久不改，温故可以知新。新派囿于历史观念，加以抹杀，而谓古人有古人的文学，今人有今人的文学，实为妄自尊大。吴芳吉又谓文心为物，非神圣不可易，相反，以人以时以用，文心又未尝执一。不过，这不同于新派所谓的历史观念，而是含帆随湘转，望衡九面，横看成岭侧成峰之意。"惟文心之不易也，故永世可以会通；惟文心之至易也，故因宜而就其方便。"[①]信如新派所说，一代有一代的文学，则后代所以异于前代，并非历史观念之异，而是文心之异。

毫无疑问，学衡派多为归国留学生，尤其是胡先骕本身还是研究生物学的专家，他们与胡适诸人一样都是确立了近代进化论的世界观；然而，他们却不赞成"历史的文学观念"，或叫"历史进化的文学观"。这显然不能简单斥之为顽固守旧，而要看到他们有自己的逻辑。我们从上述不难看到，胡先骕诸人肯定文学的历史发展，但他们很谨慎，只用这样的词汇来表述："流变"、"变迁"、"推衍发展"、"因古今相孳乳而成"、"因缘其历史环境而推陈出新"、"随各时代文人之创造冲动与情感冲动及承袭其先代之遗产而有发展之弹性"，等等；同时，他们反对用这样的词汇来表述文学的发展："递嬗进化"、"替代进化"、"适应其时代环境而新陈代谢，进化上进"，等等。从这种分别可以看出，他们强调文学的发展具有自身的规律性，即吴芳吉所谓的"艺术道理"或"文心"。其中突出两点：一是文学发展的内在传承性。

---

① 吴芳吉：《三论吾人眼中之新旧文学观》，《学衡》第31期，1924年7月。

易峻说,"古今中外虽殊,而人事之共相,仍至繁赜,尤以文学为表现情感与艺术之物,事多为古今人生之所共通"①。学术发展正赖有长远的历史根基为源泉,因时制宜不等于谓旧者须全然废弃,新者须彻底创新。文学是在历史上发展的,但此种发展体现为推衍、变迁、孳乳、推陈出新,即表现出很强的传承性,而非表现为简单的革命即弃旧图新;吴芳吉则谓"盖文心者集古今作家经验之正法,以筑成悠远之坦途,还供学者之行径也"。"作品之文心历久不改,又必温故而后有验故也。"② 二是文学发展的非线性。他们强调生物的进化是表现为由单细胞向多细胞、由低级向高级的线性发展,但是,文学的发展却具有非线性的特点,而非后必胜前。先秦之文、盛唐之诗、宋元之词典,皆达到历史的高峰而为后人所难企及,集中反映了这一点。质言之,他们强调尊重文学艺术发展的自身规律和继承文学遗产的重要性,这些无疑都具有积极的意义。达尔文的进化学说原是用以阐释物种进化的一种理论,后人将之移植用以解说人类的社会历史现象,形成社会进化论,一种进步的历史观,自有它的积极意义。尤其在近代中国,它成为国人摆脱"天不变,道亦不变"传统循环论的历史观,提供了有力的思想武器。但是进化论毕竟不是科学的历史观,借之诠释表现人类复杂的情感与审美世界的文学现象,更难免方枘圆凿。文学史的分期与一般历史的分期并不完全同步,"文学进化"、"文学革命"的提法也确实并不科学,易于造成对文学现象的误解,胡适对于中国戏剧的轻率否定,就反映了这一点。他在《文学进化与戏剧改良》中说:文学进化,每经一时代,"因人类守旧的惰性",往往要留下过去时代的"纪念物"即"遗形物","如男子的乳房,形式虽存,作用已失;本可废去,总没废去,故叫做'遗形物'"。就戏剧论,"本可以废去曲词全用科白了,但曲词终不曾废去",便是"遗形物"。此外脸谱、嗓子、六步、武把子、唱工、锣鼓、马鞭子、跑龙套等皆然,而有人却将之当成中国戏剧的精华,"这真是缺乏文学进化观念的大害了"③。学衡派上述见解有助于深化人们对文学现象的理解和避免简单化的倾向。这是应当给予充分肯定的。但是,与此同时,也必须指出,作为观念形态的文学终究是一定历

---

① 易峻:《评文学革命与文学专制》,《学衡》第 79 期,1933 年 7 月。
② 吴芳吉:《三论吾人眼中之新旧文学观》,《学衡》第 31 期,1924 年 7 月。
③ 《胡适文存》1 集卷 1。

史阶段的社会政治经济的反映,从这个意义上说,历史是发展进化的,反映社会历史的文学自然也是发展进化的。固然,古往今来,人们的情感世界和对于美的追求有其相通之处,这也是今人所以能够欣赏古人作品,体察其喜怒哀乐的基础;但是,因时代不同,生活方式的差异,古今人的审美情趣及其表现形式终究是不同的,唐代妇女以胖为美,今天的中国妇女却热衷于减肥,就反映了这一点。因之,胡适诸人揭出"历史的文学观念"又毕竟是深刻的,也是正确的。至应当怎样正确理解文学的发展进化而避免简单化,这是另一层面的问题,不能因噎废食。学衡派的失误在于强调后一层面的问题而抹杀了更为根本的前一层面的问题,尽管他们于后者的见解不无合理性。此外,平心而论,学衡派的上述论说既肯定文学是随着时代环境的变化而推陈出新,文学是不同时代的文人创作冲动与情感冲动的产物,人们对于"文心"即创作规律与美的理解因时代的不同而不同,这在事实上也就已经蕴含或肯定了"历史的文学观念"。景昌极且这样说:"民族之精神有变时,则文体亦将随之而变,唐以诗盛,宋尚之以词,而元又以曲胜,皆缘一时民族好尚而然也。"① 他们之所以对新派提出的这一概念深闭固拒,尤其是对"文学进化"和"文学革命"的提法深恶痛绝,除了确实担忧人们轻忽"艺术道理"和具有自己一定的学理根据之外,恐怕更多的还是源于钟爱旧文学的情结。因为承认了"历史的文学观念",尤其是"文学进化"、"文学革命"的提法,就等于承认了白话文学必然取代文言文学,成为中国新文学发展的方向(至少在理论和逻辑上是这样),对此他们的心里是很难平衡的。所以,吴芳吉才这样嘲讽说:"盖惟倡言进化,乃可妄谓后世之文必胜于前;谓后世之文必胜于前,乃可判断旧者皆为陈死;知旧者皆为陈死,乃可大张文学革新之议,而后新派始有立定脚跟之处。故曰新派必终以进化之说为至当不易者。"而易峻也说得很直率:说白话文学是适应现代学术思想的新产物,承前代文学发展为今后文学开拓一殖民地,无不可;"若必以其为随时代进化而来之今所专用之新文学,以其为文学界之唯一途径,则为不可通之论"②。真理再往前走一步,便会成为谬误。学衡派不赞成将文学史简单归结

---

① 〔美〕温彻斯特撰,景昌极译:《文学评论之原理》,第 107 页。
② 易峻:《评文学革命与文学专制》,《学衡》第 79 期,1933 年 7 月。

为文学进化史，自有合理性；但却不能否定"历史的文学观念"的正确性。令人遗憾的是，情感压制了理智，它使学衡派不无道理的文学观最终发生了错位。

但是，需要指出的是，学衡派对于新文学的看法前后有很大的变化。1923年吴宓在《学衡》第15期上发表《论今日文学创造之正法》，明确表示白话文学不如文言文学，文学创作应以后者为正法。他说，"比较观之，可知为适中合用计，则古文体实远出其他二体之上，而为今日作文者所宜奉为规范者也"，"故不取白话及英文标点等之怪体"。但不久其观点便渐渐有所变化。20世纪20年代中期杨振声的小说《玉君》风行一时，好评如潮，这是有影响的新文学作品。吴宓于1925年《学衡》第39期上发表《评杨振声〈玉君〉》一文，其中说："愚意此书作者敢为长篇，注重理想，以轻描淡写，表平正真挚之情，又能熟读石头记等书，运用中国词章，故句法不乏整炼修琢之美，文体亦有圆转流畅之致。就此诸端而论，《玉君》一书，在今世盛行之欧化文法短篇写实小说中，实为矫然特异，殊有可取。"尽管吴宓认为小说批判礼教不出寻常新派学生的见解，文法词句也未脱时派欧化的痕迹，仍不免成见，但对这本新文学作品无疑是作了积极的肯定。这与他在《论今日文学创造之正法》中所持观点，显然已有很大的不同。但更值得重视的是，1933年4月10日吴宓在《大公报·文学副刊》第275期上发表的书评《茅盾著长篇小说：〈子夜〉》。茅盾是新文学的健将，所著《子夜》更是公认的新文学扛鼎之作，不仅如此，茅盾本人还是其时学衡派的主要批评者，但吴宓的书评却对《子夜》作了高度的评价。吴宓认为，《子夜》是一部杰出的小说，"至少在最近吾国贫乏之文艺界中尚未闻有他书可与此抗衡者也"。他指出，此书的突出优点有三：其一，"此书乃作者著作中结构最佳之书"。作者的作品素以表现现代中国社会的大变动著称，但最初的三部曲，虽有佳处，在通篇的结构上却不免有零碎之憾，而现在的《子夜》有了很大的进步，"而表现时代动摇之力，尤为深刻，不特穿插激射，且见曲而能直、复而能简之匠心"。其二，"此书写人物之典型性与个性皆极轩豁，而环境之配置亦殊入妙"。其三，"茅盾君之笔势具如火如荼之美，酣姿喷薄，不可控搏，而其微细处，复能宛委多姿，殊为难能而可贵。尤可爱者，茅盾君之文字系一种可读可听近于口语之文字"。在这里，吴宓诚心诚意也是客观地肯定了白话文小说取得了巨大的成功,早年所谓的"创造之正法"云云,固已自弃,即在《评杨振声〈玉君〉》一文中所抱成见,亦不复存在了。文章最后有这样一段话:"吾人始终主张近于口语而有组织有锤炼之文字为新中国文艺之工具。国语之进步于兹亦有赖焉。茅盾君此书文体已视'三部曲'为更近于口语,而其清新锤炼之处,亦更显者,殆所谓渐近自然者,吾人尤钦茅君于文字修养之功力也。"吴宓固然对于《子夜》成就及其作者的文学修养钦佩之至,更重要的是这句话:"吾人始终主张近于口语而有组织锤炼之文字为新中国文艺之工具。国语之进步于兹亦有赖焉",不啻公开承认了:近于口语的白话文学将成为新中国文学创作的主流,国语自然也当以白话为基础。吴宓的此篇书评采用了新式标点,而其时《大公报·文学副刊》也已开始刊登白话文作品。如前所述,吴宓还曾表示自己拟撰的长篇小说《新旧因缘》,将采用白话创作。所以,由是观之,如果我们上述理解不错的话,这也说明了在新文学根本的问题上,吴宓为首的学衡派实与新文学家们趋同了。

同时,还应当看到,学衡派终究是学有根底的学者,他们对于某些具体文学现象的见解虽然仍不免与新文学倡导者们立异,却不乏真知灼见。例如,关于文学中的模仿与创造的关系问题,就是如此。胡适在《文学改良刍议》中提出有名的"八不主义",其中第二条就是主张"不模仿古人"。更有激烈者径斥模仿是奴性的表现。究竟应当怎样看待文学中的模仿与创造的关系,便成为学衡派所关注的问题。吴宓等人认为在学习文学创作的过程中,不能笼统反对模仿或绝对反对模仿古人。模仿不仅是人的天性,同时也是学习文学创作的起点。古今中外的大作家,没有一个不曾经历过早年模仿前人的阶段。在学衡派看来,说文学需要模仿有两层含义:一是模仿生活。文学家笔底何以能曲绘人情,人曰天才,但所谓文学的天才正在于他善于观察生活,表现生活。"而当其表现最精密之时,几无事无物不模仿实际之人,以求与之融合而后快。"[①]尽管文学作品最终所反映的生活要较实际生活来得更高更集中,但它的起始或前提无疑是源于对现实生活的模仿;二是模仿前人。吴宓举自己早年读书作文的例子说,《国文读本》第二篇题目是《说山》,当时的先生就出了个题目《说海》,让学生作文。我由是学得

[①] 《吴宓自编年谱》,第63页。

了"套文"之法,"即袭用某一篇的层次,章法(结构),而装之我之意思,材料(内容),即所谓'创造的模仿'与'旧瓶、新酒'是也"[1]。说到底,模仿就是学习。固然,模仿不是目的,也不等于创造,但是,创造却须始于模仿。一个人能否最终超越模仿,进于创造,在很大程度上取决于他的学识与功力,故绝对反对模仿古人是片面的观点。吴芳吉说:"由模仿而创造,由创造而树立,其致力也固未可以跃等。人生既至不齐,故有仅至第一步之模仿而止焉者,亦有进至第二步之创造而止焉者,亦有初能模仿,继能创造,卒能树立为一家者。……吾人以为模仿不可不有,又不可不去。不模仿,则无以资练习;不去模仿,则无以自表现。此二者皆不可以为教,致使人固执而易失其真。"[2]学衡派将为文的过程归结为模仿、融化、创造三个阶段。吴宓说:"文章成于模仿,古今之大作者,其幼时率皆力效前人,节节规抚。初仅形似,继则神似,其后逐渐变化,始能自出心裁,未有不由模仿而出者也。"[3]模仿的目的在于创造与超越,它不是消极的而是积极的,故吴宓提出了"创造的模仿"的概念。胡先骕将在模仿基础上的创造,形象地比作"脱胎"。缪凤林则将模仿与创造的关系,进一步说成是"因"与"创"的统一:"因者,取前人之经营以为本也;创者,温故知新,而益扩充前人之经营也。有因而无创,则极其能事,不过古人之再见;有创而无因,则虽在天才,亦必空疏而无当,因创兼具,始能有真正之贡献。"[4]很显然,缪凤林已将模仿与创造的关系问题进一步引申到了文学的继承与创新更深的层面。胡适诸人提出"不模仿古人",这在当时自有其反传统积极的意义,但是提法终究有失简单化。在文学创作中,无论怎样的天才都不可能凭空创造,而无视对于前人的模仿、学习或叫借鉴、继承。毛泽东曾谈到,《诗经》一直是中国诗人模仿的样本。他说:"是的,可以说《诗经》中的诗歌对后来每个有思想的诗人都产生过影响。……我们可以回顾一下那些不仅理解,而且试图模仿这种古代诗学的人。他们模仿的不仅是它的修辞特点,而且继承了《诗经》

---

[1] 刘永济:《论文学中相反相成之义》,《学衡》第15期,1923年3月。
[2] 吴芳吉:《再论吾人眼中之新旧文学观》,《学衡》第21期,1923年9月。
[3] 吴宓:《再论新文化运动》,见陈崧编:《五四前后东西文化问题论战文选》,第529页。
[4] 缪凤林:《答梦华君》,《学衡》第4期,1922年4月。

中民间创作的内容实质。"① 此外，李白是大诗人，人所共知，他的《鹦鹉洲》是模仿崔颢的名篇《黄鹤楼》而作的，不甚满意，于是再作《登金陵凤凰台》。这首诗虽仍有模仿的痕迹，却是成功之作，在意境上已较崔诗更胜一筹。不唯如此，更耐人寻味的是，被李白当作超越目标的崔颢的《黄鹤楼》诗，原来也是模仿和最终超越了沈佺期的《龙池篇》的力作。故现代文学史家从这一典型的历史事例中引出教训说："始于模仿，终于超越，是艺术的正道。古往今来，概莫如此。"② 这样看来，学衡派上述的见解表现出了可贵的辩证思维，无疑是正确体悟了"艺术的正道"的结果。

胡适的"八不主义"中还有一条便是"不用典"，后来友人江亢虎提出批评，以为典有广狭，狭义之典可废，广义之典不可废。胡适表示可以接受，但是钱玄同坚持狭义之典同样应当废除。对于用典问题，学衡派也有自己的不同看法。陈寅恪很重视用典的修辞作用，他说："兰成作赋，用古典以述今事。古事今情，虽不同物，若于异中求同，同中见异，融会异同，混合古今，别造一同异俱冥，今古合流之幻觉，斯实文章之绝诣，而作者之能事也。"③ 在他看来，善于用典是艺术家功力深厚的表现。钱锺书也不赞成废典，他在《国风》半月刊上发表《与张君晓峰书》，其中说："譬之读者力非文言文之用典故，弟以为在原则上典故无可非议；盖与一切比喻象征性质相同，皆根据类比推理（Analogy）来。然旧日之典故（白话文学中亦有用典者，此指大概），尚有一定之坐标，以比现代中西诗之所用象征之茫昧惚恍，难以捉摸，其难易不可同年而语矣。"④ 吴芳吉从人的历史观念与文学修辞法两个方面，对问题作了进一步的分析，其见解更显冷静与客观。他指出，文学离不开历史，一个人不懂历史是难以从事文学的。典故即历史之事，凡引证历史事实及前人言行入文者，即是典故。"故苟不能禁人断绝历史知识，则不能禁人引用古事，即不能禁人引用典故。"吾人学习历史固不是为了寻求典故，然人之常情，要引古喻今，增益美感。问题不在于用不用典，而在于如何用之得当。他认为，典故作为修辞之一，其用有五要：一曰"适当"；

---

① 〔俄〕尼·费德林：《毛泽东谈文学：〈诗经〉、屈原……》，《光明日报》1996年2月11日。
② 郭启宏：《模仿与超越：〈黄鹤楼〉、〈凤凰台〉诸诗钩沉》，《光明日报》1997年3月5日。
③ 《读哀江南赋》，陈寅恪：《金明馆丛稿初编》，上海古籍出版社1980年版，第209页。
④ 钱锺书：《与张君晓峰书》，《国风》半月刊，第5卷第1期，1934年。

二曰"显豁,不晦涩破碎";三曰"自然,不著痕迹";四曰"普遍,不背僻";五曰"寄托,不逞才"。吴芳吉强调,用典作为修辞中的一个方法,只要用得得当就可以拓展修辞的功能,不能因噎废食,故"不必强用,亦不必拒用"[①]。这应当说是比较全面和客观的正确见解。启功先生是当今语言文字学大家,他的《汉语现象论丛》有专文谈到用典问题,他说:胡适在《文学改良刍议》中主张废除用典,由于骈体文不用了,那些附着在骈文的狭义的用典法,自然失了用武之地了。"但典故果然从此就彻底消灭了吗?没有,它们在日常用语和一般文章里,依然存在,这可算广义的用典。……还有很多四字成语,大都来自典故。试看近年出版的《成语辞典》竟有那么多本,就可以明白典故在社会生活中的根深蒂固了。"[②] 学衡派在用典问题上所坚持的意见具有合理性,是无可置疑的。

四、旧体诗与新体诗

在新文学与旧文学的争论中,新旧诗的问题占有很大的比重。同时,从总体上看,学衡派于小说少有创作的实践,但是却多能诗,吴宓、吴芳吉、胡先骕诸人且有诗集行世,更是颇有造诣的诗人。所以,毫不奇怪,他们对于中国新旧文学的见解更多是集中在诗的问题上,而且更不乏值得重视的见解。

学衡派重诗,是因为他们认为诗情动人,其效至伟,它是表达人民心声,抨击专制,促进民主政治的利器,也是导扬国人的爱国心,作育其进取精神的有力工具。不仅如此,诗跨越国界,表达人类共同的喜怒哀乐,还是世界各国人民沟通情感,增进彼此了解的至宝。中国诗译成外文,为各国人民所喜爱,足见中国诗非无益。"而欲保存我国粹,发挥我文明,则诗宜重视也。"[③] 在他们看来,从根本上说,诗无新旧,唯有真伪。人斥旧诗无病呻吟,不知古人早就反对这一点,我们能说李白杜甫的诗篇不是真情的写照,

---

① 吴芳吉:《再论吾人眼中之新旧文学观》,《学衡》第 21 期,1923 年 9 月。
② 启功:《汉语现象论丛》,中华书局 1997 年版,第 96、102 页。
③ 《吴宓诗集》卷末,"余生随笔",第 38 页。

而是无病呻吟吗？所以，我们不是拥护旧诗，而是拥护真诗；同样，我们不是反对新诗，而是反对伪诗。由是出发，学衡派提出了一个值得重视而事实上被人轻忽的问题：何谓新诗？中国诗究竟应当如何发展？

在这一点上，吴芳吉的思考最具代表性。吴芳吉初受新文学的影响，曾致力于白话诗的创作。吴宓在《吴芳吉传》中说："至是值文学革命，新诗初兴，君亦多为新诗……几于尽弃旧诗而作新诗矣。然其后乃复为旧诗。"[①] 吴芳吉曾谈到自己所以发生这样的转变，是因受了两方面夹击的结果：一是其时康白情等新派诗人警告他，所作诗都不合于真正的白话文学，必要改良，某些人"诋骂尤烈"；二是吴宓诸人在美也来信批评诗作夹杂俚语，不讲格律，"而思想浪漫，更甚新派"[②]。此种情况迫使他认真思考，究竟何谓新诗，中国诗应当怎样发展。他认为，诗是时代的产物，必随时代的变迁而发展变化："国家当旷古未有之大变，思想生活既以时代精神咸与维新，则时代所产之诗，要亦不能自外。"这好比乘火车，人既在车上，无论主观愿望如何，终当前趋，欲罢不能。"故处今日之势，欲变亦变，不变亦变，虽欲故步自封而势有不许。"这是从时代变动方面说。而从诗自身的发展看，发凡起例，披榛辟路，除旧布新，常变相续，也终究是不可避免的："常者规律，变者解放，互为消长，而诗之演进无穷。"吴芳吉强调，传统诗要适应当今的时代，至少在三个方面不可不变：其一，今世民国，为诗应有民国的风味，而不同于汉魏唐宋，"此格调之不能不变者也"；其二，传统的诗虽包罗宏富，但除少数人外，难免四个共同的毛病："贪生怕死，叹老嗟卑"；"吟风弄月，使酒狎娼"；"疏懒兀傲，遁世逃禅"；"赠人咏物，考据应酬"。而处今之世，当有共和国民高尚优美的品行和适应开明活泼的生活，"此意境之不能不变者也"；其三，诗贵有学，明体达用，今之学诗者，往往以故事为典雅，以僻奥为渊博，以出处为高古，以堆砌为缜密，不知文学艺术为何物，"此辞章之不能不变者也"。

穷通变久，面临大变局的中国诗只有应时变革才能发展，这是毫无疑义的。吴芳吉说："余恋旧强烈之人，然而不得不变者，非变不通，非通无

---

① 《吴宓诗集》卷末，附录六。
② 吴芳吉著，贺远明等选编：《吴芳吉集》，第 544 页。

以救诗亡也。"但是，变之道何由？他认为可以设想有三种办法："连根拔去"、"迁地另植"、"修剪枝叶"。然而，吴芳吉以为都不可行：修剪枝叶止于去秽，不足以敷荣，止于矫枉，不足以新生；迁地另植，其术难行，因无种不能生，有种却依然是旧；连根拔去，不仅世所未有，而且也不可能。他认为，诗的衰堕主因有二：一是内感不足；二是受西方文化的冲击。对于西方文化深闭固拒不可取，应取积极的态度，加以吸纳和同化。中西文字虽然全异，但于文艺、文理却是半同或全同。舍其全异，取其全同，酌其或同或异，中国诗必将因得新营养而吐发新枝。"吾知其生气蓬勃，光辉焕射，必在异于前矣。若此之行，不迁地以凭虚，不拔根以自救，有异剪枝，乃同接木。此则余之所为变也。"吴芳吉相信，不同文化间的融合有益于文学艺术的发展，当今的中国与世界息息相通，中外文化的空前融合，为诗的吐故纳新提供了难得的机遇。"盖吾诗虽老，固非全枯。不须迁地，难更拔除。今使两枝接合，一体蕃滋，在我不失其初，所谓松柏自有常性；在人交受其益，有如河海不择细流。既无忘乎本根，复有非（非文）于华实。"[①]吴芳吉所谓的在中西文化融合的基础上求诗的发展，既可不失本根与常性，复可繁荣诗的创作，是指在继承诗的传统形式的基础上，引进西方的新思想新观念。这在下面还将谈到。在这里，需要强调的是，吴芳吉进而提出了两个重要的观念：

其一，是"诗的自然文学"。他指出，诗并不神秘，只要是达意、顺口、悦目、赏心的作品便是一个光明正大的诗。"所以，诗的本身只是个诗，并不见有文话白话的分别。因为无论文话白话，能做得这四样功夫的，其结果都是一样。——我们既都知道诗由感情来的，那么，感情是怎样的发动，诗就是怎样的产出。我们的感情既没有文话感情与白话感情，我们的诗，要是按着感情来的，又焉有那些鬼话？"也许有人说，其分别不在感情，而在于文字意义有明晦、直曲、新旧、生死之不同；那么，同一文字何以有如此的区别，无非是这样几种原因：好用古典；违背习惯；故意矜奇；随便敷衍。这样的文字我们固然不取，但是，若不犯此四病，而具有上述的四个基本优点，便不能不承认它是诗。同时，感情是自由的，表达感情的诗自然也应当

[①] 吴芳吉：《白屋吴生诗稿自叙》，《学衡》第67期，1929年1月。

是自由的。表情的方法因人而异，作诗的格调也就各各不同。"诗既无文话白话之分，是彼此均属一家；诗纵有文话白话之分，亦不妨各行其是。"以文字言，我随自己的能力，尽可以用英、法、拉丁诸文作诗；就文体言，我随自己的嗜好，尽可以用近体、古体、乐府、西洋体作诗。由是可知，白话诗可说在诗史上添了一个西洋体，而不能说西洋诗体之外便没有诗。人生有限，对于诗的世界的开辟，有赖于群策群力。"不妨分道进行而殊途同归，这才是诗人广大的胸襟，这才是诗人真正的互助。这各自分道而行的文学，便是自然的文学。"由"自然的文学"引出的结论便是：从事新诗、旧诗或二者兼顾，都是一个人的自由，无从也无须强迫。要懂得人类生活既是多样化的又是无穷的，所以诗的前程也是多样化的和无穷的。"在无穷的生活上走：向纵的层层演进，便成一个诗的时代；一面又向横的个个联结，便成一个诗的社会。"①

其二，"两种新诗"说。吴芳吉曾指出，文学革命声震海内，心知旧诗之运已穷，穷则必变。但自己非老师宿儒，本无固守的义务；顾新派所作，又觉突变过甚，难以有成，自己又非博士名流，也无须随俗追赶浪潮，故决意自立法度，另辟蹊径，改良旧诗。这就是："以旧文明的种子，入新时代的园地，不背国情，尽量欧化，以为吾诗之准则。"②他认为自己创作的诗本身就是一种新诗，故所谓新诗实有两种，一种是新派欧化了的白话诗，一种是包括自己在内的一些诗人将欧化引入传统诗的形式而创作的文言诗。二者皆出于对旧诗的反思而着意创新的结果，但同因而异果。他写道："惟余所谓新诗，较新派之诗又有说者。吾侪感于旧诗衰老之不惬人意相同，所以各自创其新诗者不同也。新派之诗，在何以同化于西洋文学，使其声音笑貌，宛然西洋人之所为。余之所谓新诗，在何以同化于西洋文学，略其声音笑貌，但取其精神情感以凑成吾之所为。故新派多数之诗，俨若初用西文作成，然后译为本国诗者。余所谓理想之新诗，依然中国之人，中国之语，中国之习惯，而处处合乎新时代者。故新派之诗，与余所谓之新诗，非一源而异流，乃同因而异果也。"③

---

① 《提倡诗的自然文学》，见吴芳吉著，贺远明等选编：《吴芳吉集》，第377—386页。
② 吴芳吉著，贺远明等选编：《吴芳吉集》，第544页。
③ 吴芳吉：《白屋吴生诗稿自叙》，《学衡》第67期，1929年1月。

吴芳吉的上述见解虽然并不切当，却是大致不错的。他所谓的"诗的自然文学"和"两种新诗"说，集中表达了一个重要思想：新诗的创作应当是多样化的，而其中又大致可分为两种——白话诗与同样表达新思想的文言诗。所以他既说别人愿称自己的诗为旧诗，为新诗，都是无所谓的；同时，又戏言曰："吾信吾诗必传，为中国新文学界正宗也。"[①]他终究是坚信自己创作的也正是新诗。吴宓对此持同样的见解，且愈加深化了。他指出，就材料（内容）与形式而言，诗的创作大约可分四类：（甲）旧材料—旧形式；（乙）旧材料—新形式；（丙）新材料—旧形式；（丁）新材料—新形式。这里的所谓"旧"是指中国的与传统的，所谓"新"是指西洋的与现代的。作者尽可以从中选择适合于自己的创作形式，并无高低之分。例如，徐志摩选择了丁类，说明这适于他个人，吾人可以置信。同样，我所以选择了丙类，也是因为它适合于自己。他不仅肯定了诗歌创作的多样可能性，而且径直用旧体诗、新诗体两个新的概念去替代吴芳吉的文言诗、白话诗："徐君（指徐志摩。——引者）以新诗体鸣当代，予则专作旧体诗。顾念徐君之作新诗，盖取法于英国浪漫诗人，而予常拟以新材料（感情思想事实典故）入旧格律，其所取与徐君实同。虽彼此途径有殊，体裁各别，予愧无所成就，然诗之根本精神及艺术原理，当无有二。"[②]很显然，在吴宓看来，自己与著名新派诗人徐志摩创作的区别，只是新旧体裁的差异，其根本精神及艺术原理并无二致。这就是说，他们殊途同归，都是在进行新诗的创作。新体诗、旧体诗，这是迄今仍在沿用的两个文学概念，用以指称当代不同体裁的诗作，没有人怀疑它们都属于新诗。吴宓用新诗体、旧诗体的概念去规范其时的诗歌创作，不仅是表现了对自己诗作属于新诗的自信，更主要的是表现了他对于中国诗将沿着新体诗与旧体诗两种形式发展的正确预测。这应成为我们正确体认学衡派诗学思想的一个重要基点。

所谓旧体诗，按吴宓的界定就是"以新材料入旧格律"，他说："作诗之法，须以新材料入旧格律，即仍存古近各体，而旧有之平仄音韵之律，以

[①] 吴芳吉著，贺远明等选编：《吴芳吉集》，第1263页。
[②] 《论诗之创作》，《吴宓诗集》卷末，附录六《大公报·文学副刊论文选录》，中华书局1935年版，第104—105页。

及他种艺术规矩，悉宜保存之，遵依之，不可更张废弃。"①这也可以说是学衡派的共识。不过，所谓新材料，在吴芳吉是概括为格调要新、意境要新、辞章要新。而吴宓在《论今日文学创作之正法》中，则对此有更具体的诠释，他说："熔铸新材料以入旧格律。……所谓新材料者，即如五大洲之山川风土国情民俗，泰西三千年来之学术文艺典章制度，宗教哲理史地法政科学等书籍理论，亘古以还名家之著述，英雄之事业，儿女之艳史幽恨，奇迹异闻，自极大以至极小，靡不可以入吾诗也。又吾国近数十年国家社会种种变迁，枢府之掌故，各省之情形，人民之痛苦流离，军阀政客学生商人之行事，以及学术文艺更张兴衰，再就朝者一身一家之所经验感受，形形色色，纷纭万象，合而观之，河洋浩瀚，取用不竭。"②质言之，所谓熔铸新材料，就是指表现现代人的社会生活、思想与情感的世界。所以，吴宓不仅强调能否做到这一点，应当成为"作诗之指南针与评诗之标准"，而且充满信心地认为，变革的时代与中外日益扩大的交流，为诗人提供了广阔的视野和无尽的创作源泉，不久的将来中国诗一定会涌现出鸿篇巨制。根据自己的理解，吴宓认为新诗人应当具备这样的条件：（1）具诗人的天性，真挚而热诚，锐敏而富想象力，兼道德文章，为真正的志士仁人；（2）于旧诗之艺术，深通久习，能运用自如，凝练精到；（3）生长民间，旅处各地，熟悉民生疾苦与社会风情。③与吴宓相较，吴芳吉的见解就显得浪漫得多，他说诗人应具备四大要素：忠厚的气象；热烈的感情；美艳的辞章；自由的格调。又说：欲为诗人，当在大自然的学校去学习，无须在人力教育的学校去讨烦恼；出洋与诗人无关，游历是需要的，但诗人多穷苦，不必妄想出洋，只要能找来西洋诗来读，在国内一样可以学习创作；诗人的修养是重要的；要全身心于诗，尽管自谋生计是不可少的；要有独立的人格。④吴芳吉的这些见解显然是与他独立不羁、颠沛流离、艰难困苦的人生经历分不开的。为了更好理解学衡派所提倡的旧体诗，这里征引吴宓、吴芳吉及他们所高度评价的青年诗人王越的几首诗，无疑是必要的。1932年吴宓作《壬申岁暮述怀》四首，述

---

① 吴宓：《论今日文学创作之正法》，《学衡》第15期，1923年3月。
② 吴宓：《论今日文学创作之正法》，《学衡》第15期，1923年3月。
③ 吴宓：《评王越风沙集》，《学衡》第77期，1932年12月。
④ 吴芳吉著，贺远明等选编：《吴芳吉集》，第696、421—422页。

其忧国之思,以下是其中的第二首:

> 读史鉴得失,自然神智广。
> 兴衰因果赜,推详了指掌。
> 今古事无殊,东西迹岂两?
> 陆沉痛神州,横流谁砥礴?
> 邪说增聋瞽,私利分朋党。
> 国亡天下溺,贤圣急奔壤。
> 愧非执梃徒,掩泪倚书幌。①

1932年5月16日《大公报·文学副刊》第228期发表吴芳吉的《巴人歌》,歌颂上海19路军抗战:

> 吁嗟沪滨三万好男儿,方为民族苦斗作牺牲,
> 此际安知壕堑里,几人血肉战淋漓,
> 知君意有属,来听吾歌曲,
> 我心惨不欢,长歌聊当哭。
> ……
> 我非排外好战兴,我为正义惩顽凶。
> 我知前路险重重,我宁冒险前冲锋。
> 我今遭遇何所似?我似孩提失保姆。
> 倭儿蠢蠢似蟻蠓,群盗嚣嚣似虮虱。
> 诸公衮衮似蛔虫,荡涤行看一扫空。
> 还我主权兮还我衷,和平奋斗救中国,
> 紫金山下葬孙公。

1933年4月21日同刊发表王越的《五百大刀队歌》,歌颂喜峰口宋哲元部英勇抗日:

---

① 吕效祖编:《吴宓诗及其诗话》,第150页。

三月中旬，我军宋哲元部大刀队五百，袭之于喜峰口，斩首千级，大刀队亦全殉。神勇悲壮，冠绝人寰，是不可以不咏：

……

今见大刀耀长城，以一敌百刀飞腾。

狂风吹雪刀将迎，镇枪威炮刀纵横。

攒胸渍血刀殷殷，大刀刀锋决巨鲸。

大刀之精威鬼神，大刀一出猛敌奔。

大刀再出日月明，昆仑山高风浩浩，

大刀永与西方壮士并作千秋鸣。

《学衡》1933 年第 77 期刊有王越的《风沙集》，其中有《蒙师之死（示众）》抨击国民党反动派的清党：

墟口悬人头，竟日血犹滴。

巨日时弛张，又眸光不灭。

儿童散馆归，目泪对母拭。

农父辍陇耕，扶锄暗呜咽。

何春才在《谈〈风沙集〉》中指出："清党之得失如何，乃政治范围，姑不加以论列。然假清党之名而借刀杀人者，实比比皆是。……蒙师之死一章仅寥寥四十字，蒙师虽深得农民之爱戴以及学童之亲敬，终不免身首异地，读之能不起人间何世之感！"[1]

这些旧体诗艺术成就如何，可不置论，但它们热烈地歌颂了中国人民的抗日民族战争，鲜明地表达了诗人忧国忧民的情思及其对于反动黑暗政治的愤懑。这是一些着意熔铸现实的生活和表现现代人情感的"新诗"，应当是毫无疑义的。

不过，其时关于诗的论争中涉及的一个更加深刻和重要问题，是诗作要不要受格律的约束的问题。新派诗人除徐志摩、闻一多等极少数人外，多

---

[1] 王越：《风沙集》，《学衡》第 77 期附录二，1933 年 7 月。

主张自由诗就是自由的，无须讲究格律，以免使自由的思想受到形式的桎梏。胡适主张"要须作诗如作文"，"作诗如说话"。激进者更指斥格律是妨害创作自由的镣铐："试问天下岂有反戴脚镣而亦能走路为更合理于不戴脚镣走路者乎？……真善美不是附属于形式的啊！"① 故其时许多人认定新诗应是"无格、无律、无声、无韵、无长、无短、也可长可短、既可分节也可毋须分节、既无音步、更无音尺，而享有'绝对自由'（郭沫若语）的'自由体'"②。对此，学衡派持坚决反对的意见。

何谓诗？吴宓说："诗者，以切挚高妙之笔或笔法，具音律之文或文字，表示生人之思想感情者也。"③ 前者是外形，后者是内质，诗则是内质外形相统一的结晶体。诗所表达的思想感情，是其内质之美，韵律格调则是外形之美。有高妙之思想感情，尚是混沌未成形之质，只有得以精美之韵律格调加以表现，才能成为极佳的诗。内质不美，徒工于韵律格调，固然不可能成为好诗；但是，若废除韵律格调，则破坏了诗的本体，使之不可能存在，虽有极佳的思想感情却无可附丽，无以表达。学衡派认为，一些人主张无格律的诗，追求创作的绝对自由，是不懂得形质不可分离的道理。他们强调，讲究诗的格律，无分中外，乃世界古今的通例。吴宓指出，天下之物，总是全同全异则无美，全整全散也无美，"惟其异中有同，寓整于散，而美始生"。节奏便是体现此种原理而产生的一种动人的美感。所谓诗的韵律，就是"节奏之整饬而有规则者也"，"节奏之最整者也"，即诗追求完整的节奏。希腊拉丁文的诗，以长音短音定韵律，故名长短韵律；英文的诗以字中重读轻读定韵律，故名轻重韵律；中国诗则以平仄即字音的高低定韵律。各国诗其表现韵律的形式不同，但追求节奏美感的原理却是一致的。此外，英文诗以音段（syllable）为单位，每句中的字（words）数虽不同，字母的总数也不同，但其各句中的音段数却是相同的或成一定比例。从表面上看，一首诗句有长有短，形式很不整齐，但若从音段计算，其长却是相同的。而中国文字，一字一音，字数与音数相符。故欲求音数有定，字数就必须有定。也唯其如此，

---

① 茅盾：《茅盾文艺杂论集》上集，上海文艺出版社 1981 年版，第 74—76 页。
② 唐德刚：《论五四后文学转型中新诗的尝试、流变、僵化和再生发》，《传记文学》第 74 卷第 4 期。
③ 吴宓：《诗学总论》，《学衡》第 9 期，1922 年 9 月。

中国诗每句必须同长或成定比例。① 胡先骕也从分析中外语言文字的差异上，比较中西诗的特点和强调无分中外，格律"实诗之本能"。他指出，欧洲语言多复音，其诗不能如中国四言五言七言诗之整齐，但必以高低音错综而为韵律（metre），而限定每句所含韵律之数。中国诗所以最终形成四五七言与单数的字句，除了语言文字的特点外，还与中国民族的审美情趣相关："则有关于中国人心理之研究"。胡适认为诗一变为长短句之词是大进步，因为不整齐近于语言的自然，但何以有句法不整齐的元曲之后，复一变而有句法整齐的戏本弹词与乡民的曲本呢？可见，整齐不能说不自然，相反，"整齐纪律，为人类之天性"。胡先骕引西方大诗人的话说："由整齐之句法而得之快乐，盖为由不同而得有同之感觉之快乐。""诗与文之别，即在整齐之句法与叶韵。""由此亦可信，中国诗之整齐句法，不足为病矣。"② 中西语言文字及诗之特点规律之比较，是迄今乃有争论的问题，上述吴宓与胡先骕的见解是否精当，可以不必论，但他们认为中外诗都有格律的要求并不错。他们尤其强调，凡艺术必有规律、传统，旧诗形式的规律传统即是平仄排列与协韵，一旦废弃这些规律传统，旧诗即不成艺术，等于完全消灭。这显然也是对的。

同时，从这一认识出发，学衡派不赞成胡适关于"作诗如作文"，"作诗如说话"的说法，以为如同交通、游戏都须有共同的规则才能便于行人与游戏一样，诗也必须遵守艺术规律，才有谈诗的可能。否则，人人按自己的想法，去说话，去作文便是了，何必谈什么诗呢。吴芳吉从艺术创作的客观实践出发，进一步指出诗是一种艺术创作，是用心做出来的，不可能像胡适所说，是随便说出或写出来的。他说：人的感情不发则已，要发为诗，就难免有故意做作之嫌。"因为无论如何随便，总不能胡乱下笔。若是胡乱下笔，不但不能诗，且连字也不能写。"③ 这样，既有了几分的经营，与那镇日的推敲比较，也就不过五十步与百步之差了。比如作画，写生可以随意，但真画时功夫是不能随便的。又如唱戏，人物的口吻要自然，但唱时功夫却不能随便。道理说得很浅显，却无疑很有说服力。学衡派尤其反对将诗的格律

---

① 《评美国葛兰坚教授论新诗》，《吴宓诗集》卷末，"学衡杂志论文选录"，第49—50页。
② 胡先骕：《评尝试集》，《学衡》第1期，1922年1月。
③ 吴芳吉著，贺远明等选编：《吴芳吉集》，第382—384页。

比作镣铐，以为这是不懂得文学创作真谛的一种浅见。交通规则便于交通，游戏规则使人尽欢，难以想象，如果没有了规则，马路上如何行人，游人如何尽兴。包括诗在内的文学创作没有绝对的自由，总要遵循一定的规则，浪漫派想随心所欲，不过是一厢情愿而已。诗的格律虽有限制的一面，但它同时又是助成天才诗人的条件。吴宓以欧洲著名诗人韦拉里的话说："文学中之规律尤不可不遵守。规律乃所以助成天才，不可比于枷锁。今世之无韵自由诗，但求破坏规律，脱除束缚，直与作诗之法背道而驰，所得者不能谓之诗也。"① 吴芳吉也说："盖自不解诗者言之，虽无规律，未必竟能成诗。而伟大作家，每于游艺规律之中，焕彩常情之外，规律愈严，愈若不受其限制者。"② 不过，相对说来，吴宓主张"诗意与理贵新，而格律韵藻，则不可不旧"③，对于诗的格律要求从严；吴芳吉则主张不必过于拘泥，"诗之为道，发于性情，只求圆熟，便是上品。若过于拘拘乎声韵平仄之间，此工匠之事，反不足取"④。

有趣的是，数十年后，当代著名的文学评论家和诗人何其芳在《诗歌欣赏》和《关于写诗与读诗》两书中所强调的观点，多与上述学衡派的见解不谋而合，不仅如此，书中专门提出分析批评的论点，往往就是学衡派反对的论点。例如，他不赞成"诗不是做出来的，只是写出来"的说法，以为诗是艰苦细致的劳动，信手写出，毫不费力是不可能的。"如果真是不经过必要的思想和酝酿，不经过必要的艺术上的推敲和加工，粗率地随便地去写，就是有很好的诗的材料，很好的诗的意境，也会写得内容和形式不统一，即内容虽好形式上却有缺点。"⑤ 他以为文学艺术没有什么绝对自由的形式，只有比较自由的形式和由于作者运用得很熟练而成为比较自由的形式。这在诗上就是表现为格律要求，中外皆然。"诗的语言应该尤为精炼，尤为和谐。必须有鲜明的节奏。"⑥ 外国诗的节奏是由语言的声音的长短或者轻重相间而成，中国古代诗的节奏是由每句有相等数量的顿，如五言诗三顿，七言诗四顿来

---

① 《译韦拉里说诗中韵律之功用》，《吴宓诗集》卷末，附录六，"学衡杂志论文选录"，第79页。
② 吴芳吉著，贺远明等选编：《吴芳吉集》，第556页。
③ 《余生随笔》（九），见吕效祖主编：《吴宓诗及其诗话》，第189页。
④ 吴芳吉著，贺远明等选编：《吴芳吉集》，第369页。
⑤ 何其芳：《诗歌欣赏》，人民文学出版社1978年版，第80页。
⑥ 何其芳：《关于写诗和读诗》，作家出版社1955年版，第32页。

构成，其规律是严格整齐。所以将格律说成是脚镣，全然不对。他说："然而文学艺术的形式，即使是比较严格的格律诗的形式，也并不是脚镣。戴着脚镣是不能跳舞的。格律不过相当于跳舞的步法上的规矩而已。不熟悉那些步法的人是会感到困难的，但熟练的舞蹈者却并不为它们所束缚，他能够跳得那样优美，那样酣畅。"① 何其芳上述论点与吴宓诸人关于诗的格律有助于天才成长的见解，不是异曲同工吗？这至少说明吴宓诸人见解在今天仍不失借鉴的意义。

现在我们有必要从总体上概括学衡派对于新旧诗的观点。当代的一位著名学者在第一届吴宓学术讨论会上这样评论说："吴宓反对新诗，但他并不因循守旧，泥古不化，他主张写诗应'以新材料入旧格律'。70年来，中国诗坛的实践告诉我们，在新诗不断发展的同时，确实有人能掌握旧格律，写出融新入旧的诗篇，例如毛主席诗词、鲁迅的旧体诗便是其中的绝唱。所以吴宓关于诗的言论不能因为他反对新诗而全盘否定。不过，吴宓要把这个主张定为一尊，作为诗的唯一准则，不许人放弃旧格律创造新形式，就是他的错误了。"② 吴宓和学衡派长期受歪曲而湮没无闻，近十多年来才开始重见天日，渐渐为人所重视，第一届吴宓学术讨论会在其家乡陕西举行就说明了这一点。这位学者肯定吴宓"以新材料入旧格律"的主张，以为历史已证明旧体诗仍有生命力。这是完全正确的。胡适当年断言旧体诗已到了寿终正寝的时候了："五七言八句的律诗决不能容丰富的材料，二十八字的绝句，决不能写精密的观察，长短一定的七言五言决不能委婉达出高深的理想与复杂的感情。"③ 甚至到晚年，他仍在坚持认为律诗"没有文学的价值"。"在这个时代，再用陈旧的格调，再也做不出好的诗了。"身边的人提醒他说"先生过去写的旧诗，收在《四十自述》及《留学日记》里的那些旧诗，不是很好的旧诗吗？"他回答说"那是我已读通了中文，所以没有不通的地方"④。真不知所云。70多年来的历史已证明旧体诗不仅没有死亡，而且充满生机，全国各地旧体诗社林立，据统计，全国从事旧体诗词创作者已有140万人。在

---

① 何其芳：《诗歌欣赏》，第81页。
② 冯至：《第一届吴宓学术讨论会论文选集·序二》，见李赋宁等编：《第一届吴宓学术讨论会论文选集》。
③ 《谈新诗》，《胡适文存》卷一。
④ 胡颂平编：《胡适之先生晚年谈话录》，台湾联经出版事业公司1984年版，第24、66页。

《诗刊》订数不断下降之时，旧体诗词核心刊物《中华诗词》订数却扶摇直上。① 各种新创作的旧体诗集不断涌现。有的论者这样评论说：当代著名诗人臧克家从 70 年代初起开始旧体诗创作，至今已出版三本旧体诗集。"由于他在新诗坛的崇高声望，这才在 80 年代的中国诗坛，敲响了旧体诗最早的复活钟声。在所谓朦胧诗盛行的诗坛，投入了一股回归民族的呼唤，旧体诗于是作为诗歌的民族觉醒，而迅猛地在全国范围兴盛起来。"② 此种说法是否切当，并不重要，重要在于它毕竟说明了旧体诗在新时期的重新崛起，确是一种引人注目的社会文化现象。此种情况自然不限于大陆，台湾学者唐德刚先生说："（新诗）它自始至终，就未能真正的替代过旧诗词。旧诗词直至今日，仍拥有广大的老中青三代的群众爱好者和习作者。这一点，新诗界反而没有，而旧诗词老而弥健，现在还在不断地向它反攻，且愈攻愈勇，为当年老辈所不及。"③ 足见在台湾及海外华人社会，旧体诗同样为人们所喜闻乐见。同时，应当看到，旧体诗所以不可替代，主要还不在于它的传统的民族形式为国人所喜闻乐见，而在于它仍然适于表达现代人的生活与情思，因而富有生命力。毛泽东诗词气势恢宏，公认是表现风云变幻的现代中国历史的壮丽诗篇，如何能说旧体诗不能容丰富的材料，表达高深的理想和复杂的感情！但是，这些不只限于说明吴宓诸人主张"以新材料入旧格律"，是反映了他们并不泥古；更主要是说明了他们提倡的是一种以旧诗体表现新思想的新诗，具有可贵的前瞻性。此外，上述学者仍肯定吴宓始终反对新诗，并谓"吴宓要把这个主张定为一尊，作为诗的唯一准则，不许人放弃旧格律创造新形式，就是他的错误了"，这又未免失之简单化。

应当说，吴宓诸人早期是反对白话诗即新诗的（吴芳吉除外）。例如，吴宓在《论今日文学创作之正法》中就强调："新体白话之自由诗，其实并非诗，决不可作，其弊吾已一再言之。"④ 他甚至反对白话诗用韵，以为这是"村妇涂脂抹粉，适增其丑"，似是而非，"恶莠恐其乱苗"，影响所及不仅诗

---

① 缀石轩：《当代诗坛：究竟谁该向谁学》，《中华读书报》1999 年 7 月 21 日。
② 于芒：《臧克家旧体诗作的历史与艺术定位》，《光明日报》2000 年 4 月 13 日。
③ 唐德刚：《论五四后文学转型中新诗的尝试、流变、僵化和再出发》，见郝斌、欧阳哲生编：《五四运动与二十世纪的中国》，社会科学文献出版社 2001 年版，第 553—555 页。
④ 吴宓：《论今日文学创作之正法》，《学衡》第 15 期，1923 年 3 月。

受其害，纯粹散文也难再得。①胡先骕则全盘抹杀胡适的《尝试集》，以为只有负面的价值。他说，中国古诗各体皆备，足以表达思想，因而"无庸创造一种无纪律之新体诗以代之也"②。早期吴宓诸人确实不认新诗，欲定旧体诗于一尊，这产生了不好的影响。但是，值得注意的是，1931年著名的新诗人徐志摩遇难后，吴宓作《挽徐志摩君》，高度评价徐志摩的新诗成就，甚至将之与但丁、雪莱相提并论。他强调自己作旧体诗，徐君作新体诗，体裁有别，但于诗之根本精神及艺术原理是完全一致的。吴宓称赞徐志摩"殉道殉情完世业，依新依旧共诗神"③，即是说，无论从旧体诗或是从新体诗的角度看，徐志摩诗的成就都是巨大的。这实际已表明吴宓改变了自己对新诗的成见。紧接着，1932年1月11日，方玮德在《大公报·文学副刊》第209期上发表《谈徐志摩并质吴宓先生》一文，其中说：徐志摩主编《晨报副刊》时，每周出一诗刊，其格律至谨严，时人大哗，以为不是新诗。而时吴宓主编《学衡》，"痛诋语体文学，尤置喙于所谓新诗者，且以为新语体诗之前途，只有失败而无成功。其言至庄而其气至厉。一时青年乃多陷入疑途。"他认为，吴宓与徐志摩于诗的方法意见不同，但于诗的执着态度则是一样的。吴宓为回答方文的质疑，特作《论诗之创作》一文，如上所引，他在文中提出诗的创作可以有多种形式，尽可以自由选择：旧材料旧形式；旧材料新形式；新材料旧形式；新材料新形式，这里并不存在高低优劣之分。新诗人徐志摩选择新材料新形式和自己选择新材料旧形式，都有各自的合理性。④很显然，吴宓在这里再次明确地肯定了白话新诗的地位，申言改变了定旧体诗于一尊的原先立场，而主张旧体诗与新体诗并行不悖。此后，他在许多文章里又反复重申了这一观点。例如，在《诗韵问题之我见》中，他说："予以为在今新体（语体诗）可作，旧诗亦可作。作新诗者，如何用韵，尽可自由试验，创造适用之新韵，非予今兹所欲讨论。若夫作旧诗者，予意必当严格以遵守旧韵"。他还强调指出，新旧诗的不同主张，都可以在柏拉图"一多之对待"，即统一性与多样性的关系上去正确理解："盖多者，常主自然，

---

① 吴宓：《评杨振声玉君》，《学衡》第39期，1925年3月。
② 胡先骕：《评尝试集》，《学衡》第1期，1922年1月。
③ 吴宓：《挽徐志摩君》，《大公报·文学副刊》第205期，1931年12月14日。
④ 《吴宓诗集》卷末，附录六"大公报·文学副刊论文选录"，第104—105页。

而讥斥人为；主一者，并主规律，而力求统贯。此二种态度之双立背驰，其间何去何从，及相反相成之理，古昔柏拉图已卓然发明尽致。……如由此根本出发点，明察深辨，则一切不费文字言词，已可得其分别而为之解决矣。本刊对于诗韵，并存二说，待读者自取择，即以此为本问题之结束云。"① 这次可以说吴宓是代表《大公报·文学副刊》亦即代表学衡派做正式表态。由上可知，至晚1931年后吴宓诸人已在肯定新诗，所以简单说他们反对新诗，主张旧体诗定于一尊，显然有违历史实际。

此外，学衡派对新诗的批评，也值得重视。在他们看来，新诗至今所以成绩不彰，病在轻忽诗的规律，形式散漫，故少韵律之美。邵祖平认为，诗之美有四要素：情意之美；音韵之美；声律之美；篇章之美。白话诗既不用韵，又不拘平仄，不顾章法，诗之为美之事，已去其三。余下情意一条，即有可取，其美自不如四要素齐全的。更何况为白话诗者，未必情意即能高人一筹，"则读者宁不感如味同嚼蜡乎，此白话诗之所以永难进步者也"②。吴芳吉在分析一新诗的失败时，对同一问题作了更加深刻的阐释，他说：此新诗所能给人的印象，不过初见此诗时的一刹那间。待刹那既逝，则诗与之俱灭，并无一字一句让人留恋。何以这样？问题即在于诗之内外文质，既皆毁弃无余，则其诗也就像游魂无所附丽，因之，纵有情理，也不可能感人。由此，他更得出教训："故知音韵与格律之作用，非仅不如新派之拟为缰锁，且诗之能有永久性者，亦惟音韵格律是赖。盖情随人而有异，理缘物而无端，惟有音韵格律，故能持之不变。此上古之诗，所以至今能常新也。"③ 音韵格律可以使诗的美有所附丽，从而结晶，传之久远，不然，所谓诗便成游魂，无法感人，转瞬即逝。时李思纯在德国，他在信中谈到对新诗的观感，尤值得玩味。李思纯说，新诗之兴至今已历数年，发表的作品为数可观，但至今能留在人们的记忆中，可朗朗上口的作品，几乎没有。这本身即值得新派诗人深长思之。章太炎先生说"日本佛教徒之奉真宗者，食肉娶妻而自称和尚，犹今之为新诗者，废音律规则而自称为诗"。这自是老一辈学者的看法。昨与同在德国的陈寅恪谈到新诗的问题，陈君也说"机械物质之学，顷

---

① 《吴宓诗集》卷末，附录六"大公报·文学副刊文选录"，第105—107页。
② 邵祖平：《无尽藏斋诗话》，《学衡》第21期，1923年9月。
③ 吴芳吉：《四论吾人眼中之新旧文学观》，《学衡》第42期，1925年6月。

刻可几者也，哲学文学音乐美术，则精神之学，育于环境，本于遗传，斯即吾国之所谓礼乐是也。礼乐百年而后兴"。"纯窃味乎其言，非欲阻国人以勿治西洋文学，但欲求吾国'出版新诗一册'之文学家，宜审世事之艰难耳。"①李思纯是从新诗的现实和章太炎、陈寅恪的话中，引出了对新诗者的忠告。现在笔者同样玩味他们的话，尤其是陈寅恪的话，以为他们是在表达这样的思想：自由体新诗学自西方，但要懂得包括诗在内的精神之学更多地带有历史文化的传统基因即民族性，不能简单化从事。不是不要学习西方，而是不要轻忽了对中国诗传统的继承。应当说，这里的视角是学衡派中其他人所未曾提供的。

学衡派所指出的新诗的弱点，同样也为历史所证实。毛泽东说"用白话写诗，几十年来，迄无成功"②。又说："现在的新诗，太散漫，我以为新诗应该在古典诗歌和民歌的基础上求发展。"③这可以说是写旧体诗的人的批评意见。何其芳是新诗人，但他直率承认新诗的弱点，他说：古代诗创造了非常完美的形式，"而我们今天，却还没有能够很成功地建立起普遍承认的现代格律诗的形式，能够把自由诗的形式运用得很好，或者说能够把自由诗写得从内容到形式都真正是诗的人，也是很少的。在理论上我们不能否认，用自由诗的形式也可以写出百读不厌的诗来。但事实上我们却很难得读到这样的自由诗。也许自由诗本身就有这样一个弱点，容易流于松散。但我想决定的原因还是在于写诗的人"④。他主张写自由诗的人应当先练习写古典格律诗，并提出应当努力探索建立起普遍承认的现代格律诗的形式。冰心也是新诗人，她也曾说："新诗不管多好，总是背不下来，连我自己写的，也背不下来，旧诗却很好背。"林非是当代文学评论家，他说："冰心的这些话，立即使我想起鲁迅'押大致相近的韵'、'容易记'和'唱得出来'的主张。他们这些很相似的见解，恰巧是抓住五四之后新诗创作的缺陷。"⑤最可注意的是，作为开山祖的胡适本人也对新诗感到失望，他说："四十年新诗的发展，

---

① 李思纯：《与友论新诗书》，《学衡》第 19 期，1923 年 7 月。
② 《毛泽东书信选集》，人民出版社 1983 年版，第 608 页。
③ 陈微主编：《毛泽东与文化界名流》，中国社会科学出版社 1993 年版，第 351 页。
④ 何其芳：《关于写诗和读诗》，第 55 页。
⑤ 林非：《秋日访冰心》，见张岱年主编：《人淡如菊》，北京师范大学出版社 1997 年版。

还抵不上徐志摩一个人的成就。"[1] 新诗发展之不成熟，在很大程度上即表现为尚未能形成普遍承认的现代格律诗的形式。当年章太炎说，自己反对白话诗，是反对无韵，不是反对白话。吴宓也说，诗而不讲格律即不是诗，也难成功。从积极的角度看，这些批评不都是深刻的吗？

俞平伯与叶圣陶自 1921 年起就热心新诗，1922 年合作编《诗》月刊，二者 70 年的交谊可以说是从新诗开的端。《俞平伯全集》中收有《旧体诗钞》，由叶圣陶作序。后者在序中说，自己中年以来对新体诗和旧体诗的看法有所改变："念瓶无新旧，酒必芳醇"。但自己的诗"言尽于意，别无含蓄"，做不到"酒必芳醇"。又说，俞平伯曾谈到他后来写旧体诗实是由他的新体诗过渡的，写作的手法有些仍沿着他以前的新体诗的路子。但是，究竟怎样从新体诗过渡到旧体诗，怎样沿着新体诗的路子来写旧体诗，都是很有意思的课题，可惜二人没展开谈[2]。两位亲历过当年新旧诗之争的著名老诗人，中年反思，乃至于从新诗体过渡到旧诗体，重新探索二者关联互补，这有典型的意义。"瓶无新旧，酒必芳醇"，旧体诗、新体诗都是新诗，但真正重要的是创造中国诗的美。中国诗应怎样发展，是可以讨论的学术问题和需要实践检验的创作过程，也是迄今尚在探讨未能很好解决的问题。鲁迅曾指出："采用外国的良规，加以发挥，使我们的作品更加丰满是一条路；择取中国的遗产，融合新机，使将来的作品别开生面也是一条路。"[3] 由是可知，当年学衡派先是主张旧诗体，反对新诗体，进而改变初衷，主张新旧体各行试验，自由发展，这是一个可以理解和合乎逻辑的思想发展过程。我们不仅应当肯定它不泥古，而且还应当肯定它表现出了可贵的前瞻性。

以吴宓为首的学衡派是新人文主义者，信奉古典主义，强调规范、统整，并视文学为批评人生的武器。他们与信奉浪漫主义、写实主义，强调个性解放的新文学运动的倡导者们多格格不入，这是合乎逻辑的。尤其在他们初归国的（20 世纪）20 年代是如此。是时，新旧文学论争的高潮实已过去，甚至作为文学革命发起者的胡适本人，也因转向"整理国故"而被讥为落伍

---

[1] 唐德刚：《论五四后文学转型中新诗的尝试、流变、僵化和再出发》，见郝斌、欧阳哲生编：《五四运动与二十世纪的中国》。
[2] 叶至善：《七十年的交谊》，《光明日报》1998 年 4 月 2 日。
[3] 《鲁迅全集》(6)，人民文学出版社 1987 年版，第 48 页。

者。故学衡派重开论争,强调中国文学的传统与有节制的自由,其被新文学运动斥为"洋翰林"与复古主义者,同样也是不可避免的。问题在于我们今天应有足够的冷静与宽容,客观地对待学衡派的文学主张。吴宓诸人多为欧美留学生,专攻西洋文学,其基本理念确立于现代的层面,应是毫无疑义的。由于学有根底,他们对于文学现象的辨析,包括文学与人生、文学创作的自身规律以及文学的创新与继承之关系等,虽不免失误,但于学理多所发明,并不乏前瞻性,却是应当尊重的。至于学衡派始终坚信中国古代文学的伟大成就及其永存的价值不容否定,无疑更是十分难能可贵的。冰心在《我与古典文学》一文中,曾谈到自己如何喜爱中国古典文学,以及中国古典文学对自己创作的深刻影响。她说:"我从五岁认字读书起,就非常喜爱中国古典文学。从《诗经》到以后的《古文观止》、《唐诗三百首》、《古今诗词精选》等,我拿到后就高兴得不能释手。尤其对唐诗和宋词更为钟爱,以后又用元曲作我的大学毕业论文题目。我的初期写作,完全得力于古典文学……我觉得中国古典文学,文字精炼优美,笔花四照,尤其是诗词,有韵律,有声调,读到好的,就会过目不忘。我在谈到'诗'时曾说过:谈到诗,我是'不薄今人爱古人'的,因为白话诗无论写得多好,我欣赏后就是背不下来。……总而言之,在创作和翻译上,精通中国古典文学,都有很大的帮助。"① 这位著名的新文学作家发自内心的感言,同样印证了学衡派的一个重要观点:新文学也必须自觉地从中国古代文学中汲取丰富的营养。同时,如前所述,学衡派的文学主张在后期发生了根本性的转变,即由前期对于新文学的格格不入,转变为肯定新文学,归趋平实。这一点迄为许多论者所轻忽,所以在很长的时间里,学衡派便成了守旧派的同义词。然而,这并非是历史的真面目。

人所共知,黄侃是以反对新文化运动而著称,因而被人视为顽固的守旧派。然而,他的学生陆宗达在《黄季刚先生诗文钞序》中却有这样的记载:"季刚先生这一代人,恐怕是用文言文写文作诗而以为常事的最后一代人了。他之所以在白话文已经逐渐普及的时代坚持写文言文,不仅是一种守旧的习惯,更重要的,是表示一种对民族文化的态度,他的思想其实是早已见到时

---

① 冰心:《我与古典文学》,《古典文学知识》1992 年第 3 期。

代的趋势的。1927 年,我随季刚先生到沈阳时,他便恳切地对我说:'你要学习白话文,将来白话文要成为主要形式,不会作是不行的。我只能作文言,绝不改变,但你一定要作白话文。'我一直记得老师这些话,并且由此窥见了他不愿随意改变自己的坚决态度和时代事业带给他的内心矛盾。所以在季刚先生诗文钞出版的今天,我便遵师所嘱,用白话文为它作序,表示我对老师教导的珍惜与矢守。"[1] 这里透露的历史信息,耐人寻味。原来曾激烈反对新文化运动的黄侃,实际上也并非所谓的顽固守旧派,"他的思想其实早已见到时代的趋势"。对于他表面之逆潮流而动,实需要从时代与心理的条件去作进一步的说明。历史的现象是复杂的,人的思想观念尤其是如此,简单化的定性作法不足取,于此可见一斑。陆宗达终以白话文为序,应当说是得先生之心。较之黄侃,学衡派属晚辈,人生、学术的经历及其心态,都与前者迥异。吴芳吉诸人即便是在与新派人物论争时,也曾这样说:"文学革命之言虽多过当,亦不可概抹煞之。""新文化有它自身的价值,无论如何,永远不会磨灭。"[2] 学衡派文学思想与新文学运动间的分歧,从根本上说,属学理之争,即二者都主张发展中国的新文学,但取径有不同,得失互见。因之,如果不拘泥于文白之争和对于新文学不作过于褊狭的理解,我们当肯定学衡派的文学思考本身就构成了新文学发展的一个有机组成部分。

---

[1] 参见《黄季刚诗文钞》陆宗达序,湖北人民出版社 1998 年版。
[2] 吴芳吉著,贺远明等选编:《吴芳吉集》,第 377、1220 页。

第五章 "国可亡，而史不可灭"
——学衡派的史学思想

> 昔元裕之、危太朴、钱受之、万季野诸人，其品格之隆汙，学术之歧异，不可以一概论。然其心意中有一共同观念，即国可亡，而史不可灭。今日国虽幸存，而国史已失其正统，若起先民于地下，其感慨如何？……
>
> ——陈寅恪

在学衡派的主要代表人物中，吴宓、梅光迪诸人以治文学著称，而柳诒徵、陈寅恪诸人则是著名的史家。苏渊雷先生在《柳诒徵史学论文集·序》中说："盖五四运动前后，北方大学之主史学讲座者，若北大之朱希祖、钱玄同，清华之梁任公、王静安、陈寅恪，皆一时之选；而先生讲学南雍，隐然与之鼎足而三。"[1] 在其时南北大学主讲史学的少数几位大家中，属于学衡派的学者就占了两位。而且，柳诒徵的中国文化史研究、陈寅恪的魏晋南北朝史与隋唐史研究以及汤用彤的佛教史研究，皆名动一时。与此同时，学衡派中以张荫麟、缪凤林为代表的年轻一代的史学家，也已崭露头角，令学界刮目相看。

学衡派积极回应20世纪初西方新旧史学的更替，并注意到了马克思主义史学的发展。他们不仅对史学的功能、史观等一系列史学理论问题，提出了自己的见解，而且进而探讨了中国史学的建设，提出了中国史学双轨发展，即普及与提高并重的重要思想。同时，他们关于史学研究方法论问题的思考，诸如"学术研究的通义在于发现新问题"、"对于古人应具了解之同

---

[1] 参见柳曾符、柳定生选编：《柳诒徵史学论文集》苏渊雷序。

情"、"苟不涉言经济,几不足与言近史"等等,更是多有创见,发人深省。20世纪30年代,正是中国近代史学思潮日趋活跃和史学研究蓬勃发展的重要时期,学衡派史学研究的理论与实践,构成了其中值得重视的有机部分。

一、学衡派与西方史学思潮的变动

19世纪末20世纪初,是西方新旧史学思潮冲突更替的重要转型时期。以德国著名史学家兰克为代表的实证主义史学思潮虽然依旧强劲,但却受到了有力的挑战。兰克被誉为"近代科学历史学之父",他的治史原则是秉笔直书,展现历史真情。兰克在《1495至1514年的拉丁和条顿民族史》一书序言中阐述自己的治史原则说:"历史被指定来评判过去,指导我们的时代,以利于未来。可是本书不希冀完成如此崇高的任务。它仅仅想要如实直书而已。"[1]他强调史家当忠于史实,摒弃情感,避免作价值判断。经欧战之后,西方历史相对主义思潮渐兴,克罗齐倡言"一切历史都是当代史",柯林武德主张"一切历史都是思想史",贝克尔则谓"历史事实存在于某个人的头脑中,不然就不存在于任何地方",都反映了这一点。克罗齐等人强调史学主体无可避免地存在着时代的局限性,决定了史学认识的相对性。一些持极端论者,则径直否定认识历史客观真实的可能性和历史研究的科学性。历史相对主义冲击了传统的实证主义,尤其是马克思主义日益扩大的影响,都加速了西方史学的新陈代谢,促进了"新史学"思潮的涌起。1912年美国的鲁滨逊出版了他的代表作《新史学》,是书被认为是"新史学的宣言书"。新史学派批评传统史学的褊狭,主张史学的理想和目的及其研究的范围与方法都应随着社会和社会科学的发展而发展。与此同时,同样主张史学革新的法国著名的"年鉴学派"也正在崛起。二者尤其是后者的兴起,有力地影响着20世纪西方史学发展的方向。

要言之,19世纪末20世纪初的西方史学正经历着深刻的自我反省:史学意义上的历史是什么?客观的历史能否被认识?是否有历史规律?如果这

---

[1] 转引自郭小凌:《西方史学史》,北京师范大学出版社1995年版,第275页。

是肯定的，历史家应当遵循什么样的理论即历史观的指导？诸如此类的史学主体问题引起了西方史学界广泛的讨论，从而有力地推动着史学进入了前所未有的发展时期。

20世纪20—30年代，上述西方史学新旧代谢的发展态势，也明显地影响到了中国。英国实证主义史学大师巴克尔的代表作《英国文明史》，于1903年、1906年两度被译成中文，说明实证主义史学在当时已引起了广泛的重视。而被巴勒克拉夫认为是"最负盛名，影响也最大"的一种总结实证主义史学方法论的著作，即法国史学家朗格诺瓦和瑟诺博司合著的《史学原论》，于1926年由李思纯译成中文出版。译者在《译者弁言》中强调说："是书于1897年出版于巴黎。书虽稍旧，然远西后出谈历史方法之书尚未有逾此者。"① 这说明，实证主义史学在中国也仍然有着很大的影响力。欧战前后，随着美国杜威的实验主义、英国罗素的新实在论、德国杜里舒的活力论、柏格森的生命哲学和直觉主义以及斯宾格勒的文化形态史观等的先后传入，西方史学界盛行的相对主义与怀疑主义思潮也在中国产生了影响。俄国十月革命后马克思主义开始在中国广泛传播，是人所众知的。1919—1920年，李大钊先后发表了《唯物史观在现代史学上的价值》、《马克思的历史哲学》、《史观》等文章，并在北京大学史学系讲授《唯物史观研究》，且于1924年出版了《史学要论》，更有力地扩大了马克思主义历史唯物论的堂庑。与此同时，由美国留学归来的何炳松，也开始在北京大学讲授鲁滨逊的史学理论与方法。1924年何炳松译鲁滨逊的代表作《新史学》出版，新史学派的其他重要人物的著作，如巴恩斯的《史学史》、绍特威尔的《西洋史学史》等，也相继被译成中文出版。由于新史学派的理论是被当作代表了西方史学发展的最新趋势的新理论而加以宣传与介绍的，所以在中国史学界引起了广泛的注意。此外，一些学者对法国的年鉴学派也给予了一定的关注。

学衡派多是留学归来的学者，他们对于西方史学潮流的变动自然是清楚的。不仅李思纯翻译出版了朗格诺瓦和瑟诺博司合著的《史学原论》，产生了很大的影响，张荫麟也译了美国学者葛达德和吉朋斯的《斯宾格勒的文化论》在《学衡》连载，同样引起了广泛的关注。此外，徐则陵的《近今西洋

---

① 〔法〕朗格诺瓦、瑟诺博司著，李思纯译：《史学原论》，商务印书馆1926年版。

史学之发展》和陈训慈的《史学观念之变迁及其发展趋势》都刊登在《史地学报》上，对西方史学思潮的变动均作了介绍。因之，面对西方史学新陈代谢的新态势，学衡派不能不调整自己的视野，对事关史学主体的一系列重大问题作出自己的判断，以便为其史学研究奠定思想理论的基础。

何谓史学？为说明这一问题，学衡派提出"史之三位"的概念，即区别"史"为三：史实、史料、史学。所谓史实，即人类过往的一切活动，包括思想与行为，以及由此构成的文化现象，还有影响人事的自然现象，等等。史实是史之本体。所谓史料，它包括显示史实之遗存物、记载史实之文献，"凡能传达人类构成的现象文化及影响人事的自然现象，且有存在之性质者，皆属之"。所谓史学，是对史料所反映的史实作系统研究的过程："网罗天下之史料，钩稽史实之真相，辨其指归，刊落繁芜，为有系统有宗旨之研究，以阐明人类动作赓续蜕变之迹，天人相应之故，推求其因果，而为之分析，勒成删定，以昭示来兹者也。"他们借用孟子的话"鲁之春秋，其事则齐桓晋文，其文则史，孔子曰其义则丘窃取之矣"，进一步解释说："事者，史实；文者，史料；义者，史学。"[①]学衡派将客观存在的历史、反映历史的史料与研究历史的史学加以区分不仅是必要的，而且其界定也是正确的。

由于中国史学历来有重才、学、识、德的传统，故中国史学家实较西方同行更易于理解上述关于史的分际；但是，在这个问题上，学衡派对于西方史学思潮的变动还是做出了积极的回应：

其一，关于史学的新观念。新史学派以为，实证主义史学标榜"严密批评史料"和"如实直书"，其实只是科学化史学的初步，史学不仅要研究历史的"然"，更重要在研究其"所以然"。上述学衡派关于"史学"的界定固与此相吻合，而陆懋德则说得更明确：考证史料仅仅是历史研究的第一步，"于此又需要第二步工作，即是解释史事之原因变化与结果之由来，及其已与过去与未来之关系。凡死的史料、史迹，必须经过如此的解释，而后能于现时人有用。于现时人有关，而后能变为活的历史"[②]。陈寅恪批评清代史学受经学的影响，只重考据，不能系统探讨问题，故成绩不彰。只是近20年

---

① 缪凤林：《中国通史纲要》，钟山书局1932年版，第2—3页。
② 陆懋德：《历史研究法》，国立北平师大（讲义），第34页。

来，国人"受世界思潮之激荡，其论史之作，渐能脱除清代经师之旧染，有以合于今日史学之真谛"①。陈寅恪所谓的"今日史学之真谛"，显然是指新史学派的史学新观念。

其二，关于扩大史学研究范围的新观念。新史学派批评旧史学有偏重政治史的弊端，政治史不足包括人类活动的全部，固当扩大史学研究的范围。学衡派于此极表赞成。柳诒徵以为历史范围当无所不包，"广言之，充满宇宙皆历史；约言之，一切文字皆历史"②。陈训慈则径直强调，新史学内容的扩充，当表现为三个方面：一曰"质性之繁富"，即昔主政治，今则政治、社会、经济、学术各方面都应网罗无遗；二曰"时间之拓展"，即昔述史迹，远不过数千年；今因地质学人类学等的发展，知人类初史至少可推到75万年前。考古发现及古文字研究，"皆足为荒渺之远古，放其光明"；三曰"空间统一"，即昔旧史家规于民族，今则新史家统观世界。③此种见解自然与实证主义史学的取向已不可同日而语。

实证主义史学强调"求真"是治史的唯一目的。兰克诸人主观上希望取消可能造成曲解历史的最大动因——史学的社会功能，把史学变为单纯的人类经验的集锦，变为好古者回味赏玩和其他学科取证的对象，这在实际上无异于取消了史学的存在价值及其科学的属性。而在事实上，他们也难以完全贯彻自己的主张。但是，20世纪初年，一方面是强调史学社会功能的新史学派兴起，另一方面却又有许多人主张"为研究过去而研究过去"。巴勒克拉夫指出："事实上，那个时期的许多历史学家否认历史学有任何'实际'用途，相反声称自己的任务是'为研究过去'而研究过去。……（这）也表达了同一时代历史学家的共同信念。"④但是学衡派注重史学的社会功能，态度十分明确：治史固然要求真，但是求真并非治史的最终目的。"我们研究历史的最后目的，就在乎应用。"⑤

柳诒徵等人认为，一些人倡言为学问而学问，无非是好自高标。他们

---

① 《陈垣元西域人华化考序》，见《陈寅恪史学论文选集》。
② 柳诒徵：《史学概论》，见柳曾符、柳定生选编：《柳诒徵史学论文集》。
③ 陈训慈：《史学蠡测》，《史地学报》第3卷第1、2合期，1924年。
④ 〔英〕杰弗里·巴勒克拉夫著，杨豫译：《当代史学主要趋势》，上海译文出版社1987年版，第13页。
⑤ 柳诒徵：《历史知识》，见柳曾符、柳定生选编：《柳诒徵史学论文集》。

不懂得，包括史学在内，任何学问的确立都不能没有研究主体及其必然产生影响的对象，前者即是指治学者，后者则是指治学者所身处的社会环境。不与研究主体及其所处的社会发生联系的学问，不仅无从发生，而且即便发生也是毫无意义的。"史断非繁重孤僻之学，而为最普通之学，与社会息息相关。"[1] 在他们看来，史学的社会功能主要有三：一是明历史的因果关系，彰往而察来，助益社会进化。柳诒徵说，"历史的好处，不是可以换钱的，也不是可以骗文凭的，主要好处是彰往察来，晓得支配人群以何种方法最为适当"[2]。二是开拓人们的时空观念，以形成刚健笃实、勇于进取的精神，多识前言往行，增进道德情怀。三是见先贤功业，培养国民的爱国心。缪凤林说，"爱国雪耻，精进自强之念，皆以历史为原动力，欲提倡民族主义必先倡明史学"[3]。

这较梁启超1926年在《历史研究法》（补篇）中，将史学的目的概括为：求得真事实，予以新意义或新价值，以供现代人活动之资鉴，视野更形开阔，概括也更显全面。值得注意的是，在梁启超的概括中没有提到史学具有的爱国教育的功能，而学衡派却格外强调史学对于培养国人爱国主义精神的巨大作用。进入20世纪20年代后日本的侵华野心日益暴露，1931年九一八事变后，日本更明目张胆地发动了侵华战争。中华民族到了最危险的时刻。学衡派更大声疾呼"将历史与政治联合起来"，高扬爱国主义，以推动全民抗战。为此，翌年，柳诒徵、缪凤林、张其昀等人发起创办《国风》半月刊，由柳诒徵执笔的发刊辞，言语沉痛，情真意切。其中写道：

> 淞、沪之血未干，榆、热之云骤变，鸡林、马訾，莫可究诘；仰列强之鼻息，茹仇敌之揶揄。此何时，此何世，尚能强颜持吾国之风而鸣于世耶！……斯刊职志，本史迹以导政术，基地守以策民瘼，格物致知，择善固执；虽不囿于一家一派之成见，要以隆人格而升国格为主。呜呼，诸子好为之！今日为此言，虽涉强颜，而国微犹被暨南朔，凡吾侪胸中愤起潮涌，欲一泄以告吾胞与者，凭恃时机，殆尚未晚。失今不

---

[1]《讲国学宜先讲史学》，见柳曾符、柳定生选编：《柳诒徵史学论文集》。
[2] 陈训慈：《历史之社会的价值》，《史地学报》第1卷第2期，1921年。
[3] 缪凤林：《中国通史要略·总说》，商务印书馆1943年版，第7页。

图，恐更非吾所忍言矣！

与此同时，他们的研究选题也多与抗日的现实需要结合。例如，柳诒徵的《江苏明代倭寇事略》；缪凤林的《中国民族论》、《日本开化论》、《日本军阀论》、《日本军备与最近中国战争》；郑鹤声的《五百年前中国交涉之一幕》；张其昀的《热省形势论》、《榆关揽胜》等文章，都力图以史为鉴，砥砺民族气节，激发国人的抗战热忱。如张其昀的长文《榆关揽胜》在谈到姜女祠及其孟姜女的历史故事时，这样借古讽今说：

> 嗟嗟！孟姜一妇人耳，一念真赤，千古不朽！至今长城之杪，人犹祠而思之，以启人之贞烈。盖中华民族，本富于自卫精神，凡为国牺牲之人，最为一般民众所崇拜，孟姜女故事即为此种观念之具体化；故妇人孺子，家喻户晓，潜移默化，深入人心。数千年来，中国屡受外族侵略，卒能巍然独存者，即赖有此种不屈不挠之精神耳。方今榆关失守，旆旗变色，海滨丽观，沦于异域，有志之士，当必有闻范郎姜女之遗风而奋起者，为中华民族保守国境，使传说上之孟姜女祠，恢复其应有之地位，而矗立于朝鲜海岸古碣石山上，鸭绿江内，还我自由，榆关之山海钜观更加藻饰，使成为华北第一美园。夫前代之理想，可成为后代之事实，呜呼，此岂徒为吾人虚愿而已耶？！①

缪凤林的长文《国史上之战斗观：从国史上证明战斗至上为历史的真理》，更明确强调：一部中国的历史就是一部中国人民奋起战斗的历史，国人当继承历史传统，抗战到底。他写道：

> 抗战至今，已逾四载，赖我将士之忠勇搏斗，国族精神愈益淬厉。反观欧战，仅一再阅寒暑，诸国之不能战斗，与战斗力不竞，或战斗意志不能贯彻终始者，若降若败，及被夷灭者，欧亚合计，数盈二十。英俄若德，以皆能战斗故，争杀之烈，遂呈空前之伟观，虽未来胜负不知

---

① 张其昀：《榆关揽胜》，《国风》半月刊，第2卷第7期，1933年。

谁属，然睹兹近事，亦足征国族与立，以全体性之战斗力与战斗意志为最要。自余思想行动、主义理论，其价值高下，乃至应否存在，悉视其对于国族全体之战斗力，乃至战斗意志裨益之大小，及有无裨益为准则矣。余惟人类之可贵，莫大于善用过去之经验，历史之记载，尤为人类过去之经验之总汇，一时代之事实苟为恒久的真理，必可于史册记载中得其佐证，亦惟史册上能证明的真理，斯应为吾人思虑言动之南针。间尝稽查国史，则知战斗至上实为历史的真实，全部史乘悉可为此真理作注解。[①]

主张经世致用是中国学术的固有传统；而近代民族危机深重，复令一切志士仁人不能不集注目光于救国，传统与现实的结合，使学衡派与龚自珍、魏源、康有为、梁启超、章太炎诸人一脉相承，突出强调史学对于培养爱国主义的重要功能，这是合乎逻辑的。这一点我们在后面还将谈到。如果我们注意到学衡派所译的上述实证主义名著《史学原理》一书，是怎样嘲笑德意志人借历史"鼓励爱国热心与乡土情感"，强调"吾人要求于历史者，自真实外，亦更无余物"；那么我们便不难理解，学衡派对于西方史学思潮的吸纳不仅是有所选择的，而且始终不曾脱离可贵的民族立场。

历史有无自身的发展规律？客观的历史能否被认识？简言之，历史研究是不是一门科学？这也是学衡派必须加以回答的问题。实证主义史学理论相信史学是科学，这在本质上是对的，但是其失误在于固执历史认识与历史存在的绝对同一性。实证主义史学家相信，史学研究从丰富的史料中提纯史实，复由特殊抽象一般，进而发现历史的客观规律，这与自然科学的研究过程并无二致。因之，"历史学是科学，而且是不折不扣的科学"[②]。史学理所当然地得与物理学、化学等并列于科学之林。这种坚持认识与存在绝对的同一，反映了19世纪的科学迷信，它并非历史家独有的过失。进入20世纪后，自然科学尤其物理学的进步，证明了马克思主义关于真理是绝对与相对的统一的论断是合理的。对相信科学规律的绝对性的迷信心理开始消退，但是，

[①] 缪凤林：《国史上之战斗观：从国史上证明战斗至上为历史的真理》，《思想与时代》月刊，1942年第9期。
[②] 〔英〕杰弗里·巴勒克拉夫著，杨豫译：《当代史学主要趋势》，第12页。

与此同时，迷信相对性的思潮却浸浸而起。这在历史领域便表现为否定历史学科学性的相对主义史学抬头。耐人寻味的是，如前所述，学衡派信奉的新人文主义及其自身的崛起，都是欧战后反省西方理性主义的结果；然而，学衡派对于西方出现的相对主义史学，却保持了十分冷静的头脑，既肯定历史家认识的相对性，但是并不怀疑历史学的科学性。

缪凤林指出，历史研究与自然科学的研究存在着明显的差异，就其研究的对象而言，自然科学研究的多是可以直接观察的对象，如动植物、化学实验等等；但是，历史研究的则是人类过往的活动，是永远无法直接观察的对象。即便有先人的遗存或某些原始部落的存在可以证古，但须知"史事皆属唯一，无同样之重演，无绝对之相似，由今证昔，虽可供吾人比较与想象，而今究非即昔也"。也唯其如此，"史学非观察之科学，固可断言者"。此其一。就其研究方法而言，自然科学研究借助于归纳、演绎的方法发明公例后，复可以推勘公例，加以反复试验与验证；而史家在收集和考证史料的基础上，排比事实，列成系统，只"在可能之范围，以再造古人之经验"①，但所得之认识却无法加以试验。此其二。但是，缪凤林强调说，上述差异的存在并不足否定历史学的科学属性，"求历史之公例，实治史之一要图，而史之能成科学与否，亦即以此为断"。与自然科学探求可供直接观察与反复实验的客观自然界的规律相较，历史学探求无法直接观察与再现的人类过往历史的公例，固然要困难得多；但是"史家究不能以是而灰心，必将静观默察，深体明证，以求发见公例，以愈显史之用焉"②。缪凤林的见解可以演绎为这样的逻辑理路：科学是主体对于客体所具有的规律性的系统认识，历史的发展有它自身的公例即规律性，历史家可以并正在逐渐地认识它，所以历史学是一门科学。这无疑是正确的判断。陈训慈的看法与此相类，他说，一些学者以人类活动至为变幻，不能以任何科学的准则相绳为由，否定从孔德、斯宾塞、兰克到巴克尔一脉相承都坚信的历史具有公例，史学是科学的信念，并不令人信服。因为，"人有个性，亦有公性，至有特变，亦多共通"，史学借助科学的方法，"纵不能得万能之定律，要非无循得公例之可

---

① 缪凤林：《研究历史之方法》，《史地学报》第1卷第2期，1921年。
② 缪凤林：《历史与哲学》，《史地学报》第1卷第1期，1921年。

能"。"观乎此，则史学亦自有其科学性"①，尽管它与自然科学毕竟有别。陈寅恪虽然没有专门讨论过史学的科学性问题，但他相信人事虽云变幻，却并非无公例可循，因而也不是绝对不可预测的。他说：

> 天下之至赜者莫过于人事，疑若不可以前知。然人事有初中后三际（借用摩尼教语），犹物状有线、面、体诸形。其演嬗先后之间，即不为确定之因果，亦必生相互之关系。故以观空者而观时，天下人事之变，遂无一不为当然而非偶然。既为当然，则因有可以前知之理也。②

据此相信陈寅恪同样肯定历史学是一门科学，当不至是武断。

需要指出的是，真理既是绝对与相对的统一，对于研究客体认识的相对性和长期性，不是历史学独然；自然科学对于客观自然界的认识虽然具有较大的确定性，但是，归根结底，此种认识也是相对的。科学史上许多公理定律的修正，尤其是爱因斯坦相对论的发现，无不说明了这一点。重要的在于相信和尊重历史发展自身具有的规律性，并孜孜不倦地加以探求。司马迁说"通古今之变"，探索历史变迁、时代兴替的公例，正是中国史学源远流长的优良传统。可以说，缪凤林等人的见解既是继承了中国传统史学的特质，又表现出了对现代科学精神的执着。

如果说，学衡派对于上述有关史学的内涵、功能及其科学性等问题的判断是明确和正确的；那么，他们对于历史观的选择，则陷入了迷茫和失误。"哲人史家各异其解释，遂成多种不同之史观"③。西方已有的史观甚多，五光十色，学衡派按自己的理解，将之分成两大类。一类就是否承认历史是发展变化的而言，大致可分为"动、静二观"。后者认为历史是一成不变的；前者则以为是发展变化的，其中又分成退化观、循环观、进化观三种。然而，从长时段看，历史不仅只有进化而无循环，且也并无退化。"故现代之历史家，于动观之中，又以进化观为是。"④他们肯定进化观是合理的。另一类就

---

① 陈训慈：《史学蠡测》，《史地学报》第3卷第1、2合期，1924年。
② 《俞曲园先生病中呓语跋》，见陈寅恪：《寒柳堂集》，第146页。
③ 缪凤林：《中国民族西来辨》，《学衡》第37期，1925年1月。
④ 陆懋德：《历史研究法》，国立北平师大（讲义），民国，无出版年代，第39页。

历史发展的根本动因而言，则众说纷纭，莫衷一是。主要有：目的史观、宗教史观、政治史观、伦理史观、英雄史观、自然史观（或称地理史观）、唯物史观（或称经济史观），等等。学衡派以为，这些史观固然不可等量齐观，但却都是不能成立的：

目的史观认定全部人类的历史，乃是"绝对精神"，即一既定的计划和目的的展开与实现过程。所谓历史哲学，其根本任务便是阐明此计划与目的之性质。这一史观的代表者是黑格尔及其《历史哲学》。张荫麟认为，这只是黑格尔的"闭眼瞎说而已"。他说："如此神话式之空中楼阁，吾人但以'拿证据来'一问，便足以将其摧毁无余。"①

宗教史观以神事解释人事的演进，在科学昌明的时代，其荒谬已不足烦言。即便以世界大宗教解释人事，佛教倡静玄，基督教主进取，儒家持中，因之印度、西方、中国国民性各异，又如何以偏概全去说明人类的进化史？

社会变迁每与政治有关，这固然不错，但是政治只是人类生活的一方面，不足以解释人类活动的全部。而且政治状态本身已属外象，其造成之因，也别有所在，因之如学术创造、人群之风尚等等社会现象，就不是单凭政治因素所能解释的。"总之，人心不时而变，吾人断不能墨守一单纯分子以为史实组织之基础；而在今日进步社会，尤有非政治所能解释完满者焉。"②

以伦理道德的观念规范历史发展，以为惩恶扬善是历史的本质，这是中国旧史家的典型史观。"我国史旨重在伦理的评判，以道德衡是非之标准，其目的全在树之风声，故可谓之道德的史观或伦理的史观，与今新史学之定义，大相径庭。"③ 其误有二：一是圣贤行而思法，动而思则，谓有道德观念还可说得通；芸芸众人，就不便说其一切活动都是遵循一定的伦理规则而行，如何能以道德观念解说历史？二是古今异势，不可能有一成不变的道德观念规范人类历史。这也决定了伦理史观之不能成立。史中虽隐寓着道德的质素，可供借鉴，但它不是史学的真谛而是伦理学的任务，更不足以成一种为解释历史的史观。

---

① 张荫麟：《论传统之历史哲学》，《思想与时代》月刊，1943 年第 19 期。
② 缪凤林：《中国通史纲要》上，第 4 页；陈训慈：《史学观念之变迁及其趋势》，《史地学报》第 1 卷第 1 期，1921 年。
③ 郑鹤声：《汉隋间之史学》，《学衡》第 33 期，1924 年 9 月。

英雄史观又称大人史观,将历史的发展归于少数伟人的指导,而忽视了民众的力量。殊不知"民众有意无意间,亦每见有势力,而使伟人无所措手足"①。柳诒徵以中国上古史实,更进而说明历史进化的主动力在民众而非个别圣贤。他指出,上古制作,详于《世本》,内有《作篇》尤为研究古代社会开化的重要资料。此外,诸子记载亦足参证。但诸书于某物的发明,往往记载不一。例如,《系辞》言"神农氏作,斫木为耜,揉木为耒",而《世本》称耒为垂与咎繇所作;《世本》言伏羲作琴瑟,又言神农作琴瑟,如此等等。何以同时二人并作,或异代前后反复制作?这实正反映了"古代进化之迹"。神农去伏羲远,伏羲作琴瑟,大抵为草创,未能完善,至神农复加以改良。后世溯原始,独称伏羲不可,独称神农也不可,所以两记之。自燧人氏迄唐虞,至少数千年,"故合而观其制作,则惊古圣之多;分而按其时期,则见初民之陋"。黄帝时,宫室、衣裳、舟车、弓矢、文书、图画、算数并作,后世因之盛称黄帝。实则,黄帝时之制作,或持前人之经验,或赖众人之分工合作,万物并兴绝非个人所为。由是可知,"社会之开化,必基于民族之自力,非可徒责望于少数智能之士。而研究历史,尤当涤除旧念,着眼于人民之进化。勿认开物成务,为一人一家之绩也"②。柳诒徵的见解符合历史唯物论,他对英雄史观的否定也更具力度。

所谓自然史观,即主张以地理环境解释历史的"地理环境决定"论。学衡派以为,其说虽动人,却经不起推敲。印第安岛的气候与澳大利亚相同,但居民的种族不同,其文化更相去甚远;拉丁美洲的气候土壤数百年未尝变化,而后来的白人创造的文明,却是原来的土著所梦想不到的。自然史观之谬误,不言自明。

对于马克思主义的唯物史观,学衡派称谓有不同,缪凤林、陆懋德等人称唯物史观,陈训慈等人称经济史观,张荫麟则称马克思辩证法唯物史观。巴勒克拉夫在他的《当代史学主要趋势》一书中说,"1917年后,马克思主义成为历史思想中的重要成分"③。这一点学衡派也是很清楚的。陆懋德在所译《历史研究法》中指出,自19世纪以来各种史观虽多,归根结底,无非

---

① 缪凤林:《中国通史纲要》上,第4页。
② 柳诒徵:《中国文化史》上,第14页。
③ 〔英〕杰弗里·巴勒克拉夫著,杨豫译:《当代史学主要趋势》,第12页。

"唯心及唯物二大派",后者以德国的马克思为代表,"然今日之研究社会科学者,已多趋于唯物一途"。他在书中介绍唯物史观说:

> 唯物派重视经济的改变,而实重生产方式的改变。在 Marx 意中,其重要之语为 "in changing the modes of production, mankind changes all this social relations."("随着新生产力的获得,人们改变自己的生产方式,随着生产方式即谋生的方式的改变,人们也就会改变自己的一切社会关系")由此而推定凡人类社会的关系,是随着生产方法而变,而所谓原始社会、封建社会、资产社会之不同,皆是生产方法改变之结果。社会的关系一变,则人类的思想、习惯、制度,当然随之改变,而历史即完全改观。例如手工工作能造成封建大地主的社会,汽机工作能造成工业资本家的社会。又由生产方法不同,而形成利益冲突之对立的阶级。例如贵族之于民,平民之于奴隶,资本家之于劳动家,统治者之于被治者,其利益终是对立的,即终是冲突的,而因此生出阶级的斗争,此即是历史的动力所在。故谓 "The whole history of mankind has been a history of class struggle"("至今一切社会的历史都是阶级斗争的历史")。①

陆懋德对马克思唯物史观的介绍大致是准确的。同时,学衡派还积极关注郭沫若等史学家尝试运用马克思唯物史观研究中国历史所取得的成果。郭沫若的《中国古代社会研究》,是公认的我国马克思主义史学的开山之作。该书一出版,张荫麟便在《大公报·文学副刊》发表书评,对郭沫若借助新理论研究中国古代社会,别开生面所取得的成绩表示赞赏,其中写道:

> 郭沫若先生的《中国古代社会研究》是 1930 年我国史界最重要的两种出版品之一。它的贡献不仅在若干重要的发现和有力的假设……尤在它例示研究古史的一条大道。那就是拿人类学上的结论作工具去爬梳古史

---

① 陆懋德:《历史研究法》,第 39—40 页。内引马克思的话,见《马克思恩格斯选集》第 1 卷,第 142、272 页。

的材料；替这些结论找寻中国记录上的佐证，同时也就建设中国古代社会演化的历程。这条研究古史的路径有好几种优点：第一，生产事业的情形和社会的组织无疑是历史中主要的部分之一，较之同时某特殊的人物或事件之虚实，其意义自然重大得多。第二，在古代记录中，因为直接的独立的见证之缺乏，大多数特殊人物和故事的可靠性简直无法考定，唯将传说中这些人物和故事的社会背景不可能凭空捏造，至少可以反映出传说产生的社会情形。我们若以古代记录中考察史象之静方面，其所得结论往往较为可靠。第三，社会制度的变迁，多少有点"理性"或"历史的逻辑"，例如铜器之先于铁器，农奴之先于私人资本发达。……许多时代问题的史料，我们可据其中所表现的制度而排列其产生的次序。因为这些缘故，郭先生所例示的路径是值得后来史家的遵循的。①

但是，遗憾的是，他们对于马克思主义的唯物史观并没有真正理解，却轻率地否定了它。缪凤林说，唯物史观强调，人类必须先有经济物质生活，然后才能有学术政治道德宗教等的活动，如崇楼高阁之有下层基础，诚非过论。"然楼阁形式万殊，其中布置暨所居之人，更千变万化，未始有极，而其基础则较简单而不甚悬殊"，"谓以简单之基础，能决定上层变化之一切乎？"②张其昀也以为，马克思的唯物史观趋于极端，以思想为环境的产物，将历史演进的动因全然归结为经济状况的变迁。不知人力足以征服自然环境和改造生产方式，故谓人定胜天。"马克思学说诚属见小遗大，倒果为因之偏见。"③

然而，这是一种误解。马克思指出，人们在自己生活的社会生产中形成一定的生产关系。"这些生产关系的总和构成社会的经济结构，即有法律的和政治的上层建筑竖立其上并有一定的社会意识形式与之相适应的现实基础。物质生活的生产方式制约着整个社会生活、政治生活和精神生活的过程。""随着经济基础的变更，全部庞大的上层建筑也或慢或快地发生变

---

① 张荫麟：《评郭沫若中国古代社会研究》，《大公报·文学副刊》第208期，1932年1月4日。
② 缪凤林：《中国通史纲要》上，第4页。
③ 张其昀：《时代观念之认识》，《思想与时代》月刊，1941年第1期。

革。"① 为了防止有人将自己的理论庸俗化，恩格斯还特别强调说："……根据唯物史观，历史过程中的决定性因素归根到底是现实生活的生产和再生产。无论马克思或我都从来没有肯定过比这更多的东西。如果有人在这里加以歪曲，说经济因素是唯一决定性的因素，那末他就是把这个命题变成毫无内容的，抽象的荒诞无稽的空话。"② 马克思主义是研究的指南，而不能代替研究。他们不赞成庸俗的唯物主义。所以恩格斯指出，经济因素虽然是最终的"决定性因素"，却"不是唯一的决定性的因素"。政治、观念、法律、宗教和哲学在适应于某种经济状况下一旦形成，便会演化出自己的逻辑，而且对经济基础发生反作用。缪凤林把经济基础与上层建筑的关系，简单地比作崇楼高阁的基础与上层间一成不变的关系，以为基础简单不变而上层摆设与居人却是变动不居的，进而提出"谓以简单之基础，能决定上层变化之一切乎"；张其昀同样指责马克思唯物史观以历史的演进"全为经济状况之变迁所决定"，恰都是将马克思的唯物史观庸俗化了。至于景昌极调侃说，既然简单的基础足以决定上层，那么未有人类之先必先有地球，主张地球史观不是比经济史观更彻底吗？而地球之前先有星云，则星云史观又当比地球史观更彻底，这已不仅是成见而且是一种浅薄的固执了。

张荫麟既肯定郭沫若的古史研究例示的路径值得后来的史家遵循，却又说郭所借助的理论是恩格斯看重的摩尔根的《古代社会》，是书出版在50年前，早已过时了，最终又对郭书作了否定。且不说摩尔根的研究至今有其价值，张的前后矛盾，已未免自失立场。在另一处，张复明确否定马克思的唯物史观，他说：以我国史例，周代分封制度的崩溃和世官世禄之贵族阶级的消灭，是一次社会大变迁；但是，其原因不在于阶级斗争，也不在于出现了什么新的生产工具。事实是，其时黄河流域及长江以北地区，贵族统治的各国因土地大小饶瘠不一，人口多少及武力强弱不一，大国欲统治小国，小国则求独立，由是争战纷起。弱国灭，夷为郡县，贵族也因之而灭。此外，君主与贵族争权，贵族阶级自相兼并残杀，又是造成贵族阶级消灭的原因。"因此皆与阶级斗争、生产工具之新发明或理想上之追求无与，即此一例已

---

① 《马克思恩格斯选集》第2卷，第32—33页。
② 《马克思恩格斯选集》第4卷，第695—696页。

摧破黑格尔与马克思之一切幻想。"①

张荫麟将周代的社会大变动、各国争战、分封制度和世官世禄的贵族阶级的消灭，仅仅说成是强国无道的结果，只是看到了历史的表象，未免失之肤浅。实则春秋末期，随着铁器的普遍使用和牛耕的推广，加以生产技术的改进和某些大型水利灌溉设施的出现，使得农业生产得到了发展，一家一户为单位的小生产和以个体经营为特色的小农阶层，有了成为社会基础的可能。生产力的发展使私田大量出现，促进了私有制的发展和井田制的废除，从而引起了社会阶级关系的变动。大贵族衰败，暴发户崛起，在奴隶主旁边出现了一些封建地主或半封建地主。各国的新旧之争当看成是新兴的地主阶级与没落的奴隶主贵族间的斗争，而田氏代齐、三家分晋、三家分鲁，客卿执政，都意味着世官世禄制度的动摇，地主阶级开始走上了政治舞台。还应当看到，社会经济的发展进一步加强了各国间的经济联系，统一成了时代的要求。各国间的战争固然是争夺，但是它的深层动因是在于应乎统一的时代要求，并在实际上促进了此种统一，却是必须看到的。这早已成为今日遵循唯物史观指导的中国史学界的共识。②此种历史分析符合历史实际，无疑远较张荫麟的见解为深刻。中国的史例不仅不与马克思的唯物史观相矛盾，相反，它进一步证明了唯物史观是指导我们正确认识历史的科学理论。

学衡派既认为已有的史观均不能成立，那么，在他们看来，究竟应当怎样解释历史的发展？于此，他们的观点不尽相同。陆懋德以为，历史的变化是复杂的，取用任何一种原因都不可能解释圆满，因之于唯心、唯物两种史观不可偏用：偏于唯心，则流于虚玄论之病；偏于唯物，则流于机械论之病。较为合理的办法是，就各种史观博采众长，对历史作综合性的解释。不过，他强调，"而经济状况有最大的决定，自当承认"③。张其昀则强调思想是历史的动力，他说："历史之创造由于思想，时代思潮乃生命之主流，宇宙之枢机也。"④徐则陵、缪凤林等人最为具体，他们提出了"人类的保生欲望是历史发展的根本动力"说：人类一切活动起于需要，需要莫大于保生，而

---

① 张荫麟：《论传统历史哲学》，《思想与时代》月刊，1943 年第 19 期。
② 参见郭沫若主编：《中国史稿》第 1 册，人民出版社 1964 年版。
③ 陆懋德：《历史研究法》，第 42 页。
④ 张其昀：《时代观念之认识》，《思想与时代》月刊，1941 年第 1 期。

其适应的方法是向阻力最小的方向进行，逃苦趋乐是其究竟。以此为目标，"人类即因而进化"。初民饥寒交迫，则狩猎，食肉衣皮。饥寒痛苦也，驱逐搏攫，亦痛苦也，后者可忍而前者不可忍，两害相权取其轻，则毋宁避重而就轻。稼穑苦于渔猎，然而不耕不得食。同样，政治组织出现将夺个人的自由，然而不为政治的公共生活，则内有攘夺之虞，外更有侵略之患，其痛苦大于丧失无限制之个人自由，故毋宁就政治范围。保生出于本能，其办法既是向阻力最小处进行，强凌弱、众暴寡的寄生主义自然发生，由是家长寄于妻孥，战士变为贵族，教士变为优生阶级，更进而有今日的资本阶级。如此等等，人类社会历史的一切现象无不可加以解释。[①]以"保生"的欲望解释历史，这与其时梁漱溟将人类文化的发生和发展归于"意欲"，异曲同工。缪凤林等人显然忽略了，人的保生欲望是不可能凭空产生的，它总是与一定的社会物质生活的基础相联系，原始人类不会有现代优生健美的观念，现代人类也不会想到回归茹毛饮血。而且，"朱门酒肉臭，路有冻死骨"，贫富的对立植根于社会经济结构之中，也绝非用所谓"保生的方法总是向阻力最小处进行，缘是引起了寄生主义"所能解释的。说到底，"保生"论，也无非是唯心论。

要言之，学衡派的史观没有超出建立在进化论基础上的资产阶级唯心论史观的范畴。但是，我们也应当看到，他们不同程度也受到了唯物史观的影响，某些识见明显浸润着唯物论的光华，这一点我们在后面将要谈到。

综上所述，20世纪20—30年代，由于受西方史学思潮的影响，中国史学思潮的演进显然也依次存在着三个层面：马克思主义历史唯物论、新史学思潮、实证主义史学思潮。前者是科学的也是最先进的史学潮流，后二者虽同属于资产阶级史学思潮的范畴，但却体现着由19世纪传统史学向20世纪新史学的转换。学衡派的史学思想无疑处于第二层面上，即实现了从实证主义传统到新史学的转换。

[①] 徐则陵：《史之一种解释》，《史地学报》第1卷第1期，1921年；缪凤林：《中国民族西来辩》，《学衡》第37期，1925年1月。

二、"中国史学之双轨"

学衡派的史学思想既实现了由实证主义史学向新史学的转换，他们提出了关于中国史学发展的总体构想，即倡言史学双轨：普及与提高并重。

他们指出，依据世界潮流，可预测将来中国史学的发展，必呈双轨并进的景观："一方以简略之史识，普及于最大多数之人类，以成其'为人'之常识；一方由少数之专家，从事于分析精深之研究，以充实史料而辨正旧失。"[①] 所谓普及，就是宣传中国历史。这里有两层含义：一是向国人尤其是青年宣传国史。学衡派强调，现代的青年应具有三方面的素养：科学的训练、文艺的修养、历史的陶冶。科学训练提示吾人开发富源建设新邦的途径；文艺修养是吾人唤醒国魂恢宏民性的工具；历史陶冶则使吾人养成排除万难挚爱祖国的情操。尤其是日寇入侵、国难当头的今天，明兴亡之大义，负国史之重任，更是青年自觉之源泉。但是，青年人的实际状况却令人担忧。1932 年中央大学入学考试，在 2500 多人的考生中，以府兵为国府的卫队，青苗为青海的苗民的人，竟多达 200 余人。而在中学的课程结构中，国史教学复被进一步削弱，其学分仅占外文的十分之一。现在有许多人的国史知识甚至都赶不上某些外国人，应视为一种耻辱。必须铲除轻视国史的社会心理。陈寅恪因之大声疾呼，"国可亡，而史不可灭"，宣传与普及国史，使之化为国人的常识，"实系民族精神上生死一大事"[②]。他认为清华及全国的学术界于此应有明确的责任感。二是向世界宣传中国历史。学衡派认为，西方的史学虽日进精密，且致力于编纂世界通史，但是西方学者于东方各国尤其是中国的历史知之甚少，十分隔膜。例如，薛九克、推来（Sidgwick and Taylor）的《科学史》，于埃及、巴比伦犹有专章论述，中国则付阙如，而中国的数学于 16 世纪前实睥睨天下。来纲、薛格牢（Langlois and Stignobos）的《历史研究导言》，竟谓历史考证法，东方各国无闻。实则中国史学历史

---

① 陈训慈：《史学蠡测》，《史地学报》第 3 卷第 5 期，1925 年。
② 《吾国学术之现状及清华之职责》，转引自王永兴：《陈寅恪先生史学述略稿》，北京大学出版社 1998 年版，第 199 页。

悠久,考证法之发达远较西方为早。不仅如此,西人论中国历史,往往谬误百出。所以,缪凤林说,"际此以宇宙史为的之日,自我表扬,宣传吾国历史,以答彼土之需要,因而免去种种误会,实吾史学界之天职"①。他且主张在高等学校史学科中特设"国史宣传部",培养兼通国史与西文的专门人才。以十年为期,他们当能以西文编著翔实的国史,行销各国,并出任各国教授,以使西人得以了解中国历史文化。陈训慈也指出,不讲明中国史,即不足以完成世界史。欲穷人类文化之全,也断非西方文化可综其成,而必须博及东方尤其是中国文化。遗憾的是西方学者迄今不懂得这一点,而存轻视中国历史文化之偏见。要使世界了解中国,吾人必须宣传自己的国史。"要知本国之史不修,留待外国学者,为吾所应为之事,实为人世之大羞。"一国之史,唯本国人研究较易真切,外国学者即使持论公允,也难免隔膜误谬。②

在学衡派看来,普及国史最重要的途径是编写中国通史:"惟夫通史能普及,斯历史举能尽其俾益人生之使命。"③关于通史与断代史的优劣问题,历史上有过争论。刘知幾称《汉书》精密,诚通史芜累。但是缪凤林、张其昀诸人却以为刘知幾少现代史学的观念,仅致意于著史的难易,而未能深考"历史本质"与"史学原理"。历史的进化是连续的,断代史则不能见会通因仍之道,明历史变化张弛之规律。这也就是说,通史所以是普及国史的最重要途径,要在于与断代史相较,它可以更加完整和清晰地展示中国历史发展的自身规律,从而助益人们通古今之变。同时,他们的一个更加重要的理由,是以为时至20世纪30年代,时代与中国近代新史学的发展已经为史学家们准备了必要的主客条件,以编写新的中国通史。张荫麟在他的动笔于1935年而于1940年出版的《中国史纲》上册"自序"中,写下的一段话,最足以表达学衡派史学家们的雄心壮志:

> 现在发表一部新的中国通史,无论就中国史本身的发展上看,或就中国史学的发展上看,都可说是恰当其时。就中国史本身的发展上看,我们正处于中国有史以来最大的转变关头,正处于朱子所谓"一齐打烂,

---

① 缪凤林:《中国史之宣传》,《史地学报》第1卷第2期,1921年。
② 陈训慈译:《美人研究中国史之倡导》"译余赘言",《史地学报》第1卷第3期,1922年。
③ 陈训慈:《史学蠡测》,《史地学报》第3卷第5期,1925年。

重新造起"的局面；旧的一切瑕垢腐秽，正遭受彻底的涤荡剡割，旧的一切光晶健实，正遭受天捶海淬的锻炼，以臻于极度的精纯；第一次全民族一心一意地在血泊和瓦砾场中奋起以创造一个赫然在望的新时代。若把读史比于登山，我们正达到分水岭的顶峰，无论四顾与前瞻，都可以得到最广阔的眼界。在这个时候，把全部的民族史和它所指向道路，作一鸟瞰，最能给人以开拓心胸的历史的壮观。就中国史学的发展上看，过去的十来年可算是一新纪元中的小段落；在这十年间，严格的考证的崇尚，科学的发掘的开始，湮没的旧文献的新发现，新研究范围的垦辟，比较材料的增加，和种种输入的史观的流播，使得司马迁和司马光的时代顿成过去……回顾过去十年来新的史学研究的成绩，把他们结集，把他们综合，在种种新史观的提警之下，写出一部新的中国通史，以供一个民族在空前转变时期的自知之助，岂不是史家应有之事吗？①

应当说，张荫麟的见解绝非夸大之词，而是反映了这位其时公认的杰出的年轻史学家的一种远见卓识。近代中国现代意义的新史学，如果从梁启超分别发表于1901年、1902年的《中国史叙论》和《新史学》算起，是时已历30余年。新史学的通史著述，如果从夏曾佑于1904—1906年由商务印书馆分三册陆续出版的《最新中学中国历史教科书》（1933年改名为《中国古代史》，作为《大学丛书》之一，重新出版）算起，也走过了大致相同的历程。其间史学理论与方法的创发，新史料的发现以及新研究领域的开拓和新成果的积累，诚如张荫麟所说，主客观条件的应和，决定了30—40年代是产生新一代中国通史佳构的重要时期。如果我们注意到，吕振羽的《简明中国通史》、范文澜的《中国通史简编》、翦伯赞的《中国史纲》等一批最具代表性的通史著作，其酝酿和成书出版，几乎都是集中在30、40年代之交（尽管多为马克思主义史家的著作，与张荫麟的理路不同），就不难理解张荫麟的预言，表现了多么活跃的学术思想和具有怎样可贵的前瞻性。事实上，包含张荫麟在内，学衡派对于中国通史的编写曾作过一系列探讨。概括起来讲，这主要包括两个方面：

---

① 《〈中国史纲〉自序》，见张云台编：《张荫麟文集》。

一个方面,是关于编写中国通史的指导原则。学衡派主要强调了以下的几个原则:

(一)"明吾民独造之真际。"[①] 即须排除所谓的"中国文明西来"或叫"中国人种西来"说,明确中国历史文化的起源是中国民族独立创造的。自晚清以来,由于西方学者倡言,所谓的"中国文明西来"说风行一时,时至 20 世纪 30、40 年代仍称述不衰。学衡派认为,这无非是"欧西文化帝国主义之谰言,欲举我国文化而附庸之也"。而许多学者信以为真,趋之若鹜,以至于"垂为定论,甚至形之著述,纂入课本"[②],自损民族的自信力,天下盲从之悲剧,实无过于此者。他们起而力斥其非。缪凤林不仅在《史学杂志》、《学衡》、《东方杂志》先后分别发表了《中国民族由来论》、《中国民族西来辨》、《中国史前之遗存》诸文,且在自己的《中国通史纲要》中辟专章再行论列。柳诒徵的《中国文化史》第一章"中国文明的起源",开宗明义也在于力排"中国文明西来"的谬说。人所周知,迄今中国考古学的发展业已证明了学衡派观点的正确性。但是,我们仍需指出,如果我们注意到其时"中国文明西来"说甚嚣尘上,包括顾康伯的《中国文化史》、陈安仁的《中国上古中古文化史》、杨东莼的《本国文化史》等在内多种有影响的《中国文化史》著作,同样热衷于是说,那么我们便不难体认学衡派力排众议,主张编写通史必须清除"中国人种西来"说之谬论,以明中国历史文化起源于中国民族独立创造的"真际"的原则,不仅具有尖锐的针对性,而且是怎样的难能可贵了。

(二)宣传民族的爱国主义精神。学衡派认为,新史学的重点在民族而非个人,这就决定了国史的撰写必须着眼于整个的民族。而近百年来中国民族外患频仍,现在日寇入侵,其命运更是危险到了万分。中国民族能否免于灭亡,寻找一条生路,关键在于此一盘散沙似的国民能否恢复自己固有的民族精神,团结成坚强的民族,共同克服此难关。孙中山先生讲,"要救中国,想中国民族永远存在,必要提倡民族主义"。这是唯一的南针。而所谓提倡民族主义,就是提倡弘扬民族的爱国主义精神。此当为撰写通史的一个重要

[①] 缪凤林:《中央大学历史系课程规例说明草案要删》,《史学杂志》第 1 卷第 1 期,1929 年。
[②] 郑鹤声:《应当如何从历史教学上发扬中华民族之精神》,《教与学》第 1 卷第 4 期,1935 年。

原则。陈训慈说，国史教学应当"充分发达本国民族之由来、变迁与演进，提示民族伟大的事迹，而引起学生之强烈的民族意识，激励他们为本国民族之生存与繁荣而努力"[①]。缪凤林也说，国史的基本目标，"亦即为如何从讲习国史，以唤醒中华民族的自信心，振起中华民族精神，恢复中华民族堕失的力量，达到结合国人成一坚固的民族之目的，以挽救当前危局，使中华民族永远存在而已"[②]。

（三）正确表述历史上的民族关系，以增进中华民族的团结。学衡派强调，复兴民族意识是对的，但是必须明确，这里所讲的民族是指中华民族即"大民族主义"，而非是指汉族即"小民族主义"。一些外人常以中国人、满人、蒙人、藏人对称，固然是居心不良；而某些国人提倡民族意识却突出以汉族为中心的小民族主义，对于中华民族的团结也是有害的。国人应当懂得，"其所谓唤醒本国民族运动，自指整个中华民族而言；其所谓培养自信自觉发扬光大，则指整个中华民族之团结，而促进民族之自信力而言，以国内对国外立论也"。故国史编撰及其教学的旨趣，"当弃以汉族为中心之小民族主义，而提倡整个中华民族之大民族主义，俾全国人民逐渐养成大一统之观感，共同其利害之关系。如是则金瓯虽缺，意识犹定，纵形式或灭亡分裂，而精神则永久团结一致，长其抵抗，失土未始不可以恢复"[③]。反之，则亲者痛仇者快，祸且不可言矣。郑鹤声撰有《应如何从历史教学上发扬中华民族之精神》长文，对此阐述尤为系统。他指出，所谓"汉满蒙回藏五族共和"的提法并不恰当，而汉族与其他兄弟民族间仍存离心力，很重要的原因是受共和前的史书及共和后编写的不善的历史教科书的影响所致。他认为，中国古代虽有"夷夏之辨"的说法，但是其界限在于文化程度的高低而非是种族的判分。所谓"春秋大义"讲"内诸夏而外夷狄"，其实质是抱"诸侯用夷礼则夷之，夷而进于中国则中国之"的主张，即中国是文化程度高和趋进文明的代名词。故孔子和儒家宽种界，而四裔民族亦以归化中国为荣，由野蛮而进于文明。与此相应，中国历史与各民族从上古起便呈现出了大融合和大一统的发展趋势。诸族受汉族之同化，汉族移植各地，复为各诸

[①] 陈训慈：《民族名人传记与历史教学》，《教与学》第1卷第4期。
[②] 缪凤林：《中学国史教学目标论》，《国风》月刊，第7卷第4期，1935年。
[③] 郑鹤声：《历史教学旨趣之改造·小引》，正中书局1935年版。

所同化。中国历史文化的演进，造成了一种"错综杂糅之现象"，故能团结四万万人民，以成为世界第一大民族。"虽至今日，尚在蜕化作用中，渐趋于大中华民族之途径。""此中华民族之所以伟大也。"据此郑鹤声主张，对于历史上朝代的变更及各族间的冲突，均应视为室内操戈阋墙之争，如今之直皖之战，奉直之争而已。"从大中国立场而言，我国数千年来，从无亡国之事，其间朝代容有变更，然亦只囿于政权在国内之移转而已。"①所以，于历史上民族关系的叙述，应有所选择，主要当突出民族间相互融合的事实，以明造成今日整个中华民族的历史过程，和表彰唐太宗一类注意发展各民族间和睦关系的"广义的积极的民族英雄"，而于相反的事实和"狭义的消极的民族英雄"，则可置而不论。缪凤林在他的《中国通史要略·总说》中也强调说，中国是多民族的国家，"国史的主人，今号中华民族"，"中国史者，即汉族与诸族相竞争而相融合为一中华民族之历史也"。②张荫麟更明确指出，"述中华民族之形成和先民的业绩"，必须"摒弃大汉族主义一套的理论"，即与传统的大汉族主义决裂。③

需要指出的是，究竟应当怎样看待中国古代历史上的民族战争，是迄今学术界仍存争议的问题。学衡派史家于此意见也并不完全一致。例如，陈寅恪批评存有大汉族主义情绪的人，一味颂扬汉族文化而贬抑少数民族文化，是一种无知。若读藏文的正续《藏》，可知西藏人的学问甚高。又如信奉伊斯兰教的民族，在中古阿拉伯人有极高的文化，"不能因自己无知，遂谓其无文化"。但是，陈寅恪不赞成回避历史上的民族战争和热衷于证明民族同源，而主张重视传播真实的历史知识。1936年初，他在"魏晋南北朝史"课堂上谈到中学历史教学有关民族问题时说：

  近闻教育部令，中学历史教科书不得有挑拨国内民族感情之处，于民族战争不得言，要证明民族同源。予以为这是不必要的。

  为证明民族同源，必须将上古史向上推，如拓拔魏谓为黄帝之后，欲证明其同源，必须上推至黄帝方可。这就将近年来历史学上之一点进

---

① 郑鹤声：《应如何从历史教学上发扬中华民族之精神》，《教与学》第1卷第4期。
② 缪凤林：《中国通史要略·总说》。
③ 吴晗：《记张荫麟》，《大公报》1946年12月13日。

步完全抛弃，至为可惜。此命令虽止限于中学以下，大学不在所限。然大、中、小学所讲之历史，只能有详略深浅之差，不能有真伪之别。在政府此种政策之下，遂有扫黄帝陵之举。殊不知非特不能调和民族间感情，反足以挑拨之也。

人每谓后代之某民族即古代之某民族，此极危险，极靠不住，极难说。持毫无证据之玄想假设，遂于古代民族间的战争，讳而不言，殊为不当。

不讲民族战争，如汉史不讲与匈奴之战和，本时期（魏晋南北朝）不讲华胡之战，则更无事可言。古代史上之民族战争，无避讳之必要。[1]

但是，不论学衡派史家上述具体的观点有何差异，他们提出关于在通史编撰和教学中要正确表述历史上的民族关系，摒弃大汉族主义以维护中华民族的团结的原则主张，却是共同的。这不仅具有鲜明的针对性（其时不少史家自觉不自觉地在自己的著作中依然流露出大汉族主义的情绪），而且在今天也仍然是必须遵循的正确原则。

（四）既要突出古代的光荣史，也要突出近代的屈辱史，以增强国人的民族自信力和自觉心。学衡派以为，归根结底，国史编撰与教学的最终目的应在于宣传民族精神，"而不为颓丧民族精神之刺激"。因是之故，中国民族古代的光荣史，诸如汉唐的统一盛世以及蒙恬败匈奴、张骞通西域、苏武不辱使命、郑和下西洋等的历代伟大人物及其业绩，固当浓墨重彩，予以突出宣传；近百年中华民族备受列强侵略、丧权辱国的屈辱史，也"自当详加阐述"。因为"说明近世中国民族受列强侵略之经过，则激发学生之民族精神，并唤醒其在中国民族运动上责任的自觉"[2]。这里表现了学衡派可贵的辩证法思想。

（五）忠于史实，以求信史。"编纂历史，殊非易事"，它绝不容"任意傅会，伪造事实"。柳诒徵特别强调这是史德问题，也是编纂通史最基本的要求。[3] 其时有人倡言，学校教育既以三民主义为中心，历史教学也应当主要讲与民族、民权、民生相关的内容，以服膺"党义"。缪凤林表示坚决反

---

[1] 蒋天枢：《陈寅恪先生编年事辑》，上海古籍出版社1997年版，第98—99页。
[2] 陈训慈：《初级中学历史课程标准草案》，《史学杂志》第1卷第1期，1929年。
[3] 柳诒徵：《清史刍议》，见柳曾符、柳定生选编：《柳诒徵史学论文集》。

对。他认为，只能说三民主义植根于中国历史，这也正是国民所以能理解它的原因所在；但是，绝不能本末倒置，根据三民主义去剪裁中国历史："言党义者，当奉历史为中心，不当削通史以就党义。"①这依陆惟昭的话说，就是研究理解历史，须"以人类社会为标准，不以特殊阶级为标准"，"要用真实的学者精神研究历史，不以作史为手段"。②学衡派的此种主张，不仅符合历史唯物论的观点，而且在其时能如此直言不讳，更是难能可贵的。

另一方面，是关于通史的体例及其方法论问题。

对于通史编写的体例，学衡派主张借鉴西方。他们认为，历史非孤立的史事罗列，其起伏消长是诸多因素互相影响，错综变化的结果。传统的编年、纪传二体，虽然编次不同，前者以年次序，后者以人次序，但"俱非论理之次序"，故难以明史事的因果关系，这是它们的最大弊端。袁枢创纪事本末体固然解决了此一问题，但也仅是局部的，它于"全书当以论理之组织统一之"这一全局性的问题，仍无能为力。而西方史学通行的史书，多是纪传、编年和纪事本末三体合用，如剑桥大学的《世界全史》即是如此。此类合用体"最适于通史之用，而实为吾国前人所未见。将来吾国之通史，必将于此取法"③。具体讲，通史当采用西方的以上古、中古、近古、近世一类的分期法，而无须拘泥于以朝代为断，融合三体，变通为用。当然，此种分期法，说到底，也仅是便于编撰与读者理解的一种假设，不应作机械理解，以为历史可以一刀两断，成上古中近平列的数段。所以，陆惟昭说：试问，唐天祐三年（906）为中古，梁太祖开平元年（907）为近古，在天祐三年十二月三十日晚十二时，与开平元年正月一日晨一时，只有一小时之差，难道社会制度及其生活状况就能有偌大的变化吗？同时，他们强调应将政治与文化等作综合的叙述，以见二者内在的互动关系。不能像一些旧有的课本那样，上古史完了，接着讲种种上古的制度、宗教、风俗等等，使读者误以为政治自政治，文化自文化，成了千年的零碎账目。如此，"非但不能使学者领会思想与文化有造成政治风俗之能力，或政治风俗有酿成思想之能力，并且将

---

① 缪凤林：《中国通史纲要·自序》。
② 陆惟昭：《中等中国历史教科书编辑商例》，《史地学报》第 1 卷第 3 期，1922 年。
③ 张其昀：《刘知幾与章学诚之史学》，《学衡》第 5 期，1922 年 5 月；陆懋德：《历史研究法》，第 54 页。

历史事实成为辟空而来，突然而去的把戏"①。很显然，学衡派所设想的通史体例，要在于既能彰显历史发展变化的"论理之次序"即内在的逻辑性，同时全书又能"以论理之组织统一之"，即体现史家匠心独运的统一观点的整合，首尾一贯，浑然一体。

在编写通史的方法论问题上，学衡派的见解更显具体：

其一，"认中国历史为世界史之一部分。"

柳诒徵以为，中国史"殆不过世界史中之一部域，一阶程，吾人正不容以往史自囿"②；陈训慈则谓须了解"中国文化对于世界文化之关系"③，他们都是在强调应将中国历史置于世界历史的大背景下加以考察。但表述的最具体的是陆惟昭。他指出，中国本为世界列国之一，其与世界的关系犹如个人与社会的关系。所以，"中国史固当具世界眼光"，重视历史上中国与世界发生的相互关系。这自然并不是意味着要将世界事实牵强附会到中国，"乃是将世界眼光，观察国史"；也并不是意味着要以世界历史去规范中国历史，"乃是把中国历史，加入世界历史"。譬如，元代的西征和唐代的玄奘取经，无疑是关乎欧亚国际之大交涉与中印文化融合的重大历史事件，但因当时的史家只有中国眼光而缺乏世界的眼光，故于如此重要的史实却记载甚略，今日已觉非常可憾。由是可知，"则以中国史为世界史之一部分，乃是编中国史正当方法，也即是今后必趋之方向"④。治中国史要具备世界的眼光，这是今天史学界仍需强调的重要观点。

其二，"削笔标准"及其史事的组织。

历史浩繁，史家著述不能不有所取舍。缪凤林等人讲，著史应能论其大而忽其细，执简驭繁，以表现历史演进构成之真相。这大略也代表了其时新史家的一般见解，但不免失之于笼统。张荫麟是学衡派史学家中善于作理论思辨的学者，他于此径直提出了编撰通史中"削笔标准"的问题，并陈述了自己的主张。张荫麟指出，论者于此常引韩愈"记事者必提其要"作答，意在强调当视史事的重要性。但是，判断史事是否具有重要性的标准是什么？

---

① 陆惟昭：《中等中国历史教科书编辑商例》，《史地学报》第1卷第3期，1922年。
② 柳诒徵：《中国文化史·弁言》。
③ 陈训慈：《初级中学历史课程标准草案》，《史学杂志》第1卷第1期，1929年。
④ 陆惟昭：《中等中国历史教科书编辑商例》，《史地学报》第1卷第3期，1922年。

习见的回答实际上并没有解决问题。张荫麟认为，无论史家自觉与否，他们事实上是依据五种标准，取舍史事：一是"新异性的标准"。史事除了具有时空的特殊性外，还有内容的特殊性，后者即为史事的"新异性"。史事的重要性与其自身的"新异性"成正比。这里有几种情况：（1）史事于当时富有"新异性"，其后类似者迭出，后起者的"新异性"递减，而作始者的"新异性"却并不减；（2）相类者若甚少，则后起者仍不失其"新异性"；（3）"新异性"是相对于一定的历史范围而定；（4）"新异性"相对于我们的历史知识而言，因某些先例未被认知，其后起者的"新异性"自高，此种情况将随着人们历史知识的增进而改变；（5）"新异性"所代表的社会范围有不同，故不仅要注意社会局部的"新异"，尤当注意社会全部的"新异"。二是"实效的标准"，即要看史事影响于人群苦乐的大小。三是"文化价值的标准"。即真与美的价值。以"新异性"为准，灼见与妄诞的思想，精粹与恶劣的作品，有同等的"新异性"。由于哲学上真的判断与文学艺术上美的判断，尚无定论，"故在此方面通史家容有见仁见智之殊"，且文化价值的观念既随时代而改变，此标准自然也是变动不居的。四是"训诲功用的标准"。即得失成败的鉴戒与道德的评价。旧史家大抵依此标准，但是"近代史家的趋势是在理论上要把这标准放弃，虽然在事实上未必能彻底做到"。在通史里，这个标准当予以放弃，这不是因为历史不具备训诲的功能，也不是因为它不值得注意，而是因为它不是通史的任务，应归于其他的学科。如，战争的成败当归于军事学，人物得失教训当归于社会心理学中的"领袖学"的范围。五是"现状渊源的标准"。即以与现实关系密切者为重要。近代史家每以详近略远为标准，但这不可一概而论。"历史的线索，有断而复续的；历史的潮流，有隐而复显的。随着社会当前的使命、问题和困难的改变，久被遗忘的史迹每因其与现状的切合而复活于人们的心中"。张荫麟强调，以上除第四条外，史家编纂通史当自觉和严格地合并加以采用。

张荫麟概括的上述五种"削笔标准"，确为史家尤其是新史家所实际应用，因而合乎实际，具有合理性。他强调的所谓"新异性"，实指史事所具有的反映历史划阶段发展的意义。故他说："我们的理想是要显出社会的变化所经诸阶段和每一段之新异的面貌和新异的精神。"秦、汉、隋、唐、宋、元、明、清都曾统一过中国，但是秦的统一是中国历史的创始者，故其"新异性"较后起者为大；同样的道理，张骞"凿通西域"和毕昇发明活字印刷，自然也都具有极重要的"新异性"。张荫麟强调尤其当注意"社会全部的新异性"，无疑是指具有划时代意义的重大历史事件。所谓"实效的标准"和"现状的标准"，强调了注重史事对于社会历史与现实的影响。而他在谈到"文化价值的标准"时，注意到了人们的文化价值观念是随着时代的变动而变动的，则表现了可贵的辩证思维。张荫麟断言编纂通史必须放弃"训诲的标准"，也许有失精当，且与其"文化价值的标准"说也不无矛盾；但是，从总体上看，他所概括的五种削笔标准和主张自觉和严格地加以综合运用（训诲标准除外），具有很强的学术指导意义却是显而易见的。不仅如此，他关于"对文化价值无深刻的认识的人不宜写通史"，"知古不知今的人不能写通史"的见解，更是十分深刻的。

张荫麟的见解并未止于此。他进一步指出，在依标准选择了史事后，尚须借助四个范畴才能将之统贯成一个有组织的系统。这就是：因果的范畴；定向的发展范畴；演化的发展范畴；矛盾的发展范畴。因果的范畴不必说，所谓定向的发展，是指一种变化的过程。其诸阶段互相适应，而循一定的方向；所谓演化的发展，也是一种变化的过程，但其诸阶段中任何两个连接的阶段皆相近似，而其作始的阶段与其将毕的阶段则绝殊；所谓矛盾的发展，同样也是一种变化的过程，但是，"肇于一不稳定组织体，其内部包含矛盾的两个元素，随着组织体的生长，它们间的矛盾日深日显。最后这个组织体的内部的冲突绽破而转成一新的组织体，旧时的矛盾的元素经改变而消纳于新的组织中"[①]。张荫麟说，演化的发展与定向的发展，矛盾的发展与定向的发展，分别可以是同一事情的两个方面，唯有演化的发展与矛盾的发展则是两种不同的事情。他所谓的定向的发展实指"发展"的共性，而演化与矛盾的发展则是其"殊性"，即分别指渐进的发展与突变。张荫麟将史事的组织仅仅归结为上述四种范畴的统贯是否科学，并不重要；重要在于，他看到了历史的发展是一个包含渐变与突变相统一的过程，因而主张须借此去理解和统贯史事，这与一般史家只强调因果范畴不同，它合乎唯物主义的历史观，表现了深邃的历史洞察力，具有宏富的内涵，是值得重视的。张荫麟的上述

[①] 《〈中国史纲〉自序》，见张云台编：《张荫麟文集》。

思辨，使学衡派关于通史方法论的见解顿生光华。

其三，内容与形式、科学与美术的统一。

学衡派以为，著史的内容当求实，是属于科学的问题；而著史的形式，如史事如何选择，如何表述，则是属于美术的问题。二者必须兼顾。历史是过往的人类生活，其本身是生动的。求真实不仅不会令历史著作沉闷，相反，唯真实最生动，问题在于如何表现真实。陆懋德说："试观鲜花美景，乃是至真至实，而乃至为可爱，故知历史上之真实人事，并非沉闷无味，而作史者使变为沉闷无味者。"即端在历史家表现无力。张荫麟以为，通史欲引人入胜，须如讲故事般娓娓道来，尽可能少引或不引原始材料，以减少沉重感。陆懋德则谓，"作者果能描写前代之人，如活现于前代之时，斯为最善"[①]。

其四，通史编纂应采取分工合作的组织形式。

编纂通史是一项艰巨的工程，非个人所能承担，须由众人分工合作有组织地进行。这可以说是学衡派的共识。但是于此张荫麟的考虑较比更为具体。他认为，撰写通史应当从约集同志，编纂国史长编入手。此长编不要求一贯之系统，各册独立，可以是有关一事、一人、一制度、一时代或文化一方面之专史，也可以是丛杂之论集。篇幅多少不拘，但要有新意。各册随得随刊，也不必统一编次，类似于英国有名的《文化史丛书》。在另一处，他在谈到国史课本的编纂问题时，又作了进一步的发挥。他说：

> 设想一个以友谊和共同兴趣为基础的小团体，内中包含各方面的专家和一两位有历史兴趣的散文作家，而其中有一些史家比较喜欢作广阔的鸟瞰的反省，和文章技术上的试验。大家合作，无争功，推一总纂，共讨论出本课本当包括的项目，拟成一大纲。不妨先发表，征求意见，然后由总纂最后去取。第二步，就团体中各专家就所专范围，认自己担任部分，去广收资料，纂成长编。其间当有讨论。长编全部告成，也可刊出讨论。总纂据此开始作课本的初稿。由初稿到定稿，也讨论，后由总纂裁定。[②]

---

① 陆懋德：《历史研究法》，第56—57页。
② 张荫麟：《关于"历史学家的当前责任"》，《大公报·史地周刊》第2期，1943年9月28日。

简言之，张荫麟主张组成通史编写组，实行总纂负责制。先成全书大纲，再分头编纂长编。在此基础上，由总纂写出初稿，经讨论，再由总纂最终定稿。一人独修好还是众力合作好，这是个老问题。张荫麟说，"我们以为纲目的选择，资料的搜集，和文字的商酌，不可不集合众力。但最初的草稿，和最后的定稿，却不可不由一个负责"。故其主张的核心，实在组成实行总纂负责制的编写组及从编纂长编入手两条。这在20世纪30年代初，固然是一种创见。但是，需要指出的是，张荫麟设想的是个人与众力相结合的编纂方式，故其总纂不仅是最终的定稿者，而且是全书的初稿提供者。换言之，总纂是借重众力的独立撰稿人，他与现在所谓的主编不同，责任更重，难度也更大。张荫麟的主张是合理的，同时也带有理想化的倾向，但是，迄今被广泛采用的主编负责制的集体编写形式，明显包含着张荫麟构想的合理成分，却是必须看到的。

学衡派的史家多心存编纂中国通史之志。俞大维说，陈寅恪"平生的志愿是写成一部《中国通史》"[①]，但惜未能如愿。缪凤林与张荫麟则各自都独立出版了通史著作，尽管规模都有限。缪凤林于1931—1935年出版了《中国通史纲要》（三册），1943年复出版了《中国通史要略》（三册）；张荫麟的《中国史纲》（上册），1935年始撰，出版于1941年，1944年再版时改名为《东汉前中国史纲》。全书并未完成。他们的著作颇能体现上述学衡派关于通史编纂的原则与方法。缪凤林的《中国通史要略》将中国历史分为十个时代：唐虞以前曰传疑时代；唐虞夏商西周曰封建时代；东周曰列国时代；秦汉曰统一时代；魏晋南北朝曰混乱时代与南北朝对峙时代；隋唐五代曰统一时代与割据时代；宋元曰汉族式微与北方诸族崛兴时代；明曰汉族复兴时代；清曰满族入主时代；民国曰中华民族更生时代。其《中国通史纲要》则全书分四编：前编导论，略述史学通义及国史上之民族年代与地理；次编历代史略，以说明各时代之重要潮流；三编政治制度；四编学术文化与宗教，则分门论述，自太古至最近，以明近日各现象之所由来。两书显然都不拘泥于朝代，而竭力突出历史进化的脉络。故缪凤林自谓，体例"为近代史著"。张荫麟

---

① 《怀念陈寅恪先生》，转引自蒋天枢：《陈寅恪先生编年事辑》，上海古籍出版社1997年版，第49页。

的《中国史纲》虽未完成，但从现在的上册看，其体例建构，更加简洁严谨，别开生面。本册分十章：周代的封建社会；霸国与霸政；孔子及其时世；战国时代的政治与社会；战国时代的思潮；秦的兴亡；大汉帝国的发展；汉初的学术与政治；改制与易代。张荫麟在自序中说，本书努力达到的目标有三：其一，"融合前人研究结果和作者玩索所得。以说故事的方式出之，不参入考证，不引用或采用前人叙述的成文，即原始文件的载录亦力求节省"。其二，"选择少数的节目为主题，给每一所选的节目以相当透彻的叙述。这些节目以外的大事，只概略地涉及以为背景"。其三，"社会的变迁，思想的贡献，和若干重大人物的性格，兼顾并详"。应当说他事实上达到了自己的目标。

首先，张荫麟一向主张通史的主编当"斫制营构，固须自用匠心"，即须独具只眼，使自己的书显示特色。现在其书以选择上述所列的十大"节目"建构，确实抓住了东汉前中国历史的"主题"，不枝不蔓，脉络清晰，与众不同。但是，本书更令史家刮目相看的最大特色还不在这里，而在于它断然从有文字可考的商代开篇，而将飘渺难稽的远古时代一笔带过。其时考古尚属幼稚，夏以往的历史除神话传说外，尚缺乏实据。从夏曾佑到缪凤林，史家多以"传疑时代"专章叙述，所论不免费力。张荫麟的处理办法举重若轻，实属大手笔。所以，胡适到了晚年虽然对张荫麟当年追随学衡派反对自己，仍然耿耿于怀，但是，他对于张荫麟的《中国史纲》（上册）另辟蹊径，断然从商代讲起，却赞叹不已。

其次，本书不仅注意突出社会的变迁，而且尝试将政治、经济、文化作统一的综合考究，揭示其内在的联系，从而避免了旧有的史书往往把三者割裂开来，成了简单拼盘的弊端。例如，其第九章"汉初的学术与政治"，分设下列四个节目，就清楚反映了这一点："汉初黄老学说的盛行"；"黄老学说与经济的发展"；"儒家的代兴与思想的统一"；"儒家与武帝朝的政治"。这也是张荫麟受其时唯物史观影响的一个例证。

最后，本书用流畅的白话文撰成，文字简洁生动，少引艰涩的原始资料，可读性很强。这与缪凤林的书用文言，大量征引资料，成了鲜明的对照，故其影响也较后者广泛。以下引其全书开篇的第一段文字，以见其宗旨与风格：

从前讲历史的人每喜欢从天地剖判或混沌初开说起。近来讲历史的人每喜欢从星云凝结地球形成说起。这部书不想拉扯得这么远。也不想追溯几百万年以前东亚地方若干次由大陆变成洋海，又由洋海变成大陆的经过。也不想追溯几十万年以前当华北还没有给飞沙扬尘的大风铺上黄土层的时候，介乎猿猴与人之间的北京人怎样在那里生活着，后来时候又怎样改变，使得他们消灭或远徙，而遗下粗糙的石器，烧火的烬迹，和食余的兽骨，在北平附近的周口店的地层中。也不想跟踪此后石器文化在中国境内的分布、传播和进步，直至在于公元前六七千年间而且有初期农业精致陶器的仰韶文化（仰韶河南渑池附近）所代表的阶段。

这部中国史的着眼点在社会组织的变迁，思想和人物的创辟，以及伟大人物的性格和活动。这些项目，要到有文字记录传后的时代，才可得确考。

严格地说，照现在所知，我国最初有文字记录的时代乃是商朝，亦称殷朝，略当于公元前18世纪中叶至12世纪中叶。本书即以商朝为出发点。然后回顾其前有传说可稽的四五百年，即以所知商朝的实况为鉴别这些传说的标准。[1]

张荫麟的《中国史纲》第一册出版，一时新人耳目，引来好评如潮。陈梦家在《评张荫麟先生〈中国史纲〉（第一册）》中说：史书要求作者凭材料，在合理的方法下去"复原"历史，这工作有三要：一是如何慎重鉴别与选择所用的材料；二是如何利用这些材料而选择若干"要点"以表现当时整个的面目；三是当史料缺乏不全时如何用合理的推论去弥补这些空隙。以此衡量张荫麟的《中国史纲》第一册，十分令人满意。[2] 贺麟则写道："他的《中国史纲》，虽仅部分完成，是他人格学问思想文章的最高表现和具体结晶。书中有真挚感人的热情，有促进社会福利的理想，有简洁优美的文字，有渊博与专精的学问，有透彻通达的思想与识见。"[3] 新中国成立后的1955年，该书曾由三联书店又一次再版。新近书店又开始卖这本书了。足见其富

---

[1] 张荫麟：《东汉前中国史纲》第一章。
[2] 陈梦家：《评张荫麟先生〈中国史纲〉（第一册）》，《思想与时代》月刊，1943年第18期。
[3] 陈梦家：《评张荫麟先生〈中国史纲〉（第一册）》，《思想与时代》月刊，1943年第20期。

有生命力。

学衡派从普及国史的角度强调重通史的编纂,复从史学发展的角度强调专史的研究,以为二者相辅相成,并行而不悖:"夫惟通史能普及,斯历史益能尽其裨益人生之使命;惟专史有精究,斯史学能有无限之增拓(分析专究虽如疏阔,但合之往往有造于通史)。两者之间,尤必谋相互之联络,异日相与并进,必能由相反而相成,以促成史学之进步。"① 不过,他们强调说,重视专史研究还不仅仅是发展史学所必需,更重要的是它同时体现了中国传统史学观念的更新。旧史家根于帝王,专注朝廷,而忽略了历史进化的主体即民族与社会的生活,故视野狭隘。这反映在中国史部上,则是分目不广,大抵以书为类,甚少以事为题。中国史学范围,始定于《隋书·经籍志》,分为:正史、古史、霸史、起居注、旧事、职官、仪注、刑法、杂传、地理、谱系、簿录;迨清代,《四库全书》则分为:正史、编年、纪事本末、别史、杂史、诏令奏议、传记、史钞、载记、时令、职官、政书、目录、史评。今史标举民主,史例自当因时而变,即当扩大史的范围,如农商渔牧、工艺医药、建筑绘画、音乐文学、宗教风俗,以及军事外交、政治教育、路电邮船,等等,上下古今,胪举万流,无不可"仿欧美之例,著为专门之史"。不唯如是,从前的历史不过范围数千年,今则由人类学的发展而可推知数十万年之前;从前只人类有史,今则推至动物植物以至于矿物地质等等,莫不可以有史。依柳诒徵的说法,这叫"革新正史","运用以新法,恢弘史域","于史界开新纪元"。依郑鹤声的说法,历史不仅不是一个残余的名词,而且是一种涵盖各类科学的一门科学。② 由是以观,史学的堂庑固然大为展扩,而注重专史研究也自成了势所必至之事了。

学衡派以为,专史从理论说虽是无所不包,但是究其实际,无非分类与断代两种。前者若中国文化史、中国政治史等,为通史性的专门史;后者若汉代文化史、汉代政治史等,为断代的专门史。从这个意义上说,专史研究也应当是双轨并进。对于促进专门史的研究,柳诒徵诸人提出了两方面的设想:

---

① 陈训慈:《史学蠡测》,《史地学报》第 3 卷第 5 期,1925 年。
② 柳诒徵:《中国史学的双轨》,《史学与地学》1926 年第 1 期;郑鹤声:《汉隋间之史学》,《学衡》第 33 期,1924 年 9 月。

其一，编纂《全史目录》与《国史长编丛书》。

柳诒徵力主编纂《全史目录》。他指出，整理中国旧史并非易事，入手之法，首先宜编一全史目录。传统目录家分经、史、子、集四部，划史于经、子、集之外，既无以见史之全体，即就史书一部分论，所谓正史、杂史、编年、纪传等类，分划也欠精当。近年新书、古器层出不穷，尚未见有人合新旧之书，成一详备的目录以饷学者，欲整理旧籍，不得要领。故他主张联合同人，编就《全史目录》，打破传统经史子集及正史编年等的范围，以分代史、分类史、分地史、分国史为纲，而以经史子集及近出新书包括外国学者研究中国历史的著作，复推及图谱器物等，凡与历史有关者，均为条举件系，汇为一编。"俾学者知欲治某朝某类之史，可先按目而求，尽得其原料之所在，然后再以近世史学家之眼光、方法，编制新史，始不致蹈向壁虚造之机。"① 诸学者分工合作，专任一朝或一类，全书应含提要及索引。书成，三年增补一次。各大学图书馆及历史博物馆均应购置，以便利学者。应当说，柳诒徵重视史学目录的编纂工作是合理的，因为这是史学研究的基础，但是，失之求全。新旧史书浩若烟海，层出不穷，编专题目录可行，欲编全史目录不仅财力难支，而且在事实上不必要，也是难以做到的。

比较起来，张荫麟、张其昀等人主张编纂《国史长编丛书》，可操作性就很强。如上所述，他们并不要求长编有统一的体例，知人论事，不拘一格，随得随刊，只要求是有新意的专史研究著作。长编在促进专史研究的同时，也即为通史的编纂提供了基础。张其昀说，"此非徒为少数人谋，后来任何有志通史者，均可用为凭藉"。"这是我们共同的理想。"时当抗战时期，长编未能愿。张荫麟不幸英年早逝，张其昀后到台湾，利用其影响，终有机会编纂《中国丛书》，10年间成书300余种，自谓"可算了了当年志愿"，足见其执着。②

其二，成立中国史学会，以加强对史学研究的组织与规划。

学衡派从一开始就十分重视史学研究中的组织与规划工作。1920年初，南京高师文史地部在原有的地学会的基础上成立史地研究会，会员数十

---

① 柳诒徵：《拟编全史目录议》，《史地学报》第3卷第1期，1924年。
② 张其昀：《中华五千年史自序》，见潘维和主编：《张其昀博士的生活和思想》上，第28页。

人，柳诒徵与竺可桢、徐则陵、白眉初同为指导员。1922年第四届（按学期分）会员会时，曾邀请北京大学史学系的陈衡哲教授作题为《中国史学家之责任及机会》的讲演。1921年创办《史地学报》，缪凤林出任总编辑。该刊第1卷第2期即发表了陈训慈的《组织中国史学会问题》一文。作者主张可由各大学的史学教授及专门史家联合发起成立中国史学会。他认为，成立中国史学会，有三大益处：促进实学研究；阐扬中国文化；收集与保存史料。中国史学会的任务当包括：（1）整理旧史；（2）编订新书；（3）探险考察；（4）保存古物；（5）组织图书馆、博物室，供学者以及社会之参观与研究；（6）参预近史：促进清史之编定、发行年鉴、收集近史资料等。第1卷第2期则有短评《国际学术团体与吾国》指出，1921年的国际美术史公会与维也纳东方古物博鉴会，都不曾有中国史家出席和阐扬中国文化，令人慨叹。往后国际交流日多，中国学者应多出席。但这不能寄希望于政府，当靠国中学者起而组织学术团体。"史学会可以发扬吾国之文化，济世界学者之不及，实尤为切要之图也。"1922年，张其昀在《学衡》第5期撰文，也提出了成立中国史学会的问题，并谓："吾人鉴于前史馆志局之失败，则中国史学会当如何讲究组织，确定步骤，明立科条，审定区域，使有总纂，以为举纲领，有编辑以尽分功，以其所能，易所不能，或事分析，或事综合，互相合作，秩然有序。"[①]更明确指出了成立中国史学会的目的，要在于发挥其组织与规划的作用。1923年万国历史学会在比利时首都布鲁塞尔召开第51次年会，请各国派代表参加。中国教育部通令各省教育厅说"得自由出洋与会"，敷衍了事。《史地学报》于此力予抨击，同时再次呼吁史学界同人，联手成立中国史学会以与世界对话。1926年，《史地学报》改称《史学与地学》。1929年，《史学与地学》分为《史学杂志》与《地学杂志》。值得注意的是，《史学杂志》自署由南京中国史学会编辑。其创刊号上有《本志启文》说："本志由中国史学会同人编辑发行，以发表研究著作，讨论实际教学，记述史界消息，介绍出版史籍为宗旨。"查其主要编纂者，仍然是柳诒徵、缪凤林、郑鹤声、张其昀、陈训慈诸人。所以，所谓"中国史学会同人"实际就是原先史地研究会中从事史学研究的那些会员。这也就是说，柳诒徵、缪凤

[①] 张其昀：《刘知幾与章学斋之史学》，《学衡》第5期，1922年5月。

林等学衡派中的史学家们率先打出了"南京中国史学会"的旗号,他们显然是希望借此促成代表全国的中国史学会的最终诞生,用心可谓良苦。

柳诒徵诸人关于成立中国史学会,通过有组织有计划地编纂史学目录,刊行《国史长编丛书》,以期学界同人分工合作,共同推进中国史学研究发展的愿望,虽然因时代条件的限制并未能实现,但是,他们个人在专史研究领域身体力行,开拓进取,却取得了突出的成就。这只要指出,柳诒徵的《中国文化史》、陈寅恪的《隋唐制度渊源略论稿》、《唐代政治史述论稿》和汤用彤的《汉魏两晋南北朝佛教史》等皇皇巨著,即便在今天,也仍然被公认为是构建20世纪中国史学大厦不可或缺的奠基石,就说明了这一点。

20世纪20、30年代,是现代意义上的中国史学由20世纪初发凡起例,过渡到40年代初步发展重要的转折时期。学衡派提出中国史学循双轨发展,即普及与提高并重,通史与专史并举的构想,其意义不仅在于,他们提出的诸如通史编纂的原则与方法、开拓史学研究领域和倡言建立全国性的史学团体加强统筹规划等等的具体见解,不乏创意;更主要还在于,反映了学衡派得风气之先,他们对于中国史学发展趋势的总体把握,富有前瞻性。如果我们对学衡派未能关注马克思主义史学的发展不作苛求,那么,我们便不难体认其关于中国史学双轨发展的构想,包含着宏富的内涵与巨大的历史合理性。

三、"钻研古书,运以新法"

学衡派既注意对中国史学发展大趋势的宏观把握,同时也十分重视探讨史学研究的方法论问题。

柳诒徵为其得意学生郑鹤声的题词:"董理国故,殊非易言,钻研古书,运以新法,恢弘史域,张我国光,厥涂孔多,生其益勖。"[1]这里强调"钻研古书,运以新法",就是提出了史学研究的方法论问题。而郑鹤声显然领悟了乃师的题词的真谛,且加以进一步阐发。他在《清儒之史地学说与其事业》一文中说,西学东渐已数百年,但清儒仅仅效其智识,未能"学其治学

---

[1] 《郑鹤声自传》,见《中国现代社会科学家传略》第2辑,山西人民出版社1982年版。

之方",运用"科学整理之方法"①,故订证虽勤,新理不昌,囿于一隅,不足为淹通之学。今之史家欲超越前人,积极吸纳西方的新法当是不二之法门。李思纯更径直将西方实证主义史学有关方法论的经典著作,即法国的朗格诺亚与瑟诺博合著的《史学原论》翻译成中文出版。他在"译者弁言"中说:"吾非盲聋,宁敢厚诬中国史学之无方法,惟以吾国史籍浩瀚,史料芜杂,旧日法术,或有未备。新有创作,尤贵新资,则撷取远西治史之方以供商兑,或亦今日之亟务。此则译者所由从事之志耳。"李思纯同样强调了改进史学研究的方法是当务之急。需要指出的是,王国维去世后,有关其学术思想的评论如潮,但是,惟陈寅恪突出强调了王国维在方法论上创新的重大意义。他在《王静安先生遗书序》中将王国维史学研究的方法,归结为三条:取地下之实物与纸上之遗文互相释证;取异族之故事与吾国之旧籍互相补正;取外来之观念与固有之材料互相参证。他对此给予了高度的评价:"要皆足以转移一时之风气,而示来者以轨则。吾国他日文史考据之学,范围纵横,途径纵多,恐亦无以远出三类之外。此先生之书所以为吾国近代学术界最重要之产物也。"从一定意义上可以说,陈寅恪是把王国维的创获,主要归结为他在方法论上的独辟新径。这自然也表明,陈寅恪本人对于史学研究的方法论问题是如何之重视了。

综而观之,学衡派对于史学研究的方法论问题,主要提出了以下的主张。

(一)学术通义在于发现"新问题"

学衡派的史学家,尤其是柳诒徵、陈寅恪诸人,受乾嘉学派的影响颇深。前者讲"欲治史学必先读史",后者谓"读书须先识字",都反映了这一点。但是,他们的学术视野又都超越了乾嘉学派,而站立在了现代学术的层面之上。故柳诒徵又指出:考据是极好的治学方法,但须防止畸形发展,专注一个局部而忽略了全局。"所以一方面能留意历史的全体,一方面更能用考据方法来治历史,那便是最好的了。"②而陈寅恪对清代经学与史学的批评,

---

① 郑鹤声:《清儒之史地学说与其事业》,《史地学报》第 2 卷第 8 期,1925 年。
② 柳诒徵:《历史之知识》,见柳曾符、柳定生选编:《柳诒徵史学论文集》。

则更具深意。他说，有清一代经学号称极盛，史学则远不如宋人。其原因不尽在文字狱，而在于清代的经学与史学都无非是考据之学。夸诞之人治经学，固然流于奇诡悠谬，不可究诘；而谨愿之人治经学，却只会解释文句，"不能讨论问题"，综合贯通，成一有系统的论述。为名利计，时人竞趋经学而史学衰。陈寅恪以为，只是近20年来受西学的影响，国人的史学研究才开始逐渐摆脱清代经师的旧染，有合于当今史学的真谛。① 在这里，陈寅恪不仅批评了清代考据学，而且指出了学术研究贵在"讨论问题"的见解。在另一处，他更进而提出了一个著名的论点："一代之学术，必有其新材料与新问题。取用此材料，以研究问题，则为此时代学术之新潮流。治学之士，得预于此潮流者，谓之预流（借用佛教初果之名），其未得预者，谓之未入流。此古今学术史之通义。"② 陈寅恪鲜明地提出，包括史学在内一切学术研究的真谛，即在于发现、讨论与研究新问题，新史家当摆脱清代经学的旧染，自觉地把握这个学术真谛。这无疑在方法论上具有重要的指导意义。

但是，柳诒徵、陈寅恪诸人的见解并未就此打住，而是进一步生发开去。何谓"发现新问题"、"讨论问题"？在他们看来，这就是要求史家当具备"综合贯通"的"通识"，给历史现象做出新的合乎科学的诠释。柳诒徵很欣赏梁启超论史的下面一段话："吾今标一史题于此，曰刘项之争与中亚细亚及印度诸国之兴亡有关系，而影响及于希腊之东陆领土，问者必疑其风马牛不相及。然吾征史迹而有以明其然也。又曰吾又标一史题于此，曰汉攘匈奴与西罗马之灭亡及欧洲现代诸国家之建设有关，闻者将益以为诞，然吾比观中西诸史，而知其因缘甚密切也。"以为这里强调的正是"疏通知远"的史家通识。历史本身具有普遍的联系，本无所谓本国与外国，史家的视野应当开阔。"若仅局于一部研究，不足以见其全体与相互之关系。"③ 陈寅恪也指出，所谓综合贯通的通识，就是要求研究某种历史现象，不能"囿于时间空间之限制"，而须"总汇贯通，了解其先后因果之关系"。④ 考据是需要的，但它还仅是史学研究的第一步，从史中求史识，即获致对历史的新认

---

① 《陈垣元西域人华化考序》，见《陈寅恪史学论文选集》。
② 《陈垣敦煌劫余录序》，见《陈寅恪史学论文选集》。
③ 柳诒徵：《历史之知识》，见柳曾符、柳定生选编：《柳诒徵史学论文集》。
④ 《论隋末唐初所谓"山东豪杰"》，见陈寅恪：《金明馆丛稿初编》。

识，才是史学研究的最终目的。"考兴亡之陈迹，求学术之新知"①，故陈寅恪虽是公认的精于考据的大家，但其治史的旨趣又绝非考据学所能概括的。俞大维回忆其表兄说："他常说：'在史中求史识。'因是中国历代兴亡的原因，中国与边疆民族的关系，历代典章制度的嬗变，国计民生、社会风俗与一般经济变动的互为因果，及中国的文化能存在这么久远，原因何在？这些都是他研究的题目。"②足见其视野之开阔与旨趣之高远。明白了这一点，也就不难理解何以陈寅恪常常发出这样的叹喟："自来读史者惜不知综贯会通而言之也"；"至其所以然之故，则非好学深思、通古识今之君子，不能详切言之也"；对一些史家囿于传统褊狭的思维方法，表示惋惜。马克思主义认为，普遍联系的观念是辩证法思想的核心之一。陈寅恪诸人强调史家应当具有广阔的视野，注意复杂的历史现象间的内在联系，正是体现着一种可贵的辩证法思想。从这个意义上说，他们主张"讨论问题"、"综合贯通"的"通识"，也正是提倡一种包含着辩证法思维的史学研究方法。

其时，顾颉刚主编的《古史辨》正风行一时，"一般关于史学的研究，亦集中于史料或小问题之探讨"。傅斯年更主张"史料即史学"，被目为"新汉学家"。柳诒徵于此不以为然，在东南大学力倡"史实之综合与推论，其精神与新汉学家不同"③，正是强调了通识的重要。张荫麟径直批评"史学界又往往循考据而忘通义，易流入玩物丧志之途"④。不过，陈寅恪在魏晋南北朝史和隋唐史的研究中所取得的杰出成就，在理论与实践的结合上，更是构成了体现上述"通识"的典范。下面是他在《唐代政治史述论稿》中分析唐代统治阶级变迁的一段文字：

> ……则知有唐一代三百年其统治阶级之变迁升降，即是宇文泰"关中本位政策"所纠合集团之兴衰及其分化。盖宇文泰当日融合关陇胡汉民族之有武力才智者，以创霸业；而隋唐继其遗产，又扩充之。其皇室及佐命功臣大都西魏以来关陇集团中人物，所谓八大柱国者即其代表

---

① 《论唐高祖称臣于突厥事》，见陈寅恪：《寒柳堂集》，第 97 页。
② 蒋天枢：《陈寅恪先生编年事辑》，上海古籍出版社 1997 年版，第 48 页。
③ 胡先骕：《梅庵忆语》，《子曰丛刊》1934 年第 4 辑。
④ 张其昀：《中华五千年史自序》，见潘维和主编：《张其昀博士的生活和思想》，第 27 页。

也。当李唐初期此集团之力量犹未衰损，皇室与其将相大臣几全出于同一之系统及阶级，故李氏据帝位，主其轴心，其他诸族入则为相，出则为将，自无文武分途之事，而将相大臣与皇室亦为同类之人，其间更不容别一统治阶级之存在也。至于武曌，其氏族本不在西魏以来关陇集团之内，因欲消灭唐室之势力，遂开始施行破坏此传统集团之工作，如崇尚进士文词之科破格用人及渐毁府兵之制等皆是也。此关陇集团自西魏迄武曌历时既经一百五十年之久，自身本已逐渐衰腐，武氏更加以破坏，遂致分崩堕落不可救正。其后皇位虽复归李氏，至玄宗尤称李唐盛世，然其祖母开始破坏关陇集团之事竟及其身而告完成矣。此集团破坏后，皇室始与外朝之将相大臣即士大夫及将帅属于不同之阶级。同时阉寺党类，亦因是变为一统治阶级，拥蔽皇室，而与外朝之将相大臣相对抗。假使皇室与外廷将相大臣属于一阶级，则其间固无阉寺阶级统治国政之余地也。抑更可注意者，关陇集团本融合胡汉文武为一体，故文武不殊途，而交将相可兼任；今既别产生一以科举文词进用之士大夫阶级，则宰相不能不由翰林学士选出，力镇大帅之职舍蕃将莫能胜任，而将相文武蕃汉进用之途，遂分歧不可复合。举凡进士科举之崇重，府兵之废除，以及宦官之专擅朝政，蕃将即胡化武人之割据方隅，其事俱成于玄宗之世。斯实宇文泰所创之关陇集团完全崩溃及唐代统治阶级转移升降即在此时之征象。是以论唐史者，必以玄宗之朝为时代划分界线。其事虽为治国史者所得略知，至其所以然之故，则非好学深思通古识今之君子，不能详切言之也。①

不难看出，陈寅恪对于唐代统治阶级变动的研究，不仅将中央政权与区域集团势力、胡汉民族关系及其文化问题联系起来，而且将魏晋南北朝史与隋唐史打通作长时段的考察，从而展示了广阔的视野，再现了历史本身多样化的内在联系和因果关系。他擅于思辨，富有敏锐的观察力，往往利用习见的史料，在政治、社会、民族、文化、宗教、思想、文学与风习等许多方面，发现他人从未注意到的联系与问题，综合贯通，引出新鲜而令人折服的

---

① 陈寅恪：《唐代政治史述论稿》，生活·读书·新知三联书店1956年版，第49页。

诠释。唯其如此，陈寅恪为隋唐史研究开辟了新生面。他指出：欲理解中古史，必须集注于民族与文化二端，其中文化关系实较种族关系更为重要；武周之代李唐，不仅为政治之变迁，实亦社会之革命。若依此义言，则武周之代李唐较李唐之代杨隋其关系人群之演变，尤为重大；人谓安禄山之受重用，一出于李林甫固位之私谋，陈寅恪却从分析河朔地区胡族与胡化转盛的情势出发，以为唐玄宗所以将东北六镇付诸柘羯与突厥合种之安禄山，其主因是出于民族与情势的考虑，即出于羁縻的需要，"实为适应当时环境之唯一上选，而与李林甫无涉……"如此等等。这些观点多发人所未发，无不令人耳目一新。著名历史学家周一良先生在《我所了解的陈寅恪先生》中说："怎么样分析陈先生研究历史看得这样透彻，分析得这样精深呢？我觉得与辩证法有关。就是说陈先生的思想含有辩证因素，即对立统一思想，有矛盾有斗争的思想，事物之间普遍联系的思想。在许多浑浑沌沌之中，他能很快找出重点，能因小见大，而这些思想方法与辩证法有关。"[①] 显然，周先生在很大程度上也是将陈寅恪的史学成就，归功于他具有辩证思想的研究方法。

（二）"史学考据，即实事求是之法"

学衡派不赞成将史学仅仅归结为"考据学"，但这并不妨碍他们继承乾嘉学派的传统，重视史学考据，坚信无征不信和坚持实事求是的科学精神。陈寅恪为刘文典的《庄子补正》作序，叹为"天下之至慎"。他说："其著书之例，虽能确证其有所脱，然无书本可依者，则不之补。虽能确证其有所误者，然不详其所以致误之由者，亦不之正。"基于积累的经验，陈寅恪还发明了考证史事的公式。据其门弟子所记："先生自述所用的考证方法，先确定'时'和'地'，然后核以人事，合则是，否则非。"他将"时"和"地"的交叉点，比作解析几何的 Cartesian point。[②] 故傅斯年曾盛赞陈寅恪的汉学功力不在钱大昕之下。汤用彤于考证史事也极为谨慎。胡适高度评价他的《汉魏晋南北朝佛教史》，说："锡予的书极小心，处处注重证据，无证之说

[①] 中山大学历史系编：《〈柳如是别传〉与国学研究》，浙江人民出版社1996年版。
[②] 《陈寅恪先生传》，见蒋天枢：《陈寅恪先生编年事辑》，第224页。

是有理亦不敢用，这是最可效法的态度。"① 陈寅恪诸人在继承乾嘉汉学的基础上，又充分吸纳了西方新史学的观念，故其强调的考据已属新考据方法。

也因是之故，学衡派对于近代西方考古学的兴起，给予了高度的重视，因为在他们看来，这是新史学的"一大进步"，可为史家考证史实，提供强有力的佐证。缪凤林指出："自近世域外考古之学日盛，学者采掘地藏，常有发见，太古之事，原人之史，向视为荒昧无稽者，亦渐有端诸可寻。史料日增，史域日广，流风所被，吾国学者于考订彝器甲骨之外，亦有采视石史之志，而前遗存，时有出土。由此等材料不仅可略补旧史之缺，且可证明古书之某部分全为实录，即百家不雅训之言，亦不无表示一面之事实焉。"② 缪凤林与张荫麟的通史著作都充分利用了考古的资料，陆懋德还发表了《由甲骨文考见商代之文化》的专文。很自然，学衡派对于王国维"取地下之实物与纸上之遗文互相释证"的"二重证据法"，都是由衷赞成的。

但是，需要指出的是，"二重证据法"在实际操作上也存在着难度。地下的实物若与纸上的遗文吻合，事情固然简单；若二者不吻合，显然便存在着一个如何正确对待古书、古史的问题。学衡派认真地提出了这个问题。某日有人往见王国维，以新发现古彝器为由，主张改写周代的历史。"王氏默不置答"。缪凤林为此评论说，古彝器可以补正纸上的材料，但是"古书之未得证明者不能加以否定"③。陈寅恪则强调，要能利用考古发现等新材料，必须对旧材料很熟悉，因为新材料是零星发现的，是片断的，旧材料熟，才能把新材料安置于适宜的地位，正像一幅残破的古画，必须知道这幅画的大概轮廓，才能将其一山一树置于适当的地位，以复其观。在今天能利用新材料的，上古史部分必须对经书很熟，中古以后则必须熟史。他在《杨树达积微居小学金石论丛续稿》中，复指出："非通经无以释金文，非治史无以证石刻。群经诸史，乃古史资料多数之所汇集。金文石刻则其少数脱离之片段，未有不了解多数汇集之资料，而能考释少数脱离之片段不误者。"④ 这即是说，金文石刻古彝器之类毕竟是脱离历史文献主干的片断记录，因之不能

---

① 《胡适的日记》，1937 年 1 月 18 日，中华书局香港分局 1985 年版。
② 缪凤林：《中国通史纲要》上，钟山书局 1932 年版，第 12 页。
③ 缪凤林：《评马衡〈中国之铜器时代〉》，《史学杂志》第 1 卷第 3 期，1929 年。
④ 《杨树达积微居小学金石论丛续稿序》，见陈寅恪：《金明馆丛稿二编》。

首先把握后者，对前者也就不可能有正确的考释。要言之，学衡派以为考古资料与文献资料可以互证，但是后者是主要的，因之，在二者不能互证时，不能轻易地否定古书、古史。这与章太炎的观点是一致的："以器物作读史之辅佐品则可，以器物作订史之主要物，则不可。如据之而疑信史，乃最愚之事。"①

正是据此，学衡派对其时以顾颉刚等人为代表的古史辨派的疑古思想提出批评。古史辨派的疑古思想，是五四新文化运动后资产阶级新史学同封建旧史学斗争的产物。他们借助西方新的治学方法并继承了中国学术的疑辨传统，在古史传说、古籍、古人和古地的考订辨伪等方面做出了杰出的成就，有力地冲击了封建旧史学崇古、尚古的传统观念。特别是顾颉刚于1923年提出了"层累地造成中国古史"的著名论断，以为时代愈后，传说的古史期越长，传说中的古史中心人物材料越多，形象也越大。这样造成的古史，自然包含着大量虚假的成分。此说对于推动时人的思想解放和中国古史研究，都产生了积极的作用。但是，无可讳言，古史辨派并未接受唯物史观的指导，他们以假设为前提的疑古辨伪，不仅还只限于文献整理的阶段，于建立新的古史系统尚无能为力，而且往往疑古过头，主观臆断，疑真为伪，削弱了自己的学术影响力。学衡派以为，古非不可疑，就学术研究的历程而言，一切学问皆当从疑始，古史自不能例外。但是，这需要广求证据，实事求是，不能一味疑古，专求翻案。古史辨派正是于此步入了误区。顾颉刚以为古史不可信，"后人何以文籍越无征，知道的古史越多？"胡适则断言商代不出石器时代，主张"现在先把古史缩短二三千年，从《诗三百篇》做起"。陆懋德反驳说，上古史事因文字不详，往往不见于记载而可征于器物。埃及史迹因考古发掘，历史愈推愈远。可知借助考古，后人知道的古史日多，本不足为怪。同时，上古人类进化缓慢，西人定欧洲旧石器时代不少于六万年，新石器时代不少于数万年，故借考古成就将上古文化愈推愈远，埃及历史已推至八千年前，"而谓吾国文化仅有二三千年之历史，其谁信之？"考古发现愈多，文化上溯愈远，"古史只有延长之势，并无缩短之理"②。《诗三百篇》

---

① 章太炎：《论经史实录不应无故怀疑》，《国风》半月刊，第6卷第3、4合期，1935年。
② 陆懋德：《评顾颉刚〈古史辨〉》，《清华学报》第3卷第2期，1926年。

内能确定为周初作品者极少，若中国历史只从此算起，周衰前的历史都将一笔勾销，那么，《诗经》保存的材料、地下发掘的殷虚甲骨文数万片以及现存西周鼎盘铭文，都是代表殷商及周初的文字，其年代较《诗经》为古，又岂能存而不论！陆懋德的反驳是有力的，但还仅是限于逻辑的推理。张荫麟和陈寅恪的批评，从方法论上指出古史辨派的谬误，则更具有根本性的意义。

顾颉刚否定禹是夏代先王，以为"禹"非人而是"虫"的观点，在其时最遭人非议，曾引起了激烈的争论。张荫麟在《学衡》第40期上发表长文《评近人对于中国古史之讨论》，批评顾颉刚的失误在于违反了"默证"的运用原则，实为"根本方法之谬误"。他指出，凡欲证明某时代并无某种历史观念，必须能指出其时代中有与此历史观念相反之证据。若因某书或今存某时代之书没有记载某史事，便断定某时代无此观念，此种方法称"默证"。据法国学者包诺波的研究，默证的运用有严格的界限：其一，"未称述某事之载籍，其作者立意将此类之事实为有系统之记述，而于所有此类事皆习知之"；其二，"某事迹足以影响作者之想像力，而必当入于作者之观念中"。顾颉刚的论证法几乎都是运用默证法，而十有八九都违反了默证的适用范围。由是，张荫麟进一步写道：

> 谓予不信，请观顾氏之论据：
>
> "《诗经》中有若干禹，但尧、舜不曾一见。尚书中（除了《尧典》、《皋陶谟》）有若干禹，但尧、舜也不曾一见。故尧、舜的传说，禹先起，尧、舜后起，是无疑义的。"
>
> 此种推论，完全违反默证适用之限度。试问，《诗》、《书》（除《尧典》、《皋陶谟》）是否当时历史观念之总记录，是否当时记载唐、虞事迹之有系统的历史？又试问，其中有无涉及尧、舜事迹之需要？此稍有常识之人不难决也。呜呼，假设不幸而唐以前之载籍荡然无存，吾侪依顾氏之方法，从《唐诗三百首》、《大唐创业起居注》、《唐文选汇选》等书中推求唐以前之史实，则文景光武之事迹其非后人"层累地造成"者几希矣！

此前，柳诒徵撰有《论以〈说文〉证史必先知〈说文〉之谊例》一文反驳顾颉刚"禹是虫"的观点，顾颉刚等人曾群起而攻之。但是，对于张荫麟的上述批评，他们却讳莫如深，足见张文实中肯綮。陈寅恪的见解与张荫麟相类，但是讲得很朴素，却同样是有力的。他说：

> 凡前人对历史发展所留下来的记载或追述，我们如果要证明它"有"，则比较容易，因为只要能够发现一二种别的记录以作旁证，就可以证明它为"有"了；如果要证明它为"无"，则委实不易，千万要小心从事，因为你只查了一二种有关的文籍而不见其"有"，那还是不够说定的，因为资料是很难齐全的，现有的文籍虽全查过了，安知尚有地下未发现或将发现的资料仍可证明其非"无"呢！①

事实上，王国维本人在提出他的"二重证据法"时，就已郑重提醒人们：上古之事，传说与史实往往不分。史实之中固不免有所缘饰，与传说无异；但传说之中也往往包含有史实的成分，二者实不易区别。所以，疑古的精神是可取的，但是疑古过头，一味否定古书古史，便会矫枉过正，走向反面。学衡派持论符合王国维的本意，其根本主张可用陈寅恪的一句话来概括："史学考据，即实事求是之法。"②20世纪以来考古学所取得的一系列新发现，正改变着人们对中国文明史的传统认识。当代著名的史学家李学勤先生曾对新闻媒体发表这样谈话：考古学的一系列重大发现，已"使得中国五千年文明史的上古段——由五帝传说到夏商周三代——有了坚实可信的文化序列"。"我们把文献研究与考古研究结合起来，用'二重证据法'来客观地审查古书，研究古代历史文化，这是疑古时代所不能做到的。我们利用考古资料可以对过去疑古派所造成的许多'冤假错案'给予平反。我曾经说过：'疑古思潮是对古书的一次大反思，今天我们应该摆脱疑古的若干局限，对古书进行第二次反思。'走出疑古，是考古学带来的必然趋向。"③这有助于我们

---

① 罗香琳：《回忆陈寅恪师》，见朱传誉主编：《陈寅恪传记资料》（一），台北天一出版社1981年版。
② 《杨树达论语疏证序》，见陈寅恪：《金明馆丛稿二编》。
③ 江林昌：《走出疑古时代：李学勤先生谈考古发现与中国文明史学术史研究》，《中国教育报》2000年4月25日。

进一步认识学衡派的上述见解。古史辨派自有其历史地位，但是，学衡派对前者疑古过甚的批评及其强调实事求是的考据方法，同样也是应当肯定的。

（三）比较研究的方法

在学衡派的史学家中，陈寅恪与汤用彤都很强调和注意运用史学的比较研究方法。陈寅恪认为，"在治史中能开阔思路的一个比较好的方法，就是作比较研究，尤其是对历史人物的判断"[①]。他在清华国学研究院先后开设了"古代碑志与外族有关系者之比较研究"、"摩尼教经典与回纥文译本之研究"、"佛教经典各种文字译本之比较研究"、"蒙古文、满文之书籍及碑志与历史有关者之研究"等课程，显然都突出了比较研究的方法。汤用彤在北京大学讲授中国哲学史也常常借用西方和印度哲学的概念、范畴，加以对比研究。例如，他详细阐述了斯宾诺莎关于上帝的思想，借以分析王弼的"贵无论"；引莱布尼兹的"预定和谐"说来说明嵇康的"声无哀乐"论；参考休谟对经验的分析来解释郭象破除了离用之体。所以任继愈先生回忆说："有意识地运用历史比较方法研究中国佛学史，开创者是汤先生。"[②]

汤用彤主要的研究领域是汉魏两晋南北朝时期的佛学，陈寅恪则为魏晋南北朝与隋唐史，但他自己说"喜谈中古以降民族文化史"。总之，他们都将其时印度佛教的输入及其与中国固有文化的冲突、融合复杂的历史文化现象作为自己研究的重点。他们所运用的比较研究的方法，在这过程中也得到了充分而精彩的展示。例如，汤用彤为了"证明外来文化思想到另一个地方是要改变它的性质与内容的"，在《文化思想之冲突与调和》一文中，对"灵魂"、"念佛"概念作了分析。他指出，中国灵魂、鬼和地狱的概念并非完全是从印度来的。从学理上讲，"无我"是佛教的基本学说，"我"就是指灵魂，即通常所说的鬼。"无我"就是否认灵魂的存在。国人讲轮回，相信定有一个鬼在世间轮回。但没有鬼而轮回，正是佛学的特点，也正是释迦牟尼的一大发明。此外，中国佛教信徒念阿弥陀佛。但是"念佛"本指坐禅的

---

① 转引自陆键东：《陈寅恪的最后二十年》，第186页。
② 任继愈：《汤用彤先生治学的态度和方法》，见《燕园论学集》，北京大学出版社1984年版。

一种，并非口里念佛。又佛经中有"十念相续"的说法，国人以为是口中念佛名十次。实则"十念"的念字乃是指最短的时间，和念佛坐禅以及口中念佛也都不相同。中国人是把念字的三个意义混合，失掉了印度本来意义。①在《谢灵运辨字论书后》一文中，汤用彤又分析了谢灵运如何将中国"圣人不可学不可至"的传统理念，与印度"圣人可学亦可至"的传统理念调和起来，归纳出"圣人不可学但能至"的新理念，进而从学理上为著名僧人道生的"佛性"、"顿悟"等说作了论证。②陈寅恪的《西游记玄奘弟子故事之演变》，探讨了佛学对于中国文学的影响，自谓"此为昔日吾国之治文学史者，所未尝留意者"。他认为，宋代说经与近世弹词章回小说等多出于一源，而佛教经典的体裁与后来的小说文学更有直接的关系。因为佛教说经多引故事，而故事一经演讲，其具体的人物、情节便不能不随说者听者自身的程度及其环境，而发生变化。《西游记》中玄奘弟子的故事便是这样多源自佛经。他具体考察了"孙悟空大闹天宫"故事的起源后说："其实印度猿猴之故事虽多，猿猴而闹天宫，则未之闻。支那亦有猿猴故事，然以吾国其时社会心理，君臣之伦、神兽之界，分别至严。若绝无依借，恐未必能联想及之。"陈寅恪还进而就玄奘诸弟子故事的起源，概括出此类故事演变的"公例"：其一，"仅就一故事之内容而稍变易之，其事实成分殊简单，其演变程序为纵贯式"；其二，"虽仅就一故事之内容变易之，而其事实成分不似前者之简单，但其演变程序尚为纵贯式"；其三，"有二故事，其内容本绝无关涉，以偶然机会，混合为一，其事实成分因之而复杂，其演变程序则为横通式"③。汤用彤与陈寅恪的上述比较研究，不仅饶有兴味，具有很强的说服力，而且使人们对于中外文化冲突与融合历史内涵的理解大为深化了。

汤用彤、陈寅恪在对中外文化作比较研究的同时，也注意对中国文化作古今对比，以便从历史现象的发展中寻找变化的线索。汤用彤提出，从两汉到魏晋，在认识上是大进步。汉代学者对于天地万物的总体观，不出宇宙生成论，魏晋玄学则由宇宙生成论进而为探究天地万物的本体，哲学的重心不在于宇宙由何物构成，而在于本体。他强调指出，汉魏两个时期的哲学不单

---

① 《文化思想之冲突与调和》，见汤用彤：《往日杂稿》。
② 《谢灵运辨字论书后》，见汤用彤：《往日杂稿》。
③ 《西游记玄奘弟子故事之演变》，见《陈寅恪史学论文选集》。

形态不同，其性质与认识的深度也不同。"魏晋玄学"这一划时代的哲学概念，正是由汤用彤首先概括出来的。① 至于他概括出隋唐佛学的以下四大特点，自然更是进行了长时段比较研究的结果：统一性、国际性、独立性、系统性。例如，关于"独立性"，他这样写道：

> 这时佛学已不是中国文化的附属分子，它已能自立门户，不再仰仗他力。汉代看佛学不过是九十六种道术之一；佛学在当时所以能够流行，正因为它的性质近于道术。到了魏晋，佛学则倚傍着玄学传播流行；虽则它给玄学不少的影响，可是它当时能够存在是靠着玄学，它只不过是玄学的附庸。汉朝的皇帝因信道术而信佛教，桓帝便是如此。晋及南朝的人则因欣赏玄学才信仰佛教。迨至隋唐，佛教已不必借皇帝和士大夫的提倡，便能继续流行。佛教的组织，自己成为一个体系。佛教的势力集中于寺院里的和尚，和尚此时成为一般人信仰的中心。②

陈寅恪关于"格义"、"合义"概念考察与分析，则从另一个侧面揭示了中国古代思想史变迁的轨迹。他指出，"格义"与"合义"同为晋初僧徒研究佛典的方法，从形式上看，二者都重文句的比较拟配，颇为近似，实则性质绝异。"格义"以内典与外书互相比附，成一种附会中外的学说。如华严宗圭峰大师密宗之《疏盂兰盆经》，以阐扬行孝大义，作《原人论》而兼采儒道二家学说，以及北宋以后援儒入释的理学，后世所有融通儒释的理论，都无非是"格义"的变种余绪。这是"我民族与他民族二种不同思想初次之混合品，在吾国哲学史上尤不可不记"。"合义"则是以同本异译之佛教经典相参校，其方法与今日语言学者的比较研究法相类。但是，在鸠摩罗什于后秦入中国，且其新译诸经出现之后，"格义"与"合义"两种似同而实异之方法与学派，皆归于沉寂。因新译精审畅达，主"格义"者知其非如旧译之含混，不易于牵强附会；而主"合义"者见新译远胜旧译，以为无综合诸本参校疑误的必要，遂放弃故技，别求新知。道生、谢灵运的"佛性"、"顿

---

① 参见任继愈《汤用彤先生治学的态度和方法》，见《燕园论学集》。
② 《隋唐佛学之特点》，见汤用彤：《往日杂稿》。

悟"等诸多新义,缘是迭出。"此中国思想史上之一大变化也。"①

此处,汤用彤、陈寅恪诸人也没有忘记提醒人们,运用比较研究的方法要受一定的限制,即借以比较的双方必须具有可比性。这在陈寅恪称之为"必须具有历史演变及系统异同之观念"。以中外文学比较而言,只能就白居易等在中国及日本文学上,或佛教故事在印度及中国文学上的影响与演变等问题作相互比较研究,才符合比较研究的"真谛"。否则,便是"格义"之学,今中外人天万物无一不可取作比较,荷马可比屈原,孔子可比歌德,穿凿附会,怪诞百出,莫可究诘,那就根本无所谓研究可言了。既强调在史学研究中运用比较方法的意义,同时又指出必须谨慎从事,避免牵强附会,这正是汤用彤、陈寅恪诸人的过人之处。

(四)对古人"应具了解之同情"

学衡派很强调,对待古人及其思想学说不能简单化,而"应具了解之同情"。吴宓说"近世研究古人古事,首重了解与同情"②。张其昀也谓:"吾人研究思想史,对于古人之学说,应具了解之同情,盖古人著书立说,皆有所为而发,故其所处之环境,所受之背景,非完全明了,则其学说不易评论。"③但是,讲得最具体的还是陈寅恪,他指出:

> 凡著中国古代哲学史者,其对于古人之学说,应具了解之同情,方可下笔。……而古代哲学家去今数千年,其时代之真相,极难推知。吾人今日可依据之材料,仅为当时所遗存最小之一部,欲藉此残余断片,以窥测其全部结构,必须备艺术家欣赏古代绘画雕刻之眼光及精神,然后古人立说之用意与对象,始可以真了解。所谓真了解者,必神游冥想,与立说之古人,处于同一境界,而对于其持论所以不得不如是之苦心孤诣,表一种之同情,始能批评其学说之是非得失,而无隔阂肤廓之论。否则数千年前之陈言旧说,与今日之情势迥殊,何一不可以可笑可

---

① 《支愍度学说考》,见《陈寅恪史学论文选集》。
② 吴宓:《孔诞小言》,《学衡》第79期,1933年7月。
③ 张其昀:《时代观念之认识》,《思想与时代》月刊,第1期。

怪目之乎？[1]

学衡派的所谓对古人"应具了解之同情"，说到底，就是要求史家知人论世，设身处地理解古人的思想与行为。所以，在他们看来，孟子的井田论固然是一种理想主义，但此理想定有其历史背景，时移境迁，吾人不能以今天的标准批评孟子。斯宾格勒说的对，莎士比亚是16世纪的产物，吉朋和哈代则分别是18世纪与19世纪的产物，没有16世纪，莎士比亚不可能存在，同样，离开各自所处的时代，吉朋与哈代也不可思议。故"史家贵以时立论"[2]。这与马克思主义学说绝对要求将问题提到一定的历史范围，具体问题作具体分析的唯物史观是相通的。只是他们在阐述与运用此一思想方法的过程中，使其内涵变得丰富了：

其一，"未能了解，安有同情"。学衡派以为，对古人的思想行为要能做出客观的批评，必须了解古人，即对于历史事实必须有精确的考证与把握。"你不把基本的材料弄清楚了，就急着要论微言大义，所得的结论还是不可靠的"[3]。故吴宓说，"未能了解，安有同情？"[4]而欲了解历史，首先必须把握特定的时代与时代的"历史精神"。体现于文章、艺术、法律、制度诸方面的"历史精神"或叫时代的精神，"皆时势环境及民性之产物"，即特定时代的产物。所以，史家当具长时段的眼光把握时代与时代精神，然后才可能对具体的历史事实作出评判。"吾人当研究各国各时状况，洞明文艺法制史产生之迹象，及在当时之短长得失，然后下判断，而断不可以一时一地之眼光，立为规矩，而以此简单狭隘之标准，评判一切也。""批评者之责任，以研究通悉及同情为首要，而不可凭偏见，理性及已定之规矩，以为武断也。"[5]不过，陈寅恪又进了一步，强调研究古代士人的言行出处，仅仅了解他所处的时代还是不够的，更加重要的是须详细了解他的家世姻亲及其宗教信仰。梁启超在《论陶渊明之文艺及其品格》一文中说："其实渊明只

---

[1] 《冯友兰〈中国哲学史〉上册审查报告》，见《陈寅恪史学论文选集》。
[2] 刘伯明：《非宗教运动平议》，《学衡》第6期，1922年6月。
[3] 蒋天枢：《陈寅恪先生编年事辑》，第62页。
[4] 吴宓：《孔诞小言》，《学衡》第79期，1933年7月。
[5] 徐震堮译《圣伯甫释正宗》一文"编者识"，《学衡》第18期，1923年6月。

是看不过当日仕途混浊,不屑与那些热官为伍,倒不在乎刘裕的王业隆与不隆。""若说所争在什么姓司马的,未免把他看小了。""宋以后批评陶诗的人最恭维他耻事二姓,这种论调我们是最不赞成的。"陈寅恪在《陶渊明之思想与清谈之关系》中,批评梁启超的上述见解,是取自己的思想经历,以解释古人的志尚行为,若按诸陶渊明所生的时代、家世及其宗教信仰,梁之新说实难成立。他详细地考证了陶渊明的思想与魏晋清谈演变的关系,及其据家世信仰道教之自然说而创改新自然说后指出,陶不仅确然耻事二姓,且唯其主自然说,故非名教;但又因其主新自然说,故其非名教之意仅限于不与当时政治势力合作,而无须如主旧自然说者积极抵制周孔入世名教说。故陶渊明为人实外儒而内道,舍佛教而宗天师道。其革新旧义,实为中国中古重要思想家,非如常人所知仅仅在于文艺与人格为中国古今一流[①]。陈寅恪关于陶渊明具体看法是否确当,可不置论,但从方法论上说,其主张无疑与鲁迅所说的"我总以为倘要论文,最好是顾及全篇,且顾及作者的全人,以及他所处的社会状态,这才较为确凿。要不然,是很容易近乎说梦的"[②]是相通的。他们都强调了了解古人之匪易,而它却是理解与同情古人的前提。

其二,"义理与考据之学截然两事"。欲理解古人,考据事实固然是批评的前提,但是,同一历史事实却可能有相反的批评。这在张荫麟看来,便是涉及"义理"即史识或哲理的分析问题了。辛亥革命后,康有为、梁启超等人被斥为罪魁,其领导的戊戌运动也被抹杀了。张荫麟对此提出异议,他认为,戊戌运动在政治上促起"维新"之自觉,在青年思想上则促起"新学"之自觉。这成了旧时代与新时代转变间的一大关键。革命与维新"二者表相反而里实相成"。19世纪末推动我国思想解放潮流的健将是康、梁。"虽其解放之程度不如党人,然革命学说之所以能不旋踵而风靡全国者,实因维新派先解去第一重束缚,故解第二重束缚自易易也。"[③] 故他高度评价了梁启超在近代思想学术史上的地位。张荫麟的观点在今天看来也是十分正确的。这可以说是史识高明或析理正确。但是,值得注意的是,同时张荫麟复从另一角度提出了"义理与考据之学"的问题。先是冯友兰在《燕京学报》第 2 期发

---

① 《陶渊明之思想与清谈之关系》,见《陈寅恪史学论文选集》。
② 《鲁迅全集》六,第 430 页。
③ 张荫麟:《近代中国学术史上之梁任公先生》,《学衡》第 67 期,1929 年 1 月。

表《孔子在中国历史中之地位》长文，详细考证了孔子确实不曾制作或删正《六经》，但是，同时他即指出，这并不足以说明孔子像某些人所说的那样，只是一个"教授老儒"，"碌碌无所建树"，相反，孔子仍不愧为是一位古代伟大的教育家，其地位足与苏格拉底相媲美。张荫麟见后，写了一篇评论文章，予以肯定，其中说：

> 义理与考据之学截然两事。吾人不当以历史事实偶有摇动，发见穿凿误漏，而遂谓昔之人物与理想均无价值，亦不当以欲尊重或诋毁昔之人物与理想之故而变乱事实，虚造证据。孔子在昔之中国为种种之道德理想之所寄托，昔人之尊敬孔子固亦有过当而盲从者；而今之人则专以攻诋孔子为能，先有成见在胸，本此一定之目的，搜寻各种之证据，推勘文字，比列事实，以明古来传说之不足信，而孔子可以推倒。此则吾人所不敢赞同者也。①

张荫麟所谓的"义理与考据之学截然两事"，自然不能理解成义理批评可以无视或脱离考证详明的事实，其意是指，订正个别史实与全盘改变对历史人物的评价，是两回事。依通俗的话说，就是当分清主流与支流。即便孔子不曾制作或删正《六经》，后人对其尊崇也容有过当，但是，只要孔子本人博学多能及其开创私人讲学、富有教育智慧的历史事实确然无误，孔子作为受到后人尊敬的古代伟大教育家的历史地位，就不容动摇。所以他肯定冯文"考证明确，持论平允，以二事分别进行而不相混，殊为可称者矣"。张荫麟对于梁启超与孔子从不同角度所提出的上述见解说明：了解古人固然是理解古人的前提，但是，要正确理解古人，更重要的还在于必须持论公允。

其三，不能将现代人的思想强加于古人。如上所述，陈寅恪强调欲了解古人的思想学说，须神游冥想，与古人处同一境界，知其苦心孤诣，始能表一种了解的同情。这需要具备艺术家鉴赏古代绘画雕刻作品的眼光与精神，而不容以今天的思想去附会或苛求古人。他谈到自己在日军占领下的香港，

---

① 张荫麟：《评冯友兰君〈孔子在中国历史中之地位〉》，《大公报·文学副刊》第9期，1928年3月5日。

曾诵读《建炎以来系年要录》，书中记汴京围困屈降诸卷，极世态诡变之至奇，但其中颇有不甚可解者，"乃取当日身历目睹之事，以相印证，则忽豁然心通意会"①。在这里，陈寅恪再一次提示：要能了解与同情古人，须设身处地，与古人神交。但他毕竟是严谨的人，故不忘提醒人们：此种同情又往往易于步入误区，流为牵强附会。著者常常不自觉间，会从自身的遭际、情感和习染的学说出发，去推测演绎古人的意志，结果其阐述愈系统，则离古人思想学说的真相就愈远。②耐人寻味的是，张荫麟也提出了与陈寅恪同样的观点。1928 年冯友兰在《燕京学报》第 3 期发表《儒家对于婚丧祭礼之理论》一文提出，古时唯有大人物才有可能"受人知"而不朽，大多数人除其家族与子孙外不可能"受人知"且被纪念。"特别注重丧祭礼，则人人皆得在其子孙之记忆中得受人知之不朽。此儒所理论化之丧祭礼所应有之涵义。"张荫麟对此提出批评，以为其说在儒家典籍中并无根据，只能谓之"或有"，不能谓"应有"，且即如此也并无意义。他还进而将问题提高到理论层面，以为这是代表着一种带普遍性的思想方法上的偏颇：

> 夫以现代自觉的统系比附古代断片的思想，此乃近今治中国思想史者之通病。此种比附，实预断一无法证明之大前提，即谓凡古人之思想皆有自觉的统系及一致的组织。然从思想发达之历程观之，此实极晚近之事也。在不与原来之断片思想冲突之范围内，每可构成多种统系。以统系之方法治古代思想，适足以愈治而愈棼耳。③

张荫麟所谓的此种治史思想方法上的偏颇，说得更明白些，就是将现代人的思想强加于古人，流入牵强附会。冯友兰曾撰文反驳，二者的是非得失可不论，但就张荫麟抽象出的上述理论见解而言，它是完全正确的。对于古人要有了解的同情，但须避免牵强附会，将自己的思想强加于古代。而欲做到这一点，唯有好学深思之士，心知其意。陈寅恪与张荫麟的此一观点，仍

---

① 《陈述辽史补注序》，见陈寅恪：《金明馆丛稿二编》。
② 《冯友兰〈中国哲学史〉上册审查报告》，见《陈寅恪史学论文选集》。
③ 张荫麟：《评冯友兰〈儒家对于婚丧祭礼之理论〉》，《大公报·文学副刊》第 27 期，1928 年 7 月 9 日。

然是今天史家的箴言。

(五)"苟不涉言经济,几不足与言近史"

毫无疑问,学衡派并没有接受甚至并不赞成唯物史观;但是,也应当看到,他们不仅承认"今日之研究社会科学者,已多趋于唯物一途"和实际上受到了唯物史观的影响,而且主张借鉴唯物史观的某些思想方法。人所共知,唯物史观是以一定历史时期的物质经济生活条件来说明一切历史事变和观念、一切政治、哲学和宗教的。而陆懋德、张荫麟和陈寅恪诸人恰恰注意到了历史的物质经济基础:"社会生活,经济常集中枢,即政治现象,亦往往有经济背因。是以人类各种活动多因经济的解释而益明其真。……故苟不涉言经济,几不足与言近史。"[①]1929年上海太平洋书店出版胡庆育译、美国学者布尔的新作《最近十年的欧洲》,陈训慈为之作书评,在高度评价本书学术价值的同时,也指出了它的不足,其中第一条便是:"忽略经济背景",因之,所述不免止于表象。他写道:

> 我们自然否认经济为一切人类活动的原素,但经济为支配人类历史的一种重要原动力,尤其是在现代国际关系上有极大影响,则为稍明现势者所共认。抱着这样观点,我们不能不认本书所述各种政治外交事情还多表象,而不能给我们以完全的认识。作者略述战前列强的情势,而不及指出:(一)德国商业的进步与东方政策是激起英国反感的要素,同时还有增重法国恐慌的效力;(二)法意商业的衰落是意大利转向协约的要因。不过大战的经济原因还可说非本书范围内所能评,而战事结束中以及战后的事变,作者也似有忽视经济背景的缺憾。他曾略述俄之农业,而竟不提俄国工业进步促进革命的关系。他不及详说怎样"共产党的经济学说,与大战与革命所引起的经济上的纷扰促成俄国经济生活的完全崩溃"。[②]

[①] 陈训慈:《史学蠡测》,《史地学报》第3卷第3期,1924年。
[②] 陈训慈:《最近十年的欧洲》,《史学杂志》第1卷第4期,1929年。

陈训慈的观点未必全然正确，但他强调要从社会经济的变动上，进一步探究历史事变的成因，并把这一点作为评价一本历史著作的重要角度，却是应当肯定的。而同样值得注意的是，陆懋德在他的《历史研究法》一书中，甚至明确提出史家必须懂得运用阶级分析的方法。他说，人类的社会生产方式决定了人们利益的对立，由是剥削阶级与被剥削阶级间的对抗便成了不可避免。"二者不得其平，故发生已往的历史变化。如能明了此中的奥秘，则历史中一切疑难问题，皆可在'利益相反'中求其解释。"[1]张荫麟不仅肯定阶级斗争与阶级意识的存在，而且借此去分析宋代的农民起义。他认为，北宋初年发生了四川的王小波、李顺起义，而南宋初年则发生了钟相、杨么起义，二者"遥相对偶，皆有助阶级斗争说张目者"。《宋史》、《宋会要》虽于两次起义均有记载，但是起义农民提出的"均平富"主张，却讳莫如深，"谓非有阶级意识为祟焉，不可得也"。张荫麟甚至指出，王小波起义揭出"均平富"的旗号最值得重视，因为"以其在中国民众暴动史中，创一新旗帜，辟一新道路，而后者实踵其武"[2]。能从阶级斗争的角度高度评价和肯定历史上的农民起义，这在其时资产阶级史学家中实属难能可贵，尽管张荫麟所谓的阶级分析与马克思主义的历史唯物论尚不能相提并论。陈寅恪并没有使用阶级斗争和阶级意识的概念，但他于文化与经济政治间关系的深刻理解，却同样显露了合乎唯物论的思想锋芒。他在课堂上曾反复指出：思想是受环境的影响而产生的，思想文化史与当时的政治、社会有密切关系，所以研究佛教史必须注意与实际生活的关系，与政治的关系。道宣辑《广弘明集》卷25《沙门不拜俗事》，就反映了宗教与政治之争论。佛教徒不拜俗，即不拜帝王与父母，属于佛教中的律令。因印度为众选之贵族民主政治，此点反映在宗教上，于是有佛教独立的律令，不受国家与俗家的管束。这一点曾对中国六朝和唐代政治发生影响。所以他特别提醒学生注意："哲学史、文化史绝非与社会无关系者，此一观念必先具备。"[3]当然，不仅如此，陈寅恪自己对于中国历史文化的研究就处处贯穿着这一重要思想。例如，他在分

---

[1] 陆懋德：《史学方法大纲》，台湾新文丰出版公司1980年版，第97页。
[2] 《宋初四川王小波李顺之乱》，见张云台编：《张荫麟文集》。
[3] 石泉、李涵：《听寅恪师唐史课笔记一则》，见张杰、杨燕丽编：《追忆陈寅恪》，社会科学文献出版社1999年版，第269—270页。

析中外文化关系及中国历史文化的变迁时，就提出了一个著名的论点：中国以纲常名教为核心的封建文化是以封建社会的"社会制度"，尤其是"经济制度"为"依托"的。印度佛教的冲击所以无法摇动纲常名教，端在于后者所依托的封建的社会与经济制度未曾发生根本改变。但是，鸦片战争以降，因西方入侵，社会经济制度急速变迁，封建纲纪之说，无所凭依，其消沉沦丧是必然的。虽有人想挽狂澜于既倒，亦是枉然："虽有人焉，强聒而力持，亦终将归于不可救疗之局。"① 很显然，这与我们今天所说"一定的文化是一定社会的政治与经济的产物"，实有异曲同工之妙。而陈寅恪的《陈垣明季滇黔佛教考序》，同样反映了他的思想力度。

1937 年北平沦陷后，陈垣先后著《明季滇黔佛教考》、《清初僧诤记》、《南宋初河北新道教考》和《通鉴胡注表微》等书，探讨了两宋和明清之际佛道两教在宗教活动背后的政治环境，及其民族斗争在宗教内部宗派斗争上的反映。书中流露了深沉的爱国思想。很多避走西南的友人读了《明季滇黔佛教考》诸书，深受感动。这是陈垣史学思想进入新的境界的重要表征。陈寅恪为之作序，不仅心有灵犀一点通，与作者的爱国思想相应和；而且进一步明确地揭出了宗教与政治间存在的深刻联系。他在序言中指出，世人或谓宗教与政治无关，但从来的史实久已昭示，"宗教与政治始终不能无所关涉"。即以本书所述，明末永历之世，滇黔实为当日的畿辅，故虽值扰攘之际，此边徼一隅之地，却能聚集许多文人学士。但是及明既亡，其地的文人学士却相率逃于禅，以全其志节。"今日追述当时政治之变迁，以考其人之出处本末，虽曰宗教史，未尝不可作政治史读也。"陈寅恪的分析所以精妙，还在于他复从历史联系到现实："忆丁丑之秋寅恪别先生于燕京及抵长沙，而金陵瓦解（转滇地洱海之区，亦将三岁矣）……此三岁中，天下变无穷。（先生于北京得印书，要寄稿于求序）谁实为之，孰令致之，岂非宗教与政治虽不同物，而终不能无所关涉之一例证与？"② 是序写于 1940 年，正是中国半壁江山陷入日寇铁蹄的蹂躏之下，陈寅恪避寇南下，任教于西南联大，颠沛流离，备尝艰辛，将届三年之际。二陈在京时，切磋学术，过从甚密，

---

① 《王观堂先生挽词并序》，见《陈寅恪诗集》。
② 《陈垣明季滇黔佛教考序》，见陈寅恪：《金明馆丛稿二编》。

陈垣写了关于佛教的书欲请陈寅恪作序,本来只需举手之劳,如今却不得不千里迢迢,寄稿求序。昔是今非,"谁实为之,孰令致之"?陈寅恪从个人的遭际出发,以小见大,实际上抨击了中国腐败的政治,祸国殃民,并及学术:"岂非宗教与政治虽不同物,而终不能无所关涉之一例证与?"古与今,国事与私谊,联系得如此自然、贴切,这不仅反映了陈寅恪的博学机敏,更主要是反映了他具有朴素的唯物论思想。

需要指出的是,学衡派不仅注重探讨史学的研究方法,而且与此相应,明确地提出了新史家应当积极吸纳西学新知,自觉优化自己的知识结构的主张。他们强调指出,近今西方史学的长足发展主要是得益于半个多世纪来科学的进步,这包括人类学、社会学、心理学、论理学、哲学、政治学、国家学、经济学、考古学、古生物学、地质学、地理学、年代学、谱系学、方言学、古文字学等等,新的学科不断出现。各学科知识的相互交织渗透,已"为近世学术之特征","至历史之有赖于他学科之辅助,亦较其他学科为尤繁,凡名为学,几无一可谓与历史绝无关系者"。故史学研究所必须具备的知识实较任何学科远为广博,欲"用新法理董旧史,以进与西国相提携",史家知识结构的更新与优化便成了当务之急。[①] 不过,刘伯明强调哲学,主张"哲学与史学应互为表里"。张荫麟强调哲学与社会学,他说自己一生的志业在国史,但是出国留学专攻哲学、社会学,无非是为历史研究打下根基。"学哲学是为了有一个超然的客观的广大的看法,和方法的自觉。学社会学是为了明白人事的理法。"[②] 陈寅恪强调语言文字学。他说,中国所译佛教经典难解读,自己曾取《金刚经》对勘一过,发现其注解自晋唐起至俞樾止,其间数十百家,多望文生义,误解不知其数。所以掌握多种中外语言,是十分重要的。他还说,非通晓梵、藏等文字,不可能说明中国文字的源流意义,也不可能读《尔雅》与《说文》。新史家"如以西洋语言科学之法,为中藏比较之学,则成效当较乾嘉诸老更上一层"[③]。此外,柳诒徵与张其昀则都强调地理学。如此等等。学衡派史家多是国学功底深厚的归国留学生,

---

[①] 陈训慈:《史学蠡测》,《史地学报》第 3 卷第 3 期,1924 年。
[②] 吴晗:《记张荫麟》,《大公报》1946 年 12 月 13 日。
[③] 吴学昭:《吴宓与陈寅恪》,第 62 页;陈寅恪:《与妹书》,《学衡》第 20 期,1923 年 8 月。

因术业有专攻，故所强调者各异；实则，其各自杰出的史学成就业已证明，他们绝非斤斤于一孔之得，而是一批学贯中西的学者。

四、论诸子学

清末随着儒学独尊地位的动摇，诸子学已渐日兴。迄辛亥丕变，尤其是经新文化运动"打倒孔家店"之后，儒学独尊既告终结，诸子学更蔚为大观。"鼎革以后，子学朋兴，六艺之言，渐如土苴。"[1] "近人学者，喜谈诸子之学，家喻户晓，浸成风气。"[2] 其中，1919年初出版的胡适的《中国哲学史大纲》（上），纵论诸家学说，最具代表性。他在英文本《先秦名学史》的导言中，已将是书的宗旨说得分明：（一）使中国人于传统道德或礼教的权威里解放出来；（二）提倡非儒家的诸子哲学的研究，以减轻儒家一尊的束缚，而开思想自由风气。这实代表新文化运动改革传统思想的思路。全新的研究方法和强有力的白话文表述，使胡书确在这两个方面都产生了很大的影响。它在两个月内再版，至1930年共出了15版，足见其风行一时。但是，从学术上看，胡适以实用主义评说诸子学，又难免"扬墨抑孔"，失之偏颇，故又引起了批评和争论。学衡派之论诸子学，在很大程度上可以说，正是从批评胡适的《中国哲学史大纲》（上）开始的。

关于诸子学的缘起，汪中、龚自珍、章太炎、刘师培、梁启超、夏曾佑诸人都以为出于王官。但胡适却认为，先秦社会黑暗，诸子是应时而起反抗现实的结果，而与王官无涉。他将王官比作欧洲中世纪黑暗时代的教会，强调王官绝对不能容忍私家学术的存在。学衡派持诸子出于王官论，于胡适的见解大不以为然。他们指出，任何学术思想的形成都有它的前因与当时之因。西周学术皆守王官，官师合一，至春秋而天子失官，官师之学遂分裂成私家之学，这是诸子学说的前因。诸子书多为匡正时势之言，知其是应时而起，这是诸子学说的当时之因。徒有前因而无当时之因，诸子之学无自起；

---

[1] 陈柱：《定本墨子间诂补正自叙》，《学衡》第56期，1926年8月。
[2] 柳诒徵：《论近人讲诸子学者之失》，《学衡》第73期，1931年1月。

徒有当时之因而无前因，诸子之学无自出。胡适抹去诸子学的前因，仅仅讲其当时之因，诸子学便成了宋人所谓的"无头学问"了。柳诒徵说，《庄子·天下篇》讲"古之道术有在于是者"，"某某闻其风而说之"，是诸子之学各有所本，并非仅以忧世之乱应时而生。胡适的书再三称引是篇，何以唯独忘了此说？很显然，胡氏的病源在于疑古过甚，无视诸子之前中国古代已有治教并兴的事实。而"若削去此等事实，则后来事实都无来历，而春秋战国时代诸子之学说转似劈空从天上掉下来的"①。至于古代王官与欧洲教会，在学衡派看来更是风马牛不相及。缪凤林指出：其一，欧洲中世纪时，教育并非尽在教会，如意大利北部即在其外，这与中国古代教育尽掌于王官，非吏无以为师不同。胡适谓中世纪书籍多在寺院，但西欧之书远不如东欧及阿拉伯人所藏，中世纪后期西欧书籍也多由阿拉伯人及东欧输入，其关键在于十字军远征及东罗马灭亡。这与我国古代典籍尽守王官，非仕无所受书也不同；10世纪前欧洲教会掌教育，实无学术可言，此后阿拉伯输入医药天文等知识，十字军转运更多，学术才渐渐兴起。这与我国古代王官之外无学术，更是大不相同。其二，教会的黑暗专制与古代王官绝不能相提并论，因为并不存在古代王官类似教会摧残学术的事实。所谓诸子之学若与王官并世，必为焚烧坑杀，纯属主观臆造，"非将国史改成欧史，恐无丝毫可言之理也"。缪凤林以为，如果强以文艺复兴为类例，恰可以进一步证明王官为诸子学的前因，因为城市的发展、民族国家的出现、教会势力衰败、思想解放、人文教育和印刷术的发明等等，固是欧洲文艺复兴的时代条件，但其借口欲复兴的古代希腊、罗马文化的存在，显然又是其前因。以此相例，古学皆在官守，王官为学术总汇，相当于文艺复兴时的古希腊、罗马文化，诸子之学兴必有所承，是显而易见的。②

　　诸子学是否出之于王官，见智见仁，是可以讨论的学术问题，尽管现代学术界对此持肯定的观点。③但是，平心而论，任何一个时代的哲学思想的出现，都不能不借先驱者的思想资料作为自己的出发点。就此而言，胡适仅将诸子学之兴归于"因救时弊"，是失之简单化。梁启超于此也不满意，提

---

① 柳诒徵：《论近人讲诸子学者之失》，《学衡》第73期，1931年1月。
② 缪凤林：《评胡氏诸子不出于王官论》，《学衡》第4期，1922年4月。
③ 参见范文澜：《中国通史简编》第一编，人民出版社1953年版。

出推求诸子学勃兴的原因,"当注意"学在官守格局的打破、文化多元发展、列国并立人才竞争激烈、言论自由思想解放等十二事。① 学衡派则将问题归结为"远因"与"当时之因",缪凤林且引西方学者的话说:"任何时代之哲学,皆为全部之文明与其时流动之文明之结果。"② 他们实际上是提出了诸子学的思想资料凭借问题,所见更为深刻。他们对胡适将王官与欧洲教会相提并论的批评,同样也是有说服力的。至于柳诒徵以为胡适的失误在于疑古过甚,则是触及了更深层次的问题,自有其合理性。

学衡派同样主张以平等的态度看待诸子学,强调诸子学大都相因而生,有因前人之学而研之益深,有因他人之说而攻之甚力。例如,杨朱列御寇之学,均出于老子,而其言天人性命之说,却又进于老子;墨子学说既与杨、列相反,又专攻孔子,而以先圣之学,别立一宗。孟子承孔子之学,言性言政又进于孔子,而力辟杨、墨二家之说,但其痛恨当世穷兵黩武之风,则与墨子同。宋钘、尹文主非兵救民,似与墨同,而其以心为主却与墨异,以利为言复与孟异。庄子之学,进于杨朱列御寇,复称述孔墨,而以"齐物论"为指归,但又与慎到等的齐物论立异。荀子宗孔而非墨,但主性恶与孟子相反。其治名学进于孔、孟,却复与墨子同源,如此等等。诸子学众流竞进,异彩纷呈,不仅各有功于世,其文之精美,又成为后世文章之宗;而且战国后期的思想已呈现"混合"的明显趋向,例如,以儒家为主而兼采墨、道的有荀子;集法家各派之大成的有韩非;最后秦相吕不韦命众门客合纂了一部《吕氏春秋》,更无异于是其时各派思想的"杂货店"。所以,柳诒徵说:"故诸子之学,固皆角立不相下,然综合而观之,适可为学术演进之证。其所因于他人者,有正有反,正者固已究极其归宿,反者乃益搜集其腾余,而其为进步,乃正相等也。"③

学衡派主张诸子学术平等,但这并不影响他们对孔子及其儒学做出崇高的历史评价。他们强调孔子是人并非神,梅光迪的《孔子之风度》一文将孔子描绘成是一个学识渊博、多才多艺、品格高尚、充满人情味和幽默感的君子。他们指出,奠定孔子的历史地位,主要是由他作为一个伟大教育家

---

① 《评胡适之中国哲学史大纲》,见梁启超:《饮冰室合集》,文集38。
② 缪凤林:《评胡氏诸子不出于王官论》,《学衡》第4期,1922年4月。
③ 柳诒徵:《中国文化史》上,第282页。

的贡献：

其一，中国讲学之风始于孔子。在孔子之前，教育是贵族的专利，孔子提出"有教无类"的思想主张，招徒授课，首开中国讲学之风。"在当时实是一场大革命。这是学术平民化的造端。"① 孔子讲学与各家不同，如道、墨仅注重其一家言，孔子则授六艺之文即较为全面的古代文化。颜渊有言："夫子循循然善诱，博我以文，约我以礼。"《庄子·天下篇》论及儒家，称"诗以道志，书以道事，礼以道行，乐以道和，易以道阴阳，春秋以道名分"。孔门课程内容丰富，因材施教，成就学生不拘一律。据《论语》所载："德行，颜渊、闵子骞；政事，冉有、子路；言语，宰我、子贡；文学，子游、子夏。"又如，子路可使治赋，冉有可使为宰，公西华可使与宾客言，都具有为"千乘之国"治事的能力。可见孔子教育学生，"不仅在造成为一学者，尤其养成多数有文化训练之大国民"②。

其二，中国以教授为职业始于孔子。非工非商非农非官僚之新的阶层，即中国以教授为职业的士人阶层，始于孔子。孔子弟子三千，贤人七十，弟子复传弟子，蔚为一个极大的势力，是为儒家。

其三，中国教育宗旨以修身齐家治国平天下为大纲始于孔子。"孔子首先把技艺教育和人格教育打成一片，他首先以系统的道德学说和缜密的人生理想教训生徒。"③ 孔子为学的目的，在于成己成物，陶冶人格，养成君子。《论语·述而》："饭疏食饮水，曲肱而枕之，乐亦在其中矣。不义而富且贵，于我如浮云。"自孔子立此标准，于是人生正义的价值乃超越于经济之上，服其教者力争人格，不为经济势力所屈，这是孔子之学最有功于人类之处。人的生活固不能不依靠经济，但因社会组织不善，经济势力往往足以固蔽人心，使人屈服而丧失人格。其强横者蓄积怨尤，则公为暴行，危及社会。孔子以为人生最大的义务在努力增进人格，而非外在的富贵利禄，即使身处逆境，而我胸中自有浩然之气，坦荡之乐，无所怨天尤人，故其坚强不屈之精神，乃能历万古而不磨灭。但是孔子又非自了汉，成己必成物，立己必立人，故孔子复主博学多能，经世致用，推之于家国天下。"儒教真义，惟此

---

① 张荫麟：《中国史纲》，生活·读书·新知三联书店1955年版，第93—94页。
② 张其昀：《教师节与新孔学运动》，《时代公论》1932年第15号。
③ 张荫麟：《中国史纲》，第93—94页。

而已。"①

柳诒徵的《中国文化史》对于孔子在中国历史上的地位，曾作这样的概括，可视为学衡派对孔子的总体评价：

> 孔子者，中国文化之中心也。无孔子则无中国文化。自孔子以前数千年之文化，赖孔子而传，自孔子以后数千年之文化，赖孔子而开。即使自今以后，吾国国民同化于世界各国之新文化，然过去时代之与孔子之关系，要为历史上不可磨灭之事实。②

上述学衡派对于孔子在教育思想上的贡献及其在历史上地位的评说，在某些具体提法上容有过当，但是在总体的把握上，即便从今天看来，也是比较客观的。毛泽东在谈到继承中国历史遗产的问题时，曾说过从孔子到孙中山都要加以批判地继承。在这里，他显然是将孔子广义地视作中国古代历史文化的代表。这与学衡派的上述总体表述无疑是相通的。不过，学衡派对于老、孔尤其是孔、墨的评说，就显得醇驳互见，并存在明显的分歧。

胡适肯定老子即老聃，著有《老子》，是与孔子同时代的人，且其《中国哲学史大纲》（上）正是从老子的哲学思想讲起。蔡元培因之称赞他独具只眼。但是梁启超却提出了老子的年代问题，以为老子当生在孔子百年之后，《老子》一书也应晚于孟子。这引起了争论。冯友兰也主梁说，他的《中国哲学史》即从孔子讲起。在这个问题上，学衡派多与胡适持同样的观点，而且也主张中国哲学史当从老子讲起，例如，柳诒徵说"吾国形而上学之哲学实自老子开之"③。但是学衡派以为胡适"扬墨而非老孔"，不能苟同。柳诒徵指出：老子之学，在先反求其本，致虚极静，不为知识嗜欲所迷溺，然后无入而不可得，故曰"无为而无不为"。"无为"是根本，淡泊名利，宅心高远；"无不为"是应世，归于致用。如果老子果真是摒弃了一切声色财货，那么老子岂不成了毫无价值的人了？实际上，即令老子入巴黎、纽约纸醉金迷之地，老子也必处之泰然；让他主银行，老子也会精研簿记；使他入

---

① 柳诒徵：《中国文化史》上，第235页。
② 柳诒徵：《中国文化史》上，第231页。
③ 柳诒徵：《中国文化史》上，第227页。

议院，老子自必讨论议案。但是重要在于，老子的心境绝不为簿记议案所驱使。"此所谓'无为而无不为'之真本领，不知此等境地，不能解老子也。"①柳诒徵还强调说，老子所谓的"愚民"与后世所谓"愚民之术"不同，"老子之所谓'愚民'，则欲民愚于世人之小智私欲，而智于此真精之道，反本还原，以至大顺"②。所以，胡适认定老子主张"极端的放任无为"、"破坏一切"和使民成为"无思无虑的愚人"，是没有真正读懂老子。

　　老子的哲学充满着辩证法的智慧，深不可测，唯其如此，"五千言"的真谛，至今众说纷纭。柳诒徵的上述诠释固然未必准确，但他以为胡适将老子"无为无欲"的人生哲学，仅仅归结为"老子只要人肚子吃得饱饱的，做一个无思无虑的愚人"，不免失之肤浅了，却不无道理。金岳霖对胡适的《中国哲学史大纲》（上）曾有以下的批评："胡先生于不知不觉间所流露出来的成见，是多数美国人的成见。在工商实业那样发达的美国，竞争是生活的常态，多数人民不免以动作为生命，以变迁为进步，以一件事体之完了为成功，而思想与汽车一样也就是后来居上。胡先生既有此成见，所以注重效果，既注重效果，则经他的眼光看来，乐天安命的人难免变成一种达观的废物。"③也正是从这个角度看，柳诒徵的诠释及其对胡适的批评，具有自己的合理性是显而易见的。

　　关于老子与孔子的关系，章太炎早年在《诸子学略说》中说，孔子窃取老子藏书，恐被发覆，故谋加害，老子被迫西出函谷关以避之。这是当年作为革命党的章太炎出于反孔宣传的需要而提出的一种说法。1921年，柳诒徵在《史地学报》创刊号上发表《论近人讲诸子学者之失》一文，批评章太炎曲解《庄子·天运篇》，以为孔、老相诟，"是直不知老、孔为何等人物，故以无稽之谈诬之"，流毒匪浅，现今的胡适正是沿此思路，推波助澜，宣传所谓孔子杀少正卯。章读后，特致书柳，承认此"乃十数年狂妄逆诈之论"，表示谢罪。《史地学报》1922年第4期登载了章太炎的这封信。1931年《学衡》第73期重登柳诒徵的《论近人讲诸子学者之失》并附章太炎致柳书。编

---

① 柳诒徵：《中国文化史》上，第227页。
② 柳诒徵：《评陆懋德〈周秦哲学史〉》，《学衡》第29期，1924年5月。
③ 金岳霖：《冯友兰〈中国哲学史〉审查报告》，见《中国哲学史》（上）"审查报告二"，神州国光社1932年版。

者加按语说:"此篇关系重大,有永久价值,故为复录于此,以便已读者之复阅检查与未读者之取读云尔。"足见学衡派对此公案的高度重视。论者多以此证明章太炎的后退与柳诒徵诸人尊孔顽固。就章而言,自我否定当年的光荣,确是表现了一种思想的后退;就柳而言,批评脱离了历史条件,也有失公允;但是,从实事求是的学术角度看,无论是柳敢向权威问难,还是章不文过饰非,应当说都表现了可贵的学者良知。在柳诒徵看来,孔子曾从老子问学,二者的关系是学者间的切磋交谊,不言自明,因之他并未加以具体说明。但是李源澄对此却作了进一步的发挥,他说,老、孔个性不同,前者是个"隐君子",后者是个"救世的人"。老子是作为一位老于世故的长者与"勇进有为"的青年孔子谈话的,他把盛衰治乱的因果看得清楚,知强为无益;孔子则抱着大希望。他写道:

> 故老子说他是骄气多欲汰色淫志,又教他不要好议人,不要发人之恶。老子是何等的爱护孔子!孔子虽然是很感激老子的话,称老子为犹龙,但是他那种热心,还是不能以自己一人利害罢休,至于弄得伐树于宋,穷于陈蔡,几至于不免。我们将老子的话对照起来读,直不能不佩服老子有先见之明。……(但孔子虽知难而退,实只是转移方向,晚年由致力于政治转于学术,终至于)开启中国几千年的文化,这是何等的精神!①

李的本意是欲反"非老孔者"之道而行之,但他随意演绎,走向了另一个极端,实成了画蛇添足。

对孔子、儒家与老子、道家的评价,柳诒徵以为二者在学理上是相通的,分际在于前者主"时中",而后者过犹不及:"道之与儒,初无分别,唯道家偏重反朴还淳之功,而儒家则就人伦日用提示,不得谓老子所见之道,孔子不知,特孔子教人不躐等,先从博学于文入手,徐及性及天道耳。"②因是之故,春秋大哲,孔老并称,但是就影响于国民而言,"则老远逊于孔,

---

① 李源澄:《评胡适说儒》,《国风》半月刊,第6卷第3、4合期。
② 柳诒徵:《评陆懋德〈周秦哲学史〉》,《学衡》第29期,1924年5月。

其他诸子更不可以并论"①。吴宓的见解与柳诒徵有不同，强调儒道的对立。他说，儒家情智双修，目的与方法并重；道家则专恃理智，只择方法，不问目的。故老子之机会主义，流为巧用权术，阴鸷老辣，庄子之怀疑则流为虚无主义。儒道"绝对的不相容"，儒家大有功于中国社会，而道家则大有害。"今人所常举中国社会弱点，归狱于孔子及儒家者，实应由老庄及道家负其责也。"②显然，柳是在肯定孔老互补并圣的基础上，更突出孔子与儒家。而吴则是在强调孔老对立的前提下，否定老子及道家。应当说，前者的见解更易于使人接受。但是，更值得注意的是陈寅恪的见解，他自然也是尊崇孔子和儒家的，可在许多方面却又更看重老子及道家。例如，他说："二千年来华夏民族所受儒家学说之影响，最深最钜者，实在制度法律公私生活之方面，而关于学说思想之方面，或转有不如佛道二教者。"③陈对于儒道于中国社会影响的估计与柳诒徵大不同。又例如，他说："中国儒家虽称格物致知，然其所殚精致意者，实仅人与人之关系，而道家则研究人与物之关系。故吾国之医药学术之发达出于道教之贡献为多。"④这是肯定道家在探索人与自然界的关系即自然科学方面，较儒家为优胜。如果我们注意到陈寅恪还强调道家所以能在思想学说上对国人产生更为深刻的影响，要在于它有立足本民族，积极吸收和改造外来文化的自觉；那么我们便不难理解，陈寅恪评说儒道视野更形开阔，因之他的某些见解也就愈显深刻了。

20世纪20—30年代诸子学勃兴，其中最为热门的是墨学。"今人多好墨学"，"讲国学者莫不右墨而左孔，且痛诋孟子拒墨之非"。⑤胡适讲孔子儒家只会说"是什么"，唯有墨子懂得实用主义的方法，处处问一个"为什么"。他为了进一步打破人们独尊儒学的传统观念，"右墨而左孔"的倾向是无可掩饰的。柳诒徵诸人因之反其道而行，"右孔而左墨"。郭斌和这样概括儒墨的分别：儒家讲个人修养，墨家不讲个人修养；孔子言仁重自爱，故曰"克己复礼为仁"，墨子论仁重爱他，但求骛外，劳而少功，最终不得不乞灵于

---

① 柳诒徵：《中国文化史》上，第231页。
② 吴宓：《民族生命与文学》（续），《大公报·文学副刊》第197期，1931年10月19日。
③ 《冯友兰〈中国哲学史〉下册审查报告》，见《陈寅恪史学论文选集》，第511页。
④ 《天师道与滨海地域之关系》，见陈寅恪：《金明馆丛稿初编》，第32页。
⑤ 柳诒徵：《读墨微言》，《学衡》第12期，1922年12月。

刑堂以求强迫，复论"天志"、"尚同"，继起巨子，无非神道设教。相较之下，"儒家平易近人，不为激论，有诸己，然后求诸人，无诸己，不以非诸人。理想甚高，而不虚幻，同情甚富，而不滥施"。所以，他断言："儒墨之分，乃精粗高下之分，而非仅仅职业流品之分也。"[1] 柳诒徵同样强调墨学有悖人情，难以行时，但他作了进一步具体的分析。他指出，儒家立言，处处根据天性，故曰"不独亲其亲，不独子其子"，曰"老吾老以及人之老，幼吾幼以及人之幼"，都是从本身推及他人，而非视人与己无别。墨子不懂得父子之道出于天性，想越过此层，使人皆视人如己。《兼爱·上》曰："视人之室若其室，谁窃？视人身若其身，谁贼？视人家若其家，谁乱？视人国若其国，谁攻？"这貌似公仁，实反天性。因为人有天性，故有等差，无视这一点，岂非视父母如路人！"儒家之学，因天性而为之节文，墨家则曰兼爱无差等，其于观察世事既欠分析，而其斥人之不兼爱者，亦若兼爱者之无差等"[2]。至于陆懋德，则干脆说，"余谓古代哲学内墨家最为浅薄"[3]，对墨家加以全盘否定了事。应当看到，墨家主张"兼爱"、"非攻"，以"兴天下之利，除天下之害"，反映了其时下层民众对于不公平的社会现实的抗议，表达了对天下一家平等和谐的未来大同社会的憧憬。但是他们毕竟没有也不可能找到实现这理想的道路，只好磨顶放踵，身体力行，甘为苦行者，其学说难乎为继是必然。就此而言，柳诒徵诸人强调墨家要求过苛，有违人情，多数人无法做到，不如儒学不激不随，因性节文，平实易行。墨学的中绝，多半咎由自取。其说不无道理。但是他们无视墨家主张中所包含着的巨大的历史合理性，攻其一点不及其余，却有失公允。柳诒徵曾强调诸子学皆有功于社会，其中特别提到墨子主"非攻"的意义，以为近世西人之误，"在以国家与个人不同，日逞其弱肉强食之谋，而墨子则早及之"[4]。很明白，其论前后不一，只能归因于"右孔而左墨"的实用主义了。

其时，经学终结，诸子学勃兴，归根结蒂，也是民主思潮在学术领域延伸的结果。因此，孟子痛诋墨子，所谓"杨氏为我，是无君也。墨氏兼爱，

---

[1] 郭斌和：《读儒行》，《思想与时代》月刊，1942年第11期。
[2] 柳诒徵：《读墨微言》，《学衡》第12期，1922年12月。
[3] 陆懋德：《周秦哲学史叙》，撰者自刊，1923年。
[4] 柳诒徵：《中国文化史》上，第284页。

是无父也。无君无父，是禽兽也"的说法，受到了普遍的抨击就是很自然的了。柳诒徵诸人对此也感到很难接受。柳说"讲国学者莫不右墨而左孔，且痛诋孟子拒墨之非"，即反映了这一点。陈柱则试图为孟子辩护。他说，墨子的本意未尝不爱其亲，然而守墨子之学，又"势必将有不能孝，或舍其亲而不顾者矣"。譬如，人得百金本可分与父母兄弟，若从墨学视人之亲若己亲，均分百金，所得毫末，"将不至冻饿其亲不止矣"。同时，兼爱既无等差，必不能不重实利，力疾从事，唯利是务，其结果"则亲死不足悲"。所以，"孟子辟之，又岂足谓过乎？"① 陈柱的解说虽将墨子的动机与效果分开对待，但仍从根本上肯定了"墨氏兼爱是无父"的孟子谬说。陈柱的辩护态度强硬，显得拙劣，孙德谦则稍作让步，解脱墨子，以期缓和时论对孟子的抨击。他说，自己认真再读《兼爱》篇，发现墨子确是教人孝其父的，"教子以孝，岂不与孟子无父之说大相反乎"？原来，是人们未曾弄清楚孟子的本意："孟子曰墨氏兼爱是无父也，氏之云者，乃谓其末流也。……若不明其为末流之失，不仅墨子沉冤千古，无以昭白，亦岂孟子所乐出此。"② 经此新解，墨子本人罪名固可以解脱，孟子亚圣的威信也不至受损，岂非两全其美？孙德谦可谓用心良苦矣，但是这样随意解说又有何说服力呢？

然而，吴宓和张荫麟的见解却与上述大不相同。吴宓以为，除儒家外，"墨家最有价值"。墨家尚宗教，主兼爱，以热诚同情牺牲努力为训，实与基督教的精神及近世西洋人的性情相近。只是不幸其说未能大行于中国。他主张儒墨互补应成为中国民族复兴的指针："应以儒教之精神为主，以墨家为辅，合儒与墨，淬厉发扬，而革除道家之影响及习性，实为民族复兴之要务及南针。"③ 吴宓非史家，所言难免诗人的浪漫。张荫麟则是后起杰出的史家，他的观点自有代表性。在张荫麟看来，就学术与生活而言，孔、墨正好是相反的两极：孔子是传统制度的拥护者，墨子则是一种新社会秩序的追求者；孔子不辞养尊处优，墨子则是裘衣粗食、胼手胝足的苦行者；孔子不讲军旅之事，墨子则是以墨守著名的战士；孔子是深造的音乐家，墨子则以音乐为当禁绝的奢侈；孔子不谈天道，墨子则把自己的理想托为"天志"；孔子主

---

① 陈柱：《定本墨子间诂补正自叙》，《学衡》第56期，1926年8月。
② 孙德谦：《释墨经说辨义》，《学衡》第25期，1924年1月。
③ 吴宓：《民族生命与文学》（续），《大公报·文学副刊》第197期，1931年10月19日。

远鬼神，墨子则信鬼神；孔子鄙视技艺，墨子则是机械巧匠，如此等等。①这里的对比包括了双方各自的长短，在张只是意在比照二者的特色，而无意于褒贬轩轾。但是其中认孔子是旧社会的守护者，墨子是新社会的追求者，无疑又是极大胆的价值判断。

需要指出的是，张荫麟原先并不认为孔子是守旧者。1931年，他在《评冯友兰〈中国哲学史〉上卷》一文中还强调说，不能仅凭"吾从周"、"吾其为东周"这些话的"票面价值"，便认定孔子是守旧复古者。"冯先生以孔子为周朝传统制度拥护者的见解，似乎是一偏的。"②他的观点的改变自然是在这之后，尤其是在他于1935年前后开始撰稿的《中国史纲》中，有了更系统的表述。张荫麟以为，孔子最大的抱负是政治，但他最大的成就却是在教育。在政治主张上，孔子并不高明，逆着时代走。他的理想是以复古为革新，故要制裁僭越者，坚持"天下有道则礼乐征伐自天子出"、"天下有道则政不在大夫"、"天下有道庶人不议"。孔子讲"吾从周"，除了一些细节外，他对于西周过时的文物典章全盘接受，并以它们的守护者自任，盼望整个中国恢复武王周公时代的旧观。上述柳诒徵等人处处"右孔孟左墨学"，实未尽脱尊孔的情结；张荫麟作为新一代的史家则不同，他没有此种情感重负，因而更易于从客观与历史的角度看待孔墨，避免非理性的倾向。在他看来，实事求是地指出孔子在政治上主张守旧并不影响他在历史上的崇高地位，因为孔子只能是代表他自己那个时代的英雄，后人不能苛求他成为一切时代的英雄。所以张荫麟说："春秋时代最伟大的思想家是孔丘，战国时代最伟大的思想家是墨翟。孔子给春秋时代以光彩的结束，墨翟给战国时代以光彩的开端。"这是完全符合历史唯物主义观点的精彩论断。因此，他给孔子以崇高的历史地位，对于墨子同样也浓墨重彩。他这样写道：

在世界史上，墨子首先拿理智的明灯向人世作彻底的探照，首先替人类的共同生活作合理的新规划。……总之，一切道德、礼俗，一切社会制度，应当为的是什么？说也奇怪，这个人人的切身问题，自从我国

---

① 张荫麟：《中国史纲》，第124页。
② 张云台编：《张荫麟文集》，第292—293页。

有文字记录以来，经过至少一二千年的漫漫长夜，到了墨子才把它鲜明地，斩截地，强聒不舍地提出。墨子死后不久，这个问题又埋葬在二千多年的漫漫长夜中，到最近才再被掘起！①

这就是说，墨子最重要的贡献在于，他在历史上第一次高扬了人类的理性之光，最早揭出了应当建立一个公平正义合理和谐的社会，这一人类至今未曾解决的共同性课题。墨子的答案很简单，一切道德礼俗社会制度，应当是为着"天下之大利"，即最大多数人的最大利益，而非一个阶级和国家的私利。他的对策便是"非攻"、"兼爱"："假如人人把全人类看成与自己一体，那里还有争夺欺凌的事？""那就是说，对世上一切人都一视同仁地爱，不因亲疏而分等差！"②

张荫麟对于墨子的评说是否准确并不重要，重要在于，在学衡派中，他是第一个明确肯定孔子在政治上是一个守旧者，并给予墨学以崇高评价的史学家，而这早已成为了迄今学术界的共识。同时，他的观点不仅与冯友兰的《中国哲学史》一致，而且不难看出胡适的影子，即所谓儒家只问一个"什么"，墨家才问"是什么"的评判理路。张之受冯、胡的影响，是无须讳言的。

有趣的是，陈寅恪虽然没有专文论列孔、墨，但他实际上也已间接地表明了自己的观点。他在《冯著中国哲学史审查报告》中说：

……（穿凿附会）此弊至今日之谈墨学而极矣。今日之墨学者，任何古书古字绝无依据，亦可随其一时偶然兴会而为之改移，几若善博者能呼驴成驴，喝雉成雉之比。此近日中国号称整理国故之普通状况，诚可为长叹息者也。今欲求一中国古代哲学史，能矫傅会之恶习而具了解之同情者，则冯君此作庶几近之，所宜加以表扬，为之流布者，其理由实在于是。③

---

① 张荫麟：《东汉前中国史纲》，第174页。
② 张荫麟：《中国史纲》，第126—128页。
③ 陈寅恪：《冯著〈中国哲学史〉审查报告》，《学衡》第74期，1931年3月。

冯著正是以为孔子是代表没落贵族的守旧者,而墨子则是代表平民的革新派。陈既表彰冯著能矫傅会之恶习,对古人取了解之同情,其肯定冯的观点也就不言自明了。

五四后的诸子学研究所以常起纷争,说到底,其核心还是涉及一个怎样评价孔子的问题。这里存在着两个并行不悖的趋向:一个是以学衡派等为代表始终反对一味诋毁谩骂孔子的一些学者,他们极力主张恢复孔子应有的历史地位,给他一个科学的评价。他们强调孔子是中国古代文化的集大成者,永久值得中华民族尊崇。这个基本的估价无疑是正确的。在经历了"打倒孔家店"的狂飙之后,他们的评说有益于增进国人对于固有文化的自信力和形成对历史上的孔子的正确判断;另一个是以胡适为代表当年激烈主张"打倒孔家店"的一批学者,开始摆脱狂热,从历史的意义上研究孔子,尽管他们更明确的意向是在追求诸子学平等。胡适在《中国哲学史大纲》(上)中,讥孔子是守旧者;但是在其后的《说儒》中,又说孔子是"应运而生的圣者",作为殷商遗民,他超越了老子所代表的旧儒,创造了一种代表"新兴的文化"和"刚毅进取"的"新儒"[1]。无怪乎贺麟以为"这篇文章似又退回到尊孔态度"[2]。正是反映了这一点。这两种趋向相辅相成,加速了传统经学的终结和现代学术的发展。但是,这又是一个从心理到学术都需加调适的过渡时期。同时,既是学术研究,其中出现观点的分歧与冲突,甚至不乏存在的情感偏向,都应视为正常的现象。郭沫若是新文化运动的参加者,但他并不倡言反孔,甚至在20世纪40年代写《孔墨的批判》时,还直言不讳"抑墨扬孔"。他说:"我之所以比较推崇孔子和孟轲,也因为他们的思想在各家中是比较富于人民本位的色彩。"[3] 足见是否推崇孔子,并不构成所谓进步与守旧的分界。对学衡派论诸子学也应当有这样的宽容。

还须指出,胡适在20世纪30年代还写了《儒教的使命》一文,他在文中说:"儒教死了。"此话耐人寻味。实际上,胡适等人强调的仅是将孔子及儒学当作纯粹的过往的历史资料加研究,即所谓"整理国故",不甚在意他们在未来中国社会发展中的可能价值。学衡派则相反,恰恰十分强调这一

---

[1] 姜义华主编:《胡适学术文集》下册,中华书局1991年版,第263—624页。
[2] 贺麟:《五十年来的中国哲学》,辽宁教育出版社1989年版,第21页。
[3] 郭沫若:《十批判书·后记》,上海群益出版社1947年版。

点。张鑫海提出"今日宜以批评精神研究孔子之学说，而分别之，受用之，诚为急务"[①]；郭斌和则谓"应发扬光大孔学中有永久与普遍性的部分"，"而铲除受时间空间之影响所产生之偶然的部分"[②]。他们实际上都提出了"取其精华，去其糟粕"的正确原则。至于吴宓等人强调，孔学所包含的人文主义可成为救治当今世界物质与精神痼疾的良药，则是超出了诸子学研究的范围，而涉及了学衡派关于文化问题的基本主张了。

---

① 张鑫海：《孔子学说之精意》，《学衡》第 14 期，1923 年 2 月。
② 转引自张其昀：《教师节与新孔学运动》，《时代公论》1932 年第 15 号。

第六章 "教育之改造"
——学衡派的教育思想

> 然教育中所涵储能,其足以培养共和精神者,尚未尽量利用。苟充其量而利用之,使今之学校,自小学以迄高等学校,凡其为教师者,俱有彻底之自觉,了然于教育之以造人为目的,非仅授与智识技能,则人性中之储能,可以变更,俾适应共和之制。……
>
> ——刘伯明

学衡派不仅多是受过西方高等教育的归国留学生和在中国南北著名高等学府任教的名教授,而且多出任系主任、院长等职,担任学校行政管理的工作。其中,刘伯明为东南大学的负责人,无副校长之名,而有副校长之实,并且,实际主持学校的工作,政绩斐然;吴宓为赫赫有名的清华大学国学研究院主任,发凡起例,苦心经营,厥功甚伟;胡先骕则参与了筹建江西国立中正大学,并出任首任校长。这些背景决定了学衡派对于中国的教育问题,多所思考,不乏真知灼见。他们强调,中国应确立独立的教育方针,不应一味模仿欧美;教育的目标要继承中国优秀的文化传统,注重"博学笃行"、"知行合一",即造就完全的人格,培养德才兼备的共和国民,不应满足于单纯的知识传授。这固然是表现了健全的教育理念;而对于学风、课程设置、教学方法乃至于整个中国教育体制改革诸多问题,他们也都提出了自己的独到见解。学衡派教育思想的许多合理成分,即在今天也仍然是值得我们重视的。

一、"教育之目的,在造出真正之人"

欧战之后,西方学者痛定思痛,其反省也触及到了教育理念的问题。近代西方随着资本主义的发展,人们日益注重追求物质利益,教育的价值取向也愈益趋于功利主义,学校重职业知识和谋生技能的传授,培养专门人才,却忽略了完全人格的造就。欧战后一些西方学者呼吁,要变革现代教育制度,恢复教育传统,即古典教育所奉行的理性主义、人文主义、自由主义和博雅教育的理想精神。并希望通过此途径来解决社会面临的危机。英国学者巴德雷在《战后教育论》一书中说:"战争虽与吾人以种种之苦痛,亦与吾人以种种之觉悟。吾人经此大战之后,已深知昔时之施设,皆有未当,而于政治经济社会之各种问题,皆不能不用新眼光新手腕以解决之。"就教育而言,便是要纠正重知识而轻人格的倾向。德国所以成为战争的祸首,与其教育的失误是分不开的:"德人重智识过于重品格,重服从过于重自动,由是人民之良心意志,悉屈服于威权之下,惟政府之命是从,而人之创造力自主力于是尽失矣。"[①] 美国学者葛兰坚也批评美国教育是一种将人变成机械的教育,"此种机械或言训练,蚕食人文教育,日甚一日"。他指出:"教育之目的,不当仅予学者以充分之智识,以为专门工作之预备而已。亦以使之能作全人之生活,能善遣其余暇日,能为良好之公民,能乐群为善与人相处。""溺于物而不知人,此世界之所以陷于龙血玄黄之境,其祸今始稍息而未已也。"[②] 与此相应,中国教育界也在反省本国的教育宗旨,并引起了争论。有人提出,既经欧战,民国元年公布的教育宗旨中关于"军国民教育"一条已不适宜,同时鉴于民国以来,祸患迭起,暴露国民缺乏共和精神,故教育应以培养健全的人格和发展共和精神为目标。但战后杜威的实用主义教育思想在中国的影响正迅速扩大,注重职业技能的实用教育而忽视品德教育的倾向也明显增长。其后,随着日本侵华、民族危机日亟和国民党政权的确立,

---

① 〔英〕巴德雷著,陆懋德译:《战后教育论》,商务印书馆1920年版,第34页。
② 张荫麟译:《葛兰坚论学校与教育》,《学衡》第42期,1925年6月。

在国家主义、军国民教育呼声复起的同时,党化教育也甚嚣尘上。所以,20世纪20—30年代,正是中国教育思想异彩纷呈,空前活跃的时期。

作为新人文主义者,学衡派对于中西方教育思潮的变动自然十分关注。陆懋德于1920年即翻译出版了上述巴德雷的《战后教育论》。1921年新人文主义大师白璧德应美国东部中国学生会的邀请,到会作了题为"中西人文教育谈"的讲演。他在讲演中批评西方教育忽视人文教育,高度评价以孔子为代表的中国古代教育重视道德观念的精神。白璧德的讲演原刊于1921年《中国留美学生月报》第17卷第2期,1922年胡先骕即将之译载于当年刚刚创刊的《学衡》第3期上。吴宓为译文加了很长的按语,介绍白璧德的新人文主义,并强调说:"人文教育,即教人以所以为人之道,与纯教物质之律者相对而言。"紧接着,胡先骕复于《学衡》第4期发表《说今日教育之危机》一文,开始反省中国教育,且从此一发不可收,接连撰文探讨教育问题,成为学衡派中思考中国教育改革最具系统思想的人。同时,更值得注意的是,刘伯明对于近代西方教育思潮的变动作了具体的历史考察。他指出:西方自中世纪制度解体之后,人的思想日益发舒,理性高扬。"人之理性几成最高法庭,一切是非之争执必听其审判。"自培根提倡新方法,笛卡儿主怀疑,迄于洛克,一脉相承,无不崇尚理性,从而强调"教育即应以培养理性为鹄的"。服从理性,立论虽极高超,但流弊所及,则是压抑天性,人不堪其苦,故有卢梭倡自然主义之反动。就积极的方面而言,现代以儿童为中心的教育思想源自卢梭;但其流弊,则是以旋起旋灭的兴趣为教育标准,难免步入了"儿童专制"的误区。卢梭之后,西方的科学与民主日益发达,影响所及,功利主义盛行。当今以杜威为代表的实用主义的教育哲学的出现,可以视为西方教育思想的又一次反动。生于今世,人们自当具备应付与改造社会的能力,否则思想囿于故常,与环境渺不相涉,社会终无由进步。"所贵乎教育者,非仅以其保守古往文化,当能增进文化,而使社会日新不已也。"就此而言,杜威实用主义的教育哲学重活动、创造、应变与解决问题的能力培养,自有其合理性;但它急功近利,又不免失之于一偏。[①] 应当说,刘伯明对于近代西方教育思潮变迁的历史考察是大致合乎实际的。它反映了学衡

---

① 刘伯明:《教育与训练》,《新教育》第4卷第5期,1922年。

派对于教育问题的思考，本身具有了怎样的自觉性和广阔的视野。

教育的功能、目的究竟是什么？学衡派明确地提出了关乎教育理念的这一带根本性的问题。吴宓认为，"真教育之理想"，当如爱德华 W. 小多尔奇"为教育下定义"：要能使受教育者"知道、理解、参与并享受物的、人的、思想的、感情的世界。"① 其意是要培养身心健康的人，但表述却不免失之空灵。相较之下，刘伯明诸人的提法却要明确得多：教育的目的即在于"造人"，或叫"教人做人"。刘伯明说：教育者当"了然教育之以造人为目的，非仅授与智识技能"。② 向绍轩也说："夫教育之目的，不外教人做人。做人之道，知行一贯，非知无由得行，非行不能言知。"③ 胡稷咸讲得更明确："教育之目的，在造出真正之人。"④ 在他们看来，人类的生活包括物质的与精神的多方面：谋生技能、物质需要、身体健康、求偶生殖之本能、求知之欲望、情感之发泄、道德感与美感之满足、宗教伦理之信仰、德性之修养、政治社会活动之参与，如此等等。所谓教育的目的在于"造人"、"教人做人"，说到底，就是要使受教育者适应这诸多方面生活的潜能都能得到均衡的发展，从而实现美满的人生："教育之目的，即在如何指导与训练个人，使人人皆能在生活之各方面尽量发展其潜能，以达到尽善尽美之域。"⑤ 简言之，教育的功能又可归结为二：一是养成"治事治学之能力"；二是养成"修身之志趣与习惯"。二者并重，缺一不可。要使受教育者成为孔子所主张的"博学笃行"、"知行合一"，即德才兼备、人格健全的人。

据此，学衡派抨击其时的中国教育正是在教育目的即教育宗旨这一根本性的思想指导上，失之一偏。他们认为，中国教育不仅尚未清除传统科举的遗毒，故学生仅志在博得一资格而已，且仿行西方，囿于求知，重物质技术，于个人修养无所计及。初级学校所学的东西，仅仅是为了升入专门以上学校作预备，与广义的生活无关；不能升学，几于全然无用。升入高级学校也仅仅学专门的知识，于德性、本国及世界文化，无所容心。其结果是，虽

---

① 吴宓：《文学与人生》，第 74 页。
② 刘伯明：《共和国民之精神》，《学衡》第 10 期，1922 年 10 月。
③ 向绍轩：《今日吾国教育界之责任》，《学衡》第 29 期，1924 年 5 月。
④ 胡稷咸：《中国现代教育之症结》，《教育杂志》第 19 卷第 1 期，1927 年。
⑤ 胡先骕：《教育之改造》，江西《大众日报丛书》，1945 年 12 月。

身受高等教育，却于修身持家治国安邦一类人文知识，茫然无知，走出校门，于社会并无大的用处。①不仅如此，他们尤其强调指出，将教育的宗旨仅仅定在传授谋生的知识与技能，为害甚大。"斯义一倡，而学者之志日卑，教者之言日陋，速成苟进无所一至矣。"从小学升中学、大学，终至于留洋，只以学位谋生，这是富家子弟的最大希望；而贫寒子弟则入师范，习实业，也无非求温饱。如此，上下同风，"故人格也，道义也，学术也，理想也，苟无关于吾之生活，举不足重，独重毕业，以毕业而后生活可图也。教者翘此以为招，学者准此以为范，学风愈敝，而道德遂以愈衰"②。所以，毫不足奇，学生在校争分数，可以媚师长；出校谋事务钻研，可以假公济私。民国以来，伪、贪、污、道德廉耻丧失现象盛行，不能不说教育家与有责焉。同时，也唯其如此，学衡派主张："现在中国教育，需要根本改造，自小学以至大学，一概应以人格教育为本。"③

由于民族、历史文化传统与时代、阶级的差异，教育思想家们对于教育目的的认定，从来存在着分歧。从历史上看，人们的认识大致可分成两类。一是从社会的需要来认定教育目的，是为社会本位论。如《学记》提出："欲化民成俗其必由学。"法国早期社会学家涂尔干主张"教育在于使青年社会化——在我们每一个人之中，造成社会的我，这便是教育的目的"；二是从个体发展来确定教育目的，是为个人本位论。如夸美纽斯以为"教育在发展健全的个人"。裴斯泰洛齐主张"教育在使人的各项能力得到自然的、进步的与均衡的发展"。杜威则谓"教育即生长"，以为除了个体生长外，没有其他目的，故又称教育无目的论。而在马克思主义看来，则需将个体的发展放在一定的社会历史范围内考察，从社会的需要和人的发展两方面来确定教育的目的。④学衡派主张教育目的在于"造人"、"教人做人"，虽未达到马克思主义历史唯物论的境界，但无疑已超越了社会本位论与个人本位论，而注意到了兼顾社会与个人的发展。故刘伯明强调教育"造人"应当"俾适应共和之制"⑤。

---

① 胡先骕：《教育之改造》，江西《大众日报丛书》，1945年12月。
② 柳诒徵：《罪言》，《学衡》第40期，1925年4月。
③ 张其昀：《教师节之日期》，《时代公论》第13号，"时事述评"，1922年。
④ 参见顾明远主编：《教育大辞典》（增订合编本）上，上海教育出版社1998年版，第765页。
⑤ 刘伯明：《共和国民之精神》，《学衡》第10期，1922年10月。

胡先骕也倡言,健全的教育必当助益社会,"庶几物质文明与精神文明得以同时发达,则新旧文化咸能稳固,社会之进步,政治之修明,虽目前未能实现,二三十年后终能成功也"①。当然,学衡派更规范的提法是人格教育。在他们看来,人格的概念其内涵远较品德为广泛,除自信、判断能力、温良、持重等外,还当包括形骸体能方面的内容,实相当于人的诸多潜能全面均衡发展的意义。为实现人格教育,除智育不言自明外,学衡派突出强调了以下的几种教育:

(一)德育。其内涵包含两个层面。一是养成共和国民的人格。学衡派以为,中国虽号称民国,但名不副实,人多假公济私,全国一盘散沙。究其原因,端在普遍缺乏共和国民的人格。"共和者人格之问题,非仅制度之问题也。有自由奉献之共和人格,则共和制度有所附丽,否则仅凭一二人之倡导于前,而多数漠不关心,必无以善其后也。"刘伯明说,曾至某地,该处道伊重植树,一时城周树木葱郁,后道伊解职他往,居民争砍树。人存政举,人亡政息,共和国民人格培养之重要,于此可见。学衡派强调共和国民的人格养成须从学校做起,要让学生懂得正确处理自由与负责的关系。共和政治虽重自由,但其自由必附以负责之精神,仅有责任,没有自由,固然谓之屈服;而仅讲自由,不讲负责,个人主义盛行,流于放纵,势必导致群体涣散,国家四分五裂。所以要使国人从小养成"服务社会"、"自由奉献"的共和精神。刘伯明撰有《共和国民之精神》一文,其中写道:"然教育中所涵储能,其足以培养共和精神者,尚未尽量利用。苟充其量而用之,使今之学校,自小学以迄高等学校,凡其为教师者,俱有彻底之自觉,了然于教育之以造人为目的,非仅授与智识与技能,则人性中之储能,可以变更,俾适应共和之制。"②张其昀在《中国青年与青年中国》一文中则谓,学校的毕业生应该成为"有思想有道德的"人,这是目前中国教育"一个最重要的使命"。"须知有了高尚的人格,才能教化民众,没有高尚人格,结果徒使民众腐化恶化。可惜现代中国学校生活,偏于智识的传授,至于人格的感化,几渺乎不可复识。"③这就是说,教育的目的,说到底,就是要培养具有共和精神、道德高尚的新国民。但是,这里所讲的道德还应当包含中国传统道德的

---

① 胡先骕:《说今日教育之危机》,《学衡》第4期,1922年4月。
② 刘伯明:《共和国民之精神》,《学衡》第10期,1922年10月。
③ 张其昀:《中国青年与青年中国》,《时代公论》第12号,1932年。

精神，例如，"言忠信，行笃敬，虽蛮貊之邦行矣。言不忠信，行不笃敬，虽乡里行乎哉"之语，诚万古不磨的至理，今虽共和政体，"皆能适用者也"。① 需要指出的是，学衡派不仅认为受教育的权利是一个人最重要的"人权"，而且强调必须清除专制时代所谓"民可使由之，不可使知之"，妄分上智下愚，等第人性的旧观念，相信国民都具有养成共和人格的基础，并由此确立共和教育的原则。②

二是进行爱国主义教育。学生在校期间应当掌握一种将来谋生的本领和技能，这是对的；但是，教育家的责任至此远未完成，他们还必须教育学生懂得，人非机器，除了掌握谋生的本领与技能之外，还应当有更高的追求。否则，"人生的意义，仅在于偷息世间，则此生又有何用？"学衡派以为，其中最重要的是要教育学生养成有忧国忧民之心，崇高的爱国情操："纯洁无上的爱国心。"张其昀深情地写道：

> 中国现在处于黑暗时代，幸而还有一点热烈伟大的所谓"鸣鼓而攻之"的学生运动主持清议，使政府略有顾忌。否则，一般国民恐更要垂头丧气，而国事亦愈趋于下流了。学之外，还有生；书本之外，还有我可爱的祖国；笔砚之外，还有我四万万之同胞。③

此外，张荫麟于1925年发表《论最近清华校风之改变》一文，对于清华学生爱国之心的苏醒感到无限的欣慰，也同样生动地反映了学衡派对于学校爱国主义教育的关注。张荫麟在文中说，在清华学生的意识中，历来只有"出洋"二字。纨绔之徒，醉生梦死，固无论；其上者，学习优，出洋无虑，好出风头，互相攻讦，以大人物自命；中者但求分数尚好，行有余力，逍遥自在，群居终日，言不及义；下者则兢兢于分数及格，不知此外有天地日月。凡与出洋无关之事，无人问津。读线装书，则诋为老先生；讲国家危亡，则讥为有神经病。"此等风气深入人心，现在犹未能尽蠲。"但是，新

---

① 胡先骕：《致熊纯如先生论改革赣省教育书》，《东南论衡》第1卷第29期，1926年。
② 参见柳诒徵：《教育之最高权》，《学衡》第28期，1924年4月；刘伯明：《共和国民之精神》，《学衡》第10期，1922年10月。
③ 张其昀：《中国青年与青年中国》，《时代公论》第12号，1932年。

近一年来，清华校风为之一变，它的集中表现是"提倡国家主义"与"反对教会运动"的并兴。二者实互为表里，同出一源，这即是学生爱国精神的高扬。尤其经五卅惨案后，此种运动愈加高涨，此种爱国的精神也愈加显著。今年毕业生留赠母校的纪念品不同往年，乃是一尊大炮，上刻"我武维扬"四个字。去冬举行英文比赛，出现了诸如"国家主义与中国统一"、"汝乃为中国之所系"、"孙逸仙"之类有助于激励国人的演讲题目。抚今思昔，清华校风已不可同日而语，令人振奋。张荫麟最后写道："虽然就大多数而论，以今较昔，醉醒之别，亦既昭然，循此新方向而努力，岂独清华学校之荣，国运之隆，可计日而待矣。呜呼，是在诸同学之自勉焉耳！"[①]所谓"循此新方向而努力"，无疑是指进一步高扬爱国主义的精神。很显然，张荫麟同样是将学生纯洁的爱国心，视作关乎学校之荣、国运之隆，最可宝贵的东西。

值得注意的是，学衡派强调学校的德育，尤其是爱国主义的教育，必须高度重视历史与地理的这两门课程的教学。日本帝国主义的入侵，使其论说更富有尖锐性。郑鹤声说，"历史教学之兴废，足以影响其民族及国家之存亡"。所以世界各国于其本国历史无不特别注重，以种种方式宣扬其光荣史迹，以激励国民爱国之情思。日本侵略者在占领区内肆意篡改各级学校的历史教科书的内容，欲使青年学生为其顺民而不觉，用意之毒，实较其政治经济军事之侵略，"为害更烈"。这正从反面说明了历史教学的重要性。[②]缪凤林也指出，历史课的基本目标就在于："从讲习国史，以唤醒中华民族的自信心，振起中华民族精神，恢复中华民族堕失的力量，达到结合国人成一坚固的民族之目的，以挽救当前的危局，使中华民族永远存在而已。"[③]因之，他们对于当局借口抗战，试图削减历史课教学，给予了有力的抨击，以为这是一种短视。与此同时，学衡派也强调爱国教育离不开地理教育。他们认为，当今的世界已成一体，不具备地理知识固不足为良善的公民，而于本国地理茫然无知，又如何能知其国家可爱，更何有而救其国家？"爱国救国之呼声亦徒托空言，聊充口号而已。"胡焕庸特别指出，日人在占领东三省后，复派大量人员进入内地考察，甚至不惜长途跋涉，深入穷乡僻壤，其目的无

---

① 张荫麟：《论最近清华校风之改变》，《清华周刊》第24卷第3号。
② 郑鹤声：《选择历史教材之目标》，《教与学》第4卷第5期，1939年。
③ 缪凤林：《中学中国史教学目标论》，《教与学》第1卷第4期，1935年。

非是为异日扩大侵略中国作准备。相较之下，国人多于本国的地理教育漠然置之，以为无关痛痒，岂非咄咄怪事！他写道："今国难诚亟矣，我国民如尚有爱国救国之真忱者，其惟一实行之法，当自研究本国地理始，当自提倡地理教育始。"① 其时全国共有41所大学，但仅中央大学、中山大学和北平师范大学三校设有地理系，其他虽设有地理科但与地质系、历史系合者，也只有清华大学、武汉大学和暨南大学三校。足见地理教育未被当局重视。胡焕庸因之建议：就适当地点之大学，建立地理学系；有地质历史系之学校，一律添设地理课；所有大学添地理讲座。② 应当说，学衡派强调历史地理教育对于培养学生的爱国情操具有无可替代的作用的见解，是完全正确的。在商潮滚滚，功利主义盛行的今天，学校的历史地理教育又一次面临着严重的冲击，因之他们的此一见解无疑是值得我们深思之的。

要言之，学衡派强调人的培养要注重德才兼备，其中品德修养又是第一位的，故当使学生"咸知敦品励行之重要，远在求知之上"③。他们甚至于提出了"人格商"的概念，借与智商相对，以为教育的重要使命就是要通过学习与训练，不断提高受教育者的道德水准即人格商。极少数行检卑劣不堪教诲的学生，虽学业优异，应予摈斥。同样，大学教授应是道德高尚的学者，以为青年的表率。其品德不足为青年师表者，虽有专门的学问，也不得占据最高学府的讲席。

（二）美育。学衡派以为，美育是生活的一个重要因素，人人都有程度不同的美感，它是人类一种重要的精神活动。美感如能充分发达与满足，则其人身心必感愉悦而乐于上进，其品性与生活习尚也将受莫大的影响。墨子非乐，是不知美育之重要。相反，儒家重乐教，则反映了对美育的重视。但是，从总体上看，中国民族困于生活之艰辛，数千年来美感不发达。一般人之语言鄙野，行为粗俗，衣冠不整，嗜赌如命，固与其生活环境有关，但与缺乏美感也不无关系。学衡派普遍强调真善美的统一，同时由于受柏拉图和儒学的影响，尤其突出善，将真美附属于善。但是刘伯明的见解又不尽相同。他认为，善美非截然两物，人心既属统一，则审美之情移至道德，也

---

① 胡焕庸：《国难与地理教育》，《地理教育》第1卷第3期，1936年。
② 胡焕庸：《改进大学地理教育刍议》，《地理教育》第1卷第1期，1936年。
③ 胡先骕：《教育之改造》，江西《大众日报丛书》，1945年12月。

是理有固然。一般说来，人之富于审美情操者，必具有超脱俗利之同情，心所爱慕，往往能忘却私意，而与雄伟壮阔之美相接，表现出高远的旨趣。相反，一切罪恶原于鄙俗，俗子囿于物欲，故贪鄙而无高洁的情操。但是，尽管如此，善与美终归两事。以音乐为例，其最大的价值在于解放情感。"感情之生活，乃真我之生活，较之知识道德之生活，其价值不知高若干倍。"音乐一方面可以解放情感，同时又有节奏以调节之，使其乐而不淫，哀而不伤。音乐虽然可以引起善心，但此亦仅仅是副产品而已。"若以此为惟一之目的，则又何取乎美？以音乐为引起善心之工具者，贬损音乐之价值矣！"[1]美育有益于德育，但其价值又超越德育，更具有陶冶性情，丰富生活和净化心灵的功能。人生而无音乐、美术、诗歌、戏曲一类的美育，"便会流于枯槁、狭隘的境地。这就是刻薄寡恩的人生，是最悲惨最无意义最无价值的了"[2]。应当说，上述刘伯明的美育见解更符合现代的观念。但是，无论如何，学衡派重视美育又是共同的。如胡先骕说："美育能使人改变其人生观，对于现实世界有与庸俗之人不同之估价，而养成高尚优美中正和平之人格，其变化气质之功效有非言语所能形容者。""吾国教育尤宜注重美育，以期人民能尽量发达其美感之本能，而获得丰富美满之生活。"[3]学衡派以为，文学、戏剧、音乐、绘画、手工等课程与活动，都是学校美育的重要方面，但实际上在各级各类学校中多有名无实，形同虚设。此种状况必须根本改变。

（三）体育。刘伯明指出，无论一个人的道德怎样高，学问怎样深，如果他的身体不好，便是残缺的生活。古希腊人相信身体与灵魂是要均衡发达的，故有"美的灵魂寄在美的身体当中"的说法。希腊人不相信高尚的灵魂可以超脱身体，所以他们不仅重竞技，且在要裸体，以示身体健全。希腊人关于"美"的说法，到罗马人手里便称为"健康"，以为健康的灵魂寄于健康的身体。刘伯明说："我也敢说：'身体不健康，灵魂也不健康。'"伊壁鸠鲁倡"快乐"说，是因为他身体衰弱，痛苦不堪。故只有身体健康，才有美满的生活。"单讲道德，单讲服务，而不看重吃饭或游戏的本体的价值，我

---

[1] 刘伯明：《关于美之几种学说》，《东方杂志》第18卷第2号，1921年1月；《音乐与人生》，《学生杂志》第10卷第7号，1923年。
[2] 刘伯明：《教师之人生哲学》，《教育杂志》第13卷第8号。
[3] 胡先骕：《教育之改造》，江西《大众日报丛书》，1945年12月。

终认为是不正当的人生观。"① 所以他提醒学生：所谓人格不仅仅限于精神方面，其要素还包括形骸方面，服饰、运动、健康都须加以注意。不要以身体弱不禁风和不修边幅为荣，外人来校参观，称吾校学生有夫子气，应引以为戒。在刘伯明倡导下，东南大学重视开展学生体育运动，该校专门设立有体育专修科，开全国风气之先。东南大学体育专修科的毕业生在体育界多居领导地位，于发展近代中国的体育发挥了很好的作用。② 不过，胡先骕提出"发展劳作教育"，强调"提倡劳作，亦即所以发达体育"，其见解自成一家之言。他指出：中国自春秋战国之世便产生了士之阶级，他们四体不勤，五谷不分，实成劳心而不劳力的特殊阶级。其贤者，固能领袖群伦，治国平天下；其不肖者，或借词章制艺猎取功名，追求利禄，或成土豪劣绅，鱼肉乡民。总之，恣为奸利，终成社会之蠹。此种科举遗毒，至今犹存于多数学生之中。大学固不必论，即在中小学毕业，也便以乡绅自居，而不肯再为劳力之事。一些读书人学识浅薄，又看不起体力劳动，终成高级游民而已。实则中国古代有所谓"耕读"的人生理想，即主张一面劳力，一面劳心，如宁戚之放牛，朱买臣之负薪，托尔斯泰之制皮鞋，甘地之纺织，无不体现着一种高尚的理想。胡先骕主张各级学校都应当提倡学生参加一定的体力劳动，使之从中体验生活，"习于劳苦，以能自食其力为荣，斯能矫正其数千年来错误之人生观"。当然，若止于此，胡先骕还只是限于强调德育；但他缘是以进，复提出了劳作教育与体育的关系问题，使自己的见解深化了。他说，动物的体力，也如其智力，用进废退。一般教师都懂得体育重要，但他们都忽略了下面的事实：单纯靠学校中的竞技式之体育以谋增进个人的体力，并非最佳的方法，同时还必须在日常生活中，经常参加适当的体力劳动，其身体才能长久保持充沛的体力。从这个意义上说，让学生适当参加一些体力劳动，也是学校体育的应有之义。③ 将"劳作教育"归于体育是否恰当，可不置论；但胡先骕强调让学生参加一定的体力劳动，不仅有助于他们清除传统士大夫轻视劳动与劳动人民的封建思想的影响，而且也有益于增进他们的身体健康，因而可以成为学校健康教育的一部分，此种见解的意义实已超出了体

---

① 刘伯明：《教师之人生哲学》，《教育杂志》第 13 卷第 8 号。
② 潘维和主编：《张其昀博士的生活和思想》上，第 435—436 页。
③ 胡先骕：《教育之改造》，江西《大众日报丛书》，1945 年 12 月。

育的范围,而触及了教育必须与生产劳动相结合,学生必须参与社会实践活动,这一当今重要的教育思想。

由上不难看出,学衡派所谓教育的目的在于"造人"、"造出真正的人"、"教人做人",说到底,就是要使受教育者成为德智体美全面发展的新时代的国民,而其中又突出了品德与爱国主义的教育。它不仅反映了对欧战的反省,尤其反映了对国情的深思。

二、突出能力培养,注重宏通教育

学衡派固重德育,但这决不意味着他们轻忽智育;相反,他们不仅同样重视智育,而且对于学校如何以教师为主体,转变教育观念,提高教学质量,加速高水平人才的培养,作了认真的思考。

学衡派强调学校"应以'人'为主,不以'房舍'、'组织'、'章程'为主"[1]。学校既起源于讲学,自然最初组成所谓学校的人,便是讲者与听者,即教师与学生。故学校应以"人"为本,说到底,就是要以师生为本。其中,教师又是学校教育的主体。"一国教育盛衰之主因在于教育人材之有无,而人材之主体为教师。有何等教师,乃有何等学生与教育成绩。"[2] 作为教师固须具备渊博的学识与高尚的品德,但具体讲,又应具有以下良好的学风或叫精神:其一,"学者之精神"。所谓学者之精神,就是要"注重自得",超然于名利之外,潜心学术,本思想之自由,"唯真是求"。其二,"服务精神",即忠于职守的敬业精神。人生价值的实现,不在于做不做官,只要于社会进步有益,便是"可发展人格,实现自我"。教师,尤其是小学教师,报酬虽微,却是责任重大。"将来世界的运命,就在儿童手里,也可以说握在小学教师手里。……他的责任,实比帝王还要大些。"故作为教师,应"尊重自己伟大的责任"。其三,"自强精神"。凡事关社会政治的重大问题,宜本学理之研究,出以公心,发为言论,与国人相见,不参杂任何党派之私

---

[1] 吴宓:《大学之起源与理想》,《建国日报》1948年4月21日。
[2] 王志稼:《我国目前之科学教育问题》,《国风》月刊,第8卷第11期,1936年。

意,"斯真高尚之学风也"。但学校既为研究学术与培养人格之地,"一切权威应基于学问,道德、事功虽为人格之表现,然亦应辨其动机之是否纯洁,以定其价值之高下,若通俗所重之名利尊荣,则应摈之于学者思想之外"[1]。但具体到大学教授,学衡派又提出四大任务:一是"教课与研究并重";二是"宣传学术,灌输常识,俾有以启迪众";三是"作育人才,智德二者并重";四是"发达科学"[2]。概括起来,便是三事:研究学术、教书育人、传播知识。这实际上也概括了大学的主要任务。

与此同时,学衡派也强调指出,教师虽是教育的主体,但学生无疑却是学校教育工作的中心所在。道理很简单,学校既以培养学生,造就人才为目的,则衡量学校教育之成功与否,自当视其所培养的学生的质量为准。在这里,教师树立正确的教育观念和充分尊重与理解学生,是至关重要的。刘伯明说:"愚意学校精神,存乎教师学生间个人之接触。"[3] 吴宓也说:"师生朋友,而师者特前引之学生,同进于学问之途者也。"[4] 郭斌和则讲得更加恳切:"如何使学校成一师生相了解相信任相敬爱之有生命的团体,诚教育界当今最迫切之问题矣。"[5] 但遗憾的是,现实中的学校却成了简单督责学生读书的场所,学生负担过重,苦不堪言,完全丧失了学习的兴趣,且于无形中制造了学校、教师与学生间的对立。其后果之严重,令人堪忧。对此,胡先骕的论述最为有力。他说:中国传统的教育历来主张从严督责,但图博览群书,不问学生身体与智力能否接受,终日咿唔,尚有夜读。以课程论,强迫生童死记硬背,不能诵习,即鞭扑之。从不知疲劳有害,且谬持磨炼出精神之说,故有"头悬梁锥刺股"传为佳话。青年学子因苦习而伤身,中道夭折者,不堪殚述。此种科举时代的流毒至今仍残存在教育当局的头脑中。人们不知学校成绩不良,是因课程过于繁重,教学不得法,并非全因学生之过。近年来政府欲整顿教育,复不知从根本入手,"但以会考方法以鞭策学校当局"。学校为图会考成绩优良,对学生唯督其功课是务,于学生的生理与心理的健康

---

[1] 见刘伯明的《教师之人生哲学》及张其昀的《刘伯明先生论学风》(《教与学》第1卷第8期,1936年)、《"南高"之精神》,《国风》月刊,第7卷第2期,1935年)。
[2] 王家楫:《大学教授之任务》,《国风》月刊,第8卷第5期,1936年。
[3] 张其昀:《刘伯明先生论学风》,《教与学》第1卷第8期,1936年。
[4] 吴宓:《再论新文化运动》,《留美学生季报》1922年第4号。
[5] 郭斌和:《论近日之学潮》,《国风》月刊,第8卷第2期,1936年。

全然不顾。加之严厉的军训，学生负担益重，饮食不良，睡眠不足。如此夜以继日，尚未必保会考及格，幸得及格，而入学考试又往往过于艰深，大学之门墙终于可望不可及，因为职业学校太少，又无法容纳这些为数众多的高中毕业生。同时，新学制实施十多年来，课程形式务求美备，程度甚为高深。小学课程比德国重三倍，高中数学程度也远在美、法、德诸国之上。一些所谓名牌大学的课程，连高材生也感沉重。其结果是学生不堪重负，因成绩欠佳而自杀者，时有所闻。胡先骕因之警告说：此种状况若不及时纠正，"必使学生在体育上多数变为病夫，而在智育上无以养成自由爱智之风尚，同时德育之熏陶不讲，而健全之人格无以养成，心所谓危"。"此种畸形之教育，若不亟为彻底之改革，其遗害国家与民族，有不可胜言者矣。"①

在学衡派看来，形成教育现状的一个重要原因，端在于教育观念的失误：满足于知识的灌输，而忽略了学生能力的培养。办学者总以为多开科目，可以增加学生知识的范围，使教育达到圆满。殊不知知识是无限的，学生在校期间不可能也无必要掌握一切知识，更多地需要他们走到社会上去后不断地再学习。学校教育的任务应重在"自动求知之欲望与才能之养成"，即重在学生能力的培养。而要实现这一点，在教育思想与教育观念上必须注意以下几个问题：

其一，注重宏通教育，避免学生的知识结构失之褊狭。

学衡派多是博古通今、学贯中西的学者，胡先骕且文理兼通，既是有成就的科学家，又是国学功底深厚、列名南社有成就的诗人。故他们普遍深感中国教育的一大弊端，就是过分强调专业，导致文理隔绝，学科隔绝，学生知识结构失之褊狭。胡先骕说：

> 大学教育，既贵专精，尤贵宏通，必使诸生多有自由讲习研求之机会，而不可过于专业化。今日大学课程之弊，即在课程限度太严，必修课程太多，使学徒太少选习专业以外之课程，而在学生一方面，其弊亦在但知专精，而不博涉。大学教育在过渡专业化积习之下，遂造成无数未受宏通教育之专家，其专门学问，或尚有可观，而高等知识，一般学术上之修养，则太嫌不足，尤以学应用科学如农工医商者为甚。以此等

---

① 胡先骕：《改革中国教育之意见》，《国闻周报》第 14 卷第 9 期，1937 年。

专家领导国家社会，其害有不可胜言者……①

问题不仅仅限于大学，高中也在推行文理分科，各科自有其专修的课程。学衡派认为，学术本身并无绝对的界限，学科分类是人类为方便研究起见而为之。文理工商各科有着内在的联系，是不能截然分开的。文史哲各科关系密切，固不待言，即以生物学为例，育种学与植物学需应用微积分，足见它离不开数学；而地理与史学又为研究生物进化所必需之知识；地质学则为土壤学之根基，同时也为生态学所必需；至于新兴的植物营养学更是有赖于有机化学与物理化学。显然，研究生物学的学生，若于这些相关学科的知识一无所知，是难以有大成就的。这是因为欲成就一流的专家，必须有广博的知识作基础。至于中学而分科，其害尤烈。胡稚咸说：

> 夫中学之目的，在予学生以普通系统之训练，启发其各种天赋之宝藏，而为精神健全之人，非欲其具专门知识也。……今中学而分科，各科自有其专修之学程，是不啻蓄花木者，欲其花木有奇形异状，以供玩赏，而束缚之，压迫之，不令遂其天机也。……今中学生对于各种学程，以为此疆彼分，划分甚清，各不相犯，狭径以自封，划区以自狱，而精神上皆为疲癃残废者，何莫非食此新学制之赐耶！②

因之，学衡派强调必须优化课程结构，以拓宽学生的知识面。这在胡先骕称"宏通教育"；在吴宓称"博雅教育"；在刘伯明则叫"博约之道"。说法虽不一，基本主张是一致的，即强调"调和文理，沟通中外"。胡先骕主张大大压缩专业课程的时数，相应增加自由选课的时间，同时应当规定学生除专业课程外，"必须选习相当数量之政治经济社会历史哲学科学美术等课程，以收'自由教育'之效"。这就是要求文理科互选一定的课程。他尤其批评理科的学生文理不通，缺乏人文知识的素养，因此必须加修文史哲政治课程，"以扩展其心灵境界"③。他还强调"须加倍注重外国语"，以便兼收博览，与外国进行学术交流。

---

① 胡先骕：《教育之改造》，江西《大众日报丛书》，1945年12月。
② 胡稚咸：《中国现代教育之症结》，《教育杂志》第19卷第1期，1927年。
③ 胡先骕：《教育之改造》，江西《大众日报丛书》，1945年12月。

吴宓在《大学之起源与理想》一文中指出：大学应"注重于相关学门的智识的融会贯通"，以造就"博而能约"、"圆通智慧"的"通才"。"自然科学与社会科学是这样的，文史哲尤其是如此。"① 他曾谈到，如果治学的道路能够重新选择的话，自己愿意第一步先在国内多读些中国文史典籍，打好国学功底，第二步入专门外文学校提高英文水平，第三步才是出国留学，先至美国学习几年，再转欧洲，然后归国，相信在自己学术上的发展将会是另一番气象。这自然仅是一种不可能实现的理想，但它毕竟反映了吴宓是怎样强调宽广深厚的知识基础，对于一个人将来学术的发展具有莫大的重要性。也唯其如此，他为清华外文系制定课程，不仅提出了语言文字与文学并重的原则，而且强调必须重视中国文学与史学。他说：外文系的学生于"中国文学史学之知识修养，均不可不丰厚……即谓本系全体课程皆为与中国文学系相辅以行者可也。"② 这就是强调了中外兼通的原则。清华外文系在吴宓的主持下，人才迭出，多成著名学者、翻译家、外交家，如吴达元、杨业治、李健吾、庄垿泰、曹宝华、田德望、万家宝、钱锺书、季羡林、盛澄华、胡乔木、章汉夫、乔冠华、章文晋等便是其杰出者。这无疑与吴宓主张博雅教育的思想是紧密相关的。明白了这一点，也就不难于理解，何以钱锺书晚年在《吴宓日记·序言》中仍对老师念念不忘：

（自己）本毕业于美国教会中学，于英美文学浅尝一二。及闻先师于课程规划倡"博雅"之说，心眼大开，稍识祈向；今代美国时流所讥 DWEMs，正不才宿秉师说，拳拳勿失者也。③

刘伯明主持南高师，也担心"同学失之过专，常常提倡博约之道"，强

---

① 吴宓：《大学之起源与理想》，《建国日报》1948 年 4 月 21 日。
② 吴宓：《外国语文学系概况》，《清华周刊》，"向导专号"，1935 年。
③ 《吴宓日记》，生活·读书·新知三联书店 1998 年版。作者在"DWEMs"下注曰："美国新派人物反对大学课程为希腊、罗马文化和基督教相结合的人文主义传统所垄断，他们称人文主义者为 DWEMs。据美国《官方政治正确词典和手册》(1992)，DWEMs 指'已故（Dead），白种人（White），欧洲人（European），男性（male）.'该词典并以柏拉图为 DWEMs 的典型，认为'这些人应受谴责，不仅因为他们创造了至今仍形成现代大学课程核心的那些大量不相干的文学艺术和音乐作品，而且这些人还合力阴谋制订了那占统治地位的族长式的工业社会秩序.'"

调各学科知识间存在着的内在联系，注意拓宽学生的知识面。在这方面，南高师做的两方面工作尤其值得提到：一是与中国科学社合作办学。中国科学社1914年在美国筹建，1918年迁回国内，社址就设在南高师附近。科学社是其时中国规模最大也是最重要的科学家团体。南高师积极与之合作，聘请科学社的许多著名科学家，如竺可桢、杨诠、秉志等到校任教，以至时有"南高是中国科学社的大本营"的说法。这既大大地充实了南高师教师队伍，也有力地开拓了学生的视野，从而明显地提高了办学的质量。时人所以常以南高师与北京大学相提并论，与此是分不开的。二是注意文理渗透。郑鹤声回忆说："（据）校规，最后一学年必须兼习数理化课程一二种，这是取美国大学学制文理皆通之意。我在文史地部毕业后，兼学数学、物理两种课程，著名科学家严济慈、赵忠尧都是当年的同学。"① 景昌极也是南高师的毕业生，他对学校教育过于强调专门化的现状也深不以为然，因之感念当年，以为南高师时仅分文史地、数理化两部和工农商等专修科，注意到了文理渗透和拓宽学生的知识面，比现时的中央大学文史地理数理化政治经济等各成一系，文理诸学科完全隔绝，更为合理和经济。② 张其昀在《"南高"之精神》一文中，对刘伯明主持下的南高师办学思想作了更明确的总结和肯定：

> 南高又有一最可自负之点，即留学生与国学大师的合作。……母校其真正的教育家，常颁防止特种学科的专制，而尽其力之所及，以开放全部之智识，使学生有充分的自由，以选择其最能发展其个性的学科。其结果南高的人文学科与科学能保持平衡的发展，而互相影响，得到良好的效果。南高的人文学，如史学、哲学、教育学、中国文学、外国文学等，其造诣之深渐为社会所认识。……调和文理，沟通中外，实在是当年南高办学者的宏旨。……南高学生倘不至于变成狭隘的专家，昔年刘师提撕之功，诚不可没。③

---

① 《郑鹤声自传》，见《中国现代社会科学家传略》第2辑。
② 景昌极：《民国以来学校生活的回忆和感想》，《国风》月刊，第7卷第2期，1935年。
③ 张其昀：《"南高"之精神》，《国风》月刊，第7卷第2期，1935年。

其二，"适应学生个性"。

学衡派认为，人类赋性不齐，所具才能各异。长于此者，或短于彼。通常长于文学艺术的人每短于数理，长于综合的人每短于分析。而同样是天才，却也有长于直觉与长于思考之分。但是，伟大的文学家艺术家宗教家，其福利人群，固不在伟大的科学家之下；莎士比亚、但丁与歌德，其重要固不在牛顿与哥白尼之下，世无牛顿、哥白尼固不能有今日之进步，但若无孔子、耶稣、释迦牟尼，则人类的文明又将成何种样法？所以，古往今来的诸多圣哲，其天才都是社会所需要的，无所轩轾。也因是之故，良善的教育应当注意"适应学生个性"，即宜因材施教，使各尽其性。所谓"适应学生个性"，有两层含义：一是强调"教育不可过于标准化"，即课程结构、人才培养的规格不能模式化。现在学校的课程设置都过于标准化，不难设想，如果要求李白、杜甫、王维、吴道子等人都去学习大代数或微积分，他们能成就各自的业绩吗？胡先骕说："以后各级学校之课程，一面固须各科具备，以求广开探讨之门，然同时亦必须有较大之伸缩性，以求生徒能各尽其性。"① 刘伯明也主张，当"尽其力之所及，以开放全部之智识，使学生有充分的自由，选择其最能发展其个性的学科"②。在胡先骕诸人看来，既强调"宏通教育"，复主张"适应学生个性"，二者并不矛盾，而是相反相成的。前者强调课程的设置不能固守学科的界限，要注意包括文理在内的各学科间的相互渗透，使之有益于优化学生的知识结构；后者则是强调要在尽可能宽广的范围内，允许学生按自己的兴趣选课，以发展自己的特长。所以他们都主张压缩必修课程，以扩大选修课程，并提出了"自由选习"的概念。吴宓对此持论稍显谨慎。自由选课制仿自美国，时美国强调尊重学生自由，曾流行任意选修制。白璧德不赞成，他认为让十多岁的孩子全然自由选课，无异于"弃千百年积蓄之智慧于不顾"，"是将一人之个性视之过重，而将人类全体之公性视之过轻"。作为人文主义者，白璧德强调，为了人类的将来，每一代人都有洞悉古来文化的精华和继承文化的责任，所以要使学生先具备人文知识，而后才谈得上从事于专门学问。这就决定了让学生全然自由选课是不恰

---

① 胡先骕：《教育之改造》，江西《大众日报丛书》，1945 年 12 月。
② 张其昀：《"南高"之精神》，《国风》月刊，第 7 卷第 2 期，1935 年。

当的。后来哈佛大学在白璧德的倡议下，对任意选课制作了改革，实行必修、指定选修、任意选修三结合的选课制。吴宓肯定白璧德的见解，以为开设选修课，适应学生的个性是对的，但对此要加以引导，注意避免负面影响。他说："吾国经费人才有限，科目设备不周，而骤行无限制之选科，徒使学生神昏意乱，舍精取粗，重小忽大。至毕业时，学分虽已足，而于某类学科最主要之全部系统知识，则尚无之。故科目不完，指导不殷，而竞行选科，是为学生谋而不忠也。是骛虚名而乏实益也。故即在主张及赞成选科者，行之亦不可不慎也。"① 他为清华外文系制定课程时就明确指出："本系文学课程之编制，力求充实，又求经济，故所定必修之科目特多，选修者特少。盖先取西洋文学之全体，学生所必读之文学书籍及所应具之文字学知识，综合一处……（如此）比之多列名目，虚张旗帜，或则章程学科林立，而终未开班，或则学生选修难周而取此失彼者，似差胜一筹也。"② 吴宓的意见表现了实事求是的精神，它显然不是反对而是补充和深化了胡先骕诸人的主张。刘伯明的见解与吴宓相类，但又作了进一步的发挥。选课制是与学分制配套的。刘伯明以为，大学昔用年级制，今纷纷改行选课制、学分制，目的自在尊重学生自由，突出个性的发展。但也要看到人性避难趋易，固于自由之中加以适当的限制是必要的。他主张，要真正实行"负责之自由"，就不仅要破年级观念，计算学分的机械方法，最好也要加以废除。因为现行的学分计算方法无非是图行政上的便利，并不能真正反映学业上的程度。具体改革办法，可作这样设计：前二年使学普通科目，二年终，学生须认定一门以专治之。但有无专治一科的资格，须经各系审定及格，然后令自由研究，不受学分制的制裁。上课与否，悉听其便。二年终了，要得学位，仿德国大学，以极严的考试或其他方法审其学业成绩。他说："如是，则一方与以自由，不使受机械之束缚，而一方又使之负责研究。其法如善用之，当较现行之制为妥善。"③ 刘伯明的构想颇具创意：前二年必修基础课，目的是为学生打下较扎实的专业基础；后二年取消学分制，意在尊重学生个性发展，体现了自由研究的精神；而严格的考审制度，则是一种评估与制衡的手段，它保

---

① 吴宓译：《白璧德之人文主义》，《学衡》第19期，1923年7月。
② 吴宓：《外国语文学系概观》，《清华周刊》"响导专号"，1935年。
③ 张其昀：《刘伯明先生论学风》，《教与学》第1卷第8期，1936年。

证了学业的质量,体现了学校教育负责的精神。但要实行刘伯明的上述主张,须以能开出足够数量的高水准的选修课和具备较为完善的图书实验条件为前提。这个前提不仅在当时的中国不具备,即在今天的中国高校也很难说是具备了这个前提,别说取消学分制,就是实行完全的学分制一时都难以做到,就说明了这一点。刘伯明的主张虽有理想化的倾向,但绝非空想,从长远看,也并非不能实现的。总之,开设选修课有益于优化课程结构和发展学生的个性,必修、限定选修和任意选修三结合的选课制也是我国高校今天通行的制度,但是,如何处理必修、限定选修与任意选修三者间的内在关系与比例,逐渐完善学分制,仍然是个不易解决的教学改革的大问题。学衡派提出"适应学生个性"和实行有指导的选课制度的构想,在今天仍然有借鉴的意义。

二是在承认人的智力存在差异的基础上,注意因材施教,人尽其才。学衡派认为,教育应当普及,现代国民都具有享受教育的权利,但是也应当承认,人的智力毕竟有高下的不同,所谓适应个性的发展,就是要发展其潜能,一方面使智力低者,得尽量接受其所能获得之教育,以成为社会有用之人,另一方面则使智力高者,得尽量发展其天才,以成国家社会之领袖。胡先骕说:"不可强低能之人以上企天才,尤不可降低标准,使隽才以迁就驽劣也。尤宜奖励有天才之生徒使博求学问,期能淹贯宏通而不限于一二专科之学业,即同一科目也必使其进度之迅速,与课业之质量,咸能适合于个别生徒之能力,而不可整齐划一之。"① 吴宓也持相同的观点。他在谈到大学的理想时,明确指出:"大学教育是要造就出类拔萃的领袖人才,而非一种普及教育。"② 欲使人人都成为大学生,这是不可能的,因为人与人的天赋有不同。胡先骕诸人将高等教育定位为"天才"教育、"领袖人才教育",未免过分夸大了高等教育与职业教育、基础教育分工的天赋基础的差异,而忽略了一个国家各级各类教育的分工的真实基础,乃在于社会经济和文化的发展,并非是国民的智力差异。实际上,其时中国民穷国衰,绝大多数贫苦家庭的子弟无力读书,自然更不用说上大学,但这显然与他们的天赋无关。尽管迄

---

① 胡先骕:《教育之改造》,江西《大众日报丛书》,1945 年 12 月。
② 吴宓:《大学之起源与理想》,《建国日报》1948 年 4 月 21 日。

今在中国普及九年义务教育仍是一项十分艰巨的任务，但不能说随着社会经济的不断发展，中国没有实现高等教育大众化的一天。所以，胡先骕等人定大学为天才领袖教育，失之偏颇。但是，尽管如此，他们实事求是地看到了人的天赋存在着先天的差异，因之主张人才的培养不能强求一致，当因材施教，人尽其才。对于某些智力更高甚至超常的学生实行特殊培养，以使出类拔萃的人才得以脱颖而出，尽快成材，这无疑又是合理的。

其三，注重教学方法和学生的科研训练。

学衡派虽然反对杜威的实用主义，但对他强调方法论的重要性却是赞许的。例如，刘伯明就曾称道说："杜威谓科学之可贵，在方法而不在实质，而此方法，必求脑府明晰之助，始能周详而精邃。"[①] 学衡派既强调学校应以培养学生的学习兴趣与能力为主，自然也十分注重教学方法。其中，编写优秀的教材被认为是第一位的。1934年有人写信给吴晗，慨叹中学生国史知识劣下，并对一般专家轻视历史教材的编写深表遗憾。张荫麟为此在《大公报·史地周刊》上发表《关于"历史学家的当前责任"》一文[②]，谈了自己的不同见解。他认为，目前学生历史知识劣下，"良好的国史课本之缺乏要负很大的责任"。以中学为例，要想全国所有的中学都能拥有理想的教师，这是无论何时都不可能做到的。但是要有一部近于理想的教材却比较容易。有了引人入胜的课本，即使没有很好的教师，学生也受益；反之，好的教师也难为无米之炊。"故此我们认为改良历史课本乃改良历史教育的先决问题。"张荫麟特别指出，大多数历史学家所以不从事中学历史课本的编写，并非如来信所说"是耻易希难，避轻就重"，恰恰相反，"是不能也，非不为也"。他写道：

> 很明显，这种工作不仅需要历史知识，并且需要通俗（就其对于青年的通俗）的文章技巧。而这两种造诣的结合，从来是不多见的。同样明显的，这种工作不仅需要局部的专精，而且需要全部之广涉而深入，需要特殊的别裁和组织的能力。譬如，编撰国史课本的先决问题：什么

---

① 刘伯明：《西洋古代中世哲学大纲》，中华书局1929年版，第15页。
② 张荫麟：《关于"历史学家的当前责任"》，《大公报·史地周刊》第2期，1934年9月28日。

是人人应知之国史常识？这其间所涉及的标准，就只有具上说那种资格的国史家才配去规定。浅人所谓常识，只是自划的偏蔽。

故他主张由历史学家、一两位有历史兴趣的散文作家组成一个以友谊和共同兴趣为基础的编写组，分工合作，重新编撰国史教材。新教材不仅要考虑文字与图表的科学配合问题，而且还要将小学、初中、高中、大学4个阶段的国史课程，作合理的统筹规划。张荫麟上述关于国史教材编写的见解十分精辟，其基本精神对于其他学科也是适用的。此外，如陆惟昭也撰有《中等中国历史教科书编辑商例》[①]，同样重视教材的编写。

对于具体的教学内容与方法的改革，学衡派也多有设想。如胡焕庸提出，中学地理教学不能专靠教材，要适当组织旅行，大自然是地理的真正教本。限于经费，可在本城本地学校附近作考察。此外可让学生多读地图，多看照片，有教学电影最好，可间接身历其境，使学习变得生动活泼。[②]陈训慈的《初级中学历史课程标准草案》，则对初中历史教学作了相当具体的设计：(1)"增添教授上之设备与其应用"。包括历史地图、图表、各种古物模型，开辟陈列室，以引起学生兴趣。(2)"教材之支配与补充"。在时间上要突出最重要的近世史，并随时补充相关的资料、讲义。(3)"讲述法"。以教授为中心，适当插入问题，使学生能共同参与，并集中其注意力，但事先须有预习。(4)"比较联络"。不能孤立讲述，要注意前后的历史联系，尤其当注意将中国历史放置在世界史的大背景中考察。(5)"纲目法"。为辅助讲述，标明统系以帮助学生理解内容，宜将教材进一步提炼为纲目，随时加以说明。能补充必要的资料，编成纲要条目，以与教材相辅而行，则更佳。(6)"时事之报告与解释"。要联系现实，即联系国内外大事而加以解释，以增加学生对现代问题的注意与理解，同时也有利于活跃课堂气氛。(7)"历史古迹之考查旅行"。(8)"指导参考书阅览"。初中生不便运用史源法寻求史源，也不能望其看太多的书，但须指导他们看必要的参考书。可全班阅览，也可指定轮流阅览，并在教师指导下，在课上作报告。(9)"问题法之

---

① 陆惟昭：《中等中国历史教科书编辑商例》，《史地学报》第1卷第3期，1921年。
② 胡焕庸：《对中学生讲学习地理》，《地理教育》第1卷第7期，1936年。

试用"。传统的教育往往重记忆而忽略理解。教师当注意讲清因果关系，让学生理解历史的意义，从大处着眼。所谓问题法，就是令学生如身为古人，共同参与讨论问题的解决方法。（10）"笔记与短文之练习"。目的在训练学生整理史实与作文的能力。① 这里的具体设计是否十分科学，并不重要；重要在于，陈训慈诸人重视教学内容与方法的改进。

这里要特别提到学衡派对于传自西方的近代教室制的批评。他们以为要真正改变目前机械刻板的学校教学，必须对教室制进行改革。例如，陆懋德就指出：我国近时采用的教室制，传自欧美，在西方此制也是近数年才形成的，教学并非一定要如此进行，中国何必对此奉如神明，墨守而不稍作更张呢。② 但对此问题作了深入具体探讨的是柳诒徵。他在《学衡》1931年第75期上发表题为《自由教学法》的专文，提出了自己的系统见解。

柳诒徵认为，现行的学校教学，限以时间，制以科目，裁以单位，囿以一学期或一学年，实大不利于人才的培养。从教员方面说，吾有心得，或片语可尽，或二三小时不能毕，但却限之以一节课的50分钟。不足者强益以废话，未尽者则期以异日。这显然大不自由；从学生方面说，也感痛苦：所欲学者，浅尝即止，所不欲学者，则强迫而聒之。兴会未至，却须正襟危坐而听，问难未终，则须闻下课的钟声而去。演算数学未完，却继之以国文，化学才试，又扰之以音乐。时间的割裂、学分的填凑、课表的固定，都使学生的学习陷于被动，所谓因材施教，所谓个性发展，所谓自由学习，尽成虚言。从学校管理方面说，学生所渴望的良师，校长不之聘，而学生所反对的劣师，校长却为之障，无法辞退。同时，经费困难，派系林立，校长又穷于应付。柳诒徵因之将学校比作工厂，以为校长是经理，教员是工人，学生则是厂中定制之货物，无非是以机械方式生产的统一产品。如此，良才固难脱颖而出，师生间的感情交流自然也谈不上了。柳诒徵以为，依教育原则，小学教育是国家必须承担的义务教育，即国民教育。而此外的人才教育，非国家所必须担负的，可以由人民自谋。故国家只须加以指导，而择地立校，限额授徒，计时按年的所为，实属无谓，不妨大胆改革，另辟新径："何必一

---

① 陈训慈：《初级中学历史课程标准草案》，《史学杂志》第1卷第1期，1929年。
② 陆懋德：《未来清华大学之精神》，《清华周刊》第327期。

时而易一课，一日而习数科。假定某级学生应习国文历史算术音乐物理生物各若干时，听其自由专习国文若干日，专习算术若干日，其获益何尝逊于规定某时以各科相间者乎？"今人所称道的道尔顿制即已打破了钟点制，而渐趋于自由学习，但可惜并未放弃一堂并习的课堂旧制，其法并不彻底。因之，他提出了"自由教学法"的大胆构想：

　　一、课程　　由教育部制定。某种学生必习若干科目，且学至若何程度，颁行国内，使知画一。其某时学某科，某年学某科，不必规定。敏者一年或数月了之，可也。钝者积若干年始获学完，亦可也。

　　二、师资　　不必延师于学校，第由教育部检定师资。某人可胜中学某某科教员，某人可为大学某某科教授，予以凭证，使其自由授徒。凡授某科学术者，得予学生以某科修业完了之证。

　　三、学生　　自国民小学毕业后，听其自由求师。从甲习国文若干日月，从乙习算数若干日月，悉听其便。或一日而从数师，可也；或经年止从一师，亦可也。其习一学程，束脩若干，由教育长官规定，听学生直接纳之于师，愿加丰者听，师愿减免者亦听。

　　四、仪器　　国家停办学堂，以其经费设立科学仪器馆于都省市县适中之地，或一地段立数所。凡经检定认可之教师，得率其徒来馆实习，实习费若干，由学生直接纳于馆员。

　　五、图书　　都市省县亦立图书馆一所或若干所。任师若生自由阅览，不收费。但有损失，则责令赔偿。

　　六、音乐美术及体育　　都市省县亦立音乐院美术院，如科学馆。师生得就此教学，纳费准之。设体育场，准图书馆，不收费。

　　七、考试　　学生从师学毕某级学校之必修学科，得应某级学校毕业考试。其考试由考试院及教育长官主之。某某科及格，某科不及格，得令重习某科，申请补试。胥及格者，予以毕业文凭。

　　八、职业　　职业教育，不必习普通科目，唯重实习。由国家指定若干农场工厂或公司银行，学农者师农，学工者师工，学银行者师银行员。其理论学科，听各求师，欲应试者，试之如普通学生。

柳诒徵以为，实行其主张有五大益处：（一）节省时间。教者与学者，皆可切实从事，无虚耗之光阴。（二）节省经费。教育经费由学生自负，一切学校中职员薪工可省。（三）免除风潮。既是自由择师，自无风潮。（四）杜绝学阀。野心家不能利用教师学生。（五）提高学术。教师因竞争必以实学授徒，学生必以实学应试，否则必不能及格。

柳诒徵的"自由教学法"，主张取消机械的学校课堂教学，建立"现代私塾"，从而从根本上改革近代传自西方的教育模式。这即在今天看来也是极为大胆的想法，但它存在着明显的理想化的倾向。首先，是教师问题。各地风气不同，教师（包括各科教师）数量多少相去悬殊，届时会出现此处过剩而彼地却不足的情况。柳说市场的供求关系会自行调节，无须多虑，但这显然是简单化了。其次，是学生分求多师，必然加重学费负担。柳说由于不拘学年，唯试其及格，贫家子弟尽可半工半读，从容求学，以分父兄负担。但他忽略了，分求多师，学生负担的总费用毕竟是增加了。且各科教师分居各处，学生四处转移，交通住宿非易，将引起一系列社会问题。复次，图书试验仪器及体育场地器材等教学设施，靠国家于各地分建，且不说是否可行，即便建立了，各私塾点的师生要加以利用，其往返误时，扞格不便，是不难想象的。最后，也是最重要的，柳的"自由教学法"还仅是主张取消统一的课堂教学，代之以私塾，即是仅仅停留于教学形式的改变，尚未涉及具体教学内容与方法的改革。私塾教学是否一定比课堂教学好？教学的质量如何监控？显然，这些都需要作进一步的研究。

但是，尽管如此，柳诒徵的"自由教学法"，绝非凭空幻想，它包含着可贵的前瞻性和重要的历史合理性。1998年10月12日《光明日报》曾发表一则报道：《"现代私塾"：一个引人深思的故事》。报道说，湖北公安县一位教师在家办私塾，以自己独特的授学方式，将12年的课程浓缩在4年内完成，终使儿子只上4年半学就考上了名牌大学。这引起了轰动。目前这位教师正应邀举家到武汉办学。一些基础教育专家对记者说："'现代私塾'很值得我们教育界沉思：这说明，我国目前的中小学教育仍然停留在'应试教育'上，教育改革刻不容缓……"同年11月4日，该报"国外思潮与动态"专栏又发表文章：《越来越多的美国人趋向"私塾"》。作者说："哈佛大学教育教授理查德·F.埃尔莫尔大胆地预言，将来在某个时候，中等城市里一些面临困境的公立教育系统将走向灭亡。""种种问题说明,创立于100年前工业革命时期的公共教育,其结构已经过时。压力越来越大的公立学校也认识到,在知识传播渠道极为丰富的今天,自己在某种程度上已经失却了'垄断'地位,他们要在与家庭教育和其他非传统教育形式的共处中求得发展……"当然,我们不应当夸大这两则消息的意义,但它们毕竟透露了一个重要的时代信息:近代形成的学校教育模式不是一成不变的,"现代私塾"作为一种新的教学模式业已出现,并非天方夜谭。尤其是随着现代信息技术的发达,网上学校的渐次出现,传统教学模式的变动,将愈加不可避免。柳诒徵的"自由教学法"固然与二则报道所说不可同日而语,但就其主张改变机械的学校课堂教学模式和代之以"现代私塾"而言,其基本精神无疑却是相通的。柳诒徵曾指出,或虑此制他国未行,实则各国时时进行教改,此次"何妨自我国倡之,而令他国仿效乎!"由是,我们便不能不赞叹柳诒徵的教改思想之富有想象力了。

　　对于大学的教学,学衡派主张借鉴中国古代书院的传统,即注重师生间自由的学术探讨和引导学生进行科学研究。吴宓主持的清华国学研究院,就明言是略仿中国旧日书院与英国大学制度,重视学术研究。这在下面即将谈到。吴宓为清华外文系定的课程计划,就强调练习、读书、作文并重。他为清华留美预备部的高年级学生开"翻译课",时选课的仅贺麟、张荫麟等少数几个人,但吴的讲课仍是十分认真。他强调翻译练习的重要。贺麟回忆说:

> 在他的鼓励下,我写了一篇题为《论严复的翻译》的文章,发表在《东方杂志》上。我们还翻译了培根的《论学》、麦考莱的《弥尔顿评传》及英国华茨华斯《放歌行》、《阿陵公之女》等诗。更有趣的是,吴宓先生自己和我们几个学生都翻译了英国罗色蒂女士(1860)的《愿君常忆我》一首,后来我和杨昌龄各自译的同一首诗收入《吴宓诗集》一书中。在这段时间,我和他接触较多,而在他的影响下,使人对翻译工作有了兴趣。1926年我在清华学校毕业,吴宓先生写了"送贺麟君游学美国"的长诗,作为临别赠言。其中"学派渊源一统贯,真理剖析万事基"一句,是指导我做学问和做人的富有哲理的名言。此后,我就按照吴宓先生介绍西方古典哲学的道路,以介绍与传播西方古典哲学作为自

己终生的"志业"。①

柳诒徵在东南大学被尊为国学大师，他也十分重视指导学生读书和进行科学研究的训练。郑鹤声回忆说，柳先生的教学方法，以指导学生读书为原则，每每结合授课，指定参考书，让学生自己阅读。例如，讲到两汉的历史，就指定《史记》和两《汉书》等为参考书；讲到三国两晋的历史，就指定《三国志》、《晋书》等为参考书。并要求将读书心得交他详加批阅。同时，他还经常从正史中提出许多研究题目，要同学收集资料，练习论文写作，再由他评定甲乙，当为作业成绩，且择优选登在《史地学报》或《学衡》上。"这种治学的方式，的确是很基本的，很切实的，促使我们养成一种严谨笃实的学风，使我们一生受用不尽。"郑鹤声完成十多万字的毕业论文《汉隋间之史学》，经柳诒徵推荐，发表在《学衡》上。后由中华书局出单行本，柳复为之题词："董理国故，殊非易言，钻研古书，运以新法，恢弘史域，张我国光，厥涂孔多，生其益勖。"②继续给予鼓励与指点。郑鹤声终成著名的历史学家，他晚年在自传中对于先生依旧感念不已。张其昀是我国著名的地理学家与历史学家，他在晚年同样对自己的老师柳诒徵引导自己走上治学的道路，感恩不尽。他说："柳先生的教泽，是终生受用不尽的。……我根据了他的指示，收集自己用得着的资料，迄今已四十年。在高师毕业时，柳师写给我二个字曰：'守约'，现在我越想越有道理了。"③

为了更好地理解上述学衡派关于教育的目的在于教人做人，和注重宏通与突出能力培养的教育思想，有必要进一步对具体由吴宓规划、主持的著名的清华国学研究院的办学思路作集中的考察。

1924年秋，原为留美预备学校的清华学校决定成立大学部，同时着手筹建研究院。研究院成立后，因只有"国学门"一科，遂称"清华国学研究院"。1925年9月9日，清华国学研究院正式开学。吴宓为研究院主任，事无巨细，每必亲躬，研究院章程制度更是尽出其手。虽然翌年3月吴宓即告辞职，但萧规曹随，国学研究院至1929年6月结束前，其办学模式并没有

---

① 《我所认识的张荫麟》，见张荫麟：《东汉前中国史纲》一书附录。
② 《郑鹤声自传》，见《中国现代社会科学家传略》第2辑，第237—238页。
③ 张其昀：《中华五千年史自序二》，见潘维和主编：《张其昀博士的生活和思想》上。

什么大的变化，可以说，国学研究院集中体现了吴宓的教育思想。也唯其如此，它与吴宓的名字是紧紧联系在一起的。

吴宓诸人强调教育的主体是教师，大学教授必须是品德高尚、学识渊博的学者，而吴宓为国学研究院聘请的四大导师：王国维、梁启超、陈寅恪、赵元任，正是其时公认的学贯中西的最佳人选。冯友兰说："雨僧一生，一大贡献是负责筹备建立清华国学研究院，并难得地把王、梁、陈、赵四个人都请到清华任导师。"① 吴宓尊重知识，尊重学者。为了请来王国维，他持校长的聘书到其府上，进了客厅，见到王国维，先恭恭敬敬地鞠了三个躬，然后才说明来意。他在《自编年谱》中写道："宓持清华曹云祥校长聘书谒王国维（静安）先生，在厅堂上行三鞠躬礼。王先生后语人，彼以为来者必系西服革履，握手对坐之少年，至是乃知不同，乃就聘。"王国维到职后，对吴宓说："我本不愿意到清华任教，但见你执礼甚恭，大受感动，所以才受聘。"② 应当说，在很大程度上，正是由于请到了四大导师，国学研究院才奠定了其后成功的基础。

吴宓关于大学的理想即在于它是造就通才硕学的学术机构，重在高深学术的研习和追求圆通智慧的思想，在国学研究院更得到了具体而微的体现。吴宓草拟的《研究院章程》规定："本院以研究高深学术，造成专门人才为宗旨。"在"研究方法"一项，复指出：

> 本院略仿旧日书院及英国大学制度：研究之法，注重个人自修，教授专任指导，其分组不以学科，而以教授个人为主，期使学员与教授关系异常密切，而学员在此短时期中，于国学根柢及治学方法，均能确有所获。③

这里所谓"研究方法"，实指基本的办学理路，即要博采中国传统书院与英国大学的优长：注重宏通和师生间的自由研讨，以造就博雅高深的专门人才。吴宓强调，国学研究院的所谓"国学"，乃取广义，不仅泛指中国学

---

① 转引自孙敦恒：《清华国学研究院纪事》，《清华汉学研究》第1辑，清华大学出版社1994年版。
② 《吴宓自编年谱》，第260页。
③ 《研究院章程》，《清华周刊》第360期，1925年10月20日。

术文化本身，故生员须"通知中国学术文化之全体"，且"举凡科学方法、西人治汉学之成绩，亦皆在国学正当之范围以内，故如方言学、人种学、梵文等，悉国学也"。[1] 需要指出的是，国学研究院章程规定学生入学考试的科目包括外国语（英文、德文、法文任选一种）、自然科学（物理、化学、生物任选一种），足见其注重中外与文理之渗透。章程还规定，各教授在指导专题研究之外，还须每周作普通国学讲演，至少一小时，所讲或为国学根柢之经史小学，或治学方法，或本人专门研究之心得。此种普通讲演，所有学员一律参加听讲。这是注意到了博约的结合。其后吴宓所以辞职，原因即在不满意于校务会取消普通国学，只满足于专门研究而忽略了学生应有宽广坚实的基础。他在日记中写道："宓虽赞成研究院以高深专门研究为目的，而主兼办普通国学，至专门科国学系成立之日为止。"而既遭否决，"研究院之设，仅成二三教授潜修供养之地矣。"[2]

国学研究院充分注意到了适应个性的发展和调动教师、学生两方面的积极性。它规定教授所担任指导的学科范围，由各教授自定，以便可出其平生治学之心得，就所最专精之科目，自由划分，不怕重复。同一科目，尽可有数位教授并任指导，各为主张。学生则可根据自己的兴趣与专长，自由择定一位教授，专从请业。在此基础上，"教授学员当随时切磋问难，砥砺观摩，俾养成敦厚善良之学风，而收浸润薰询之效"[3]。

国学研究院既以造就探究高深学术的专门人才为目标，故重治学方法的指示，突出了学员独立进行科学研究能力的训练。其章程规定，教授须"指示方法"，使学员在此短期中，"于国学根柢及治学方法，均能确有所获"。梁启超的《历史研究法补编》一书就是在其时讲稿的基础上编成的。他的演讲，如《梁任公教授谈话记》、《指导之方针及选择研究题目之商榷》等，更属具体指导学术论文写作的专题报告。他在演讲中说："设研究院之本意，非欲诸君在此一年中即研究出莫大之成果也；目的乃专欲诸君在此得若干治学方法耳！""总之，本院目的，在养成诸君研究学问的方法，以长期见面

---

[1] 吴宓：《研究院发展规划意见书》，《清华周刊》第371期，1926年1月17日。
[2] 《吴宓日记》第3册，第121页。
[3] 《清华学校研究院章程》，《国学论丛》第1卷第1号，第291页。

机会而加以指导。"① 除了言传之外，导师的身教同样产生了很好的影响。王国维的"古史新证"课，以其前些年发表的《殷卜辞中所见先公先王考》、《续考》、《殷商制度论》等论著为基础，讲课中复注入了关于自己治学方法的诠释。后该课讲稿整理成《古史新证》一书出版。王国维在"总论"中说："吾辈生于今日，幸于纸上材料之外，更得地下之材料，由此种种材料，我辈因得据以补正纸上之材料，亦得证明古书之某部分为实录，即百家不雅驯之言，亦不无表示一面之事。此'二重证据法'，惟在今始得为之。"此种以地下出土的实物证史，又以史证地下出土的实物之研究古史的"二重证据法"，为王国维的一大创造，不仅使国学研究院的学员深受教益，且得到了史学界的高度重视，有力地推动了史学研究的发展。姜亮夫在《忆清华国学研究院》中这样写道："清华园的先生们确是我国名副其实的国学大师，他们不仅给学生以广博的知识，高深的学问，而且教会学生做学问的方法，根据不同学生特点指明研究的方向，最后让你自己独立研究。这种教书育人的方法使我终生难忘。"② 当然，导师们不单是提示治学方法，同时还具体指导学生进行专题研究。学生们的研究成果得随时在《学衡》、《清华周报》、《国学论丛》、《国学月刊》等刊物上发表。

吴宓没有忘记国学研究院还有一个重要的使命是育人。他在谈到自己办学的初衷时说："……又思讲明国学，以造成正直高明之士，转移风俗，培养民德，藉符宓昔之所想望。"③ 事实上，研究院的师生朝夕相处，以学问道义相期许，也确实酿造了良好的学风和陶冶了学员高尚的情操。蓝文徵回忆道：

> 研究院的特点，是治学与做人并重，各位先生传业态度的庄严恳挚，诸同学问道心志的诚敬殷切，穆然有鹅湖鹿洞遗风。每当春秋佳日，随侍诸师，徜徉湖山，俯仰吟啸，无限春风舞雩之乐。院中都以学问道义相期，故师弟之间，恩若骨肉，同门之谊，亲如手足，常引起许多人的羡慕。因同学分研中国文、史、哲，皆本酷爱中国历史文化，视

---

① 梁启超：《梁任公教授谈话记》，《清华周刊》1925 年第 352 期。
② 王元化主编：《学术集林》卷 1，上海远东出版社 1994 年版。
③ 《吴宓日记》第 3 册，第 156 页。

同生命。[1]

国学研究院虽只存在了4年,但它所培养的四届70多名毕业生,后来多成为我国在语文学、史学、哲学、古文字学、考古学等方面著名的专家学者、硕学通才,为弘扬中国历史文化的传统和推动国学的继往开来,做出了卓越的贡献。就此而言,吴宓所夙昔想望的理想在很大程度上是实现了。同时,从刘伯明主持东南大学取得显著成绩,到吴宓筹建与主持清华国学研究院的成功,也无不说明了学衡派关于教育的许多思考,是符合实际与行之有效的。

三、"创立我国独立之教育制度"

当然,学衡派不仅关心具体的学校教育,同时也将中国教育制度改革的宏观问题,纳入了自己的视野。

中国的新教育制度肇端于晚清,民元之后又经历了一系列变动。初期学制仿日本,1922年照美国制度改动,1928年复转仿法国。1931年九一八事变后,人们对新教育的效果大失所望。次年国际联盟的教育专家来华调查,以为中国的教育尽抄他国,不合国情。于是遂有1934年蒋梦麟又提出中小学改制议案,可谓民国以来教育制度的第四次变动。尽管中国教育经历了一系列改革,其体制日趋规范化,但它始终未能摆脱一味模仿欧美的明显倾向。学衡派对此深不以为然。他们强调中国应当明确自己的教育目标,创立独立的国家教育制度。柳诒徵在《清季教育之国耻》中曾指出,晚清时中国教育大权旁落,学校多请外教为总教习,一切课程编制由其一手规划,本国委任之总办督办等不懂新教育,无所作为,实为国耻。民国后情况有了根本变化,学校由国人主持,虽然也请有外教,但不操其权。"此乃教育史上一大变革,吾人所应纪念者。"[2] 但这还不够,重要在于,要能吸收外国之长,

---

[1] 蓝文徵:《清华国学研究院始末》,转引自蒋天枢:《陈寅恪先生编年事辑》,第63—64页。
[2] 柳诒徵:《清季教育之国耻》,《国风》半月刊,第8卷第1期,1926年。

同时发展中国自己的新教育新学术。他盛赞胡先骕研究中国的植物、秉志研究中国的动物、竺可桢研究中国的气候，不仅填补了世界学术研究的空白，而且获得了世界学者的尊重。在他看来，中国的教育应当是创新的独立的。吴宓在《由个人经验评清华教育之得失》一文中，则尖锐地批评了清华教育存在着"一偏仿美"的不良倾向。他认为，就连学校景点的设计、学生的服饰，也多追求西式，"此皆纯粹模仿美国教育之不满意之结果"①。如果说，柳诒徵、吴宓的上述意见还仅属于局部的和随感性的，那么，胡先骕的意见则表现了对中国教育全局的认真反省。他在《说今日教育之危机》中，就曾批评中国教育一味照搬西方，其后复撰题为《教育之改造》的长篇文章，进一步明确地提出了要创立中国独立的教育制度的重要见解："欲挽救上述之流弊，首须确定教育之目标，次须检讨教育之内容，不可徒囿于欧美教育之陈述，务求创立我国独立之教育制度。"②

在学衡派看来，所谓独立的教育制度，当有两方面的内涵：其一，在中国境内，教育制度应是统一的，不能容许外国势力干涉。在华的西方教会学校就是这样的一种势力。它"妄自尊大，越俎代庖"，误人子弟，罪不可恕。它公然宣传欧美民族优于黄色人种，西方文化优于中国文化，推行的是"买办牧师式教育"。教会学校漠视国学，毕业生不通文理，造就的是一种"不知中国文化背景而完全欧化之中国人"，"使中国人无形中变为碧眼儿之臣民"，即"所谓买办阶级者"。说到底，教会教育反映了西方对中国的"文化侵略"。中国现行的法律属于大陆法系统，而东吴大学法科却在教授英美法律，就说明了这一点。因此，教会学校必须向部立案，归入中国统一的教育体制。其二，欧美教育趋重功利主义，漠视人格修养，弊病丛生，不合中国国情。中国现行的教育制全然剿袭欧美，且仅得其皮毛，应加以彻底反省，"以远大之眼光，顾及民族复兴之需要，重新改造"。这包括对教育目的、结构、课程设置、教学内容等等作出必要的调整。③学衡派多留学欧美，却能反对盲目照搬欧美教育，主张发展独立的中国教育，这是难能可贵的。

在学衡派中，胡先骕对现行的教育制度提出了系统的结构性改革意见。

---

① 吴宓：《由个人经验评清华教育之得失》，《清华周刊》"十五周年纪念增刊"。
② 胡先骕：《教育之改造》，江西《大众日报丛书》，1945年12月。
③ 参见胡先骕《教育之改造》及张荫麟《论最近清华校风之改变》。

其改革的思路，可以作这样的简要表述：普及初等教育，中等教育实行分流，提高高等教育的办学水准。

初等教育，即国民教育，抗战后的中国当局拟定义务教育期为6年。胡先骕以为6年时间太短，应延至9年，并以12年为奋斗目标。既然中国的主要人口是工农，义务教育的对象当是工农子弟。且国民学校的80%应设在农村，10%应附设在工厂。现实中一般民众不悦学，国民教育难以开展，原因主要不在于民众的无知，而在于现有的初等教育脱离实际，与民众的生活少所裨益，故无法引起他们的兴趣。为此，胡先骕大胆地提出"国民教育职业化"的构想。这就是说，初等教育除了教书算外，还应当增加谋生的技能。所以首先必须多办初级农业学校，附以示范农场，能帮助农民解决农业生产的实际问题。"乡材教育必须与农业推广与农业金融机关密切合作，而尤宜经常举办各季农业讲习班，以为推广乡村成人教育之良机构。"工人及其子弟学校也应循此思路而行。同时，重新编写教材。中国地广人众，各地情况不一，不宜一种课本，强迫全国使用，当编辑多种课本，以供不同的农业工业区域之用。且应尽量利用乡土教材，使教育不脱离实际生活，而益亲切有味。

中等教育应体现多元化和分流的原则，重点发展职业学校。它与普通中学的比例，应以能升入专科以上学校与不能继续升学的学生人数之比例为准，换言之，职业学校的数目应大大超过普通中学。如此，便可保证绝大多数学生毕业后，即有就业营生，成为农工商各界有用之中级干部。同时，提高高级中学的水准，入学考试和学校的训练，均务严格，以保证有高才生进入大学。

高等教育必须进一步提高水准。大学教育，既贵专精，尤贵宏通，学生应有更多自由讲习研求的机会。为此，专业设置不能太多。现有大学的课程限制太死，必修课过多，学生但知专精，不知博涉，不利于培养宏通人才，挽救之道在大大压缩专业必修课种，以增加任选的课程。同时，规定学生除专业课程外，必须选修相当时数的政治、经济、社会、历史、哲学、文学、美术等课程，以求文理渗透，拓宽知识面培养专门人才的专科学院及专科学校，更应注意这一点。各大学还应设立研究院与研究所，以开展科学研究。

胡先骕肯定师范教育是教育的基础，中国教育不发达，缺乏良好的师资是一重要原因。但他对于师范教育的体制的见解，前后却有很大的变化。

1925 年他发表《师范大学制平议》一文，坚决反对设立专门的师范大学来培养教师，以为像美国那样，由各大学毕业生再治教育学、心理学等学科一二年以获得教师资格即可。但到抗战胜利后，他已完全改变了自己先前的观点，以为现有的师范学校应为暂时的过渡制，理想的教育制度应该是，中小学教师都当由师范大学的毕业生来充任。他强调在目前的情况下，师范学校应当优化学生的知识结构，尤其要重视开设伦理学、心理学以及政治、经济、法律等课程。①

胡先骕对留学政策也提出了自己的意见。他认为派遣留学生不仅有助于增进各国人民间的相互了解，促进世界和平；而且有利学术交流和造就兼收并蓄的高级人才，这在国内高等教育尚欠发达和实验设备落后的情况下，尤其是如此。"留学政策，仍为国家政策之一部，而不得概谓为治标方法也"。他尤其反对"以国家主义相号召，而毅然停止派遣留学"。但他主张对留学政策作适当的调整：其一，以派遣在大学任教若干年，具有一定学术基础的年轻人为主，派出后在美国留学一年，在欧洲留学一年，不必得何种学位。"此实最佳之制度"，因为它学术起点高，进益心大。其二，派遣的名额不必多，但学费较优，使留学生在外有条件游历访学，真正扩大视野。其三，不能专派留美，宜就学生留学之志愿，国家需要，并视各国对于各种学术之短长，欧美日本，量为派遣。要言之，胡先骕以为国家财力有限，留学政策当突出重点，贯彻少而精和注重实效的原则。故他说："派遣名额较少，学费较优，资格较难，实为教育部派遣留学所宜取之方针也。……派遣大批学生学习普通大学课程，则为失计耳。"②

从上述不难看出，胡先骕改革教育的构想，具有以下的特点：首先，尊重国情。他看到了中国主要人口是工农和集中在农村的事实，强调义务教育的主要对象应是工农子弟和将 90% 的国民学校设立在乡村与工业区，固然是反映了这一点；但更值得注意的是，他十分重视发展职业教育，不仅主张中等教育要以发展职业学校为主，而且主张初等教育也要体现职业教育的性质。他无疑是深切体察到了中国广大贫苦大众的需要。其次，把教师队伍的

---

① 胡先骕：《教育之改造》，江西《大众日报丛书》，1945 年 12 月。
② 胡先骕：《留学问题与吾国高等教育之方针》，《东方杂志》第 22 卷第 9 期，1925 年 5 月。

建设始终放在教育改革的中心地位。他强调，教师应是德才兼备，有学问而品德不足为学生表率者，不能占据教席，但同时应提高教师的待遇。他说："窃谓无论中小学或大学教员，皆须专任，不令兼职。……而优定俸给，使事畜之外，更有余财。再定养老与恤金办法。庶人可以教育为终身事业。继乃严为取缔不称职者。"①"此影响于国家民族之前途者，至深且巨，执政者万不可忽视也。"最后，表现了开放的心态。这既是指胡先骕主张国际学术交流，反对闭关自守，更是指他办学具有开放的思路。他不仅主张文理渗透，培养宏通人才，以及推行自由选课制；而且主张大学应当仿效西方的学校，对社会开放办学："大学应办函授或推广教育，以备因故不能入大学或不愿入大学者选习，并可斟酌情形，给予函授学生以毕业证书，以为其就业之助，亦良好制度，我国大学亦宜仿效也。"②

同时，为了发展独立的中国教育，学衡派以为还必须处理好以下几种关系：

其一，普及与提高的关系。

近代中国是一个半殖民地半封建、经济文化十分落后的大国，直到1902年清政府颁布《钦定学堂章程》，完全意义上的近代新教育制度才告建立。所以，虽时至20世纪30年代，中国的近代新教育制度的发展充其量也不过40年。在中国这样一个经济文化落后而又人口众多的国家，教育究竟应当怎样发展？但要回答这个问题，首先就必须解决教育发展中普及与提高的关系问题。因为它涉及的不仅是理论思考，而且同时也是实践的问题。其时人们众说纷纭，见智见仁。胡适主张以提高为先，他说"所提愈高，则所及愈普，如光照然"。学衡派对胡适的主张不以为然。刘伯明撰文与之讨论。他认为，一些人总是强调世运之盛衰系乎人才，而他所谓的人才，仅指少数具有奇才异能之士，这实际上仍不脱英雄史观。但是自平民主义风行，此说已不足信，人们已渐晓得国家之盛衰乃实系乎一般的国民。所谓社会进化，其内涵无非有二：一是取旧有文化而扩充之，且加以改造；二是创造新文化，以补旧有文化之不足。显然，二者都离不开教育的普及。就前者而言，任何

---

① 胡先骕：《致熊纯如先生论改革赣省教育书》，《东南论衡》第1卷第29期，1926年。
② 胡先骕：《教育之改造》，江西《大众日报丛书》，1945年12月。

时期的文化俱由前代蜕嬗而来，国愈古，其由来也愈久，再加上外来文化，其为数当必甚多。但被社会完全利用者，则为数甚少。迷信鬼怪何以迄今比比皆是，端在已有的医药知识未能普及。足见即便知识的总量不增，但能普及于社会，其于社会的进化已是关系自巨；就后者而言，创造新文化也有待于教育普及。人谓文化升降系乎人才盛衰，这固有其合理性，但失之偏颇。"盖其所谓人才，岂天所择于庸众之中者乎，抑由于偶然之选择乎？"吾以为是偶然的，其不幸不被选择者，非天赋不及，实因无受教育的机会，其才被埋没而已。近代社会学者正是有鉴于此，故倡普及教育，以为培植人才。不难设想，保持社会进化，俾其历久不替，舍普及教育，其道何由！刘伯明说："社会进化系乎人才，此不能不承认也者，顾人才之产生，必有所依据，而普及教育即其所依据也。"故他最终的结论是：胡适的关于教育普及与提高的见解不足信，实则"所及愈普，则所提愈高，盖教育普及，则人才愈多也"。① 胡适将提高与普及的关系比作光照，以为提愈高，则普愈及，显然有失简单化。因为，提高本身并不能自动即带来普及的结果，其理甚明。刘伯明强调了教育普及的重要性是对的，但他以为"所及愈普，则所提愈高"，则是走向另一极端，同样失之简单化。因为，普及本身并不能自动即带来提高，其理同样甚明。正确处理普及与提高的关系问题，还有赖于辩证的思维：在普及的基础上提高，在提高的指导下普及。胡适与刘伯明对问题的思考，显然都失之偏颇。

胡先骕同样强调普及教育，他曾指出，由于中国国民缺乏政治常识，故共和弊端百出，欲解决问题，"舍普及教育无由"②。胡先骕虽未直接就教育发展中的普及与提高问题发表意见，但就上述他对于中国教育结构改革的总体构想而言，不难看出，他实际上是主张普及与提高并重，和在普及的基础上求提高。例如，他主张延长义务教育的年限，强调义务教育的对象主要是工农子弟，故应将90%的国民学校设在农村与工业区，并推广工农讲习班和成人教育，这些自然是突出了普及教育；同时，他复强调中等教育分流，提高高级中学的水准，以保证有高才生进入大学。特别是他主张目前由师范学校

---

① 刘伯明：《普及教育与社会进化》，《教育杂志》第13卷第1号，1921年。
② 胡先骕：《文学之标准》，《学衡》第31期，1924年7月。

培养中小学教师的办法只是过渡性的，将来的中小学教师都要由师范大学的毕业生来充任。这里显然已包含了在普及的基础上求提高的可贵思想。

其二，教育与政治的关系。

20世纪20—30年代的中国，是政治剧烈动荡的年代，特别是执政后的国民党当局积极推行"党化教育"、"三民主义之教育"，因之，教育与政治的关系问题也颇引人注目。1924年初孙中山提出了"联俄、联共、扶助农工"的三大政策，改组了国民党，并采用了苏俄"以党治国"的模式，政治上一切设施以党纲为前提，教育自然也不能例外，因之"党化教育"由此推衍而出。1927年广东国民政府教育行政委员会复进一步阐述了党化教育的意义，要求教育"革命化"、"民众化"、"科学化"、"社会化"。党化教育因之呼声日高。蒋介石发动"四·一二"政变后，接过了"党化教育"的口号。其后因嫌"党化教育"过于宽泛，不易分清是国民党还是共产党的教育，故国民党当局又改"党化教育"为"三民主义之教育"。教育属于上层建筑，它总是受一定社会的政治经济的制约并于后者发生反作用。从这个意义上说，其时教育当局推行"三民主义之教育"不仅合乎逻辑，而且也自有其合理性。但是问题在于，蒋介石既背叛革命，他虽仍打着三民主义的旗号，而在实际却是推行一党专制，学校教育便也成了他实行思想统治的工具。对于教育与政治的关系，学衡派的见解不尽相同。刘咸说："教育为独立之事业，关系国家之根本，最忌与政治发生联系，否则政治上一有变动，教育政策必随之而有所更张，惟其弊端，何可胜数。"[①] 这是主张教育独立于政治。但是，刘伯明、吴宓、张其昀诸人并不认为教育可以独立于政治之外。相反，他们认为人是政治经济与社会的动物，在当今的世界，"政教合一，乃无上要义"。在他们看来，教育不能完全脱离政治，这有两层含义：一是学校的宗旨之一就是培养学生的政治常识和共和国民的资格，"咸宜养成生徒之政治知识与政治兴味，必须使每一生徒，皆认识国民之政治责任，无论其专精之学业如何，尽人皆须有充分之政治常识，尽人皆不放弃其政治权利，则真正之民主政治，方能实现，而不至变成腐败与专断式之官僚政治"[②]；二是教育

---

① 刘咸：《赫胥黎教育论》（上），《国风》月刊，第8卷第6期，1936年。
② 胡先骕：《教育之改造》，江西《大众日报丛书》，1945年12月。

的发展本身离不开整个国家的发展。郑鹤声说:"我主张要改进现今我国的教育,我们的第一步手续,是根据国家的需要,订立一个非空谈的要实行的整个国家复兴计划,至于其次的手续,便是使教育的计划与此整个国家复兴计划相适合。"① 他强调的正是这一点。但是,学衡派终究是自由主义者,也是教育救国论者,他们超然于党派之外,一心希望发展中国的教育事业,为国家富强培养更多的人才。所以,他们又看重教育自身的规律,既反对国民党势力干涉学校教育,同时也不赞成学生过多介入政治运动,贻误学业。刘伯明曾强调:"大学最忌位于政治中心,学者过事活动,而废弃学术,则危险莫甚。"② 胡先骕则进一步更加明确地指出:学校不是"制造党员机关",故须广延人才,而无须问其党籍;办学的宗旨,不应"政治化",而应"科学化",故不能"但知传授党纲,而徒为非国民党之科学家所讪笑"。同样,对于困难的学生提供助学金要一视同仁,不能以是否加入国民党为准,学校也不能强迫学生入党。时值大革命时期,学潮迭起,校园难免人心浮躁。胡先骕致书江西教育当局,批评"赣省学风日趋浮薄,教员以结党社交为能事,学生则置学问于脑后",故教育质量低劣,既虚糜公帑,复误人子弟。他认为,破坏固属于革命军分内之事,但它不能代替建设,而建设人才的培养有赖教育。"政治运动可利用宣传方法,与人民倒悬之心理,以取胜于一时",教育建设"则非口舌所能取胜"。学生固然应有政治常识,但既然已经有了专门的政治军事学校,就不应当让所有的学生"徒浪费光阴于政治运动"。因为,政治运动需要的是政治热情,即"政治化";而办教育需要的则是"提倡笃实认真的学风",即"科学化"。③ 1943 年,江西中正大学学生激于义愤砸了国民党省党部机关报《民国日报》编辑部,国民党中央要员亲临学校查办。作为校长的胡先骕既严厉批评了学生感情用事,滋成事端,违反了校规,同时为保全学生免遭开除,宁愿自己辞职。此事很能反映出学衡派的普遍心态。

其三,教育与文化的关系。

美国新人文主义大师白璧德关于教育的一个重要思想,就是强调学校

---

① 郑鹤声:《对于教育救国信念及对学制改造的态度》,《教育杂志》第 25 卷第 1 期,1935 年。
② 胡焕庸:《忆刘师伯明》,《国风》半月刊,第 1 卷第 9 期,"刘伯明先生纪念号",1932 年。
③ 胡先骕:《致熊纯如先生论改革赣省教育书》,《东南论衡》第 1 卷第 19 期,1926 年。

的职责首先是使学生成为人文学者,然后才谈得上专门技能的培养。他说:"夫为人类之将来及保障文明计,则负有传授承继文化之责者,必先能洞悉古来文化之精华,此层所关至重。"① 这就是说,教育不能仅仅授人以职业技能,重要还在于,教育必须置于人类文化背景之下,自觉负起传承人类的文化传统的职责。学衡派对此十分重视。胡先骕曾批评美国的大学毕业生"仅有职业之知识与技能,而无教育",因为其"于为人生基本之人文教育,无充分之训练"②。胡先骕显然是接受了白璧德的上述观点,所以他关于中国教育改革的主张,不仅强调人格教育与文理渗透,而且径直提出教育"必须极力提倡吾国固有文化"③。其实,这也是学衡派的强烈共识。例如,吴宓提出:"大学是保存人类精神文化遗产的地方。……至于经史乃是我们先贤精神文化的总结晶,凡是国民都应当了解,而大学里研究文史哲的同学,尤其应当诵读。所以我主张'文言断不可废,经史必须诵读'。"④ 陈寅恪说:清华大学的一大职责即"在求本国学术之独立",这是关乎"吾民族精神上生死一大事者"。⑤ 张其昀则谓,学校应使学生了解中国古代典籍,因为其中包含着"中国文明的精华荟萃",为"中华民族的生命所寄"。⑥ 需要指出的是,学衡派对于教育与文化关系的见解虽未充分展开,但他们毕竟提出了这一富有前瞻性的命题。在这世纪之交,西方的许多学者正在反省现代教育的弊端,俄国著名的文化学者梅茹耶夫指出:"今天我们是用功利主义的眼光看教育的,教育对我们来说就是获得一定的专业,教育甚至不是民族生活的条件,而是职业生活的一种条件。当今社会中教育和文化远远分开了。"教育与文化的脱节使受教育者成了有知识技能而没有文化的人,结果,教育的功能丧失了,整个社会的文化水平降低了,并从而加深了社会的精神危机。俄国学者强调应加强教育的文化内涵,使教育过程在文化的背景下进行,具体地说,俄国的教育应该放在俄罗斯的文化背景之中,教育应成为民族文化的一部

---

① 〔法〕马西尔:《白璧德之人文主义》,《学衡》第19期,1923年7月。
② 胡先骕:《文学标准》,《学衡》第31期,1924年7月。
③ 胡先骕:《留学问题与吾国高等教育之方针》,《东方杂志》第22卷第9期,1925年5月。
④ 吴宓:《大学之起源与理想》,《建国日报》1948年4月21日。
⑤ 《吾国学术之现状及清华之职责》,见陈寅恪:《金明馆丛稿二编》。
⑥ 张其昀:《中国青年与青年中国》,《时代公论》1932年第12号。

分,"学校是民族文化的主要建制,是接近民族文化的基本途径"[①]。俄罗斯学者的反省具有普遍性的意义。抚今思昔,我们不是愈感学衡派的思考实属难能可贵吗?

简言之,学衡派以为,要发展独立的中国教育,必须将之置于中国固有文化的背景之下,使之成为民族文化建设的一个组成部分。它不仅应当得到国家建设整体思路的整合,而且应当拥有宽松的政治环境,使其能按教育自身的规律,沿着普及与提高有机结合的道路发展。尽管在国衰民穷、政治黑暗、民族危机日亟的旧中国,学衡派关于建立独立的中国教育制度的构想是不可能实现的,但是,他们富有远见的种种思想主张,在今天仍然是值得我们重视的。

---

① 《哲学问题》(俄文版)1997年第2期,第9—10页。转引自张百:《文化学研究在俄罗斯》,《国外社会科学》1998年第6期。

第七章 "道德为体，科学为用"
——学衡派的道德思想

……近代科学与技术不论在物理学、化学还是在生物学的领域里，现在每天都在作出各种对人类及其对社会有巨大潜在危险的科学发现。对它们的控制必须主要是伦理的和政治的，而我将提出也许正是在这方面，中国人民中的特殊天才，可以影响整个人类世界。

——〔英〕李约瑟

学衡派文化思想的核心，是其伦理道德观。20世纪20—30年代，新旧道德的问题曾引起广泛的争论，但是学衡派并不拘泥于道德新旧问题本身，而是从新人文主义的"人性二元"论出发，径直提出了"道德为体，科学为用"的主张，着意强调了人类社会普遍性的伦理基础。同时，由是以进，他们复揭出了人类在物质文明日进的条件下，当守护精神价值，保有追求至善境界的精神家园和终极关怀的重要命题。不论人们赞成与否，学衡派的道德思想在其时毕竟成一家之言，尤其是他们所倡言的抽象的道德理念和道德的宗教信仰，以及以此为鹄的的君子精神，有力地彰显了时人对于人文精神的追求。学衡派的道德思想是欧战后出现的世界范围反思现代主义和资本主义文化矛盾新思潮涌动的产物，虽因时代的落差，就其时的中国国情而言，不免于理想主义；但它毕竟包含着合理的内核，历久而弥彰。

一、人性二元论

人性二元论是白璧德新人文主义的理论基础，它同样构成了学衡派道德思想的基础。

吴宓指出："夫人无纯善，亦无纯恶，生人本性，亦善亦恶，有理有欲。"在人的内心中，高尚的部分，常向善而从理；其劣下的部分，则趋恶而肆欲。二者相争，永无止息。所以新人文主义与孔子都"认定人性二元，而道德之基础以立"[①]。胡先骕、郭斌和等也强调，"人性具善恶两元之原素，殆为不可掩之事实"，孔、孟虽讲性善，但那不过是在指出人性具有可以为善的端倪而已。[②]缪凤林则谓，"人性中既有善恶二者，斯善恶之本真，即寓于性中"[③]。不过，需要指出的是，吴芳吉与柳诒徵的说法，稍有不同。吴芳吉有时说"人性善"，有时又说"性无善无恶"，"故性超乎善恶"；柳诒徵则讲人性善，以为若信人性恶，则有违教育的原理。但是，这并不影响他们实际上认同新人文主义的人性二元论。这里的原因有二：一是他们同样服膺白璧德诸人所服膺的柏拉图关于"一多两世界"的理论。在柏拉图看来，人本身是二元的，存在着灵魂与肉体的冲突。唯有灵魂最终超脱了肉体，人才可能归于"一"即至善的世界。唯其如此，故吴宓说，"人与宇宙，皆为二元"，"人＝灵魂＋肉体而已"。[④]白璧德新人文主义者的所谓人性二元论，与柏拉图的上述理论一脉相承，但他们只是断定人的内心永远存在着理欲、善恶之争，而不屑于学究式地论证人性。白璧德这样说："所谓二元，就是说他要承认在人身上有一种能够施加控制的'自我'和另一种需要被控制的'自我'"，即理性与欲望在"洞穴里的内战"。[⑤]学衡派中也有人在《大公报·文学副刊》撰文，这样介绍说：

[①] 吴宓：《孔子之价值及孔教之精义》，《大公报》1927年9月27日。
[②] 胡先骕：《文学之标准》，《学衡》第31期，1924年7月。
[③] 缪凤林：《人道论发凡》，《学衡》第46期，1925年10月。
[④] 吴宓：《文学与人生》，第87页。
[⑤] 白璧德：《文学与美国文学》，转引自鲁西奇：《梁实秋传》，中央民族大学出版社1996年版，第58页。

> 自柏拉图、亚里士多德以下，均谓世界二元，善恶同存，人性二元，理欲并具。以善克恶，以理制欲，其道非如水火之相激，乃以正当之方法及环境，使人类之本性完全发达而止至善。今世若白璧德先生等立说实本于此。①

很显然，此种理论和由是引出的扬善抑恶的主张，都是吴芳吉与柳诒徵欣然认同的。

二是白璧德新人文主义的人性二元论与宋明理学的二性说相通。程、朱以为有天地之性与气质之性，前者是善的，即是天理；后者是人禀气而生，气有清浊，故有人欲，并起理欲之争。故程、朱理学主张"存天理，去人欲"。这与白璧德所讲的人的内心存在着理欲善恶之争，显然是相通的。所以，曾师从白璧德的林语堂说，新人文主义"颇似宋朝的性理哲学"②。而吴芳吉、柳诒徵诸人，自然也都是肯定宋明理学的。

要言之，学衡派的人性二元论是接受了新人文主义与宋明理学双重的影响。同时，还要看到，宋明理学的二性说，主性善情恶，实际上表现为对以往人性善恶诸说的一种综合。认二性说主人性善，是对的；认二性说主人性善恶二元，也没有错，因为，前者是就人所共有的天地之性而言，后者则是就人并具天地之性与气质之性而言。明白了这一点，便不难理解吴宓诸人对人性善恶的提法，何以甚少规范，同一个人，或讲人性善，或讲人性善恶二元，充满随机性。例如，吴家盛在《纪念白屋诗人吴芳吉先生》中这样写道：

> 先生盖笃信"性善论"者也……先生又笃信"二元论"，以善制恶，所谓理性与感情之争，先生认为确切。故凡能为善而制恶，则顺人性，反之，抑善扬恶，乃逆人性。③

可见，性善论与性善恶二元论在吴芳吉的身上是相通的。同样，柳诒徵讲性善，却并不影响他极力称赞白璧德、穆尔阐明"一多相互之关系"，启

---

① 《柏格森新著〈道德宗教之两源〉》，《大公报·文学副刊》第227期，1932年5月9日。
② 《新的文评》"译序"，转引自鲁西奇：《梁实秋传》，第61页。
③ 吴家盛：《纪念白屋诗人吴芳吉先生》，《大公报·文学副刊》第233期，1932年6月20日。

人行德黜利，择善固执，"乃格致工夫之极诣"①。最可注意的是，吴宓是倡言新人文主义人性二元论的主要代表人物，但这也不影响他这样说："诗人吴芳吉君坚信性善之说，论者许为真得儒教之精神，诚是。"②

但是，尽管如此，作为新人文主义者，学衡派终究是以人性二元论作为自己全部立论的基础的。这就如同宋明理学究以"存天理，去人欲"为标帜一样。吴宓诸人曾指出，在西方，主张道德一元化者，约分两派：一是基督教主人性恶，其"原罪"说强调因人类始祖亚当、夏娃犯禁之故，人生即与罪恶俱来；一是卢梭为代表的浪漫派主人性善，它强调人所以陷于罪恶是由于社会环境造成的结果。他们说，自己所以主张人性有善有恶的二元论，不是简单借用了中国古先贤及柏拉图、亚里士多德的说法，而是认真考察的结果。基督教的性恶说明显不合理，浪漫派的性善论则导致了极端的个人主义。不仅如此，道德关乎行为的是非，但二者将是非功罪归之于偶然性（原罪）或外部的环境，抹杀了个人的自由意志与责任，"又于何处得道德？"相反，二元论突出了个人的选择与判断，"故于其结果自负责任，善则我之功，恶则我之罪"③，是非分明，有助于人们增强自身的道德责任感。他们对于道德一元论的批评并不完全正确，他们意在借助二元论，突出道德主体的意志自由及由是决定的行为责任，这是合乎逻辑的，因而也有自己的合理性。

固然，白璧德新人文主义者和吴宓诸人都不曾对人性二元论作过具体的论证（事实上也无法证明），然而，耐人寻味的是，在学衡派中却有通晓佛学的缪凤林写了《阐性》长文，勉力借唯识论为人性二元作理论上的说明。

缪凤林在文中说，古代论性无非有五说：无善无不善，是告子；善，是孟子；恶，是荀子；善恶混，是杨子；有善有恶，是世子。但是，世子之说失之皮相，杨子之说无非折中孟荀，告子之说早为孟子所驳，难以成立，故最有代表性者，当推孟荀的善恶说。他用了很长的篇幅作了历史考证后认为，二千余年来，人们认定孟子主性善，荀子主性恶，实出误解。"孟子虽言善，实言性可以为善，可以为恶；荀子虽言性恶，实亦言性可以为善，可以为恶，徒以旨有所偏，言有轻重，浅人不察，遂为所蒙。"实则二者是相

---

① 《国风半月刊·发刊辞》，本刊创刊号，1932年。
② 《原道宗与彝字之哲学意义》一文按语，《学衡》1933年第79期。
③ 吴宓：《我之人生观》，《学衡》第16期，1923年4月。

通的。这也就是说，包括孟荀在内的孔子儒家的人性论是一致的，即主张人性二元论。至此，缪凤林笔锋一转，进而复强调指出，遗憾的是孟、荀都未曾将问题说清楚：前者以仁义认性善，后者则以贪欲认性恶，实际上仁义与贪欲皆性之用，非性之体；皆性之表现于用之果，而非其因。用必有体，果必有因，所谓性之体因是什么？它们何以能发而为用与果？善恶之性不并起，何以其体与因能并处而无碍？欲回答这些问题，便须赖唯识家言。缪凤林说，依唯识论，人、人性无非是"八识"构成的：眼、耳、鼻、舌、身、意六识及末那识、阿赖耶识。其中，第八识阿赖耶识最重要，它是自在之物"真如"本体的产物，内含有万有"种子"，是前七识的依据，故又称藏或本识。"今见孺子入井而起仁性，见名利少艾而起贪性。此仁此贪，境过即隐，然移时逾月或逾年，每能忆起，历历不爽，故知此被忆之材料，未忆之时，其功能必潜在不失。后此斯能忆起，如是因故、体故、非自觉故、记忆材料故，性外必有一种潜在之功能。此功能唯识家名曰"种子"。凡性皆有种，种子未起，不叫性而称种；种子已现，则叫性而不叫种。种有善恶，平时共处于阿赖耶识中，成"无记"状态，即无善无恶。因缘现行，种子善恶类分，故性有善恶。说到底，所谓性，便是种的潜在功能现行而已；欲理解人性二元，则须把握性现隐的机理。这主要有二：

其一，性起有待三缘。性起除以种子为其因缘外，尚待三缘。性起必与识俱，必与境俱。如见孺子将入井则起仁性，见名利少艾则起贪性，这里的"见"即为眼识及五俱意识。如果无此"见"，则性不起。是曰"增上缘"。而这里的"孺子"及"名利少艾"，则为"境界依"，同样，无此则仁贪等性也不能起。是曰"所缘缘"。此外，善恶二性不并起，如仁起必无贪，仁灭时而贪或随生。是曰"等无间缘"。因是之故，种子虽常潜在，而三缘并不常有。因缘起性，缘既非常有，性自然有现有不现。

其二，善恶种子各有先天后天即"本有"与"始起"两种。本有种子因阿赖耶识，传诸无始，一类相续，常无间断。"由是徵知，人虽毕命，种仍有持。牝牡构精，赖耶依托，众缘俱足，种又现行。此生现种来自前生，前生之种又自前生"。始起种子起于后天熏习，又称"新增种"。所以，种子生现，无论善恶，同时即能为因熏成新种，且因果相续，"种以熏增，势力益盛，后时现生，较前亦易，积之既久，如响斯应。所谓善不积不足以成名，恶不积不足以灭身，其源盖出于是"。

缘上所述，缪凤林引出了两种结论。一是善恶水火，不能两全，人性是否趋善，取决于个人善种的强弱；二是扬善抑恶，于人性无须悲观。他写道：

> 惩前毖后，杜患防微，恶种虽强，无缘不克自现，善种虽弱，缘足或可引生。亲近善士，诵习圣书，多闻熏习，引发善种。暮鼓晨钟，时加警策。善种既现，熏习则盛。积之既久，恶自无患。他生种现，入善如响。①

毫无疑义，上述缪凤林以唯识论解说人性二元，多染宗教的神秘色彩，其无科学的依据，并不待言。但需要指出的是，时佛学大师欧阳竟无的高足王恩洋，复从维护教义纯正的立场出发，批评缪凤林的《阐性》，随心所欲，不免曲解唯识论："虽缪君之作，已自不欲以唯识之教理相范围，是故篇中每每更动唯识正义。""今人之谈唯根唯境者，思想虽极自由，其如教理何！"② 缪、王间的佛学是非，可不置论，但缪凤林刻意借唯识论以证人性二元，这毕竟是一个重要的表征，说明学衡派是怎样看重作为自己立论基础的人性二元论的。

关于人性的争论是个古老的课题。人性是善是恶，或亦善亦恶非善非恶？正如恩格斯所说，几千年来，善恶观念从一个民族到另一个民族，从一个时代到另一个时代，变更得这样厉害，以至于它们常常是互相直接矛盾的。从唯物论的观点看来，善恶观念都只能是在人类的社会实践过程中形成的，而不可能有先验的范型存在。同时，善之外并非即是恶，还大量存在着非善，非善有趋向于善与恶的两种可能性。注意大量非善的存在，不仅是承认人类社会行为的多样化，而且可以使人们的伦理理想更趋深化。从这个意义上说，包括学衡派在内，以往的地主阶级与资产级的学者关于人性问题的争论，不仅忽略了非善的存在，而且将善恶视作先天的对立，实未能脱唯心先验论的窠臼。但是，在现实中，善恶毕竟不可分离地统一于人自身，其根源即在于人的存在是双重的存在：人既作为本能的（非理性）、自然的、受

---

① 缪凤林：《阐性》，《学衡》第26期，1924年2月。
② 王恩洋：《书缪凤林君阐性篇后》，《学衡》第26期，1924年2月。

动的（兽性）、个体的存在，又作为观念的（理性）、社会的、能动的（人性）、类的存在。按马克思的见解，在共产主义社会尚未实现以前，即在社会的物质文明与精神文明还远远未能使人们的身心世界获彻底解放、"自由人的联合体"尚未实现之时，人的此种双重存在状态及其矛盾性就不可能消失[1]。从这个角度上说，历来的学者探讨人性的善恶归趋及其对策，又不仅是有意义的，而且是饶有兴味的课题。

从现代遗传学、社会学和伦理学的角度看，人性应包含三重性：生物属性（遗传属性）、社会属性（环境属性）以及通过生物属性和社会属性相互作用而产生的自主性。在遗传学上，基因的结构及基因的表达与调控，是决定生物性状和功能的中心问题，它对于人的社会行为会产生一定的影响。从这个角度看，伦理学与遗传学是相关联的。此一层面的问题，学术界尚在探讨之中，这里可不置论。但是，仅就人性的社会属性与自主性紧密相关而言，学衡派从人性二元论引出了扬善抑恶改造人性的主张，可以有着两种逻辑的思维向度：改善外在的社会环境与加强内省。应当说，从总体上看，学衡派的见解于两者均涉及了。刘伯明说："凡社会生活所生的动机，不必皆善，但一切善行皆离社会生活不成。"[2] 景昌极也说："今西洋教育者，称改造个人必从环境着手，然后事半而功倍。不然，则虽日聒以道德仁义之说，终不得而化，此之谓也。"[3] 这显然都是在强调，改造社会环境是改造人性的前提。所以，陆懋德批评蔡元培倡以"互助"论救治人心，从而制止军阀混战与社会的纷争，无非空言无补。因为在他看来，现实的问题是"经济分配不均，政治组织不良"，故导致富者益富，贫者益贫，"究其极则归结于赤裸裸的'吃饭问题'。此岂空谈'互助论'者所能为力？"[4] 这里有必要提到学衡派中年轻的学者张荫麟，由于更多地接受了其时唯物史观的影响，他于道德人性问题的见解颇与众不同。他以为，个人既是社会的一分子，在不清楚社会当如何改造之前，是说不清楚个人当如何改造的。这在现实的社会组织不符合多数人的利益亟待改造之时，尤其是如此。张荫麟在很大的程度上，

---

[1] 邹元江：《善良·善举·自由意志》，《光明日报》1998年7月17日。
[2] 张其昀：《"南高"之精神》，《国风》月刊，第7卷第2期，1935年。
[3] 景昌极：《消遣问题》，《学衡》第31期，1924年7月。
[4] 陆懋德：《清华学生与新主义》，《清华周刊》1926年第375期。

实已触及了改造现实社会制度这一根本性的问题①。但是，学衡派于上述这些重要的观点，都不过浅尝辄止，未能作进一步的展开。相反，除了张荫麟外，从总体上说，学衡派都将问题最终归结到了加强个人的内自省上了。例如，柳诒徵在《正政》一文中既说"然民德民智何由增进，则政治实为之梯阶"，最终却谓"秉儒家之成法，起中国之沉疴，端在人之自为矣"。②同样，陆懋德既说中国问题的症结在于经济分配不公，政治组织不良，批评"互助论"空言无益，同时却复导出这样的结论："余则以为与其提倡克鲁泡金之'互助'，尚不如提倡释迦牟尼之'舍身'……"③

由上可知，人性二元论固然可以引出两种向度的思考，但是，学衡派的取向却是集注于个人的内自省。这并非偶然，它是与新人文主义的思想理路相吻合的。白璧德说："善恶之间的斗争，首先不是存在于社会，而是存在于个人。"④人性的改造首先要致力于个人内心以理制欲的艰苦斗争，这是新人文主义的立足点。学衡派集注于个人的内自省，是重视人性的自主性，在这方面他们获得了一个重要的立足点，提出了一系列有意义的见解；但是，所谓人性或人的本质，说到底，是人的自然特性和社会特性的统一，"在其现实性上，它是一切社会关系的总和"⑤。学衡派轻忽了人所生存的外在社会环境，即轻忽了人性的社会属性及其现实性的基础，在这方面他们却又失去了一个重要的立足点，从而使自己的许多道德主张面临着理想主义和空谈的误区。

综上所述，"认定人性二元，而道德之基础以立"，这是学衡派道德思想运思的逻辑起点，同时，也是我们理解学衡派整个道德思想的前提。

二、"道德为体，科学为用"

何谓道德？在学衡派看来，道德就是人类缘乎天性，努力向善的自觉。

---

① 《道德哲学与道德标准》，见张云台编：《张荫麟文集》，第360页。
② 柳诒徵：《正政》，《学衡》第44期，1925年8月。
③ 陆懋德：《清华学生与新主义》，《清华周刊》1926年第375期。
④ 白璧德：《民主与领袖》英文版，第251页。转引自鲁西奇：《梁实秋传》，第57页。
⑤ 《马克思恩格斯全集》第3卷，第5页。

从字义上看，道者自性自理，德者正言正行。究之西文几个与道德相关词的本义，Virtue 指人的元气或精力，Morality 指风俗习惯，Character 指特性与优点。可见，所谓道德，就是遵照宇宙之真理实况，发挥生人天赋之本性，使人向上向善而成就事功。所以，道德是自然的而非人为的；是必要的而非勉强的；是积极的而非消极的；是强健的而非衰弱的；是永久的而非临时的。道德是人生的卫士，是人我两利，协和万邦的人类至宝。不过，学衡派以为，无论新旧，时下人们的通病是只谈方法论，而不论本。"本者何，人是也。"①救世之良药即在于"反本"立人。所谓反本立人，并非要举国之人都去讲理学，谈心性，或研佛教，论阿赖耶识，而是要国人自觉做一个有道德的人。学衡派强调，中西方都重道德，一些人欲舍中国道德而效法西人也无妨，但求其能真似西人，且不必真似西方的大哲学家大思想家，只要能似一般西人那样尊崇道德，于义已足。

在学衡派中，胡稷咸和景昌极，对此种思想主张又作了进一步的发挥，且分别作出了异曲同工和富有哲理的概括，从而彰显了学衡派伦理道德思想中一个带根本性的主张："道德为体，科学为用。"胡稷咸写道：

> 以东方文化为体，西方文化为用。而体用之中，又各有其体用，佛老之出世主义为体中之体，孔孟入世主义则为体中之用；进化之理想为用中之体，科学的精神则为用中之用。既有精神一元之哲学的基础，满足理性之要求，又有真美善之理想，为奋进之鹄的。本运动所欲达之目的，近则提示中国青年应遵循之康庄大道，远则为谋世界将来之灿烂光明。②

这里所谓的"以东方文化为体"，是指中国文化的道德精神；所谓"西方文化为用"，是指近代西方所代表的科学精神与理性追求。它与洋务派的所谓"中体西用"论，显然不可同日而语。景昌极则是这样说：

---

① 柳诒徵：《反本》，《学衡》第 46 期，1925 年 10 月；吴宓：《道德救国论》，《大公报·文学副刊》第 214 期，1932 年 2 月 15 日。
② 胡稷咸：《批评态度的精神改造运动》，《学衡》第 75 期，1931 年 3 月。

> 道德为体，科学为用，为人之道，其庶几乎。……道德无国界，学问亦无国界。……惟然，我今所倡，不曰儒术，不曰佛法，而曰克己利他之道德；不曰国故，不曰西学，故曰文理密察，能见其大之学问；不曰东方文化，不曰西方文化，而曰以道德为体，以学问为用之文化；不立宗派，以其学为宗；不问所属，以其行为判，此之谓一切学问道德之科学化。①

胡、景的概括是相仿的，但后者的表述视野更形开阔，它超越古今中外的界限，而以全人类立论，故其概括也就更集中与鲜明："道德为体，科学为用，为人之道，其庶几乎。"如果说，所谓伦理道德思想本是指某种希图规范和谐调人类行为的学说；那么，在学衡派看来，最为基本和合理的人类行为规范，首先一条，就应当是："道德为体，科学为用。"要超越古今中外的界限，所谓"道德为体"，就是本着"克己利他"的原则，始终不忘良知，执着追求人类真善美的奋进的；所谓"科学为用"，是指充分吸收人类创造的一切智慧，不断开拓进取的社会实践。体便是道，用便是器，道不离器。洋务派的道器体用观取角于中西文化的关系，其本质在于："器惟求新，道惟求旧。"学衡派的道器体用观所以与前者不可同日而语，就在于它全然建立在了新的时代及新的思想层面上，同时其取角不在于中西文化的关系，而在于就人类而言的目的（动机）与手段（方法）的关系。说到底，"道德为体"就是"道德为本"；"科学为用"，不单指运用科学知识，更主要的是指人类的一切社会实践活动。依吴宓的说法，"道德乃根本于人性，而支配万物"。道德虽非专门的行业，但是却为凡人凡事随时随地所必需，犹如薪炭、酒精和煤油的燃烧，内中皆含热力一样，道德既是目的，同时又是推动人类开拓进取最为深刻与良善的内驱力。②要言之，所谓"道德为体，科学为用"，就个人而言，是强调德才兼备，即既能掌握现代的科学文化知识，同时又具良好的道德情操；就社会发展而言，是强调精神文明建设须与物质文明建设并重，即伦理道德构成了人类社会普遍性的基础。

---

① 景昌极：《哲学论文集》，中华书局1930年版，第10—13页。
② 吴宓：《道德救国论》，《大公报·文学副刊》第214期，1932年2月15日。

学衡派的上述体用观，在其关于政治、经济及学术文化等问题的见解中，得到了进一步具体而微的体现。

学衡派从来强调自己不问政治，无党无派。这自非虚言。但是，学衡派活跃的20世纪20—30年代，正是军阀混战，日寇入侵，中国政治黑暗、民族日危的时代。它决定了吴宓诸人不可能于社会现实熟视无睹，全然超脱于政治之外。刘伯明曾发表《共和国民之精神》一文指出：说到底，共和是人格的问题，而非仅仅是制度本身的问题。有自由奉献的人格，弃绝党见与私利，共和制度才有所附丽，否则，空有其名，难有其实。① 柳诒徵更是愤世嫉俗，时常撰文针砭时弊。他指斥说，中国号为民国，实是"官国"、"匪国"。中国今日的大患，不在"赤化"，而在"墨化"。《左传》曰"贪以致官为墨"。所谓立宪、革命、集权、分治，换汤不换药，无非墨而已；争总统、执政、国会、法统、外债、路政、军火、地盘，无非墨而已；借民意，挟武力，凭外力，饰文治，"一言以蔽之曰墨"。柳诒徵提出了两个救弊的主张：其一，法治应与人治相结合。他认为，中西方因历史及文化心理的差异，各自形成了重人治（德治）与重法治的传统，二者各有长短。但今人效法西方，一味迷信法治万能，无视人治，已造成了明显的恶果，金钱选举便是一例。而中国重人治，其古代乡举里选，凭借人格的力量，无须政党操纵，绝无金钱运动，自有其价值。反观今之选举以权利，别说只限于少数特殊阶级的人，即便所谓普选，也无法去其弊。因为大资本家有钱收买选民，"即使劳工劳农各结团体，各选举其向义之人，不为资本家所收买，然不从人格着想"，"大多数之选举，仍不过少数人之傀儡耳"。柳诒徵虽然也肯定传统的人治自有其弊，但他认为借鉴人治的尚德主义，有助于救治迷信法治万能的弊端。② 其二，"教孝"以协和固结民心。柳诒徵说，治国平天下必务其本，所谓本即是其人，"此所谓人本主义"。而务本又莫贵于孝。"人主孝，则名章荣，下服听，天下誉，人臣孝，则事君忠，处官廉，临死难。士民孝则耕耘疾，守战固，不罢北。"因生存竞争，人群本是十分涣散的，必须在人际间建立起某种同情互助的情感纽带，其群才有可能固结与发达。古今中外立

---

① 刘伯明：《共和国民之精神》，《学衡》第10期，1922年10月。
② 柳诒徵：《选举阐微》，《学衡》第4期，1922年4月；《中国乡治之尚德主义》，《学衡》第17期，1923年5月。

国者，或以宗教，或以法律，或以经济，都无非想协和固结此涣散之群，并求发展壮大。然而，所有这些若脱离了对人的性情的把握，固群的目的便难以如愿，更有甚者，往往适得其反。柳诒徵认为，"惟吾圣哲以孝为教，实本于天性而合于人情，而国家社会缘以永久而益弘"①。柳诒徵不免将古代的乡举里选制度和儒家的孝理想化了。说到底，他强调的还是中国传统文化的伦理精神，所以他反复申言：儒家讲修身齐家治国平天下，将修身即个人的道德修养看作良善的政治建设的起点和前提，是至理名言。依此，只要人人从自身做起，慢慢将人伦的天性，推到一村一乡一省一国，中国的政治便不愁澄明，民族之复兴也就有望了。但是，也要看到，柳诒徵强调应重视继承中国历史文化的优良传统，尤其是他关于法治当与人治适当结合的见解，都是值得重视的。

较之柳诒徵，郭斌和与吴宓论政治往往更趋重阐发抽象的原理。郭斌和认为，人的正当活动范围是人群，必与他人交往才能完成其自我，故"个人与国家，有同一道德目的，个人之善与国家之善，其区别只在程度，而不在性质"。道德家的理想也就是政治家的理想，唯道德家才能作真正的政治家，反之，真正的政治家必须是道德家。这也就是说，"伦理学与政治学不可分离"②。吴宓则这样说：

> 世间政治经济法律制度等之设施，以及礼俗教育文学艺术之改良，皆必当根本于人性。奖善而除恶，崇是而黜非，扶真而去伪，从理而制欲。苟反背乎人性，必失败。虽成功，亦有害。惟其注重人性与道德，故轻视制度之末节，谓道不变而法可变。然徒善不足以为政，徒法不能以自行，故当寓人性于政治之中，以法律制度为道德之表里，贤人政治为最良之政治，而君主、民主，一院两院，集权分权等，均无大关系。政体不必多变，已变不可再变。无论在何政体之下，悉宜竭力使有才有德之士，得在政府及社会中居高位而握重权，以得行其合乎道德之意志，为国利民福。……今日中国之政治，其实际之设施，合于人性而裨

---

① 柳诒徵：《国史要义》，中华书局1948年版，第226页。
② 郭斌和：《孔子与亚里士多德》，《国风》半月刊，第1卷第3期，1932年。

道德者，乃为良政治；今日中国之人物，其信仰及行事，近于人本主义而远于浪漫及功利者，比较的即为有价值之人物。真正之革命，惟在道德之养成；真正之进步，惟在全国人民之德智体之增高。真正之救国救世之方法，惟在我自己确能发挥我之人性（即真能信仰人本主义）而实行道德。[1]

柳诒徵是史学家，他肯定中国文化的尚德主义，着眼于借鉴历史经验，虽有失于理想化，却不乏启人深思的史家识见。郭斌和与吴宓是文学家，尤其是后者，复是带浪漫气质的诗人，他们强调人性、道德是政治之本，主张让有德之士居高位握重权，沿柏拉图哲学家任国王的理路，显然表现出了更多的天真与浪漫。但是，尽管如此，他们论政也自有其独到之处。例如，1932年1月28日，十九路军在上海奋起抵抗日本侵略军，全国人心为之一振。这便是著名的上海一·二八事变。吴宓分别于2月8日和15日接连发表了《中华民族在抗敌苦战中所应持之信仰及态度》及《道德救国论》两文，集中论述了道德精神与抗战的关系。他在文中指出，道德精神的力量至伟大，能否高扬此种精神，关系抗战的成败。以国防论，不能借道德精神运用经济物质，以大量的民脂民膏购得的飞机大炮只供资敌而已，同时，将相不和，克扣军粮，泄密卖国等等恶行，也都难以杜绝。故当让国人懂得，保国抗敌为全体中国人的神圣天职，"乃道德上所当为，应即生死以之"。不计成败胜负利害如何，也不必问日本的意向和寄希望于西人的援助，重要在于，精神应当勇猛，不畏牺牲，不甘屈服，抗战到底。他高度赞扬十九路军的抗战，以为他们的义举振奋了中华民族久衰的道德精神。只要四万万同胞"从此策励发扬，宁为精神道德正义公理光荣自由快乐幸福而死，不为物质货财小利私欲卑屈苟偷麻木呻吟而生"，"则中华民国虽亡必兴！"[2] "道德救国"的提法固然并不科学，但是，全民抗战有赖民族道德精神的支撑，却是不争的事实。所以吴宓在一·二八事变后，很快即提出道德精神与抗战的命题，大声疾呼国人当以十九路军为楷模，发扬"天下兴亡，匹夫有责"的道

---

[1] 吴宓：《评梁实秋的〈浪漫的与古典的〉》，《大公报》1927年9月19日。
[2] 吴宓：《中华民族在抗敌苦战中所应持之信仰及态度》，《大公报·文学副刊》第213期，1932年2月8日。

德精神，争取最终战胜日寇，这是十分有意义和值得尊重的见解。需要指出的是，学衡派中许多人都在致力于这方面的宣传工作。例如，1932年，柳诒徵、缪凤林等人为宣传抗战，主持创办了《国风》半月刊杂志，其发刊辞开宗明义即写道：

> 斯刊职志，本史迹以导政术，基地守以军民瘼；格物致知，择善固执，虽不囿于一家一派之成见，要以（品）人格而升国格为主。

讲道德是为了争人格，争人格是为了升国格和最终实现民族独立。这就是学衡派政治论的基本理路。

学衡派多是些留学生，自然清楚社会经济和物质文明发展的意义。胡先骕曾明确指出，"物质科学之不发达，无以解除人生物质方面之痛苦"[①]，是中国民族形成消极与宿命论的人生观的一个重要原因。他相信随着中国近代工业的发达和生产与生活水准的不断提高，国人对于生命的观念将大为改观，并充满着创造新生活和新文化的热情与勇气。吴宓设想中国民族复兴的一个重要条件，就是加强社会经济建设，以为中国的工业化与科学化，为救时急图，必不可免。[②] 但是，这并不影响学衡派强调经济物质生活同样必须受道德之体的规范。汤用彤不赞成吴芳吉以"生利"二字为救世之旨，很能反映学衡派的普遍心态：

> 盖"生利"之字似为用而非体，似为治标之法，而非治本之基。无生利则无仁义，固矣；然无仁义，生利以何范围依何纲纪？如生利无限制，则必流毒有限制，则又以何物为限制？如不以仁义为之限制，则限制之者何物？如以仁义为之限制，则易不直以仁义为救世主旨，不尤直

---

① 胡先骕：《思想与改造》，《观察》第1卷第7、8、9合期。
② 吴宓：《文学与人生》，第123页。此外，《吴宓日记》："最近欧美思潮，谓物质文明，太过发达，精神文明，亟待提倡。然在我国，则当以工业科学，为救时争图。顾形而上学之科学，亦需研究，不可偏废除也。""中国受世界影响，科学化，工业化，必不可免。正惟其不可免，吾人乃益感保存宗教精神与道德意志之必要。故提倡人文主义，将以救国，并以救世云。"（1915年10月23日，第1册，第512页；1927年7月3日，第3册，第364页）

截痛快耶？[1]

他们认为，人们盲目地追求经济和物质的利益，将会产生诸多流弊。因为人的生活固然不能不依赖经济，但在社会组织不良的情况下，经济的势力往往足以锢蔽人心，使之屈服而丧失人格；获利者易于纵欲，而向隅者积蓄怨尤，则易铤而走险，公为暴行，扰乱社会。不仅如此，若不具道德精神，而专务物质与经济，则科学将变成杀人的毒具，技术徒为作恶之助力，金钱财富唯长物欲而增痛苦。所以，吴宓、柳诒徵诸人都十分看重《论语·述而》中言："饭蔬食，饮水，曲肱而枕之，乐亦在其中矣。不义而富且贵，于我如浮云。"他们以为，在这里，孔子实提出了一个标准，即人生正义的价值，乃超越经济势力之上。柳诒徵说："力争人格，则不为经济势力所屈，此孔子之学之最有功于人类者也。"[2] 吴宓也指出："道德——目的；经济——方法。"[3] 在他看来，拥有金钱本身不是坏事；金钱能做好事，也能做坏事，重要在于，要让有德行的好人拥有更多的金钱，以便有利于别人和他自己。换言之，正因为中国的工业化和科学化无可避免，才越是需要人文精神，即道德本体的规范。

由是，学衡派形成了自己的义利观。在学衡派看来，义利之辩有两个层面的含义。第一层面是：义＝道德、情感、理智；利＝经济、金钱、势力。就这个层面而言，义利只是一个侧重点不同的问题，二者有相对关系与相对的重要性。好义之人，往往是更看重理想、价值、精神、信念的人；好利的人，则往往是更看重事物、物质、事功的人。但是，实际上，每一个人皆须兼顾义利二者，只是趋重不同而已。至于一切宗教和人文主义者，都要求人们重视道德正义，并轻视经济、金钱，或使道德正义优先于经济、利益，"这是试图使之向上，向正确方向拉一把的努力；非不知经济之必要，亦非全不了解义利间之真正关系"。正是在这个意义上，学衡派主张，人们于思想道德爱情等问题，必须用理想标准，力求高美；于日常的衣食名位婚姻等问题，则可以实际取样，得此便足。要言之，重在追求人格："必须有理想

---

[1] 吴芳吉著，贺远明等选编：《吴芳吉集·日记》，第1219页。
[2] 柳诒徵：《中国文化史》上，第234页。
[3] 吴宓：《文学与人生》，第138页。

生活，其实际生活则随遇而安，处处快乐。处美富，甚能享受；处危厄，仍然快乐。"①第二个层面是：义指一种理想价值的标准，利指当前面临的境况。这里的义利之辩，不是指鱼与熊掌不可兼得，必择其一；而是指行为主体在特定的境况下，须依"义"即一种理想的价值标准，选择某种理智的行动。譬如，以称衡物，称有两端（轻重）而物则大小不齐。所择者固然是物，而非称之一端；但是，所择者乃是称所指示为较重之物，而非妄择，其意甚明。所以，不以称为衡，则所谓物之大小重轻，非妄即幻；同样，不以义作为理想的标准衡之，则所谓利者可能为害，所谓大利者可能仅为小利。"易言之，惟以义为权衡，始可求得真实可靠之大利耳。义利各有小大轻重之两端，非于义利二件之中，取一而舍其他。所谓取舍，仅谓置用真确之标准以为判断，而勿妄取致受欺。"②上述关于义利之辩两层含义的判分，前者强调重义轻利，后者则突出选择理智行为的价值标准。显然，在吴宓诸人看来，后者足以涵盖前者，因而更深刻。而借以称衡物为喻，强调选择理智行为的价值标准，于彰显学衡派"道德为体，科学为用"的宗旨，无疑也更加传神。

　　文化、学术始终是学衡派关注的主要问题，学术尤其被视为文化的基干。但是，他们也指出，学术而不与道德偕行，文化也就失去了精灵；"然文化而徒恃学术，而不讲道德，则文化乎何有？"③将全世界的学术思想加以比较研究，不难发现人类思想发展的进路：人类探讨人与人的关系，人与造物者的关系，人与物质自然界的关系以及物质世界的本体，等等，但其最终的目的实在追求真善美高尚的道德目标。苏格拉底、柏拉图和亚里士多德都指出善是世界的本体，孔子儒家也强调"大学之道，在明明德，在亲民，在止于至善"，无不反映了这一点。故无论中西，学术与品行合一，几乎不能分离，这一点尤以中国为甚。学术高明而品行卑污者，多不为人称道。但是，随着近代西方自然科学的发达，"学术与品行截为二事，乃有论学不论人之趋势"。尤其是一些研究社会人文学术者，竟然也对自己的品行漠然处之。王庸说："呜呼，人心之本体不改良，而惟于外物知巧上用功夫，吾恐

---

① 吴宓：《文学与人生》，第134—135、140页。
② 《大公报·文学副刊》第251期，"书刊介绍"，1932年12月24日。
③ 王庸：《李二曲学述》，《学衡》第11期，1922年11月。

社会科学愈发达，而人类社会之纷乱将愈甚也。"①

知识与道德的关系问题，曾是个古老的议题。苏格拉底最早提出了"知识即美德"著名的伦理思想。他认为，一个工匠要做出好的手工艺品，必须有这种产品的知识，一个治国者要治好国家，必须有关于国家的性质和目的的知识。同样道理，一个人要做出有德的行为，必须知道什么是德性。但苏格拉底将人的感性欲望和物质利益从道德中排除出去，只讲理性在道德中的决定性作用，故要求人们只关心自己的灵魂，而无须追求财富与名誉等身外之物。其后，柏拉图继承了苏格拉底"知识即美德"的思想，而亚里士多德却对此提出了批评。他将人们的物质利益引入了道德之中，显示自己伦理的思想较苏格拉底、柏拉图前进了一步。吴宓诸人对于上述西方伦理思想的变迁是自然清楚的，因之，进一步考察他们对于知识与道德关系的认识，就不无意义。

学衡派十分重视知识即理智对于道德的积极促进作用。他们以为，一个人自然流露的感情，发而为行为时，若不经理智的选择，意志的坚持，往往于轻重缓急之间，会发生过与不及的流弊，故一切德行都有可能因之转化为不德。孔子说，"恭而无礼则劳，慎而无礼则葸，勇而无礼则乱，直而无礼则绞"，所谓礼即是理智的具体表现。要言之，修养之道，必须从理智入手。理智的态度应用于言行，则为诚，为忠，为信，为恭敬；理智的方法应用于言行，则为智，为义，为礼，为恕；若进而本之于仁，行之以勇，则"道德之全体，举不外是矣"。他们以为过分强调直觉和良知是不恰当的，随着社会的发展，人的情绪意境日趋多样化，德与不德之判分也就变得愈加复杂化了。在这种情况下，不求理智的发达，所谓修养也就多半成了空话。② 正是在这个意义上，学衡派肯定苏格拉底"知识即美德"的见解。吴宓说，"无才决不可以即为德"③；柳诒徵也明确反对"知识愈进步，道德愈退步"的观点，他说："知识与道德乃是一而非二，惟真智者能为仁，惟真看透人生世道者，为能守德行义。"④ 但是，也应当指出，学衡派并不完全赞成苏格拉底

---

① 王庸：《李二曲学述》，《学衡》第11期，1922年11月。
② 景昌极：《新理智运动刍议》，《国风》月刊，第8卷第5期，1936年。
③ 《吴宓致吴芳吉书》，见吴芳吉著，贺远明等选编：《吴芳吉集·日记》，第1279页。
④ 《国风半月刊·发刊辞》，本刊创刊号；柳诒徵：《致知》，《学衡》第47期，1925年11月。

"知识即美德"的见解，这主要表现有二：其一，他们反对简单地将个人利益欲望排斥在道德之外。吴宓曾明确指出，从知识与道德的关系中引出以下的结论是错误的："谓灵魂独可贵，而主张一味的以理制欲，归结为极端的禁欲主义（如宋儒，旧俗）。"① 其二，他们不认为有知识就等同于有道德。自民国以来，号称有知识的政客，多助纣为虐，参与祸国殃民的勾当，此类例子，俯拾皆是。社会现实决定了吴宓诸人绝不可能简单认同苏格拉底"知识即美德"的见解。例如，柳诒徵在《论大学生之责任》一文中就曾尖锐地指出：今天为祸中国的腐败者，固然有督军、总长、议员等等并非学者，但是，君不见如曹汝霖、陆宗舆之流不正是学者而自命是改革者吗？足见有学问者借新法，其虐民愈甚！② 所以，归根结底，学衡派于学术文化的根本见解，乃在于主张"道德与学术并行"，"信仰与知识合一"，"正本清源，以挽救人心为学术之中心"。③

学衡派的上述见解与梁启超是相通的。1927年梁启超在一次谈话中指出：

> 知识才能固然是重要的，然而道德信仰——不是宗教——是断然不可少的。现在时事糟到这样，难道是缺乏知识才能的缘故么？老实说，什么坏事情不是知识分子才能做出来的！现在一般人根本就不相信道德的存在，而且想把他留下的残余根本铲除。④

梁的话虽存愤激，但他与学衡派不谋而合，反映了其时社会道德的失范。与其将他们的见解简单地归结为保守主义者落后心态的表露，实不如视之为一种伦理识见的深沉，更加符合历史实际。

在学衡派看来，其"道德为体，科学为用"的思想主张，最终可以归结为一个更加抽象的概括："一、多并存"。"一"代表理想、道德等普遍性的东西；"多"代表物质、知识、欲望等多样化的存在。"一中有多，多中有一"。吴宓专门列出了以下对应表：

---

① 吴宓：《文学与人生》，第180页。
② 柳诒徵：《论大学生之责任》，《学衡》第6期，1922年6月。
③ 王庸：《李二曲学述》，《学衡》第11期，1922年11月。
④ 李华兴、吴嘉勋编：《梁启超选集》，第879页。

一 One、在 Being、定 Fixity；持续 Continuity、静 Rest、绝对 Absolute、普遍（通）Universal、合 Unity、久 Permanet、质 Quality、实在（真如）Reality、体（原理）Principle、本 Fundamental、精神 Spirit、内质 Essence、真理 Truth、综合 Synthesis、领悟 Comprehension、信仰 Faith、等等 Etc.

多 Many、成 Becoming、变 Change、动 Motion、相对 Relative、特殊（专）Particular、分 Diversity、暂 Transitory、量 Quantity、浮象（幻觉）Illusion（Appearance）、用（应用）Application、末 Peripheral、物质 Matter、外形 Form、意见 Opinion、分析 Analysis、观察 Observation、知识 Knowledge、等等 Etc.

他指出，这里已显示了简单的"论事的标准"，它的起点是本质的二元论："一"与"多"并存，推而衍之，则"一"的变形，为在、定、静、绝对、普遍、合、久、质、实在等；"多"的变形，为成、变、动、相对、特殊、分、暂、量、浮象等，各成对偶而同时并存。凡论人事，必须在"一"、"多"两类同时并重，如果无视其一，则必产生流弊。然而，也应当看到，由于常人的心理总有偏重，或偏于"一"，或偏于"多"，所以不知不觉中，各人的思想见解也就各有所偏重。一个时代有一个时代的社会趋势，这是由其时大多数人的偏重所决定的。大致是"精约之世"偏重于"一"类，"博放之世"偏重于"多"类。当今之世是博放之世，一般的趋势，即多数人的思想皆偏重于"多"类，所以，欲调剂其偏，救正其失，持论立言，宜偏于"一"类。吴宓说："综上所言，吾之论事标准，为信'一''多'并存之义，而偏重'一'。且事以人为本，注重个人之品德。吾对于政治社会宗教教育诸种问题之意见，无不由此所言之标准推衍而得。"[①]

要言之，一本万殊。以人为本，重个人道德，是学衡派偏重的"一"；由是推衍，评判社会的政治经济文化万种风情，立身行事，便是学衡派的"多"。

人类的一切实践活动，其价值取向无非有两种：一是求真，一是求善。前者探求"是什么"，后者则探求"应该是什么"。自然科学是求真，社会科学则求善。但是，归根结底，人类的一切实践活动都不应当离开普遍性的伦理基础。科学家的工作固然是求真，但他不能不问自己研究的结果是有益还是有害于人类。章太炎曾提出著名的"俱分进化论"，以为人类的善在进化，

---

① 吴宓：《论事之标准》，《学衡》第 56 期，1926 年 8 月。

恶也在进化，物质文明在发展，但杀人的利器也越来越高明。反映的正是人类文明的异化，求真与求善异趋的现实。欧战后，有识之士对科学主义的反省正是着眼于此。罗素曾反省说："我们常想着专门的效能最为尊贵，而道德上的目的则不值一钱。战争是这种见解的具体表现。"新毒气弹可灭全城，是可怕的，但在科技上却是可喜的，所以人们总是相信"科学是我们的上帝"，并对它说，"你虽然杀了我，我还是信任你"。[①] 爱因斯坦对欧战的反省尤切，以为人类的文明现在好像是一个病态心理的罪犯手中的一把利斧，他写道：

> 当代的重大政治事件令人失望，以致使我们这一代人感到十分孤独。人们似乎已经丧失了对正义和尊严的热爱，不再珍惜先辈们作出巨大牺牲才争得的一切……归根到底，人类一切价值观都建筑在道德观念上，我们的摩西在人类原始时期就认清了这一点，这就是他们独特的伟大之处。与此相反，看一看今天的人们吧！[②]

所以，学衡派"道德为体，科学为用"或叫"一多之义"的主张，正是要求人类的一切实践活动都应当建立在普遍性的伦理基础之上。吴宓自称这是一种客观理想主义。它反映了中西有识之士对欧战的积极反省。

但是，无论是"道德为体，科学为用"，还是"一多之义"，学衡派强调的都仅是限于阐发理想与实际、价值与行为关系即抽象的理论层面上的思想原则；尚缺乏方法论层面上的可赖以具体指导实践道德的行为准则。他们显然也意识到了这一点，所以进而又提出了"守中庸"的思想条规。

中国古代圣人孔子主张"执两用中"，"过犹不及"，最早提出了"中庸"的思想。无独有偶，古希腊圣人亚里士多德也提出了道德德性当遵循"中道"原则的重要伦理理想。他说："因为德性必须处理情感和行为，而情感和行为有过度与不及的可能，而过度与不及皆不对；只有在适当的时间和机会，对于适当的人和对象，持适当的态度去处理，才是中道，亦即是最好的

---

① 宗锡钧译：《罗素论近世中国》，《晨报副刊》1922年11月20日。
② 〔美〕海伦·杜卡斯、巴纳希·霍夫曼编，高志凯译，刘蘅芳校：《爱因斯坦谈人生》，世界知识出版社1984年版，第22页。

中道。"道德的本性即为适度或叫遵守中道:"在过度与不及这两个过之间持守一个当中位置;在情感和行为两个方面,都以中道或适度为准则。"①学衡派高度评价孔子与亚里士多德所提出的中庸之道,强调它是中国、希腊两个伟大民族的智慧结晶,同时也构成了世界真正的人文主义学说硕大的奠基石之一。郭斌和说,中庸不仅是指量而言,同时更是指质而言。故二氏皆主调节理欲,而不主张压抑,更反对放纵。中庸是一种积极追求完善的学说,它体现着一种主观秩序与和谐的道德律,是一种平易近性,切近人事,普遍有效的实践道德的方法。②吴宓也说:"中庸者,实吾人立身行事,最简单、最明显、最实用、最安稳、最通达周备之规训也。……凡道德皆为绝对的,以质定之 Qualitative;而中庸则为比较的,以量定之 Quantity。"③

对于孔子儒家的中庸之道,以往人们多简单地将之视作一种调和论,实出于误解。毛泽东早在1939年就曾对孔子的中庸思想作过精彩的评说④,以为中庸是确定事物质的规定性,以避免过与不及的一种重要的思想方法。缘此也就不难理解,亚里士多德的中道原则,将量的概念引入了道德范畴,从而揭示出道德范畴超出一定的量便会引起质的变化,善恶均会因之走向自己的反面,这也显然包含着可贵的辩证法因素。学衡派不仅正确地指出了孔子与亚里士多德在中庸思想上的相通,将之引为指导道德实践重要的思想方法;而且正确地阐明了应从量的关系上把握行为的道德本质这一中庸之道的精髓所在⑤,其思想之合理性与深刻,是显而易见的。

不过,中庸虽是一种重要的思想方法,但以之指导道德实践,仍不免于隔膜。吴宓本人也承认,"中庸易言而难行",因为一个人的境遇变动不居,随事究以何者为适中的标准,实在一言难尽。只有用心揣摩孔、亚二氏的学说,随着学识经验的增加,人们才有可能逐渐把握中道和日趋完善之境。但在实际上,此说又何尝不是"易言而难行"?然而,也唯其如此,学衡派最终倡言人人当在心中建立起道德的宗教信仰,以便百折不挠,为人类的精神

---

① 周辅成编:《西方伦理学名著选辑》上卷,商务印书馆1987年版,第297、303页。
② 郭斌和:《孔子与亚里士多德》,《国风》半月刊,第1卷第3期,1932年。
③ 吴宓:《我之人生观》,《学衡》第16期,1923年4月。
④ 《毛泽东书信选集》,第146—147页。
⑤ 郭斌和说"中庸不特指量而言,更指质而言",要较吴宓认道德是绝对的质,中庸则为比较的,以量定之,更显得准确和深刻。

家园提供终极的关怀。

三、支持终极的信念:"宗教实为道德之根据"

新文化运动的倡导者们从进化论的观点出发,强调道德新旧更替的必然性。对此,学衡派在原则上并无异议。例如,缪凤林说:"由人类进化史观之,善恶标准之见解,每随时而异。"① 柳诒徵则进而指出:"(近代经济变迁甚大)而国民之思想道德,根于经济之变迁而变迁者,尤为治史者所当深究矣。"② 陈寅恪讲得更加明确:"近数十年来,自道光之季,迄乎今日,社会经济之制度,以外族之侵迫,致剧疾之变迁;纲纪之说,无所凭依,不待外来学说之掊击,而已消沉沦丧于不知觉之间,虽有人焉,强聒而持,亦终归于不可救疗之局。"③ 显然,这些观点已不仅合乎进化论,且与唯物史观相通。

也正是因为学衡派同样具备了进化论的世界观,所以尽管他们强调传统,但这并不影响他们肯定和指出传统道德存在的某些弊端和发展新道德的必要性。刘伯明认为,中国传统道德固然有许多优长之处,但往往还"有待于近今思想之弥补",譬如,古人讲"治国平天下",就显空泛,所谓"推己及人"也仅限于五伦之间,衡之现代社会精神,其范围即失之过狭。同样,"正心诚意"固然在现代社会仍不失其重要的价值,但"余谓正心诚意,必有所附丽,非可凭虚为之",发展现代的社会事业,"正即正心诚意实施之法"。④ 他甚至说,就主张国人积极参与社会政治生活而言,新文化运动功不可没。张荫麟指斥传统道德中"为尊者讳,为亲者讳,为贤者讳"的"三讳主义",是"文化的残遗"、中国现代社会的一大障碍,观点鲜明而有力。他写道:

> 三讳主义是法律的最大仇敌,他在自觉不自觉间给予违反法律的行为以"道德的支撑"(Moral support)和精神的慰安。它弄到今日中国

---

① 缪凤林:《人道观发凡》,《学衡》第 46 期,1925 年 10 月。
② 柳诒徵:《中国文化史》下,第 859 页。
③ 《陈寅恪诗集》,第 11 页。
④ 刘伯明:《共和国民之精神》,《学衡》第 10 期,1922 年 10 月。

"上无道揆，下无法守"！它弄到不拘什么主义到中国人手，便成为有害的招牌！它弄到稍为广大一点的组织对于中国人为不可能！没有法律的尊严，不会有公平的赏罚，没有公平的赏罚，不会有廉洁的官吏，不会有能战的军队……三讳主义是法律的尊严的摧毁者。所以在今日中国生存的斗争中第一需要的心理改革，是打倒三讳主义！我们今日所需要的口号不是"党权高于一切"，而是"法律高于一切！"①

此外，胡先骕既肯定中国民族固有忠孝仁爱信义和平诸多美德，但同时也指出还存在有种种"恶德"：贪婪、残酷、缺乏同情心、舞弊、不老实、纵欲、保守、缺乏生活力、缺乏正义感、缺乏智慧活力、缺乏求知欲、缺乏美感、缺乏宗教感、缺乏合作互助精神、不守法、不守秩序，等等。需要指出的是，吴宓甚至概括出了社会道德进化的一般态势："传统——革命——真正道德。"他认为，最初的"真正道德"，是名实相合，内外一致，充满生机的。经久衍成传统，变成了"形式主义；仅仅——遵守、奉行；纯粹的伪善；不公正"。中经革命发生，出现了"道德的无政府"，即失范的过渡，最终出现了"再次真正道德——新解决。"②吴宓所描绘的新旧道德推衍嬗变的一般态势，是合乎实际的。所以，那种简单地将学衡派说成是维护旧道德反对新道德的顽固守旧派的观点，并不符合实际，于此可见一斑。

学衡派与新文化运动倡导者的不同在于，他们既肯定道德有随时代变迁进化的一面，但同时又肯定道德还有恒久不变的一面，且认为在人多唯新是务的情况下，强调后者尤为必要。道德恒久不变的一面，是指道德的本质，或者叫本体。"道德的本体为绝对之真"，也是绝对的善。因之，它是普遍的，放之四海而皆准；道德变动不居的一面，是指道德本体的外烁特征，即各国、各地区和古今不同的礼俗制度。明乎此，即不难理解，作为道德枝叶外形的风俗制度礼仪，尽可以随时制宜，酌量改革，因为它无伤于道德的本体。然而，决不能以风俗制度礼仪有当改革者，遂将道德的本体而一并加以攻击和摒弃。否则，世界灭而人道将熄。譬如，孔子的时代实行多妻制，但

---

① 《中国民族改造的两大障碍物》，见张云台编：《张荫麟文集》，第340—341页。
② 吴宓：《文学与人生》，第173—174页。

孔子不主之，其主旨在教人格，因之不能因多妻制而攻击孔子。多妻制仅是当时风俗制度礼仪之末节，一种"偶然之事"；同样，仁义忠信慈惠贞廉皆文明社会不可或缺的美德，寡妇守节有不近人情者尽可以革除，但是，必主铲除贞节观念，却不免于丧心病狂。①

学衡派强调存在着超时空和作为道德本体的绝对的真或善，这实陷入了唯心主义的先验论。恩格斯说："人们自觉或不自觉地，归根到底总是从他们阶级地位所依据的实际关系中——从他们进行生产和交换的经济关系中，吸取自己的道德观念。""我们驳斥一切想把任何道德教条当作永恒的，终极的，从此不变的道德规律强加给我们的企图，这种企图的借口是，道德的世界也有凌驾于历史和民族差别之上的不变的原则。"②在唯物论看来，所谓道德的本体只能是人们身处其中的一定的社会和经济的关系。由于归根结底人们总是从特定的社会经济关系中吸取自己的道德观念，因之，不存在超时空和普遍性的道德。学衡派所以强调道德本体是绝对的真或善，显然是受了柏拉图理念论的影响。柏拉图认为，理念构成了客观独立存在的理念世界，这是个唯一真实的世界。而我们所能感知的现实世界，则是虚幻的世界。善是最高的理念，自然也是宇宙最终的本体和最高的目的。理念是具体事物的范型、"摹本"和所要追求的目的。但具体事物永远也不可能达到，因它是绝对的，永恒的，而前者则总是相对的、流变的。如当人们想到圆的事物时，心中定然先有了圆的理念，但现实中的圆却不可能是绝对的圆。要言之，柏拉图的理念论，将事物的一般概念绝对化了，把它们变成了脱离具体事物，且先事物而存在的精神实体。这就完全割裂了一般与个别、普遍与特殊、共性与个性的关系，在认识论上陷入了谬误。吴宓说，理念作为道德的本体，是"抽象的、纯的、物质上不固定的，但本质上是固定的。存在于一切多圆之中，但不同于多圆中任何一个多圆"③。很明显，不仅是思想，而且连用语也得自于柏拉图。

相信有抽象永恒的道德本体的存在，钝化了学衡派对旧道德的批判，使

---

① 参见吴宓《道德救国论》，《大公报·文学副刊》第214期，1932年2月15日；吴宓：《论新文化运动》，《学衡》1922年第4期。
② 《马克思恩格斯选集》第3卷，第435页。
③ 吴宓：《文学与人生》，第152页。

之不自觉地时常步入知人论世淡化是非的误区。例如，胡先骕主张应当肯定"孤忠"的美德，他说："故以吾青年而抱忠于清室之志，则为妄谬；在清室旧臣，则反以入民国仕服为可鄙矣。"① 这不啻肯定了与民国格格不入，日谋复辟的清朝遗老遗少的倒行逆施，毕竟是表现了一种"孤忠"的美德。无独有偶，在吴宓主编的《大公报·文学副刊》上竟有文赞扬张勋的道德情操："复辟固为政治上之罪恶，然在当时，独张勋一人凭真心出力去做，众皆依违颟顸。由文学及个人之观点论之，张勋实可取也。"② 这些自然都是不正确的。

但是，我们也应当实事求是地看到，学衡派的道德思想中存在着自己合理的内核。柏拉图的理念论虽存先验的缺失，但它提出的作为绝对的善的范型的理念和理念世界的概念，毕竟在形而上学的意义上，为后人的道德思考提供了广阔的思维空间。作为新人文主义者，学衡派正是借助于理念的概念，作善的玄想，从而使自己的伦理道德思想趋于深化。他们提出了这样一个重要的命题：人类有"止于至善"，即渴望达于真善美理想世界的精神追求。这是人类的终极关怀和可贵的精神家园。归根结底，人类应从这里感悟道德的标准与吸取实践道德的力量。

陈寅恪说："寅恪谓古今中外志士仁人，往往憔悴忧伤，继之以死。其所伤之事，所死之故，不止局于一时间一地域而已。盖别有超越时间地域之理性存焉。"③ 陈寅恪所谓的超时空抽象的理性，就是柏拉图式的理念或理念的世界。他讲的空灵，其他人则讲的具体。例如，胡稷咸说，"夫人类之天性内，有求真求善求美之精神要求"，"必达至善之境"，其"求全之心始安"。④ 缪凤林也指出，"人道终极，在止于至善……诚能明了至善，善恶之标准即在其中"⑤。在学衡派看来，是否存在或真能达到至善的理想世界，并不重要（事实上，柳诒徵、胡先骕等人都曾指出，绝对的真善美的世界是不存在的，人类因时代局限也不可能达到至善，这仅是人心的向往）重要在于，悬有此一理想的世界，人类便拥有了一方获得终极关怀的精神家园，从

---

① 胡先骕：《评赵尧生香宋词》，《学衡》第 4 期，1922 年 4 月。
② 曾广钧：《环天诗人逝世》，《大公报·文学副刊》第 103 期，1929 年 12 月 30 日。
③ 《王静安先生遗书序》，见《陈寅恪史学论文选集》。
④ 胡稷咸：《敬告我国学术界》，《学衡》第 23 期，1923 年 11 月。
⑤ 缪凤林：《人道论发凡》，《学衡》第 46 期，1925 年 10 月。

而也就获得了不断超越自身的勇气与力量。吴宓写道:

> 总之,观念为一个千古长存而不稍变,外物实例则为多变,到处转变而刻刻不同。前者为至理,后者为浮象。吾惟信此原则,故信世间有绝对之善恶是非美丑;故虽尽闻古今东西各派之说,而仍能信道德礼教为至可宝之物;故虽涉猎各国各家各派之文章艺术,而仍能信其中有至上之标准为众所同具;故虽处今百家争鸣,狂潮激荡之时,而犹信吾可黾勉求得一纯正健全之人生观;故虽在横流之中,而犹可得一立足步;故虽当抑郁懊丧之极,而精神上犹有一线之希望,此中之关系亦可有重大也矣。虽然,吾虽信绝对观念之存在,而吾未能见之也;吾虽日求至理,而今朝所奉为至理者,固犹是浮象,其去至理之远近如何,不可知也……于此则须虚心,则须怀疑。然徒虚心怀疑而无信仰,则终迷惘消极而无所成就而已。故吾须兼具信仰与怀疑二者互相调剂而利用之。①

吴宓说得清楚,自己所以执着地将道德设置为绝对的观念,目的在于要为人生树立一个共同的"信仰"、"理想"、"原则"、"标准"以及"立足点"和"希望",以助益时人摆脱迷惘,导引社会走向和谐与至善。至于绝对的观念是否真的存在,"但宜信其有,即已足矣"。理解这一点,同样是理解学衡派道德思想的关键处。

刘伯明于此也讲得恳切,他批评罗素相信世界终有末日,说:

> (相信世界末日,人生有何乐趣?)人之精神,没有一盛一衰的现象,乃为不可磨灭的永续进化,理想渐次实现,而达于无穷尽,最完善最美满之域。……我以为我们对于宇宙之态度,须相信永无消灭,有继续的存在。有此理想,方可支持我们供献于社会之勇气,而求人类之进化!理想境界是否有客观的存在?我不能证明。然我以为却有历史上之客观。读柏拉图,经中世纪、近世纪,以及于今,东西洋莫不有此种思想;此种思想,实在有普遍性,所以他也有根据。然不根源于物质与自

---

① 吴宓:《我之人生观》,《学衡》第16期,1923年4月。

然，他所根据的是人的精神。这既是人心共同的趋向，他必有一种精神的根据，非盲目的自然势力所能产生的。①

刘伯明不仅强调理想世界是激励人类不断进取的道德力量的源泉，而且认为，理想世界是否存在虽无法确证，但据人类历史文化的昭示，"他所根据的是人的精神"。这就提出了一个问题：人类是否存在达至善的理想世界的精神追求？从人类历史文化及心理发展的角度看，这是不能以简单斥之为唯心先验论便可加以抹杀的问题。如上所述，人的存在具有本能的与社会的双重性。故孟子说"人之所以异于禽兽者几希"。"道德标志着对于个体利益的超越。"②人类既摆脱野蛮而进入文明，其进化的过程，从某种意义上也可以说，就是人类不断超越自身的动物性，扩大社会性，昌明道德和不断提升精神境界的过程。柏拉图以为，人性中有一种爱恋，此种爱恋趋向于理想的精神世界。中国早在商周时代便有了"德"的观念和主张"敬德"、"明德"的思想。到春秋时期，儒家更将之提升到了思辨的层面。孔子说，"仁者爱人"，"克己复礼以为仁"。他提出了儒家所追求的最高理想境界——"仁"。"大学之道，在明明德，在亲民，在止于至善"。显然，至此中国古代圣哲已明确地提出了"止于至善"，追求人类理想世界的命题。《易》曰："形而上者谓之道，形而下者谓之器。"所谓"道"就是一种精神境界，它是人类所永远渴求的。冯友兰先生说，"对超乎现世的追求是人类天生的欲望之一"。"随着未来的科学进步，我相信，宗教及其教条和迷信，必将让位于科学；可是人的对于超越人世的渴望，必将由未来的哲学来满足。"③这也就是说，无论将来科学如何发达，人对于超越现世的理想世界即精神境界的渴望、寄托与追求，永远都是需要的。这按康德的说法，它是人类"自然的意向"。所以，刘伯明说得并不错，既然古今中外都有此种信仰，足见"是人心共同的趋向"，在"人的精神"上自有其根据。事实上，当学衡派中许多人强调道德观念具有普遍与永恒的意义时，他们在很大程度上也是着眼于

---

① 刘伯明：《宗教与哲学》，见钟离蒙、杨凤麟主编：《中国现代哲学史资料汇编》第1集第10册，辽宁大学哲学系，1981年。
② 张岱年：《生命与道德》，《北京大学学报》1995年第5期。
③ 冯友兰：《中国哲学简史》，北京大学出版社1996年版，第4、293页。

此，即指剥离了柏拉图神秘色彩的抽象的理念世界。应当说，肯定这一点与上述恩格斯的批评并不矛盾，恩格斯是从阶级的分野上反对将"任何道德教条"和"原则"当作永恒的规律，从而抹杀了阶级社会中的利益对立；而这里则是从历史文化的发展上肯定人类具有共同的心理归趋，一种属于终极关怀的精神信仰。若简单否定这一点，我们不仅无法解释人类历史文化的传承与发展，而且也无法解释人类的相互理解与交往。

同时，学衡派更进而强调了上述人类终极关怀的宗教性品格。20世纪20年代初，中国学生界曾发动"非基督教运动"，由是引发了一场关于宗教是非的争论。学衡派对于宗教多持肯定的态度。他们认为，宗教是人类的天性，它是人类不满于现实，希图超脱和升入高洁的理想世界的产物。只要有人类存在，宗教就不可灭。故宗教绝非理性所能横加干涉的。刘伯明指出，宗教基于情感与想象，西洋自希腊以来，宗教上的形象，凡能表现人心之情意者，都有不朽的价值。希腊的塑像，中正优美；哥特式的教堂，高矗入云；以及音乐表达精神上的挚爱，这些与东方庙宇之飞檐表示精神飞升之意，所垂之风铃、喻天乐和谐之美一样，无不"表示人性中有精神上之希冀，并非科学所能侵犯者"。所谓"精神上之希冀"，就是人类向往理想世界的精神追求。① 吴宓也指出，宗教的衰亡多与教士的恶行有关，而与其本体无关。宗教的本体在于借理智想象及感情，说明宇宙及人生的真相，从而引人趋善。宗教中之天神上帝，"均为理想之善的境界"。宗教的本体所以至当维护，要在于它为人类的终极关怀提供了支持。他说：

> 上帝的世界，即宗教，有它自己的宇宙，作为一种秩序、系统、计划、协作、目的、理解、美、完美，它可以被人们理解（虽然是局部的）；它也响应人们的呼喊或祈祷；满足人们头脑与心灵（之要求）；它是完整的，永恒的，不可摧毁的——然而，它也并不需要或依赖人的努力保护或修补它——这样，它就支持了我们的终极信念。②

---

① 刘伯明：《非宗教运动平议》，《学衡》第6期，1922年6月。
② 吴宓：《文学与人生》，第188页。

学衡派所以将宗教的观念引入了自己伦理道德的思想之中，并使之居于重要的位置，是考虑到道德制无形，本身的约束力十分脆弱，若少依托，"虽日日执途人而聒之以道德，无济也"。而宗教的观念恰恰可为道德所托命。所谓宗教支持终极信念，具体表现有二：一曰信仰。宗教的本质是一种信仰，一个具有宗教信仰的人，可以超越生死荣辱祸福，表现出真诚无妄、勇往直前的大无畏精神，于人，可以为忠臣死友；于事，可以为志士；于道，可以为信徒。所以，吴芳吉说，"凡事不带宗教性质，则罕有成功之望。宗教之有益于人者，在能养人专一的信仰，牺牲的精神，而使外物得超脱，身心得安顿"[①]。二曰敬畏。道德为物在于减杀人人自由之范围，而以利群为指归，但人无不爱自由，好生恶死，趋利而避害；尤其遇个人欲盛气张，顽梗不化，怙恶不悛，或遇时世大乱，风俗久偷，则道德节制劝诱之力遂穷。这时必需宗教，以更高更大的力量，施行制裁与感化，使之生敬畏之心，进而破其顽冥，导之新生，是曰皈依。否则，道德绝难维持。张尔田说，"故不言道德则已，言道德未有能绝对自由者也；不言自由则已，言自由而不以宗教裁制之，则其群之道德未有不堕落者也"[②]。因是之故，学衡派将宗教与道德的关系，视为理论与实践的关系，以为宗教实为道德的根据或基础："宗教——目的在于精神上的确认：即，维护绝对真善美，系作为一种模式或理想将人引向另一世界。道德——目的在于实际智慧：即，在具体环境中，理智为某种天性与性情的人，正确地选出的感情与行为。"[③]学衡派认为，宗教是人类追求终极关怀与理想世界的精神家园，它是人类的共同归宿。

很显然，学衡派所肯定的宗教，不是指基督教、佛教一类社会学意义上的宗教，而是广义的，指一种人类的精神追求，借以为道德引入宗教的热情、勇气、精诚信仰和忘我利他，服务人类，超凡入圣的博大情怀。所以，刘伯明说，宗教情意的对象是否有客观的存在，无法也无须证明，我们不妨"假定为有，而据以节制吾人之生活可也"。悬一理想的世界，据以改良社会，提升人类的精神境界，这就是柏拉图的宗教。"这种宗教，何人不可

---

① 吴芳吉著，贺远明等选编：《吴芳吉集》，第913页。
② 《与人书》之一，见张尔田：《堪文集》卷1，1948年铅印本。
③ 吴宓：《文学与人生》，第124页。

信仰？信仰他又有什么弊害呢！"① 吴宓讲得更清楚："宗教性（指出此点甚是）＝理性主义。这是一种精神、态度，不能用事实或行为来证明其是非。"② 吴宓承认自己是孤独的失败者，一个悲剧性的人物，但又不无自豪地表示，自己所以能不屈不挠，至今奋进，端在具有殉道者的情怀。他曾赋诗一首赠给处在逆境中的长沙艺芳女校校长曾宝荪，表示对她的支持，并在《空轩诗话》中写下一段颇带感情的话，最为集中地表达了这一点：

> 予自伤《学衡》杂志、文学副刊之咸遭破毁，遂作诗一首以寄其同情。诗中"炉火烛光依皎日"句，盖喻言每个人之感情（炉火）及理智（烛光）极渺小微弱，但其源皆出于上帝。上帝有如皎日，其光热为无穷大，无穷久。是故人之辛苦致力于理想事业，所谓殉道殉情者，皆不过表扬上帝之精神，执行上帝之意志而已。……易言之，宓深信宗教与上帝。所谓宗教，乃融合（一）深彻之理智；（二）真挚之感情。信所可信，行所当行，而使实际之人生成为极乐。"上帝"者，即兼具无上之感情与理智之理想的人格，其光热力量皆无穷大，如皎日为一切炉火烛光之来源及归宿也。……宓生平辛勤致力之事……亦由宓内心（虽不具形式）宗教之观念、上帝之信仰有以致之。③

吴宓所谓的"上帝"，不是冥冥中带有神秘色彩的神，而是一种兼具情感、理智与理想的神圣的"人格"，即学衡派所追求的理想世界的人格化。其时学衡派对于是借助基督教还是借助佛教或儒教来创立新宗教，说法不一；但在吴宓看来，这些都是无谓的，重要在于，每一个人都应具有殉道者的执着，在自己的心中保有一个宗教，保有一个上帝，这即是至善的理念信仰。

陈寅恪与吴宓对于王国维之死的沉痛哀悼和崇高的评价，有助于我们理解这一点。1927年6月2日，清华国学研究院导师王国维自沉于颐和园的昆明湖。其遗嘱有言"五十之年，只欠一死。经此世变，义无再辱"。陈寅恪与吴宓往祭，行跪拜大礼，学生等亦踵随之。王死后，猜测纷起，不乏讥

---

① 刘伯明：《非宗教运动平议》，《学衡》第6期，1922年6月。
② 吴宓：《文学与人生》，第72页。
③ 《空轩诗话》之二十一，见吕效祖主编：《吴宓诗及其诗话》，第250页。

评。陈寅恪力排众议，作《王观堂先生挽词》，高度评价王国维是为中国传统文化所追求的"抽象理想最高之境"，即柏拉图所谓的理念而死。流俗的种种猜测，皆不足论。其后，更作进一步的抽象概括，以为王国维之死，实体现了对思想自由和精神独立的可贵追求。吴宓也以为王国维是中国文化道德精神的殉道者，他在日记中写道："宓固愿以维持中国文化道德礼教之精神为己任者，今敢誓于王先生之灵，他年苟不能实行所志，而典忍以没；或为中国文化道德礼教之敌所逼迫，义无苟全者，则必当效王先生之行事，从容就死。惟王先生实冥鉴之。"① 很显然，陈寅恪与吴宓所以崇敬王国维，就在于敬重他具有崇高的理想信念，不惜以身相殉，从而表现了独立的人格与自由的精神。事实上，他们自己对于中国文化道德礼教精神的信仰，也终生不渝。

四、"天、人、物三界"与君子精神

对于人生的价值，吴宓曾具体地将之分为三级：上者为天界。立乎此者，以宗教为本，笃信天命，甘守无违，中怀和乐。即以理想的世界是求，虽破除家国，谢绝人事，脱离尘世，也在所不惜；中者为人界。立乎此者，以道德为本，斟酌人情，尤持中庸。即道德仁义、礼乐政刑皆本此而立，人求以理制欲，日趋文明，社会因而得受其福；下者为物界。立乎此者，以物为本，不信有天理人情，纵欲而行，无道德可言。为便于人们理解三界之划分，吴宓复以婚姻为例，指出：若立天界，自礼拜牧师成礼，或祭天祀祖后，自认为夫妇，一与之齐，终身不改。即便五疾六丑，凶顽痴愚，夫妇恩爱不减。吾只能安天命，有乐无苦；若立人界，遵循风俗人情，一切持平。至于家庭及离婚之事，则参酌中道，相机为之，以不伤忠恕信义之道为限；若立物界，自然尽可效法禽兽，纵欲而已。② 吴宓分人生价值为"天、人、物"三界，大约是借用了文艺复兴时期西班牙学者斐微的名著《关于人的寓

---

① 《吴宓日记》第 3 册，第 346 页。
② 吴宓：《论新文化运动》，《学衡》第 4 期，1922 年 4 月。

言》的思想。该书认为:"人有兽性,但更重要的是具有理性和上帝的不朽性。"[1] 人就在这两种性质中徘徊上下、升降。这与吴宓所服膺的柏拉图"一多两世界"的思想有明显的相通之处。

在学衡派看来,基督教、佛教立足在天界;中国的孔孟之道,西方苏格拉底、柏拉图、亚里士多德诸人的学说及白璧德的新人文主义,立足在人界;西方近世以来,随着物质文明的发达,人欲横流,堕落者立足在物界。宗教的功用固然在于超度第二、三级的人均升至于第一级,道德的功用在于超度第三级的人升至于第二级;但是,就个人而言,其一生的总价值,则要视他在数十年的短时间里,使理想世界真善美的道德理念在第二世界中得到何种程度的实现,即使自己的精神境界在多大程度上向理想的世界提升而定。于此自觉者,便是君子。学衡派以为,中国文化的基本精神是在于养成君子。1921年9月,白璧德在中国留美学生集会上演讲,高度评价孔子"克己复礼"的思想,同时即提出要建立"一人文的,君子的国际主义"[2]。因之,可以这样说,学衡派伦理道德思想的基本点,即在于倡导君子精神。

郭斌和对孔子与亚里士多德加以比较,以为二人关于中庸的思想是相通的,但亚氏重在对道德本身作科学的分析,孔氏则注重描叙有德之人即"君子"。君子作为理想人物,与亚氏所谓的"庄严之人"、"心胸伟大的人"相似,却又有不同。后者不能表达亚氏的全部学说,而前者则能表达孔氏的人生哲学。总之,亚氏的伦理理想,终不免为理想;而孔氏的伦理理想,则已全然人格化,而成为君子矣。

学衡派以为,中国文化基本精神正在于养成君子和提倡君子精神。何谓君子精神?郭斌和指出:所谓君子精神就是追求理想人格的精神。中国文化的基本精神就在于儒家学说中所反复强调的对于"理想人格的提示"。人类行为的动力,归根结底,既非是感情的也非是理智的,而为想象的。汉高祖的《大风歌》、曹孟德的《短歌行》和范仲淹的《岳阳楼记》,无不代表了作者壮阔与崇高的想象。儒家学说之优长,即在于善用想象,"提示其理想中之人格",深切动人,使之油然生向往之心,忻慕之忱。"此理想人格,所

---

[1] 转引自周辅成:《吴宓的人生观和道德理想》,见《文学与人生》一书附录。
[2] 胡先骕译:《白璧德中西人文教育说》,《学衡》第3期,1922年3月。

谓成人也，君子也，或士也，贤也，圣也，名称虽繁，等第虽异，然类型则一。要具最终鹄的，在勉力求为智、仁、勇三方面并行发展之完人。"① 故学衡派强调，所谓君子绝非是空谈性理，不食人间烟火的怪物，相反，他不仅注重实践道德，而且应当是博学多识，富有情趣和全面发展的人。孔子正是中国君子的楷模。郭斌和将君子的精神，作这样的概括："君子尊德性而道问学，致广大而尽精微，极高明而道中庸。"② 吴宓也提出，君子重在实践道德，而不要去空谈性命，专做诸如静坐、参禅一类无益之事。他应当是博学多识，情感丰富，具备"四层世界"的人："知道，理解，参与并享受：物的、人的、思想的、感情的世界"。人皆有饮食男女之欲，但仅少数人有知识学问之欲，更少数人有品德完美之欲，极少数人有诚爱上帝，追求至善的理念世界之欲。因之，吴宓强调，欲成君子，追求个人道德进步，必须具备以下的条件：（1）相信真正的人生是道德的，可有不道德之处，但绝非与道德无关；（2）具备有澄明之理性与热烈之情感，二者缺一不可；（3）严肃对待生活，并将自己的行事与他人的行事一律看待；（4）要有反省与自察的能力；（5）要多读书，并富有实际社会的生活经验；（6）富于想象力和同情心，能行忠恕，甘为无私的事务；勇于实行，凡认为是正确的道路，就立即趋赴，同时并不讳言自己的失败错误。简言之，在实际生活中，要能融合智义（Truth）与仁情（Love），融合公正（Justice）与同情（Sympathy），即：仁智合一，情理兼到。③

如前所述，吴宓分人生价值为"天、人、物"三界，专举婚姻为例。这不仅是因为婚姻是人人都须面对的终身大事，具有普遍性；而且还在于其时新旧更替，在吴宓诸人看来，一个人对于婚姻的态度最能反映其道德水准。也唯其如此，我们从学衡派主要人物对待婚姻的态度上，也可窥其人生境界。

早在1919年初，吴宓、陈寅恪、汤用彤诸人即在哈佛大学讨论过婚姻与爱情的问题。据《吴宓日记》记载，其时陈寅恪分爱情为五种：（1）情之最上者，世无其人，悬空设想，而甘为之死，《牡丹亭》中的杜丽娘即是如此；（2）与其人交识有素，而未尝共衾枕者次之，《红楼梦》中的宝、黛等及中

---

① 郭斌和：《读儒行》，《思想与时代》月刊，1942年第11期。
② 郭斌和：《孔子与亚里士多德》，《国风》半月刊，第1卷第3期，1932年。
③ 吴宓：《文学与人生》，第74—76、167—168页。

国未嫁的贞女即是如此；(3)又次之，则是曾一度共枕，而永久纪念不忘，如司棋与潘又安及中国的寡妇即是如此；(4)复次之，则为夫妇，终身而无外遇者；(5)最下者，随处接合，唯欲是图，而无所谓爱情。简言之，有情者曰贞，无情者曰淫。对于个人的婚姻，陈寅恪持这样的观点："学德不如人，此实吾人之大耻；娶妻不如人，又何耻之有？"他认为，娶妻只是人的生涯中的一件具体的小事，可以轻描淡写，得了便了，不志于学志之大，而兢兢唯求得美妻，实属愚谬。其意不是轻忽婚姻大事，而是对一些留学生兢兢唯求得美妻为荣炫人，不以为然。汤用彤主张随缘："知足者，乃有家庭之乐。"他认为，自由结婚当属虚言，因为人没有绝对的自由。一个人的婚姻必受各种因素的制约，古今中外概莫能外。境遇的限制虽是人生的不平事，但却是事理之所宜然，而正见天道之大公。故他强调唯能自爱者，才能爱人。君子在婚姻问题上应随遇而安，唯兢兢自行检修。"任他弱水三千，我只取一瓢饮"，这山望着那山高，心猿意马，想入非非，是无谓的。吴宓完全赞成陈、汤的见解，以为"婚姻之要，不尽在选择，而在夫妇能互相迁就调和。若安着一付歹心肠，则无处不见神见鬼"。"婚姻之事，决不能不重视宗教之观念。"是时经人介绍，吴宓正考虑与国内的陈心一女士确立恋爱关系，经此讨论，心中豁然开朗，他在日记中写道："由上种种言之，陈女之体验倾慕，果出于诚心，实有其情，则宓自不当负之，即可聘定。毋须苛计末节，徒以拖犹豫，误己误人，费时费力。"在商之于陈寅恪、汤用彤之后，吴宓遂允婚。① 由上可知，其时陈寅恪、吴宓诸人的婚姻观，大致有三：其一，婚姻当有情（爱情）；其二，婚姻当随缘，不应理想化；其三，既为夫妻，终身不易。归结到一点，即是吴宓所说，婚姻之事当有宗教的观念。按吴宓的"天、人、物"三界说，他们的价值追求在"天界"。

追踪学衡派主要人物其后的婚姻状况，对于进一步理解他们的道德境界，无疑是必要的。

陈寅恪于1928年与唐筼女士结婚，其后约40年的夫妻生活，屯蹇之日多，而安舒之日少。中经战乱，颠沛流离。陈寅恪中年失明，晚年膑足，复遭迫害，如雪加霜，但夫妻情爱弥笃。1966年，即逝世前三年，陈寅恪作

---

① 《吴宓日记》第3册，第21—22、34—35页。

《又题红梅图一律图为寅恪与晓莹结褵时曾农髯丈熙所绘赠迄今将四十载矣》诗一首：

> 卅年香茜梦犹存，偕老浑忘岁月奔。
> 双烛高烧花欲笑，小窗低语酒余温。
> 红妆纵换孤山面，翠袖终留倩女魂。
> 珍惜玳梁桑海影，他生重认旧巢痕。[1]

足见其恩爱如初。

吴芳吉的婚姻与陈寅恪正相反。其妻乃一庸俗之妇人，性格怪异，吵闹不休，"凡旧式女子所有之恶劣习惯癖性，彼无一不备"。婚姻生活因之十分痛苦。吴宓说："若碧柳夙励行道德，又笃情爱，而遭遇如此，不诚可悲之尤者耶？"[2] 包括吴宓在内的许多朋友，都劝吴芳吉离婚，但均被婉言谢绝。吴芳吉在《与友述家中情形书》中说"然吉终与永好，不敢携贰"，他写道：

> 在此过渡时代，自有无数男女，牺牲其中。他人有然，我念独异……吾人随事，以身作则，倘有差失，贻害何穷。我若为此，则望风涉尘之人，致以十一计之，亦四五百家，或者人家妇，不如树坤之甚，而其夫亦效我之为，吉忍以部分之痛，更使全体俱与痛乎？[3]

吴芳吉最终因悲苦忧伤早逝。吴芳吉坚持无情爱可言的婚姻，是否恰当，可以不论；吴宓是以为不妥，他说虽于道德小有保全，但于吴芳吉本人的艺术成就损失太大，得不偿失；但就吴芳吉而言，确有"我不入地狱谁入地狱"之宗教精神。

柳诒徵年长，其与吴宓诸人的关系在师友之间。他对于婚姻的态度，可从1926年他所写的《贺缪生凤林新婚》诗中看得出来：

---

[1] 见《陈寅恪诗集》，第141—142页。
[2] 吴芳吉：《与友述家中情形书》按语，《学衡》第66期，1928年11月。
[3] 吴芳吉：《与友述家中情形书》，《学衡》第66期，1928年11月。

中年闻人谈爱情，有如稍林望春叶。
关雎麟趾意已陈，强附新词殊未惬。
缪子新婚索我诗，老马尤渐渥洼駜。
请持糟糠卅年味，为子现身而说法。
米盐琐末见肝肠，寒燠周旋迈衮箑。
支持门户历艰辛，寸箸尺檠皆大业。
岂无怫逆旋相忘，不识猜疑宁待歃。
君看鬈叟客辽东，补被囊衣咸手叠。
灯窗儿女课诗书，驿骑关山走缄喋。
遥怜白发压金钗，常似喜春临笑靥。
吕侯家法吾所稔，玉洁冰清一时甲。
祝君偕老胜迁师，催妆诗比师才捷。[①]

显然，柳诒徵不仅对于自己的婚姻十分满足，且也祝愿年轻的缪凤林夫妇白发偕老。

汤用彤的婚姻状态缺乏直接的资料，但是，钱穆晚年所写的《忆锡予》一文，毕竟为我们透露了重要的信息：

锡予之奉长慈幼，家庭雍睦，饮食起居，进退作息，固俨然一纯儒之典型，绝不有少许留学生西方气味。……既不露少许时髦之学者风度，亦不留丝毫守旧之士大夫积习。与时而化，而独立不倚，极高明而道中庸，锡予庶有之矣。[②]

由上可知，陈寅恪、吴芳吉、柳诒徵、汤用彤虽一生遭际不同，但对自己的婚姻均忠诚无悔，他们无疑都达到了"天"的境界。

但是，吴宓本人的婚姻却发生了变故，引起一片哗然。1921年吴宓与陈心一女士结婚，到1929年却坚持与之离婚，转而爱恋毛彦文女士。但其后毛

---

① 柳诒徵：《贺缪生凤林新婚》，《学衡》第49期，1926年1月。
② 钱穆：《忆锡予》，见《燕园论学集》（汤用彤先生九十诞辰纪念）。

彦文忽然决定嫁给比自己大约 30 岁的老官僚熊希龄,吴宓虽大受刺激,爱恋之情却不曾少艾。他不仅写了不少恋情诗,且公开刊之诗集,自然更进一步引来了种种讥讽与非议。吴宓坚持离婚时,长辈及知友多不赞同。汤用彤以为,"离婚之事,在宓万不可行,且必痛苦"。郭斌和由美国致长函相劝,谓"宓为《学衡》计,为人文主义计,为白师计,为理想道德事业计,均应与心一复合。又谓宓近来思想行事,皆是 Romantic,实应省戒"[1]。吴芳吉也致函批评说:"离婚今世之常,岂足为怪?惟嫂氏非有失德不道而竟遭此,《学衡》数十期中所提倡者何事?吾兄昔以至诚之德,大声疾呼,犹患其不易动人,今有其言而无其行,以己证之,言行相失,安望人之见信我哉!"[2]他以为自己所受之苦较吴宓为大尚能相安共处,后者没有必要这样做。他甚至表示要接嫂子敬养终身。陈寅恪的意见自然更为吴宓所看重,但陈也力表反对,告诫说:对过去"无论如何错误失悔,对正式之妻不能脱离背弃或丝毫蔑视。应严持道德,悬崖勒马,勿存他想"。但吴宓终不为所动,他认为,"宓之为此,乃本于真道德真感情,真符合人文主义"[3]。自毛彦文结婚后,直至吴宓晚年,陈寅恪等人又一再劝其复婚,也终无济于事。

吴宓的婚变及其追求柏拉图式的恋爱,说明在他的身上存在着浪漫的气质。这是他自己也承认的。从现代的角度看,吴宓的婚情固无可指摘;即便从人文主义的角度看,也不能说他有违信仰,因为他早就强调人文主义立足人界,非禁欲主义,只要不失恕道,离婚应是允许的。但改变初衷,移情别恋,终究是令人遗憾的事情,它毕竟说明在婚姻问题上,吴宓尚未能达到自己所说的"天"界。吴宓曾谈到,人事极复杂而多转变,故即便道德极高之人,其一生各个时期及生活各个部分之行事也难免于常发生矛盾。论人当概括生平,究其立身所行之大节,不可于枝节苛求。究吴宓的生平,忠于信仰,宁折不屈,即便是在"文化大革命"中受到残酷的迫害,九死一生,也不甘作违心之论,其道德境界又毕竟是崇高的。他曾作自我评价:"吴宓先生在道德上比在社交上更有资格做一个'君子人'(虽然在社交方面他也受

---

[1] 吴学昭:《吴宓与陈寅恪》,第 76 页。
[2] 《与吴雨僧》,见吴宓著,贺远明等选编:《吴芳吉集》,第 994 页。
[3] 吴学昭:《吴宓与陈寅恪》,第 76—77 页。

到称赞)。"① 这不是自我高标，而是平心之论。

要言之，吴宓诸人坚持自己的信仰，是追求"天界"，求为君子的人。

五、从学衡派说到贝尔的《资本主义文化矛盾》

学衡派的伦理道德思想，其理路可以作这样的表述：缘于人性二元，扬善抑恶的道德诸求，便构成了人类社会和谐发展的普遍性基础，故曰"道德为体，科学为用"。但在物欲横流、道德精神日萎的当今世界，人类社会普遍性的伦理基础正岌岌可危。欲挽狂澜于既倒，首要一点，当在于唤起世人的良知，高扬抽象的道德理念，守护精神的价值。20世纪20—30年代，经新文化运动之后，新旧道德的问题正成为社会争论的热点。学衡派上述关于道德的思想理路，显然并没有拘泥于新旧道德关系的本身，而是以世界人类立论，表现了广阔的视野。不管人们赞成与否，它毕竟成一家之言，为后人留下了历史的思考。

欲理解学衡派的伦理道德观，须将之置于西方现代伦理思潮变动的大背景下加以考察。19世纪中叶以降，西方伦理学思潮开始了由古典的理性主义向现代的非理性主义的转变过程。古典伦理学中的理性主义传统源于古希腊，经苏格拉底、柏拉图、笛卡儿、斯宾诺莎到康德、黑格尔而臻至完备。理性主义伦理学以先验的普遍性原则作为道德的形而上学基础，从而强调人类理性精神对道德生活和关系的决定性作用；同时尊奉整体主义和理想主义的道德原则，强调人类道德关系和行为的同一性与理想性。柏拉图的"理想国"、康德的"目的王国"和黑格尔的"社会总体主义"都集中反映了这一点。但是，随着进入19世纪后西方资本主义固有矛盾的发展日益尖锐，物质昌明而人欲横流，尤其是欧战的惨绝人寰，使人们对传统的"理性王国"的希望破灭。他们对理性主义伦理学侈谈抽象的人性、人的本质深感厌倦，但同时又找不到解决现实矛盾的出路，故转而求诸个人内心世界，重视和强调人的意志、情感、欲望和性本能冲动的价值与意义。叔本华倡言人的欲望、

---

① 吴宓：《文学与人生》，第52页。

痛苦构成人的本质；尼采大声疾呼"重新评价一切"，呼唤酒神精神，肯定人的本能冲动是人性最深刻的表露；弗洛伊德揭示"无意识"，区分"本我"、"自我"与"超我"；柏格森则赞美"生命之流"和非理性的直觉，如此等等。要言之，人们呼唤找回失去的人性与自我。由是，以否定古典理性主义伦理学传统为基础的西方现代非理性主义伦理学思潮，浸浸而起。非理性主义伦理学兴起，反映了西方现代社会和人文主义传统的变动，自有其合理性。但它全盘否定古典理性主义伦理学，又走向了另一个极端：否定理性与整体性，而归趋道德相对主义。因是之故，西方现代非理性主义伦理学不仅无由解决西方社会的现实矛盾，且加剧了西方社会精神失重和道德沦丧并导致悲观主义。

美国久负盛名的社会学家丹尼尔·贝尔的见解，是耐人寻味的。他自称在政治上是社会主义者，在经济上是自由主义者，而在文化上则是保守主义者。他在自己的名著《资本主义文化矛盾》中，肯定德国社会学家马克斯·韦伯的一个重要思想：资本主义作为一种经济制度，具有相应的文化起源和合法性基础，这即是新教伦理的核心禁欲苦行主义。但贝尔又认为，韦伯所强调的新教禁欲苦行主义仅是资本主义精神起源的一个方面，它还有另外一个精神起源，这就是贪婪攫取性。故早期资本主义的兴起，实赖于"禁欲苦行和贪婪攫取"这一对内在的冲动力。"这两种原始的冲动力的交织混合形成了现代理性观念。"二者间的紧张关系产生出一种道德约束，它曾形成了早期资本主义在发展过程中对奢华风气严加管束的传统。但是，"禁欲苦行因素及其对资本主义行为的道德监护权，在目前实际上已经消失了"[①]。唯其如此，资本主义经济文化的发展便必然畸形冒进，相互抵触。经济冲动力成为社会前进唯一主宰后，世上万物都被剥去了神圣色彩。发展与变革即是一切。社会世俗化的副产品是文化上的渎神现象，人欲横流，道德沦丧，资本主义便难以为人们的工作和生活提供所谓的终极意义了，资本主义文化因之出现了危机。贝尔对西方资本主义矛盾的反省，自然也包括非理性主义伦理学思潮在内。

[①] 〔美〕丹尼尔·贝尔著，赵一凡等译：《资本主义文化矛盾》"1978年再版前言"，生活·读书·新知三联书店1992年版。

学衡派注意到了西方伦理学思潮的上述变迁及其对中国的影响。他们批评西方现代社会弊端丛生，"其最大病源，在缺乏精神上的理想"。"现代西洋人之人生观，就大较言，似已失去重心，觉世间一切无可信，一切不足信，精神飘流，随波起伏。"① 此种反理性的人生观也影响到了东方，因为东方的现代生活无非是西洋现代生活微弱的模仿而已。学衡派并不讳言自己是道德理想主义者，但他们又强调自己反对禁欲主义和宗教迷信，因而不同于古典人文主义，而是信仰新人文主义。他们的表白是真诚的。学衡派是站在现代社会的基点上倡导道德理性主义，而非固守传统。我们应当理解这一点。

　　同时，还应当指出，丹尼尔的上述著作虽发表于 20 世纪 70 年代，但他从禁欲苦行主义与贪婪攫取主义二元对立出发，反省现代主义与资本主义文化矛盾的理路，与学衡派从人性二元出发，强调人类社会普遍性的伦理基础，却有着相通之处，即都注意到了随着现代主义和资本主义物质文明的发展，人类正付出了牺牲传统与道德精神的惨痛代价。学衡派强调，中国的工业化与科学化是不可避免的，但是，也正因为如此，更加需要加强道德建设。显然，其揭橥"道德为体，科学为用"的主张，固然是为了导引中国，但它首先是对强势的现代主义和资本主义文化反省的结果。

　　学衡派伦理道德思想的一大特色，是鲜明地提出了人类的终极关怀问题，并主张建立新的柏拉图式的宗教，以助益人们树立起自己的道德信仰。理想信念、宗教情感之庄严及其对于人的影响至深，为人所共知。爱因斯坦曾提到，超自然的上帝是不存在的，但科学家在潜心研究自然规律时，也会产生一种"特别的宗教情感，但这种情感同一些幼稚的人所私笃信的宗教实在是大不相同的"②。更值得注意的是，贝尔在分析了资本主义文化矛盾之后，提出了一个"冒险的答案"，也即是主张整个社会"重新向某种宗教观念回归"③。他所谓的新宗教，就是黑格尔所赞赏的那种自觉自愿，独个领悟和奉行的信仰。这与吴宓诸人所说的，要在心中保有一个上帝，又显然是相通的。但学衡派的见解却是较贝尔早了约半个世纪。

---

① 郭斌和：《现代生活与希腊理想》，《思想与时代》月刊，1941 年第 1 期。
② 〔美〕海伦·杜卡斯、巴纳希·霍夫曼编，高志凯译，刘蘅芳校：《爱因斯坦谈人生》，第 36 页。
③ 参见〔美〕丹尼尔·贝尔著，赵一凡等译：《资本主义文化矛盾》"1978 年版前言"。

西方现代非理性主义的伦理学对中国新文化运动影响甚大。陈独秀说："伦理的觉悟，为吾人最后觉悟之最后觉悟。"他强调，"执行意志，满足欲望"，才是"个人生存的根本理由"，而一切宗教、法律、道德、政治都不过是维持社会不得已的方法，"非个人所以乐生的原意，可以随着时势变更的"。[①] 胡适更明确指出，新文化运动的意义即在于对过往的一切采取一种新的评判态度，这即是尼采所说的"重新估定一切价值"[②]。所以他们力主以新道德反对旧道德，表现出了可贵的批判精神。但是，也毋庸讳言，因其过于简单地割裂了新旧的关系，便难以避免自己的消极面：漠视道德的历史连续性和继承性，片面强调道德的创造性和更新性，使道德理论孤立化、主观化和相对化。这种片面否定传统文化价值和道德普遍性的倾向，在社会转型时期，无疑会加剧社会道德的失范。学衡派强调抽象的道德本体、理念和追求理想的人格，正是意在突出道德的历史连续性和继承性，它显然有益于化解上述的消极倾向。此外，我们还须联想到20世纪20年代中叶发生的那场关于科学与人生观的论战。是时，受科学主义思潮的影响，胡适、吴稚晖诸人倡言"机械的人生观"，不承认人有独立的意志，有什么良知，以为人无非是几许肉、几根筋组成的动物，其情感、思想、意志等精神活动，都不过是"质力相应"而已。梁启超因之反问道，果真如此，人的行为便是命定的，还有什么善恶的责任可言！其时争论的双方固然是各有所见，也各有所蔽，但是，学衡派在其后更进而提出了上述抽象的理性，即人类终极关怀的问题，强调人类当保有这块精神家园，以为不断超越自身，完善道德，共同造就人类幸福的力量源泉，这无疑使人们对科学主义的反省深化了。如果我们注意到今天全世界都在反思21世纪的现代化，而呼唤重新高扬人文精神，那么，就应当肯定学衡派的伦理道德思想包含着怎样可贵的前瞻性。

学衡派伦理道德思想的另一大特色，是以全人类立论，力图借中西方的智慧，以挽回世风。这不仅是指他们受新人文主义与宋明理学的双重影响，提出人性二元论以为自己立论的基础；更主要是指他们借助柏拉图的理念

---

① 《人生真义》，见陈独秀：《独秀文存》卷1。
② 《新思潮的意义》，见胡适：《胡适文存》卷4。

说，提出了抽象的道德理想；思想自由与精神独立；人类终极关怀与柏拉图式的新宗教等等空灵的思辨，以及阐发并提倡孔子与亚里士多德的中庸的思想方法，西方的"天人三界"说与中国传统的君子精神等等，无疑都有力地开拓了时人的视野，促使关于伦理道德问题的讨论趋于深化。同时，学衡派的此种理路，也超越了其时全盘西化论与东方文化论，显示了一种可贵的融合中西、远为健全的文化心态。

但是，学衡派的伦理道德观也存在明显的弱点。一是未能正确把握中国文化变革面临的主要矛盾。学衡派反省西方现代非理性主义伦理学思潮的偏颇，强调道德理想和人类终极关怀的重要性，固然是合理的；但他们显然对于西方古典理性主义伦理学的消极面估计不足，而对于中国的封建纲常名教几千年来对国人思想禁锢所造成的严重危害，尤其估计不足。因之，他们不能理解新文化运动力主以新道德反对旧道德，虽存偏颇，却是抓住了中国社会文化变革的主要矛盾：冲破千年封建伦理的网罗，以求国人的思想解放，因而它代表了历史的新趋向。相反，他们不合时宜地笼统强调当今之世当加强"一"，而反对"多"，主次颠倒，便不能不使自己在当时的文化潮流变动中边缘化；二是终究没有脱离资产阶级人性论的窠臼。其作为立论基础的人性二元论，虽然有着自己不容轻忽的合理性，但它关于人性善恶的界说带有明显的先验论的色彩。尤其是缪凤林、景昌极诸人借佛学释人性，涉及生死轮回，更染上了神秘性。因是之故，学衡派没有将道德观念的变动最终决定于社会政治经济的变迁这一本已触及的思想贯彻到底，相反，只强调个人的道德自律和追求至善的理念世界，而于其时关乎中国命运与前途的政治经济取向和受此制约的民族与阶级的激烈斗争，漠然处之。他们实际上是相信"道德决定论"，因之难以避免理想主义和空洞说教的倾向，从而陷入了言者谆谆，听者藐藐的窘境。在政治黑暗，民不聊生的境况下，柳诒徵力主道德自律从个人做起，逐渐推及一乡一镇一县一省，终至于全国，由是不怕政治没有清明之日；在日寇入侵的隆隆炮声中，吴宓热衷于提倡"道德救国"论，并拟发动一场道德改良运动，这些虽然不能说全无合理之处，然而，终不免于隔靴搔痒，无不集中反映了这一点。

日本学者丸山真男以为，评价一个学派或一个作家的思想，必须注重观察其思想创造过程中所包含的多种要素，尤其是其思想要素中还未充分显示的丰富的可能性。①学衡派的道德思想固然存在着上述的弱点,故于其时影响未彰;但也必须看到,它是一种超前的主张,其与新文化运动所倡导的以新道德反对旧道德的"伦理觉悟",实属互补的关系,而非对立的。同时,由于它更多是反映了对资本主义文化与现代主义的反思,故其包含着丰富的可能性,具有久远的意义,是应当给予尊重的。

---

① 〔日〕丸山真男著,区建英译:《福泽谕吉与日本近代化》,第195页。

第八章 "澄清之日不在现今，而在四五十年后"
——学衡派的历史地位

> 予半生精力，瘁于《学衡》杂志，知我罪我，请视此书。
>
> ——吴宓

对于学衡派的评说，从一开始便存分歧。但在1949年前，无非学者言，于学衡派并不产生直接的利害关系。1949年后因极"左"思潮的影响，学衡派既被目为复古派，遭到贬斥，长期封尘，吴宓诸人便不能不承受沉重的政治压力，乃至于惨遭迫害。客观评价学衡派首先须明确两个前提：学衡派是一个现代的思想文化派别；学衡派与新文化运动的分歧属正常的学理之争。缘是，我们便不难发现，学衡派虽存在自己的局限，其与新文化运动在本质的追求上却是一致的。学衡派是主张新文化的一族。在日趋全球化的今天，学衡派的某些思想主张正愈益显示出自身的合理性。

一、学衡派的终结与吴宓的期盼

《学衡》杂志的创刊，是学衡派兴起的标志。初创时因同人多共处一校，齐心协力，内外环境都比较好，所以杂志的编辑出版，头几年颇形顺利。吴宓后来回忆说，1921年自美国归国，在东南大学一边教书，一边主编杂志，"昕夕勤劳，至于梦中呓语，犹为职务述说辩论。盖此后三年中，实为予一生最精勤之时期"[①]。但好景不长，1923年底实际主持校政德高望重的刘伯明病

---
① 《空轩诗话》，见《吴宓诗集》。

逝，杂志同人固然失去了重心，渐趋涣散；东南大学的派系之争也因是公开化。次年，梅光迪赴美讲学，吴宓随后也离开东大，先后应聘到沈阳东北大学和清华大学任教。1925年初，东大发生"易校长风潮"，柳诒徵也愤而离去。胡先骕则第二次赴美，攻读植物分类学博士学位。由是，学衡派各奔东西，成员星散。杂志人员分处南北，总编辑吴宓坐镇北京遥领，组稿联络，诸多不便，于是只好增设副总编辑，分领南边业务。《学衡》在"简章"中先是这样说明："总编辑吴宓，北京清华园邮局转交。干事柳诒徵、汤用彤，南京四牌楼南仓巷2号《学衡》杂志社。"后则又改为："总编辑兼干事吴宓，北京清华园邮局转交。副总编辑兼干事缪凤林，南京通济门半边街4号。"①

在学衡派中，吴宓是最具团体意识的人，他一度曾积极筹划，欲使风流云散的学衡派同人重新聚集在一起。1924年吴宓受聘到东北大学，但很快复转入清华大学。他最初极力想将刘永济、柳诒徵、吴芳吉等人聘到清华，然而均未成功。时缪凤林、景昌极、柳诒徵正受聘于东北大学，他又想改以东北大学为学衡派的基地。1925年8月中，吴宓专程赴天津与过路的柳诒徵会面。他在《天津谒柳翼谋先生即席呈赠》中有言曰："辽左今来形胜地，群贤领袖壮山河。"但柳仍想归东南，不愿久留奉天。他因之怅然，在日记中写道："宓之计划，亦只可废止而已。"不久，东北政局动荡，吴宓更形沮丧："张作霖败逃，奉天全局改变。大乱之中，东北大学谅已解散。汪、柳、缪、景、郭、刘诸知友，均想已出奔。……而所倚为志业根据地及一身之退步之东北大学今已消灭，可胜痛哉！"这自然只是吴宓个人的推测，东北大学并未消灭。1927年7月初，得知在东北大学的诸知友决意南归，他甚伤心，在日记中写道："缪函，知景拟在东南为教员或助教，不赴东北。宓在东北所苦心维持经营之团体，真将瓦解。若柳、若刘、若景、若吴，皆丝毫不喻吾意，只任一己之自由，而无团体之计划在心，可伤也。"②他表示今后个人行止听任自由，自己不再过问。这反映吴宓从此放弃了将同人重新召集在一起的计划。学衡派星散各处的状态也无由改变。胡先骕说："若刘伯明不死，东大旧人不星散，则学衡或能多延若干年，其影响或能更大也。"③这

---

① 《学衡》第44、61期。
② 《吴宓日记》第3册，第56、106、366页。
③ 胡先骕：《梅庵忆语》，《子曰丛刊》1934年第4辑。

自是平心之论。

《学衡》能维持12年之久，吴宓实为中流砥柱。梅光迪不仅两度赴美，不能过问社务，且自第13期起便不再供稿。吴宓作为总主编，集筹款、约稿、编辑于一身，勉力维持，艰辛备尝。他在与人谈到主编《学衡》事时说："同人以编辑之职见委，予遂尽力于本志之各种事务。凡编校（尤以译稿为重要）稿件，通信接洽，以及筹措款项（为印刷津贴之用），计划版式等，为予之专责。亦常得诸友之助。予之目的，惟在维持本志不使停版，虽年出三期，亦欲继续不断。迄今已出七十五期，仍接出。……予每自比一学校中之庶务会计及摇铃扫地之工役，而以教授及大师期梅柳胡（刘君伯明旋即弃世）及其他社员并投稿诸君。……予不能居功，尤不敢掠美也。"① 这并非虚言。吴宓视《学衡》为自己莫大的事业，出力最多。

但是，《学衡》的出版遇到了两大困难。其一，经费拮据，岌岌可危。它的经费来源主要是个人捐款，故杂志上时常刊有鸣谢捐款的启事。但它坚持不谈政治，拒绝带有政治性的捐款。1923年临时政府教育总长章士钊在《甲寅》杂志鼓吹政治主张，表示愿出1000元支持《学衡》出版，以拉拢学衡派，就被拒绝了。② 这样个人捐款便十分有限，经费自然捉襟见肘。吴宓为维持刊物，个人每期津贴中华书局百元，并向亲友募捐维持。中华书局以《学衡》销路不佳，赔累不堪为由，1926年11月中通知吴宓，《学衡》60期后不再续办。吴宓"不胜惊骇绝望"，急与陈寅恪商量，并四处奔走，几次请梁启超代向总理陆费逵说情。同月底，中华书局函告同意所提条件，年出六期，给津贴600元，续办《学衡》一年。吴宓大喜过望，急函报告南北诸社员，并谓"下半年应给中华津贴600元，吴独立捐垫，诸公有顾念宓之处境艰难而自愿捐助者，则殊为感幸"。不久，接缪凤林和景昌极函，"各愿捐学衡社津贴中华款每期各10元，二人合共120元"③ 陈寅恪也捐助经费50元。不难想见其经费之拮据，后来《学衡》出版时断时续，也就不足为怪了。

其二，内部意见分歧，社员离心。创刊不久，吴宓与胡先骕间就因对诗

---

① 吴宓：《论诗之创作答方玮德君》，《大公报·文学副刊》第210期，1932年1月18日。
② 方汉文：《悲剧英雄与文化冲突》，见李赋宁等编：《第二届吴宓学术讨论会论文选集》，陕西人民教育出版社1992年版。
③ 吴学昭：《吴宓与陈寅恪》，第63—64页。

的见解不同，将"诗录"专栏分成"诗录一"、"诗录二"，各自把持，选稿录用，互不为谋，彼此对立。其后因外部压力和经费困难，社员不免动摇。张歆海对吴宓说，人以文登《现代评论》为荣，《学衡》销路不佳，继续办是"吃力不讨好"，不如不办。陈寅恪也认为，"《学衡》无影响于社会，理当停办"①。更严重的是，胡先骕诸人甚至怀疑吴宓所以不愿南下，是有意把持《学衡》。1927年底，胡先骕专程到北京找吴宓，提出《学衡》抱残守缺，名声已坏，应彻底改组，并归南京出版，主编易人。吴宓为此心灰意冷，一度萌退志。他在日记中写道："夫宓维持《学衡》之种种愚诚苦心，以梅、胡诸基本社友，乃亦丝毫不见谅。宓苟有罪，罪在无功。交涉失败，续办难成，此宓之罪。至若其他种种，悉为宓咎，夫岂可者？人之责宓把持者，何不代宓分劳？何不寄稿？何不垫款？又何至以《学衡》之名义为奇耻大辱，避之恐不遑。……社外阻难，宓所不恤，社内攻讦，至于如此。同室操戈，从旁破坏，今世成风，岂《学衡》社友之贤者亦不免此。"②

主要依赖吴宓的惨淡经营，《学衡》得以继续支撑多年。1933年7月，《学衡》在出完第79期后，终告停刊。对于《学衡》停刊，吴宓当时专门作了说明：

> 民国二十一年秋冬，《学衡》杂志社员在南京者，提议与中华书局解约，以本志改归南京钟山书局印行。宓当时力持反对。盖以已往十余年之经验，宓个人与中华书局，各皆变故屡经，艰苦备尝，然《学衡》迄未停刊。以昔证今，苟诸社员不加干涉，任宓独力集稿损资，仍由中华印行，必可使此志永永出版而不停，纵声光未大，而生命得长，任何改变办法，皆不免贪小利而损大计。故宓坚持反对云云。乃诸社员卒不谅。宓不得已，于民国二十二年夏，正式辞去总编辑职务。于是诸社员举缪凤林君继任。然后与中华书局解约。但迄今一年有半，尚未见《学衡》第八十期出版。此事伤宓心至大，外人不明实情，反疑《学衡》之停刊由于宓之疲倦疏懒。宓既力尽智穷，不能阻止，反尸其咎，乌得为

---

① 《吴宓日记》第3册，第28、251页。
② 《吴宓日记》第3册，第438页。

平，故于此略述真相，以告世之爱读《学衡》杂志者。①

同年，《大公报·文学副刊》出完第 313 期后，也宣告寿终正寝。《学衡》延续了近 12 年之久，较其时许多反对派刊物的寿命都长，它的停刊标志着在现代中国思想文化舞台上风行一时的学衡派的终结。也许是巧合，美国新人文主义大师、吴宓诸人的老师白璧德也恰于 1933 年去世。不难想象，吴宓伤感之深。他的女儿吴学昭写道："1933 年，使父亲感到伤心的事还有：他主编了近 12 年的《学衡》杂志停办；《大公报·文学副刊》改版，主编易人。前者主要是经费问题，后者大概为了适应新文化运动蓬勃发展的形势。父亲难过的是'昌明国粹，融化新知'的立论阵地几被全部占领；所得师友诗文佳作，再不能随时刊登，与世同赏。"②从《吴宓日记》中可以看出，此后吴宓仍时常翻阅《学衡》，对其中的诗文依旧击节赞叹不已。

需要指出的是，学衡派虽云终结，学衡派中以张荫麟、张其昀为首的年轻的一代人，却传其绪余。1936 年浙江大学成立史学系，张其昀离东南大学应聘为主任，时梅光迪为浙大文学院院长，张荫麟则执教史地系，钱穆也时来讲学，读书风气日盛。不久浙江大学迁遵义。张荫麟、张其昀便发起创办《思想与时代》月刊，1941 年 8 月 1 日正式刊行，编辑部即设在国立浙江大学。时共出 40 期，后因抗战中断，1947 年 1 月从第 41 期起复刊，编辑部仍设在杭州的浙江大学。该刊虽然创刊稍晚，但值得注意的是，除了张荫麟、张其昀为刊物的主持外，郭斌和、王焕镳等人参与撰稿，即当年学衡派的年轻一代多归之。吴宓也偶有文章在该刊发表。《思想与时代》实承《学衡》的绪余，其创刊号以《征稿启事》代替发刊辞，强调尤其欢迎以下的各类文字："建国时期主义与国策之研究；我国固有文化与民族理想根本精神之探讨；西洋学术思想源流变迁之探讨；与青年修养有关各种问题之讨论；历史上伟大人物传记之新撰述；我国与欧美最近重要著作之介绍与批评。"显然，它强调固有文化及新旧的融合，与学衡派的主张一脉相承。故 1947 年张其昀在《复刊辞》中说："就过去几年的工作看来，本刊显然具有一个目标，简

---

① 吴学昭：《吴宓与陈寅恪》，第 79 页。
② 《吴宓诗集》卷末，"学衡杂志论文选录"附识。

言之，就是'科学时代的人文主义'。科学人文是现代教育的重要问题，也是本刊努力的方向。具体说，就是融贯新旧，沟通文质，为通才教育作先路之导，为现代民治厚植其基础。"科学的人文主义正是学衡派所拳拳服膺的信仰。晚年张其昀在回忆《思想与时代》杂志时，更明确地指出，《思想与时代》与《学衡》宗旨是相同的。他说："（浙江大学迁遵义）文学部同人创办《思想与时代》杂志，以沟通中西文化为职志，与20年前的《学衡》杂志宗旨相同。可惜梅光迪、张荫麟二先生均在遵义病逝，令人怆怀不已。"[①]

学衡派的时代毕竟过去了，但他们多无怨无悔。1946年，即《学衡》停刊13年后，吴宓接受采访时说："予半生精力，瘁于《学衡》杂志，知我罪我，请视此书。大体思想及讲学宗旨，遵依美国白璧德教授及穆尔先生之新人文主义。"[②] 1963年，即《学衡》停刊33年后，有人请吴宓将《学衡》创办的经过写成文字，他谢绝了，语重心长地说："《学衡》社的是非功过，澄清之日不在现今，而在四五十年后。现在写，时间太早。"[③] 其时距"文化大革命"仅两年，正是"左"的思潮盛行之时。学衡派被视目为复古反动派，已尘封了多年。这话既反映了吴宓对于学衡派思想文化主张的执着和渴望公正评说的期盼，同时也表现了他的先见之明。现在距上述吴宓说话的时间正所谓"四五十年后"，中国冰封的思想界业已解冻，应当说，恢复《学衡》及学衡派的历史本来面目，并予以实事求是的历史评价，今其时矣。

二、明确两个前提

对于学衡派的评说，从一开始便存在着分歧。

由于学衡派以新文化运动批评者自居，故不可避免地要受到新文化运动拥护者们的指斥。胡适讥讽"学衡"无非是"骂衡"，东南大学校长郭秉文邀他任教，他说："东南大学是不能容我的。我在北京，反对我的人是旧学者与古文家，这是很在意中的事，但在南京反对我的人都是留学生，未免使

---

① 张其昀：《中华五千年史自序（一）》，见潘维和主编：《张其昀博士的生活和思想》上，第27页。
② 锐锋：《吴宓教授谈文学与人生》，见黄世坦编：《回忆吴宓先生》，第174页。
③ 华麓农：《吴雨僧先生遗事》，见黄世坦编：《回忆吴宓先生》，第58页。

人失望。"①直到晚年他还念念不忘，对秘书说，"《学衡》是吴宓这班人办的，是一个反对我的刊物"②。鲁迅则写有《估〈学衡〉》，以为《学衡》多文理不通，没有资格侈谈国粹与国学。不过，胡适与鲁迅对学衡派虽作批评，却未尝给对方定什么性。周作人则不同，定之为"复古运动"："只有《学衡》的复古运动可以说没有什么政治意义，真是为文学上的古文殊死战，虽然终于败绩，比起那些人来要胜一筹了。"③茅盾更径斥之为"反动运动"，他说："这一年来，中国处于反动政治的劫制之下，社会上各方面都现出反动的色彩来。在文学界，这种运动酝酿已久，前年下半年已露朕兆，不过直到今年方始收了相当的效果，有了相当的声势。"④在这股"反动恶潮"中，留洋归来的学衡派起了急先锋的作用。周作人虽定学衡派为复古派，但指明了它尚无政治上的意义；茅盾则强调学衡派的"反动运动"是中国反动政治的产物，言之愈重。但是，学衡派却自视甚高。1936年胡先骕为南京高师20周校庆著文说："当五四运动前后，北方学派方以文学革命、整理国故相标榜，立言务求恢诡，抨击不厌吹求，而南雍师生乃以继往开来，融贯中西为职志。……自《学衡》杂志出，而学术界之视听以正。人文主义乃得与实验主义分庭抗礼。五四以后，江河日下之学风，至近年乃大有转进，未始非《学衡》杂志潜移默化之功也。"⑤学衡派认为自己对过激的新文化运动起到了补偏救弊的历史作用。

  当事双方的言论，皆不免带有个人的感情色彩，故都算不上客观的批评。不过当时已有人提出，应当超越二元对立的模式，去看待学衡派。刘文翮说："（新派）是今而非古，誉西而毁中，著为辞说，传播海内。而察其所慕之事，则又非西洋文学精粹之所在也。于是抱隐忧者，惧两者之交失也，遂扬人文主义，则古称先，自孔孟以下，及苏格拉底、柏拉图与近世之阿诺德、白璧德之说，咸津津乐道，强聒其间，将以砥柱中流，而洄狂澜焉。二派交讦，迄今不决。此诚历史上过渡时代互相调剂之惯例，无足怪

---

① 《胡适日记》，第150页。
② 胡颂平编：《胡适先生晚年谈话录》，台湾联经出版事业公司1984年版，第64页。
③ 周作人：《〈现代散文选〉序》，《大公报·文学副刊》，1934年12月1日。
④ 《茅盾文艺杂论集》上集，上海文艺出版社1981年版，第167页。
⑤ 胡先骕：《朴学精神》，《国风》月刊，第8卷第1期，1936年。

第八章 "澄清之日不在现今，而在四五十年后" | 355

者。"① 作者以为二者表面对立，实则互补，属正常的历史现象，不足为奇。刘文发表在《文哲学报》上，人或疑其偏袒学衡派；但梦华是有名的新文学的拥护者，他在宣传新文学和抨击学衡派的主要刊物《学灯》著文，却提出了相类的见解。他写道："近来评学衡的很多，虽不无中的之语，却不能和他们表十分同情。因为他们都是谩骂学衡主张太旧，甚至咒他夭亡。这或是中国人的天然猜忌恶习，与迷新的心理。但人类的信仰既各不同，主张尽可各异。……此则我对于学衡的主张——反潮流的主张，未敢稍加批评，虽然我的个性，偏于浪漫，和他们的主张，不相融洽，我却相信学衡里面所提倡的人文主义，确有存在之价值与一部分之信仰者。这种人文主义对于现人一般受了时代潮流和浪漫思想的影响之青年，自然是格格不入。但不能因为一般人的不赞成，便以为这种主义不好。其实历来攻击反对人文主义的人都对于人文主义未作研究；而人文主义所以不受人欢迎，则亦因无善于提倡的人。……（否则）光大而发挥之，则人文主义亦颇多是。"② 梦华并不完全赞成学衡派的主张，但他相信后者有自己的合理性，不容简单抹杀，一味骂倒。能持此种客观的态度，这在当时是十分难能可贵的。

一般说来，其时众说纷纭，褒贬不一，无非学者言，并不能给学衡派带来实际的利害得失。但新中国成立后的情况不同，因极左思潮的影响，学衡派既被目为与新文化运动相对抗的复古反动派，遭到贬斥，吴宓诸人便不能不感受沉重的政治压力。吴汉骧回忆说，1949 年后吴宓在西南师院任教，一次他同自己闲谈中谈到，有人骂他是"鲁迅的死对头"。他说："汉骧，你把数十本《学衡》翻遍。我没有写过一篇文章批评过鲁迅先生；其实我对他还是很尊敬的……"吴汉骧感叹道："有的人不调查，不研究，人云亦云，把一个纯正善良的学者，描绘成一个顽固不化的老学究。我非受其惠而言此，我乃站在公正的立场而为之鸣不平！"③ 鲁迅直接批评学衡派的文章仅有《估〈学衡〉》一篇，且是针对第 1 期中某些文章文字有所不通而发的，吴宓本人也认为鲁迅批评得有道理。但新中国成立后鲁迅的声望如日中天，被一些人

---

① 刘文翮：《介绍〈文学评论之原理〉》，《文哲学报》1923 年第 3 期。
② 梦华：《评学衡之解释并答缪凤林君》，《学灯》1922 年 6 月 3 日。
③ 吴汉骧：《记吴宓教授与白屋诗人吴芳吉的友情》，见李赋宁等编：《第二届吴宓学术讨论会论文选集》。

当作棍棒,"被鲁迅批判过"或"鲁迅的死对头",几乎与"反革命"、"反动派"同义,吴宓等原学衡派同人之岌岌可危,可想而知。吴宓所谓的功过是非,澄清有待他年,也正是反映了这一点。而在"文化大革命"中,吴宓等人被迫害致死,更进一步造成了悲剧。

今天我们欲客观评说学衡派,必得明确两个前提:

其一,学衡派是一个现代的思想文化派别。这不仅是指学衡派多是些学有专长的归国留学生、南北大学的校长、院长、名教授;更主要的是因为他们与胡适诸人一样,都具有近代资产阶级自由主义的政治品格和求真的科学精神。20世纪40年代胡适曾在题为"自由主义"的演讲中说:"我们现在说的'自由',是不受外力拘束压迫的权利。"[1]学衡派最为看重的正是此种人生不容剥夺的自由权利。他们强烈主张"个性不受压抑"[2]。1927年4月间李大钊同志遭北洋军阀杀害,吴宓与陈寅恪闻讯夜谈,怒斥军阀之残酷。其后国民党执掌政权,一党专制日益强化,他们相约不入国民党,并表示"他日党化教育弥漫全国,为保全个人思想精神之自由,只有舍弃学校,另谋生活。艰难困苦,安之而已"[3]。刘咸在《科学进步与言论自由》一文中,指斥国民党当局倡言在科学界实行言论统制,限制思想自由:"吾人为国家存正气,为科学界争言论自由计,敢正告压迫科学界言论者,曰:今竞言统制,以为时髦,任何事业皆可统制,惟有科学事业、科学家言论、科学思想,不可统制,亦且不能统制。""我国竟有不科学之徒,妄自尊大,敢冒天下大不韪,怀统制全国科学界言论之野心,得毋乃太不自量乎?"[4]在学衡派看来,所谓自由包含有两重含义:一是指不受外力压迫的人身自由;二是指思想超越故习,唯真是求,即内心的自由。后者则更需要科学的训练,具备科学的精神。刘伯明指出:"吾人生于科学昌明之世,苟冀为学者,必于科学有适当之训练而后可。所谓科学之精神,其最重要者,曰惟真是求。惟其如此,故其心最自由,不主故常,盖所谓自由之心,实古今新理发现必要之条件也。"[5]刘伯明强调的是求真的科学精神。当然,最值得重视的是陈寅恪有

[1] 《胡适文集》(12),第806页。
[2] 周锡光:《追忆吴宓教授》,见黄世坦编:《回忆吴宓先生》,第161—162页。
[3] 《吴宓日记》第3册,第363页。
[4] 刘咸:《科学进步与言论自由》,《国风》月刊,第8卷第7期,1936年。
[5] 张其昀:《"南高"之精神》,《国风》月刊,第7卷第2期,1935年。

名的《清华大学王观堂先生纪念碑铭》:"士之读书治学,盖将以脱心志于俗谛之桎梏,真理因得以发扬。思想而不自由,毋宁死耳。斯古今仁圣所同殉之精义。夫岂庸鄙之敢望。先生以一死见其独立自由之意志,非所论于一人之恩怨,一姓之兴亡。……来世不可知者也,先生之著述,或有时而不章,先生之学说,或有时而可商。惟此独立之精神,自由之思想,历千万祀,与天壤而同久,共三光而永光。"[①] 这无异于是一篇自由主义的宣言书,也是一篇主张科学与民主的箴言。读书求学的目的是什么?是为了"脱心志于俗谛之桎梏",即摆脱故常,追寻真理,求思想精神之自由。如若受外力的压迫,当不惜以死相争。王先生以死见志的意义正在这里。"思想不自由,毋宁死耳",在五四前后,似乎还没有一个人能以如此鲜明的语言和坚定的信念,讴歌过"独立之精神、自由之思想"!学衡派与胡适诸人站立在近代资产阶级同一的政治层面上,追求科学与民主,同样都归属于现代的思想文化派别,是毋庸置疑的。

其二,学衡派对于新文化运动的批评属于学理之争。学衡派以新文化运动批评者自居,因之论者多斥之为复古反动,此种论点预设了一个前提,即新文化运动是唯一和绝对正确的,它是区分进步与反动的分水岭。这显然是形而上学的观点。新文化运动自有其崇高的历史地位,无可动摇;但它对于中国传统文化的一味否定,而对西方文化一味肯定的民族虚无主义倾向的存在及其所产生的消极影响,也是毋庸讳言的。"奇文共欣赏,疑义相与析。"文化问题本是复杂的,新文化运动既难以避免自己的失误,时人起与论难,应属正常的现象。学衡派与胡适诸人既同属现代的思想文化流派,彼此间的分歧与论争,固然存在着是非曲直之别,但从根本上说,应认作学理之争,而不应简单地以革命与反动、进步与复古相况。否则,难免失之毫厘,谬以千里。事实上,二者在根本的问题上,即反对封建旧文化,发展中国新文化的问题上,是相通的。唯其如此,尽管学衡派对于新文化运动有许多不公正的贬抑或攻击(反之,也一样),但毕竟承认它矫枉过正的主张,也自有其合理性:"不过,要打破此恶劣之社会,不能不向他表示同情,因为除此以

[①] 《清华大学王观堂先生纪念碑铭》,见陈寅恪:《金明馆丛稿二编》,第218页。

外，没有办法。"① 刘伯明更进一步对于整个新文化运动作了很高的评价，以为它是国人共和精神高扬的生动表现。他在《共和国民之精神》一文中说：

> 盖共和精神非他，即自动的对于政治及社会生活负责任之谓也。数年以来，国人怵于外患之频仍，及内政之日趋腐败，一方激于世界之民治新潮，精神为之舒展，自古相传之习惯，缘之根本动摇。所谓五四运动，即其爆发之表现。自是以还，新潮浸溢，解放自由之声，日益喧聒。此项运动，无论其缺点如何，其在历史上必为可纪念之事，则可断言。盖积习过深之古国，必须激烈之振荡，而后始能焕然一新。此为必经之阶级而不可超越者也。在昔法德两国，亦经同类之变动。今日吾国主新文化者，即法之百科全书派也。今之浪漫思潮，即德之理想主义运动也。其要求自由，而致意于文化之普及，藉促国民之自觉，而推翻压迫自由之制度，则三者之所共同。惟今日之世界，民治潮流，较为发达，其影响之及于吾国者，亦较深且钜，斯则同中之不同也。由是观之，新文化之运动，确有不可磨灭之价值。②

将新文化运动的倡导者们比作法国的百科全书派，肯定新文化运动有着不可磨灭的价值，如此清晰与高度的评价，在当时并不多见。刘伯明的这篇文章就刊登在《学衡》上。这难道还不足以说明问题吗？不仅如此，对于新文化运动倡导者们个人的成就，学衡派也多怀深深的敬意。茅盾是批评学衡派最激烈的人物之一，但其创作的《子夜》却被后者认作新文学创作的精品佳构。吴宓甚至将新诗人徐志摩与但丁、拜伦相提并论，对其不幸遇难，深致哀悼，并发表有纪念专文。鲁迅虽写有《估〈学衡〉》，学衡派对于鲁迅却是十分敬佩。其时的鲁迅正受到许多原属新文学同人的攻击，后者却能表现出深深的理解。例如，张荫麟在《读南腔北调集》一文中，就鲜明地提出鲁迅不愧为当代中国青年的导师。他写道："（周豫才）是那种见着光明峻美敢于尽情赞叹，见着丑恶黑暗敢于尽情诅咒的人；是那种堂堂起起，贫贱不能

---

① 吴芳吉著，贺远明等选编：《吴芳吉集》，第406页。
② 刘伯明：《共和国民之精神》，《学衡》第10期，1922年10月。

转移，威武不能屈服的人。……他已为一切感觉敏锐而未为豢养所糟蹋的青年所向往。……（作为先驱者）这种称誉他确足以当之无愧。最难得的是当许多比他更先的先驱者早已被动地缄口无声，或自动地改变了口号的时候，他才唱着'南腔北调'，来守着一株叶落枝摧的孤树，作乍寒后的唱蝉。但夏天迟早会再出现的。……我敢预言，在未来十年的中国文坛上，他要占最重要的地位。"①张荫麟对于鲁迅的理解，不是远在当时的许多人之上吗？

但是，这并不影响学衡派对于新文化运动的批评。主张新文化者因之指斥学衡派复古守旧，而后者并不以为然。《论新文化运动》是吴宓归国后发表的第一篇长文，也是最有代表性的批评新文化运动的文章，他在文中就指出：共和肇建已十多年了，除非丧心病狂的人，有谁会主张复辟呢？因为不同意新文化运动的某些主张，就指斥对方顽固守旧，复辟倒退，未免武断之甚。"吾所欲审究者，新文化运动所主张之道理是否正确，所输入之材料是否精美"，这里所争在"论究学理"，而非其他。"故今有不赞成该运动之所主张者，其人非必反对新学也，非必不欢迎欧美之文化也。若遽以反对该运动之所主张者，即斥为顽固守旧，此实率尔不察之谈。譬如不用牛黄则用当归，此亦用药也，此亦治病也。盖药中不止牛黄，而医亦得选用他药也。今诚欲大兴新学，今诚欲输入欧美之真文化，则彼新文化运动之所主张，不可不审查，不可不辩正也。"②值得注意的是，吴宓从一开始便明确指出了，自己与新文化运动的分歧不在于要不要建设新文化，而在于如何建设新文化，换言之，即不在于要不要治病，而在于如何辨证施治，是用牛黄还是用当归。总之，所争只在"论究学理"。直至晚年，他仍然坚持这一点。他对西南师范学院的学生说："有一件事要给大家说明一下，有人说我反对鲁迅，没有那回事。30多年前的那件事，是不同学术见解的争论，很正常的。对鲁迅先生，我是非常敬佩的。"③以平常心，将学衡派与新文化运动的冲突，如实地当作一场学理争论，是我们有可能接近历史真实的又一重要前提。

---

① 张云台编：《张荫麟文集》，第363—364页。
② 吴宓：《论新文化运动》，《学衡》第4期，1922年4月。
③ 胡国强：《忆吴宓先生晚年在西南师范大学》，见李赋宁等编：《第一届吴宓学术讨论会论文选集》，1992年。

三、学衡派：新文化的一族

在近代中国，各种思想文化流派虽多，但像学衡派这样，直接引西方的某一思想派别的"主义"，作为自己思想主张的理论根据的并不多见。故从上述两大前提出发，我们便不难发现学衡派的文化思想有自己的内在逻辑，应当给予充分的重视。

（一）阐扬新人文主义，丰富了国人对于现代社会的思考

20 世纪 20 年代，中西方的时代落差是明显的。正当中国的新文化运动服膺进化论与人权学说，刻意仿效西方，追求中国社会的现代化之时，西方因惨烈的欧战的刺激，却进一步兴起了反思和批判现代化的思潮。H. 达维多夫称之为"世界观危机"："世界观危机在 19 世纪到 20 世纪之交表现得最为明显……（它）所指的情况已不是社会学里某种'科学性'概念上的危机，而是关于对世界理解的危机。"① 艾恺则称之为"反现代化批评"思潮："现代化的精髓是理性，那么，日增的理性与理智化怎会带到它的反面——非理性呢？在这里，存在着现代化的最大的困惑：当人类生活与社会的各个分离部分日益理性化后，整体似乎日益地非理性化。"② 以美国白璧德为代表的新人文主义，就是此种西方批判现代社会思潮的一个组成部分。它远追柏拉图、亚里士多德，反思近代社会的发展，以为文艺复兴以降的西方崇拜理性主义，虽然科学昌明，物质文明日进，但同时却是人欲横流，道德沦丧，终至于酿成了欧战的惨剧。究其根本原因，端在于无视"人律"，即人文精神的偏枯。它主张在肯定个性自由的基础上，加强人性的理性约束，扬善抑恶，完善人格，重新高扬人类追求真善美人文精神的旗帜，以期实现物质与精神、科学与道德的和谐并长。学衡派对于西方社会的种种弊端感同身受，他们服膺新人文主义，并借以重新审视中国社会的命运。"中国人今所最缺

---

① 〔俄〕H. 达维多夫：《二十世纪理论社会学的演变》，《国外社会科学》1998 年第 3 期。
② 〔美〕艾恺：《世界范围内的反现代化思潮——论文化守成主义》，第 209 页。

乏者，为宗教之精神与道德之意志。新派于此二者，直接间接极力摧残，故吾人反对之。而欲救中国，舍此莫能为功。不以此为根本，则政治之统一终难期。中国受世界影响，科学化、工业化，必不可免。正惟其不可免，吾人乃益感保存宗教精神与道德意志之必要。故提倡人文主义，将以救国，并以救世云。"[①] 在学衡派看来，人类社会的发展总是表现为精约与博放，即一松一弛，交替而行的。在西方，中世纪是精约的时代，崇奉神权，失之约束过严；故文艺复兴以降，追求个性解放和理性主义，进入博放的时代。现代西方物质文明使人千里一室，而精神上却彼此仇恨，物质愈接近，而精神愈分歧，社会没了重心，个人主义泛滥，又失之过宽；故新的精约时代复应运而至。新文化运动追求中国社会的科学化、工业化和个性解放，是对的；但它忽略了对人文精神的提倡，难免要重蹈西方社会的复辙。唯其如此，学衡派高揭新人文主义与实用主义分庭抗礼，其根本的主张便是："道德为体，科学为用"，即主张思想道德建设、精神文明应成为现代社会和现代化的基础。人们尽可以批评学衡派所信奉的新人文主义并非科学的理论，存在着种种自身的弱点，但是，他们毕竟揭出了现代社会的共同课题：守护人类的精神家园。这无疑具有巨大的合理性。需要指出的是，其时梁启超等人也曾说过不少关于西方物质发达而道德衰堕的话，多少涉及了这个时代课题，但他们对于现代社会的批判都远不及学衡派从新人文主义出发，来得更系统更深刻。因之，可以说，学衡派阐扬新人文主义，丰富了国人对于现代社会的思考。

贺麟在20世纪40年代写《五十年来的中国哲学》一文，曾高度重视学衡派的新人文主义观点。他说："至于吴先生认政治实业等皆须有宗教精神充盈贯注于其中的说法，尤值得注意，盖依吴先生之说，则宗教精神不一定是中古的出世的了，而是政治实业，换言之，近代的民主政治，工业化的社会所不可少的精神基础了。德哲韦巴（马克斯·韦伯。——引者）于其宗教社会学中，力言欧美近代资本主义之兴起及实业之发达，均有新教的精神和伦理思想为之先导，吴先生之说，实已隐约契合韦巴的看法。"[②] 贺麟将吴宓的基本思想归结为：必须为近代的民主政治与工业化的社会安置一个精神基

---

① 《吴宓日记》第3册，第364页。
② 贺麟：《五十年来的中国哲学》，第60页。

础,这便是需要一种并非中古与出世的宗教精神——人文道德精神,渗透其中。我们不能不钦佩这位哲学家目光之敏锐。不过,需要指出的是,韦伯与吴宓的思想都是深刻的,但其着力点却正相反:韦伯着意于对所谓近代西方资本主义新教伦理的揭示与肯定,而吴宓则是着意于对近代西方资本主义缺乏人文精神的反思与批判;前者是历史家言,后者则是一位新人文主义者在反思历史的基础上,提出的对于现代社会的一种警诫与期盼。科技界的一代宗师吴大猷先生有言:当前人类面临的生态和环境危机,表现出物质文明随科技高度发展,而精神智慧似无大进步,"这些情形只能靠人文的打破来解决";"'人文'与'科技'的结合,可能是条出路。"[1]与此同时,耐人寻味的是,1998年在美国波士顿举行的第20届世界哲学大会的主题竟是:"培育人性"。会议讨论的一个重要议题是:"探讨在全球化与文化多样性背景中建立国际范围的'普遍伦理'的可能途径"。联合国教科文组织伦理学部主任金丽寿指出,"人是发展的目的与中心,启迪人的良知和潜能,以求解决人类面对的各种挑战与重大问题,以利世界和平与发展,这是哲学事业的神圣职责"。同时,西方研究环境、道德危机与女权运动问题正追溯近代启蒙思想的根源。美国环境伦理学家罗尔斯顿等认为,"资本主义的利润动机和启蒙时代确立的个体主义是当代生态危机的根源之一"[2]。这些当代科学家、哲学家与社会学家的思考,归结到一点,即是强调要摆脱现代社会的危机,端在重新审视人文精神的价值,实现科技与人文的结合。值得注意的是,当代人类社会所揭示的这一共同性的时代课题,学衡派当年实已明确地提示出来了。吴宓诸人所谓的"道德为体,科学为用",说到底,也就是主张科技与人文,物质文明与精神文明的结合,以便为现代社会奠定普遍性的伦理基础,所以张其昀这样写道:"本刊显然具有一个目标,简言之,就是'科学时代的人文主义'。科学人文是现代教育的重要问题,也是本刊努力的方向。具体说,就是融贯新旧,沟通文质,为通才教育作先路之导,为现代民治厚植其基础。"[3]学衡派对于现代社会的思考富有前瞻性,显而易见,也是十分

---

[1] 转引自胡新和:《缅怀一代宗师吴大猷》,《中国读书报》2000年3月15日。
[2] 转引自姚介厚:《世纪之交的哲学盛会:第20届世界哲学大会侧记》,《国外社会科学》1998年第6期。
[3] 张其昀:《复刊辞》,《思想与时代》月刊,1947年第41期。

难能可贵的。

（二）对于中西文化问题的独到思考，表现了一种较比更为健全的文化心态

学衡派对于文化问题有自己独到的思考。他们明确地提出了文化发展具有世界与历史的统一性的重要观念，和文化交流中的选择原则，决定了他们的运思较其时许多人具备了更加开阔的视野和更为丰富的辩证思维。他们认为，文化既具有时代性，同时又具有传承性，因是之故，文化的传统既不应固守，也不能尽弃。文化的创新，归根结底，应当理解为是传统的发展。他们提出"进步是传统的不断吸收与适应"的见解，集中反映了学衡派在新旧文化关系上所由达到的思想深度。正是由此出发，他们不赞成新文化运动鼓吹文化"革命"的观念，简单否定文化传统，认为中国五千年文明一脉相承，其本身即说明了中国文化生生不已，具有很强的生命力。中国文化内含的"中国历史文化之基本精神"，一脉尚存，是不容割断的。陈寅恪挽王国维诗有"文化神州丧一身"句；吴宓与陈寅恪的赠别诗也曰"神州文化系，颐养好园林"[①]。学衡派以光大中国文化精神，弘扬中国文化为自己的神圣使命，并以此互勉。陈寅恪、吴宓诸人甚至身处逆境，矢志不渝。在近代，以此为志者甚多，但唯有学衡派营造出了神圣悲壮的文化氛围，至今感人至深。与此同时，缘于对文化具有世界统一性的深切理解，又使他们保持清醒的头脑，避免了欧战后在许多人中重新出现的隆中抑西非理性的文化虚骄心理。相反，他们提醒时人不要幸灾乐祸，盲目虚骄，夸大西方文化的没落，而使中国重蹈自我封闭的故辙。对于中外文化关系，学衡派重在探究异质文化相互融合的内在规律性，同样创见迭出。他们从印度佛教传入并对中国文化发展产生深远影响的历史事例中，看到了吸收外来文化的积极意义和此种吸收以本民族文化为主体的必然性。不仅如此，他们还提出了依世界的潮流，"于旧学说另下新理解，以期有裨实用"[②]，即借助于西方现代学说对于传

[①]《赋呈陈寅恪兄留别》，见《吴宓日记》第9册，生活·读书·新知三联书店1999年版，第483页。
[②]《吴宓日记》第1册，第404页。

统进行重新阐释,以期实现传统的现代性转换的重要思想。此种见解,在其时发人所未发,它显然较梁启超"拿西洋的文明来扩充我的文明"的说法,远为深刻。作为新人文主义者,学衡派信奉阿诺德的文化定义:文化是人类古今思想言论的最精美者。因之,尽管他们以复兴中国文化自任,但从本质上说,他们又是文化的世界主义者。他们"深信人类之精神,不问其古今中外,皆息息相通"。吴宓曾指出,自己间接承继了西方文化的道统,所资感发及奋斗的力量,实来自于西方。自己的一言一行,都是遵照孔子、释迦牟尼、苏格拉底和耶稣基督的教导。这毫不足奇,因为新人文主义的宗旨就是主张集中东西方的文化智慧,以引导人类追求和谐发展和真善美的理想境界。正是在这个意义上,我们说,学衡派的文化思想从一个侧面同样反映出了欧战后世界文化呈现由东西方对立,走向东西方对话新的历史发展态势。

1948 年冯友兰曾将 50 年来的中国哲学发展分为三期:1898 年戊戌变法时期;1919 年新文化运动时期;1926 年以来新时期。他说:"我们现在所关注的不是像第一、二两个时期的知识分子那样,用一种文化批评另一种文化,而是用一种文化来阐明另一种文化。因而就能更好地理解这两种文化。我们现在所注意的是东西文化的相互阐明,而不是他们相互批评,应该看到这两种文化都说明了人类发展的共同趋势和人性的共同原则,所以东西文化不仅是相互联系的,而且是相互统一的。"[①] 学衡派的文化思考无疑彰显了第三期的取向。他们既不赞成主张全盘西化的民族虚无主义,也不赞成一味隆中抑西的民族虚骄情绪。可以说,在中西文化关系问题上,他们已具有了较比更加成熟、开放和平衡的文化心态。

学衡派不愿附和新文化运动,但是他们独到的文化思考无疑有助于展拓时人的思维空间,进一步丰富了新文化运动,尤其他们提出的探讨中国历史文化需"先大其心量",要怀有同情了解;不忘中华民族精神;对旧文化另下新理解;提倡新的孔学运动,以复兴中国文化为己任等等思想,更为其后新儒学的兴起开辟了先路。贺麟是吴宓的学生,张荫麟的挚友,同时也是公认的新儒学重要的倡始者。1945 年他在赞扬汤用彤治史抱有"温情与敬意"的态度和对中国民族精神的可贵执着时,写道:"他这种说法当然是基

[①] 冯友兰:《三松堂文集》,生活・读书・新知三联书店 1989 年版,第 351 页。

于对一般文化的持续性和保存性的认识。这种宏通平正的看法，不惟可供研究中国文化和中国哲学发展史的新指针，且于积极推行西化的今日，还可以提供民族文化不致沦亡断绝的新保证。而在当时偏激的全盘西化声中，有助于促进我们对于民族文化新开展的信心。"[1] "民族文化新开展"是新儒家的标准语，贺麟明确肯定了学衡派的文化思想促进了新儒学的兴起。如果我们注意到作为新儒学兴起有代表性的著作，即贺麟的《儒家思想的新开展》一文，1941年正是首先发表在由张荫麟、张其昀主编的《思想与时代》创刊号上，而该刊的主要撰稿人也正是由原先的学衡派主要人物与贺麟、钱穆、唐君毅、雷海宗等后起的新儒家代表人物共同组成，那么学衡派文化思想于后者产生了重要影响，也就愈益无可疑义了。

（三）对于国家的学术文化建设做出了重要的贡献

学衡派多为知名的学者，柳诒徵、陈寅恪和吴宓诸人且为部聘教授，他们于其时的中国学术文化建设多有重要贡献。在文学方面，其时国内于西洋文学的了解还十分有限，梅光迪、吴宓诸人对于西洋文学史讲授、译介、评述和学科的建设，做了大量的工作，功不可没。1921年吴宓在自编年谱中写道："宓以备课充足，兼以初归自美国，用英语演讲极流利、畅达，故上课后深受学生欢迎。……盖自新文化运动之起，国内人士竞谈'新文学'，而真能确实讲述《西洋文学》之内容与实质者则绝少。（仅有周作人，北京大学教授，之《欧洲文学史》上册，可与谢六逸之《日本文学史》并立。1921年秋9月，商务印书馆出版［总编沈雁冰即茅盾］之《小说月报》中，刊登钱稻孙君所撰之《神曲一脔》，为但丁逝世600年纪念。极精要，亦不为人所注意）故梅君与宓等，在此三数年间，谈说西洋文学，乃甚合时机者也。又如《学衡》杂志中，宓所撰各国文学史，述说荷马至近二万余言，亦当时作者空疏肤浅，仅能标举古今大作者之姓名者所不能为者矣。"[2] 这自非虚言。而郭斌和从希腊文译《柏拉图五大对话》，影响甚大，迄今仍不失为

---

[1] 贺麟：《五十年来的中国哲学》，第23页。
[2] 《吴宓自编年谱》，第222页。

重要的译著。同时，吴宓不仅开我国比较文学研究的先河，他对于美国白璧德和穆尔教授新人文主义的系统介绍，更为我国近代文学理论的形成与发展提供了重要的借鉴。在史学方面，柳诒徵的《中国文化史》、缪凤林的《中国通史》、张荫麟的《中国史纲》、汤用彤的《汉魏两晋南北朝佛教史》和陈寅恪的《唐代政治史述论稿》、《隋唐制度渊源略论稿》等，都是影响深远的皇皇巨著。而学衡派在教育方面的贡献尤其值得重视，这不仅是指他们多为名教授，在抗日战争艰苦的条件下，依旧辛勤耕耘，桃李满天下；更主要是指他们于教育思想和教学改革方面多所建树。学衡派强调教育的根本目的在于培养真正的人，即人格健全、德智体全面发展的共和国民。吴宓、胡先骕等更进而提出了加强文理渗透，优化知识结构，重在通才培养，尤其注意加强理工科学生人文教育和改革教育制度与教学方法等一系列具体的构想。他们的教育思想既具有科学性，又表现了可贵的前瞻性。其核心思想与今天我们正在强调的素质教育，在许多地方是相通的。著名的清华大学国学研究院不仅培养出了一大批国学专才，他们对于其后我国文史学科的发展起了十分重要的作用。创办清华国学院是我国近代教育史上一个成功的范例。陈寅恪是国学院四大导师之一，而吴宓则是国学院的主持者，他们所作的重要贡献是更显而易见的。

（四）实践道德，不乏高风亮节

学衡派作为新人文主义者，以正行正信、殉道殉情，即仁智合一、情理兼到作为自己的人生观与行为总则。从总体上看，学衡派尤其是吴宓等主要代表人物，大多是坚持了自己的信念，实践道德，不乏高风亮节。这集中表现为：其一，坚持自己的信仰，矢志不渝，刚直不阿。学衡派相信新人文主义可以救国，并以振兴中国文化自任，但是时新文化运动久成主流文化，其领袖人物多名重一时，与之立异，不可避免会被时论目为顽固派，将陷于孤立与被动的境地。反之，"识时务者为俊杰"，作为归国留学生，只须保持沉默，便可获得更好的发展。但是，吴宓诸人知不可为而为之。先是吴宓辞北平高师的高薪聘任，而转就东南大学，目的是为了出版《学衡》，揭出新人文主义的旗帜。其后，经费拮据，但他们宁可个人出资艰难维持杂志，也要坚持原则，拒绝当局的政治捐款。学衡派承受了很大的舆论压力，但其主张复兴中国文化的立场不曾稍易。特别是陈寅恪、吴宓诸人晚年身处逆境，仍无怨无悔。1961年吴宓远道探视双目失明、风烛残年的陈寅恪，后者仍不改初衷："但在我辈个人如寅恪者，则仍确信中国孔子儒道之正大，有裨于全世界，而佛教亦纯正。我辈本此信仰，故虽危行言殆，但屹立不动，决不从时俗为转移。"① 学衡派的思想主张是否全然正确是另一个问题，但他们不愿随波逐流，趋炎附势，孜孜追求精神之独立与思想之自由，无疑是难能可贵的。季羡林先生说：新文化运动确实存在着严重的偏颇，"雨僧先生当时挺身而出，反对这种偏颇，有什么不对？他热爱祖国，热爱祖国文化，但并不拒绝吸收外国文化的精华。只因他从来不会见风使舵，因而被不明真相者或所见不广者视为顽固，视为逆历史潮流而动。这真是天大的冤枉"。"雨僧先生在旧社会是一个不同流合污、特立独行的奇人，是一个真正的人。"② 冯至先生也说："总观吴先生的一生，他忠于他的主张，尽管他的主张不完全符合实际；他忠于爱情，尽管爱情遇到挫折和失败；他忠于他的理想，尽管理想难以实现，但他始终如一，耿介执着，从未依附过任何权势，或随风向而转移——这品格是十分可贵的。"③ 吴宓诸人的此种正直的品格，在民族的大是大非面前，更表现为凛然的民族气节。陈寅恪坚决反对日本帝国主义侵略。七七事变后，散原老人尚未出殡，陈寅恪即匆匆离北平南下。香港沦陷，他坚拒日人馈米，困处4个多月，终于间关脱险，经澳门回到桂林④。同时，学衡派发表了大量的诗文以宣传全民抗战，缪凤林在一次会议上，甚至当面指斥一位日本官员的无耻谰言。其二，高度的敬业精神与严谨的学风。学衡派多在大学任教，在其时社会动荡、政治黑暗和生活条件十分艰苦的情况下，他们坚持岗位，安心著述，表现了高度的敬业精神。刘伯明作为东南大学的负责人，于学校教学改革多所建树，终致积劳成疾，英年早逝。胡适送有挽联："鞠躬尽瘁而死，肝胆照人如生。"陈寅恪体弱多病，更至双目失

---

① 吴学昭：《吴宓与陈寅恪》，第143页。
② 季羡林：《我所知道的吴宓先生》，《光明日报》1992年5月2日。
③ 黄世坦编：《回忆吴宓先生·序》。
④ 周一良：《从陈寅恪诗集看陈寅恪先生》，见周一良：《毕竟是书生》，北京十月文艺出版社1998年版，第165页。

明,但他始终坚持授课,一丝不苟。西南联大地处荒郊野外,吴宓却能一如既往,教学认真严肃。钱穆先生对此曾有生动的回忆:"当时四人一室,室中只有一长桌。入夜雨僧则为预备明日上课抄笔记,写提要,逐条书之,有合并,有增加,写成则于逐条下,加以红笔勾勒。雨僧在清华教书,至少已逾十年,在此流寓中上课,其严谨不苟有至此。……翌晨,雨僧先起,一人独自出门,在室外晨曦微露中,出其昨夜所写各条,反复循诵,俟诸人尽起,始重返室中。"[1]一位资深的教授在流寓中上课,竟是如此认真备课,着实令人感动。从另一种角度看,此种高度的敬业精神正体现着一种科学严谨的学风。他们耐得寂寞,艰苦著述,更集中反映了这一点。这可引汤用彤为例。他从20世纪20年代初起就撰写《中国佛教史》,20年代末写成初稿,30年代初全部又修改和补充了一次。十年磨一剑。从1933年初起,又花了近4年的时间才完成《汉魏两晋南北朝佛教史》。足见其著述态度之严谨。实则,陈寅恪诸人的皇皇学术论著,何一不是呕心沥血的结晶?学衡派与新文化运动论争的文字多不免意气与偏颇,但就吴宓主编的《大公报·文学副刊》而言,其学风也值得称道。该刊出版不久,吴宓即对编辑方针作了以下重要的调整:"(1)改介绍批评之专刊,为各体具备之杂货店,增入新文学及语体及新式标点(并增入新诗、小说之创造作品);(2)改首尾一贯而全体形式完美之特刊,为一公共场所,每一作者,不论何派何等,均得在此中自行表现,以作者为单位,而不成体。每篇作者各署名;(3)改总统制为委员制,即一切不由宓一人主持,而由诸人划分范围,分别经营。对于该类稿件,有增损去取之全权。"[2]这里突出了重要的两点:一是向新文学开放,使副刊成为文责自负的自由论坛;二是编辑工作的民主化,朱自清正是于此时加入,专门负责新文学的编辑。这再次说明学衡派的文化思想并非一成不变,那种将学衡派简单定性为"反对新文化运动",并不符合历史实际。这里特别要指出的是,该刊不仅对西洋文学史上的众多流派作了严肃认真的评介,而且发表了大量的书评,介绍国内文史新书。这些书评大多心平气和,于是非得失,秉笔直书。尤其是张荫麟写的有关胡适、冯友兰、郭沫若等名

---

[1] 转引自刘泽秀:《追念吴宓教授》,见黄世坦编:《回忆吴宓先生》。
[2] 《吴宓日记》第4册,第197页。

家著作的书评，持论平实，见解精辟，具有很高的学术价值；书评既不乏批评的尖锐性，又不失学术切磋应有之庄重，因而产生了广泛的影响。同时，副刊提倡学术争鸣，允许反批评，并将要发表的批评文章清样预先送被批评者过目。例如，冯友兰就曾为此向本刊表示谢意："《大公报·文学副刊》编者发表素痴（张荫麟。——引者）先生的文章之前，先让我拜读，这也是我所感谢的。"① 所以，副刊酿造了很好的学术氛围和树立了严谨的学风。这在当时并不多见。其三，重道义，富仁人之心。这以吴宓最为感人。他与吴芳吉间的友谊，传为佳话。他不仅长期无私地捐助吴芳吉，在后者病逝后，又主动承担起了供养其家庭的重担。至于吴宓在"文化大革命"中自己身处险境，还一直牵挂着远在广东的陈寅恪夫妇的安危，甚至冒险直接给中山大学的革命委员会去信查询，尽管陈寅恪于此前实已去世。危难见真情，这已成为一段催人泪下的故事。

当然，学衡派服膺新人文主义，其自身存在的局限也是明显的。

新人文主义实向往古典主义，所以白璧德对于文艺复兴以后出现的浪漫主义和自然主义，给予了全面的抨击。学衡派受其影响，厚古而薄今的倾向是明显的。范存忠在谈到外文系课程设置时，曾这样说：我也赞成"适应时代潮流"之说，不过为大学生的文学训练着想，我们要问那些东西与千百年来公认的名著，哪一个更重要？如果我去剑桥教中国文学，我大概不会讲胡适与徐志摩；我大概要讲李白与杜甫。我不是恋古与落伍，而是要外国学生认识中国的标准诗人。当然，读厌了李白、杜甫，课后无事，自然不妨躺在沙发上，抽着烟斗，拿本《尝试集》或《菲冷翠》来欣赏，瞻仰或则开开玩笑。② 这自然是有意调侃新文学，同时外文系的课程究竟如何设置，也属学术问题，尽可以讨论；但是，李白、杜甫诚然重要，要了解当代的中国文学，李白、杜甫可以代替胡适诸人吗？重要在于，范存忠提出问题的方式生动地流露出了他厚古而薄今的心态。所以，我们注意到学衡派于古代文化关注甚多，而于近代的文化则注意较少。例如，郭斌和说："西洋之所以为西

---

① 《中国哲学史中几个问题：答胡适之先生及素痴先生》，《大公报·文学副刊》第178期，1931年6月8日。
② 范存忠：《谈谈我国大学里的外国文学课程》，《国风》半月刊，创刊号，1932年。

洋，在于希腊，西洋之所以翘然有异于中国者，在于希腊。"① 刘咸则谓："文学中可供给批评生活之材料及修养理论者，只有东西各国之古籍，其中所予吾人思想箴言，迥非近代文学所能望其项背。"② 吴宓津津乐道的中外圣贤，是苏格拉底、柏拉图、孔子和释迦牟尼；他所讲的中西文化融合，更多的是强调中西古代文化的融合，于近现代则关注不够。也正因为是这样，所以学衡派虽然于新旧文化关系的阐述不乏辩证思维，但总不免偏爱传统，而于创新少所发挥。他们对于白话文、新诗及新式标点符号持反对的态度（后来有了变化），自然是与此种厚古薄今的价值取向分不开的。

此外，学衡派所以造成此种失误，也与其未能将学术研究与现实的文化建设加以适当区别有关。一般说来，学术上研究西洋文学或文化，需要追根溯源，系统了解古希腊诸贤的思想；但对于一般人渴求现实的文化创新，则无此必要，而应重在"法后王"，更关注有现实借鉴意义的西方近代文化的发展。蒋梦麟曾回忆说：新从美国留学归来，为了使国人了解发展智力的重要性，无论上课或写作，我总是经常提到苏格拉底、柏拉图和亚里士多德，以至于上海报纸讥讽我是"满口柏拉图、亚里士多德的人"。我发现并没有多少人听我这一套，结果只好自认失败，放弃了这项工作。"同时改变策略，而鼓吹自然科学的研究。事实上这是一种先后倒置的办法。我不再坚持让大家先去看看源头，反而引大家先去看看水流，他们看到水流以后，自然而然会探本穷源。"③ 蒋梦麟将自己工作重点的转移说成是策略的改变，实际也就是思想方法的改变，以适应现实的需要。吴宓诸人批评新文化运动所介绍的西方文化只是时下流行的一时一家之说，而非真正西方文化的精华，以为那首先应是指苏格拉底、柏拉图诸贤的思想，即古典的文化。所以他们坚持将自己的工作重点放在东西方文化的源头上。1934年温源宁在《吴宓先生其人》中说："在当代中国文坛上，像吴宓先生这样笨拙地劝说人们相信研究荷马、维吉尔、但丁和弥尔顿是有价值的人，难免要招来嘲弄。"④ 但他将问题归结为中国青年人的浮躁，并不正确。吴宓诸人所以没有像蒋梦麟那样改

---

① 张斌和：《现代生活与希腊理想》，《思想与时代》月刊，1941年第1期。
② 刘咸：《赫胥黎教育论》（上），《国风》月刊，第8卷第6期，1936年。
③ 蒋梦麟：《西潮》，辽宁教育出版社1997年版，第228页。
④ 见黄世坦编：《回忆吴宓先生》。

变策略，这里有古典主义情结的问题，也有思想方法失当的问题，当然也还有对于国情缺乏正确把握的问题（这在下面还将谈到）。

学衡派强调人文精神的价值是对的，但他们从人性二元论出发，将问题最终归结为借扬善抑恶的道德改良运动以救国救世，便步入了道德决定论的误区。在他们看来，在普遍的人性未得改造前，一切政治的追求与文化设计都是没有意义的。现实的中国社会救治问题，被简约内化为道德自律、良心自省。缘是，学衡派固然漠视政治，于马克思主义、社会主义不屑一顾；而且于生机盎然的新文化运动，也无由真正理解其重要的社会意义，除刘伯明个别人外，总不免以偏概全，对之加以贬抑。于鹤年曾写信给胡适，批评学衡派以偏概全，不识大体。他说："据我所想，他们脑中的新文化运动不过是白话文、新式标点、直译的课文、写实派文学、新体及无韵诗，各派社会主义等，其实都看错了。新文化运动是对过去思想文化的反动。他的价值就在反动一点，或如先生说，只换一个态度。"[1] 这位年轻人的批评颇中肯綮，且是十分客观的，因为在信中他肯定学衡派也有自己的价值。不仅如此，新文化运动高揭科学与民主的大旗，力倡个性解放，充分体现了近代中国反对封建主义，追究社会民主化、近代化的时代主题；而学衡派强调"人性制裁"、"自由节制"，便不免与中国具体的国情相隔膜，与时代的主题相左了。应当说，学衡派并不缺乏科学、民主、自由的素养与激情，问题在于他们对中国国情的理解错位了。欧战进一步暴露了西方资本主义深刻的内在矛盾，以及物欲横流，道德沦丧，极端个人主义泛滥等等社会弊病。白璧德新人文主义的兴起，归根结底，是西方社会的产物，尽管它并不足以解决西方社会的矛盾。而因时代的落差，中国社会面临的问题与西方不可同日而语，但学衡派未能看到国情的差异，却将新人文主义简单照搬到了中国来，其终至于南辕北辙也就成了不可避免的。这与学衡派久居国外，不谙国情有关，但更主要还在于只关心内自省，而漠视对社会现实的考察，即与新人文主义的理论误导分不开。这一点也与新文化运动倡导者们的取径形成鲜明的对照。上述蒋梦麟自觉改变宣传的"策略"，反映了这一点；胡适对杜威基本观念的改变，同样也反映了这一点。人所共知，胡适服膺杜威的实用主义哲学，但

---

[1] 《胡适来往书信选》上，中华书局 1979 年版，第 167—168 页。

他并没有完全照搬,而是根据中国国情,作了必要的调整。杜威哲学的主要目的在于设法使失调的社会或文化重新获得和谐,所谓"创造的智慧"也是用以结合新旧的。但胡适在介绍杜威思想时,却强调"利用环境,征服他,支配他",以支持自己破坏旧传统,创造新文化的思想主张。[①] 同是归自美国,胡适诸人与吴宓诸人取径各异,这除了实用主义与新人文主义分别之外,于国情的理解不同,显然是根本性的原因。新文化运动抓住了时代的脉搏,它代表社会主流文化,而同时学衡派却边缘化了,这是合乎逻辑的。

但是,学衡派终究是一个有影响的现代思想文化流派,尽管存在自身的局限,其文化思想的本质追求,与新文化运动并无二致,都在于致力中国文化的创新与发展,二者的分歧在于取径不同。历史的发展是多样性的统一。新文化运动代表主流文化,学衡派倡新人文主义以与实用主义抗衡,对主流文化起到了补偏救弊与制衡的作用。二者表面对立,实质上却是互补的。学衡派与新文化倡导者在文学问题上的分歧最能集中说明这一点。后者认定旧文学是死文学,主张取消旧体诗,代以白话无韵自由的新体诗;前者则主张"引新材料入旧格律"的旧体诗,反对新体诗。但最终实际上二者都承认了旧体诗与新体诗可以并存,它们都可以表达新的思想。迄今的历史业已证明新旧体诗并存是合理的,而且旧体诗生机盎然,新体诗却仍然处于探索的过程中。所以,如果我们对新文化不作偏狭的理解,那么我们就应当肯定:学衡派的文化思想,同样属于五四新文化的范畴,学衡派是倡导新文化的一族。

事实上,20世纪40年代的贺昌群就已指出了这一点。他说:"如今我们对于新文学运动与'学衡社'两方面,却另有一番新认识。"一种影响于后世几千年的思想或学说,其本身必含有两种不可分的成分:一是属于时代的,另一是超时代的。五四运动所攻击的是儒家思想的时代的部分,即文化思想中的种种腐败与停滞。它所作的是破坏的工作,我们现在还需要继续作这个工作,但须具备高超的贯通古今的鉴别能力,再不能作玉石俱焚的勾当了。"'学衡社'所欲发扬的,是那超时代的部分,那是一个民族文化的基石,终古常新,虽打而不能倒的,因为我们自身与古代即在这个同样的时间

---

① 余英时:《中国近代思想史上的胡适》,见胡颂平编著:《胡适之先生年谱长编初稿·序》,台湾联经出版事业公司1984年版。

空间内,怎能跳得出这个文化圈外去?孙行者仗他的筋斗矫健,目空一切,然而,毕竟无法翻出佛的掌心。不过五四运动的攻击得其时,'学衡社'的发扬非其时,须知在一个深厚的文化基业上,没有破坏,如何能先言建设?于是一般遂加'学衡社'以'顽固'之名,是极不清楚的看法。当时双方恐怕都不曾互相了解这些意思。"[1]

应当说,贺昌群的评说是客观的,其中尤以"不过五四运动的攻击得其时,'学衡社'的发扬非其时"一句,最为精审。新文化运动的历史地位不容动摇,学衡派的是非功过,也应当予以澄清。不久前,当代一位著名学者曾发表以下的见解也值得重视:"我认为过去写五四思想史很少涉及'独立之精神,自由之思想',这句话是陈寅恪在王国维纪念碑铭中提出来的,很少被人注意,倒是表现五四文化精神的重要遗产之一。王、陈等一向被视为旧营垒中人,被划在五四范围之外,我觉得这是一种偏颇。问题在于这句话是不是可以体现五四时期出现的一种具有时代特色的精神?它是不是具有相当的普遍性?如果不斤斤于用文白之争来概括五四,那么它是否在以不同形式写作的人物身上都同样存在?"[2]这位学者虽非专门为学衡派立论,但陈寅恪正是学衡派的一员,其"独立之精神,自由之思想"也正为后者所拳拳服膺。王国维的道德文章也正是学衡派所敬仰的。我们可以这样说:如果不拘泥于文白之争(学衡派对于文白的观点后来也有变化),不对新文化运动作过于褊狭的理解,那么,肯定学衡派是新文化运动的一翼,其思想文化同样体现着新文化的精神,当是毫无疑义的。同时,在日益趋向全球化的今天,学衡派的"发扬非其时"的某些思想主张,也正愈加显示其自身的合理性,上述1998年世界哲学大会以"培养人性"为主题,不正说明了这一点吗!

---

[1] 《哭梅迪生先生》,《思想与时代》月刊,1947年第46期。
[2] 王元化:《对于五四的再认识答客问》,1999年北京大学纪念五四运动80周年学术讨论会论文。

附 录

欧战前后：国人的现代性反省

欧战后的欧洲，人们对社会文化危机的反省，存在两个取向：一是以马克思主义为代表，主张无产阶级的社会革命；一是反省现代性，它集中表现为非理性主义思潮的兴起，批判理性对人性的禁锢，转而强调人的情感、意志与信仰。长期以来，学术界对于马克思主义及社会主义思潮东渐的研究，成果丰硕，而对于反省现代性思潮在中国的反响，研究却十分薄弱。事实上，忽略了后者，我们对于包括新文化运动在内的20世纪初年中国社会文化思潮的理解与把握，就不可能是准确的。

欧战作为人类历史上的第一次世界大战，惨绝人寰，创深痛巨。其时，许多欧洲人对西方文化失去了信心，所谓"西方没落"、"上帝死了"，悲观的论调渐起，弥漫欧洲大陆。与此相应，欧洲出现了"理性危机"。自18世纪以来，理性主义曾凯歌猛进，以至于人们尊理性为最高法庭，强调在理性面前，一切声言拥有时效性的东西，都必须为自己辩护。但是，现在人们却发现，"欧洲释放出来的科学和技术的威力似乎是他们不能控制的，而他们对欧洲文明所创造的稳定与安全的信仰，也只是幻想而已。对于理性将要驱走残存的黑暗，消除愚昧与不公正并引导社会持续前进的希望也都落了空。欧洲的知识分子觉得他们是生活在一个'破碎的世界'中"。所谓"破碎的世界"，就是韦伯所说的"理性具有的可怕的两面性"：它一方面带来了科学与经济生活中的巨大成就，但同时却无情地铲除了数世纪以来的传统，将深入人心的宗教信仰斥为迷信，视人类情感为无益，"因而使生命丧失精神追求"，"世界失去魅力"，"使生命毫无意义"。[1] 人们在借理性征服自然的同

---

[1] 〔美〕马文·佩里主编，胡万里等译：《西方文明史》下卷，第454、455页。

时，其主体性也发生了异化，成为理性的奴隶。理性所承诺的自由、平等、博爱的王国，不但没有出现，相反，现实中却充满着贫富对立与仇恨，乃至于发生这场可怕的大屠杀。"人是什么？"自古希腊哲人以来似乎已经解决的问题，现在又成了问题，人们感到孤独，失去了方向，又出现了"人的危机"。缘是之故，自19世纪末以来便陷入衰微的理性主义，进一步衰堕了。

战后欧洲对社会文化危机的反省，存在两个取向：一是以马克思主义为代表，它从唯物论的观点出发，强调所谓的"理性危机"，说到底，无非是资产阶级"理性王国"的破产；因之，消除社会危机的根本出路，是通过无产阶级的革命，彻底改变资本主义的社会制度，将人类社会引向更高的发展阶段即社会主义。俄国十月革命的成功，是此一取向的善果。一是反省现代性。[1]它集中表现为非理性主义思潮的兴起。所谓现代性，是指自启蒙运动以来，以役使自然、追求效益为目标的系统化的理智运用过程。许多西方现代学者从唯心论出发，将问题归结为理性对人性的禁锢，因而将目光转向人的内心世界。他们更强调人的情感、意志与信仰。尼采大声疾呼"重新估定

---

[1] 对于现代性，学者见智见仁。安德鲁·芬伯格说："（现代性）它显然是指现代科学技术、各种民主政体和城市化等事物的普遍完成。""现代性是一种全球现象，在它把其普遍的理性主义传播到世界其他地方之前，最先摧毁了欧洲的传统文化。"（〔美〕安德鲁·芬伯格著，陆俊、严耕等译：《可选择的现代性》，中国社会科学出版社2003年版，第1页。）安东尼·吉登斯则谓："现代性指社会生活或组织模式，大约十七世纪出现在欧洲，并且在后来的岁月里，程度不同地在世界范围内产生着影响。"（〔英〕安东尼·吉登斯著，田禾译：《现代性的后果》，译林出版社2000年版，第1页。）二者都强调，现代性是源于17世纪欧洲，与理性主义相联系的一种社会历史过程和社会生活、社会发展模式。哈贝马斯则认为，西方理性主义是现代性的源泉，至少从18世纪后期开始，"现代性就已经成为'哲学'讨论的主题"，"黑格尔是第一位清楚地阐释现代概念的哲学家"，而反省现代性思潮则肇端于尼采："尼采打开了后现代的大门。"（〔德〕于尔根·哈贝马斯著，曹卫东等译：《现代性的哲学话语》，译林出版社2004年版，第1、5、121页。）在一些学者眼里，现代性的概念在很大程度又与现代化的概念重叠。如艾恺就认为，现代化起源于启蒙运动及理性主义，它可以界定为："一个范围及于社会、经济、政治的过程，其组织与制度的全体朝向以役使自然为目标的系统化的理智运用过程。"擅理性与役自然，都是手段，"实际上，现代化对任何事物唯一的价值标准就是'效率'"。（〔美〕艾恺：《世界范围内的反现代化思潮》，贵州人民出版社1991年版，第5页。）他所谓的现代化，实等于现代性。另有一些学者则认为，现代性是一种价值观念与文化精神，思维方式与行为方式。现代化则是体现现代性的具体的社会历史发展过程。（陈嘉明：《中国现代性研究的解释框架问题》，《华东师范大学学报》2006年第3期，第1—3、46页。）本文所指的现代性，认同前一种意见。这与目前学术界的有关争论无涉，仅是考虑此种提法更适合于20世纪初年的语境而已。

一切价值",被认为是反省现代性的非理性主义思潮兴起的宣言书。20世纪初,以柏格森、倭铿①等人为代表的生命哲学,强调直觉、"生命创化"与"精神生活",风靡一时,是此一思潮趋向高涨的重要表征。非理性主义虽不脱唯心论的范围,存在着某些非理性的倾向,但是,"柏格森哲学是西方文化的一种自我反省"②。它对西方现代性的反省,仍有自己的合理性。

应当说,早在20世纪初年,国人就已敏锐地注意到了上述欧洲社会文化思潮的重大变动,且于思潮的两个取向,都各有评介与吸纳。长期以来,学术界对于马克思主义及社会主义思潮东渐的研究,成果丰硕,而对于反省现代性思潮在中国的反响,研究却十分薄弱。③事实上,忽略了后者,我们对于包括新文化运动在内的20世纪初年中国社会文化思潮的理解与把握,就不可能是准确的。

一、欧洲反省现代性思潮之东渐

国人对于19世纪末以来欧洲现代思潮变动的感悟,其最初见诸杂志者,据笔者所知,当是鲁迅的《文化偏至论》。是文作于1907年,次年发表在《河南》第7期,署名"迅行"。文章指出:19世纪的欧洲文化,科学发达,物质昌盛,但却失之一偏,独尊科学,崇信"物质万能",而贬抑了精神与情志。尼采诸人深思遐瞩,首揭其"伪与偏",预示着20世纪的文化与19世纪之文化异趣,即"非物质"而"重个人":"精神生活之光耀,将愈兴起而发扬","出客观梦幻之世界,而主观与自觉之生活,将由是而益张"。"内部之生活强,则人生之意义亦愈邃,个人尊严之旨趣亦愈明,二十世纪之新精神,殆将立狂风怒浪之间,恃意力以辟生路者也。"④鲁迅目光锐利,他显然已相当深刻地体察到了欧洲自19世纪末以来非理性主义思潮的兴起及现

---

① 倭铿,也译为倭伊铿。后文中出现的倭伊铿,系时人的称法,不作改动。故两种译名在本书中均保留。——作者注
② 胡秋原:《西方文化危机与二十世纪思潮》,台湾学术出版社1981年版,第304页。
③ 学术界对此迄无专文列叙。美国学者艾恺著《世界范围内的反现代化思潮》一书,最早提出了这一问题,但如其书名显示,它着眼于全世界,于中国仅涉及梁启超、梁漱溟、张君劢等少数个人,未作系统研究。
④ 《文化偏至论》,《鲁迅全集》第1卷,人民文学出版社1982年版,第54页。

代思潮的变动。不过，是文没有注意到以柏格森、倭铿为代表，正风靡欧洲的生命哲学的崛起。同时，由于《河南》是留日学生的刊物，难以进入其时的中国内地，故就传播欧洲反省现代性思潮而言，此文的实际影响当是十分有限的。

20世纪初，在中国本土最早报道欧洲现代思潮的变动，尤其是反省现代性思潮兴起的刊物，还当属著名的《东方杂志》。该杂志的《本志的二十周年纪念》强调说：20年间本杂志于新时代思想的介绍从未落后，"如各派的社会主义，本志在十余年前，即已有系统的译述；柏格森和欧根的哲学说，也由本志最先翻译"[①]。此非虚言。早在欧战之前，即1913年，该刊就集中发表了杜亚泉、章锡琛、钱智修诸人著译的多篇文章，向国人颇为具体地初步报道了欧洲现代思潮的变动。

是年2月，《东方杂志》第9卷第8号首载章锡琛译自日本《万朝报》的文章：《新唯心论》。文章指出：欧洲自法国大革命之后，思潮变动，科学借煤铁工业而大昌，哲学上唯物论也取唯心论而代之。缘是，"科学的人生观即唯物的人生观"盛行，"一切归因果律"，"人之及我，始终为物质"。虽科学进步，生产发展，但物欲横流，竞争日烈，信仰尽弃，人生日危。"我欲与过去之往古，表厥同情，既非所能；而现实生活，又足以使我绝望"，无怪乎欧洲自杀者日多，且不即于死，也不得不堕落。"呜呼，末世纪之悲惨，固若是哉！"所谓"唯物论"、"唯心论"，实为"理性主义"与"非理性主义"的代名词。同时，文章也报道了欧洲生命哲学兴起的消息，"欧坎、俾尔先生，皆创新唯心论"，以与唯物论相颉颃，此乃"新时代之精神也"。是文虽属译作，但有两点仍值得注意：其一，它不仅提供了欧洲现代思潮变动的信息，而且指出了柏格森、倭铿的生命哲学是新思潮的代表。这是民初有助于时人了解欧洲反省现代性信息的第一篇公开的文字。其二，本文作者还抨击了日本仿效"欧洲唯物论"所带来的危害，强调本文的目的是为了"反抗旧时代以迫出新时代"，即"我欲以新唯心论之人生观为基础，而创造新日本"。这对于国人显然有重要的启发意义。7月，本刊第10卷第1号复载有钱智修的《现今两大哲学家学说概略》一文，对柏格森、倭铿的学说作

[①] 坚瓠：《本志的二十周年纪念》，《东方杂志》第21卷第1号，1924年1月，第1页。

了粗略介绍。同期杜亚泉的长文《精神救国论》（分 3 期连载），尤其值得重视。这不在于它对欧洲现代思潮变动的论述更加具体，而在于如其文章题目所示，杜亚泉业已尖锐地直接提出反对"物质救国论"，而主张反省现代性了。他说，"新唯心论者，即唤起吾侪精神之福音也"。"吾国人诚能推阐新唯心论之妙义，实行新唯心论之训示，则物质竞争之流毒，当可渐次扫除，文明进化之社会，亦将从此出现矣。"① 此外，杜亚泉的《现代文明之弱点》、《论社会变动之趋势与吾人处世之方针》诸文，都在反复提醒人们关注"今日欧美社会内文明病之流行"②。杜亚泉曾是公认的西方文化的热心倡导者，但以此为转折点，却成为批评西方文化、著名的文化保守主义者了。

　　欧战前的上述文章，多是转述日本学者的观点，报道内容较为泛泛，若雾里观花；加之大战未起，许多问题还不尖锐，故有关欧洲现代思潮变动的的信息，并未真正引起时人的关注。欧战期间，此类信息有所增加，但因奉西方文化为圭臬的新文化运动如日中天，此种情况也没有大的改变。1916 年 1 月，民质在《倭铿人生大意》一文中说：自己十年间先后游英、日，发现两地学人于柏格森、倭铿的学说，皆趋之若鹜，移译解说，纤悉靡遗。"及返观吾国，黉舍满国，子姓如林，有能知近世哲学为何物者乎？抑且有曾问斯学大师之名如倭铿、柏格森其人者乎？则由前千无一人，由后百无一人。凡两哲之所著录，迄未见有以国语偶尔达之者焉。士不悦学一至于此，兹良足慨已。"③ 1917 年，章士钊在日本中国留学生"神州学会"，作题为《欧洲最近思潮与吾人之觉悟》的演讲，也感慨万千："人言中国贫乏，大抵指民穷财尽而言。愚以为中国第一贫乏，莫如智识。"近十多年来，柏格森与倭铿的学说风靡世界，在日本，甚至中学生也无不知有创造进化精神生活诸名义。"而吾国则顽然无所知。不仅书籍无一本，杂志论文无一篇，即聚会言谈之中，亦绝少听见有人谈及。在上等有知识一部分之中，所谓倭铿，所谓柏格森，其名字曾否吹入耳里，尚为疑问。知识上毫无基础，一至于此！"④

---

① 《精神救国论（续二）》，见许纪霖、田建业编：《杜亚泉文存》，上海教育出版社 2003 年版，第 54、55 页。
② 《论社会变动之趋势与吾人处世之方针》，见许纪霖、田建业编：《杜亚泉文存》，第 289 页。
③ 民质：《倭铿人生大意》，《东方杂志》第 13 卷第 1 号，1916 年 1 月，第 1 页（文页）。
④ 章士钊：《欧洲最近思潮与吾人之觉悟》，《东方杂志》第 14 卷第 12 号，1917 年 12 月，第 2 页（文页）。

二人所言，不免绝对，但大致反映了现实状况。

不过，尽管如此，此间陈独秀、胡适等新文化运动主将们对欧洲现代思潮的变动，尤其是反省现代性思潮的兴起，其观感如何，却是一个耐人寻味的问题。从总体上看，他们对此有所了解，但因价值取向不同，未予重视。① 然而，这并不影响他们借重与杂糅欧洲非理性主义的某些观点，以彰显新文化运动的旨趣。例如，《青年杂志》创刊号上的首篇文章即陈独秀的《敬告青年》，倡言科学与民主，显然志在高扬理性，但其立论，却是借重了尼采、柏格森诸人。在"自主的而非奴隶的"节目下，他写道："德国大哲尼采别道德为二类：有独立心而勇敢者曰贵族道德，谦逊而服从者曰奴隶道德"；在"进步的而非保守的"节目下，他又写道："自宇宙之根本大法言之，森罗万象，无日不在演进之途，万无保守现状之理；特以俗见拘牵，谓有二境，此法兰西当代大哲柏格森之创造进化论所以风靡一世也"；在"实利而非虚文的"节目下，他又这样说："当代大哲，若德意志之倭铿，若法兰西之柏格森，虽不以物质文明为美备，咸揭櫫生活问题，为立言之的。生活神圣，正以此次战争，血染其鲜明之旗帜。欧人空想虚文之梦，势将觉悟无遗。"② 李大钊在《厌世与自觉心》一文中，也明确提出要借助柏格森关于自由意志、生命冲动、创造进化的学说，以启迪新时代青年努力奋进的"自觉心"。③ 当然，更具典型性的是，胡适在《新思潮的意义》一文中，竟借用尼采的名言来概括新思潮的意义，他说："新思潮的根本意义只是一种新态度。这种新态度可叫做'评判的态度'。""尼采说现今时代是一个'重新估定一切价值'的时代。'重新估定一切价值'八个字便是评判的态度的最好解释。"④ 尼采、柏格森、倭铿诸人若地下有知，在中国的语境下，自己的思想竟被借以高扬理性，不知将作何感想了。

当然，归根结底，陈、胡诸人对于反省现代性，是取淡化与贬抑的态度。胡适在《五十年来之世界哲学》中，明显有意贬抑柏格森学说的价值。

---

① 陈独秀以为，中西国情不同，中国科学及物质文明过于落后，欧洲反省现代性思潮不适合于中国。笔者对此拟另文论列。
② 《敬告青年》，见陈独秀：《独秀文存》，安徽人民出版社1987年版，第5、8页。
③ 李大钊：《厌世与自觉心》，《甲寅》杂志第1卷第8号，1915年8月，第10页（"通讯"栏目页）。
④ 《新思潮的意义》，《胡适全集》第1卷，安徽教育出版社2003年版，第692页。

他强调，柏格森的所谓"直觉"，无非源于经验，这是包括杜威在内许多学者多已言及的事，足见其学说近于"无的放矢"了。胡适刻意将柏格森为代表的"反理智主义"，列为"晚近"的"两个支流"之一。他说："我也知道'支流'两个字一定要引起许多人的不平。"①丁文江更为之推波助澜，借罗素在北京的牢骚话，贬损柏格森：他的盛名是骗巴黎的时髦妇人得来的。他对于哲学可谓毫无贡献；同行的人都很看不起他。②实际上，罗素本人在他的名作《西方哲学史》中，对柏格森有很高的评价：称他是"本世纪最重要的法国哲学家"。他说："我把柏格森的非理性主义讲得比较详细，因为它是对理性反抗的一个极好的实例，这种反抗始于卢梭，一直在世人的生活和思想里逐渐支配了越来越广大的领域。"③英国学者彼得·沃森则在其《20世纪思想史》中强调说："柏格森很可能是20世纪头十年最被人们理解的思想家，1907年后，他无疑是世界上最著名的思想家。"④相较之下，胡适诸人的观点，有失偏狭。

也唯其如此，从严格意义上讲，欧洲反省现代性思潮真正传入中国并引起国人的广泛关注，实在欧战结束之后，尤其是在1920年初梁启超诸人游欧归来之后。其最重要的表征，是梁启超《欧游心影录》的发表。梁启超、张君劢诸人，是最重要的推动者。

1918年底，梁启超启程游欧，绝非一时心血来潮，而是深思熟虑、谋定而后动的一种决策。早在欧战爆发之初，他即敏感到这场战争将深刻影响世界与中国，故提醒国人当关注欧战，不容有"隔岸观火"之想。⑤他不仅很快出版了《欧洲战役史论》一书，而且在报刊上开辟《欧战蠡测》专栏，发表专论。欧战甫结束，他即决意西行，希望通过对战后欧洲的实地考察，近距离感受西方社会文化思潮的变动，以便为国人的自觉，也为自己今后的道路，寻得一个新的方向。好友张东荪也致书提醒抵欧的梁启超诸人："公等此行不可仅注视于和会，宜广考察战后之精神上物质上一切变态"⑥，强调的

---

① 《五十年来之世界哲学》，《胡适全集》第2卷，第384、381页。
② 丁文江：《玄学与科学》，见张君劢等：《科学与人生观》，上海亚东图书馆1935年第9版，第17页（文页）。
③ 〔英〕罗素著，马元德译：《西方哲学史》下，商务印书馆1976年版，第346页。
④ 〔英〕彼得·沃森著，朱东进等译：《20世纪思想史》，译文出版社2006年版，第72页。
⑤ 《欧战蠡测·小叙》，见梁启超：《饮冰室合集》文集33，中华书局1936年影印本，第12页。
⑥ 丁文江、赵丰田编：《梁启超年谱长编》，上海人民出版社1983年版，第893页。

正是欧洲现代思潮的变动。梁启超除了参与和会上的折冲樽俎外，先后游历了英国、法国、比利时、荷兰、瑞士、意大利、德国，与欧洲各界名流进行了广泛接触。需要指出的是，他在出游前通过日本学者的著作，对欧洲现代思潮的变动，尤其是柏格森诸人的学说，已有了相当的了解，抵欧后更执意访求。他与人书说：在巴黎，茶会多谢绝，"惟学者之家有约必到，故识者独多"。而"所见人最得意者有二"，其中一个，就是"新派哲学巨子柏格森"。造访前一天，梁启超、蒋百里、徐振飞三人分头彻夜准备了详细的有关资料。及相见问难，大得主人赞赏，"谓吾侪研究彼之哲学极深"。梁告诉柏格森，友人张东荪译其著作《创化论》将成，对方喜甚，允作序文。所以，梁启超说："吾辈在欧访客，其最矜持者，莫过于初访柏格森矣。"[①] 与此同时，梁启超还执意要见倭铿。张君劢回忆说：在德国，"任公先生忽自想起曰：日本人所著欧洲思想史中，必推柏格森、倭伊铿两人为泰山北斗，我既见法之柏格森，不可不一见德之倭伊铿"。后终如愿，得登门造访。"所谈不外精神生活与新唯心主义之要点。任公先生再三问精神物质二者调和方法。"[②] 这些无疑都说明了，梁启超是如何高度重视柏格森、倭铿所代表的学说。梁启超在与人书中还说道："吾自觉吾之意境，日在酝酿发酵中，吾之灵府必将起一绝大之革命，惟革命产儿为何物，今尚在不可知之数耳。"[③] 其耳闻目睹，心得良多；但是，归根结底，他所谓的思想"革命"与"自觉"，乃是指自己考察了欧洲社会文化思潮的变动，并最终服膺了反省现代性的思潮。这在1920年初梁启超归国后发表的影响广泛的《欧游心影录》中，有十分清晰的表述。

《欧游心影录》中的第一部分："欧游中之一般观察及一般感想"，最为重要。它分上下篇："大战前后之欧洲"与"中国人之自觉"。上篇是前提与依据，下篇则是引出的教训与结论。上篇共11个目，但是，如"学说影响一斑"、"科学万能论梦"、"思想之矛盾与悲观"等，关于欧洲现代思潮变动考察的部分却占了5个目，足见其重点之所在。梁启超显然认同了反省现代性的取向，将欧洲社会文化的危机，最终归结为学说、思潮之弊。他强调指

---

① 丁文江、赵丰田编：《梁启超年谱长编》，第881页。
② 张君劢：《学术方法之管见》，《改造》第4卷第5号，1921年，第2页（文页）。
③ 丁文江、赵丰田编：《梁启超年谱长编》，第881页。

出:"从来社会思潮,便是政治现象的背景",而政治又影响私人生活,"所以思潮稍不健全,国政和人事一定要受其弊"。西方文明"总不免将理想实际分为两橛,唯心唯物,各走极端"。所以,中世纪是宗教盛行,而禁锢思想;近代以来,却又变成唯物质是尚,"科学万能",人欲横流,"把高尚的理想又丢掉了"。因之,精神家园荒芜,从而丧失了"安身立命的所在",是欧人最终陷于社会危机的"第一个致命伤"。① 他写道:欧人做了一个科学万能的梦,以为科学可以带来黄金的世界,不料却是竹篮打水一场空:"好像沙漠中失路的旅人,远远望见个大黑影,拼命往前赶。以为可以靠他响导,那知赶上几程,影子却不见了。因此无限凄惶失望。……欧洲人做了一场科学万能的大梦,到如今却叫起科学破产来,这便是世界最近思潮变迁一个大关键了。"需要指出的是,为了避免读者误会,以为自己菲薄科学,他特意在这段话后加了一个注,强调"我绝不承认科学破产,不过也不承认科学万能罢了"。② 所以,在这里,梁启超所反省的正是"理性主义",所谓的"科学万能"论,就是"理性万能"论。他所以对战后的欧洲不抱悲观,是因为他相信以柏格森为代表的非理性主义的兴起,反映了欧人对于现代性的反省,正为欧洲开一新生面:"在哲学方面,就有人格的唯心论直觉的创化论种种新学派出来,把从前机械的唯物的人生观,拨开几重云雾。""柏格森拿科学上进化原则做个立脚点,说宇宙一切现象都是意识流转所构成。方生已灭,方灭已生,生灭相衔,便成进化。这些生灭,都是人类自由意志发动的结果。所以人类日日创造,日日进化。这'意识流转'就唤做'精神生活',是要从反省直觉得来的。""人经过这回创巨痛深之后,多数人的人生观因刺激而生变化,将来一定从这条路上打开一个新局面来。这是我敢断言的哩。"③ 梁启超不是哲学家,但他凭自己"笔锋常带感情"的笔触和富有文学色彩的生动语言,将战后欧洲现代思潮的变动和反省现代性思潮的兴起,描绘得有声有色,实较许多哲学家的专业论著,影响要广泛得多。所以,胡适将批评的矛头首先指向了梁启超:"然而谣言这件东西,就同野火一样,是

---

① 《欧游心影录(节录)》,见梁启超:《饮冰室合集》,专集23,第9、36、8、10页。
② 《欧游心影录(节录)》,见梁启超:《饮冰室合集》,专集23,第12页。
③ 《欧游心影录(节录)》,见梁启超:《饮冰室合集》,专集23,第9—12、18页。

易放而难收的。自从《欧游心影录》发表之后,科学在中国的尊严就远不如前了。""梁先生的声望,梁先生那枝'笔锋常带情感'的健笔,都能使他的读者容易感受他的言论的影响。何况国中还有张君劢先生一流人,打着柏格森、倭铿、欧立克……的旗号,继续起来替梁先生推波助澜呢?"[1] 将胡适的话作相反理解,梁启超不正是战后推动欧洲反省现代性思潮在中国传播最具代表性的人物吗?

此外,张君劢是另一个有力的推动者。他先随梁启超游欧,后即分别师从柏格森、倭铿问学,被蔡元培认为是介绍二人学说最合适的人选。[2] 1921年底,他还在巴黎时,就已在中国留学生中,先作了一场有关欧洲思想危机的讲演。甫归国,随即又在上海的中华教育改进社举行了题为《欧洲文化之危机及中国新文化之趋向》的演讲,从"思想上之变动"、"社会组织之动摇"、"欧战之结果"三个方面,详细而清晰地论述了欧洲现代思潮变动和反省现代性思潮兴起之历史机缘。他强调说:"我以为欧洲文化上之危机为世界之大事,而吾国人所不可不注意者也。""现在之欧洲人,在思想上,在现实之社会上,政治上,人人不满于现状,而求所以改革之,则其总心理也"。而柏格森、倭铿所代表的"一名变之哲学","最反对理智主义","两家之言,正代表今日社会心理,故为一般人所欢迎"。[3] 这是其时第一位哲学专门家,以亲身体验评说欧洲现代思潮变动的一场著名的演讲;也是其时介绍欧洲反省现代性思潮最为系统与富有学理性的演讲。讲演稿随即在《东方杂志》发表,其影响广泛,可想而知。张君劢以宣传柏格森、倭铿哲学为己任。1921年8月《改造》第3卷第12期刊有他及林宰平与柏格森谈话录:《法国哲学家柏格森谈话录》。1923年他在清华作"人生观"的演讲,引发了一场著名的"科玄之争",是人所共知的。所以胡适指责他为梁启超推波助澜,也理所固然。

事实上,自梁启超归国后,短短二三年内,反省现代性思潮在国人中已引起了广泛的关注,在某种意义上,甚至可以说,业已形成了不小的热潮。

---

[1] 胡适:《科学与人生观序》,见张君劢等:《科学与人生观》,第6、7页。
[2] 《五十年来中国之哲学》,见高叔平编:《蔡元培全集》第4卷,第362页。
[3] 张君劢:《欧洲文化之危机及中国新文化之趋向》,《东方杂志》第19卷第3号,1922年2月,第119页。

其时，在各种重要的刊物上，评介柏格森诸人学说的文章，随处可见。1922年张东荪翻译的柏格森重要著作《创化论》，由商务印书馆出版。这是柏氏重要著作在中国最早问世的译本。同年，《民铎》杂志推出"柏格森号"，发表了包括蔡元培、梁漱溟、张东荪等作者的共11篇文章。茅盾在《民国日报·觉悟》上有专文推荐，他说，专号出版先有预告，故许多读者"都已望眼欲穿了"。① 借助译作和这个专号，柏格森生命哲学已经相当全面地展现在了中国广大读者的面前了。与此相应，"直觉"、"创造进化"、"生命冲动"、"意志自由"、"精神生活"等等，生命哲学的许多术语都成了时髦的用语，甚至连章太炎这样的国学大师，也都在讲"柏格森之学与唯识家相合"②；而对一些人来说，若有机会赴欧与二氏见面，自然更是一种荣幸。张君劢说："宰平之来欧，其见面第一语曰：此来大事，则见柏格森、倭伊铿两人而已。当其初抵巴黎，吾为之投书柏氏，久不得复，宰平惘惘然若失，若甚恐不遂所愿者。"③ 蔡元培、林宰平赴欧，都千方百计谋与柏、倭二氏见面，以能听其讲学为荣。④ 他们以共讲社名义邀二氏来华讲学既不可得，便接受倭氏的推荐，转邀杜里舒（Hans Driesch）。后者与其时先后来华讲学的杜威、罗素、泰戈尔诸人，相映成趣，同样风行一时。与此同时，以二氏学说为重要立论基础的梁漱溟成名作《东西文化及其哲学》一书，也正值洛阳纸贵。梁在书中说："（西方）这时唯一的救星便是生命派的哲学"，"而这派的方法便是直觉。现在的世界直觉将代理智而兴，其转捩即在这派的哲学"。⑤ 这些因素相辅相成，无疑都进一步扩大了反省现代性思潮的影响。丁文江曾仿顾炎武的语气说："今之君子，欲速成以名于世，语之以科学，则不愿学；语之以柏格森、杜里舒之玄学，则欣然矣。以其袭而取之易也。"⑥ 这种情绪化

---

① 《介绍〈民铎〉的"柏格森号"》，《茅盾全集》第14卷，人民文学出版社1984年版，第313页。
② 李渊庭、阎秉华主编：《梁漱溟先生年谱》，广西师范大学出版社1991年版，第45页。
③ 张君劢：《法国哲学家柏格森谈话记》，《改造》第3卷第12号，1921年，第7页。
④ 1921年3月，林宰平在倭铿家听讲3次，每天下午自四时讲到天黑。后复与蔡元培又访倭氏一次，也是听讲。(林宰平：《倭伊铿谈话记》，《改造》第4卷第5号，1921年，第1页 [文页]) 林终得与柏氏约谈一小时，并代蔡元培问："君之所论直觉，其实行方法如何？"(张君劢：《法国哲学家柏格森谈话记》，《改造》第3卷第12号，1921年，第10页)
⑤ 《东西文化及其哲学》，《梁漱溟全集》第1卷，山东人民出版社2005年版，第505页。
⑥ 丁文江：《玄学与科学》，见张君劢等：《科学与人生观》，第29页（文页）。

的批评，也正反映了人们对于柏格森学说趋之若鹜。明白了这一点，便不难理解，何以严暨澄能这样斩钉截铁地说："现在世界的思想，最显著的转捩，就是从主知转向主情志"[①]；而菊农更进而断言：反省现代性的非理性主义，已成为西方的"现代精神"，在哲学方面柏格森正是现代精神的代表。"时代精神真是势力伟大呵！科学万能之潮流还不曾退去，形而上学依然又昂首天外，恢复原有的疆域了。"[②] 至于1923年的"科玄之争"，自然更应当视为此一思潮在中国激起的强烈反响了。[③]

二、拷问"合理的人生"与文化诉求

英国文化人类学家雷蒙德·威廉斯说："文化观念的历史是我们在思想和感觉上对我们共同生活的环境的变迁所作出的反应的记录。""是针对我们共同生活的环境中一个普遍而且是主要的改变而产生的一种普遍反应。其基本成分是努力进行总体的性质评估。""文化观念的形成是一种慢慢地获得重新控制的过程。"[④] 欧战前后，国人反省现代性的集中表现，即在于形成了一种新的"文化观念"：以"精神文明"、"物质文明"重新判分中西文化，并在此基础上，揭出了建立"合理的人生"的文化诉求。这是国人对西方现代思潮变动作出反应和"努力进行总体的性质评估"的产物。

自戊戌维新以降，追求西学、批判中学渐成潮流，至新文化运动而登峰造极；与此相应，以"旧文化"与"新文化"、"古代的文明"与"近世的文明"，即从进化论的角度，判分中西文化为后进与先进的文化，也浸成固然。但是，欧战后，以"精神文明"与"物质文明"判分中西文化，以为优劣长

---

① 严暨澄：《评〈东西文化及其哲学〉》，见陈崧主编：《五四前后东西文化问题论战文选》，中国社会科学出版社1985年版，第454页。
② 菊农：《杜里舒与现代精神》，《东方杂志》第20卷第8号，1923年4月，第110页。
③ 丁文江在《玄学与科学》中说："张君劢的人生观，一部分是从玄学大家柏格森化出来的。"（张君劢等：《科学与人生观》，第17页［文页］）胡适在《〈科学与人生观〉序》中说："我常想，假如当日我们用了梁任公先生的'科学万能之梦'一篇作讨论的基础，我们定可以使这次论争的旗帜格外鲜明，至少可以免去许多无谓的纷争"（张君劢等：《科学与人生观》，第9页［文页］)，都说明了这一点。
④ 〔英〕雷蒙德·威廉斯著，吴松江、张文定译：《文化与社会》，北京大学出版社1991年版，第374页。

短互见，却异军突起，变得十分流行。① 早在 1913 年钱智修即指出，"近年以来欧美各国，咸感物质文明之流梏，而亟思救正"②。梁启超的《欧游心影录》更径称，欧人正"愁着物质文明破产，哀哀欲绝的喊救命"③。将"精神文明"与"物质文明"并提对举，张君劢讲得最完整："自孔孟以至宋明之理学家，侧重内心生活之修养，其结果为精神文明；三百年来之欧洲，侧重以人力支配自然界，故其结果为物质文明。"④ 迨梁漱溟的《东西文化及其哲学》一书风行天下，此种判分更成为新潮。胡适对此十分反感，斥之为"今日最没有根据而又最有毒害的妖言"，强调它隆中抑西，典型地反映了"东方民族的夸大狂"和旧势力的猖獗。⑤ 瞿秋白也以为，这是欧战"重新引动了中国人的傲慢心"⑥。长期以来，学界许多论者也往往据此认定梁启超诸人的思想，从主张学习西方向固守传统后退。但是，实际上，这是失之简单化的一种误读。除了像释太虚这样极个别者外⑦，时人所谓西方文明为物质文明，乃特指西方近代文明；同时并不否定西方有自己的精神文明，只是强调近代西方文明趋重物质，失之偏颇。例如，杜亚泉说：19 世纪后半期，西方"物质科学日益昌明"，唯物论遂代唯心论而兴，"物质主义之潮流，乃弥漫于全欧，而浸润于世界矣"。⑧ 陈嘉异也说："迄于十九世纪末之欧洲，自然科学日兴，唯物论日盛，遂成为过重物质文明之时代。"⑨ 不过，从总体看，张君劢表述得最清楚。他指出：世界上既没有不衣不食不住的民族，则其文化自然不能少了物质的成分；反之亦然，谁无宗教、美术、学问？故既称文化就不可能没有精神的成分。但是，尽管如此，就其成分之多少，则有倚轻

---

① 以精神文明与物质文明判分中西文化，始于晚清国粹派学者邓实，他在《东西洋二大文明》（《壬寅政艺丛书》，政学文编，卷五）中，即有这样的说法。但其意在强调中西文化类的分别，与欧战中时人的说法，彰显现代性反省，不可同日而语。
② 钱智修：《现今两大哲学家学说概略》，《东方杂志》第 10 卷第 1 号，1913 年 7 月，第 1 页（文页）。
③ 《欧游心影录（节录）》，见梁启超：《饮冰室合集》，专集 23，第 38 页。
④ 张君劢：《人生观》，见张君劢等：《科学与人生观》，第 9—10 页（文页）。
⑤ 胡适：《我们对于西洋近代文明的态度》，见陈崧编：《五四前后东西文化问题论战文选》，第 646、647 页。
⑥ 瞿秋白：《饿乡纪程》，见蔡尚思主编：《中国现代思想史资料简编》第 1 卷，第 659 页。
⑦ 释太虚在《东洋文化与西洋文化》一文中，称西洋文化无非是一种"制造工具"以求满足"动物欲"的低下文化；而东洋文化却较这种西洋文化为高明（《学衡》1924 年第 32 期，第 6 页 [文页]）。
⑧ 《精神救国论》，见许纪霖、田建业编：《杜亚泉文存》，第 34 页。
⑨ 陈嘉异：《东方文化与吾人之大任》，见陈崧编：《五四前后东西文化问题论战文选》，第 286 页。

倚重之分。"吾人所以名西洋三百年来之文明为物质文明者,其故有四":思想上相信机械主义,并以此解释人生;"学术上多有形制作";"全国之心思才力尽集于工商";"国家以拓地致富为惟一政策",不惜以军事为后盾。① 足见,时人目西方文明为物质文明,并非简单贬抑西方文化,虽意含讥讽,却体现了反省的理念,而与传统的抵拒西学,不可同日而语。如上所述,鲁迅的《文化偏至论》就认为欧洲19世纪的文化趋重于物质文明,失之"伪与偏";新文化运动年轻的主将罗家伦,一度也批评西方社会受物质文明的支配过了度,结果引发了这场欧战,都同样说明了这一点:"物质本来是供人生利用的,但是十九世纪的时候,(西方)物质的科学极端的发达,而政治社会的科学的发展反不及他;于是人生受物质文明的支配过了度,几乎变成机械一般。这次大战,也未始不是极端物质文明的结果。"② 与此相应,时人目东方文明为精神文明,也并非简单固守传统文化,虽意存自得,却体现了反省后的自信,而与传统的虚骄同样不可等量齐观。所以,梁漱溟对胡适所谓"妖言"的指斥,不以为然,他曾不止一次这样说:人们总喜欢说,西洋文明是物质文明,东方文明是精神文明。"这种话自然很浅薄",因为西洋人在精神生活及社会生活方面所成就的很大,绝不只是物质文明而已,而东方人的精神生活也不见得就都好,也确有不及西洋人的地方。"然则却也没有办法否定大家的意思。因为假使东方文化有成就,其所成就的还是在精神方面,所以大家的观察也未尝不对。"③ 所谓"没有办法否定大家的意见","大家的观察也未尝不对",归根结底,是强调时人此一文化观念的形成,终究是反映了变化了的东西方世界。

需要指出的是,将西方近代文化批判性地归结为物质文明,而肯定东方的精神文明,恰恰是始于欧洲反省现代性的基本观点。艾恺认为,亚洲的反省现代性(现代化)所以到欧战后才显出其重要性,原因即在于它实际上是欧洲现代思潮变动的产物。他说:"无可讳言,认为亚洲保有一个独特的精神文明这个观点,基本上是一个西方的念头;而这念头则基本上是西方对现

---

① 张君劢:《再论人生观与科学并答丁在君》,见张君劢等:《科学与人生观》,第78、79页(文页)。
② 罗家伦:《近代西洋思想自由的进化》,《新潮》第2卷第2号,1919年12月,第238页。
③ 《东西文化及其哲学》,见《梁漱溟全集》第1卷,第395页。

代化进行的批评的一部分。"①这是一个合乎实际和深刻的重要观点。事实上，认为西方近代文明是物质文明，同样也首先是西方的文化观念。柏格森、倭铿批评西方理性主义但知所谓物，不知所谓心，就明确指出，"其末流之弊，降为物质文明，故其不能满足人生之要求明矣"②。其时，英国批评家麦尼瑞·迈利也说："读近世史者，不难认明此次大战，并非人类可惊奇变，而实为英国工业革命以来，人类之物质欲望，愈益繁复，窃夺文化之名，积累而成之结果。""今日之文化，舍繁复之物质发明外，别无他物。质言之，即非文化，仅为一种物质形态，冒有精神之名而僭充者也。"③而美国学者推士时在华演讲，则是提醒国人不要重蹈欧美"物质文明"的覆辙："物质文明须与精神文明均等的发达。倘使中国人只知研究自然科学的价值而忽略社会科学的原理，那么，欧美物质文明的病态，又将重现于中国。"④很显然，他们正是批判地将西方近代文化归结为物质文明。也正因如此，当代美国学者费侠莉（另译傅乐诗）在所著《丁文江：科学与中国新文化》一书中指出："'物质的西方'是一个源于西方的欧洲口号，它在世界大战中诞生，甚至由伯特兰·罗素在中国加以重复。欧洲为中国人提供了怀疑的形式，甚至是在欧洲创造那些引起怀疑的条件的时候提供的。"⑤这与上述艾恺的观点相互补充，进一步说明了，归根结底，以精神文明、物质文明判分近代中西文化原是西方的观点，时人只是将之加引申罢了。

在反省现代性的视野下，欧人将西方近代文化归结为物质文明，归根结底，是批判它代表了一种"机械的人生观"。自牛顿以来，主导西方观念的是机械的宇宙观，相信宇宙是一部巨大的机器，且遵循严格的因果规律运转，因之，宇宙除了物质的因果与质力的运动外，别无他物。与此相应，欧人形成了机械的人生观，相信理性万能，征服自然，漠视人的情感世界，将人也当成了物质，成了理性的奴隶。罗素说："机械人生观把人看作一堆原

---

① 〔美〕艾恺：《世界范围内的反现代化思潮——论文化守成主义》，第87页。
② 张君劢：《倭伊铿精神生活哲学大概》，《改造》第3卷第7号，1920年，第12页。
③ 转引自胡先骕译：《白璧德中西人文教育说》，《学衡》第3期，1922年3月，第7页（文页）。
④ 《科学教育与中国》，《东方杂志》第20卷第6号，1923年3月，第129页。推士（George Ransom Twiss）1922年应中华教育改进社聘，来华考察科学教育并演讲。
⑤ 〔美〕费侠莉著，丁子霖等译：《丁文江：科学与中国新文化》，新星出版社2006年版，第117页。

料，可以用科学方法加工处理，塑造成任何合我们心意的模式。"它只知道"向外不断的膨胀，完全蔑弃个人的地位和个人的特性，又有什么价值可言？"①柏格森的学说，所以称"生命哲学"、"人生哲学"；倭铿所以著《生活意义及价值》、《新人生观根本义》等书，提倡"精神生活"，究其命意，都在于反省此种机械的人生观。"柏格森正是标榜以此为己任的。对机械论的批判往往成了他的哲学论说的出发点。"②柏格森为倭铿的《生活意义及价值》作序，说："生活之意义安在乎？生活之价值安在乎？欲答此问题，则有应先决之事，即实在之上是否更有一理想？如曰有理想也，然后以人类现在行为与此尺度相比较，而现实状况与夫应该达到之境之距离，可得而见。"如曰无，自然安于现状。"机械论"既认世界万物无非受"艺力之支配"，人生必然陷入了命定论，哪里还谈得上理想、意义与价值！③

由此，便不难理解，何以欧战前后随着反省现代性思潮之东渐，人生观问题也成了国人讨论的热点问题。1913年章锡琛译《新唯心论》，文中说"我欲以新唯心论之人生观为基础，而创造新日本"，就提到了"新唯心论之人生观"的问题。欧战后，此一问题愈益为时人所关注。梁启超在《欧游心影录》中强调，柏格森学说的风行，说明欧洲"多数人的人生观因刺激而生变化"。而他的《先秦政治思想史》的副标题，就叫"中国圣哲之人生观及其政治哲学"。蔡元培也说，欧战后，西人"对于旧日机械论的世界观"、"崇拜势力的生活观"，均深感不满，欲"求一较为美善的世界观、人生观，尚不可得"，故希望求助于东方。④1920年余家菊译倭铿的《人生之意义与价值》一书出版，中华书局的广告说："人生问题为年来思想界最热心探讨想求一适当解决的问题。"⑤梁漱溟始终在强调"合理的人生态度"，更是人所共知的。但真正令人生观问题引起广泛关注，甚至引发了一场著名的论争，却又非张君劢莫属。人所共知，他在清华引起后来争论的那场讲演的题目，

---

① 〔英〕罗素著，秦悦译：《中国问题》，学林出版社1996年版，第63页；〔英〕罗素：《中国人到自由之路》，《东方杂志》第18卷第13号，1921年2月，第123页。
② 全增嘏主编：《西方哲学史》下册，上海人民出版社1996年版，第528页。
③ 转自张君劢：《倭伊铿精神生活哲学大概》，《改造》第3卷第7号，1920年，第5页。
④ 《东西文化结合》，见高叔平编：《蔡元培全集》第4卷，第51页。
⑤ 见《改造》第3卷第2号，1920年，目录后第三页广告插页。

就叫作"人生观"。他说："思潮之变迁，即人生观之变迁也。中国今日，正其时矣。"①此君不愧是柏格森与倭铿的真传弟子，是言极具尖锐性，不仅点明了欧洲现代思潮变动的实质，而且明确强调了反省现代性在中国的现实性意义。不论其后"科学与人生观"论战，如何被胡适认为偏离了主题，它无疑都令战后的中国思想界深深地打上了反省现代性的时代烙印。

国人批评西方近代文化为物质文明，同样旨在反省机械的人生观。菊农曾明确指出："现在西洋人生之悲哀与烦闷实在是机械主义之当然结果。一小部分见事明白的人已经在那里高呼打倒机械主义，诅骂机械的人生观。机械主义固然是西洋文化之一特征，而排斥机械主义亦正是时代精神的表现。"②但就此而言，梁启超与梁漱溟的反省，尤其是后者，最具典型性。梁启超在《欧游心影录》中谈到理性主义造成欧洲机械的宇宙观、人生观的后果时说："大凡一个人，若使有安心立命的所在，虽然外界种种困苦，也容易抵抗过去。近来欧洲人，却把这件没有了。"究其根本原因，就是相信"科学万能"。既然所谓宇宙大原则，就是包括内外生活在内，一切都归到了物质运动的"必然法则"之下，人生是机械的命定的，所谓理想、信仰与精神生活，都成了毫无意义，"果真这样，人生还有一毫意味，人类还有一毫价值吗？"③他的批评，言简意赅，生动传神。不过，梁漱溟的见解更具力度。他从使自己成名的世界文化"三种路向"说出发，将机械的人生观视为西方文化走"意欲向前要求为根本精神"的"第一路向"，如应斯响，所必然带有的弊端，并从精神、社会生活与经济三方面对之作整体的考察与概括，表现出了广阔的视野，锐利的眼光与深刻的哲理。他说：我们看西人，在精神方面：西人只重理性，一味向外追求，科学上固有种种成功，但在精神方面却不免疲乏困苦。在他们眼里，自然界不是一个和谐的整体，而是"一些很小的质点所构成的"，"这与人类生活本性很相刺谬，如此严冷非其所乐。人与自然由对抗而分离隔绝，成为两截，久而久之，即成人类精神上的大苦痛"；在社会生活方面：人与人间界限太深，家人父子都只是法律的关系，缺乏人生情趣。"人类本性喜欢富于情趣而恶刻薄寡情。寡情的结

---

① 张君劢：《人生观》，见张君劢等：《科学与人生观》，第10页（文页）。
② 菊农：《杜里舒与此现代精神》，《东方杂志》第20卷第8号，1923年4月，第109页。
③ 《欧游心影录（节录）》，见梁启超：《饮冰室合集》，专集23，第10、11、12页。

果常致生活不得安宁";在经济方面:机械发明,生产发展,然而,因资本竞争,却出现了生产过剩、工人失业、劳资对立、经济恐慌的局面。"这个样子实在太不合理!尤其怪谬不合的,我们去生产原是为了消费——织布原是为了穿衣,生产的多应当大家享用充裕,生产的少才不敷用,现在生产过剩何以反而大家享用不着,甚至不免冻馁?岂非织布而不是为给人穿的了吗?然而照现在的办法竟然如此,这样的经济真是再不合理没有了!……这全失我们人的本意,人自然要求改正,归于合理而后已。"① 在这里,梁漱溟的批评涉及了西方文化在人与自然、人与人以及资本主义生产方式诸方面所暴露的弊端,实超越了所谓"机械的人生观",而触及了西方资本主义"异化"问题。艾恺说:"在梁漱溟反对资本主义的各种批评中,他讨论的实际是'异化'问题,他相信,西方迫于他们的社会和经济环境正以一种有损于人类本性的方式活动着。"② 他的判断是正确的。

韦伯认为,现代性是与"合理性"相联系的,这在现代社会的发展过程中,集中体现为"目的理性的经济行为和管理行为的制度化"。此种"合理性"同样制约了人们的日常生活。③ 与此相应,"进步"、"竞争"、"效率",又构成了现代性的重要原素。在欧洲反省现代性思潮中,它们也受到了强烈的质疑。1921年9月,白璧德在美国东部中国留学生年会上演讲说:"今日西方思想中最有趣之发展,即为对于前二百年来所谓进步思想之形质,渐有怀疑之倾向。"④ 罗素则以为,对于所谓"成功"、"进步"、"竞争"、"效率"的信仰,"是近代西方的大不幸"。因为,由此所合成的心理或人生观,"便是造成工业主义,日趋自杀现象,使人道日趋机械化的原因"。现代机械式的社会,产生无谓的慌忙与扰攘,终致于完全剥夺了合理的人生应有的"余闲","这是极大的危险与悲惨"。他强调,就当今英国而言,中产阶级的顽愚、嫉妒、偏执、迷信;劳工社会的残忍、愚昧、酗酒,等等,"都是生活的状态失了自然的和谐的结果"。⑤ 对于西方这种价值观的变动,时人也多

---

① 《我的自学小史》,见《梁漱溟全集》第2卷,第667、668页;第1卷,第491页。
② 〔美〕艾恺,王宗昱、冀建中译:《最后的儒家——梁漱溟与中国现代化的两难》,江苏人民出版社1993年版,第93、94页。
③ 〔德〕于尔根·哈贝马斯著,曹卫东等译:《现代性的哲学话语》,第2页。
④ 胡先骕译:《白璧德中西人文教育说》,《学衡》第3期,1922年3月,第3页(文页)。
⑤ 徐志摩:《罗素又来说话了》,《东方杂志》第20卷第23号,1923年12月,第140页。

有认同者。杜亚泉没有笼统和简单地否定"进步",而是认为"进步"有两种,一是"真实之进步",二是"虚伪之进步"。前者是"进步有限制"的,而后者"进步乃无限制"。西方现在的所谓"进步",造成了贫富对立,侵夺掠杀,无异于"操科学以杀人","率机器以食人",是为"无限制"的"虚伪之进步"。"故现时代之新思想,在制止虚伪的进步,以矫正旧思想的错误。"[①] 梁启超对所谓"效率论",同样提出质疑。他指出:人生的意义不是用算盘可以算出来的,人类只是为生活而生活,并非为求得何种效率而生活。有些事绝无效率,或效率极低,但吾人理应做或乐意做的,还是要去做;反之,有些事效率极高,却未必与人生意义有何关系。"是故吾侪于效率主义,已根本怀疑。"即便退一步说,效率不容蔑视,"吾侪仍确信效率之为物,不能专以物质的为计算标准,最少亦要通算精神物质的总和"。而"人类全体的效率",又绝非具体的一件一件事相加能得到的。[②] 在当今,"成功"、"进步"、"竞争"、"效率",这些仍是通行的理念,说明自有其合理性;但是,在具备了后现代视野的今天,肯定这些体现现代性的理念内含须加以消解的负面性,当是我们应有的自觉。[③] 由是以观,杜亚泉提出"真实之进步有限制,而虚伪之进步乃无限制"的观点,就不失为深刻;而梁启超强调,讲效率必须"通算精神物质之总和"以及"人类全体的效率",这与我们今天讲的必须注意"物质文明与精神文明的统一"、"经济效益与社会效益的统一",显然是一脉相承的。梁任公目光之锐利,于此可见一斑。

1922年,张君劢为上海国是会议草宪法案,继作理由书,名《国宪议》。翌年在"科玄之争"中,复作长文《再论人生观与科学并答丁在君》,内引《国宪议》的一长段话,断言西方19世纪的"大梦已醒",很能反映出时人对以现代性为基础的西方资本主义的强烈质疑:

[①] 《新旧思想之折衷》,见许纪霖、田建业编:《杜亚泉文存》,第404、405页。
[②] 《先秦政治思想史》,见梁启超:《饮冰室合集》,专集50,第86、87页。
[③] "进步"已不再是西方文化的最高价值之一。1980年哥伦比亚大学教授倪思贝著《进步观念史》(History of the Idea of Progress),宣布"进步"的信念在西方不再是天经地义,因为物质上的进步与精神上的堕落常成正比。如果说在现代化的早期,"止"、"定"、"静"、"安"等价值观念不适用,那么在即将进入后现代的今天,这些观念十分值得我们正视。(转引自岳庆平:《中国的家与国》,吉林文史出版社1990年版,第215、216页。)

附 录
欧战前后：国人的现代性反省

欧美百年来之文化方针，所谓个人主义或曰自由主义；凡个人才力在自由竞争之下，尽量发挥，于是见于政策者，则为工商立国；凡可以发达富力者则奖励之，以国际贸易吸收他国脂膏；藉国外投资为灭人家国之具。而国与国之间，计势力之均衡，则相率于军备扩张。以工商之富维持军备，更以军备之力推广工商。于是终日计较强弱等差，和战迟速，乃有亟思趁时逞志若德意志者，遂首先发难，而演成欧洲之大战。……一言以蔽之，则富国强兵之结果也。夫人生天壤间，各有应得之智识，应为之劳作，应享之福利，而相互之间，无甚富，无甚贫，熙来攘往于一国之内与世界之上，此立国和平中正之政策也。乃不此之图，以富为目标，除富以外则无第二义；以强为目标，除强以外，则无第二义。国家之声势赫赫，而于人类本身之价值如何，初不计焉。……国而富也，不过国内多若干工厂，海外多若干银行代表；国而强也，不过海上多几只兵舰，海外多占若干土地。谓此乃人类所当竞争，所应祈向，在十九世纪之末年，或有以此为长策者，今则大梦已醒矣！①

张君劢，1919 年前曾是"相当标准的实证主义者、社会科学与社会达尔文主义的信徒"②，在欧洲原习国际法，巴黎和会之后，痛感协约国政治家所谓正义人道，无非欺人之谈，对国际法深感失望，以为无益；同时，复受生命哲学与倭铿人格的双重感召，故转而改习哲学，皈依反省现代性。他自己说，转行既非学问的兴趣，亦非理性的决定，而是内心的冲动。③ 由此可知，上述张君劢断言西人的"大梦已醒"，尽管实际上存在着误区，但他对西方资本主义追求现代性、穷兵黩武、弱肉强食政策的反省，不仅更多地是出于切身的感受，而且充满着无可质疑的诚挚与正义性。

如果说，上述国人对于西方"物质文明"及"机械的人生观"的批评，尚属发挥西人的观点；那么，他们在回答何为以及怎样实现"合理的人生"的问题上，则是超越了后者，体现了在借鉴西学的基础上，重新阐释中国文化传统智慧的明显取向。

---

① 张君劢：《再论人生观与科学并答丁在君》，见张君劢等：《科学与人生观》，第 80—81 页（文页）。
② 〔美〕艾恺：《世界范围内的反现代化思潮——论文化守成主义》，第 167 页。
③ 张君劢：《学术方法之管见》，《改造》第 4 卷第 5 号，1921 年，第 2 页（文页）。

是时，人们尽管肯定欧洲反省现代性思潮的出现，反映了西方文化可喜的变动，尤其是柏格森、倭铿的学说，强调生命创化与物心调和的精神生活，与东方的精神文明多所契合；但又终以为，解决"合理的人生"问题，毕竟还需仰仗中国文化的智慧。林宰平说：初游欧洲，第一个感想就是，"西洋物质文明"、"中国人好和平"此类向来习闻之语，至此始证明其实在的意义。战后已历三年，战地依然惨不忍睹，相较之下，不能不谓"吾东方平和之精神，信有极高之价值"。他断言，今日虽有柏格森诸人的精神主义，仍不足以说明西人对于战争已有了真正的反省。西方必须"吸取吾东方平和之精神"，否则，新的世界大战将再现："欧洲文明，决不能产生平和之精神，使非国家主义、资本主义相携而与白人告别者，则战争在欧洲，此后仍不能终免。此则吾兹所游得之结论也。"① 应当说，后来发生的第二次世界大战，实已证明了林宰平的先见之明。梁启超也认为，东方学问以精神为出发点，西方学问以物质为出发点。"救知识饥荒，在西方找材料；救精神饥荒，在东方找材料。"② 柏格森诸人的学说不乏价值，"但是真拿来与我们儒家相比，我可以说仍然幼稚"③。梁漱溟的见解又转进一层，他认为西方文化在人类面临的"人对物质的问题之时代"，是有优势的；但现在进入了"人对人的问题之时代"，就不免捉襟见肘。相反，注重个人品格修养与社会和谐的中国文化，则显示出了自己的优长。④ 梁漱溟的此种见解与丹尼尔·贝尔（Daniel Bell）在其名著《资本主义文化矛盾》中的以下观点颇有相通之处：资本主义在前工业阶段的主要任务是对付自然，工业化阶段是集中对付机器，到后工业化社会，自然与机器都隐了人类生存的大背景，社会面临的首要问题是人与人、人与自我的问题。资本主义在这方面欠账太多，急需补救调整。⑤ 二者不同则在于：后者主张建立一新宗教，以为维护社会和谐的精神支柱；前者则强调，这正是西方文化将由第一路向转入中国文化所代表的"以意欲自为调和持中为其根本精神"的第二路向的历史机缘。

---

① 林宰平：《欧游之感想》，《晨报》1921年12月1日，第8、9版。
② 《东南大学课毕告别辞》，见梁启超：《饮冰室合集》，文集40，第12页。
③ 《治国学的两条路》，见梁启超：《饮冰室合集》，文集39，第115页。
④ 《东西文化及其哲学》，见《梁漱溟全集》第1卷，第494页。
⑤ 〔美〕丹尼尔·贝尔著，赵凡等译：《资本主义文化矛盾》第4章，生活·读书·新知三联书店1989年版。

孔子所代表的儒家学说，已指示了今日"合理的人生"应有的态度，这是时人反省现代性得出的共识。但较其具体的认识，又见智见仁。梁漱溟认为，"要求合理的生活，只有完全听凭直觉"，听凭内心的兴味、本能、冲动去做自己想做的事就是对的。人类的本性不是贪婪，也不是禁欲，不是驰逐于外，也不是清净自守。"人类的本性是很自然很条顺很活泼如活水似的流了前去"，故任何矫揉造作，都是不对的。说到底，"合理的人生态度"，就应是孔子所提倡的"刚"。孔子说："枨也欲，焉得刚"；又说："刚毅木讷近仁"。"刚"统括了孔子全部哲学。"大约'刚'就是里面力气极充实的一种活动"，它代表一种路向，体现了内在的活气与外在奋进的融汇。"现在只有先根本启发一种人生全脱了个人的为我，物质的歆慕，处处的算账，有所为的而为，直从里面发出来活气"，才能将西方"奋往向前"的人生"第一态度"，"含融到第二态度的人生里面"，从而避免它的危险与错误，人们才能从自己的活动上得了乐趣。梁漱溟说：这就是孔子所提倡的"阳刚乾动的态度"，便是"适宜的第二路人生"："只有这样向前的动作可以弥补了中国人夙来缺短，解救了中国人现在的痛苦，又避免了西洋的弊害，应付了世界的需要。"[①] 这里需要指出两点。其一，人们尽可以批评梁漱溟使用"直觉"、"生命"等概念，并不完全符合西方的原意，事实上他本人事后也有自我批评[②]，但重要在于，在反省现代性的视野下，梁漱溟的本意显然是在强调，"合理的人生"应是体现人性和自然顺畅充满天趣的生活，它正是针对西方资本主义的异化扭曲人性而发的。这与罗素斥责西方现代社会与生命自然的乐趣根本不相容，实为异曲同工："所有人生的现象本来是欣喜的，不是愁苦的；只有妨碍幸福的原因存在时，生命方始失去它本有的活泼的韵节。小猫追赶它自己的尾巴，鹊之噪，水之流，松鼠与野兔在青草中征逐；自然界与生物界只是一个整个的欢喜，人类亦不是例外。""人生种种苦痛的原因，是人为的，不是天然的；可移去的，不是生根的；痛苦是不自然的现象。只要彰明的与潜伏的原始本能，能有相当的满足与调和，生活便不至于发生变

---

① 《在晋讲演笔记》、《沈著〈家庭新论〉序》，见《梁漱溟全集》第 4 卷，第 671、695 页；《东西文化及其哲学》，见《梁漱溟全集》第 1 卷，第 537、538、539 页。
② 《东西文化及其哲学》，见《梁漱溟全集》第 1 卷，第 324、326、547 页。

态。"① 其二，梁漱溟强调充实的情感是"合理的人生"的基础。他说，孔子所谓的"刚"，说到底，就是"发于直接的情感，而非出欲望的计虑"的行为动作。② 发现问题尚属偏于知识一面，而感觉它真是自己的问题并乐于身体力行，却是情感的事。故充实的情感，乃构成"合理的人生"的基础。③ 这与倭铿以下的观点，显然也是相通的。倭氏指出："思想本由精神生活原动力而来"，宗教改革完全说明了这一点。时大学问家艾勒司摩对教会弊端的认识不在路德之下，但改革之功不成于艾，而成于路，不是因为后者是大论理学家，其冷静潜思有胜于前者，而在于路德深感"良心之痛苦，有动于中，乃以宗教问题，视为一身分内事而奋起耳"。足见人生的成败得失，最终不在知识的考量，而在精神生活。④ 倭氏区分所谓的"思想"与"精神"，与梁漱溟区分知识与情感，同样是异曲而同工。

梁漱溟是哲学家，他对"合理的人生"的思考，偏重于思辨；梁启超是史学家，他的思考则偏重于历史，故其阐扬中国古圣人的人生观，是从先秦政治思想史入手。梁启超不赞成梁漱溟将孔子说成只重直觉不重理智，他认为，正相反，"孔子是个理智极发达的人"，⑤ 但同时又是智情意协调发展、人格完美的圣人。所以，以孔子为代表的儒家"美妙的仁的人生观"，就应是我们今天所追求的"合理的人生"："吾侪今日所当有事者，在如何而能应用吾先哲最优美之人生观使实现于今日。"⑥ 在梁启超看来，孔子的人生观所以"美妙"，首先在于它将宇宙人生视为一体，曰"生生之谓易"，认为生活就是宇宙，宇宙就是生活。故宇宙的进化，全基于人类努力的创造。《易》曰："天行健，君子以自强不息"，又认宇宙永无圆满之时，吾人生于其中，只在努力向前创造。这与柏格森的生命哲学强调宇宙的真相，乃是意识流转，生命创化，方生方灭，是相类的。"儒家既看清了以上各点，所以他的人生观，十分美渥，生趣盎然。人生在此不尽的宇宙之中，不过是蜉蝣朝露一般，向前做一点是一点，既不望其成功，苦乐遂不系于目的物，完全在我，真有所

---

① 徐志摩：《罗素又来说话了》，《东方杂志》第 20 卷第 23 号，1923 年 12 月，第 138 页。
② 《东西文化及其哲学》，见《梁漱溟全集》第 1 卷，第 537 页。
③ 《东西文化及其哲学讲演录》，见《梁漱溟全集》第 4 卷，第 579 页。
④ 张君劢：《倭伊铿精神生活哲学大概》，《改造》第 3 卷第 7 号，第 10 页。
⑤ 《孔子》，见梁启超：《饮冰室合集》，专集 36，第 59 页。
⑥ 《先秦政治思想史》，见梁启超：《饮冰室合集》，专集 50，第 182 页。

谓'无入而不自得'。有了这种精神生活，……所以生活上才含着春意"；若是不然，先计较可为不可为，那么情志便系于外物，忧乐便关乎得失，人生还有何乐趣！① 他认为，孔子儒家人生观的核心是"仁"，其主要的内涵包括"同类意识"、"立人达人"、"超国家主义"、"知不可而为之"等，终极则在实现人类"大同"。同时，他还提出，"欲拔现代人生之黑暗痛苦以致诸高明"，必须解决现代社会面临的两大问题："精神生活与物质生活之调和"、"个性与社会性之调和"，于此，孔子儒家的"仁的人生观"，仍有重要的启发意义。所以，梁启超说："吾侪今所欲讨论者，在现代科学昌明的物质状态之下，如何而能应用儒家之均安主义，使人人能在当时此地之环境中，得不丰不觳的物质生活实现而普及。换言之，则如何而能使吾中国人免蹈近百余年来欧美生计组织之覆辙，不至以物质生活问题之纠纷，妨害精神生活之向上。此吾侪对于本国乃至对全人类之一大责任也。"②

梁漱溟、梁启超关于"合理的人生"的见解，虽有不同，但较其实质却是一致的：说到底，二者都在强调孔子儒家所强调的修身内省的精神生活和内圣外王的价值取向。不容轻忽的是，无论梁漱溟强调孔子"阳刚乾动的态度"，"含融"了西方"奋往向前"的第一人生；还是梁启超强调"超拔现代人生黑暗痛苦"，端在"求理想与实用一致"，在反省现代性的视野下，他们对于传统的阐释都已实现了内在超越，从而彰显了时代的精神。严暨澄在《评〈东西文化及其哲学〉》中的观点，耐人寻味，也更具有代表性。他说："梁先生所说的中国人的生活，的确把中国人恭维过分"了，自己对于孔子也没有真正研究，"然我却深信象梁先生所说的的确是合理的人生；这种思想，就说他是近代化的孔家思想，也未尝不可，正不必争辩是否悉合孔子的原意。而且象他所解释的孔学的根本精神，我也认为不误了"③。何以严暨澄明知梁漱溟的论说对中国人生活的观察并不准确，甚至也不合孔子的原意，而演绎成了"近代化的孔子思想"，但他却又宁可相信，这"的确是合理的人生"、"孔学的根本精神"？如果我们将时人热衷探讨的"合理的人生"，或叫作"合理的人生态度"、"人生"、"人生观"，等等，不是简单地

---

① 《治国学的两条大路》，见梁启超：《饮冰室合集》，文集39，第116、117页。
② 《先秦政治思想史》，见梁启超：《饮冰室合集》，专集50，第73、184、182页。
③ 严暨澄：《评〈东西文化及其哲学〉》，见陈崧主编：《五四前后东西文化问题论战文选》，第452页。

仅仅理解为探究个人应然的行为，而是客观地理解为欧战后人们对人类社会与文化发展应然的拷问；那么，严氏的心态正具有普遍性：对时人而言，融合中西，重释传统，是为了应对现实，所谓"合理的人生"是否合乎孔子原意，并不重要。对"近代化的孔子思想"的认同，恰反映了时人反省现代性的文化诉求。

三、反省现代性视野下的中西文化关系

艾恺的观点认为，"反现代化"（"反省现代性"）与"现代化"（"现代性"）一样，"也是一个空前的'现代'现象"。因为二者都植根于启蒙运动，"就他们关于人类价值或对社会事实的解释而言，他们和启蒙思潮始终维持着一个共同基底，认为全体人类在任何时代其终极目标——在实际上——是一致的"。[①] 哈贝马斯也指出："黑格尔发现，主体性乃现代的原则。根据这个原则，黑格尔同时阐明了现代世界的优越性及危机之所在，即这是一个进步与异化精神共存的世界。因此，有关现代的最初探讨，即已包含着对现代性的批判。"[②] 这即是说，反省现代性与现代性并生互动，都是在现代社会同一层面上运作的两大现代思潮。据此可知，杜亚泉、梁启超、梁漱溟、张君劢等，这些原是坚定的现代性倡导者，转而皈依反省现代性，并不意味着他们离开了现代社会的"基底"或"原则"，即科学与民主。梁启超说，"自由平等两大主义，总算得近代思潮总纲领了"[③]；梁漱溟也强调，科学与民主"这两种精神完全是对的，只能为无批评无条件的承认"，"怎样引进这两种精神实在是当今所急的；否则，我们将永此不配谈人格，我们将永此不配谈学术"。[④] 反省现代性的本意在消解现代性的弊端，而非为倒脏水连盆中的孩子也倒掉了。

笔者曾在一篇文章中探讨了梁启超与新文化运动的关系，肯定他是新文

---

① 〔美〕艾恺：《世界范围内的反现代化思潮——论文化守成主义》，第14页。
② 〔德〕于尔根·哈贝马斯著，曹卫东等译：《现代性的哲学话语》，第19、20页。
③ 《欧游心影录（节录）》，见梁启超：《饮冰室合集》，专集23，第15页。
④ 《东西文化及其哲学》，见《梁漱溟全集》第1卷，第533页。

化运动的一员健将。① 实际上，国人反省现代性同时即构成了新文化运动的有机组成部分。1923 年，梁漱溟曾在北京大学作题为《答胡评〈东西文化及其哲学〉》的演讲，其中对胡适、陈独秀将自己及张君劢斥为新文化运动的反对派、障碍物，作了回应，心胸开阔，意味深长。他说："照这样说来，然则我是他们的障碍物了！我是障碍他们思想革新运动的了！这我如何当得起？这岂是我愿意的？这令我很难过。我不觉得我反对他们的运动！""我们都是一伙子！……我总觉得你们所作的都对，都是好极的，你们在努力，我来吆喝助声鼓励你们！因为，你们要领导着大家走的路难道不是我愿领大家走的么？我们意思原来是差不多的。这是我们同的一面。""我们的确是根本不同。我知道我有我的精神，你们有你们的价值。然而凡成为一派思想的，均有其特殊面目，特殊精神，……各人抱各自那一点去发挥，其对于社会的尽力，在最后的成功上还是相同的—— 正是相需的。我并不要打倒陈仲甫、胡适之而后我才得成功；陈仲甫、胡适之的成功便也是我的成功。所以就不同一面去说，我们还是不相为碍的，而是朋友。"② 梁漱溟公开说自己与陈、胡的"思想革新运动"目标完全一致，同时也不否定作为"一派思想"，别具个性；但是，他最终仍强调，殊途同归，相辅相成。他的回应是诚恳的，也是合乎实际的。应当说，梁等都是新文化运动的健将，但因站立在了反省现代性的思想基点上，其对中西文化的审视，便具备了不同于陈、胡主流派的视野，从而凸显了个性。这主要集中表现在以下几个方面：

其一，在思想层面上，提出了一个新的思想解放的原则："对西方求解放"。

陈、胡主流派主张激烈地批判旧文化，提倡新文化，功不可没；但也无可讳言，奉西方文化为圭臬，不免盲目崇拜心理。他们强调，要建设西洋式的新国家、新社会，不能不首先输入西洋式社会国家之基础，一切"与此新社会新国家新信仰不可相容"的旧文化，都必须清除，"否则不塞不流，不止不行"。③ 西方可学，但一切以西方的为"新"，为"标准"，便成了盲目的教条。这实浸成了一种思想范式。1919 年底，胡适发表《新思潮的意

---

① 郑师渠：《梁启超与新文化运动》，《近代史研究》2005 年第 2 期。
② 《答胡评〈东西文化及其哲学〉》，见《梁漱溟全集》第 4 卷，第 743、744 页。
③ 《宪法与孔教》，见陈独秀：《独秀文存》，第 79 页。

义》一文，将尼采所说的"重新估定一切价值"，确立为一个思想解放的原则。在欧洲，尼采的这句名言是批判理性主义的宣言书，而胡适引以概括新思潮的意义，目的却是要彰显其反传统的锋芒。他在文中列举了诸如孔教、旧文学、贞节、旧戏、女子问题等等，以为都是必须加以重新估定价值的许多事例，唯独不涉及西方文化。这就是说，对于西方文化，无须持"评判的态度"，"重新估定一价值"，因为它是标准。说到底，胡适的这个思想解放的原则，只是强调"对中国固有文化求解放"。有趣的是，随后蒋梦麟也发表了《何谓新思想》一文，重申自己先期提出的"新思想是一个态度"的观点，他说："若那个态度是向那进化方向走的，抱那个态度的人的思想，是新思想；若那个态度是向旧有文化的安乐窝里走的，抱那个态度的人的思想，就是旧思想。"以所谓"态度"、"向"哪里走，作为判分一个人新旧思想的标准，蒋梦麟实际上也提出了一个思想解放的原则，不过，他强调自己的观点与胡适《新思潮的意义》文中所说"新思潮的根本意义只是一种新态度"，"不谋而合"。① 显然，蒋梦麟强调"态度是向旧有文化的安乐窝里走的"便属旧思想，其思想解放的原则与胡适的主张，同样"不谋而合"，只强调"对中国固有文化求解放"。这不是巧合，说明它成为陈、胡主流派追求思想解放的基本理路。

反省现代性思潮，在欧洲表现为对理性主义的批判，而在东方，则逻辑地同时复衍生出了"对西方求解放"的内驱力。固然，这有一个逐渐自觉的思想发展过程。杜亚泉早在1916年就提出，国人崇拜西洋文明，无所不至，而于固有文明，几不复置意；但欧战之后，"吾人对于向所羡慕之西洋文明，已不胜其怀疑之意见"，"则吾人今后，不可不变其盲从态度，而一审文明真价之所在"。② 他对普遍存在的盲目崇拜西方文化的现象，明确表示了不满，但毕竟还没能从理论层面上提出正确对待西方文化应有的思想解放的原则。1919年初，蓝公武发表《破除锢蔽思想之偶像》，批评国人缺乏破除偶像的自觉："彼数千年礼数之偶像固足为吾文化进步之梗，即新自西方输入之学说，转瞬亦化为锢蔽思想之桎梏。"③ 他指出自西方输入的学说与传统

---

① 胡适：《新思潮的意义》，《东方杂志》第17卷第2号，1920年1月，第117页。
② 《静的文明与动的文明》，见许纪霖、田建业编：《杜亚泉文存》，第338页。
③ 蓝公武：《破除锢蔽思想之偶像》，《国民》第1卷第1号，1919年，第3页（文页）。

思想一样，都可能成为国人思想之桎梏，此种识见固然较之杜亚泉又进了一步，但也仍然没有概括出应有的思想解放的原则。这个思想原则，最终是由梁启超首先提出。他在《欧游心影录》中，以一个专节的篇幅，提出了一个尖锐的问题：既讲思想解放，就必须要"彻底"。他指出："提倡思想解放，自然靠这些可爱的青年，但我也有几句忠告的话：'既解放便须彻底，不彻底依然不算解放。'就学问而论，总要拿'不许一毫先入为主的意见束缚自己'这句话做个原则。中国旧思想的束缚固然不受，西洋新思想的束缚也是不受。""我们须知，拿孔孟程朱的话当金科玉律，说它神圣不可侵犯，固是不该，拿马克思、易卜生的话当做金科玉律，说它神圣不可侵犯，难道又是该的吗？"在这里，梁启超提出了一个"彻底"的思想解放的"原则"："不许一毫先入为主的意见束缚自己。"这个原则具有普适性，适用于古今中西，所以他主张要鼓励"对于中外古今学说随意发生疑问"，使自己的思想摆脱"古代思想和并时思想的束缚"；但是，我们也必须看到，梁启超强调的重点，显然是要打破国人对西方的"盲从"心态。他以为，这是当务之急："我们又须知，现在我们所谓新思想，在欧洲许多已成陈旧，被人人驳得个水流花落。就算它果然很新，也不能说'新'便是'真'呀！"他新归自欧洲，亲身感受到了欧洲现代思潮的变动，所谓已成明日黄花的欧洲"新思想"，无疑是指19世纪盛行的理性主义与"机械的人生观"。梁启超肯定研究西方的思想是对的，特别是它的科学的研究方法，但他强调，"研究只管研究，盲从却不可盲从"①。胡适曾写过长文《易卜生主义》，"新思想"更是新文化运动中的流行语，梁启超甫归国即郑重揭出上述"彻底"的思想解放的"原则"，并专门点到了"易卜生"与"所谓新思想"，显然是有所指而发的。他将胡适提出的"评判的态度"和"重新估定一切价值"的思想解放的原则，扩大到了同样适用于西方。《欧游心影录》中最重要的部分，是下篇"中国人之自觉"。"自觉"，就是一种"解放"。在当时的语境下，梁启超揭出"彻底"的思想解放的原则，其本质就在于"对西方求解放"。他不反对国人"对中国固有文化求解放"，但主张同时还应当打破盲从西方文化的心态，"对西方求解放"。这是了不起的。追求"思想解放"是新文化运动的基

---

① 《欧游心影录（节录）》，见梁启超：《饮冰室合集》，专集23，第27、28、26页。

本原则，但这个原则只是到了梁启超，才有了更全面的表述。长期以来，这一点却被人们忽略了。继梁启超之后，此种原则与观点被逐渐传播开去。例如，张君劢回国后，就努力宣传这一点。他在演讲中说：国人对于固有文化好持批评的态度，"然对于西方文化鲜有以批评的眼光对待之者"。引进西学是必要的，但是，"与批评其得失，应同时并行"。对于中国文化要持评判的态度，"对于西方文化亦然"。①

其二，在目标层面上，提出"今后新文化之方针"：走民族自决的道路，发展中国民族的新文化。

陈、胡主流派因存在明显的民族虚无主义倾向，其所主张的"新文化"，实际上是被等同于西化。梁漱溟批评说，"有人以五四而来的新文化运动为中国的文艺复兴，其实这新运动只是西洋化在中国的兴起，怎能算得中国的文艺复兴？"②其实，胡适也不否定这一点，他始终强调"西化"就是"科学化"、"民主化"。③更不必说常乃惪径称"东方文明"四个字甚至都不能成立，④其主张"全盘西化"的倾向愈加明显。梁启超诸人反省现代性，并不影响他们积极投身于新文化运动，甚至对陈、胡主流派的功绩深表敬意⑤；但是，他们对于上述的西化倾向不愿苟同，明确提出"今后新文化之方针"，当在突出文化的民族自决，并确立发展中国民族新文化的远大目标。

在他们看来，陈、胡主流派显然于欧战后现代思潮的绝大变动，无所容心，而固守戊戌以来的定式思维，唯西方是效，这已落伍。梁启超说，那些老辈人故步自封，说西学是中国所固有，诚然可笑；但"沉醉西风"者，把中国文化说得一钱不值，似乎中国从来就是个野蛮的部族，岂不更可笑吗？他强调，欧战后"民族自决"四字所代表的民族主义，"越发光焰万丈"，正无可阻挡地在欧洲以外的世界兴起。讲"中国人之自觉"，就是要实现中国民族自决，这不光体现在政治上，同时还应当体现在文化上。他说，要国家

---

① 张君劢：《欧洲文化之危机及中国新文化之趋向》，《东方杂志》第19卷第3号，1922年2月，第122页。
② 《东西文化及其哲学》，见《梁漱溟全集》第1卷，第539页。
③ 唐德刚：《胡适杂忆》，华文出版社1992年版，第82页。
④ 常乃惪：《东方文明与西方文明》，见陈崧编：《五四前后东西文化问题论战文选》，第267页。
⑤ 参见《学灯之光》，《五四时期期刊介绍》第三集下册，生活·读书·新知三联书店1978年版，第503页。

做什么？要国家就是为了能够"把国家以内一群人的文化力聚拢起来，继续起来，增长起来"，然后去为世界作贡献。与"民族自决"的观念相联系，提升国家"文化力"的提法，已经包含着发展中国民族新文化的思想。不过，真正精彩的概括，还当归功于年轻的张君劢。他归国前为留法学生讲演，就已明确提出了"吾国思想界之独立"的问题。他指出，欧洲正面临着深刻的思想文化危机，斯宾格勒的《西方的没落》一书之风行，足以说明了这一点。欧人既彷徨无主，习惯于一味效法西方的中国思想界，岂能不改弦更张，自谋独立发展？"则吾国今后文化，更少依傍，舍行独立外，尚有何法乎？""总之，今日之急务，在求思想界之独立。独立以后，则自知其责任所在，或继续西方之科学方法而进取耶？或另求其他方法以自效于人类耶？凡此者，一一自为决定，庶不至以他人之成败，定自己之进退，而我之文化乃为有源。盖文化者特殊的独立的，非依样葫芦的。此言新文化最不可不注意之一点焉。"[①] 因欧人自顾不暇，故吾人当谋自立，所言不差，却不免消极。次年初，张君劢归国再度讲演，持论有了很大的变化。前面的讲演题目为《学术方法上之管见》，尚着眼于思想方法问题；而后者则为《欧洲文化之危机及中国新文化之趋向》，径直提出了中国新文化发展的"方针"与"趋向"问题，自觉干涉现实的新文化运动发展之旨趣，十分鲜明。他说："欧洲文化既陷于危机，则中国今后新文化之方针应该如何呢？默守旧文化呢？还是将欧洲文化之经过之老文章抄一遍再说呢？此问题吾心中常常想及。"最终，他旗帜鲜明地提出了自己认为的中国新文化发展应有的"方针"，这就是：走民族自决的道路，发展中国民族的新文化。他说："吾国今后新文化之方针，当由我自决，由我民族精神上自行提出要求。若谓西洋人如何，我便如何，此乃傀儡登场，此为沐猴而冠，既无所谓文，更无所谓化。"[②] 可以说，其时还没有哪一个人，能像张君劢这样，以如此清晰的语言明确提出，新文化运动的发展必须自我反省，摆脱盲从西方的思维，走中国民族新文化发展自己的道路。

年轻的张君劢虽提出了上述重要的见解，却未能进一步作有力的论证。

[①] 张君劢：《学术方法上之管见》，《改造》第4卷第5号，第6页（文页）。
[②] 张君劢：《欧洲文化之危机及中国新文化之趋向》，《东方杂志》第19卷第3号，1922年2月，第119、121页。

但是,"一叶知秋"。重要在于,张君劢道出了时人的心声。时人对此一问题的思考已达何种程度,两个有代表性的作品,足见一斑。一是陈嘉异的长文《东方文化与吾人之大任》。①陈生平待考,但从已发表的几篇文章看,他与章士钊、钱智修诸人相善,通晓英、日文,不仅旧学深厚,且熟悉近代学术的发展。当时的讨论文章多属泛论,因而一般都并无注文,但是文不同,长达3.4万字,注文却占了近2万字,说明这是一篇十分严肃的专论。作者在综合史乘的基础上,强调中国文化有四大"优点":(1)"为独立的创造的。"因之,晚清以来所谓"中国文化西来"说,纯属子虚乌有,常乃悳等人所谓"东方文明"四字本身不能成立,也大谬不然。(2)"有调和精神生活与物质生活之优越性。"吾国早在远古时代即已实现了宗教与政治的分离,为世界所仅见,故"常能举理想世界与现实世界熔而为一"。(3)"有调节民族精神与时代精神之优越性。"戊戌以降,旧制度所以能迅速倒地,归根结蒂,是说明了中国的民族精神具有应乎时代精神和"开拓未来世界的活力"。(4)"有由国家主义而达世界主义之优越性。"中国文化富有大同理想,超越国家主义而具有世界精神。这些见解,即便在今天看来,也不乏其合理性。陈嘉异开宗明义即声言:本文所谓"东方文化"非指"国故",实含有"中国民族之精神"、"中国民族再兴之新生命"的意蕴。所谓"吾人之大任",是对中国民族而言,同时也是对世界人类而言,故其目的不在存古,而在存中国和助益人类。不难看出,他所强调的"吾人之大任"即国人的文化使命,就在于弘扬民族精神和发展中国民族的新文化。另是梁漱溟的《东西文化及其哲学》。是书风行,但也引起了包括张君劢、张东荪等在内许多人的批评,主要是以为,"三种路向"说虽整齐好玩,却不免师心自用;在中国文化尚且自顾不暇的情况下,侈谈未来世界文化的"东方化"与"中国文化之复兴,"也不免自我拔高,恭维过度了,等等。这些批评不能说没有一点道理,但人们忽略了重要一点:这是国人从哲学层面上宏观考察世界文化发展的第一部大书,它提出的"三种文化路向"说,具有世界文化模式论的意义。欧战后,在东西方同时出现了风靡一时、讨论世界文化的两本大书:斯宾格勒的《西方的没落》与梁漱溟的《东西文化及其哲学》,不是偶然的,它反映

---

① 陈嘉异:《东方文化与吾人之大任》,《东方杂志》第18卷第1、2号,1921年1月。

了"欧洲文化中心论"的根本动摇。张君劢曾谈道:《西方的没落》一书的流行,虽不足以判定欧洲整个文明的得失,"然自斯氏书之流行,可知其书必与时代心理暗合,而影响于世道人心非浅"[1]。但是,他却忘了,对梁漱溟的著作同样也应作如是观。梁著容有不足,但他提出"东方化"与"中国文化之复兴"的构想,目光锐利,思想深邃,不仅更加鲜明地表达了"对西方求解放"的时代取向,同时也为时人业已提出的要求民族自决、发展中国民族新文化的思想主张,提供了硕大的理论基石。蔡元培高度重视梁的著作,以为"梁氏所提出的,确是现今哲学界最重大的问题"[2],并将这段话作为自己长文《五十年来中国之哲学》的结语。当时一位在华的美国传教士,则认为梁的著作的风行,是中国人文化自觉的重要表征。他说:这部著作意味着"中国人在与西方文明的接触中进入了反思的阶段。……他们现在已经开始对西方文明、印度文明以及自己国家的文明进行批判和科学研究,以希望能在将来为他们自己建立一非常好的文明形式"[3]。足见梁书的风行,同样是反映了时代的心理,于世道人心影响匪浅。

其三,在实践层面上,主张中西文化融合,并助益于世界。

欧洲反省现代性的一个重要观点,就是批评理性主义摧毁了传统。柏格森生命哲学强调生命的"冲动"、"意识流转"、"绵延",突出的也是新旧的嬗递与有机的统一。所以,罗素评论说:柏格森的"纯粹绵延把过去和现在做成一个有机整体,其中存在着相互渗透,存在着无区分的继起"[4]。新旧文化能否调和,曾是新文化运动中争论的一个热点问题,说到底,实际上就是怎样处理中西文化关系的问题。人所共知,这场争论因章士钊的《新时代之青年》一文而起;但论者多忽略了,章氏是文提出新旧时代延续的观点,其重要的哲学依据,恰是柏格森"动的哲学":"宇宙最后之真理,乃一动字,自希腊诸贤以至今之柏格森,多所发明。柏格森尤为当世大家,可惜吾国无人介绍其学说。总之时代相续,状如犬牙,不为枘比,两时代相距,其中心

---

[1] 张君劢:《学术方法上之管见》,《改造》第4卷第5号,第6页(文页)。
[2] 《五十年来中国之哲学》,见高平叔编:《蔡元培全集》第4卷,第382页。
[3] 转引自〔美〕艾恺著,王宗昱、冀建中译:《最后的儒家——梁漱溟与中国现代化的两难》,第135页。
[4] 〔英〕罗素著,马元德译:《西方哲学史》下,第352页。

如两石投水,成连线波,非同任何两圆边线,各不相触。"①所以,我们看到,新文化运动的主流派,除李大钊外,多认新旧水火不相容,反对中西文化调和,主张以"西化"取代中国固有文化:"所谓新者无他,即外来之西洋文化也;所谓旧者无他,即中国固有文化也如是。……二者根本相违,绝无调和折衷之余地。"②胡适所谓"西化"就是"科学化"、"民主化",即是这个意思。也因是之故,陈独秀斥"中西文化调和"论为"不祥的论调",③常乃惪也强调"实在是一件很危险的事情"④。与此相反,反省现代性者则多主张新旧、中西文化调和。张东荪虽在哲学层面上不赞成章的新旧"移行"说,但"很承认调和"⑤。所以他明确表示:"一方面输入西方文化,同时他方面必须恢复固有的文化。我认为这二方面不但不相冲突,并且是相辅相佐的。"⑥受自己的"路向"说制约,梁漱溟表面上不赞成中西文化调和的主张,但他既强调"对于西方文化是全盘承受,而根本改过,就是对其态度要改一改"⑦,说到底,也仍然是主张中西文化调和。

斯时,所谓中西文化"调和",也就是"融合"。这包括两个层面的含义:一是借助西方文化尤其是它的科学的方法,来重新激活中国的固有文化。张君劢说:"据我看来,中国旧文化腐败已极,应有外来的血清剂来注射它一番",故西方文化应尽量输入,"如不输入,则中国文化必无活力"。⑧梁启超所谓中国旧有文化犹如富矿,亟待借助西洋科学的方法与机械加以开采,也是一个意思。二是中国文化有自己独特的智慧,可助益西方消解现代性的弊端,从而实现中西文化互补。梁启超曾这样提出问题:中国文化诚然落后了,但它在全人类文化史上还能占一席之地吗?并理直气壮自答道:

---

① 章士钊:《新时代之青年》,《东方杂志》第16卷第11号,1919年11月,第160页。
② 汪淑潜:《新旧问题》,《青年杂志》第1卷1号,1915年9月,第3页(文页)。
③ 胡适:《调和论与旧道德》,《新青年》第7卷1号,1919年12月,第116页。
④ 常乃惪:《东方文明与西方文明》,见陈崧编:《五四前后东西文化问题论战文选》,第267页。
⑤ 张东荪:《突变与潜变》,见陈崧编:《五四前后东西文化问题论战文选》,第180页。
⑥ 张东荪:《现代的中国怎样要孔子》,《正风》半月刊第1卷第2期,1935年。转引自张耀南编:《知识与文化:张东荪文化论著辑要》,中国广播电视出版社1995年版,第4页。
⑦ 《东西文化及其哲学》,见《梁漱溟全集》第1卷,第528页。
⑧ 张君劢:《欧洲文化之危机及中国新文化之趋向》,《东方杂志》第19卷第3号,1922年2月,第121、122页。

"曰：能！"因为它的独特智慧正在于人生哲学。① 对此，张君劢的表述更显透彻，他说，儒家之所谓"不必藏己，不必为己"；老子所谓"为而不有，宰而不制"，正为东方之所长，而为西方之所短。反之，西方的科学方法论，上天入地，穷原竟委，又非东方所能及。二者调和、融汇，实可互补："东方所谓道德，应置于西方理智光镜之下而检验之，而西方所谓理智，应浴之于东方道德甘露之中而和润之。然则合东西之长，熔于一炉，乃今后新文化必由之途辙，而此新文化之哲学原理，当不外吾所谓德智主义，或曰德性的理智主义。"② 陈嘉异所谓实现东西文化"菁英"的"相接相契"，与之也是一脉相通的。有趣的是，在众多主张中西文化调和者中，唯有梁启超与陈嘉异各自都提出了此种调和应有的思想进路。梁说："拿西洋的文明来扩充我的文明，又拿我的文明去补助西洋的文明，叫他化合起来成一种新文明。"③ 陈讲得更具体：第一，"以科学方法整理旧籍"，使人了解东方文化的真相；第二，在此基础上，择善而从，"建一有意义有价值的生活"；第三，借助译述与团体的宣传，"以为文化之交流"；第四，"以极精锐之别择力，极深刻之吸收力，融合西方文化之精英，使吾人生活上内的生命（精神）与外的生命（物质），为平行之进步，以完成个人与社会最高义的生活"。同时，借东西文化交流，"创造一最高义的世界文化"。④ 二人的构想，详略不同，却都让我们进一步看到了：其时反省现代性者的中西文化调和论，与所谓顽固守旧，渺不相涉，鲜明地表达了融合中西文化并助益于世界的情怀。

值得指出的是，艾恺说得没有错，时人的反省现代性与主张中西文化融合，是先得到了西方有识之士的鼓励与支持，而后才得以进一步发舒的。梁启超在欧洲就得到了包括柏格森老师在内许多西方友人的鼓励，希望他重视保持中国文化优秀传统并助益欧洲，不要重蹈西方覆辙。梁自谓深受感动，并缘此油然生沉甸甸的使命感。倭铿致书张君劢说，西洋近世文明"唯力是尊，至于无所不用其极"，结果弊端百出，故"为中国计，应知西洋文明之

---

① 《先秦政治思想史》，见梁启超：《饮冰室合集》，专集50，第1页。
② 张君劢：《张东荪〈思想与社会〉序》，《东方杂志》第40卷第17号，1944年9月，第31页。
③ 《欧游心影录》，见梁启超：《饮冰室合集》，专集23，第35页。
④ 陈嘉异：《东方文化与吾人之大任》，见陈崧编：《五四前后东西文化问题论战文选》，第297、298页。

前因后果，而后合二者而折衷之"。① 罗素也持同样的见解："可以说，我们的文明的显著长处在于科学的方法；中国文明的长处则在于对人生归宿的合理理解。人们一定希望看到两者逐渐结合在一起。"② 与此同时，胡适诸人的"西化"论，在欧美却受到了批评。贺麟回忆说，时在哈佛留学，曾与几位中国学生拜访英籍名教授即罗素的老师怀特海，后者说："前些时你们中国出了个年轻人胡适，他反对中国传统的东西，什么都反对，连孔子也反对了。你们可不要像他那样，文化思想是有连续性的，是不可割断的。"贺麟接着评论说，"可以想见在那个时期，胡适的学说在欧美已引起了重视和异议"。③ 由此引出的结论，不应是胡适诸人所说，是战后欧洲某些不负责任学者的言论，重新激起了中国守旧者的傲慢心，而应当是：它反映了"欧洲文化中心论"的动摇与东西方文化开始走向了对话。

四、追求现代性与反省现代性：新文化运动的内在张力

对于19世纪末20世纪初欧洲现代思潮的变动，曼海姆曾作这样的概括："马克思主义和生命主义的实在概念都来源于同一种对理性主义的浪漫主义反抗。""尽管一些历史学家一直企图用浪漫主义、反理性主义、文化保守主义、批判现代派以至文学现代派等术语来描述这一感情的种种表现。"④ 马克思主义是否是一种浪漫主义，可不置论，但他强调其时欧洲对理性主义的批判，存在着马克思主义与非理性主义的反省现代性两种取向，却是正确的。20世纪初，国人对于欧洲现代思潮变动的这两个取向，都各有评介与吸纳。长期以来，学术界关注马克思主义、社会主义的东渐，研究成果丰硕；但是，对于反省现代性思潮在中国的反响，却付之阙如。事实上忽略了这一点，我们对于包括新文化运动在内，20世纪初年中国社会文化思潮变动的理解与把握，就不可能是准确的。

---

① 《倭铿氏复张君劢书》，《改造》第3卷第6号，第109页。
② 〔英〕罗素著，秦悦译：《中国问题》，第153页。
③ 贺麟：《我和胡适的交往》，中国人民政治协商会议北京市委员会文史资料研究委员会编：《文史资料选编》第28辑，北京出版社1986年版，第165页。
④ 转引自〔美〕艾恺著，王宗昱、冀建中译：《最后的儒家——梁漱溟与中国现代化的两难》，第7页。

附　录
欧战前后：国人的现代性反省

西方反省现代性思潮所以能在中国产生相当的影响，主要原因有三：其一，应乎国人渴望变革、争取解放的社会心理。19世纪末20世纪初，东西方尽管存在着时代的落差，但彼此都面临着一个"重新估定一切价值"的大变革的时代。柏格森、倭铿的生命哲学是反省西方文化的产物，它倡导行动、奋进的人生，在大战前后人心思变的欧洲，自然产生了很大的影响，尤其是年轻一代知识分子趋之若鹜。"以'解放者'著称的柏格森，变成了'使西方思想摆脱19世纪科学宗教'的救世主。""柏格森借助消除'决定论者的噩梦'而'解除了整个一代人的痛苦'。"① 此一学说批判现代性的价值取向，也应乎当时中国社会渴望变革、争取解放普遍的社会心理。故章士钊说，达尔文讲"物竞天择，适者生存"，所谓"择"与"适"，"全为四围境遇所束缚，不能自主"；柏格森则不然，强调吾人自有活力，自由创造，无所谓天择，使人相信"前途实有无穷发展的境地，而一切归本于活动"。这显然有助于打破国人的"惰性力"，催其奋起。② 张君劢后来也回忆说，当年自己所以欣然接受柏氏哲学，不是为了步其后尘，去批判黑格尔哲学，而是因为柏氏主张自由、行动、变化，"令人有前进之勇气，有不断之努力"，"正合于当时坐言不如起行，惟有努力奋斗自能开出新局面之心理"。"在主张奋斗者之闻此言，有不为之欢欣鼓舞不止者乎？"③ 如果我们注意李大钊、陈独秀等人，早期都借用了柏格森的理论，以激励青年自主进取、自觉奋斗；那么，我们便不应怀疑其言之真诚。这说明，时人反省现代性与新文化运动之缘起，实应乎共同的社会心理。

其二，欧战打破了国人对西方文明的迷信。长期以来，人们视欧洲为自由、平等、博爱的故乡，对西方文明崇拜有加，但欧战之后，此种心态渐告消解。所以，卡拉克在《中国对于西方文明态度之转变》中说："许多华人所奉为圭臬之西方文明，至此已觉悟其根基动摇。"④ 罗素也说："他们对于我们的文明也抱有怀疑的态度。他们之中好几个人对我说，他们在1914年之前还不怎么怀疑，但'大战'让他们觉得西方的生活方式中必定有缺陷。"⑤ 反

---

① 〔英〕彼得·沃森：《20世纪思想史》，第74页。
② 章士钊：《欧洲最近思潮与吾人之觉悟》，《东方杂志》第14卷第12号，1917年12月，第5、6页。
③ 张君劢：《张东荪〈思想与社会〉序》，《东方杂志》第40卷第17号，第28页。
④ 〔美〕卡拉克：《中国对于西方文明态度之转变》，《东方杂志》第24卷第14号，1927年7月，第48页。
⑤ 〔英〕罗素著，秦悦译：《中国问题》，第152、153页。

省现代性恰为国人提供了一个新的思想支点，促进了后者对西方文明的反省。

其三，为民族主义高涨的产物。欧战前后，中国的民族民主运动空前高涨。这在文化上即表现为近代中国文化民族主义的凸显。梁启超诸人提出"对西方求解放"的思想解放原则，主张民族自决，发展中国民族的新文化；尤其是梁漱溟径直揭出"中国文化复兴"的口号，否定"西方文化中心"论，公然倡言世界文化的"东方化"，无疑都是在文化层面上，有力地彰显了国人高昂的民族主义。

但必须指出，也正是由于上述的机缘，时人皈依反省现代性，却没有步柏格森的后尘，径趋反对理性与神秘主义的误区。恕庵说："理性者，人类所赖以生存者也"，为民族与人类的福祉，"决不能不依理性之作用，然必以知识导乎其先，而以道德循乎其后，则其效始章"。"善用之则可致强盛，不善用之则足召危亡。"① 梁启超告诫张君劢，尊重直觉自由意志是对的，但是"自由意志是要与理性相辅的"②，矫枉过正，轻蔑理性，却不可取。他不赞成"科学万能"论，并不等于反对科学；所以他出任中国科学社理事，不仅热心宣传科学，而且不惜以生命的代价为科学辩护。③ 这无疑都反映了时人皈依反省现代性中的理性精神。

国人反省现代性不仅构成了新文化运动有机的组成部分，而且显示了自己独特的价值。

欧战正是发生在新文化运动期间，陈、胡诸人对于二者间的相互关系显然缺乏自觉。1919 年初，《新潮》的《发刊旨趣书》说：国人对于当代思潮的变动，茫然不知天高地厚，端在于"不辩西土文化之美隆如彼"，不懂得"自觉其形秽"。它强调国人当知者有四事："第一，今日世界文化，至于若何阶级？第二，现代思潮，本何趋向而行？第三，中国情状，去现代思潮辽阔之度如何？第四，以何方术，纳中国于思潮之轨？"④ 问题提得很尖锐，但遗憾的是，陈、胡诸人囿于崇拜西方文明的定式思维，恰恰于战后欧洲现代

---

① 恕庵：《再论理性之势力》，《东方杂志》第 10 卷第 11 号，1914 年 5 月，第 4 页。
② 《人生观与科学》，见梁启超：《饮冰室合集》，文集 40，第 25 页。
③ 1926 年梁启超因协和医院误诊，错割右肾，病情恶化，引起舆论哗然，致有"科学杀人"之说。梁却主动为科学与协和医院辩护，主张宽容，以促进中国医学的发展。
④ 《发刊旨趣书》，《新潮》第 1 卷第 1 号，1919 年 1 月，第 1—2 页。

思潮的变动,少所措意,因而于中国新文化发展无法提出超越"西化"的新思路(李大钊后转向马克思主义是另外问题)。所以,1918年9月陈独秀还在质问杜亚泉:"'此次战争,使欧洲文明之权威,大生疑念',此言果非梦呓乎?敢问。"次年初,甚至再次提出:"盖自欧战以来,科学社会政治,无一不有突飞之进步;乃谓为欧洲文明之权威,大生疑念,此非梦呓而何?"[①]胡适等则指斥梁启超诸人介绍西人正在反省自身文化并对东方文化表示敬意,乃是惑众之"谣言"、"夸大狂"和沉渣泛起的"中国人的傲慢心";以及上述《新潮》仍在强调"西土文化之美隆如彼"、中国文化"枯槁如此",显然都反映了这一点。相反,梁启超等反省现代性者,强调西方文化正面临深刻的危机,中国思想界当求独立,要确立发展中国民族新文化的"方针",显然有力地拓展了国人的视野,使新文化运动的内涵愈趋深化。

说到底,反省现代性代表的同样是一股思想解放的潮流,究其本质正在于批判资本主义。梁启超诸人普遍关注西方社会劳资尖锐对立和工人阶级的悲惨命运,并对社会主义与俄国革命深表同情。同时,他们虽然主张借提升精神生活以构建"合理的人生",但也深感到不改革东西方现存的不合理的社会制度,将陷于空谈。梁漱溟指出:"这种经济制度和我倡导的合理人生态度,根本冲突。在这种制度下,难得容我们本着合理的人生态度去走。""只有根本改革这个制度,而后可行。""这便是中国虽没有西洋从工业革新以来的那一回事,而经济制度的改正,依旧为问题的意义了。所以社会主义的倡说,在中国并不能算是无病呻吟。"[②] 不难理解,此种反省现代性与五四后马克思主义、社会主义在中国的传播,不仅不是对立的,而且实际上为后者作了必要的思想铺垫。

胡秋原先生曾谈道:"我们也不可低估当时(指五四时期。——引者)中国人在智慧上的远见。中国人当时在西方人之前,由文化问题考虑中国乃至于世界问题。只是这问题过大,而我们已有知识不足,才徒劳无功。"[③]所言十分深刻。是时国人反省现代性,视野远大,不限于中国,其终极关

[①] 《质问〈东方〉杂志记者》、《再质问〈东方〉杂志记者》,见陈独秀:《独秀文存》,第188、223页。
[②] 《答胡评〈东西文化及其哲学〉》,见《梁漱溟全集》第4卷,第738、739页。
[③] 胡秋原:《评介"五四运动史"》,见周阳山编:《五四与中国》,台湾时报文化出版企业有限公司1988年版,第252页。

怀在于人类文明的命运。无论是陈嘉异讲"吾人之大任",梁启超讲"中国人对于世界文明之大责任",还是梁漱溟讲世界文化"三种路向",无不皆然。他们主张通过对儒家人生智慧的现代转换,包括注重人与自然、精神与物质、个人与社会间的调谐和追求大同理想等,以建立"合理的人生",借以疗治现代社会偏重物质文明、机械的人生观所带来的种种弊端;以及强调融合中西文化,以期创造人类共同的新文化,以为如若不然,人类第二次世界大战将难以避免,等等,显然又都大大超越了欧洲反省现代性的范围,表现出了东方文化特有的远见。胡秋原先生说,时人讨论的问题太大,而知识不足,未能真正解决问题,是对的;在今天反省现代性也仍是全球性的大课题,说明问题不可能一蹴而就,但是,就此以为"徒劳无功",却不尽然。卡尔·博格斯说:"对现代性的攻击已经随着时间的推移积聚了力量,而且,今天似乎与历史力量的吸引力相吻合。这种攻击从波德莱尔和尼采延伸到阿尔托、海德格尔和当代后现代主义。"① 从尼采的反省现代性到当今的后现代主义,一脉相承。欧战前后国人反省现代性所业已提出的问题与思想主张,许多在今天仍不失其合理性,是应当看到的。当代著名学者金开诚先生发出以下感叹,就说明了这一点:

  我通过自己的人生阅历,深感随着现代物质文明的发展,人的任性与纵欲程度正呈现出攀升之势。中华传统文化的修身克己思想正是任性纵欲的对症良药。中华民族在这方面的独创性思维经验很应该在全世界传播与弘扬。②

  无须讳言,时人反省现代性存在三大弱点:一是看到了反省现代性之意义是对的,但于其时中国推进现代化的当务之急所遇到的传统社会的阻力,则重视不够,因而与陈、胡主流派相较,其对旧思想旧文化的批判明显缺乏主动性与应有的力度;二是强调中国固有文化的自身价值也是对的,但仅仅将之归结为"走孔子之路","始终是想从中国固有的文化中创出一个新

---

① 〔美〕卡尔·博格斯著,李俊、蔡海榕译:《知识分子与现代性的危机》,江苏人民出版社2002年版,第225、226页。
② 金开诚:《中华传统文化的四个重要思想及其古为今用》,《光明日报》2006年11月2日,第7版。

理学",[1]却又失之简单化与理想化；三是仅满足于非理性主义的视野，于欧洲马克思主义与俄国十月革命的兴起所代表的新时代的方向，少所措意。对于这些，我们应从当时历史条件中去说明，无须苛求。这里正用得上上述梁漱溟的观点：在统一的新文化运动中，每一个思想派别都只能关注一个中心点，而略过了其他方面，故得失正不易言；而和而不同的结果，是推进了新文化运动的发展。缘此可知，长期以来将杜亚泉、梁启超、梁漱溟、张君劢、张东荪诸人与陈、胡诸人的分歧，说成是新旧之争，甚至于"是中国宗法封建社会思想与西洋工业资本社会思想的冲突"[2]，实为表相之见。反映辩证规律的历史真相是：20世纪初年，国人追求现代性与反省现代性并存，正构成了新文化运动的内在张力。

---

[1] 张东荪：《现代的中国怎样要孔子》，转引自张耀南编：《知识与文化：张东荪文化论著辑要》，第413页。
[2] 郭湛波：《近五十年中国思想史》，山东人民出版社1973年版，第235页。

新文化运动与反省现代性思潮

新文化运动根本的思想取向在追求现代性，故其主持者对西方反省现代性思潮并不认同；但是，新文化运动毕竟是发生在欧人反省自身文化和欧洲现代思潮发生了深刻变动的大背景之下，所以，无论自觉与否，事实上，它在一定程度上受其影响，从而使自身也打上了反省现代性的印记。其中，就涉及进化论、宗教与情感、中西文化观等荦荦大者而言，已足令吾人看到新文化运动除了传统描述的严厉、激进和不妥协的一面外，还有宽容、人性化与更为多样化、生动的另一面。不仅如此，反省现代性思潮还为李大钊、陈独秀最终转向马克思主义，提供了重要的思想铺垫。

20世纪初年的中国与西方，都面临着自己"重新估定一切价值"的时代。当中国的以效法西方近代文明为宗旨的新文化运动开展之时，欧洲人也因第一次世界大战创深痛巨，正对自己的社会文化进行反省。此种反省存在两大取向：一是马克思主义指斥资本主义制度的腐朽，主张社会主义革命；一是非理性主义思潮兴起，反省现代性。所谓现代性，是指自启蒙运动以来，以役使自然、追求效益为目标的系统化的理智运用过程。自19世纪末以来，许多西方学者从唯心论出发，将问题归结为理性对人性的禁锢，因而将目光转向人的内心世界。他们反对"机械的人生观"，强调人的情感、意志与信仰。尼采提出"重新估定一切价值"，被认为是反省现代性的非理性主义思潮兴起的宣言书。20世纪初，以柏格森、倭伊铿等人为代表的生命哲学，强调直觉、"生命创化"与"精神生活"，风靡一时，是此一思潮趋向高涨的重要表征。反省现代性的非理性主义思潮的兴起，不仅反映了欧人对西方文化的反省，且对西方现代思潮的发展产生了深远的影响。①

---

① 参见郑师渠：《欧战前后国人的现代性反省》，《历史研究》2008年第1期。

附 录
新文化运动与反省现代性思潮

新文化运动既是西方现代思潮影响的产物,它不可能不关注并受到欧洲反省现代性思潮的影响。遗憾的是,长期以来,学界虽然对于新文化运动与马克思主义的研究甚为重视,且成果丰硕,但是,对于前者与反省现代性思潮的研究,却付之阙如。本文的选题饶有兴味,其有助于进一步丰富新文化运动的研究,当是显而易见的。

一、借重但不认同:"更不欲此时之中国人盛从其说也"

耐人寻味的是,新文化运动肇端伊始,便与欧洲的反省现代性思潮结下了不解之缘。1915年《青年杂志》创刊号上的开篇大作,即陈独秀的名文《敬告青年》,其立论就明显借重了尼采、柏格森诸人的学说。例如,强调"自主的而非奴隶的",陈独秀写道:"德国大哲尼采别道德为二类:有独立心而勇敢者曰贵族道德,谦逊而服从者曰奴隶道德";强调"进步的而非保守的",则说:宇宙日在进化之中,万无保守现状之理,"此法兰西当代大哲柏格森之创造进化论所以风靡一世也";强调"实利的而非虚文的",又写道:"最近德意志科学大兴,物质文明,造乎其极,制度人心,为之再变。""当代大哲,若德意志之倭根,若法兰西之柏格森,虽不以现时物质文明为美备,咸揭橥生活问题,为立言之的。生活神圣,正以此次战争,血染其鲜明之帜旗。欧人空想虚文之梦,势将觉悟无遗。"[①] 如果说,上述还仅是有所借重;那么,次年陈独秀在《当代二大科学家之思想》一文中,则是进一步明确地肯定了反省现代性在欧洲实代表了一种最新的思潮:"盖前世纪为纯粹科学时代,盛行宇宙机械之说","二十世纪将为哲理的科学时代";"柏格森氏与之同声相应,非难前世纪之宇宙人生机械说,肯定人间意志之自由,以'创造进化论'为天下倡,此欧洲最近之思潮也。"[②]

事实上,不仅是陈独秀,在新文化运动初期,其主持者们在不同程度上对尼采、柏格森等人都有所借重,以彰显反对固守传统、主张变革进取的新文化方向。李大钊1913年赴日,就读于早稻田大学并为章士钊的《甲寅》

---

① 陈独秀:《独秀文存》,第5、8页。
② 陈独秀:《独秀文存》,第56页。

杂志撰稿。当时，柏格森的生命哲学正风行日本，章、李心仪久之，并对国内学界闭目塞聪、鲜有举其名者，咸感悲哀。① 所以，李大钊在《介绍哲人尼杰》一文中，高度评价尼采以意志与创造为中心要素的超人哲学与批判精神。他强调，尼采学说对于最重因袭、久锢于奴隶道德的国人来说，颇能起衰振弊："尤足以鼓舞青年之精神，奋发国民之勇气。"② 1914 年陈独秀应章士钊邀请，赴日协助编辑《甲寅》。时值"二次革命"失败之后，陈心灰意冷，情绪消沉，致有质疑爱国之说。值得注意的是，李大钊撰《厌世心与自觉心》以为劝，其重要的理论根据恰恰就是生命哲学："故吾人不得自画于消极之宿命说，以尼精神之奋进。须本自由意志之理，进而努力，发展向上，以易其境，俾得适于所志，则 Henri Bergson（柏格森）氏之'创造进化论'尚矣。"③ 是文发表于 1915 年 8 月，早于《青年杂志》创刊正好一个月，而陈独秀果能重新奋起发动新文化运动，并也恰恰借重了生命哲学，这固然并不足以说明就是李文直接影响的结果，但是，生命哲学与新文化运动的发端存在某种契合，却是应当重视的。在新文化运动主持者中，李大钊对于西方反省现代性思潮更为关注。他发表的《"晨钟"之使命》、《青春》、《"今"》等著名文章，一直都在借用柏格森学说中的一些重要概念，如"直觉"、"生命"、"生命的冲动与创造"、"动力"、"意识流转"，等等，故其文章无不渗透着生命哲学的意韵。例如，他在《"今"》中写道："照这个道理讲起来，大实在的瀑流永远由无始的实在向无终的实在奔流。吾人的'我'，吾人的生命，也永远合所有生活上的潮流，随着大实在的奔流，以为扩大，以为继续，以为进转，以为发展。故实在即动力，生命即流转。""宇宙即我，我即宇宙。"④ 至于胡适借尼采的名言："重新估定一切价值"，来概括新思潮的意义，以彰显其反传统的锋芒，自然更是人所周知。

应当说，上述陈独秀诸人借重生命哲学，既非误读，也不是有意曲解，而是体现了对生命哲学中富有活力一面的积极吸纳。柏格森哲学强调，宇

---

① 参见行严《欧洲最近思潮与吾人之觉悟》，《东方杂志》第 14 卷第 12 号，1917 年 12 月；李大钊《日本之托尔斯泰热》，《李大钊文集》上，人民出版社 1984 年版。
② 《李大钊文集》上，第 189 页。
③ 《李大钊文集》上，第 148 页。
④ 《李大钊文集》上，第 534 页。

宙万物的生成与发展，端在生命的冲动与创造。人类因自由的意志和生命的冲动，日日创造，故成日日进化。故其哲学又称"动的哲学"。他强调意志、精神超越物质的意义，倡导行动、奋进的人生，在大战前后人心思变的欧洲，自然产生了很大的影响，法国年轻一代知识分子更是趋之若鹜。夏尔·戴高乐说，柏格森"更新了法国的精神面貌"。① 彼尔·沃森更进一步认为："以'解放者'著称的柏格森，变成了使西方思想摆脱19世纪'科学宗教'的救世主。"② 其时皈依西方反省现代性思潮的章士钊、张君劢等人，说到底，也同样是看重生命哲学倡导行动与奋进的意义。章士钊指出，柏格森的创造进化不同于达尔文，后者讲物竞天择、适者生存，强调的是四周境遇的约束，人不能自主。而前者则不然，"谓吾人自有活动力（活的动力），自由创造，无所谓天择。由柏氏之说以观，吾人于生涯的前途，实有无穷发展的境地，而一切归本于活动"。柏格森、倭铿"皆以积极行动为其根本观念。吾人就此可得的教训，即在此四字。"③ 张君劢后来也回忆说：当年所以皈依非理性主义，是因为"此派好讲人生，讲行动，令人有前进之勇气，有不断之努力"。柏格森强调"惟有行动，惟有冒险，乃能冲破旧范围而别有新境界之开辟，此生物界中生命大流所以新陈代谢也……此反理智哲学所以又名为'生之哲学'，在主张奋斗者之闻此言，有不为之欢欣鼓舞不止者乎？"④ 在新文化运动中，其主持者与梁启超等所谓文化保守主义者，其出发点与归宿，多是相通的，于此也足见一斑。

不过，陈独秀诸人虽然在立论上对生命哲学多有借重，但在思想的根本取向上，却不愿认同西方的反省现代性思潮。1917年初陈独秀在《答俞颂华》中论及宗教与精神生活问题时，这样说道："近世欧洲人，受物质文明反动之故，怀此感想者不独华、爱二氏。其思深信笃足以转移人心者，莫如俄国之托尔斯泰，德国之倭铿。信仰是等人物之精神及人格者，愚甚敬之。惟其自身则不满其说，更不欲此时之中国人盛从其说也。（以中国人之科学

---

① 转引自〔美〕罗兰·斯特龙伯格著，刘北成、赵国新译：《西方现代思想史》，中央编译出版社2005年版，第379页。
② 〔英〕彼得·沃森著，朱进东等译：《20世纪思想史》，上海译文出版社2006年版，第74页。
③ 章士钊：《欧洲最近思潮与吾人之觉悟》，第5—6页。
④ 张君劢：《张东荪〈思想与社会〉序》，《东方杂志》第40卷第17号，1944年9月15日，第28页。

及物质文明过不发达故）"①他强调，尽管自己对托尔斯泰、倭铿等反省现代性者的信仰与人格心存敬意，但并不认同他们的主张，更反对在中国照搬此种理论，道理很简单：中西国情不同，"以中国人之科学及物质文明过不发达故"，即西人要求反省现代性，而中国恰恰需要追求现代性。在这一点上，李大钊与陈独秀是一致的。他指出，"西洋之动的文明，物质的生活，虽就其自身之重累而言，不无趋于自杀之倾向"，然而，相对于中国而言，终究居优越的地位。因之，"西洋文明之是否偏于物质主义"，是一个问题，"时至今日，吾人所当努力者，惟在如何吸收西洋文明之长，以济吾东洋文明之穷"，则是另一个问题。②李大钊同样强调东西方所面临的问题不同，故对其思想取向，自然不应等量齐观。陈、李的这一认识十分重要，它从总体上集中反映了新文化运动主持者们对欧洲现代思潮的变动，持理性的选择态度。

需要指出的是，陈、李虽然不认同西方的反省现代性思潮，却无意加以贬抑，如陈且对柏格森诸人心存敬意③；但是，胡适与丁文江却不然。④胡适在《五十年来之世界哲学》中说：19世纪中叶以来的世界潮流，只有达尔文的进化论与杜威的实验主义才是主流，最近30年柏格森的新浪漫主义无非是支流。"我也知道'支流'两个字一定要引起许多人的不平"；但要知道，所谓直觉等概念，杜威等许多科学家早已说过了，所以，"柏格森的反理智主义近于'无的放矢'了"。⑤其贬抑柏格森哲学，显而易见。丁文江更进而贬损柏格森的人格。他借罗素的名义，说："他的盛名是骗巴黎的时髦妇人得来的。他对于哲学可谓毫无贡献；同行的人都很看不起他。"⑥实际上，罗素对于柏格森的生命哲学有很高的评价，他在名著《西方哲学史》中写道："昂利·柏格森是本世纪最重要的法国哲学家。""我把柏格森的非理性主义

---

① 陈独秀：《独秀文存》，第674页。
② 李大钊：《东西文明根本之异点》，《李大钊文集》上，第562、566页。
③ 直到1920年，陈独秀还在《新文化运动是什么》中说：杜威演讲《现代的三个哲学家》，谈到美国詹姆士、法国柏格森、英国罗素，"都是代表现代思想的哲学家；前两个是把哲学建设在心理学上面，后一个是把哲学建设在数学上面，没有一个不采用科学方法的"。（《陈独秀文章选编》上，生活·读书·新知三联书店1984年版，第513页。）
④ 胡适在1920年3月12、16日的日记中都记有"讲演：Bergson（柏格森）"，说明他关注生命哲学。（《胡适全集》第29卷，安徽教育出版社2003年版，第112、116页。）
⑤ 《胡适全集》第2卷，第381、384页。
⑥ 丁文江：《玄学与科学》，见张君劢：《科学与人生观》，第17页。

讲得比较详细，因为它是对理性反抗的一个极好的实例，这种反抗始于卢梭，一直在世人的生活和思想里逐渐支配越来越广大的领域。"①其时杜威在华演讲的一个题目是《现代的三个哲学家》，他将柏格森与詹姆士、罗素并称为代表现代思想的三大哲学家，评价同样很高，而担任翻译的恰恰就是胡适。彼得·沃森在其名著《20世纪思想史》中则写道："柏格森很可能是20世纪头10年最被人们理解的思想家，1907年后，他无疑是世界上最著名的思想家。"②足见，胡适、丁文江之贬抑，有失偏狭。

正是由于上述的缘故，尽管随着新文化运动的发展，尤其是随着梁启超游欧归来发表著名的《欧游心影录》和梁漱溟的《东西文化及其哲学》风行一时，时人对西方反省现代性思潮的宣传也形成了热潮，但是，新文化运动主持者们却与之愈形疏远，一些人乃至怀有敌意。1918年初，《新青年》上还刊有刘叔雅译《柏格森之哲学》一文，译者在"识"中对柏格森学说仍然推崇备至，说："近世哲人，先有斯宾那莎，后有柏格森。""十稔以还，声誉日隆，宇内治哲学者仰之如斗星。讲学英美诸大学，士之归之，如水就下。"其著作甚富，"每一篇出，诸国竞相传译，而吾国学子鲜有知其名者，良可哀也。"③1919年底，《新潮》也还刊有罗家伦的《近代西洋思想自由的进化》，以为欧战"也未始不是极端物质文明的结果"，要求打破机械主义的西洋反省现代性思潮的出现，标志着"从新发生了一种人生的觉悟"。④但其后，两杂志的此类文字便全然消失了。1920年底，胡适且致书陈独秀："你难道不知延聘罗素、倭铿等人的历史？（我曾宣言，若倭铿来，他每有一次演说，我们当有一次驳论。）"⑤1921年，张崧年也致书陈独秀，强调柏格森、倭铿都是"西洋近代思想界的反动派"，"中国再不可找这两个人去讲演"。⑥其格格不入与心怀敌意，溢于言表。1923年发生著名的"科玄之争"，是西方反省现代性思潮在中国思想界激起的一场争论，胡适、丁文江诸人径直指责张

---

① 〔英〕罗素著，马元德译：《西方哲学史》下，第346页。
② 〔英〕彼得·沃森著，朱进东等译：《20世纪思想史》，第72页。
③ 刘叔雅译：《柏格森之哲学》，《新青年》第4卷第2号，1918年2月15日，第99页。
④ 罗家伦：《近代西洋思想自由的进化》，《新潮》第2卷第2号，1919年12月1日，第238页。
⑤ 《胡适致陈独秀》，水如编：《陈独秀书信集》，新华出版社1987年版，第306页。
⑥ 《张崧年书》（1921年6月12日），见陈独秀：《独秀文存》，第829页。

君劢等人是追随柏格森的"玄学鬼",说明他们对于反省现代性思潮之不满,已发展到了怎样的地步。

二、借鉴与吸纳:打上了反省现代性的印记

尽管新文化运动的主持者们在根本的思想取向上,对西方反省现代性思潮并不认同;但是,新文化运动毕竟是发生在欧人反省自身文化和欧洲现代思潮发生了深刻变动的大背景之下,所以,无论自觉与否,事实上,他们不同程度也受其影响,从而使新文化运动也打上了反省现代性的印记。具体说来,其荦荦大者,表现在以下几个方面:

其一,从主张"优胜劣汰"的进化论到主张"互助"的进化论。

自达尔文《物种起源》发表以来,进化论风靡世界,"物竞天择"成为流行语,"于是引用之者,不独以为物象之观察,与进化之一因,而且视为人生的模范,与唯一之真理也"[①]。进化论因之成为推进现代性最有力的思想动力之一。但迄19世纪末,西方的一些学者开始提出质疑,以为物种进化不全在互竞,更在于互助。俄国的克鲁泡特金集其大成,于1902年出版了《互助论》一书。缘是,"互助"论也风行一时。《东方杂志》从1919年5月起连载李石曾译克氏的是书,同样引起了国人热烈的反响。在科学的层面上,"互竞"论与"互助"论之是非得失,可不置论;但是,需要指出的是:"互助"论在欧战前后风行世界,绝非偶然,它不仅反映了世界各国人民渴望和平和对弱肉强食的帝国主义、殖民主义的不满[②];而且事实上也构成了同样兴起于19世纪末的西方反省现代性思潮的一部分,即体现了欧洲现代思潮的变动。梁启超在《欧游心影录》中,对欧洲现代思潮的变动有生动的描述,其中说:"他们人情世态甜酸苦辣都经过来,事事倒觉得亲切有味,于是就要从这里头找出一个真正的安身立命所在。如今却渐渐被他找着了。"这在哲学方面的代表,是柏格森的生命哲学;在社会学方面的代表,则有"俄国

[①] 李石曾:《互助论·弁言》,《东方杂志》第16卷第5号,1919年5月,第87页。
[②] 师复曾托人转告李石曾说:他正在译的克鲁泡特金的《互助论》,"他日刊布吾国,必能唤醒一般醉心军国主义、功利主义者之迷梦"。(《李平致陈独秀》,水如编:《陈独秀书信集》,第9页)

附 录
新文化运动与反省现代性思潮

科尔柏特勤一派的互助说,与达尔文的生存竞争说相代兴","在思想界一天一天的占势力"。① 梁漱溟在《东西文化及其哲学》中也指出了这一点:"此外还有一些见解的变迁,也于文化变迁上很有力量的,诸如克鲁泡特金互助论对以前进化论家见解之修正,近来学者关于社会是怎样成功、怎样图存、进步等问题的说明对从来见解之修正。所有这一类见解的变迁,扼要的一句话说,就是看出了人类之'社会的本能'。"② 很显然,他们都将"互助"的风行,视为西方反省现代性思潮的一部分。

新文化运动的主持者们最初无不膺天演论,奉优胜劣汰为圭臬。1915年陈独秀发表《法兰西人与近世文明》一文,曾明确地说,"生存竞争优胜劣败之格言,昭垂于人类,人类争吁智灵,以人胜天"。人类正是遵循了"物竞天择,适者生存"的定律,凭借理性,自造祸福,西方文明的发达就是明证:"而欧罗巴之物力人功,于焉大进。"③ 然而,随着时间的推移,他们的观点都发生了不同程度的改变。在这方面,李大钊与蔡元培的观点最为鲜明:皈依互助论。1919年元旦,李大钊发表《新纪元》一文,抑制不住内心的激动,写道:"看呵,从前讲天演进化的,都说是优胜劣败,弱肉强食,你们应该牺牲弱者的生存幸福,造成你们优胜的地位,你们应该当强者去食人,不要当弱者,当人家的肉。从今以后都晓得这话大错。知道生物的进化,不是靠着竞争,乃是靠着互助。人类若是想求生存,想享幸福,应该互相友爱,不该仗着强力互相残杀。"在他看来,欧战后人类历史所以显露了新时代的曙光,重要一点,便是人类最终摆脱了"互竞"论的误导,而皈依了"互助"论,从此,"多少个性的屈枉、人生的悲惨、人类的罪恶,都可望象春冰遇着烈日一般,消灭渐净"。④ 新时代定将是一个和平友爱、互助人道的新世界。⑤ 蔡元培深知主张生物进化者中存在"互竞"论与"互助"论的纷争,但他坚信"今则以后义为优胜",因为这不仅符合历史事实,"尤惬当于吾人之心理"。所谓"尤惬当于吾人之心理",就是表达了人们对于

---

① 梁启超:《饮冰室合集》,专集23,第17页。
② 《梁漱溟全集》第1卷,山东人民出版社2005年版,第499页。
③ 陈独秀:《独秀文存》,第11页。
④ 《李大钊文集》上,第607、608页。
⑤ 李大钊:《"少年中国"的"少年运动"》,《李大钊文集》下,第43页。

弱肉强食的现实强权世界的反抗。所以，在一次讲演中，蔡元培信心百倍地说：欧战的结果业已证明了"互助主义"是世界历史发展的必然趋势，"此后就望大家照这主义进行，自不愁不进化了"。① 有趣的是，1915年在陈独秀的《法兰西人与近世文明》发表后不久，有人便致书要求他评说达尔文与克鲁泡特金的不同观点。陈独秀的回答是：其一，二者的著作都是不刊的经典，只有合而观之，才能得进化的真相；其二，竞争与互助乃进化的两轮，达尔文的书中也讲到了互助，只是被人忽略了而已。② 较之先前强调所谓昭垂人类的"生存竞争优胜劣败之格言"，他的观点明显修正了，因为他毕竟肯定了只讲竞争是片面的，互助也是进化之一翼。其后，很长一段时间里，陈独秀与胡适一样，于"互竞"论、"互助"论的纷争三缄其口；但从1919年底他们与蔡元培、李大钊、周作人、罗家伦等共同发起成立"工读互助团"来看，在他们心目中，"生存竞争优胜劣败之格言"，显然已经褪色，而人类互助进化的价值取向却是他们乐观其成的了。陈独秀到1920年发表《自杀论》一文，讨论人性善恶，更径将互助视为人性善的本能。他写道：人性"善的方面"，主要包含"创造的冲动"、"利他心"、"互助的本能"、"同情心"等；"恶的方面"，主要包含"占有的冲动"、"利己心"、"掠夺的本能"、"残忍心"等。人类正处在进化过程中，"恶性有减少底可能，善性有发展底倾向"，"恶的方面越减少，善的方面越发达，他的品格越进化到高等地位，并不是一成不变的"。③ 所以，我们说，斯时的陈独秀同样皈依了互助论的进化论，应是合乎实际的。

其二，在宗教与情感问题认知上的变迁。

西方现代性的本质，在于其追求合理性与功利主义的原则，故"实用"、"效率"、"成功"、"进步"等，便构成了其价值取向中的核心要素。新文化运动的崛起，正是步其后尘。陈独秀在《敬告青年》中提出"自主"、"进取"、"实利"等五大原则，并声言："物之不切于实用者，虽金玉圭璋，不如布粟粪土，若事之无利于个人或社会现实生活者，皆虚文也，诳人之事

---

① 高平叔编：《蔡元培全集》第2卷，第403页；第3卷，第205页。
② 《陈独秀答李平》，水如编：《陈独秀书信集》（1915年10月15日），第8页。
③ 陈独秀：《独秀文存》，第273页。

附　录
新文化运动与反省现代性思潮 | 423

也。诳人之事，虽祖宗之所遗留，圣贤之所垂教，政府之所提倡，社会之所崇尚，皆一文不值也。"① 高揭的正是现代性的原则。随后他在《当代二大科学家之思想》中，专辟一节，标题就叫"效率论"。他强调科学发展提高了效率，故效率高低实成为现代社会判断善恶的重要标准之一："此亦效率高低，可判断道德上之善恶之一证也。"② 1918 年底至 1919 年初，陈独秀与《东方杂志》的主编杜亚泉之间发生著名的论战，其大纛上高悬的依然是功利主义原则。他毫不隐讳地说："余固彻头彻尾颂扬功利主义者，原无广狭之见存。盖自最狭以至最广，其间所涵之事相虽殊，而所谓功利主义则一也。"③ 其思想之极端，足见一斑。傅斯年主张人类可以"战胜一切自然界"，以为"人生的真义，就在于力求这个'更多'，永不把'更多'当做'最多'"。其思想与陈独秀一脉相承。④ 胡适虽不似二人极端，但他以追求"是什么"与"为什么"价值取向的不同，作为儒、墨哲学的根本分野，抑儒而隆墨：前者只问动机，不问效果，失之于虚；后者相反，突出了"利"与"用"，符合现代的"应用主义"即"实利主义"。⑤ 这在梁启超看来，同样不脱西方现代功利主义的窠臼。⑥

　　事实上，对上述功利主义的反省，正构成了西方反省现代性思潮的一个重要内容。美国著名的新人文主义大师白璧德说："今日西方思想中最有趣之发展，即为对于前二百年来所谓进步思想之形质，渐有怀疑之倾向。"⑦ 剑桥大学教授 J.B. 伯里于 1920 年出版了《进步的观念》一书，探讨"进步"观念的演变过程，集中反映了时人的疑虑。"他进而提出这样的思想：也许恰恰进步的观念本身与血腥的第一次世界大战有着一定的关联。""换言之，进步的观念现在完全与社会达尔文主义、种族理论及堕落这些旧的概念混为一体。"⑧ 徐志摩也转述罗素的意见说："工业主义的一个大目标是'成功'

---

① 陈独秀：《独秀文存》，第 8 页。
② 陈独秀：《独秀文存》，第 58 页。
③ 《再质问〈东方〉杂志记者》，见陈独秀：《独秀文存》，第 213—214 页。
④ 傅斯年：《人生问题发端》，《新潮》第 1 卷第 1 号，1919 年 1 月，第 9 页。
⑤ 胡适：《中国古代哲学史》，《胡适全集》第 5 卷，第 324、325 页。
⑥ 参见梁启超："'知不可而为'主义与'为而不有'主义"，《饮冰室合集》，文集 37，第 60 页。
⑦ 胡先骕译：《白璧德中西人文教育说》，见孙尚扬、郭兰芳编：《国故新知论——学衡派文化论著辑要》，中国广播电视出版社 1995 年版，第 41 页。
⑧ 〔英〕彼得·沃森著，朱进东等译：《20 世纪思想史》，第 285 页。

(success)，本质是竞争。竞争所要求的是'捷效'(efficiency)。成功，竞争，捷效，所合成的心理或人生观，便是造成工业主义，日趋自杀现象，使人道日趋机械化的原因。""'累进'(progress)与'捷效'的信仰是近代西方的大不幸。"① 而欧战后，被视为东方文化派的杜亚泉批评西方现代文明的所谓进步，实乃虚伪无限制；梁启超强调现代流行的所谓"效率论"十分浅薄，绝对不能解决人生问题；梁漱溟极力批评西方近代文化无非向外追求，处处显出征服自然的威风，显然都应视为欧洲现代思潮变动在中国思想界引起的回应。②

在此种情势下，新文化运动的主持者们不可能全然无动于衷。例如，较比更为关注西方生命哲学的蔡元培，就显然认同上述对功利主义的批评。1921年他在英国爱丁堡大学中国留学生欢迎会上发表演讲说：从前的功利论，"近来学者，多不以为然。罗素佩服老子'为而不有'一语。他的学说，重在减少占有的冲动，扩展创造的冲动，就是与功利论相反的"③。就反映了这一点。不过，从总体上看，陈独秀在宗教与情感问题上前后认知的变迁，更具有典型性。

陈独秀曾是激烈的废除宗教论者。他说："宗教之为物，将于根本上失其独立存在之价值矣。""若论及宗教，愚一切皆非之。"④ 道理很简单，随着科学的发展，人类社会的"一切人为法则"，终将为自然科学法则所代替，"然后宇宙人生，真正契合"。所以，他主张"以科学代宗教"。⑤ 在"科学万能"思想的指导下，陈独秀相信，宗教固然无须存在，人类的情感也贬值了，因为人不单没有灵魂，"生时一切苦乐善恶，都为物质界自然法则所支配"⑥，情感同样也是可以由科学来支配的。值得注意的是，胡适等人实际上也持同样的观点。胡适曾引吴稚晖的话说："我以为动植物且本无感觉，皆止有其质力交推，有其辐射反应，如是而已。譬之于人，其质构而为如是之神经系，即其力生如是之反应。所谓情感、思想、意志等等，就种种反应而

---

① 徐志摩：《罗素又来说话了》，《东方杂志》第20卷第23号，1923年12月10日，第139、140页。
② 参见郑师渠：《欧战前后国人的现代性反省》，《历史研究》2008年第1期。
③ 《蔡元培全集》第4卷，第43页。
④ 《答俞颂华》，见陈独秀：《独秀文存》，第673、674页。
⑤ 《再论孔教问题》，见陈独秀：《独秀文存》，第91页。
⑥ 《人生真义》，见陈独秀：《独秀文存》，第125页。

强为之名，美其名曰心理，神其事曰灵魂，质直言之曰感觉，其实统不过质力之相应。"①把人仅仅看成是由几多血肉筋骨组成的动物，以为其情感、思想、意志等精神活动，都不过是"质力相应"而已，因此借助科学方法可以支配人类的情感，可以统一人类的人生观。这正是西方近代典型的科学主义的机械论。

在反省现代性者看来，所谓机械论，说到底，就是"科学万能"论，无视人类的宗教情感与精神的世界，把人变成了机器；终至于造成近代西方文化物质文明偏胜，而精神文明偏枯的畸形发展，乃至酿成了欧战的惨剧。蔡元培显然认同这一点，所以他始终坚持自己"以美育代替宗教"的主张，而于陈独秀的"以科学代宗教"论，不以为然。1917年2月，蔡元培因《新青年》记者转载自己在政学会和信教自由会上的演讲，"其中大违鄙人本意之点，不能不有所辩正"，致书陈独秀，澄清观点，集中谈了自己对于宗教与情感问题的见解。他认为，科学发达之后，一切知识道德的问题固然皆当归科学证明，而与宗教无涉；但是，科学毕竟不能回答全部问题，如宇宙之大小终始等等，这些就需归于哲学研究。任取一家之言而信仰之，便是宗教。一家假说不能强人信仰，宗教信仰因之必须是绝对自由的。很清楚，蔡元培既不认同科学万能，也不认同废弃宗教论。由是以进，他更强调了人类情感和借以提升情感的美术的极端重要性。蔡元培借用生命哲学的术语说：人类及其一切生物与无生物的存在，都不外乎意志。道德属于意志。只是人类的意志不可能离开知识与情感而单独存在，"凡道德之关系功利者，伴乎知识，恃有科学之作用。而道德之超越功利者，伴乎情感，恃有美术之作用，美术之作用有两方面，美与高是"②。意志与知识、情感三位一体，其中，意志是生命冲动的本源，知识与情感则是意志赖以实现的两翼。依此逻辑，情感不仅重要，而且恃有美术的作用，非科学所能支配；其支撑道德超越功利，便是成就了宗教。1919年蔡元培更径直提出"文化运动不要忘了美育"的警告。他指出，文化运动不注意借美育培养超越利害的情怀，保持平和心态，单凭个性冲动，将不免出现损人利己、放纵欲望以及急功近利好走极端的

---

① 胡适：《科学与人生观序》，见张君劢：《科学与人生观》，第18—19页。
② 《蔡元培致陈独秀》（1917年2月19日），水如编：《陈独秀书信集》，第100、101页。

三种流弊。他甚至说：流弊已经出现了，"一般自号觉醒的人，还能不注意么？""所以我很望致力文化运动诸君，不要忘了美育。"①1920年在《美术与科学的关系》中，蔡元培再次强调了人的情感生活的重要性。他说：常见专治科学的人，太偏于概念、分析与机械的作用，而情感生活索然无味，甚至陷入了病态。故欲"防这种流弊，就要求知识以外，兼养感情"②。为此，就是要兼治美术。有了美术的兴趣，不仅觉得人生很有意义，就是治科学的时候，也定然会增添勇敢活泼的精神。

对于蔡元培的来信，陈独秀曾复以短函，其中说："记者前论，以不贵苟同之故，对于先生左袒宗教之言，颇怀异议，今诵赐书，遂尔冰释。甚愿今后宗教家，以虚心研求真理为归，慎勿假托名宿之言，欺弄昏稚。"③所谓"遂尔冰释"，语意含混，实际上当时的陈独秀依然故我，对蔡元培的意见，敬谢不敏。不过，五四之后，他在宗教与情感问题上的观点却发生了根本性的改变。1920年4月陈独秀发表《新文化运动是什么？》，其中就明确宣布了放弃此前自己在宗教与情感问题上所持的观点。他说："宗教在旧文化中占很大的一部分，在新文化中也自然不能没有他。"在人类的行为中，"知识固然可以居间指导，真正反应进行底司令，最大的部分还是本能上的感情冲动。利导本能上的感情冲动，叫他浓厚、挚真、高尚，知识上的理性，德义都不及美术、音乐、宗教底力量大。知识和本能倘不相并发达，不能算人间性完全发达。"社会还需要宗教，反对是无益的，"只有提倡较好的宗教来供给这需要"。有人以为宗教只有相对的价值，没有绝对的价值，但是世界上又有什么东西有绝对价值呢？现在主张新文化运动的人，既不注意美术、音乐，又反对宗教，不知道要把人类生活弄成怎样"机械的状况"。"这是完全不曾了解我们的生活活动的本源，这是一桩大错，我就是首先认错的一个人。"④在这里，宗教不再被斥为应当废除之物，相反，却被强调为"新文化中也自然不能没有他"；情感也不再被贬为知识的附属物，相反，却被尊为甚至较后者更为重要的人性构成。陈独秀观点的根本改变，显而易见，但还

---

① 蔡元培：《文化运动不要忘了美育》，《蔡元培全集》第3卷，第361、362页。
② 高叔平编：《蔡元培年谱长编》中，人民教育出版社1996年版，第348、349页。
③ 《陈独秀答蔡元培》（1917年3月1日），水如编：《陈独秀书信集》，第99页。
④ 《陈独秀文章选编》上，第513、514页。

附 录
新文化运动与反省现代性思潮 | 427

需要进一步指出以下几点：(一)陈独秀是个意志坚定、个性极强的人，轻易不会改变自己的观点。但是，现在他却郑重地公开认错，这不仅反映态度诚恳；而且也说明，在他看来，对宗教与情感问题的正确认识关乎新文化运动进一步发展的全局，所以有必要在"新文化运动是什么"这样显然具有总结性与反思意味的题目下，加以公开郑重的订正。(二)陈独秀在文中明确说："宗教是偏于本能的，美术是偏于知识的，所以美术可以代宗教，而合于近代的心理。现在中国没有美术真不得了，这才真是最致命的伤。"①陈独秀放弃"以科学代宗教"的主张，转而公开接受蔡元培一直倡导的"以美术代替宗教"的观点，足见后者对他的影响仍然是深刻的。(三)也是最重要的一点。陈独秀在宗教与情感问题上认识的根本改变，鲜明地表现出了与西方反省现代性思潮间的契合。这有二：一是认同西方反省现代性思潮提出的一个基本观点：宗教体现人类的终极关怀，情感构建了人类的精神家园，不容漠视。例如，他说：对基督教要重新认识，"要把耶稣崇高的、伟大的人格和热烈的、深厚的情感，培养在我们的血里，将我们从堕落在冷酷、黑暗、污浊坑中救起。"又说："我近来觉得对于没有情感的人，任你如何给他爱父母、爱乡里、爱国家、爱人类的伦理知识，总没有什么力量能叫他向前行动。梁漱溟先生说：'大家要晓得人的动作不是知识要他动作的，是欲望与情感要他往前动作的。单指出问题是不行的，必要他感觉着是个问题才行。指点出问题是偏于知识一面，而感觉他真是我的问题都是情感的事。'梁先生这话极有道理……"二是大量使用了生命哲学的概念术语。例如，"本能"、"冲动"、"知识理性的冲动"、"自然的纯感情的冲动"、"超物质的精神冲动"、"机械的状况"，等等。至于他说："知识理性的冲动，我们固然不可看轻；自然情感的冲动，我们更当看重"；"离开情感的伦理道义，是形式的不是里面的；离开情感的知识是片段的不是贯串的，则后天的不是先天的，是过客不是主人"；②等等，这与柏格森、倭铿强调："所谓生活意义不在智识之中也，活动即精神本体也。物质由精神驱遣也。"③以及梁启超所说："人类生活，固然离不了理智；但不能说理智包括尽人类生活的全内容。此

---

① 《陈独秀文章选编》上，第515页。
② 《基督教与中国人》，见《陈独秀文章选编》上，第484、485页。
③ 张君劢：《倭伊铿精神生活哲学大概》，《改造》第3卷第7号，1921年3月15日，第7页。

外还有极重要一部分——或者可以说是生活的原动力,就是'情感'。"①其语气、口吻,岂非如出一辙!

陈独秀、蔡元培在宗教与情感认知上与西方反省现代性思潮的契合,既反映了新文化运动早期偏于极端的功利主义的弱化,也集中说明了新文化运动与反省现代性并非水火不相容,而是多有相通。明白了这一点,我们便不能不钦佩梁漱溟目光之敏锐了。他在《东西文化及其哲学》中既批评陈独秀先前的思想"与西方十八九世纪思想一般无二",同时又指出,不论自觉与否,陈独秀新近承认西方现代思想的变动,并重新肯定了宗教与情感的重要性,毕竟表明他的思想又存在着与欧洲现代思潮变动趋同可喜的一面:"在这篇文章(指《基督教与中国人》)中很见出他觉悟了人生行为的源泉所在,与西洋人近来的觉悟一样。"②

其三,中西文化观的异趋。

在新文化运动发展过程中,关于中西文化问题的争论,始终如影相随。究其原因,端在存在时代落差的中西方社会,彼此却又都面临着自己"重新估定一切价值"的时代,故时人的中西文化观,不免见智见仁,呈现多元的态势。梁启超诸人强调欧战暴露出的西方文化的弱点,主张文化保守主义;陈独秀诸人强调中国文化积重难返,主张激进主义。实则,后者何尝没有注意到西方现代思潮的变动?只是因为他们坚信中国物质文明过于落后了,西人的反省不适于中国,故坚持矫枉必须过正。这就是何以陈独秀虽然肯定了上述梁漱溟关于情感的观点"这话极有道理",却又立即补充说"中国底文化源泉里,缺少美的、宗教的纯情感,是我们不能否认的","这正是中国人堕落底根由"。③但是,新文化运动主持者们又非铁板一块,与陈独秀、胡适诸人相较,蔡元培、李大钊的中西文化观明显异趋,而这恰恰又是与他们对西方反省现代性思潮的认知差异紧密相关的。

蔡元培将《青年杂志》引进北京大学,使北大成为新文化运动的策源地。他不仅是新文化运动的主要代表人物,而且是其庇护人。但是,蔡元培

---

① 梁启超:《人生观与科学》,蔡尚思主编:《中国现代思想史资料简编》第2卷,浙江人民出版社1982年版,第278页。
② 《梁漱溟全集》第1卷,第513、515页。
③ 《基督教与中国人》,见《陈独秀文章选编》上,第485页。

并不认同陈独秀、胡适诸人简单否定中国文化和一味赞美西方文化的做法。他认为中国文化有自己的优长，主张"以真正之国粹，唤起青年之精神"[①]；他所以高度评价新文化运动是中国文艺复兴的起点，理由乃在于坚信借助西方先进的思想与方法，中国文化终将后来居上。这些实际上更接近于梁启超诸人观点的思想主张，既与他倡导"思想自由，兼收并蓄"的理念有关，同时，更与他重视并充分理解西方反省现代性的积极意义分不开。欧战后，杜亚泉、梁启超诸人多主张要重视西方现代思潮的变动，重新审视中西文化，不宜盲目效法西方，这自有它的合理性。但是，陈独秀诸人却嗤之以鼻，以为谣言惑众。陈独秀两次撰文质问杜亚泉及《东方杂志》："盖自欧战以来，科学，社会，政治，无一不有突飞之进步；乃谓为欧洲文明之权威，大生疑念。此非梦呓而何？"[②]瞿秋白则斥之为沉渣泛起，无非是欧战重新引动了中国人的"傲慢心"；胡适认为所谓柏格森等人对西方文化的反省，无非是发几句牢骚，好似富人吃厌了鱼肉，想尝咸菜豆腐的风味而已。梁启超的《欧游心影录》也无非是在传播西方玄学鬼诬蔑科学的"谣言"。[③]足见，他们未能正视欧战暴露的西方文明的弱点和西方反省现代性思潮崛起的意义。值得注意的是，1921年蔡元培在华盛顿乔治城大学发表题为《东西文化结合》的演讲，他对西方现代思潮变动的观感，却与陈、瞿、胡截然相反。演讲中，蔡元培在谈到了文化融合的意义与近百年来包括中国在内，东方各国努力学习西方文化的历史之后，着重指出：西方不仅在文艺复兴时代，深受阿拉伯和中国的影响，在近代也仍不乏其例。而欧战后，包括柏格森、倭铿、罗素、杜威在内，有识之士反省现代性，并要求重新认识东方文化的优长，正在成为一种潮流。他说："尤（其）是此次大战以后，一般思想界，对于旧日机械论的世界观，对于显微镜下专注分析而忘却综合的习惯，对于极端崇拜金钱、崇拜势力的生活观，均深感为不满足。欲更进一步，求一较为美善的世界观、人生观，尚不可得。因而推想彼等所未发现的东方文化，或者有可以应此要求的希望。所以对于东方文化的了解，非常热心。"蔡元培认为

---

① 《致汪兆铭函》，《蔡元培全集》第3卷，第26页。
② 陈独秀：《再质问〈东方杂志〉记者》，见陈独秀：《独秀文存》，第223页。
③ 参见瞿秋白：《中国社会思想的大变动》，《瞿秋白文集》第1卷，人民出版社1987年版；胡适《科学与人生观序》，《胡适全集》第2卷。

西方反省现代性思潮的崛起,并非仅是少数几个人发发牢骚而已,而是体现了西方现代思潮的重要变动,故国人关注它,并要求重新审视中西文化,就不能简单斥为是"傲慢心"作祟,而当视为一种新的自觉。所以,他在演讲中最后满怀信心地说:"照这各方面看起来,东西文化交通的机会已经到了。我们只要大家肯尽力就好。"①

李大钊的中西文化观与蔡元培相仿,但更显系统,并有更多的理论思考;同时,其染上反省现代性的思想印记,也愈加明显。与陈独秀、胡适诸人隆西抑中,一味否定中国文化不同,李大钊明确主张中西文化调和。他说:中西文化因地理及历史的缘故,形成了"主静"、"主动"各自特色的两大区域性文化,二者互有长短,不宜妄为轩轾于其间。两大文化所体现的"静的与动的"精神,"必须时时调和,时时融会,以创造新生命,而演进于无疆"。②学界对此已有许多研究,本文无意重复;不过,需要指出两点:

(一)李大钊主张中西文化调和的一个重要理论依据,是源于柏格森的生命哲学。西方反省现代性的锋芒所向,重要一点,就是批评理性主义摧毁了传统。柏格森生命哲学强调生命的"冲动"、"意识流转"、"绵延",突出的也是新旧的嬗递与有机的统一。所以,罗素评论说:柏格森的"纯粹绵延把过去和现在做成一个有机整体,其中存在着相互渗透,存在着无区分的继起"③。当代美国学者罗兰·斯特龙伯格在所著享有盛誉的《西方现代思想史》一书中,对柏格森的哲学也有同样的评论:"当我们用直觉来把握直接经验的时候,我们发现的是一个无法分割的连续体,它是一种我们只能有诗歌意象来描述的'绵延'。其他事物也是如此。"④新旧文化能否调和曾是新文化运动中争论的一个热点问题,始作俑者则是章士钊。他早年在《甲寅》首倡此说,后来发表的《新时代之青年》一文更径直引发了争论,而是文提出新旧时代延续调和的观点,正是借柏格森"动的哲学"立论:"宇宙最后之真理,乃一动字,自希腊诸贤以至今之柏格森,多所发明。柏格森尤为当世大家,可惜吾国无人介绍其学说。总之时代相续,状如犬牙,不为枘凿,两时

---

① 《蔡元培全集》第 4 卷,第 52 页。
② 李大钊:《东西文明根本之异点》,《李大钊文集》上,第 560 页。
③ 〔英〕罗素著,马元德译:《西方哲学史》下,第 352 页。
④ 〔美〕斯特龙伯格著,刘北成、赵国新译:《西方现代思想史》,第 378 页。

附录
新文化运动与反省现代性思潮

代相距,其中心如两石投水,成连线波,非同任何两圆边线,各不相触。"①李大钊曾在日本协助章办杂志,他不仅也接受了生命哲学的影响,而且认同章的调和论观点。这在他发表的《"今"》中,表现得十分清楚。他说:陈独秀在他的《一九一六年》中曾有言,青年欲达民族更新的希望,"必自杀其一九一五年之青年,而自重其一九一六年之青年"。自己受其影响,也说过"从现在青春之我,扑杀过去青春之我"一类的话,但是,这却是不对的:"大实在的瀑流永远由无始的实在向无终的实在奔流。吾人的'我',吾人的生命,也永远合所有生活上的潮流,随着大实在的奔流,以为扩大,以为继续,以为进转,以为发展。故实在即动力,生命即流转。"新旧时代,时时流转,时时变易,如奔流向前,只有"扩大"、"继续"、"进转",哪有截然断裂?今天的"我"不同于昨天的"我",这是进步;但这绝非意味着可以全然摆脱昨天的"我"。"旧我"还将遗留永远不灭的生命于"新我"之中,"如何能杀得"?"乃至十年二十年百千万亿年的'我'都俨然存在于'今我'的身上。"②也正是缘此之故,新旧的更替,便表现为生命的"冲动"、"流转",也即是所谓"绵延"。很显然,李大钊主张新旧调和,其理论根据同样染上了生命哲学的印记。

(二)李大钊所谓中西文化各有长短,取角也恰恰是源于反省现代性。例如,他说:西方文明"疲于物质之下",东方文明之所长,"则在使彼西人依是得有深透之观察,以窥见生活之神秘的原子,益觉沉静与安泰。因而起一反省,自问日在物质的机械的生活之中,纷忙竞争,创作发明,孜孜不倦,延人生于无限争夺之域,从而不暇思及人类灵魂之最深问题者,究竟为何?"③这与罗素所谓"我们的文明的显著长处在于科学的方法;中国文明的长处则在于对人生归宿的合理理解。人们一定希望看到两者逐渐结合在一起。"④岂非异曲同工?还需要指出的是,李大钊在《东西文明根本之异点》中阐述上述观点,是文还有两篇附录,其中一篇是日人北聆吉的《论东西文化之融合》。如前所述,时日本正风行柏格森哲学,故作者正是从鲜明的反

---

① 章士钊:《新时代之青年》,《东方杂志》第 16 卷第 11 号,1919 年 11 月,第 160 页。
② 《李大钊文集》上,第 534、535 页。
③ 李大钊:《东西文明根本之异点》,《李大钊文集》上,第 560 页。
④ 〔英〕罗素著,秦悦译:《中国问题》,第 63 页。

省现代性的视角出发，提出了东西文化融合的主张。① 李大钊肯定是文"颇多特见"，"亦与愚论无违"。② 这无疑更进一步彰显了他反省现代性的立场。

诚然，如果仅止于此，还不足显示李大钊的个性；还必须看到，李大钊虽然主张中西文化调和，但他并不认为二者可以等量齐观，尤其反对可能缘此引出隆中抑西的误导。所以，他强调：无论西方文化如何显露了自己的弱点，"而以临于吾侪，而实居于优越之域"，是必须看到的。因之，就中国而言，"物质的生活，今日万不能屏绝勿用"，例如，火车轮船不能不乘；电灯电话不能不用；个性自由不能不要；民主政治不能不行。国人对此需根本觉悟，"期与彼西洋之动的世界观相接近，与物质的生活相适应"，从而将传统静止的态度根本扫荡。《东西文明根本之异点》的另一篇附录是评介《东方杂志》所刊，译自日人平佚的文章《中西文明之评判》。③ 是文内容实为日人评价辜鸿铭对西方文化的批评。辜氏夸大所谓"中国的精神文明"，明显表露出隆中抑西的虚骄心态。陈独秀对《东方杂志》译载是文十分不满，曾撰文质问《东方杂志》主编杜亚泉是否与辜氏为同志。④ 李大钊在附录中同样明确地反对辜氏的观点，并进一步强调了中国当务之急在于迎受西方文化。他说："西洋文明之是否偏于物质主义，宜否取东洋之理想主义以相调剂？此属别一问题。时至今日，吾人所当努力者，惟在如何以吸收西洋文明之长，以济吾东洋文明之穷。""断不许舍己芸人，但指摘西洋物质文明之疲穷，不自反东洋精神文明之颓废。"⑤ 由上足见李大钊中西文化观的个性：虽然与蔡元培一样，都主张中西文化融合，但由于强调了二者不宜等量齐观和必须对中国"静的世界观"有"彻底之觉悟"并自觉迎受西洋"动的世界观"，其对中国文化批判与自省的力度，显然要大过于蔡元培；虽然与陈独秀一样，都看到了中国的落后，强调于西方物质文明"万不能屏绝勿用"，

---

① 例如，作者说：东西方文化须融合。"吾人为自己精神的自由，一面努力于境遇之制服与改造，一面亦须注意于境遇之制服与改造不可无一定之限制，而努力于自己精神之修养。单向前者以为努力，则人类将成为一劳动机械；仅以后者为能事，则亦不能自立于生存竞争之场中。必兼斯二者，真正人间的生活始放其光辉。"（转引自《李大钊文集》上，第570页。）
② 李大钊：《东西文明根本之异点》，《李大钊文集》上，第571页。
③ 〔日〕平佚：《中西文明之评判》，《东方杂志》第15卷第6号，1918年6月，第81—87页。
④ 参见陈独秀：《质问〈东方杂志〉记者》，《新青年》第5卷第3号，1919年9月15日。
⑤ 李大钊：《东西文明根本之异点》，《李大钊文集》上，第566、567页。

因而不认同西方反省现代性思潮根本的思想取向，而坚持了新文化运动的方向。但由于他肯定了中西文化各有长短、中西文化调和的必然性与中国文化"复活"并将为世界文明的发展再次做出重大的贡献，而与陈独秀不愿正视西方文化的弱点，简单否定中国文化，难免极端的思想主张，划开了界限。可以这样说：在新文化运动主持者中，李大钊的中西文化观由于正视并吸纳了西方反省现代性思潮某些积极与合理的内涵，它较比更显冷静、理性和深刻。

由上可知，西方反省现代性思潮对新文化运动主持们者的影响，虽是因人因事而异；但是，就上述涉及进化论、宗教与情感、中西文化观等荦荦大者而言，已足令吾人看到了新文化运动除了传统描述的严厉、激进和不妥协的一面外，原来还有宽容、人性化与更为多样化、生动的另一面。事实上，不仅如此，就李大钊、陈独秀而言，反省现代性思潮甚至还为他们最终转向马克思主义，提供了重要的思想铺垫。

三、转向马克思主义：重要的思想铺垫

当代美国著名学者费侠莉（又译傅乐诗）曾生动地描述了欧战后西方现代思潮的变动给国人以驳杂的观感："中国人从左翼听到说欧洲的马克思主义者把工业生产的资本主义形式谴责为剥削"，它不仅造成了社会阶级的对立，而且直接导致了世界范围内的恃强凌弱和帝国主义与战争。"从资本主义的右翼，他们听到的是对当代工业社会的不满，这表现为对技术的反人道性质的反叛。""最后，他们看到，技术产生的破坏性武器和人类抑制不住的愚蠢，哺育了世界大战这个可怕的怪物。这一切，在东方和在西方一样，形成了对整个文明的控诉。"[①] 不过，费侠莉没有指出：国人虽然看到了西方对自身前途的迷茫和疑虑，几与中国自己的迷茫和疑虑无异；但他们从欧洲现代思潮的变动中，毕竟综合形成了一个带有普遍性的共识：资本主义制度非人道。时人强调，反对资本制度当是新文化运动的应有之义。蔡晓舟说，新文化运动的大前提是"幸福均沾"四个字，离开了这个大前提，"便是瞎捣

---

① 〔美〕费侠莉著，丁子霖等译：《丁文江：科学与中国新文化》，第84、85页。

乱，便算不了文化运动"。而这个理想社会的主要障碍，就是"资本制度"。[1] 愚公则指出，文化运动与劳动运动互为表里，后者"是由现代非人道不平等的资本制度的压迫反动而生的"。"反对资本主义，打破资本制度，谋造理想的社会的运动，便叫做神圣的劳动运动。"[2] 在时人看来，与非人道的资本主义相反，社会主义体现公平正义，自然将成为时代发展的新趋势。1919 年底，张东荪致书随梁启超游欧的张君劢诸人说："世界大势已趋于稳健的社会主义，公等于此种情形请特别调查，并搜集书籍，以便归国之用。"[3] 梁启超在《欧游心影录》中也指出，"社会主义，自然是现代最有价值的学说"，虽然提倡这主义，精神与方法不可混为一谈，但是，"精神是绝对要采用的"。[4] 瞿秋白则更进了一步，他说，因欧战"触醒了空泛的民主主义的噩梦"，"工业先进国的现代问题是资本主义，在殖民地上就是帝国主义，所以学生运动悠然一变而倾向于社会主义，就是这个原因"。[5] 这即是说，在战后西方忙于反省资本主义的时候，在久受帝国主义压迫的中国，径直追求公平、正义的社会主义却已成为了现实性的人心趋向了。

但是，如梁启超所言，采用社会主义精神是一回事，具体主张以何样的途径与方法实现它，又是另一回事，故国人的思想取向复趋于多元化。蒋梦麟说，"大体而论，知识分子大都循着西方民主途径前进，但是其中也有一部分人受到 1917 年俄国革命的鼓动而向往马克思主义"[6]。李大钊、陈独秀诸人以俄为师，转向马克思主义，从而异军突起，为新文化运动开辟了新的前进方向，这是学术界人人耳熟能详的事情；不过，遗憾的是，已有的研究，忽略了重要一点：不仅西方反省现代性思潮的影响构成了李、陈上述转变重要的思想铺垫，而且接受和超越此种影响，又构成了此种转变鲜明的思想轨迹。

李大钊的社会历史观，从"灵、肉"二元论到物质一元论的转变，最能彰显此一思想进路。需要指出的是，欧战前后，国人习惯于将西方近代文化

---

[1] 蔡晓舟：《文化运动与理想社会》，《新人》第 1 卷第 5 号，1920 年 8 月 18 日，本文第 1 页（本号总 111 页）。
[2] 愚公：《文化运动与劳动运动》，《旅欧周刊》第 33 号，1920 年 6 月 26 日。
[3] 丁文江、赵丰田编：《梁启超年谱长编》，第 893 页。
[4] 梁启超：《饮冰室合集》，专集 23，第 32 页。
[5] 瞿秋白：《饿乡纪程》，见蔡尚思主编：《中国现代思想史资料简编》第 1 卷，第 656 页。
[6] 蒋梦麟：《西潮》，第 115 页。

批判性地归结为物质文明("肉"),而肯定东方的精神文明("灵"),这恰恰是始于欧洲反省现代性的基本观点。美国学者艾恺认为,亚洲的反省现代性(现代化)所以到欧战后才显出其重要性,原因即在于它实际上是欧洲现代思潮变动的产物。他说:"无可讳言,认为亚洲保有一个独特的精神文明这个观点基本上是一个西方的念头;而这念头则基本上是西方对现代化进行的批评的一部分。"① 费侠莉也指出:"'物质的西方'是一个源于西方的欧洲口号,它在世界大战中诞生,甚至由伯特兰·罗素在中国加以重复。欧洲为中国人提供了怀疑的形式,甚至是在欧洲创造那些引起怀疑的条件的时候提供的。"② 这即是说,以精神文明、物质文明判分近代中西文化原是西方的观点,时人只是将之加以引申罢了。李大钊1916年在《"第三"》一文中,最早提出了自己"灵肉一致之文明"的概念:"第一文明偏于灵;第二文明偏于肉;吾宁欢迎'第三'之文明。盖'第三'之文明,乃灵肉一致之文明,理想之文明,向上之文明也。"③ 在这里,李大钊显然是借重了反省现代性的视角。值得注意的是,随后他转向迎受俄国十月革命,此种视角又合乎逻辑地起了导引的作用。1918年他在《东西文明根本之异点》中提出东西文化调和论,不仅如前所述已取径于反省现代性,而且进一步将"灵肉一致"之"第三文明"说,径直与肯定俄国革命对接。他说:"由今言之,东洋文明既衰颓于静止之中,而西洋文明又疲命于物质之下,为救世界之危机,非有第三新文明之崛起,不足以渡此危崖。俄罗斯之文明,诚足以当媒介东西之任。"④ 在他看来,俄国布尔什维克的胜利代表一种人道、互助、博爱的人类新文明的崛起。五四后李大钊旗帜鲜明地正式宣告了自己转而信仰马克思主义,但有趣的是,因初始对唯物史观的理解尚不到位,他用心良苦,依旧借重了反省现代性的观点,而思"救其偏蔽"。在著名的《我的马克思主义观》一文中,李大钊说:许多人所以"深病"马克思主义,端在它抹杀了伦理的观念,"那阶级竞争说尤足以使人头痛"。实则,马克思何尝否认了个人

---

① 〔美〕艾恺:《世界范围内的反现代化思潮——论文化守成主义》,第87—88页。
② 〔美〕费侠莉著,丁子霖等译:《丁文江:科学与中国新文化》,第117页。
③ 《李大钊文集》上,第184页。
④ 《李大钊文集》上,第560页。

高尚品德的存在？只是认为在立于阶级对立基础之上的社会里，人类互助、博爱的伦理观念及理想，难以实现罢了。马克思将存在阶级对立的社会列入"前史"，相信它将最后终结，随后继起的才是人类真正的历史，即互助的没有阶级竞争的历史。"这是马氏学说中所含的真理"。不过，在这过渡的时代，"伦理的感化，人道的运动，应该倍加努力，以图铲除人类在前史中所受的恶习染，所养的恶性质，不可单靠物质的变更。这是马氏学说应加救正的地方。""近来哲学上有一种新理想主义出现，可以修正马氏的唯物论，而救其偏蔽。"发现阶级斗争存在的事实，本非马克思的专利，他的贡献在于由此进一步引出了无产阶级革命与专政的理论，并论证了人类社会将以此为基础，最终实现消灭阶级的共产主义社会。不难看出，李大钊对唯物史观的理解还存在误读；但是，尽管如此，问题的关键在于，他借重反省现代性的观点为马克思学说"补台"，目的乃在于维护和坚定自己对马克思主义的信仰。所谓"近来哲学上有一种新理想主义出现"，实际上指的就是强调"精神生活"、"创造的冲动"和"互助"在内的反省现代性思潮。所以，李大钊由上引出的结论是：须以人道主义改造人类精神，同时以社会主义改造经济组织。"我们主张物心两面的改造，灵肉一致的改造。"[1] 同年9月，他复在《"少年中国"的"少年运动"》中再次重申了这一主张："我所理想的'少年中国'，是由物质和精神两面改造而成的'少年中国'，是灵肉一致的'少年中国'。""精神改造的运动，就是本着人道主义的精神，宣传'互助'、'博爱'的运动，改造现代堕落的人心，使人人都把'人'的面目拿出来对他的同胞；把那占据的冲动，变为创造的冲动；把那残杀的生活，变为友爱的生活；把那侵夺的习惯，变为同劳的习惯；把那私营的心理，变为公善的心理。这个精神的改造，实在是要与物质的改造一致进行，而在物质的改造开始的时期，更是要紧。因为人类在马克思所谓'前史'的期间，习染恶性很深，物质的改造虽然成功，人心内部的恶，若铲除净尽，他在新社会新生活里依然还要复萌，这改造的社会组织，终于受他的害，保持不住。"[2] 李大钊既信仰唯物史观，但同时复主张灵与肉、精神与物质、互助与阶级竞争的结

---

[1] 《李大钊选集》，人民出版社1959年版，第193、194页。
[2] 《李大钊选集》，第235、236页。

合，由是足见，反省现代性的视野如何构成了他迈向唯物史观的重要阶梯。到 1919 年底 1920 年初，李大钊发表《物质运动与道德运动》、《由经济上解释中国近代思想变动的原因》诸文，开始自觉强调从物质经济的原因解说道德思想的变动，是其思想最终超越"灵肉"、"心物"二元论即反省现代性的视野，臻至物质一元论即成熟的唯物史观更高境界的重要标志。1920 年底，李大钊进一步写道："这些唯心的解释的企图，都一一的失败了……（唯物史观）这种历史的解释方法不求其原因于心的势力，而求之于物的势力，因为心的变动常是为物的环境所支配。"①这时的李大钊无疑已是一位成熟的马克思主义者了。

陈独秀转向马克思主义稍晚于李大钊，但其思想的转变同样与反省现代性思潮分不开。1920 年 1 月，他在《自杀论》中回顾了欧洲思潮的变动，并对 19 世纪理性主义第一次作了明确的反省。陈独秀将欧洲思潮的发展依"古代"、"近代"、"最近代"，列表示意。其中，在"近代思潮"下，列有："唯实主义"、"物的"、"现世的"、"科学万能"、"现实"、"唯我"、"客观的实验"，等等；与此相应，在"最近代思潮"下，则列有："新唯实主义"、"情感的"、"人生的"、"人的"、"现世的未来"、"科学的理想万能"、"现实扩大"、"自我扩大"、"主观的经验"，等等。这里实际上已指出了欧洲 19 世纪末以来，理性主义与非理性主义思潮消长的信息。所以，他进而总结说："古代的思潮过去了，现在不去论他。所谓近代思潮是古代思潮底反动，是欧洲文艺复兴底时候发生的，十九世纪后半期算是他的全盛时代，现在也还势力很大，在我们中国底思想界自然还算是新思潮。这种新思潮，从他扫荡古代思潮底虚伪，空洞，迷妄的功用上看起来，自然不可轻视了他；但是要晓得他的缺点，会造成青年对于世界人生发动无价值无兴趣的感想。这种感想自然会造成空虚，黑暗，怀疑，悲观，厌世，极危险的人生观。这种人生观也能够杀人呵！他的反动，他的救济，就是最近代的思潮，也就是最新的思潮；古代思潮教我们许多不可靠的希望，近代思潮教我们绝望，最近代思潮教我们几件可靠的希望；最近代思潮虽然是近代思潮底反动，表面上颇有复古的倾向，但他的精神，内容都和古代思潮截然不同，我们不要误

---

① 李大钊：《唯物史观在现代史学上的价值》，见《李大钊选集》，第 337 页。

会了。"①陈独秀强调"近代思潮"源于文艺复兴，它是"古代思潮底反动"，于 19 世纪末达到全盛，这显然指的就是欧洲 18 世纪以来高歌猛进的理性主义。他虽然肯定"近代思潮"还有自己的影响，尤其对于中国来说，仍不失为新思潮，其反封建的意义不容轻忽；但是，他更强调这一新思潮也有自己的"黑暗"与缺失。所谓"近代思潮教我们绝望"，它造成了"极危险的人生观，这种人生观也能够杀人"，反映的正是对现代性的反省。最后，陈独秀明确指出，现在欧洲的"近代思潮"业已落伍，正为"最近代最新的思潮"所代替。虽然陈独秀说"最近代最新的思潮"的代表，是罗素的新唯实主义哲学，但事实上，他所指的乃是包括罗素的省思在内的整个欧洲的反省现代性思潮。②也唯其如此，梁漱溟看过《自杀论》后强调说：近来"陈先生自己的变动已经不可掩了"，他既承认"最近思想"与"近代思想"多相反，"我们看，他以前的思想就是他此处所说的近代思想，那么陈先生思想的变动不是已经宣布了吗？"③

陈独秀虽于 1919 年 4 月后开始转而肯定十月革命和马克思主义，但是 1920 年 3 月他发表《马尔塞斯人口论与中国人口问题》，却还在强调马克思主义并非是"包医百病的良方"④，将阻障学术思想的进步。他真正实现向马克思主义的转变，当在 1920 年 4—5 月间。⑤陈独秀既然认欧洲反省"近代思潮"的正确方向，是以"最近代最新的思潮"即包括罗素的省思在内的反省现代性思潮为代表，这便与上述他既认为马克思主义有价值，却又说它非"包医百病的学说"，相互补充，进一步生动地说明了，此期的陈独秀虽然正向马克思主义转变，但这是一个摇摆的过程。不仅如此，它还说明了，在陈独秀真正实现由崇拜"近代思潮"，向信仰马克思主义的转变过程中，反省现代性思潮同样为他提供了重要的思想铺垫，尽管较之李大钊，这个时间是短

---

① 陈独秀：《独秀文存》，第 276、277 页。
② 参见郑师渠：《陈独秀与反省现代性思潮》，《河北学刊》2007 年第 6 期、2008 年第 1 期。需指出的是：如前所述，陈独秀 1916 年在《当代二大科学家之思想》一文中已提到柏格森学说是"欧洲最近之思潮"，但由于不认同其根本的思想取向，其后在很长时间里，他对反省现代性思潮，已是讳莫如深。1920 年陈独秀在《自杀论》中，实际上是再次直面欧洲反省现代性思潮，对欧洲现代思潮的变动重新作了梳理。
③ 《东西文化及其哲学》，见《梁漱溟全集》第 1 卷，第 514 页。
④ 陈独秀：《独秀文存》，第 288 页。
⑤ 参见唐宝林、刘茂生：《陈独秀年谱》，上海人民出版社 1988 年版，第 118—120 页。

暂的。① 1923 年在"科玄之争"中，陈独秀反对梁启超、张君劢的思想主张，同时也批评胡适过分夸大了知识、思想在历史发展中的作用，与唯物史观的"物质一元论"相背离，而与梁启超诸人妥协，同样陷入了唯心论的"心物二元论"。② 这自然是他超越反省现代性思潮的重要表征。

在李大钊、陈独秀诸人转向马克思主义的过程中，反省现代性思潮所起的助力作用，还表现为：其一，反省现代性思潮，说到底，也是其时西方思想解放的一种潮流，究其本质是对资本主义的批判。它痛斥在资本主义制度下，物欲横流，尔虞我诈，世风日下，人性扭曲，这自然有助于进一步增强包括李大钊、陈独秀在内，国人对社会主义价值取向的认同。李大钊说：资本主义竞争"使人类入于悲惨之境，此种竞争，自不可以"。为了进步与发展的需要，社会主义也会有竞争，但那是"良好的竞争，是愉快而有味，无不可以行之"。他强调资本主义抹杀个性，必然造成机械的人生观，"此冷酷资本主义"，"使人生活上，渐趋于干燥无味之境"。按罗素的说法，人的冲动分为"占有的冲动"与"创造的冲动"两种，资本主义恰恰是鼓励前者而压抑后者，造成整个社会唯利是图，"毫无美感可见"，最终阻碍了艺术的发展。相反，在社会主义社会，艺术从"尊重人格根本观念出发"，可以更加充分地"表现人的感情"。③ 陈独秀也指出，资本主义虽然促进了欧美、日本教育与工业的发展，但是，同时却把社会弄得"贪鄙欺诈刻薄没有良心了"，欧战的发生正是资本主义的产物，"这是人人都知道的"。所以中国只能"用社会主义来发展教育及工业，免得走欧、美、日本底错路"。④ 此种认知明显地融入了反省现代性的许多元素。其二，反省现代性思潮由于不脱唯心论的指导，它只满足于对理性专制的批判，而放过了变革资本主义制度本身，这

---

① 1923 年陈独秀为《科学与人生观》作序，仍坚持"科学万能"论，说明他对唯物史观的理解还不成熟。第二年，他在《答张君劢及梁任公》中，强调梁启超将马克思主义的唯物论与西方近代"机械的人生观"混为一谈，实属误解："这大概是因为他不甚注意，近代唯物论有二派的缘故：一派是自然科学的唯物论，一派是历史的唯物论；机械的人生观属于前一派，而后一派无此说。"（《陈独秀文章选编》中，第 492 页）这说明：其时的陈独秀既超越了反省现代性，也超越了"科学万能"论。
② 《答适之》，见《陈独秀文章选编》中，第 379、380 页。
③ 李大钊：《社会主义与社会运动》，《李大钊文集》下，第 374、378、380 页。
④ 《陈独秀致罗素》（1920 年 12 月 1 日），水如编：《陈独秀书信集》，第 295 页。

正是它与马克思主义的根本区别。但是，反省现代性思潮对社会公平正义和"合理的人生"的呼唤，在当时中国政治极端黑暗的具体国情下，又有进而激起国人拷问政治，乃至变革现实社会制度的诉求，是应当看到的。梁漱溟说："这种经济制度和我倡导的合理人生态度，根本冲突。在这种制度下，难得容我们本着合理的人生态度去走。""只有根本改革这个制度，而后可行。""这便是中国虽没有西洋从工业革新以来的那一回事，而经济制度的改正，依旧为问题的意义了。所以社会主义的倡说，在中国并不能算是无病呻吟。"①梁漱溟是政治上温和的学者，他的感受与诉求，当具有普遍性。明白了这一点，便不难理解，李大钊、陈独秀诸人最终揭出中国问题当从政治制度变革入手，以求"根本解决"的主张，不仅合乎唯物史观的革命逻辑，而且与五四前后国人的反省现代性，也存在着某种契合。

结　语

20世纪初的中国与西方，都面临着一个追求思想解放与社会变革的时代，但因时代的落差，当中国效法西方的新文化运动洪波涌起之时，国人却发现西人也正在"重新估定一切价值"，反省自己的文化。缘是，就中西文化而言，国人面临着自鸦片战争以来的第二次理性选择：第一次是要求摆脱"天朝大国"的虚骄心态，选择"师夷长技"即学习西方；这一次则是要求摆脱盲目崇拜西方的心态，选择自主发展，以实现民族的真正觉醒。新文化运动与反省现代性思潮的视角，有助于我们从一个新的侧面，考察志士仁人的这一心路历程。

欧洲自19世纪末兴起的非理性主义思潮，反省现代性，反对过分理智化造成了机械的人生与人性的异化。其理论与思辨的"理性真理的内核，以非理性和暂时形式存在"②，对于西方社会的生活和思想产生了深远的影响。英国学者以赛亚·伯林说："浪漫主义（即非理性主义。——引者）的重要性在于它是近代史上规模最大的一场运动，改变了西方世界的生活和思想。对我而

---

① 《槐坛讲演之一段》，见《梁漱溟全集》第4卷，第738、739页。
② 〔意〕克罗齐著，田时纲译：《十九世纪欧洲史》，中国社会科学出版社2005年版，第31页。

言，它是发生在西方意识领域里最伟大的一次转折。发生在十九、二十世纪历史进程中的其他转折都不及浪漫主义重要，而且它们都受到浪漫主义深刻的影响。"[1]但是，对于20世纪初刚刚走出中世纪，国衰民穷的中国而言，追求现代性毕竟是第一位的。陈独秀、李大钊都强调指出：由于中国过于落后，故其当务之急在追赶西方"动的文明"，发达本国的物质文化，西方反省现代性思潮的根本取向不适合于中国。得益于清醒的国情判断，陈独秀诸人主持的新文化运动正确地把握了时代的脉搏，成为引导社会前进的时代主流。

但是，也必须看到，新文化运动终究是西方现代思潮影响下的产物，陈独秀诸人不可能对西方现代思潮的变动和反省现代性思潮的内在合理性熟视无睹。如果说，新文化运动初始，陈独秀诸人纷纷借重柏格森、倭铿的学说立论，以彰显自身追求现代性的取向，是表现为某种机智；那么，随着新文化运动的进一步展开，他们由主张"优胜劣汰"的进化论，转而主张互助的进化论；由简单否定宗教、贬抑情感，转而重新肯定它们的价值；李大钊、蔡元培等人在中西文化观上与陈独秀、胡适异趋，明确主张中西文化调和，等等，不论自觉与否，实际上新文化运动的主持者们不同程度上都在借鉴和吸纳反省现代性合理的内核，从而在很大程度上，弱化了新文化运动初期明显存在的极端功利主义、绝对化、简单化的非理性倾向。"浪漫主义的结局是自由主义，是宽容，是行为得体以及对于不完美的生活的体谅；是理性的自我理解的一定程度的增强。"[2]曾表示不容他人质疑的陈独秀，居然公开承认包括自己在内，新文化运动存在着不了解生活本源，轻忽人文、宗教和偏向机械人生的"大错"。这是个典型的事例，集中说明了由于借鉴和吸纳了反省现代性的某些合理内核，新文化运动显示了自己宽容和富有人性化的另一面。简单指斥新文化运动全盘反传统所以难以成立，归根结底，也正在于此。

考察新文化运动与反省现代性，也有助于使我们对新文化运动后期转向宣传马克思主义和社会主义的理解，获致进一步的深化。西方现代思潮的变动虽然有马克思主义与反省现性非理性主义思潮之异趋，但是，对于批判资本主义而言，却构成了合力。所谓国人受西方现代思潮变动的影响，最初

---

[1]〔英〕以赛亚·伯林著，亨利·哈代编，吕梁等译：《浪漫主义的根源》，译林出版社2008年版，第9、10页。

[2]〔英〕以赛亚·伯林著，亨利·哈代编，吕梁等译：《浪漫主义的根源》，第145页。

正是缘于此种合力的影响,而后才渐次归于异趋。学界对于李大钊、陈独秀转向马克思主义,通常的提法是:由激进的资产阶级民主主义者转向共产主义者。这自然没有错,但有失简单化。因为,看不到西方现代思潮变动对中国的影响和李大钊等人源于反省现代性视野的思想铺垫,上述的概括便难免隔靴搔痒。李大钊由主张"灵肉"二元论到主张物质一元论的唯物史观的转变,说明了这一点;陈独秀从崇拜"近代思潮"到相信"最近最新的思潮",再到信仰唯物史观的思想转变过程,同样说明了这一点。

在坚持追求现代性的前提下,李大钊、陈独秀等人对于反省现代性思潮的借重、吸纳与超越,并最终转向马克思主义,不仅说明新文化运动受西方现代思潮变动的影响,较之学界已有的认识,远为深刻;而且,从一个侧面,也反映了国人已开始逐步走上了摆脱盲目崇拜西方的心态、谋求民族独立发展的理性道路。

但也必须指出,由于新文化运动的主持者们,归根结底,志在追求现代性,并不认同反省现代性的根本取向,故其对于后者的理解与吸纳,不仅因人因事不同,而且从总体上看,也不如梁启超、梁漱溟诸人来得系统和深刻。[①]这只需看看在"科玄之争"中,陈独秀、胡适诸人仍不脱"科学万能"论的窠臼,就不难理解这一点。也因是之故,陈独秀、胡适诸人终未能正视欧战深刻暴露的西方文明的弱点,摆脱隆西抑中的误区。无论人们对梁启超等人加以何样的标签,"东方文化派"抑或"文化保守主义者",他们由于站立在了反省现代性的思想支点上,便有了自己的历史地位;与此同时,他们也因未能有力把握中国当务之急毕竟在于追求现代性的具体国情,终究无法与新文化运动主持者们同居主流的地位。然而,二者相反相成,愈益彰显了辩证法:历史的发展是多样性的统一。

[①] 参见郑师渠:《欧战前后国人的现代性反省》,《历史研究》2008 年第 1 期。

五四前后外国名哲来华讲学与中国思想界的变动

1919—1924年，杜威等五位国际著名学者来华讲学，其作为整体，构成了欧战后西学东渐的文化壮举。名哲讲学不仅传达了西方现代思潮变动的信息；更重要的是，他们积极热情地回应充满新知渴望的中国思想界，故其讲学实际上已超越了单纯学术交流的层面，而形成了与后者的互动。名哲讲学在助益思想深化的同时，也促进了中国思想界的分化与演进，终至为其归趋服膺马克思主义和"以俄为师"，打上了自己的印记；明白了这一点，便不难理解，何以围绕他们讲学，中国思想界会波澜迭起，乃至于引发了诸如关于社会主义的争论和"科玄之争"这样轰动一时的思想论战。无论自觉与否，名哲讲学不仅开拓了国人的视野，而且事实上也是参与了新文化运动，并构成了后者的有机组成部分。

1919—1924年，在新文化运动发展的重要阶段，先后有五位国际著名学者应邀来华讲学：杜威、罗素、孟禄、杜里舒和泰戈尔。他们分别来自美、英、德、印四个国家。每人讲学时间不等，长则两年多，短则数月。主办者为此作了精心的组织与宣传：每位开讲之前，都安排中国学者介绍其学说梗概，预为铺垫；组织大江南北巡回演讲，配以高手翻译，场场爆满；媒体全程报道，许多报纸杂志都辟有专栏与专号；讲演中译稿不仅全文刊发，且迅速结集出版，广为热销。因之，讲学一时风行海内，盛况空前。负责接待的张君劢曾兴奋地写道："杜威来而去矣，罗素来而去矣，杜里舒之来亦不远矣。一美人也，一英人也，今又继之以德人。吾思想界之周谘博访，殆鲜有如今日之盛者也。"[①] 在长达六年的时间里，每年都有一位享誉世界的著名学

---

① 张君劢：《德国哲学家杜里舒氏东来之报告及其学说大略》，《改造》第4卷第6号，1922年1月15日。

者在华讲学，每年都在学界与思想界形成了一个热点；每位学者的影响自有不同，但作为整体，却构成了欧战后西学东渐的文化壮举，成为新文化运动中一个影响深远的重要历史景观。

新文化运动既是近代中国历史发展的产物，同时，也是受欧战前后西方现代思潮变动影响的结果。名哲讲学不仅在其时中国的语境下，传达了西方现代思潮变动的信息；而且更重要的是，他们积极热情地回应充满新知渴望的中国思想界，故其讲学实际上已超越了单纯学术交流的层面，而形成了与后者的互动。由于国人见智见仁，各取所需，名哲讲学在助益思想深化的同时，也促进了中国思想界的分化与演进，终至为其归趋服膺马克思主义和"以俄为师"，打上了自己的印记。明白了这一点，便不难理解，何以围绕他们讲学，中国思想界会波澜迭起，乃至于引发了诸如关于社会主义的争论和"科玄之争"这样轰动一时的思想论战。无论自觉与否，名哲讲学不仅开拓了国人的视野，而且事实上也是参与了新文化运动，并构成了后者的有机组成部分。也唯其如此，研究名哲讲学是研究新文化运动的重要方面。

学界对于名哲讲学虽然已有许多相关的研究，但多属个案。本文拟将名哲讲学视为整体的历史现象，作综合的研究，通过探究其与中国思想界变动间的联系，从一新的视角，透视此期新文化运动分化与演进的内在逻辑。

一、中国进步思想界的共同客人

五四前后，名哲联袂应邀来华讲学，得益于新文化运动营造的追求新知和开放的良好社会氛围。蔡元培说："我们有一部分人，能知道这种学者的光临，比什么鼎鼎大名的政治家、军事家重要的几十百倍，也肯用一个月费二千镑以上的代表（价）去欢迎他。"[①] 这在有识之士中，已为共识。但究其缘起，又无一不是出于社会各团体的联合推动，共襄盛举。所以，他们是其时中国进步思想界的共同客人。不过，此举毕竟又与梁启超和由他牵头发起的讲学社，关系最为密切。聘请杜威的团体，包括北京大学、尚志学会、中国公学、新学会、浙江与江苏两省教育会及南北高师等多个单位。其中，尚

---

① 高叔平编：《蔡元培年谱长编》中，第606页。

附　录
五四前后外国名哲来华讲学与中国思想界的变动

志学会、中国公学、新学会的负责人都是梁启超。后杜威续聘一年,更转由讲学社出面。孟禄虽然是由"中国实际教育调查社"出面聘请,梁启超也是其中重要的参与者。至于罗素等其他三位,更径直皆由讲学社聘请。所以,从总体上看,可以说,此期名哲来华讲学的盛举,主要是由讲学社主持的。

有一种观点认为:邀请罗素讲学的"总负责人",不是陈独秀、李大钊、鲁迅,也不是蔡元培、胡适,"而是发表了悲凉的《欧游心影录》从而有'守旧复古'之嫌",且为研究系首领的梁启超,难免"有点令人沮丧"。虽然不能将罗素"视为中国政治上反动或学术保守的一党一派的客人",但由梁启超出面邀请接待,终究"带来了消极的影响,至少,这样一种安排阻止了罗素和陈独秀、李大钊等中国最激进的政治、学术领袖的交往"。① 这似是而非。实际上,欧游归来的梁启超,告别政坛,转入文化教育,同样成为新文化运动的健将。② 依陶菊隐的说法,此时的梁非但不是"悲凉"、"守旧复古",相反,抱"雄心壮志",想高举新文化大旗,"在中国大干一场"。他的理想是将"整理国学"与"灌输西方新思想及新科学"结合起来,推进中国新文化的发展。为此,他建立了三个机构:一是读书俱乐部,后与松坡图书馆合并,提倡研读新书;二是设立共学社,与商务印书馆合作,编译出版《新文化丛书》;三是发起讲学社,每年请国际驰名学者一位来华讲学。③ 足见,发起成立讲学社,延名哲讲学,乃是梁积极推进新文化建设总体战略部署的一个有机组成部分。他在谈到讲学社宗旨时,也是这样强调的:"我们对于中国的文化运动,向来主张'绝对的无限制尽量输入'。""今日只要把种种的学说,无限制输入,听国人比较选择,将来自当可以得最良的结果。我们个人做学问,固然应该各尊所信,不可苟同;至于讲学社,是一个介绍的机关,……所以我们要大开门户,把现代有价值的学说都欢迎,都要输入。这就是我们讲学社的宗旨。"④ 不应低估了梁启超,他给讲学社的定位,是引进新知的公共大平台,而非研究系党派之私的狭隘门户。

讲学社的缘起及其运作方式,进一步说明了这一点。聘请名哲讲学,不

---

① 冯崇义:《罗素与中国》,生活·读书·新知三联书店 1994 年版,第 92、102 页。
② 参见郑师渠:《梁启超与新文化运动》,《近代史研究》2005 年第 5 期,第 1—37 页。
③ 陶菊隐:《蒋百里传》,中华书局 1985 年版,第 51、52 页。
④ 梁启超:《讲学社欢迎罗素之盛会》,《晨报》1920 年 11 月 10 日,第 3 版。

仅费用高昂，而且南北各地巡回讲演，组织工作繁重，需要众多人脉资源。二者决定了跨团体、跨区域，学界、思想界大家合作的必然性。杜威抵达后，哥伦比亚大学才通知胡适，同意杜休假一年，但不带薪。这意味着原定预算出现严重缺口。胡适一时措手不及，只好求救于教育总长范源濂，后者"极力主张用社会上私人的组织担任杜威的费用"，并帮助邀请尚志学会、新学会等筹款加入，形成所谓"北京方面共认杜威"的模式①，即社会团体联合承办。这对此后的延请，显然起了重要的启示作用。最初，梁启超仅考虑以中国公学的名义请罗素，或再加上尚志学会与新学会，以便分担费用。后徐新六与傅铜都给他提出了重要的建议。徐以为，"大学一部分人必邀其帮忙"，这不仅在京有益，各省讲演，尤其需要借重教育界的人士。傅的意见更显开阔，他说："聘请者之人数或团体数，多多益善，此亦一种国民外交也。学校固可，报馆亦可，即工商界之人物与团体如张四先生，如南洋兄弟烟草公司等亦可。昨与教育次长谈及，教育部亦可略为担任。宜急印一公启，分寄各处。"他把聘请外国名哲提高到了国民外交的高度，不无道理；同时，不仅将合作的范围进一步扩大到工商界，而且不拒绝官方参与。更重要的是，他还提议，筹款有余，可续聘他人；若有望增多，不妨立诸如"国外名哲聘请团"的名义，作长久计，年年延聘。这类似今天设立基金会的创意，又将民间社团合作承担的构想，大大推进了一步。梁启超很快就接受了他们的意见，最终与蔡元培、汪大燮共同发起成立讲学社。1920年9月5日，他致书张东荪说："组织一永久团体，名为讲学社，定每年聘名哲一人来华讲演。"讲学社设董事会，组成人员除三个发起人外，还包括范源濂、张謇、张元济及高师、清华、南开三校校长等各界名流多人。讲学社设于北京石达子庙欧美同学会内，由蒋百里任总干事。罗素成为讲学社聘请的第一位学者。需要指出的是，讲学社得以成立，梁启超做了大量组织协调工作。他与张东荪书说，为讲学社事，专门入京，"忽费半月"。②徐新六曾告诉他，胡适诸人对于聘请罗素事，意有不释，当有所沟通。1920年8月30日，胡适在日记中写道："梁任公兄弟约，公园，议罗素事。"③说明梁果然很快就主

---

① 耿云志、欧阳哲生编：《胡适书信集》上，北京大学出版社1996年版，第2008、2009页。
② 丁文江、赵丰田编：《梁启超年谱长编》，第917—919页。
③ 《胡适全集》第29卷，安徽教育出版社2003年版，第198页。

附录
五四前后外国名哲来华讲学与中国思想界的变动

动去沟通了。其用心，可见一斑。

讲学社"规约"规定，"递年延聘世界专门学者来华"①，已隐含了选聘标准：其一，当是国际知名学者，先到的杜威，无形中成了参照。其二，既是"专门学者"，自然不分文理。在欧洲的张君劢，致书祝贺讲学社成立，强调的正是这一点。他说："吾以为凡哲学、社会科学、自然科学，应访求其主持新说之钜子而罗致于东方，则一切陈言可以摧陷廓清而学问之进步将远在各国上矣。此则望于贵社诸公力图之也。"②最终聘到的学者，侧重在哲学、教育与文学领域，但实际上，最初拟聘的名单中，除了哲学家柏格森、倭铿外，还包括科学家爱因斯坦、美术家傅来义与华里士、经济学家霍白生。但因故皆未成行，尤其是与爱因斯坦失之交臂，成为一大遗憾。名哲人选最终由董事会确定，其讲学的具体接待与安排，自然由各团体通力合作。以翻译为例，杜威的翻译是胡适，罗素的翻译是赵元任与傅铜，杜里舒的翻译是张君劢，泰戈尔的翻译则是请了徐志摩担任。

总之，讲学社是由梁启超牵头发起，这不影响它成为其时中国学界、思想界公认的延请国际名哲讲学的代表性机构。时在德国留学的"少年中国"负责人王光祈著文说：要争取邀请爱因斯坦来华讲学，"在我们'老大中国'中制造些'科学空气'。我希望讲学社的先生们特别注意！"③固然是反映了这一点；而冯友兰晚年回忆说，"在五四运动的时候，梁启超等人组织了一个尚志学会，约请了美国的实用主义哲学家杜威和英国的哲学家当时是新实在论者的罗素到中国讲学"④。他将讲学社误记为尚志学会了，却从另一个侧面，同样反映了这一点。新文化运动是广义的概念，不能定于一尊，视为几个人的专利，而将他人创始同样有意义的事，都认作"令人沮丧"的另类，而有所贬抑。所谓梁启超主持讲学事宜，阻止了罗素与陈独秀、李大钊间的学术与思想交往，也属臆断。事实上，梁启超曾主动提出请陈独秀参与

---

① 《时事新报》1920年9月14日。
② 张君劢：《张君劢致讲学社书》，《改造》第3卷第6号，1920年12月15日，第110页。
③ 《王光祈旅德存稿》，第469页，见《民国丛书》第五编（75），上海书店1989年版，据中华书局1936年影印版。
④ 冯友兰：《三松堂全集》第1卷，河南人民出版社2001年版，第179页。

协调南下迎罗素事,而后者也确实出席了上海七团体欢迎罗素的宴会。[①] 所谓"阻止"云云,于其时,既无必要,也不可能。陈、李与诸名哲直接交往不多,当有其他多种可能性,不应作过分解读。

由于其时中国思想界正处于激烈交锋的重要时期,不同政治派别与思想分野客观存在,人们对于名哲讲学,见智见仁,甚至各取所需;缘此,出现思想分歧与争论,乃至于猜疑,是正常的现象。胡适曾提醒担任罗素翻译的赵元任,不要被梁启超的研究系"利用提高其声望,以达成其政治目标"[②]。泰戈尔的讲演更受到了部分人的抵制。至于缘此引发的关于社会主义的论战和"科玄之争",更是人所周知。但是,这些并没有改变名哲乃中国思想界共同客人的事实;不仅如此,更重要的是,其展开的过程,彰显了名哲讲学与中国思想界变动间存在着深刻的内在联系,这是不容忽视的。

二、名哲讲学与"东方文化派"的崛起

五四前后名哲来华讲学,不啻在战后特定的时空下,为中西文化交通架起了一座新的桥梁。欧战前后的东西方社会,都面临着各自"重新估定一争价值"的时代。当中国新文化运动兴起,奉西方近代文明为圭臬,猛烈批判固有文化之时,缘欧战创深痛巨的欧洲,正陷入了自己深刻的社会文化危机。人们对此的反省,除了马克思主义的社会革命论外,其另一重要取向,便是反省现代性。所谓现代性,是指自启蒙运动以来,以役使自然、追求效益为目标的系统化的理智运用过程。因之,许多人将问题归结为理性对人性的禁锢,以为启蒙运动以来,理性主义风行,造成了"机械的人生观",迷信科学万能,物质至上。人们失去了精神家园,物欲横流,尔虞我诈,终至酿成了大战巨祸。他们将目光转向人的内心世界,更强调人的情感、意志与信仰。反省现代性的非理性主义思潮的兴起,肇端于尼采;20世纪初,以柏格森、倭铿等人为代表的生命哲学,强调直觉、"生命创化"与"精神生

[①] 丁文江、赵丰田编:《梁启超年谱长编》,第920页;《各团体欢迎罗素博士纪》,《申报》1920年10月14日,第10版。

[②] 赵元任:《从家乡到美国——赵元任早年回忆》,学林出版社1997年版,第156页。

活",风靡一时,是此一思潮趋向高涨的重要表征。① 欧洲现代思潮的上述变动,反映了人们对于资本主义文明的反省,不仅深刻地影响了整个西方世界,而且也影响到了东方。唯其如此,杜威一行的讲学,也就不可能不将各自对现代思潮变动两大取向的解读带到中国,从而为后者思想界的变动注入了新的元素。②

毫无疑问,名哲作为中国进步思想界的嘉宾,其根本取向与主张科学与民主的新文化运动是完全一致的。杜威讲学的一个重点,就是美国的宪政与科学。他肯定"正是场这新文化运动,为中国的未来,奠定了一块最牢固的希望的基础"③。罗素则强调,在当今的世界,"理性和科学的态度",较之以往任何时候都显得更加重要。这是一种"怀疑的态度","人们对于什么事体都要问有什么理由"。④ 这与胡适在《新思潮的意义》中提出的旨趣,岂非如出一辙?倭铿当年所以向蔡元培等人举杜里舒自代,一个重要理由,就是杜里舒是著名生物学家,"故其哲学上有科学上之根据,或者于中国今日好求证于科学之趋向相合"。而后者也以为然。足见,杜里舒是被认定符合新文化运动的需要,才入选的。孟禄说,"科学在中国确有重要的价值,打算救中国不在科学上注意,是无效的"⑤,固不必论,就是引起争论的泰戈尔,何尝不是如此主张?(这在后文将进一步谈到)但是,这些并不影响他们将反省现代性的取向引到了中国。

名哲讲学以杜威与罗素的影响最大,因而他们于反省现代性思潮的引介也更易于传播。杜威在讲演中说,欧战的发生和"现在世界的变迁以及发生的种种危险,都是这实业大革命的结果,所以我们应从这一点上去研究,去救文化的危险"⑥。他所谓需要加以研究和补救的"文化的危险",显然是指18世纪以来伴随工业革命发生的西方近代资本主义文明的危机。虽然他并不赞

---

① 详见郑师渠:《欧战后国人的现代性反省》,《历史研究》2008年第1期,第82—106页。
② 名哲中的泰戈尔虽非西方学者,但他作为诺贝尔文学奖获得者,战后曾游历欧洲,对东西方文明有独立的思考与评论,为世界所关注,故并不影响他发挥此种桥梁的作用。
③ 〔美〕微拉·施瓦支著,李英国译:《中国的启蒙运动:知识分子与五四遗产》,山西人民出版社1989年版,第10页。转引自刘克敏、程振伟:《杜威实用主义哲学与20世纪中国文化》,《杭州师范大学学报》2010年第4期。
④ 袁刚等编:《中国到自由之路——罗素在华讲演集》,北京大学出版社2004年版,第253页。
⑤ 陈宝泉、陶知行、胡适编:《孟禄的中国教育讨论》,中华书局1923年版,第103页。
⑥ 袁刚等编:《民治主义与现代社会——杜威在华讲演集》,北京大学出版社2004年版,第151页。

成简单地将西方文明归结为物质文明,但他坦承西方文明有缺陷:"有人过于崇拜物质上的文明,把人事和科学分开,所以也有人利用物质的文明,造下种种罪恶"。将道德与科学全然分离,"这是西方文明最大的危险"。他提醒听众说,中国现在的情形,"有两大危险,不可不注意":一是有人"想抵拒物质文明",以保有旧社会的思想习惯,这是不可能的;二是有人"妄想有了物质文明就全够了,把人生问题丢开",令物质文明与人生行为相脱节,这就是西方文明已经发生的危险现象。杜威在课后曾提出了下面的一个问题,让大家回去思考:"怎样能够在教育上寻出一种方法,使我们可以利用西方的科学教育和物质文明,来增加人民的幸福,同时又能避免极端物质文明的流弊呢?"[1] 这里所提示的,正是反省现代性的主题。需指出的是,杜威的一个重点讲题是《现代的三个哲学家》,分别介绍了詹姆士、柏格森与罗素的思想。他对柏格森的生命哲学有很高的评价,不仅强调他与其他二人的思想"是代表我们时代的精神",而且强调他的"生命的奋进"说与直觉理论,十分精彩。杜威说:"柏格森的直觉,就是对于自己创造的将来有一种新的感觉。这个感觉,决不是推理计算可以得到,而在我们有一种信仰,往前奋进。这是柏格森的贡献。"[2] 国人对柏格森原来并不熟悉,经此讲演,柏格森及其生命哲学在中国的影响迅速扩大了。所以,有人甚至这样说:"到杜威博士讲演现代三大哲学家的思想,于时柏格森的思想才介绍到中国。"[3]

如果说,杜威的讲学还仅是涉及反省现代性;那么,罗素则是形成了自己系统的观点。罗素在欧战中,是著名的反战主义者,并因之入狱。他在自传中说,战争改变了自己的一切,尤其是改变了自己"整个的人性观"。战争的残酷,使他"获得一种新的对有生命的东西的爱"[4]。他开始从纯粹的哲学跃入社会哲学领域。罗素提出一个重要的命题:何为"合理的人生",或怎样可以得到"生命的乐趣"?他说:"所有人生的现象本来是欣喜的,不是愁苦的;只有妨碍幸福的原因存在时,生命方始失去他本有的活泼的韵节。小猫追赶她自己的尾巴,鹊之噪,水之流,松鼠与野兔在青草中征逐;

---

[1] 袁刚等编:《民治主义与现代社会——杜威在华讲演集》,第675页。
[2] 袁刚等编:《民治主义与现代社会——杜威在华讲演集》,第265页。
[3] 乔峰:《生机主义》,《东方杂志》第20卷第8号,1923年4月25日。
[4] 陈启伟译:《罗素自传》第二卷,商务印书馆2003年版,第35页。

自然界与生物界只是一个整个的欢喜,人类亦不是例外;……人生种种苦痛的原因,是人为的,不是天然的;可移去的,不是生根的;痛苦是不自然的现象。只要彰明的与潜伏的原始本能,能有相当的满足与调和,生活便不至于发生变态。"①合理的人生与生命的乐趣,只在于人的本能的发舒与满足。它应有几种元素:自然的幸福、友谊的情感、爱美与创作的奖励、纯粹的知识即科学的追求。然而,这一切都与机械主义不相容。以追求"成功"、"竞争"、"捷效"为目标的现代社会,把人当成了机器,严重扭曲了人性,制造了人生的悲哀。罗素说:"近五百年来欧洲在我们所谓'文明'的方面进步的可以算空前所没有,但同时一步一步的所有的信仰都渐渐的消散了。"正是此种文明引发了欧战,如今不仅战败国,所有的欧洲人,都"失了一种值得生活的意味","人心里不觉有什么幸福的味,只觉得万事皆空似的"。②罗素反省现代性的观点是鲜明而系统的,但这尚非其精彩之处;他进而提出著名的人性"冲动"说,并与社会改造的原理相联系,更充分展现了自己的一家之言。罗素指出,人类一切活动,最终皆源于人性的"冲动","冲动本来是盲目的,并不预想什么结果,并不是由先见预算而起的"。"冲动"的力量远大于"欲望",故以前相信"理智万能"是错的。③"凡人天性,有两种冲动:(一)创造的;(二)占有的。无论何国政治,皆从此二种冲动而生"。所以,社会改造的根本原理就在于:"增加创造的冲动,而减少占有的冲动。"④需要注意的是,罗素作为新实证主义代表人物,重理性而不以直觉为然,但是,在实用哲学上却恰相反,强调人性的本能"冲动",与柏格森讲"生命的冲动",异曲同工。也正因为这样,较之杜威一般性介绍柏格森,罗素讲学更能在实质上张大了生命哲学和反省现代性思潮在中国的影响。余家菊说,罗素"从心理上去寻出改造社会的根据是他的一个很重要的方法。我以为这种方法对于好逞空谈的国民是一个很好的教育"⑤。蔡元培的评价更高,以为罗素的"冲动"说,"很引起一种高尚的观念,可与克鲁巴金的'互助'

---

① 徐志摩:《罗素又来说话了》,见韩石山编:《徐志摩全集》第1卷,天津人民出版社2005年版,第367、368页。
② 袁刚等编:《中国到自由之路——罗素在华讲演集》,第288、289页。
③ 高一涵:《罗素的社会哲学》,《新青年》第7卷第5号,1920年4月1日。
④ 《社会改造原理》,见袁刚等编:《中国到自由之路——罗素在华讲演集》,第3页。
⑤ 余家菊:《译者的短语》,《晨报》1920年10月1日,第7版。

主义，有同等价值"①。

　　杜里舒在五位名哲中，是唯一作为欧洲生命哲学的大家受聘的。他是哲学家，又是生物学家。他以自己著名的海胆细胞实验，成功地证明了生物的每一个细胞都可达成一个全体，从而动摇了单纯以理化原理解释生命现象的机械论。杜里舒强调"生命自主"，提出了生机论。他对中国听众说：欧战的根源，端在机械的人生观，而此种"伦理上之物质主义，即由理论上之物质主义而来"。"所以抗此思潮而收伦理之效者，莫妙于生机主义。""凡事之关于物质者，皆不足重轻，足重轻者，必非物质。此则生机主义之精神。"②以科学证入哲学，生机论成为生命哲学重要的理论依据。生物学家秉志在《杜里舒生机哲学论》中说："杜氏提生命自主之说，以生命自系一物，以哲学方法研究之，其言虽有所偏，而于将来生物学之革旧谋新，势必生最大影响。"③这是科学家的持平之论。一般皈依反省现代性思潮的读者，自然更兴奋不已。邹蕴真说，"生命哲学上之有杜里舒，不啻几何学上之有证明也"。杜氏所谓"生命自主"与柏格森的"生命创造"实同，不过后者从直觉悟得，前者则从实验证出。杜氏学说，由科学上升哲学，复将哲学用于人生。"真秩序极了！精严极了！学始乎至微至细之细胞，而推至广之宇宙，可谓以科学之锁钥开哲学之门矣！"④菊农更进了一步，强调生机论对于人生具有巨大的激励价值。他写道："生机主义确证得每一细胞均可发达成一全体，所以每一个体在宇宙中，每个人在社会里，都可以对于全体有贡献，并且是个人的责任，况且都有平等的可能。自由意志是可能的，细胞的发展原不是机械的动因，大家都应当对于全体努力。你看发达至四细胞期之四分之三之细胞，与从细胞切下之一堆小细胞，均努力发展成一全体，宇宙间的事固然应当大家担当。但一部分不能动作时，余一部分便应当担当起来，是可能的。不但如此，杜氏更寻出许多全体性的符号来，我们知道'超人格'不是幻想，是事实。超人格既存在，便应当努力。大而言之，宇宙为一超人格，人类为一超人格；小而言之，国家亦是一超人格。如此为全体奋斗，不是没

---

① 《五十年来中国之哲学》，见高叔平编：《蔡元培全集》第4卷，第365页。
② 张君劢译：《生机主义与教育》，《新教育》第5卷第5号，1922年12月，第1027页。
③ 秉志：《杜里舒生机哲学论》，《东方杂志》第20卷第8号，1923年4月25日。
④ 邹蕴真：《现代西洋哲学之概观》，《新时代》第1卷第1期，1923年4月。

有意义的了。且并不是不可能的了。"① 其言不仅反映了杜氏讲学的魅力,同时也反映了反省现代性思潮的内在合理性,契合了国人追求积极奋进的时代精神。

孟禄与泰戈尔讲学时间最短,但也不忘提醒听众反省现代性的必要。例如,孟禄说:工业发展不可避免,但"同时也有一种危险发生,即物质主义发达,自私自利的现象在所难免,流弊甚多。中国对此问题,应当思预防,以便得欧美诸国所得的利,而不受其所受的害"。② 泰戈尔是著名的西方文化的批评者,他认为,健全的文明当是物质文明与精神文明并重,且是前者植根于后者的文明;但是,西方热衷于对外侵略扩张和掠夺,终至引发了欧战惨剧,究其根源,正在于精神主义的缺失。③ 泰戈尔作为东方人,其反省现代性,自然别有一番魅力。不仅如此,作为大诗人,他以浪漫主义的情怀,倡言敬畏生命与对人类的爱,这又恰恰为柏格森生命哲学在中国,尤其在一些青年人中的传播,酿造了诗情画意。《晨报》开辟有"太戈尔研究"专栏,刊有文学研究会的瞿世英与郑振铎间的通信,其中瞿世英写道:"太戈尔的思想,只是两个字——爱与变。其根本重要之点即在其注重生命。""柏格森的哲学很有些象他,我以为他们不过是用两种说法说一件事而已。"泰氏在《春之循环》中说,"世界上全是改变,全是生命,全是运动";"改变是我们的秘密";"旧的永久是新的";又说"这就是生命"。"这几句话若接连起来,便可以说是他的哲学思想——你看他象不象柏格森说的话"?他最后说,先受泰氏的影响,后读柏格森的著作,"与吾前说相佐证,乃大信柏格森的哲学"④。瞿世英的感受,特别在文学青年中有相当的代表性。

受西方现代思潮变动的影响,五四前后的中国也兴起了反省现代性的思潮,梁启超的《欧游心影录》与梁漱溟的《东西文化及其哲学》的出版与风行,是其趋于高涨的重要标志。⑤ 这在时间段上,正与名哲讲学相重叠,不难想见,后者起了推波助澜的作用。但这不仅是指名哲讲学助益反省现代性

---

① 菊农:《杜里舒与现代精神》,《东方杂志》第20卷第8号,1923年4月25日。
② 孟禄著,王仲达译:《影响教育问题之新势力》,《新教育》第4卷第4号,1922年4月。
③ 枕江译:《印度泰戈尔之物质文明与精神文明论》,《解放与改造》第2卷第10期,1920年4月27日。
④ 《晨报》1921年2月27、28日;4月1日。
⑤ 详见郑师渠:《五四前后国人的现代性反省》,《历史研究》2008年第1期。

思潮声势的壮大；更主要是指，他们的讲学为以梁启超、梁漱溟为代表，倡导此一思潮的所谓"东方文化派"，提供了重要的立论依据。这包含有两个层面：

其一，名哲的言说，启发或助益了他们重要理论观点的酝酿与形成。这可以梁启超与梁漱溟为例。

1920 年 11 月，梁启超在欢迎罗素的会上致辞时，曾强调说：战后的世界人类所要求的是，"生活的理想化，理想的生活化。罗素先生的学说，最能满足这个要求"。"我们因为一种高尚的目的来生活，这生活才有价值。所以我们要的是理想的生活"。现在各国学者都在向这个方向进行，"然而最有成绩的，只怕要推罗素先生第一了"。① 他所谓的"理想的生活"，就是罗素所讲的"合理的人生"。值得注意的是，梁启超不仅提出了这个目标，而且其心中也开始酝酿确立了一个课题：从中国文化的视角看，何为"理想的生活"或叫"合理的人生"？1922 年底，他完成了晚年重要的著作《先秦政治思想史》，本书的另一名称则为《中国圣哲之人生观及其政治哲学》。梁启超在书中说，"吾侪今日所当有事者，在'如何而能应用吾先哲最优美之人生观使实现于今日'"。换言之，就是要探讨，"在现代科学昌明的物质状态之下，如何而能应用儒家之'均安主义'"，以建立"仁的社会"，从而避免百余年来欧美社会的覆辙，"不至以物质生活问题之纠纷，妨害精神生活向上"；不因社会的发展，而导致机械主义，最终保障"个性中心"的实现，即体现人性的充分发舒与生命的自然乐趣。他认为，西方现代文明所以陷入危机，就在于无法破解两大难题："其一，精神生活与物质生活之调和问题"；"其二，个性与社会性之调和问题"；而儒家"仁的社会"，恰恰是调和二者，"于人生最为合理"的社会。他相信，自己提出的思想将有助于"拔现代人生之黑暗痛苦以致诸高明"。② 梁启超的观点是否正确，可不置论；重要在于，他的立意是通过研究儒家学说，回答在中国文化的视野下，如何建立"合理的社会"与"合理的人生"，以助益全人类；这与他在欢迎罗素会上致辞所提出的问题，显然存在因果关系；也就是说，罗素的讲学进

---

① 梁启超：《讲学社欢迎罗素之盛会》，《晨报》1920 年 11 月 10 日。
② 梁启超：《饮冰室合集》，专集 50，第 182、183、184 页。

一步启发了梁启超的"问题意识"。他在本书的序中还提到,在南京著此书时,有机会听欧阳竟无讲佛学,又值杜里舒在这里讲学,张君劢任翻译,故得以与张君劢同居,"日夕上下其议论"。他说:"兹二事者,皆足以牖吾之灵而坚其所以自信。还治所学,而乃益感叹吾先圣之教之所以极高明而道中庸者,其气象为不可及也。……(此书)倘足以药现代时弊于万一,则启超所以报先哲之恩我也已。"[①] 我们说,杜里舒的讲学间接地也影响到了梁启超此书的写作,当非臆断。耐人寻味的是,罗素归国后曾参与策划出版《世界哲学丛书》,他最终推荐梁启超为中国卷撰稿人,而后者提交的著作正是他的《先秦政治思想史》。

梁漱溟较之梁启超更具典型性。1921年,他出版《东西文化及其哲学》一书,提出了著名的世界文化发展"三种路向"说,令其名满天下。冯友兰说,"梁先生的学说,在现在中国是一广有系统的有大势力的人生哲学"[②]。"三个路向"说的逻辑起点,是要证明代表第一路向的西方文化,已走到尽头,正现实性地转入中国文化所代表的第二路向,即"走孔子的路"。在梁漱溟看来,名哲讲学及其思想取向,恰恰为自己的上述观点提供了充分的佐证。他写道:罗素强调人类一切活动源于本能"冲动",而非"欲望",这代表了许多西方人的认识,说明"西方人眼光从有意识一面转移到另一面","于是西方人两眼睛的视线渐渐乃与孔子两眼视线所集相接近到一处"。其实,"像尼采、詹姆士、杜威、柏格森、倭铿、泰戈尔等人大致都是这样"。今日西洋哲学都已渐归人事,罗素也由纯哲学转向人事哲学,其"眼光见解也很同生命派意思相合"。说到底,罗素的旨趣只在"自由生长"一句,"而孔家要旨也只在不碍生机。孔家所以值得特别看重,越过东西一切百家的,只为唯他圆满了生活,恰好了生活,而其余任何一家都不免或多或少窒碍、斫戕、颓败、搅乱了生活。那么,怎样不要伤害生机自然是根本必要的;罗素于此总算很能有见于往者孔子着眼所在而抱同样的用心,所差的孔子留意乎问题于未形,而罗素则为感着痛苦乃始呼求罢了。……所以罗素之要改造社会很富于哲学的意趣,是要求改辟较合理的一条人生的路"。[③] 换言之,罗

[①] 梁启超:《饮冰室合集》,专集50,第1页。
[②] 冯友兰:《一种人生观》,中国人民大学出版社2005年版,第34页。
[③] 《东西文化及其哲学》,见《梁漱溟全集》第1卷,第498、503、507、508页。

素所追求的所谓"合理的人生",早已为孔子所指明了。1972年,梁漱溟的《中国——理性之国》一书出版,为此他专门写了《旁观者清:记英国哲人罗素五十年前预见到我国的光明前途》,作为本书的代序。文中辑录了罗素于1922年出版的《中国问题》一书的主要观点。他强调,当年罗素对于中国文化的许多见解,被历史证明是多么富有远见卓识。[1]足见罗素对他影响之深远。

梁漱溟也重视印度大诗人泰戈尔,因为他恰好也代表了一大"路向"。他说:泰戈尔在西方极受欢迎,其妙处在于拿直觉的语言表达诗情,而不形之于理智的文字,故不必讲哲学,只是作诗,却感人至深。"这样,人都从直觉上受了他的感动,将直觉提了上来,理智沉了下去。""他唯一无二的只是个'爱';这自然恰好是西洋人的对症药。西洋人的病苦原在生机斫丧的太不堪,而'爱'是引逗出生机的培养生机的圣药。西洋人的宇宙和人生断裂隔阂,矛盾冲突,无情无趣,疲殆垂绝,他实在有把他融合昭苏的力量。"泰戈尔的思想大约是受西洋生命哲学的影响,印度人原非如此,但这也并非西洋人所原有的。"虽其形迹上与中国哲学无关联,然而我们却要说他是属于中国的,是隶属于孔家路子之下的。"[2] 梁漱溟的征引多属牵强,无须讳言;但名哲的讲学及思想,助成其理论构建,却是应当看到的。

其二,名哲讲学由反省现代性引出的中西文化观及其对于中国新文化发展的建议,多与梁启超等"东方文化派"的诉求相通,甚至不谋而合,无形中提升了后者的影响力。

在中西文化问题上,诸名哲的具体主张容有不同,但有一点却是共同的:他们都肯定西方文化存在弊端,而中国文化有自己的优长,故中国不应简单模仿西方,要有所选择,并在融合中西的过程中,发展新文化,为世界文化发展做出自己的贡献。杜威说:"中国有数千年之旧文化,今又输入欧美之新文化。二者亟待调和,以适应于人之新环境。"[3]"我希望中国不单去输入模仿,要去创造。对于文化的危险,有所救济;对于西洋社会的缺点,有

---

[1] 参见《梁漱溟全集》第4卷。
[2] 《梁漱溟全集》第1卷,第513页。
[3] 《杜威在北大师生欢迎蔡元培校长回校大会上致词》,《北京大学日刊》1919年9月22日。

所补裨；对于世界的文化，有所贡献。"① 杜威自然是支持新文化运动的，但也直言不讳地批评了新派人物不免存在一味趋新，感情用事和走极端的非理性倾向。他强调，"旧未必全非，新未必全是，东西文化，互有长短"，只有善于"调和融会"，才能创造出新文化。② 罗素也说，"欧洲文化的坏处，已经被欧洲大战显示得明明白白，……所以决计不是一味效法西方，中国人才能为他的国家或世界谋幸福"。他尤其对于中国人民复兴民族与文化，深抱厚望："不特中国，即是世界的再兴，也要依靠你们的成功。"③ 孟禄更提醒中国的教育家，"应该把中国文化的要点 —— 不是细节 —— 保存；再吸收西洋文化的要点 —— 不是细节 —— 中国的文化，应该化合西洋文化；不应该把西洋文化去代替他。这种化合应该因势利导，不应强行"④。从杜亚泉到梁启超、梁漱溟，"东方文化派"的基本诉求是：欧战既已暴露了西方文明的弱点，国人当重新审视中西文化，在学习西方的同时，谋独立发展民族的新文化。其时，关于新旧、中西文化"调和"或"化合"说，不胫而走，正反映了这一点。尽管其具体论述仍不免于误区，但根本的诉求与名哲的共识，实不谋而合。胡适诸人简单指斥梁启超的所谓"科学万能论"破产和西方学人主张求益于东方，都无非是惑众的"谣言"，或西方几个反动哲学家的牢骚而已，甚至讥讽所谓"东方文化"根本不成概念。现在包括胡适的老师杜威在内名哲来华现身说法，显然令他们陷入了尴尬；而与此相反，名哲讲学却有助于提升了后者的影响力。时正忙于著述《三民主义》的孙中山，也不忘特别提到罗素："外国人对于中国的印象，除非是在中国住过了二三十年的外国人，或者是极大的哲学家象罗素那一样的人有很大的眼光，一到中国，便可以看出中国的文化超过于欧美，才赞美中国。"⑤ 枢乾1922年6月翻译罗素的《中国文化与西方》一文，刊于《学灯》。他在按语中说："我之所以译为中文者，就是把罗素先生的批评当作我们的镜子。照着这面镜子，我们可以看见自身更明白一点。东西文化各有特长，万不可弃我之所长而并取他人

---

① 《学问的新问题》，见袁刚等编：《民治主义与现代社会 —— 杜威在华讲演集》，第153页。
② 《习惯与思想》，见袁刚等编：《民治主义与现代社会 —— 杜威在华讲演集》，第550页。
③ 袁刚等编：《中国到自由之路 —— 罗素在华讲演集》，第301页。
④ 庄泽宣：《介绍门罗博士》，《新教育》第4卷第1号，1920年5月。
⑤ 《孙中山选集》，人民出版社1981年版，第685页。

之所短。我们的新文化运动是要产生一种新文化,并不是把我国变作欧洲,一意醉心欧化者,观罗素此论,当可猛醒。"① 这更是径直从中引出了对于新文化运动的反省。至于冯友兰于1923年发出这样的感叹:"我觉得近来国内浪漫派的空气太盛了,一般人把人性看得太善了。这种'天之理想化与损道'的哲学,我以为也有他的偏见及危险。"② 则是反映了反省现代性思潮的空前高涨。

也因之故,陈独秀、胡适诸人对名哲反省现代性的言论,颇感不悦。罗素的第一场讲演便引起了争论。1920年10月14日晚,罗素在上海七团体欢迎会上有简短致辞,其中说:"顾百年以来,所以支配欧洲之基本思想,实未尽善,其中多有违反良知、倾向破坏、奖励贪得掠夺者。诚使鄙人为中国人,必不愿移植此种不纯正之欧洲基本思想于中国,以蹈欧洲覆辙。中国固有之文明,如文学美术,皆有可观,且有整理保存之价值与必要。"③ 第二天《申报》报道说,罗素致辞提倡"保存国粹"。17日,《晨报》刊出罗素15日在中国公学作题为《社会改造原理》的首场讲演,其中引用了老子的话:"生而不有,为而不恃,长而不宰。"陈独秀终于忍不住了,于19日即发表《罗素与国粹》一文,提醒罗素:"中国的坏处多于好处,中国人有自大的性质,是称赞不得的。"④ 双方打起了笔战。独秀好友、罗素的崇拜者张崧年赶紧致书《时事新报》,澄清事实,强调《申报》记者对于罗素夜宴致辞的翻译,大违原意。⑤ 此事,终究是陈独秀过于敏感,说明心理上存在某种紧张。由此,便不难理解,何以名哲讲学期间,关于中西文化问题的争论会盛极一时;而1923年著名的"科玄之争",说到底,就是强调现代性与反省现代性之争,杜威、罗素、杜里舒诸人,也恰恰都被牵涉其中,成了双方各取所需的征引对象,罗素甚至还被吴稚晖讥为耍滑头的骗子。⑥

---

① 〔英〕罗素著,枢乾译:《中国文化与西方》,《学灯》第4卷第5册,1922年6月3日。
② 冯友兰:《一种人生观》,第34页。
③ 《晨报》1920年10月16日。
④ 《晨报》1920年10月19日第7版,同时刊登了对立的两文,即陈独秀文与F. L. 的《改造社会与保存国粹》。
⑤ 皓明:《国人对于罗素的误解》,《晨报》1920年10月20日。
⑥ 吴稚晖:《一个新信仰的宇宙观及人生观》,见张君劢等:《科学与人生观》,黄山书社2008年版,第328页。

值得注意是，所谓"东方文化派"一词，最早正是在1923年反省现代性思潮高涨之际，由邓中夏首先提出的。他说："这一股新兴的反动派，我们替他取一个名字，叫做'东方文化派'。这一派巨子，就是梁启超、梁漱溟和章行严等。"① 倡言反省现代性的梁启超等人，被指认是"一股新兴"的文化派别，这是对的；但斥之为"反动派"并贬称"东方文化派"，却是表象的观察。周策纵说："到了'五四'末期，以及以后，特别是1921年以后，一些学者以对东西文化以及一些西方哲学理论的研究为基础，形成了一个真正的反对派。"② 这个观察才是深刻的。他所说的"真正的反对派"，显然就是指梁启超诸人。后者所以能成为"真正的反对派"，归根结底，不在于他们强调东方文化的固有价值，而在于他们"以对东西文化以及一些西方哲学理论的研究为基础"，站立在了西方现代思潮变动中的一个新的思想支点——反省现代性上；因而在推进新文化运动的发展中，拥有了自己的历史合理性。"真正的反对派"，不是守旧派，而是异军突起，新文化运动因之增添了新的思想活力。③

五四前后的名哲讲学，对其时中国反省现代性思潮的崛起起了推波助澜的作用，并为梁启超等人的理论观点的形成与文化诉求提供了立论的依据，无疑同样也有力地促进了"真正的反对派"即所谓"东方文化派"的形成，进而为新文化运动的发展和中国思想界思维空间的展拓，增加了内在的张力。

三、名哲讲学与国人的"以俄为师"

经五四运动的洗礼，新文化运动的发展超越了原有单纯的文化范畴，也不再限于少数知识分子的范围，而具有了广泛的社会参与，成为社会改造运动。"新文化、新道德"的原有诉求，很快便为日渐高涨的直接要求改造社会的声浪所取代："社会改造之声浪，在今新思潮中，已占全体十之七八。"④ 傅斯年敏锐地感受到了此种变动，他说："五四运动过后，中国的社会趋向

---

① 邓中夏：《中国现在的思想界》，《中国青年》第6期，1923年11月24日。
② 〔美〕周策纵著，陈永明等译：《五四运动史》，岳麓书社1999年版，第458页。
③ 参见郑师渠：《新文化运动与反省现代性思潮》，《近代史研究》2009年第4期，第4—21页。
④ 君左：《社会改造与新思潮》，《改造》第3卷第1号，1920年9月15日。

改变了", "以后是社会改造运动的时代"。[1] 杜威诸人所以到处受到热烈欢迎, 一个重要原因, 也在于国人对名哲的指导深抱厚望。人们尤其是青年人, 首先感兴趣的不是他们高深的哲学本身, 而是他们对于改造中国社会的建议。一位青年写信给罗素说: "自从1919年以来, 学生界似乎是中国未来的最大希望; 因为他们已经准备迎接中国社会的一个革命的时代。""我胆敢代表大多数中国学生向您"提出要求, "因为我们大多数希望得到关于无政府主义、工团主义、社会主义等等的知识, 一句话, 我们亟欲求得关于社会革命哲学的知识", 希望您能超越尚嫌保守的杜威, 为大家提供这方面更多的知识。[2] 1920年底, 罗素在致友人书中也提到, "(中国听众)他们不要技术哲学, 他们要的是关于社会改造的实际建议"[3]。名哲的讲演, 尤其是杜威与罗素, 显然都注意到了这一点, 故大受欢迎。孟禄高度评价中国的学生运动, 他说: "各国的学生, 没有像中国学生在社会上占这样大的位置的。中国学生自五四学潮以来, 对于政治方面社会方面, 都是能有很大的贡献。"他甚至还鼓励学生进一步扩大影响, 说: "学生运动, 不单就外交方面, 如对于腐败的内政, 贪官污吏, 更应有正当活动的机会, 影响亦大。""现在中国的政府, 真是腐败, 但是费了许多力量, 还不见得有什么效果, 究有何用? 所以诸位当彻底的想想, 究竟怎样才能使现在的中国政府在效力上变做好政府。"[4] 孟禄这些大胆的话, 连平时不愿谈政治的胡适听了都倍受鼓舞。他说: "孟禄先生说的话, 是我们这群平常被人叫做过激派的人不敢说的话。我们袖着手, 看着政治一天天腐败下去, 不努一点力, 却厚着脸皮去高谈外交。我们听了孟禄先生这样说, 能不惭愧吗?……当今中国的青年对于国内政治的腐败, 有什么改革的运动, 我一定加入的! "[5]

杜威与罗素讲学时间最长, 涉及了社会的结构与改造更加广泛的议题, 影响自然更非一般。例如, 杜威关于学校即社会的思想, 就成了人们倡导学生参加社会活动的重要理论依据。人俊说, "我的希望是学生参加社会活

---

[1] 《〈新潮〉之回顾与前瞻》, 见岳玉玺、李泉、马亮宽编选: 《傅斯年选集》, 天津人民出版社1996年版, 第64、65页。
[2] 陈启伟译: 《罗素自传》第二卷, 第199、200页。
[3] 《罗素致柯莉》, 1920年10月18日, 罗素档案馆。转引自冯崇义: 《罗素与中国》, 第201页。
[4] 陈宝泉、陶知行、胡适编: 《孟禄的中国教育讨论》, 第94页。
[5] 汪懋祖: 《孟禄与中国教育界同人在中央公园饯别会之言论》, 《新教育》第4卷第4期, 1922年4月。

动",但现在学校教的是死书,不与生活发生联系。"杜威说学校即社会,中国的学校只是监狱、寺院",除了教人技能以糊口外,不能让人明白个人与社会的关系。"此种教育是统治阶级妨碍民众觉悟崛起之麻醉剂。""我们现在没有推翻这种政府,我们自然不能希望改造今日的教育制度",但是,我们仍可以参加社会活动,"如办平民教育、组织工会、农会及其他团体、加入革命的政党、当新闻记者做宣传事件等——以求补学校与人生间之罅隙"。① 至于罗素所谓基于人类"冲动"本能的"社会改造原理",更被许多人所津津乐道,自然同样是有力地提升了青年人关注社会与政治的热情。所以,多年后,蒋梦麟的回忆与评说是对的:"这两位西方的哲学家,对中国的文化运动各有贡献。杜威引导中国青年,根据个人和社会的需要,来研究教育和社会问题。""他的学说使学生对社会问题发生兴趣也是事实。这种情绪对后来的反军阀运动却有很大的贡献。""罗素则使青年人开始对社会进化的原理发生兴趣。研究这些进化的原理的结果,使青年人同时反对宗教和帝国主义。"②

不过,仅看到这一点还不够。需要指出的是,"新文化运动"一词是在1919年底才出现的,其真正流行更晚到次年的下半年。③ 所以,虽然五四后社会改造的呼声日高,却甚少有人注意到"文化运动"与"社会运动"或叫"社会改造运动",两者间的概念区分及其意义。一般人多不经意地将二者混同,故效春说,"新文化运动就是社会改造运动"④。戴季陶也断言:"新文化运动是甚么?就是以科学的发达为基础的'世界的国家与社会的改造运动'。"⑤ 所以,五四后新文化运动不仅发展为社会改造运动,而且最终归趋"以俄为师"的社会主义,首先就表现为以陈独秀代表的激进的民主主义者在认知层面上的理性追求的过程。名哲讲学与中国思想界的内在联系,其最值得关注的部分,也正在于与这一过程声气相通,不论其自觉与否,实助益了此一趋向。举其大者,主要有三:

---

① 《1924年的三个希望》,《中国青年》第12期,1924年1月5日。
② 蒋梦麟:《西潮》,第114页。
③ 参见郑师渠:《五四后关于"新文化运动"的讨论》,《北京师范大学学报》2010年第4期,第5—21页。
④ 效春:《文化运动的初步》,《时事新报》1920年6月6日。
⑤ 戴季陶:《从经济上观察中国的乱源》,《建设》第1卷第2号,1919年9月。

其一，在观念层面上，助益人们由原先推动"文化运动"，自觉地转进到推动"社会运动"。这不妨以新文化运动的"总司令"陈独秀为例。

1919年6月，杜威作《美国之民治的发展》长篇讲演。他说，残酷的欧战使自己"深觉得世界上一切非民治的制度的大害。所以如果有人说我替民治主义鼓吹，我是承认的"。他结合美国的历史与现状，强调"民治主义"即民主主义虽然内容复杂，但其基本要素无非有四："政治的民治主义"、"民权的民治主义"、"社会的民治主义"、"生计的民治主义"。杜威以为，中国人常批评美国人追求金钱主义，是误解。当年欧洲人到新大陆去，不仅是为了自由，同时也是为了"找出新生计"。"他们开辟土地，各人去求理想的生活，这就是美国人理想中带些实行的特色。""这两个目的 —— 理想的、生计的 —— 合拢在一块，便造成美国人一种特性。"① 杜威显然是强调，在现代美国社会的发展过程中，生计即经济发展的重要性。

陈独秀十分重视杜威的这次讲演，不久即在《新青年》第7卷第1号上发表长文《实行民治的基础》。他写道："我敢说最进步的政治，必是把社会问题放在重要地位，别的都是闲文。因此我们所主张的民治，是照着杜威博士所举的四种原素，把政治和经济两方面的民治主义，当做达到我们目的 —— 社会向上 —— 的两大工具。"其中，又当注重社会经济，因为"社会经济不解决，政治上的大问题没有一件能解决的，社会经济简直是政治的基础"。同时，他又认为，杜威对于民治主义的解释，"还有点不彻底"。他说："我们政治的民治主义的解释：是由人民直接议定宪法，用宪法法规定权限，用代表制照宪法的规定执行民意。换句话说，就是打破治者与被治者的阶级，人民自身同时是治者又是被治者。老实说：就是消极的不要被动的官治，积极的实行自动的人民自治。必须到了这个地步，才算得真正民意。"② 其时的陈独秀尚未转向马克思主义，故在文中表示不愿意看到阶级斗争的发生；但他又无奈地指出，包括美国在内，资本的势力却在那里天天制造劳资对立与社会分裂的痛苦。很明显，陈独秀一方面是接受了杜威的影响，但同时又超越了后者。他虽肯定杜威提出的民治主义的四大要素，但并不完全认

---

① 袁刚等编：《民治主义与现代社会 —— 杜威在华讲演集》，第5、17页。
② 《陈独秀文章选编》上，第430、438页。

同现有的西方社会制度，而主张由人民直接行使民意。这预示着，在他的心中，正酝酿着对资本主义制度的否定。此其一；他充分注意到了杜威对"生计"的重视，但同时又将之置于更为开阔的视野下，进一步加以强调。他不仅用"社会经济"这一更加鲜明科学的概念替代"生计"，而且强调政治与社会经济乃是改造社会最重要的两大工具，后者更构成了前者的基础，社会经济问题不解决，改造社会便是一句空话。此其二。周策纵曾指出，杜威的中国学生及中国自由主义者，没能重视杜威所强调的社会经济领域应用民治主义的问题，"他们对大众的影响力之日益薄弱，对这经济问题的忽略是个主要原因"；而陈独秀却基本同意了杜威的观点。其见解自然是对的，但还需要进一步指出，尽管当时陈独秀尚未转向马克思主义，但上述的认知，却构成了他在思想观念上一种可贵的自觉。

陈独秀当年所以发动新文化运动，是因为看到共和虽云成立，但思想层面仍黑幕层张，故民国徒具虚名。也因是之故，他相信"伦理的觉悟，为吾人最后觉悟之最后觉悟"[①]，即相信唯有靠思想文化才能解决中国的问题。《新青年》同人也因之相诫不谈政治。现在陈独秀既强调政治与社会经济才是改造社会最重要的两大工具，便意味着其原先的上述观点发生了改变，这也就为他由主张文化运动推进到主张政治经济变革的社会运动，在思想观念层面上开辟了先路。应当说，最早明确提出这个问题的是瞿秋白。1920年1月，他发表《社会运动的牺牲者》一文，指出："从文化运动，直到社会运动，中间一定要经过的就是一种群众运动。"五四后的中国，正处在这种过渡时期。"凡一种群众运动之后，必定要有继续他的社会运动才能显出他的效用。中国现在所需要的就是真正的社会运动。"[②]他不仅提出了"文化运动"与"社会运动"两个不同的概念，而且强调只有从前者发展到后者，社会改造才能彰显其"效用"。这个识见是重要的。但遗憾的是，他没有进一步界定这两个概念及其相互关系，随后便赴俄考察去了。有趣的是，同年4月，陈独秀发表《新文化运动是什么？》一文，开宗明义就说："'新文化运动'这个名词，现在我们社会里很流行。究竟新文化底内容是些什么，倘然不明白

---

① 《吾人最后之觉悟》，见陈独秀：《独秀文存》，第41页。
② 《瞿秋白文集》（政治理论编）第1卷，第51、55页。

他的内容，会不会有因误解及缺点而发生流弊的危险，这都是我们赞成新文化运动的人应该注意的事呵！"实际运动已进行多年了，才开始讨论它的概念，这说明"新文化运动"确是新起的名词，人多不能了了。陈独秀在文中不仅指出了，文化是相对于军事、政治、经济的概念，而且，强调应该注意"新文化运动要影响到别的运动上面"①，包括军事的、政治的与经济的，才有更大的价值。这不啻是在延续瞿秋白的思考。他强调文化运动"要影响到"政治经济等的运动，也就是预见到了文化运动发展到社会运动的必要性与必然性。所以，一年后，他又发表《文化运动与社会运动》，将问题进一步廓清了。他说："文化运动与社会运动本来是两件事，有许多人当做是一件事，还有几位顶呱呱的中国头等学者也是这样说，真是一件憾事！"他认为，从事文化运动或社会运动都有各自的价值，但必须明白，文化最终取决于政治经济，不是相反："文化是跟着他们发达而发生的，不能说政治、实业、交通就是文化。"要注意的是，在这里，他特别征引了罗素演讲《社会结构学》中的下面一段话，作为自己的立论依据：

> 什么叫做文明？其定义可以说是要求生存竞争上不必要的目的——生存竞争范围以外之目的。古代文明，第一次发原于埃及、巴比伦大河出口之处，地土膏腴，宜于农作，由农业发生文明，……在膏腴的地方，如长江、黄河底下游，一人工作出来的不止供给一人底需要，于是少数人得闲暇，可以从事知识思想的生活，如文字、算术、天文等，均为后世文明底基本。但在这时候虽有少数人从事文明事业，其大多数人作工还非一天到晚劳苦不可，科学、哲学、美术固然也有人注意，但只是少数幸运的人。在实业发达时代，生产必需品既然增加，要多少就有多少，一人只要每天四小时作工，余剩的就可以从事知识思想的生活了。

陈独秀强调说，文化既是社会政治经济发展的产物，一些人"拿文化运动当做改良政治及社会底直接工具"，就是本末倒置了，这说明，"这班人不

---

① 《陈独秀文章选编》上，第512、516页。

附 录
五四前后外国名哲来华讲学与中国思想界的变动

但不懂得文化运动和社会运动是两件事,并且不曾懂得文化是什么"。① 这时的陈独秀正在积极组建中国共产党,即已由原先的新文化运动的"总司令"转换角色,成为"社会运动的总司令"。他近乎现身说法的上述观点,固然已属唯物史观;但从中,我们除了看到人们在思想观念层面上,自觉文化运动与社会运动两者间的概念区分及其意义,对于新文化运动后期的发展具有重要的先导作用外,显然也看到了杜威与罗素的讲学,对陈独秀诸人此种观念的演进,产生了怎样积极的影响。

其二,名哲讲学的反省现代性,为李大钊诸人皈依马克思主义提供了必要的思想铺垫。

日本学者丸山真男强调,研究思想史的发展,尤其要注意某种思想要素的多重价值及其多样的可能性。他说:"所谓注重思想创造过程中的多重价值,就是注目其思想发端时,或还未充分发展的初期阶段所包含的各种要素,注目其要素中还未充分显示的丰富的可能性。"② 这是十分深刻的。反省现代性与马克思主义虽有质的区分,但二者既然都是批判资本主义的产物,彼此就有相通之处。在五四前后特定的语境下,西方反省现代性思潮对于中国的影响,更包含着"多重价值"与"丰富的可能性"。就名哲讲学而言,其反省现代性,就不仅助益梁启超等人重新审视中西文化,进而促成了所谓"东方文化派"的兴起;更值得注意的是,同时还为新文化运动的领导者李大钊、陈独秀诸人转向服膺马克思主义提供了必要的思想铺垫。在这方面,罗素关于人性中存在两种"冲动"的理论,其影响最具有典型性。

十月革命后,李大钊很快转向马克思主义;但在很长一个阶段里,他仍强调"心物"、"灵肉"、"物质与精神"的"调和"或叫"两面的改造"、"一致的改造",甚至主张"阶级竞争与互助"的统一。以往的论者多据此强调,这是李大钊在转向马克思主义的早期,思想上表现出的不彻底性。这种判断固然不错,却失之消极。实际上,李大钊是借助了反省现代性的思想铺垫,才登上马克思主义新的思想平台,它是积极的。其中,罗素思想的影响尤显重要。1919年9月,李大钊在《"少年中国"的"少年运动"》一文中,写道:

---

① 《陈独秀文章选编》中,第119、120页。
② 〔日〕丸山真男著,区建英、刘岳兵译:《日本的思想》,生活·读书·新知三联书店2009年版,第96页。

我们"少年运动"的第一步，就是要作两种的文化运动：一个是精神改造的运动，一个是物质改造的运动。精神改造的运动，就是本着人道主义的精神，宣传"互助"、"博爱"的道理，改造现代堕落的人心，使人人都把"人"的面目拿出来对他的同胞；把那占据的冲动，变为创造的冲动；把那残杀的生活，变为友爱的生活；把那侵夺的习惯，变为同劳的习惯；把那私营的心理，变为公理的心理。这个精神的改造，实在是要与物质的改造一致进行，而在物质的改造开始的时期，更是要紧。因为人类在马克思所谓"前史"的期间，习染恶性很深，物质的改造虽然成功，人心内部的恶，若不除划净尽，他在新社会新生活里依然还要复萌，这改造的社会组织，终于受他的害，保持不住。①

强调"精神生活"或"精神的改造"，是生命哲学的要义。在这里，李大钊显然是借助了罗素基于人性"冲动"说的所谓"社会改造原理"来展开的。为了说明"精神的改造"必要性，他强调所谓马克思的"前史"说，这在逻辑上自然是借前者为反省现代性张目；但就他皈依马克思主义而言，恰恰相反，更多的是借重后者助益前者。这在他著名的《我的马克思主义观》中看得最清楚。李大钊在文中说：人们多"深病"马克思主义，是因为"他的学说全把伦理的观念抹煞一切，他那阶级竞争说尤足以使人头痛"。但实际上，马克思并不排斥人类高尚愿望的存在，只是认为在他所说的人类"前史"，即存在阶级斗争的历史时期内，人们实际存在的互助、博爱的理想被立于阶级对立基础上的经济结构所压抑，终至隐耀不明。只有到消灭了阶级斗争的人类"真正历史"阶段，人类高尚的愿望与理想，才能得到真正发舒。"这是马氏学说中所含的真理。"但是，在这过渡阶段，须注重灵肉一致的改造，而不偏于物质的变更，以铲除人类在前史所习染的恶习，它却不免于疏漏，"这是马氏学说应加救正的地方"。他还强调说："近来哲学上有一种新理想主义出现，可以修正马氏的唯物论，而救其偏弊。"② 李大钊虽已转向马克思主义，但其思想远未成熟，因为他尚未注意到，发现阶级斗争的客

---

① 《李大钊文集》下，第 43 页。
② 《李大钊文集》下，第 67、68 页。

观存在，本非始于马克思，后者的贡献正在于由此进一步引出了无产阶级革命与专政的理论，并论证了人类社会将以此为基础，最终实现消灭阶级的共产主义社会。很显然，李大钊对于唯物史观与阶级斗争理论的理解，尚存误区。而他所谓可资"救正"的"新理想主义"，正是指西方反省现代性的生命哲学。其中，罗素所谓"变占据的冲动为创造的冲动"理论的影响，更显而易见。应当说，重要的问题并不在于李大钊的马克思主义观尚欠成熟，而在于他借助反省现代性，进一步增强了自己对于马克思主义的信仰。这才是问题的本质。

也正因这样，与此相应，李大钊坚信社会主义优于资本主义，也呈现了相同的思想进路。他注意到，罗素讲"合理的人生"、"生命的自然"，其中，尤其强调美感的意义。所以，他说，在罗素看来，每一个人都应尽量发展自己的创造冲动而限除私有的冲动，如果社会的大多数人食不果腹，衣不蔽体，唯有少数资本家锦衣玉食，这样荒谬的社会，必然"毫无美感之可言"。而罗素提出的三点："（1）技术练习——教育；（2）发挥创造冲动之自由；（3）公众的认识。"就是主张人人都有免费读书的自由、发挥个人创造冲动的自由，并努力提升公众对美的鉴赏力。李大钊说，"冷酷资本主义，能使人生生活非常枯槁"，已陷于机械主义，完全丧失了美感与乐趣；而社会主义恰恰有助于实现罗素提出的理想，"实行社会主义之俄国亦极重美学"，[①]已经证明了这一点。

陈独秀转向马克思主义较李大钊为晚，1920年初是其重要的过渡期。[②]罗素反省现代性的影响，同样为之提供了必要的思想铺垫。在此之前，他不认同反省现代性思潮对于西方资本主义文明的批判。1919年底，他曾两次质问《东方杂志》："此次战争，使欧洲文明之权威，大生疑念。此言果非梦呓乎？敢问？"[③]就反映了这一点。但是，次年1月，他在《自杀论》中的立脚点却已移到了反省现代性一边。他说，人性有善恶两面，故有"创造的冲动"与"占有的冲动"、"互助的本能"与"掠夺的本能"之区别。社会的进

[①] 《社会主义与社会运动》，《李大钊文集》下，第378、379、380、382页。
[②] 任建树著《陈独秀传》："1920年初，是陈独秀向马克思主义者飞跃前进的时期。"（上海人民出版社1989年版，第179页）
[③] 陈独秀：《独秀文存》，第189页。

化，就是要令"恶性有减少"，"善性有发展"。不仅如此，他还第一次将西方思潮的发展，概括为三个时期："古代思潮"：包括"理性主义"、"神的"、"理想万能"、"主观的想象"等；"近代思潮"：包括"唯实主义"、"物的"、"科学万能"、"客观的实验"等；"最近代思潮"：包括"新理想主义"、"人的"、"科学的理想万能"、"主观的经验"等。接着，陈独秀写道：

> 古代的思潮过去了，现在不去论他。所谓近代思潮是古代思潮底反动，是欧洲文艺复兴底时候发生的，十九世纪后半期算是他的全盛时代，现在也还势力很大，在我们中国底思想界自然还算是新思潮。这种新思潮，从他扫荡古代思潮底虚伪，空洞，迷妄的功用上看起来，自然不可轻视他；但是要晓得他的缺点，会造成青年对于世界人生发动无价值无兴趣的感想。这种感想自然会造成空虚，黑暗，怀疑，悲观，厌世，极危险的人生观。这种人生观也能够杀人呵！他的反动，他的救济，就是最近代的思潮，也就是最新的思潮；古代思潮教我们许多不可靠的希望，近代思潮教我们绝望，最近代思潮教我们几件可靠的希望；最近代思潮虽然是近代思潮底反动，表面上颇有复古的倾向，但他的精神，内容都和古代思潮截然不同，我们不要误会了。①

这里需要指出两点：首先，他不仅指陈了西方现代思潮正在经历的变动中，理性主义与非理性主义消长更替的趋势，而且，所谓"近代思潮"造成了"极危险的人生观，这种人生观也能够杀人"，强调的正是对理性主义的反省；其次，坦承包括自己在内原先倡导的"新思潮运动"，正是西方的"近代思潮"，它既暴露了自身的弊端，正被最新的思潮所代替，人们当勇于吐故纳新。"主张新思潮运动的人，却不可因此气馁，这是思想变动底必经的阶段；况且最近代的最新的思潮，并不危险，并无恐怖性，岂可因噎废食？"②足见陈独秀已站到了反省现代性即批判资本主义文明新的思想支点上了。梁漱溟注意到了陈独秀上述思想的重要变化。他说：陈独秀是一直钟

---

① 陈独秀：《独秀文存》，第273、276、277页。
② 陈独秀：《独秀文存》，第277页。

情于西方文明的，但是近来"陈先生自己的变动已经不可掩了"。因为，他承认"最近思想"与"近代思想"多相反，"我们看，他以前的思想就是他此处所说的近代思想，那么陈先生思想的变动不是已经宣布了吗？"①梁漱溟的观察显然是对的。

值得注意的是，陈独秀强调，"最近代最新的思潮底代表"是英国的哲学家罗素和法国作家罗兰、艺术家罗丹。后面两位都是欧洲新兴的浪漫主义文艺思潮著名的代表人物，罗兰更是战后欧洲知识界轰动一时的《精神独立宣言》的起草者，罗素也在宣言上签了名。他还提醒人们，不能因杜威等人对现代思潮变动所可能带来的"危险"有所顾虑，而影响我们去大胆迎受最新思潮。②这说明，在这方面，罗素、杜威都对陈独秀的思想变动产生了影响，但前者是主要的。陈独秀将应当迎受的最新思潮，认同为反省现代性思潮而非马克思主义，与其思想处于摇摆不定的过渡阶段，正相吻合；但陈独秀最终皈依马克思主义既非径情直遂，接受批判资本主义的反省现代性，无疑同样为其提供了必要的思想铺垫。这个判断不单合乎逻辑，且也有事实可资佐证。例如，他在强调中国只能用社会主义发展教育与工业时说："我个人的意见，以为资本主义虽然在欧洲、美洲、日本也能够发达教育及工业，同时却把欧、美、日本之社会弄成贪鄙、欺诈、刻薄、没有良心了。"③这里的批判，明显取径于反省现代性。又如，批判无政府主义是陈独秀转向马克思主义的一个重要思想表征，而此种批判也恰恰借重了罗素。他在反驳无政府主义者主张废除法律与军队时说："罗素先生的意思是以为就是很远的将来，人类的竞争心、争权心和妒忌心三样根性是不容易完全消灭的。所以对内对外，小事仍需要法律，大事仍需要兵力，才能制止一切不正当的事。虽然将来的法律及军队渐渐和现在不同，而绝对的废止期，几乎是现在的人类一种空想。"④

其三，罗素关于中国发展问题的思考与建议，助益先进之士进一步坚定了选择走"以俄为师"的道路。

实际上，在其时的中国青年中，罗素的影响要大于杜威。究其原因，除

---

① 《中西文化及其哲学》，见《梁漱溟全集》第1卷，第514页。
② 陈独秀：《独秀文存》，第277页。
③ 《致罗素先生》，见《陈独秀文章选编》中，第52页。
④ 《答冯菊坡先生的信》，见《陈独秀文章选编》中，第83、84页。

了罗素传奇式的个人经历外，根本还在于，二人对于其时中国青年最关心的国家发展道路选择这一根本问题的思考与建议，大相径庭。反对"根本解决"而主张一点一滴的改造的杜威，告诉中国青年说，"欧战终了以后，人心对于马克思的学说渐起厌倦的现象"①，俄国革命徒有形式，也已"酿成败德之紊乱"②。所以，青年人"不必望至过大，看至过远。因人凡谋事必由小及大，由近及远。如过大过远，即用全力亦办不到"③。他建议，解决中国问题可从普及教育与研究专门问题入手。杜威的主张与中国进步青年中日益增长的革命倾向，格格不入。罗素则不同，他恰恰主张中国青年要抱更大的希望，要看得更远。他坦陈自己的真实想法，其富有真知灼见的思考，引发了广泛争论。这不仅不是坏事，恰恰相反，它在中国思想界酝酿重大转折的关键时刻，进一步激发了国人对中国发展道路问题的认真再思考。所以，有青年人批评杜威失之保守而寄希望于罗素，并不奇怪。从总体上看，罗素相互关联的两大观点，最具影响力：

一是对于人类社会发展趋向与当今世界政治总体格局的判断。罗素说："我觉得资本主义已到末路，世界的将来，布尔塞维克正好发展，推倒资本主义。世人无知，所以资本主义才能存在到今日。""我敢说资本主义总有灭绝的一日。"④与此相应，社会主义已成为世界发展的趋势。"我所说的社会主义"，就是"列宁所试行的"。⑤据此，他进而认为，当今世界的政治形成了两对势力对峙的总体格局："资本主义与帝国主义是一方面，有强力的人主张的；共产主义与自决主义，又是一方面，被压制而要求解放的人主张的。今日世界的混乱状态，全是这两对势力互相冲突的结果，就是再往前看二三十年，也许还是这两对势力冲突的世界。"⑥换言之，正是以西方为代表的资本主义、帝国主义与以苏联为代表的社会主义、被压迫民族间的对立，形成了世界政治的总体格局，由此引出的逻辑结论，自然是：中国作为被压

---

① 《社会哲学与政治哲学》，见袁刚等编：《民治主义与现代社会——杜威在华讲演集》，第60页。
② 《共和国之精神》，见袁刚等编：《民治主义与现代社会——杜威在华讲演集》，第22页。
③ 《民本政治之基本》，见袁刚等编：《民治主义与现代社会——杜威在华讲演集》，第127页。
④ 〔英〕罗素：《布尔塞维克与世界政治》，见袁刚等编：《民治主义与现代社会——杜威在华讲演集》，第13页。
⑤ 张崧年译：《民主与革命》，《新青年》第8卷第2号，1920年10月1日。
⑥ 《社会结构学》，见袁刚等编：《中国到自由之路——罗素在华讲演集》，第258页。

迫民族，只能站在社会主义一边。罗素是讲学的名哲中唯一提出了这样宏观判断的人，而这恰恰是中国选择自己的发展道路所不可或缺的大视野即认知的前提。罗素的上述判断与中国最早转向马克思主义的李大钊的见解，正不谋而合。例如，李大钊说：欧战的结束与俄国的十月革命，是人类新纪元开端的重要标志，它反映的"资本主义失败，劳工主义战胜"[1]，即"是民主主义的胜利、是社会主义的胜利，是布尔什维克的胜利，是赤旗的胜利，是世界劳工阶级的胜利，是二十世纪新潮流的胜利"[2]。他强调的也正是社会主义与资本主义、被压迫民族与帝国主义的矛盾冲突，而他由此进一步引出的自觉认识中国革命是世界革命组成部分的极端重要性的见解，与罗素判断，同样是相通的："受资本主义的压迫的，在阶级间是无产阶级，在国际间是弱小民族。"中国人民百年来受资本帝国主义的压迫，"而沦降于弱败的地位"，因之，十月革命对于中国人民最具亲合力。"凡是像中国这样的被压迫的民族国家的全体人民，都应该很深刻的觉悟他们自己的责任，应该赶快的不踌躇的联合一个'民主的联合阵线'，建设一个人民的政府，抵抗国际的资本主义，这也算是世界革命的一部分工作。"[3]罗素的上述正确判断，既体现了他对被压迫民族的真诚同情，同时也与李大钊诸人相呼应，拓展了国人的世界视野。

二是经深思熟虑，向国人郑重提出了"中国到自由之路"的重大建议。十月革命后，国人对俄国多刮目相看，社会主义思潮也因之迅速高涨；不过，人们虽心向往之，却因少有实地考察，又不免雾里观花，真伪莫辨。罗素曾是批判资本主义和支持俄国革命的国际著名人士，又曾访问过俄国，人们自然格外关注他的言论。但是，罗素来华前刚在伦敦《国民周刊》发表他的游俄感想，并汇成《鲍尔希维主义的理论和实际》一书出版，其中对俄国革命多有批评。他在华讲演基本上又重复这些观点。罗素的"新俄观"在东西方都引起了舆论哗然。不仅如此，初到中国的罗素，又对中国是否有可能越过资本主义的阶段发展自己的实业，表示怀疑。不难想见，罗素很快便

---

[1] 《庶民的胜利》，《李大钊文集》上，第594页。
[2] 《Bolshervism 的胜利》，《李大钊文集》上，第598、599页。
[3] 《十月革命与中国人民》，《李大钊文集》下，第577页。

陷入了中国问题的旋涡，引起了争议。由于问题的敏感性和罗素自身的影响力，他的真实见解和最终的意见，对于国人的取舍，在心理上的影响是不容轻忽的。反对俄国革命者，欢欣鼓舞，颖水在《晨报》上刊登译文《评论罗素游俄之感想》，其中说："从上段所说看起来，我们如令一真正激烈派得亲到俄国目睹俄国情形，则必翻然大悟，而从前迷惑，自然烟消云散的。这种效果，我们观于罗素发表这篇文章可以证明了。"[①] 同情俄国革命者，则对罗素大为不满。《新青年》连续发表了雁冰、袁振英等译自《苏维埃俄国》的文章，批评罗素是位"失望的游客"，无非以贵族老爷式的态度对待革命。[②]至于张东荪借重罗素反对社会主义，陈独秀则坚持社会主义并致书质问罗素，从而引发了思想界一场关于社会主义的争论，更为人所熟知。实际上，人多误会了罗素。他是个和平主义者与人性论者，对布尔什维克坚决行使必需的革命权威，难以理解并存微辞，是很自然的；但这并不意味着他改变了支持社会主义的初衷。他说得明白："现在惟一的新希望还是从俄国来"，"我相信世界上只有共产制度能再造世界的幸福"。俄国革命虽有简单粗暴与手段残酷的弱点，"但它能使人民有一种别国所没有的快乐；能使人耐苦冒险而保存一种新鲜畅快的精神，是黑暗的西欧所没有的"。[③] 其实，他也知道批评布尔什维克会令"反动派大感快意"，但他相信，"保持缄默归根到底并没有什么好处"。[④] 其率性直言，容有过当，但却是补台而非否定。其时明眼人已看到了这一点。梁敬錞说：罗素"盖对于俄党所揭橥之主义，已根本赞成，所审择者，即何种手段，始能达到真目的，何种手段始为最适宜耳"[⑤]。远在东北的金毓黻在他的日记中也写道："罗素在北京女师演说，谓俄国过激主义中之罪恶，世界上皆全有，他的优点却为他国所没有。又云'世界最公平者，莫如布尔什维克主义（即过激主义）'。由此言证之，知罗素氏亦极赞成过激主义。然则罗氏认俄国劳农政府举措之不满人意，乃其手段耳，非

---

① 颖水：《评论罗素游俄之感想》，《晨报》1920 年 10 月 1 日。
② 雁冰译《罗素论苏维埃俄罗斯》，《新青年》1920 年 12 月第 8 卷第 3 号；震瀛译《批评罗素论苏维埃俄罗斯》；袁振英译《罗素——一个失望的游客》，《新青年》1920 年 12 月第 8 卷第 4 号。
③ 《社会结构》，见袁刚等编：《中国到自由之路——罗素在华讲演集》，第 290 页。
④ 陈启伟译：《罗素自传》第二卷，第 124 页。
⑤ 梁敬錞：《与罗素同船之一封书》，《晨报》1920 年 10 月 26 日。

根本反对也。"① 罗素所以最初认为中国当先发展教育与实业，以后再行社会主义；这与其所以批评俄国革命，是一脉相承的。在他看来，俄国革命所以存在许多弱点，是因其经济落后的缘故，而中国的经济较之更加落后，不先发展实业，社会主义自然更不具备条件。但是，在世界资本主义压迫下，中国想仿效西方资本主义发展实业，事实上可能吗？罗素自己也感到两难，他在甫抵上海的欢迎会上致辞时说："至于中国改造之路径方法，鄙人当竭所知，以供采择。但就最近之感想所及，各种改造方法之中，自以教育为第一义。"② 他说得明白：这只是初来乍到的想法。他没有最终下结论，而留待继续观察与思考。直到1921年7月，他的临别讲演——《中国到自由之路》，才最后明确而郑重地提出了自己对中国发展道路问题的建议："我和有思想的中国人谈话，常常觉得有一个问题：怎样能够发展中国的实业，同时又能免除资本主义的流毒？这是个难题。"现在明确了，"一定要先解决政治问题"，而中国政治改革不能走西方的道路，"俄国政策适合中国"，"最好经过俄国共产党专政的阶级。因为求国民的知识快点普及、发达、实业不染资本主义的色彩，俄国式的方法是惟一的道路了"。③ 尽管罗素将俄国革命理解为"国家社会主义"，并不准确；但重要在于，他超越了自己，给国人的最终建议却是：以俄为师。这在当时的中国思想界自然引起了震动。

其时，李大钊、陈独秀诸人在共产国际的指导下，正在积极筹建中国共产党。1920—1921年，蔡和森曾几次致书毛泽东，强调中国改造"一定要经俄国现在所用的方法，舍此无方法"④。毛泽东也极表赞同。从李大钊到毛泽东，都主张以俄为师，开创中国革命新的道路。罗素的临别赠言，适逢其时，其不谋而合，对于国人尤其是陈独秀、李大钊诸人，无疑产生了鼓舞的作用。陈独秀很快改变了原先对罗素的怀疑与不满，他连续发表文章，高度评价其临别赠言对于中国革命的重要性。他在《政治改造与政党改造》中说："罗素在《中国人到自由之路》里说：'改革之初，需有一万彻底的人，愿冒自己性命的牺牲，去制驭政府，创兴实业，从新建设。这类人又须诚实

---

① 金毓黻：《静晤室日记（一）》卷6，1921年1月17日，辽沈书社1993年版，第216页。
② 《晨报》1920年10月16日。
③ 袁刚等编：《中国到自由之路——罗素在华讲演集》，第303、304页。
④ 《蔡和森文集》，人民出版社1980年版，第50、71、72页。

能干，不沾腐败习气，工作不倦，肯容纳西方的长处，而又不像欧美人做机械的奴隶。'又说：'中国政治改革，决非几年之后就能形成西方的德谟克拉西。要到这个程度，最好经过俄国共产党专政的阶级。因为求国民底智识快点普及，发达实业不染资本主义的色彩，俄国式的方法是唯一的道路了。'"陈独秀进而强调指出，罗素这两段话，对于中国政党的改造是"一个大大的暗示"："政党是政治底母亲，政治是政党的产儿；我们与其大声疾呼：'改造政治'，不如大声疾呼：'改造政党！'"①所谓"大大的暗示"，就是重大的启示。陈独秀从罗素临别赠言中得到的启示就是：不仅要走俄国革命的道路，而且要聚集精英人才，创建中国的布尔什维克党，作为中国革命的领导力量。我们注意到，1920年初瞿秋白在上述《社会运动的牺牲者》中，不仅提出文化运动必然要发展到社会运动的重要思想，而且强调还必须有一批具有"新的信仰，新的人生观"，勇于打破旧制度与旧传统的"社会运动的牺牲者"，②才能真正实现这一点。这同样是极重要的预见。但是，他既未能说明社会运动的具体内涵，所谓"社会运动的牺牲者"也依然仍是抽象的概念。而现在的陈独秀，却借罗素的临别赠言，明确强调革命政党建设对于社会改造的重要性了。是文发表于1921年7月1日，正是以陈独秀为总书记的中国共产党正式创建之时。罗素最终对中国发展道路选择的建议，无疑直接影响到了中国革命的最初发展。

但与此同时，张东荪、胡适等人却对罗素大失所望。张东荪发现自己陷入了尴尬境地，他埋怨说："现在看了这篇最后的讲演，使我们大失望"，这与他此前的主张自相矛盾。"凡此种种，我们生一种感想，就是觉得罗素先生自己的思想还未确定，何能指导我们呢？"③罗素走了，胡适去送，但"不幸迟了几分钟，车已走了"④。他作诗一首，题为《一个哲学家》，其中说，"他自己不要国家，但他劝我们须爱国；他自己不信政府，但他要我们行国家社会主义。"⑤同样表达了自己对罗素的不满。

---

① 《陈独秀文章选编》中，第135、136页。
② 《瞿秋白文集》，（政治理论编）第1卷，第52页。
③ 《后言》，《哲学》1921年第3期，附录，第98页。
④ 《胡适全集》第29卷，第355、356页。
⑤ 《胡适全集》第29卷，第361页。

人们对毛泽东下面的名言，多耳熟能详："十月革命一声炮响，给我们送来了马克思列宁主义。十月革命帮助了全世界的也帮助了中国的先进分子，用无产阶级的宇宙观作为观察国家命运的工具，重新考虑自己的问题。走俄国人的路——这就是结论。"① 这自然是正确的，但浪漫的诗化语言，富有感染力，却不免于抽象。十月革命给国人送来了马克思主义是一回事，先进分子最终理解和接受它，并决心走"以俄为师"的道路，则是另一回事，因为后者是多样化因素综合作用和人们反复选择的结果。缘上可知，五四后新文化运动最终归趋"以俄为师"的社会主义，其在思想层面上的展开过程，既深刻地反映了中国思想界的异趋，同时也明显地打上了名哲尤其是杜威与罗素讲学的印记。所以，周策纵从另一角度的观察也是对的："杜威、罗素两位杰出西方自由主义者无疑忠于他们所信服的民主和宪政，但他们在中国的言论，至少无疑地助长了社会主义的气焰。""如果连西方自由主义大师都为社会主义'帮腔'，难怪后来有许多自由主义者变成了共产主义的同路人。"②

四、名哲讲学与中共建立"思想革命上的联合战线"思想的提出

对于名哲讲学，人们既各是其所是，各取其所需，它在助益思想深化的同时，自然也加速了中国思想界的分化。1925 年胡适为《朝鲜日报》撰写《当代中国的思想界》，他介绍欧战后"中国的思想冲突"，正是从名哲讲学说起。他说："中国青年人在欢迎约翰·杜威和罗素两氏时，西洋近代文化遭到攻击，这在多数人的心目中，自然蒙生了心理上的冲突。"③ 梁启超等人固然缘是加固了自己新的思想支点，得以在新文化运动中独树一帜；原来新文化运动队伍中的陈独秀与胡适诸人，也因之催化，而渐行渐远。

关于新文化运动的内部分化已有许多研究，这里不拟重复，只是强调一点，杜威的讲学显然加速了此种分化。这里有两层含义：一是胡适不仅担任

---

① 《毛泽东选集》第 4 卷，第 1471 页。
② 《弃园文萃》，上海文艺出版社 1997 年版。转引自孙家祥：《杜威访华与中国现代政治思想演进》，见袁刚等编：《民治主义与现代社会——杜威在华演集》，第 25 页。
③ 《胡适全集》第 20 卷，第 555 页。

杜威讲学的全程翻译，而且为了替他讲学预为铺垫，还专门撰写了《实验主义》等一系列文章，介绍和宣传杜威的理论。这无疑会进一步提升他作为实验主义信徒的理论自觉。二是杜威讲学中的某些重要观点，径直启发或支持了胡适提出自己重要的新文化主张，加速了他与陈独秀诸人的异趋。人们多注意到了1919年7、8月间发生的李大钊与胡适关于"主义与问题"之争，是新文化运动主持者思想分歧表面化的重要标志；但实际上，胡适随后于同年12月发表的著名长文《新思潮的意义》，更是他决心独树一帜的代表作。胡适不赞成陈独秀将新思潮的意义仅仅归结为拥护科学与民主"两大罪案"，而将之重新界定为"只是一种新态度"——"评判的态度"，即"重新估定一切价值"。继"主义与问题"的争论之后，胡适要对新思潮的意义重新界定，显然意在调整或明确价值取向，为新文化运动的进一步发展，指明自己认同的新方向。所以，此文设计有醒目的副标题："研究问题，引进学理，整理国故，再造文明。"是文影响甚大，此后的事实说明，"整理国故"正是胡适所提倡和坚持的新文化运动发展方向。他自己也说："这是我对于新思潮运动的解释。这也是我对于新思潮将来的趋向的希望。"① 所以，《新思潮的意义》是胡适继"主义与问题"之争后，对问题作进一步全面的和理论思考的结果。它不啻是胡适的"文化纲领"，在更加全面的意义上，成为他与李大钊、陈独秀分道扬镳的分水岭。值得注意的是，1919年9月20日至1920年3月6日，杜威作《社会哲学与政治哲学》共16讲的长篇讲演，恰与胡适阐述上述的思想主张相呼应。杜威在讲演中指斥马克思主义主张社会问题的"根本解决"，无非是"极端的学说"，且已成明日黄花。他强调，实验主义才是可行的道路："现在世界上无论何处都在那里高谈再造世界，改造社会。但是要再造、改造的都是零的，不是整的。如学校、实业、家庭、经济、思想、政治都是一件件的，不是整齐的。所以进步是零买来的。"② 如果说，这可以看成是对刚刚发生的"主义与问题"之争中胡适观点的支持；那么，他关于全世界思想"教权"大转移的见解，则更是对胡适形成《新思潮的意义》中的核心观点，产生了重要的启迪作用。杜威说："教权是什么呢？就

---

① 《胡适全集》第1卷，第697页。
② 袁刚等编：《民治主义与现代社会——杜威在华讲演集》，第33页。

是思想信仰在人生行为上的影响。""所以问题是怎样以科学的教权代替成法,或曰怎样以科学的思想结晶到从前旧训成法的地位。""换句话说是将思想改革应该向那一方向走。""所以思想革新,只认事实;凡是不能承认的,虽是几千年来的东西也不能承认。""其重要之点,就是以根于事实的东西代替不根于事实但凭想象的东西。"① 胡适所谓的"新态度",不就是"教权"的更替? 胡适强调"价值也跟着变",体现着"新思潮将来的趋向",不就是杜威所谓"教权"更替意味着"思想改革应该向那一方向走"。至于胡适在文中继续指斥马克思主义,强调"问题"和"一点一滴的改造",与杜威的说法,更是连语言都是一样的。在杜威讲学过程中,胡适对乃师的观点是有所选择的,对于后者反省现代性和主张新旧中西的调和等,皆充耳不闻;但于实验主义的基本教义,却是坚信不移。

由于杜威讲学时间最长,加之胡适等诸多学生大力宣传,故实验主义影响甚广,从蔡元培、梁启超到李大钊、陈独秀,鲜有不受影响者。不过,实验主义很快便遭到了质疑。梁启超说,"自杜威到中国讲演后,唯用主义或实验主义在我们教育界成为一种时髦学说",但我国三百年前的"颜李学派","和杜威们所提倡的有许多相同之点,而且有些地方像是比杜威们更加彻底"。② 这无异于在贬抑实验主义。而在《评胡适之中国哲学史大纲》中,梁启超更径直指出,正因为"胡先生是最尊'实验主义'的人",故其书中"不能尽脱主观的臭味"。③ 梁漱溟则认为,实验主义虽不妨视为西洋派进步到最圆满的产物,"然而现在西洋风气变端已见,前此之人生思想此刻已到末运了"④。换言之,实验主义也无非是明日黄花。张东荪是哲学家,他从真理论上批评实验主义陷入了相对主义。同时复指出,既以经验为唯一存在,而经验以直接的经验为唯一的来源,如此岂非将认识最终归于官觉印象,即一切非亲身经验不可;然而,"生物学的细胞、物理学的电子,亦非经过官觉的实证不可了?"⑤ 足见其说之不完善。时已转向马克思主义的瞿秋白,从

---

① 袁刚等编:《民治主义与现代社会——杜威在华讲演集》,第88、89页。
② 《颜李学派与现代教育思潮》,见梁启超:《饮冰室合集》,文集41,第3页。
③ 梁启超:《饮冰室合集》,文集38,第52页。
④ 《东西文化及其哲学》,见《梁漱溟全集》第1卷,第484页。
⑤ 张东荪:《唯用论在现代哲学上的真正地位》,《东方杂志》第20卷第16号,1923年8月25日。

唯物论的角度批评实验主义，见解愈形深刻。他肯定实验主义作为一种行动的哲学，注重现实生活的实用性，是其优点；但指出，它否定理论的真实性，在宇宙观上陷入了唯心论。同时，它既以"有益"作为判断真理的标准，故只能承认一些实用的科学知识与方法，而不能承认科学的真理。也因是之故，作为资产阶级的哲学，它只能接受改良而不能接受革命："实验主义既然只承认有益的方是真理，他便能暗示社会意识以近视的浅见的妥协主义——他决不是革命的哲学。"①

缘此不难看出，在名哲讲学期间，中国的思想界业已分化并形成了马克思主义（李大钊、陈独秀代表）、自由主义（胡适代表）、保守主义（梁启超代表）三足鼎立的格局。1919年下半年的"主义与问题"之争，发生在马克思主义者与自由主义者之间；1920年关于社会主义的论争，发生在马克思主义者与保守主义者之间；1923年的"科玄之争"，则是发生在自由主义者与保守主义者之间。但是，是年底，陈独秀为亚东图书馆出版"科玄之争"论集作序，以第三者自居，借唯物史观评点论战双方，无形中不仅参与了论争，而且肯定了思想界此种格局的存在。紧接着，邓中夏在同年《中国青年》第6期上发表《中国现在的思想界》一文，不仅使用了"派"的概念，而且同时还明确地概括出了现实思想界三派并存的格局："唯物史观派"（李大钊、陈独秀代表）、"科学方法派"（胡适代表）、"东方文化派"（梁启超、梁漱溟代表）。胡适不太讲派，但他于1923年12月19日的日记中，却详细摘录了黄日葵在北大二十五周年纪念刊中发表的《中国近代思想史演进中的北大》一文，对于北大，实际即是现实思想界分化的描述："'五四'的前年，学生方面有两大倾向：一是哲学文学方面，以《新潮》为代表，一是政治社会的方面，以《国民杂志》为代表。前者渐趋向国故的整理，从事于根本的改造运动；后者渐趋向于实际的社会革命运动。前者隐然以胡适之为首领，后者隐然以陈独秀为首领。……最近又有'足以支配一时代的大分化在北大孕育出来了'。一派是梁漱溟，一派是胡适之；前者是彻头彻尾的国粹的人生观，后者是欧化的人生观；前者是唯心论者，后者是唯物论者；前者是眷恋玄学的，后者崇拜科学的。"黄日葵所谓三大"首领"各代表着不

---

① 蔡尚思主编：《中国现代思想史资料简编》第2卷，第414页。

同的分化"倾向",实际说的就是三大"派"。更重要在于,胡适在引述之后的评论:"这种旁观的观察——也可说是身历其境,身受其影响的人的观察——是很有趣的。我在这两大分化里,可惜都只有从容漫步,一方面不能有独秀那样狠干,一方面又没有漱溟那样蛮干!所以我是很惭愧的。"① 他显然是肯定了黄日葵的观察,表面谦逊,实则自得。而当他在另一处这样说时:"今日高唱'反对文化侵略'的少年,与那班高唱'西洋物质文明破产'的老朽,其实是殊途而同。同归者,同向开倒车一条路上走。"② 心中三派的分野不仅更显鲜明,而且少了前面的谦逊,流露出了心中更多的愤懑。张东荪则强调应当反对思想界的"垄断",他说:"我确信思想是可以竞赛的,但不可有垄断的意思。""以我的观测,觉得现在中国人往往把思想比赛认为思想垄断",例如,有人就反对请倭铿来华讲学,以为其学说不宜于中国;实则,你以为不宜,不去介绍好了,但却无权禁止别人介绍,要知道"中国思想界由我一个人是封锁不住的"。③ 他也没有讲派,但他不仅肯定了思想界的分化,而且强调这是合理的。

需要注意的是,作为新创立的中共党的总书记陈独秀,为推进国民革命,正借唯物史观对中国的政治力量与思想分野作阶级分析。1923年1月他发表《反动政局与各党派》一文,主张各派进步人士"加入打倒军阀官僚的联合战线"。所谓进步人士,他提到了:全国工友、国民党诸君、好政府主义者、青年学生、工商业家、益友社、研究系左派、政学会诸君等等,范围十分广泛。这里自然包括了胡适与梁启超诸人在内。④ 同年7月,又发表《思想革命上的联合战线》,第一次更加明确地提出了建立思想界革命联合战线的目标。他说,由于中国社会经济仍停留在小农经济基础上,所以不仅政治是封建军阀的,社会思想也仍然是封建宗法的。号称新派的蔡元培、梁启超、梁漱溟、张君劢、章士钊等人,"仍旧一只脚站在封建宗法的思想上面,一只脚或半只脚踏在近代思想上面。真正了解近代资产阶级思想文化的人,只有胡适之"。"适之所信的实验主义和我们所信的唯物史观,自然大有不同之

---

① 《胡适全集》第30卷,第133页。
② 《论中西文化》,见《胡适全集》第13卷,第472页。
③ 张东荪:《思想问题》,《学灯》1922年6月23日。
④ 《陈独秀文章选编》中,第226、227页。

点,而在扫荡封建宗法思想的革命战线上,实有联合之必要。"① 在思想界建立联合战线的主张,是陈独秀根据中共新通过的关于建立民主的联合战线的决议,进一步引申出来的,固属极具创意的重要思想;但是,陈独秀只主张与胡适等组成联合战线,显然又不包括被视为"半新旧"人物的蔡元培、梁启超诸人。这与其上述《反动政局与各党派》的见解显然不一致。同时,被排除在联合战线之外的这些半新旧的人物,是敌是友?他未作说明。但是,同年11月邓中夏在《中国现在的思想界》中,却明确地将梁启超诸人为代表的所谓"东方文化派",说成了是胡适等代表的"科学方法派"与陈独秀等代表的"唯物史观派",应当联合加以攻击的"非科学的""反动派"。② 这是陈独秀的本意吗?

　　一个月后,陈独秀发表重要长文《中国国民革命与社会各阶级》,系统阐述了他对于中国革命的总体战略构想。他指出,国民革命虽是资产阶级的性质,但它却是需要各阶级合作的大革命。其中,特别强调"非革命"知识分子也是间接的革命力量,再次重申了建立革命思想联合战线的重要性。他写道:"正因为知识阶级没有特殊的经济基础,遂没有坚固不摇的阶级性。所以他主观上浪漫的革命思想,往往一时有超越阶级的幻象,这正是知识阶级和纯粹资产阶级所不同的地方,也就是知识阶级有时比资产阶级易于倾向革命的缘故。就是一班非革命分子,他们提出所谓'不合作'、'农村立国'、'东方文化'、'新村'、'无政府'、'基督教救国'、'教育救国'等回避革命的口号,固然是小资产阶级欲在自己脑中改造社会的幻想,然而他们对于现社会之不安不满足,也可以说是间接促成革命的一种动力。"③ 这又恢复了他在《反动政局与各党派》一文中的观点,所谓半新旧的梁启超等人,也重新被视为"间接促成革命的一种动力",纳入了联合的对象,无异于是对邓中夏观点的否定。

　　不可思议的是,仅隔一个月,邓中夏又发表《思想界的联合战线问题》,虽强调是要进一步阐发陈独秀的见解,但实际上与前者在《中国国民革命与

---

① 陈独秀:《思想革命上的联合战线》,《前锋》第1期,1923年7月1日。
② 邓中夏:《中国现在的思想界》,《中国青年》第6期,1923年11月24日。
③ 《陈独秀文章选编》中,第366页。

社会各阶级》中阐述的观点，仍然大相径庭。他说，"我们应该结成联合战线，向反动的思想势力分头迎击"。他所谓的"反动的思想势力"，却是打击一大片，将许多上述陈独秀主张团结的力量，都赶到了敌人一边去了："再明显些说，我们应结成联合战线，向哲学中之梁启超、张君劢（张东荪、傅铜等包括在内）、梁漱溟；心理学中之刘廷芳（其实他只是一个教徒，没有被攻的资格）；政治论中之研究系、政学系、无政府党、联省自治派；文学中之'梅光之迪'等，和一般无聊的新文学家，教育中之黄炎培、郭秉文等，社会学中之陶履恭、余天休等这一些反动的思想势力分头迎击，一致进攻。战线不怕延长呀！战期不怕延久呀！反正最后的胜利是我们的。"[1] 陈独秀的上述文章都是发表在中共中央机关刊物《前锋》上，显然在党内具有权威性；邓中夏的是文则是发表在中国共产主义青年团新创办的机关刊物《中国青年》第15期上，陈独秀也不可能不知道，那么，他的态度究竟如何呢？

随后，印度大诗人泰戈尔来华讲学，考察陈独秀的态度，恰好成了我们对其在思想界建立联合战线思想的一次实际检测。

1924年4月中，泰戈尔来到中国。在后来三个月的时间里，先后在上海、杭州、北京各地讲演，听者动辄数千人，受到了普遍的欢迎。《晨报》、《时事新报》、《小说月报》、《东方杂志》等报刊都辟有专号或专栏，广为宣传。郑振铎等人还在文学研究会内专门成立了泰戈尔研究会。泰戈尔在北京更受到了梁启超、熊希龄、范源濂、胡适等众多名流的隆重接待。尤其是5月8日为泰戈尔举办的64岁诞辰祝寿会，由胡适主持，另有赠名典礼由梁启超主持，最后由林徽因、徐志摩等饰演泰戈尔的剧本《齐德拉》，将其在华讲学推到高潮。

但是，与此同时，陈独秀却以《中国青年》为中心，发起抵制活动，使泰戈尔的整个讲学蒙上了阴影。陈独秀连续发表了《我们为什么要欢迎太戈尔》等十余篇文章；《中国青年》则出有专号，对后者的指斥不遗余力。他们不仅认为，泰戈尔是极端反对科学、物质文明和抵拒西方文化的东方顽固派，而且指斥他与梁启超等的研究系和"东方文化派"相勾结，无非要消磨中国青年革命的锐气和充当帝国主义的说客。陈独秀在文中借朋友的话说：

---

[1] 邓中夏：《思想界的联合战线问题》，《中国青年》第15期，1924年1月26日。

"太戈尔的和平运动,只是劝一切被压迫的民族象自己一样向帝国主义者奴颜婢膝的忍耐、服从、牺牲,简直是为帝国主义者做说客。"① 泽民也说,"他是印度的一个顽固派,纵不是辜鸿铭康有为一类老顽固,也必是当梁启超张君劢一类新顽固党的人物"②。林根干脆说,"科玄之争"后,泰戈尔被研究系请来,就是为了壮大后者的势力,并以空想玄虚的东方文化,"以磨灭青年与现实环境奋斗的革命精神"。③ 包括陈独秀在内,许多文章甚至不惜进行人身攻击。当然,更偏激的是组织散发传单和冲击会场。这些都造成了讲学的不和谐与泰戈尔老人沉重的心理负担。他曾对胡适诉说委屈:"你听过我的演讲,也看过我的稿子。他们说我反对科学,我每次演讲不是总有几句特别赞叹科学吗?"胡适回忆说:"我安慰他,劝他不要烦恼,不要失望。我说,这全是分两轻重的问题,你的演讲往往富于诗意,往往侧重人的精神自由,听的人就往往不记得你说过赞美近代科学的话了。我们要对许多人说话,就无法避免一部分人的无心的误解或有意的曲解。'尽人而悦',是不可能的。"④

陈独秀等人担心泰戈尔过分颂扬东方文化和"精神文明",会对革命青年产生消极影响,固然不无道理;但却反应过度,失之偏激。首先,是攻其一点,不及其余的批评,太过简单化。泰戈尔是著名的东方文化论者,他对西方文化的批评容有过当,但意在反省现代性并为被压迫民族张目,绝非是反对科学、主张复古的顽固派。他在北海欢迎会上说:"世人常谓余排斥西人物质文明,其实不然。西方的科学实为无价宝库,吾侪正多师承之处,万无鄙视之理。"⑤ 又说:"西方文明重量而轻质,其文明之基础薄弱已极,结果遂驱人类入于歧途,致演成机械专制之惨剧"。由于"缺乏精神生活","故彼等咸抱一种野心,日惟以如何制造大机器,又如何用此机器以从事侵略为事。彼等对于率机器以食人之残酷行为,初不自知其非,且庞然自大"。东方人不应崇拜西方,不然必受其害。"吾人分所应为者,乃对于一切压迫之

---

① 《巴尔达里尼与太戈尔》,见《陈独秀文章选编》中,第495页。
② 泽民:《太戈尔与中国青年》,《中国青年》第27期,1924年4月18日。
③ 林根:《两年来的中国青年运动》,《中国青年》第100期,1925年10月10日。
④ 胡颂平编著:《胡适之先生年谱长编初稿》第2册,第567页。
⑤ 《碧水绿茵之北海与须发皓白之印度诗哲》,《晨报》1924年4月26日。

奋斗、抵抗，以求到达于自由之路。"① 其主张的基本取向，并无大错。泰戈尔在本国不仅是著名的爱国者，更是革新派的重要代表人物。他成立的国际学院倡导东西方文化融合，享誉世界。美国著名学者萨义德，因之称赞他是殖民地国家具备自我批判精神的"伟大知识分子"的"典型"，是"民族主义队伍中的杰出人物"②。胡适也说，"泰氏为印度最伟大的人物"，他推动印度的文学革命，"其革命的精神，实有足为吾青年取法者，故吾人对于其他方面纵不满于泰戈尔，而于文学革命一端，亦当取法于泰戈尔"③。其次，是情绪化的抹黑，缺乏说服力。陈独秀诸人将泰戈尔说成是帝国主义的走狗，英美协会在六国饭店宴请泰氏，更被说成是新的铁证："谁知太戈尔爵士之来于研究系的关系之外，还有帝国主义的关系呢？"④ 但事实正相反，泰戈尔在宴会上的讲话，公开反对国家主义，批评日本展出中日战争中俘获的中国兵器，以为厌恶。并谓美国"只知有己，藐视他国，殊与耶教原理不符，并与人道有伤"。⑤ 泰戈尔不仅是伟大的爱国者，也是东方被压迫民族的代言者。他在临去世前的最后一篇文章《文明的危机》中，还在怒斥英国对中、印各被压迫民族的野蛮侵略。⑥ 足见，攻击多为情绪化的抹黑，并无根据。所以，负责具体接待并任翻译的徐志摩，动情地为泰戈尔辩护说："太氏到中国来，是来看中国与中国的民族，不是为了部分或少数人来的。"⑦ "但是同学们，我们也得平心的想想，老人到底有什么罪？他有什么负心？他有什么不可容赦的犯案？公道是死了吗？为什么听不见你的声音？""他一生所遭逢的批评只是太新、太早、太急进、太激烈、太革命的、太理想的；他六十年的生涯只是不断的斗奋与冲锋。他现在还只是冲锋与斗奋。但是他们说他是守旧、太迟、太老。他顽固奋斗的对象只是暴烈主义、资本主义、帝国主义、武力

---

① 《泰戈尔第二次讲演》，《晨报》1924年5月11日。
② 〔美〕爱德华·W. 萨义德著，单德兴译：《知识分子论》，生活·读书·新知三联书店2002年版，第39页；〔美〕爱德华·W. 萨义德著，李琨译：《文化与帝国主义》，生活·读书·新知三联书店2003年版，第312页。
③ 《泰戈尔第二次讲演》，《晨报》1924年5月11日。
④ 蔡和森：《英美协会欢迎太戈尔》，见《蔡和森文集》，第436页。
⑤ 《英美协会欢迎太戈尔》，《晨报》1924年4月26日。
⑥ 倪培耕编选：《泰戈尔集》，上海远东出版社2004年版，第363页。
⑦ 《太戈尔来华的确期》，见韩石山编：《徐志摩全集》第1卷，天津人民出版社2005年版，第344页。

主义、杀灭性灵的物质主义;他主张的只是创造的生活、心灵的自由、国际的和平、教育的改造、爱的实现。但他们说他是帝国主义的间谍、资本主义的助力、亡国奴族的流民、提倡裹脚的狂人!"① 至于将泰戈尔讲学说成是研究系因在"科玄之争"中失败,特意请他来为自己打气,胡适便不认同,他挺身而出,为之辟谣,自然是最为有力。他说,"这话是没有事实的根据的",因为泰氏代表联系访华事在论战发生之前。"我以参战人的资格,不能不替我的玄学朋友们说一句公道话。"②

与陈独秀诸人的抵制形成鲜明对照的是,日本与苏联的驻华使馆却竞相邀请泰戈尔访问本国。1924 年 5 月 10 日,日使馆派人访泰氏,说:"中国既无人了解君,君何必久留此地?"③ 次日下午,泰氏应邀访苏联使馆,后者的代表极表欢迎访苏,并谓:"就政治上说,……本国对于世界被屈服之民族,极愿加意提携。且年来受西方物质文明之损害,亦复不少,实有共同合作之必要。就学术上说,则俄之托尔斯泰,在十九世纪早唾弃物质文明,实与东方精神文明之旨相契合云云。"④ 日本的态度可不置论,但苏联对泰戈尔的态度与主张"以俄为师"的陈独秀诸人的态度,大相径庭,岂非耐人寻味并足资反省?

至此,不难看出,陈独秀提出的国民革命当团结"非革命"知识分子,结成思想界联合战线的重要思想,并没有坚持到底。他组织抵制泰戈尔的活动完全违背了自己这一正确的主张。上述邓中夏的偏激自然也不是偶然的了。事实上,从总体上看,其时陈独秀关于建立思想界联合战线的思想远未成熟,上述几篇文章的表述反反复复,模棱两可,都反映了这一点。实际上,他只钟情于和胡适等的联合,这不仅因为后者本来就曾是共同发动新文化运动的"战友",而且还在于他相信唯物史观与实验主义有共同点(事实也是如此),在反对封建思想与军阀统治中可以合作。邓中夏也说,二者"是真新的,科学的"⑤,尽管前者较后者远为彻底。他们始终对梁启超诸人抱

---

① 《泰戈尔》,见《徐志摩全集》第 1 卷,第 444、445 页。
② 《泰戈尔在京最后的讲演》,《晨报》1924 年 5 月 13 日。
③ 《泰戈尔第二次讲演》,《晨报》1924 年 5 月 11 日。
④ 《泰戈尔有意游俄》,《晨报》1924 年 5 月 15 日。
⑤ 邓中夏:《中国现在的思想界》,《中国青年》第 6 期,1923 年 11 月 24 日。

有戒备心理，也不仅因为后者的研究系背景，而且还在于他们主张"东方文化"，被目为代表封建思想。故邓中夏所谓："在现在中国新式产业尚未充分发达的时候，劳资阶级尚有携手联合向封建阶级进攻的必要；换过来说，就是代表劳资两阶级思想的科学方法派和唯物史观派尚有联合向代表封建思想的东方文化派进攻的必要"①的见解，同样反映了陈独秀的思想。其思想的自相矛盾，只能说明他甫转向马克思主义，还不可能正确地运用阶级斗争理论分析中国现状和避免误区。

事实证明，陈独秀等人抵制泰戈尔的偏激做法，不仅没有结果，而且还使得他们原先设想的与胡适诸人联合的愿望，也进一步落空了。胡适从一开始便不接受陈独秀的善意。他后来回忆说："从前陈独秀先生曾说实验主义和辩证的唯物史观是近代两个最重要的思想方法，他希望这两种方法能合作一条联合战线。这个希望是错误的"，因为二者"根本不相容"。②在泰戈尔来华前，陈独秀曾约请胡适为《中国青年》反泰戈尔专号写一篇文章，但遭到了拒绝。③胡适对抵制泰戈尔的做法甚为不满，在泰戈尔于青年会作第二次讲演开讲之前，他先警告反对者说："外间对泰戈尔，有取反对态度者。余于此不能无言。余以为对于泰戈尔之赞成或反对，均不成问题。惟无论赞成或反对，均须先了解泰戈尔，乃能发生重大的意义。若并未了解泰戈尔而遽加反对，则大不可。吾昔亦为反对欢迎泰戈尔来华之一人，然自泰戈尔来华之后，则又绝对敬仰之"，因为作为印度的最伟大人物和文学革命的倡导者，其革命精神值得青年取法。④在泰戈尔在京最后一场讲演会上，胡适再次陈词，对上一次讲演会上有人散发传单极表愤慨。他说：散发传单本身违反了言论自由，因为自己不同意就要赶客人走，"那就是自己打自己的嘴巴。自己取消鼓吹自由的资格。自由的真基础是对于对方的主张的容忍与敬意"。"泰戈尔的人格、文学革命的精神和他领导的农村合作运动，都已令吾人敬意。即此不讲，其个人人格、人道主义精神、慈祥的容貌，也都足以令吾人

---

① 邓中夏：《中国现在的思想界》，《中国青年》第6期，1923年11月24日。
② 《介绍我自己的思想》，见《胡适全集》第4卷，第658页。
③ 水如编：《陈独秀书信集》，第387、388页。
④ 《泰戈尔第二次讲演》，《晨报》1924年5月11日。

十分敬仰了，何以要如此无理呢！"①胡适、蒋梦麟诸人原先都不赞成接待泰戈尔，但现在却都与梁启超等人站在一起，共同热情接待前者；陈独秀、邓中夏想联合胡适等以进攻梁启超诸人的想法，最终也事与愿违。

不过，也应看到，对新诞生的中共来说，学会以马克思主义正确指导中国革命，是一个艰难曲折的探索过程。中共二大提出关于"民主的联合战线"的思想和主张，固然开其后统一战线思想的先河，但远未成熟；其运用阶级斗争理论分析国情出现偏差与不协调，并不足奇。换言之，上述的失误，并不影响她提出建立思想上革命联合战线主张所具有的重要意义。这包含两层意思：其一，其时中共提出建立思想上革命联合战线的主张，实际上具有更加丰富的内涵，并且在实际上取得了促进国共合作与推进国民革命的积极成效。这是需另文讨论的问题；其二，中共发动的对泰戈尔的批判，固然失之偏颇，但它在广大青年中进一步高扬了反帝爱国的革命热情，也是应当看到的。此外，作为党的主要负责人，陈独秀后来犯错误，主要是表现为政治上主张妥协退让的"右倾"，而这里在思想战线上表现出的却明显是"左倾"。这反映了他在思想上的矛盾性。然而，无论如何，泰戈尔作为最后一位名哲讲学者的遭际，却又具有象征的意义：它再次凸显了五四前后外国名哲来华讲学与中国思想界变动间，始终存在的深刻联系。

结　语

欧战后，东西方各自都面临着"重新估定一切价值"的时代。在此特殊的语境下，外国名哲应邀来华讲学，其层次之高，人数之多，延续时间之长和影响之广泛，都使之成为欧战后西学东渐的文化壮举。

名哲讲学的影响是多方面的，包括对所涉及的教育、哲学、诗歌诸领域的影响在内；但其中既深且远者，无疑在于对中国思想界的影响。郭湛波于1934年出版的《近五十年中国思想史》中，就已指出了这一点。他说："中国近五十年思想最大之贡献，即在西洋思想之介绍。""这些介绍对于中国近代思想影响甚大，尤以杜威、罗素之来华讲学。此外如德国哲学家杜里舒之

---

① 《泰戈尔在京最后的讲演》，《晨报》1924年5月13日。

1922年讲学，印度大诗人、哲学家太戈尔之1923年之来华讲学，都给中国思想上不少的痕迹。"① 不过，他的结论尚嫌抽象。实则，具体说来，主要有三：

其一，名哲讲学在全国范围内，进一步有力地营造了追求新知与开放的社会氛围，从而扩大了新文化运动的影响力。由于组织者精心安排，名哲讲学借助演坛、报刊与出版等多样化形式，其整体效应被尽量发挥到最大化。以杜威为例，他在华两年两个月，共作大小讲演不下200次，遍及奉天、直隶、山西、山东、江苏、江西、湖北、湖南、浙江、福建、广东十一省。1920年8月《晨报》社推出《杜威五大讲演》，一年内印行13版，达10万多册。其后复多次重印。此外，还出版了《杜威三大演讲》、《杜威在华讲演集》、《杜威罗素演讲录合刊》等多种演讲录。其余各种小演讲录，依胡适说法，更是"几乎数也数不清楚了"。② 孟禄讲学仅三个月，足迹却遍及了北京、上海等9省18个市，调查了200多处教育机构与设施，其间应邀讲演60多场，并参与各种座谈与讨论。同时，也有《孟禄讲演集》及《孟禄的中国教育讨论》等专书出版。此外，名哲讲学多受到各省督军或省长等最高当局的高规格礼遇，也大有助于提升它的社会影响力。百如在谈到杜威讲学将产生积极和重大的社会效益时，这样写道："我们在国内的人，居然有机会把世界第一流的学者请了来，听他的言论，接近他的声音笑貌，这样的幸福是不容易得的。他所说的，我们多数人或者未必全能领会和了解，但在'观感之间'所得到的，也就不少了。"在社会新旧思潮冲突之际，"这时候有一个大家尊仰的'论师'在我们中间，新思想就得了一个很好的指导，很有力的兴奋。顽旧的人，能听听这样名哲的议论，或者能受些感化，换些新空气，也未可知"。③ 他的判断是客观的，而持续六年之久的五位名哲讲学所产生的整体社会效益，自然会更加有力地扩大了新文化运动的影响。

其二，名哲讲学与中国思想界间产生了积极的互动。名哲讲学在助益国人思想深化的同时，也促进了中国思想界的分化与演进，终至为五四后新文化运动的发展及其归趋服膺马克思主义和"以俄为师"的历史进程，打上了自己的印记，固然反映了这一点；罗素对中国问题的思考，前后巨变，其所

---

① 郭湛波：《近五十年来中国思想史》，山东人民出版社1997年版，第282页。
② 《杜威先生与中国》，见《胡适全集》第1卷，第360页。
③ 百如：《美国教育者杜威》，《晨报》1919年5月14日。

以能超越自我,显然也得益于对中国思想界自身活力的积极吸纳。而杜威的学生刘伯明则认为,杜威对中国文化精神的进一步理解,不仅助益了他反省"美国之精神"的自觉,而且在一定程度上也修正了自己的学说:"然其于此不啻将其平素主张之哲学,加一度之修正也。"① 这些都反映了外国名哲与中国思想界的互动。

其三,名哲讲学在西学东渐史上的意义。近代欧风美雨沛然而至,早期多赖传教士,甲午后则更多是赖留学生假道日本引进。前者虽为西人,但层次低,且受宗教的局限,影响有限;后者影响虽大,贩自日本,又不免于耳食之言为多。欧战前后,国人多转而留学欧美,得登堂入室,以眼见为实。这是西学东渐史上具有重要意义的转折。需要指出的是,名哲讲学适逢其时,大大地深化了此种转折的内涵。杜威、罗素这样一批具有国际影响力的欧美重要学者(泰戈尔虽为印度学者,却有同样的意义)先后集中来华讲学,以现身说法,向国人讲述他们身在其中的社会及其现代思潮的变动,并对中国社会的改革运动提出各自的建议;这对于国人来说,不仅也是一种"眼见为实",而且别具魅力。名哲讲学异同互见,各成一家之言,它让国人进一步看到了"西学"自身的多样性。而罗素对于苏俄,既有肯定,又有尖锐的批评,甚至不惜"以今日之我否定昨日之我",对自己关于中国道路问题的见解最后作出了带根本性的修正;这固然引起了国人的激烈争论,但同时却又令国人不仅看到了罗素的真诚,而且更重要的是,进一步理解了西方学理与中国现实间的差异,以及中国人在学习西方过程中,学会独立选择的极端重要性。所以,从西学东渐史上看,名哲讲学助益了五四后中国思想界归趋更加理性的发展方向,同样是显而易见的。

五四前后是近代中国思想发展的重要转折点,名哲讲学为之注入了新鲜的思想活力,从而助益了中国近代历史的发展。名哲们也许并不自知,但近代的中国历史却记住了它。

---

① 刘伯明:《杜威论中国思想》,《学衡》第 5 期,1922 年 5 月。

反省现代性的两种视角：东方文化派与学衡派

东方文化派与学衡派是五四新文化运动时期两个重要的文化派别。新时期以来，学界对二者的认知，已由此前的反动守旧派转为文化保守主义，以为同属于主张新文化的力量。这自然是学术进步的结果。但是，二者根本的思想主张有何异同及其缘由何在？这显然是值得进一步探讨的一个重要问题，迄今仍未见有人论列。实则，欲回答此一问题，端在理解欧战前后西方现代社会思潮的变动。正是由于二者都站立在了西方反省现代性新的思想支点上，同时却又分别服膺其中不同的两派思潮：以柏格森为代表的非理性主义即浪漫主义的生命哲学和以白璧德为代表的美国新人文主义，故同中有别，异彩纷呈。余英时先生说："白的人文主义确实构成了新文化运动史上一股潜流，不容忽视。"[①] 实际上，还可以进一步说：二者所代表的整个西方反省现代性思潮，都"构成了新文化运动史上的一股潜流，不容忽视"。

一、西方非理性主义的两种派别

19世纪末20世纪初，西方非理性主义的反省现代性思潮应运而起。此一思潮肇端于尼采，到20世纪初，以柏格森、倭铿为代表，强调直觉、自由意志、精神生活与"生命创化"的生命哲学风行一时，则标志着此一思潮达到了高潮。柏格森认为，宇宙的本源在于生命冲动，正是此种生命冲动不断推进万物自主与创造性的进化过程。自觉地顺应此一过程，既表现为人类

[①] 《记吴宓的"殉道"精神》，见余英时著，彭国翔编：《中国情怀——余英时散文集》，北京大学出版社2012年版，第300页。

的精神生活,同时也体现为人类应有的理想追求。他为倭铿的《生活意义及价值》一书作序指出:"本此努力向上之精神,以求超脱乎现在之我,以求创造其他高尚之活动形式。质言之,人类行动上固未尝无一种理想,然到理想不过表示方向,今日所以为满意者,明白则又吐弃之。故此理想为暂时的而非永久的,日在变动不居中,而非一成不易者也。"倭铿也强调:"自然主义之误,在但知物,不知心灵作用,不知生活过程,不知苟无心灵无生活,虽欲知物察物而不可得矣。故一旦以心灵以生活为出发点,则此宇宙观必为之大变,而一切实在自不容自然主义公例之桎梏矣。"作为柏格森与倭铿的共同学生,张君劢因之总结说:"所谓生活意义不在智识之中也,活动即精神之本体也。物质由精神驱遣也。及此者,皆近来生活哲学之大根据,而柏氏、倭氏共通之立脚点也。"① 生命哲学又称生活哲学、"变"或"动"的哲学,虽不脱唯心论的窠臼,但其本质在于反省资本主义,尤其是反映了人们渴望摆脱理性主义的机械论束缚的普遍诉求,故仍有自己的合理性并产生了广泛而深刻的影响。乔治·杜比在他主编的《法国史》中说:"1914年,阿诺托写道,柏格森的哲学以'对生命的礼赞'和'对生命的积极辩护'回答了'我们时代的呼唤'。于是,在报刊媒体上,在书店的书柜里,在沙龙的谈话中,我们到处都能感受到对非理性主义的全面回归和对实证主义的普遍拒斥。"② 彼得·沃森在所著《20世纪思想史》中也写道:"以'解放者'著称的柏格森,变成了使西方思想摆脱19世纪'科学宗教'的救世主",他"借助消除'决定论者的噩梦'而'解除了整个一代人的痛苦'。"③

在当时西方反省现代性的思潮中,尼采、柏格森、倭铿诸人代表的是其主潮,即非理性主义的浪漫主义取向;另有一支流,则是以美国哈佛大学教授白璧德与莫尔为代表,称新人文主义。他们认同非理性主义,但对于浪漫主义的取向却不以为然。在白璧德看来,文艺复兴在以人性反对神性的同时,却走向了另一极端,即无限夸大人性,而无视道德的规范,导致机械主义与人欲横流。他说,"这种联合导致了时代的登峰造极的愚蠢+大战。在

---

① 张君劢:《倭伊铿精神生活哲学大概》,《改造》第3卷第7号,1920年。
② 〔法〕乔治·杜比主编,吕一民等译:《法国史》中卷,商务印书馆2010年版,第1223页。
③ 〔英〕彼得·沃森著,朱进东等译:《20世纪西方思想史》,上海译文出版社2006年版,第74页。

人们所目睹过的疯狂表演中，恐怕再也没有比成千上万的人动用着有科学效用的庞大机器彼此将生命送进地狱更疯狂的了。我们生活在一个开始就遵循了错误法则的世界之中，这个尽管已经受到了很多警告，却允许自己再一次陷入可怕的自然主义的陷阱"[1]。白璧德主张借助东西方伟大的传统与经验，确立一种普遍的标准与价值体系，以实现对人性的必要约束，使文明发展重新归入道德的正轨。他肯定柏格森哲学对于理性主义的反叛，但于其主张的生命冲动说，却持激烈的反对态度。他说："这种类型的反理智主义者所反对的是以科学的或伪科学的理性主义将世界机械化。他试图通过浪漫主义的自发性之路来摆脱机械主义。这实际上意味着他准备屈从于自然主义的流动性，希望凭此变成有'创造性的'。不幸的是，这种放弃包含着牺牲标准和有意识的控制，而真正对人类有价值的创造则需要这些标准和控制。"[2] 在他眼里，浪漫主义与理性主义无非一丘之貉，因为二者反对对人性的必要约束和主张放纵的自然主义，并无二致。白璧德的新人文主义在20世纪20—30年代也达到了自己的高峰，不过其影响力毕竟无法与前者相比。

尽管反省现代性思潮内部存在上述不同声音，但二者相反相成，却进一步彰显了欧战前后西方现代社会思潮的变动。这不是某种具体观点的变异，而是意味着"一种新的世界观开始形成"，"使欧洲意识产生了巨变"。[3] 它成为西方现代思想发展划时代的分水岭，开当今后现代主义的先河。

西方现代社会思潮的变动同样深刻地影响了东方。20世纪初年，反省现代性思潮与马克思主义一道传入了中国。章士钊、张君劢、张东荪诸人是柏格森生命哲学传播的有力推动者，五四后梁启超的《欧洲心影录》与梁漱溟的《东西文化及其哲学》两书相继出版与风行海内，则是其达于高涨的标志。[4] 新人文主义在中国传播，主要得益于梅光迪、吴宓等于1915年后先后进入哈佛大学师从白璧德的中国留学生。梅光迪曾回忆说："回首十五年前，

---

[1] 〔美〕欧文·白璧德著，孙宜学译：《卢梭与浪漫主义》，河北教育出版社2003年版，第222页。
[2] 〔美〕欧文·白璧德著，孙宜学译：《卢梭与宗教：我相信什么》，《性格与文化：论东方与西方》，上海三联书店2010年版，第160页。
[3] 〔美〕马文·佩里主编，胡万里等译：《西方文明史》下卷，第294页。
[4] 参见郑师渠：《五四前后国人的现代性反省》，《历史研究》2008年第1期。

白璧德的课程引起了当时正在哈佛钻研哲学和文学作品的中国学生的注意。此时能意识到白璧德和莫尔及其作品、思想价值的人并不多，中国学生应算是其中之一。他们将两人与歌德和马修·阿诺德相提并论，认为两人以同样无可辩驳的权威指出了'现代社会的病垢'。这些中国学生回国之后，便担起了向中国读者推荐并阐释这两位批评家及其作品的任务。"[1]这些学生归国后依托东南大学，于1922年1月创办《学衡》杂志，一边宣传白璧德的学说，一边抗衡新文化运动，不遗余力。后复将所刊译的白璧德作品，汇辑成《白璧德与人文主义》一书，由新月书店出版。《学衡》为梅、吴诸人推动所谓"中国人文主义运动"的主要阵地，一直延续到了1933年才停刊。主编吴宓坚韧不拔，被誉为"华之白璧德"[2]。梅、吴诸人自然被人目为学衡派。

1923年底，邓中夏在《中国现在的思想界》[3]一文中，将服膺柏格森生命哲学、倡言反省现代性的梁启超、梁漱溟、章士钊诸人统称为东方文化派，求其共性，颇为传神，但未提及学衡派；两个月后，他在另一篇文章中才提及也需反对"文学中之'梅光之迪'"[4]。这说明，邓中夏注意到了两派思想主张的异趋；但是，他仅将梅光迪诸人限于"文学中"，这可能与学衡派多为从事文学研究的教授，且与新文化运动的争论也多集中于新文学与旧文学、白话文与文言文的缘故。梁实秋曾说道："白璧德的人文主义思想并不限于文艺，在他手里文艺只是他的思想的注脚，只是一些具体的例证，他的思想主要的是哲学的。"[5]对学衡派也当作如是观。这也说明，其时《学衡》毕竟初创，邓中夏于新人文主义还不甚明了。

但无论如何，重要在于，欧战前后西方反省现代性思潮缘东方文化派与学衡派传到了中国，而二者恰好分别代表了在中国语境下反省现代性两种不同的视角。

---

[1] 梅光迪：《人文主义和现代中国》，见梅铁山主编：《梅光迪文存》，华中师范大学出版社2011年版，第195页。
[2] 柳诒徵：《送吴雨僧之奉天序》，《学衡》第33期，1924年9月，第1页。
[3] 邓中夏：《中国现在的思想界》，《中国青年》第6期，1923年11月24日。
[4] 邓中夏：《思想界的联合战线问题》，《中国青年》第15期，1924年1月26日。
[5] 梁实秋：《关于白璧德先生及其思想》，《梁实秋文集》第1卷，鹭江出版社2002年版，第549页。

二、共同的思想支点

东方文化派与学衡派都立足于西方反省现代性的思想支点上，其思想主张自然便有相通之处，其大者，主要是：

其一，反对"科学万能"论。

西方自18世纪以来，理性主义凯歌猛进，其核心理念便是科学或理性的万能论，相信整个宇宙无非是一部大机器，遵循统一物质法则，只要借助科学方法便足以驾驭整个宇宙包括人类的情感世界。这实将人视同机器，变成了理性的奴隶。"科学万能"论也影响到了陈独秀、胡适等以近代西方文明为楷模的新文化运动的主持者。陈独秀说，"人类也是自然界一种物质"，"一切苦乐善恶，都为物质界自然法则所支配"。[1] 所以，他对胡适说，"我们现在所争的，正是科学是否万能问题"，"毕竟证明科学之威权是万能的，方能使玄学鬼无路可走，无缝可钻"。[2] 而梁启超则明确反对这一点。他在《欧游心影录》中曾嘲笑欧洲人做了一场科学万能的大梦，如同沙漠中迷路的人看见前面的一个黑影，便拼命往前赶，最后却大失所望，如梦惊醒，大呼起"科学破产"来了。但他声明，我不相信科学破产，只是也不相信"科学万能"罢了。相信科学，但不相信科学万能，这可以说是代表了东方文化派与学衡派共同的见解。张君劢说，"二三十年来，吾国学界之中心思想，则曰科学万能"，丁文江诸人正是"中了迷信科学之毒"。"在此空气之中，我乃以科学能力有一定界限之说告我青年同学，其为逆耳之言，复何足异。"[3] 作为学衡派主帅，梅光迪强调"现在的中国，科学就是一切，……这是很危险的"，因为科学能指明的是自然规律而非人的规律。[4] 吴宓也强调，"吾非反对科学"，"乃谓科学有其范围，不可举科学而抹杀一切经验，不可使人为物所宰制"。[5]

---

[1] 《人生真义》，见《陈独秀文章选编》上，第238页。
[2] 《答适之》，见《陈独秀文章选编》中，第376、377页。
[3] 《再论人生观与科学并答丁在君》，见张君劢等：《科学与人生观》，第59、60页。
[4] 《中国古典文学之重要》，见梅铁山主编：《梅光迪文存》，第178页。
[5] 〔英〕亨勒著，吴宓译识：《物质生命心神论》，《学衡》第53期，1926年5月，第28页。

1923 年发生在梁启超、张君劢等（实为东方文化派）与胡适、丁文江诸人间著名的"科玄之争"，实为西方反省现代性思潮在中国激起的反响。其核心辩题："科学能否解决人生观问题"，说到底，也关涉到了科学是否万能的问题。学衡派虽未介入，但实际上间接地也表明了自己的立场。是年 2 月 24 日张君劢在清华讲演《人生观》，4 月 12 日丁文江在《努力周报》著文批驳，论战遂起。4 月 16 日吴宓于《学衡》第 16 期发表长文《我之人生观》，其第一节便是"宇宙事物不可尽知"，内中说："故须以信仰及幻想济理智之穷，而不可强求知其所不能知。又须以宗教道德成科学之美而不可以所已知者为自足而且败坏一切，……而若纯凭科学以定人生观，则所得者为物本主义而已。"① 显而易见，是文不啻在声援张而拒斥丁。《学衡》此后刊载的一些译文，仍在不断坚持这种观点。例如，第 53 期载有英国学者亨勒的《物质生命心神论》，其中写道："近世工业之发达，悉以科学为基本，科学之知识，诚可谓之权力矣"，"然则科学之世界观，果能概括一切乎？"科学之世界观既"未能赅括吾人经验中之世界之全体，由是可知科学本身未必能圆无缺，而通观合览之工夫实为不可缓也"。②

其二，肯定宗教的价值。

与"科学万能"论相联系，西方反省现代性的一个重要观点是认为，机械的人生观漠视人的情感世界，尤其是人的宗教信仰即终极的关怀，造成了精神家园的荒芜。所以，梁启超说，欧洲"科学昌明以后，第一个致命伤的就是宗教"③。在新文化运动中，宗教问题曾引起很大争议。陈独秀诸人相信理性万能，同样否认宗教和人类的终极关怀。陈独秀说："人类将来真实之信解行证，必以科学为正轨，一切宗教，皆在废弃之列。"④ 胡适虽未径直主张废弃宗教，但他实际上同样是遵循现代性，而简单否定了人类宗教心理与宗教关怀具有的普遍性与内在的合理性。⑤ 与陈独秀诸人不同，东方文化派与学衡派都对宗教持肯定的态度。其中，梁启超与刘伯明，又最具代表性。

---

① 吴宓：《我之人生观》，《学衡》第 16 期，1923 年 4 月，第 6 页。
② 〔英〕亨勒：《物质生命心神论》，《学衡》第 53 期，1926 年 5 月，第 7 页。
③ 梁启超：《饮冰室合集》，专集 23，第 10、11 页。
④ 陈独秀：《独秀文存》，第 91 页。
⑤ 参见郑师渠：《理智化的偏见：胡适与反省现代性》，《河北学刊》2011 年第 6 期。

梁启超认为，宗教是各个人信仰的对象，它是情感而非理性的产物，是目的而非手段。"凡对于一种主义有绝对的信仰，那主义便成了这个人的宗教。"将宗教与科学对立起来，主张扑灭宗教，是一种简单化，因为它只知理性重要却忽视了情感。"我们既承认世界事业要人去做，就不能不对于情感这种东西十分尊重。""情感的结晶，便是宗教化。"他断言，讲迷信的宗教是下等与消极的宗教，依自己定义的宗教不同，其作用是积极的不是消极的，为人类社会有益且必要的神圣事物，"所以我自己彻头彻尾承认自己是个非宗教者"。① 与任公突出强调宗教的情感力量不同，刘伯明的见解趋重于学理阐述，富有哲理性。他指出，宗教虽源于初民的希冀与恐惧，但要看到，随着人类思想进化，其所崇拜之神的文化内涵亦与之俱进，如希腊之宙斯原为雷霆，后成公义之神；凡人阿波罗成了智慧之神等，"皆附以优美中和之意，凡人心所企望，皆于兹实现，而有客观之存在"。现实社会的缺憾，也因之有了补求的方向。此种宗教包含理智，但想象与情感是主要的原素。今非宗教者以为有理性已足，无须情意，"此直理性之专制也"。他们不懂得，宗教不满意于现实而思超脱，引人升入高洁和美的境界，它表现了人性中的精神希冀，"而非科学所能侵犯"。人类非无生命的物质，宗教情感又显然是植根于人类的整个精神世界中，借人类的终极关怀"以节制吾人之生活"，即规范与提升人们的道德境界，不是同样是合理的吗？② 刘伯明是深通欧洲历史的哲学家，其学理阐述平实无华，所论更显深刻和富有说服力。梁、刘二人对于宗教的肯定，有一共同的前提即否定宗教迷信，强调宗教乃个人真诚的信仰。所以，吴宓下面的话当可视为两派共同的旨趣："盖宗教之功固足救世，然其本意则为人之自救。故人当为己而信教，决不当为人而信教也。""谦卑为宗教之本，克己为道德之源。此所以宗教实足以助道德。而若宗教熄灭，则道德亦必不能苟存也。"③ 明白了这一点，便不难理解，何以两派对其时的非宗教同盟运动都持反对的态度了。

其三，批判功利主义，倡言"合理的人生"。

现代性是与"合理性"相联系的，它强调合乎目的理性化的经济行为和

---

① 《评非宗教同盟》，见梁启超：《饮冰室合集》，文集38，第22、23页。
② 刘伯明：《非宗教运动平议》，《学衡》第6期，1922年5月，第6、7页。
③ 吴宓：《我之人生观》，《学衡》第16期，1923年4月，第10页。

管理行为的制度化。与此相应,"进步"、"竞争"、"效率",又构成了现代性的重要原素。在欧洲反省现代性思潮中,它们被斥为功利主义,也受到了强烈的质疑。罗素说,对于所谓"成功"、"进步"、"竞争"、"效率"的信仰,"是近代西方的大不幸"。缘此,人道日趋机械化,令人生失去了本有的自然和谐的乐趣,而陷入无谓的慌忙与扰攘,"这是极大的危险与悲惨"。① 对于西方这种价值观的变动,东方文化派与学衡派都持认同的态度。杜亚泉并不全然否定进步,而是提出要持分析的态度。他认为,所谓进步有两种,一是"真实之进步",二是"虚伪之进步",区别在于是否是"有限制"的。西方现在的所谓"进步",造成了贫富对立,相互仇杀,无异于"操科学以杀人","率机器以食人",是为"无限制"的"虚伪之进步"。② 梁启超对所谓"效率论",同样提出质疑。他指出:人生的意义不是用算盘可以算出来的,人类只是为生活而生活,并非为求得何种效率而生活。有些事绝无效率,或效率极低,但吾侪理应做或乐意做的,还是要去做;反之,有些事效率极高,却未必与人生意义有何关系。"是故吾侪于效率主义,已根本怀疑。"即便退一步说,效率不容蔑视,"吾侪仍确信效率之为物,不能专以物质的为计算标准,最少亦要通算精神物质的总和"。而"人类全体的效率",又绝非具体的一件一件事相加能得到的。③《学衡》上也刊载有多篇译文,介绍欧人对于功利主义的反省。例如,译文《葛兰坚论新》有谓:今之美国言革新者多忽人性教育,"但求各种奇异反常之效率;是盖同于妄以新者皆必胜过旧者,而不暇细思所谓改革家者,惟新是骛"。吴宓则在译文中加"编者识"说:"此篇之作,以其国人咸趋功利,惟以新相号召,相挟迫,先生目击时变,痛愤内激,固大有人在,而吾国人读此译文,亦可以反省沉思也。"④

在反省现代性的观点看来,现代性所以难脱功利主义的痼疾,端在重物质而轻精神,导致了人生的异化与愁苦。梁启超因之设问道:美国青年一生奔走生计,惶惶不可终日,"在这种人生观底下过活,那么,千千万万人,前脚接后脚的来这世界上走一趟,住几十年,干些什么哩?唯一无二的目

---

① 徐志摩:《罗素又来说话了》,《东方杂志》第 20 卷第 23 号,1923 年 12 月 10 日。
② 《新旧思想之折衷》,见许纪霖、田建业编:《杜亚泉文存》,第 204、205 页。
③ 《先秦政治思想史》,见梁启超:《饮冰室合集》,专集 50,第 86、87 页。
④ 葛兰坚著,吴宓、陈训慈合译:《葛兰坚论新》,《学衡》第 6 期,1922 年 5 月,第 2、19、20 页。

的，岂不是来做消耗面包的机器吗！或是怕那宇宙间的物质运动的大轮子，缺了发动力，特自来供给它大燃料。果真这样，人生还有一毫意味吗？人类还有一毫价值吗？"①梁漱溟的感受是一样的：在西方机械的现代社会，"人处在这样冷漠寡欢，干枯乏味的宇宙中，将情趣斩伐的净尽，真是难过的要死！而从他那向前的路一味向外追求，完全抛荒了自己，丧失了精神，外面生活富丽，内里生活却贫乏至于零！"②胡适嘲笑梁漱溟未到过西方，却敢于随意批评西方；耐人寻味的是，吴宓留学美国，曾在欧美生活过，却有同样的感触，他在与浦江清的信中说："身心所接触之西洋，如同火锅，实不堪一日居，远不如中国，更勿言清华。科学发明，人生益烦闷。现在各国惟事制造战具及促进航空。而一社会中，每人各度机械之生活；其精神如蜂窠，各不相谋。除办事应酬外，至晚各归其室，大楼六七层乃或三四层，每层十余室，每室一个，静伏其中，同居者经年不交谈一语，——此种生活组织，快乐何存？"③相信今天已开始过上了"现代化"生活的中国人，都能理解上述尤其是吴宓的感受。

　　所以，两派都强调指出，西方现代思潮的变动反映了人们要求打破机械人生观，重建"合理的人生"。何谓"合理的人生"？两派的具体见解有不同（下文将谈到），但在以下两个基本点上，彼此却是相通的：

　　一是合理的人生当是注重精神生活与追求道德境界的人生。梁启超说，现代人生的黑暗痛苦，说到底，是未能合理调和物质与精神、个人与社会这两大矛盾，救济之方在"裁抑物质生活，以求达精神自由的境域"，即养成"浩然正气"，达于"仁者不忧"的境界。④梁漱溟则谓："现在只有先根本启发一种人生，全超脱了个人的为我，物质的歆慕，处处的算账，有所为的而为，直从里面发出来活气"，不悲观沮丧，而自得乐趣。"只有这样向前的动作可以弥补了中国人夙来缺短，解救了中国人现在的痛苦，又避免了西洋的弊害，应付了世界的需要。"⑤而吴宓从白璧德幸福源于对欲望的控制的理念

---

① 《东南大学课毕告别辞》，见梁启超：《饮冰室合集》，文集40，第9、10页。
② 《东西文化及其哲学》，见《梁漱溟全集》第1卷，第505页。
③ 《吴宓书信集》，1931年1月24日，第173页。
④ 《东南大学课毕告别辞》，见梁启超：《饮冰室合集》，文集40，第12—14页。
⑤ 《东西文化及其哲学》，见《梁漱溟全集》第1卷，第538、539页。

出发，将合理人生归结为一句话："人生之究竟，即道德，亦即幸福。人生问题，即道德之修养，与幸福之取求。斯乃一事而非二事。"①他们表述不一，但都强调合理的人生当是注重精神生活与追求道德境界的人生。吴宓在日记中说：赴任公主持的茶话会，他席间安排张君劢与自己演讲，"对宓颇加奖饰之词。宓述道德二元之说"②，就说明了这一点。二是实现合理的人生需尊重孔子儒家学说的智慧。梁启超著《先秦政治思想史》，又名《中国圣哲之人生观及其政治哲学》，立意即在"如何而能应用吾先哲最优美的人生观使实现于今日"，这就是孔子"仁的美妙的人生观"。③这在梁漱溟就叫作"孔家的生活"；在张君劢则谓"当提倡新宋学"。④吴宓不仅同样强调孔子是"教今日世界物质精神之病者，最良之导师"⑤，而且在清华《研究院发展计划意见书》中，在论及当今国学研究的目标时，明确认同了梁启超的研究取向：借鉴西方，总结孔子儒家的人生哲学，"以为今日中国民生群治之标准，而造成一中心之学说，以定国是。如梁任公所拟讲授之《儒家哲学》，即合于此类也"⑥。

其四，主张重新审视中西文化，独立发展民族新文化。

西方反省现代性的又一重要观点，是超越"西方文明中心论"，而主张会通东西方的智慧，以救治畸形的现代社会。倭铿说，"最要一义在合中国文明与西洋近世思想而会其通"⑦。白璧德也说，"整个现代实验面临着失败的威胁，原因只是它现代得还不够。因此，人只有借助于东方和西方的世俗经验，提出一种真正现代性的观点"⑧。东方文化派与学衡派都接受并延伸了这一观点，从而主张重新审视中西文化，独立发展中国的民族新文化。1922年初，张君劢从欧洲归国，他在中华教育改进社的第一次公开演讲，题目就是《欧洲文化之危机及中国新文化之趋向》。他说："欧洲文化既陷于危机，则

---

① 《人生问题大纲》，见徐葆耕编选：《吴宓集》，上海文艺出版社1998年版，第124页。
② 《吴宓日记》（3），1926年5月30日，第174页。
③ 梁启超：《饮冰室合集》，文集50，第182页。
④ 《再论人生观与科学并答丁在君》，见张君劢等：《科学与人生观》，第117页。
⑤ 《孔子之价值及孔教之精神》，见徐葆耕选编：《吴宓集》，第115页。
⑥ 徐葆耕编选：《吴宓集》，第185页。
⑦ 《倭铿氏复张君劢书》，1920年11月12日，《改造》第3卷第6号。
⑧ 白璧德著，孙宜学译：《卢梭与浪漫主义》，"原序"，河北教育出版社2003年版，第11页。

中国今后文化之方针应该如何呢？默守旧文化呢？还是将欧洲文化之经过之老文章抄一遍再说呢？此问题吾心中常常想及。"[1] 他尖锐提出的正是中国独立发展民族新文化重大的时代课题。梁启超、梁漱溟诸人主张中西融合相类的思想，笔者曾多所论列，这里不拟重复。需要指出的是，《学灯》强调其宗旨是："于原有文化，主张尊重，而以科学解剖之"，"于西方文化，主张以科学与哲学调和而一并输入，排斥现在流行之浅薄科学论"。[2] 这与《学衡》的宗旨："昌明国粹，融化新知"，于国学明其"有可与日月争光之价值"，于西学当"审慎取择"，[3] 显然是相通的。而学衡派主帅梅光迪的观点，更足以进一步说明这一点。梅光迪指斥西方长期以来试图统治世界，将其功利主义与机械的人生观与社会生产模式推向各国，但最终只在各国制造了与本国同样的社会危机。西方人即便不能理智地对待东方文化，至少也当保存他们自己的文化，但是，欧战几使西方文明毁于一旦。所以，他认为，西方要想在中国真正得到尊重，应改变其价值取向，在中西关系的问题上，恰当的提法不是"中国在觉醒吗？"应当首先是"西方在觉醒吗？"[4] 与此同时，他强调中国不应盲目崇拜西方病态的现代文明："庄严的西方现代文明的大厦建立了起来，如今它却被自己的思想家发现已摇摇欲坠，面对崩溃。这一代中国人风急火燎地互相伤害，想要的只是建立一座同样的大厦。用不了几年时间，中国很可能就会成为西方所有陈旧且令人置疑的思想的倾倒之地，就像现在它已成为其剩余产品的倾销地一样。"他不否认学习西方是必要的，但强调中国追求现代化与发展新文化，当对西方文化持分析的态度，立足于民族传统，保持"民族特色"。他说："中国文化真的创造力在本国的现代化进程中同样可以大有作为。在这种情形之下，西方在中国就必须重新进行自然阐释。换句话说，它展示给中国的，不应只是它十九世纪的精神面貌，而应该是它所有的历史中包含的精神本质。"[5] 梅光迪同样主张中西文化融合，他对西方近代文化的批判却更为严厉。

---

[1] 陈崧编：《五四前后东西文化问题论战文选》，第 440 页。
[2] 《学灯启事》，《五四时期期刊介绍》第三集下册，第 503 页。
[3] 《简章》，《学衡》第 1 期，1922 年 1 月。
[4] 《西方在觉醒吗？》，见梅铁山主编：《梅光迪文存》，第 185 页。
[5] 《人文主义和现代中国》，见梅铁山主编：《梅光迪文存》，第 196、197 页。

三、深刻的思想分歧

但是，由于两派分别服膺生命哲学与新人文主义，其反省现代性的视角不同，故彼此的思想主张同时又存在着深刻的分歧。

两派都意识到了西方现代思想的发展正面临新的转变点，但于其趋向的体悟却大不相同。东方文化派认为，战后欧洲人们不满于现状，改革与革命的呼声日高，求变是普遍的社会期待。张君劢在归国后的第一场讲演中向国人介绍欧洲现状时，便强调说，机械的决定论被打破了，欧人相信改变现状的一切都是可能的，"于是改造哲学者有人焉，改造社会者有人焉，改造各科学者有人焉，乃至改造文化之根本者亦有人焉。总之，或曰改造，或曰革命，其精神则一而已。"[①] 瞿世英则谓，柏格森"动的哲学"所以风行，就在于它"是现代精神的产物，是现代精神的代表"[②]。更值得注意的是梁启超游欧的观感。他认为，有人怀疑欧洲完了，是大不然。欧洲百年来的发展"都是由'个性发展'而来，现在还日日往这条路上去做"。法国大革命以降，浪漫主义兴起，思想解放，生机淋漓，个中虽不免空华幻想，却表现了"自由研究的精神和尊重个性的信仰"，径直开辟了后来科学万能的时代。如今欧洲虽受到了挫折，陷入了惶恐，但更多的人却找到了一个"真正的安身立命所在"，这便是强调人类意志自由、日日进化的柏格森哲学所指引的方向。"我们既知道变化流转就是世界实相，又知道变化流转的权操之在我，自然可以得个'大无畏'，一味努力前进便了。"欧人经此巨变，"将来一定从这条路上打开一个新局面来。这是我敢言的哩！"[③] 梁启超不仅正确地指出了，柏格森哲学仍是18世纪以来浪漫主义思潮的新发展；而且更主要的是，他强调了欧洲的未来仍不外"由个性发展"，即走尊重人类的意志自由与个性发舒的道路。任公所言自然不出反省现代性的视野，但其预测实较许多人为高明。由上可知，以梁启超为代表，东方文化派对西方现代思想变动的体悟，

---

① 张君劢：《欧洲文化之危机及中国新文化之趋向》，见陈崧编：《五四前后东西文化问题论战文选》，第439页。
② 瞿世英：《杜里舒与现代精神》，《东方杂志》第20卷第8号，1923年4月25日。
③ 《欧游心影录》，见梁启超：《饮冰室合集》，合集23，第16、17、18页。

突出的是：求变与彰显个性。

学衡派则斥柏格森哲学与机械论无非同属自然主义，任情纵欲，而不知对人性加以管束。吴宓说："白璧德与柏格森所观察者相同，惟白璧德则谓人宜用其制止之精力以进于道德；柏格森谓人宜用其冲动之精力而攫取权利。从白璧德之说，则人皆相亲相让而世可治；从柏格森之说，则要皆相仇杀，而世益乱矣。此其立说法之不同也。"① 陈钧则谓："故今日者，实科学与感情的浪漫主义并立称霸，而物性大张，人欲横流之时代。彼宗教与人文，仅存一线之生机，不绝如缕。而欧西之旧文明，将归澌灭。抑有复兴之象，则皆冥冥之数，而非今你能预断者矣。"② 当今之世既被认定是人欲横流之世，故他们从人性善恶二元及"以理制欲"的构想出发，强调欲救现代社会之弊，人类必须遵从一定的行为标准："最要紧的是标准。没有标准更没有办法去衡量一切，也便没有办法去安配一切的地位与价值。"③ 标准只能依古今圣贤既有的经验而立，借标准规范人生，便要坚持"一多并存"而偏重于"一"的原则。"一"是标准，是常；"多"为纷繁的生活现实。吴宓在《论事之标准》中说，"吾之论事标准，为信'一'、'多'并存之义，而偏重'一'。且凡事以人为本，注重个人之品德。吾对于政治社会宗教教育诸问题之意见，无不由此所言之标准推衍而得"④。简言之，学衡派对西方现代思想变动的体悟，突出的是：遵从标准与约束人性。

很显然，同样都主张反省现代性，但二者对西方现代思想变动的体悟不尽相同，这除了求变与求常的差别外，还在于：梁启超诸人是肯定已然的趋向（柏格森生命哲学为代表）；而梅光迪诸人则是否定此种趋向，而强调应然的取向（新人文主义）。故梅光迪说，白璧德的思想"是当今西方流行的各种思潮的'解药'"，"他们的主要目标是要将当今误入歧途的人们带回到过去的圣人们真实的路途之上；用白璧德的话来说，就是要'用历史的智慧来反对当代的智慧'"。⑤ 换言之，前者顺势而为，后者则是两面出击，欲挽

---

① 《白璧德论民治与领袖》一文吴宓按语，《学衡》第32期，1924年7月，第16页。
② 陈钧译《福禄特尔记阮讷与柯兰事》一文按语。《学衡》第18期，1923年6月，第1页。
③ 《现代中国文学之浪漫的趋势》，见《梁实秋文集》第1卷，第41页。
④ 吴宓：《论事之标准》，《学衡》第56期，1926年8月。
⑤ 《人文主义和现代中国》，见梅铁山主编：《梅光迪文存》，第188、189页。

狂澜于既倒。正是此种对西方现代思想变动的体悟不同，又不能不给两派的思想主张同时带来深刻的分歧。

首先，也是最重要的是，二者对新文化运动的态度大相径庭。

20世纪初，东西方都面临着自己"重新估定一切价值"的大变革的时代。在梁启超诸人看来，柏格森、倭铿的生命哲学求变与彰显个性的价值取向，正契合当时中国社会渴望变革、争取解放的普遍心理。张君劢后来回忆说，当年吾侪所以欣然接受柏氏哲学，是因为柏氏主张自由、行动、变化，"令人有前进之勇气，有不断之努力"，"正合于当时坐言不如起行，惟有努力奋斗自能开出新局面之心理"。"在主张奋斗者之闻此言，有不为之欢欣鼓舞不止者乎？"[1]如果注意到陈独秀、李大钊等人最初发动新文化运动，同样也借重了柏格森的理论，以激励青年自主进取与自觉奋斗，那么我们便不难理解其言之真诚。[2]也唯其如此，除章士钊外，梁启超诸人多成了新文化运动重要的同盟军。1920年3月，梁等自欧归来，5月其麾下《时事新报》的著名副刊《学灯》便发表《学灯之光》说："一年来之文化运动，其最著之成绩，莫过于换新国人之头脑，转移国人之视线，由此而自动之精神出焉，而组织之能力启焉，而营团体生活之兴趣浓焉，而求新知识之欲望富焉。此不得不对于提倡新文化诸人加敬礼也。"[3]其支持新文化运动的立场十分鲜明，实无异于是梁启超诸人决心投入新文化运动的宣言书。所以，毫不足奇，《学灯》与同一旗下的《晨报副刊》，都成了公认宣传新文化的重要阵地；而梁启超也不愧为新文化运动的主将之一。[4]梁漱溟承认与陈、胡有分歧，但坚决否定自己反对新文化运动，而强调"我们都是一伙子"；即便就不同的一面说，"我们还是不相为碍的，而是朋友"。[5]其言同样是真诚的。

学衡派则相反，其遵从标准与约束人性的理论认知，恰与新文化运动的价值取向方枘圆凿。梅光迪认为，当下中国的主要危险，在国人日趋激进，传统丧失殆尽，胡适诸人热衷西化，"他们走得太远，已不再是如他们自己

---

[1] 张君劢：《张东荪〈思想与社会〉序》，《东方杂志》第40卷第17号，1944年9月15日。
[2] 郑师渠：《陈独秀与反省现代性思潮》，《河北学刊》2007年第6期、2008年第1期。
[3] 《五四时期期刊介绍》（五），第三集下册，第499页。
[4] 参见郑师渠：《欧战后梁启超的文化自觉》，《北京师范大学学报》2006年第3期。
[5] 《答胡评〈东西文化及其哲学〉》，见《梁漱溟全集》第4卷，第743、744页。

宣称的那样，进行着'中国的复兴'，而是铸成了'中国的自取灭亡'"[1]。所以，他早在留美期间，便开始积极地招兵买马，以便归国后与胡适诸人及《新青年》抗衡。1922年《学衡》创刊，梅光迪称"《学衡》的创办者们一定是将捍卫中国的传统当作了自己的主要目标"[2]。他还就此致书胡适，挑战性地问他：《学衡》创刊了，你怕不怕。主编吴宓发表长文《论新文化运动》，指斥胡适诸人持论诡激，专图破坏，长此以往，国将不国。[3]这无异于公开叫阵，而与上述《学灯之光》的宣示，恰成鲜明的对照。不仅如此，由于白璧德认定新文化运动是"今日中国之功利感情运动"[4]，故学衡派也群起指斥新文化运动不仅是理性主义的，而且还是浪漫主义的运动。梁实秋说："所谓'新文学运动'，处处要求扩张，要求解放，要求自由。到这时候，情感就如同铁笼里猛虎一般，不但把礼教的桎梏重重的打破，把监视情感的理性也拆倒了。"新文学运动，"就全部看，是'浪漫的混乱'"，其总趋势"是推崇情感，在质一方面的弊病是趋颓废，间有一二作家，是趋于假理想主义"。[5]胡先骕更进了一步，干脆将戊戌变法、辛亥革命和新文化运动，都斥为中国一脉相承由政治到文化之浪漫主义。[6]新文化运动是否存在着浪漫主义倾向，并不重要；重要在于，学衡派对此深恶痛绝，持全然否定的态度，从而与东方文化派划开了界限。

当然，梅光迪诸人与新文化运动的对立，除了"道不同不相为谋"即理念的差异外，还与他们昧于国情、意气用事和情绪化的固执有关。直到1932年3月《学衡》第75期，即停刊前的第四期，它还刊文全盘抹杀新文化运动："在过去数十年中，有所谓白话文运动、五四运动、新文化运动及标语口号运动。吾人苟细察其于社会所生之影响，则知此数运动虽轰震一时，然不旋踵即云消雨散，而未留深刻之印象于人脑海中。""故以此数运动所生之客观的效果而批评之，则可断言其无甚意义与价值。"[7]其无视现实，固执有

---

[1] 《人文主义和现代中国》，见梅铁山主编：《梅光迪文存》，第191页。
[2] 《人文主义和现代中国》，见梅铁山主编：《梅光迪文存》，第193页。
[3] 吴宓：《论新文化运动》，《学衡》第4期，1922年4月。
[4] 胡先骕译：《白璧德中西人文教育说》，《学衡》第3期，1922年3月。
[5] 《现代中国文学之浪漫的趋势》，见《梁实秋文集》第1卷，第41、42、43页。
[6] 胡先骕：《文学之标准》，《学衡》第31期，1924年7月，第16—18页。
[7] 胡稷咸：《批评态度的精神改造运动》，《学衡》第75期，1932年3月，第1、2页。

若此者。梅、胡本是好朋友，因对文化问题的见解不同，最终导致情感对立；吴宓也是见胡必反；胡适说，《学衡》就是专门针对我的刊物，无不反映了这一点。这与梁启超诸人与胡适等人间始终保持个人友谊，同样形成了对照。

其次，两派虽然都倡言"合理的人生"并强调儒家学说在其建构中的重要价值，但于内涵的把握上，也仍有很大的不同。

在梁启超看来，孔子的人生观所以"美妙"，首先在于它将宇宙人生视为一体，认为生活就是宇宙，宇宙就是生活。故宇宙的进化，全基于人类努力的创造；又认宇宙永无圆满之时，吾人生于其中，只在努力向前创造。这与柏格森的生命哲学强调宇宙的真相，乃是意识流转，生命创化，方生方灭，是相通的。"儒家既看清了以上各点，所以他的人生观，十分美渥，生趣盎然。人生在此不尽的宇宙之中，不过是蜉蝣朝露一般，向前做一点是一点，既不望其成功，苦乐遂不系于目的物，完全在我，真有所谓'无入而不自得'。有了这种精神生活，……所以生活上才含着春意。"[①] 所以，合理的人生就是从"个性中心"出发，奋发求动与进即不断创造的人生。[②] 这无异于是借生命哲学重新阐释了孔子。梁漱溟同样如此。他说，"人类的本性不是贪婪，也不是禁欲，不是驰逐于外，也不是清净自守，人类的本性是很自然很条顺很活泼如活水似的流了前去。所以他们一定要把好动的做到静止，一定要遏抑诸般本能的生活，一定要弄许多矫揉造作的工夫，都是不对的，都不是合理的人生态度"[③]。这即是说，孔家合理的人生就是似水一般，依人的本性或本能，自自然然、活泼向前、绵绵不绝地生活。不难看出，他们强调合理人生的核心价值观即在于"个性中心"与"本能的生活"。梁启超诸人也强调裁抑物质生活以保持精神生活的圆满，但是，在这里，他们依柏格森哲学解读儒家哲学，后者强调"克己复礼"、"以理制欲"的规范，实际是被淡化了。

而学衡派的诉求恰相反。人文主义强调"约束"是"一种活的内在法

---

① 《治国学的两条大路》，见梁启超：《饮冰室合集》文集39，第116、117页。
② 《先秦政治思想史》，见梁启超：《饮冰室合集》专集50，第184页。
③ 《合理的人生态度》，见《梁漱溟全集》第4卷，第695页。

则"①，所以，何谓合理人生？核心的问题不是实现本能的发舒，恰在于执行高上的意志，以实现对人性的自觉约束。吴宓在译文《白璧德论民治与领袖》中，于白璧德强调内心生活的根基即在于遵守标准，执行高上意志处，加按语说："吾国先儒常言'以理制欲'，所谓理者，并非理性或理智，而实为高上之意志，所谓欲者，即卑下之意志也"；于白璧德怒斥其国人蔑弃古昔之标准，奢靡无度，寡廉鲜耻处，又加按语说："所谓正心诚意，以达治国平天下之目的是也。"②与梁启超诸人相反，他依儒家哲学阐释人文主义，后者"克己复礼"、"以理制欲"的规范，却因被强调而凸显了。所以，胡先骕说，浪漫主义放弃节制情感，"破坏正当之人生观"③；而梅光迪干脆这样说：《学衡》"其立足点是儒家学说，尽管它并没有宣布要成为儒家运动"④。梁启超、梁漱溟等人虽然也有"孔子美妙的人生观"或"过孔家的生活"之类的说法，但他们都不会承认自己立足于儒家学说。尽管学衡派所谓的儒学已包含了现代性的整合，但是，二者间存在的此种差异，不仅并非偶然，而且仍然是重要的。

最后，两派都主张重新审视中西文化和融合二者以实现民族新文化的发展，但是，转进一层看，分歧依然清晰可辨。

这集中表现在二者对以下两个问题的答案不同：其一，当下中国首先应吸取的西方文化之精髓何在？梁启超诸人虽然批评西方近代文明是病态的物质文明，但是，耐人寻味的是，他们同时又都认为，当下中国必须吸取的西方文化之精华，也仍在于近代的科学与民主。梁启超说，"自由平等两大主义"是近代西方思潮的"总纲"，百年欧洲的物质与精神之变迁，无不源于此种"个性发展"即所谓"尽性主义"，至今他们仍日日走这条路。中国人不如西人之处，首先也在于此。故"今日第一要紧的，是人人抱定这尽性主义"，"这便是个人自立的第一义，也是国家生存的第一义"。⑤他虽然反对"科学万能"论，但依然强调西方的科学与物质文明仍无可阻挡地要继续

---

① 〔美〕欧文·白璧德著，孙宜学译：《法国现代批评大师》，广西师范大学出版社2002年版，第225页。
② 《学衡》第32期，1924年8月，第10、18页。
③ 胡先骕：《文学之标准》，《学衡》第31期，1924年7月，第19页。
④ 《人文主义和现代中国》，见梅铁山主编：《梅光迪文存》，第193页。
⑤ 《欧游心影录》，见梁启超：《饮冰室合集》，专集23，第15、16、25页。

向前发展。张东荪也谓,"思想自由不啻是欧美近代文明的心核"①。梁漱溟是主张"中国化"的,但这不影响他特别强调西方有两样东西不能不学:"一个便是科学的方法,一个便是人的个性申展,社会性发达。前一个是西方学术上特别的精神,后一个是西方社会上特别的精神。"②梅光迪诸人见解的不同在于,他们并不否定科学与民主,但强调二者并非西方文化真正的精髓所在,其真正的精髓乃是在于西方古代圣贤所代表的智慧,即人文精神。梅光迪回顾说,他们这些中国人文主义运动的发起者们,最初在美国也曾彷徨过。最初"这些先觉们要求的不是更好的,而是更多的民主、科学、自由和个人主义。他们的激进主义事实上不是要激进地与过去两百年积累下来的现代思想和文化主流相脱离。他们和世界上的其他人一样,卷入了一个恶性循环当中"。是白璧德理论使之从现代社会狭隘的束缚中解脱出来,改变了只注重近代而忽视西方的古代与世界的整体。新人文主义的目的就是要将当今误入歧途的人们重新带回到古代圣贤走过的道路上去,"用白璧德的话来说,就是要'用历史的智慧来反对当代的智慧'"③。这就是说,他们首先看重的不是近代的科学与民主,而是被认为"更好的",也是最重要的古代圣贤所代表的人文精神。所以,吴宓才会这样说:"我所倾慕崇拜喜悦之西洋,乃是理想中,过去的(历史的)西洋,即理想的天主教,希腊哲学,Spirit of Gentleman,Spirit of Civalry 以及文学艺术等,只可于书本中、博物院中,及自然人造之风景建筑物中得之者。"④ 其二,东西文化融合之道何由?东方文化派认为,西方文明偏重物质文明,而东方文明则偏重精神文明,故二者可以互补调和,其实质便是:东方德性与西方理性的结合。张君劢的表述最具代表性,他说:"东方所谓道德,应置于西方理智光镜之下而检验之,而西方所谓理智,应浴之于东方道德甘露之中而和润之。然则合东西之长,熔于一炉,乃今后新文化必由之途辙,而此新文化之哲学原理,当不外吾所谓德

---

① 《思想自由与文化》,见张耀南编:《知识与文化:张东荪文化论著辑要》,中国广播电视出版社 1995年版,第415页。
② 《东西文化及其哲学》,见《梁漱溟全集》第1卷,第347页。
③ 《人文主义和现代中国》,见梅铁山主编:《梅光迪文存》,第185、189页。
④ 《致浦江清》,见《吴宓书信集》,第173页。

智主义，或曰德性的理智主义。"① 学衡派不认同这一点。在他们看来，反省现代性所涉及的问题，与其说是东西方的问题，不如说是古今的问题。换言之，不是西方重物质，东方重精神，而是环球同风：古代重人文，现代（以西方为代表）重物质，人类文明陷入了误区。故所谓东西融合，首先端在实现东西方圣贤所阐发的人生智慧的综合。吴宓所言最具代表性，他说："中国之文化，以孔教为中枢，以佛教为辅翼，西洋之文化，以希腊罗马之文章哲理与耶教融合孕育而成，今欲造成新文化，则当先通知旧有之文化。……首当着重研究，方为正道。"又说："孔孟之人本主义，原为吾国道德学术之根本。今取以与柏拉图、亚里士多德以下之学说相比较，融合贯通，撷精取粹，再加以西洋历代名儒巨子之所论述，熔铸一炉，以为吾国新社会群治之基。如是则国粹不失，欧化亦成。所谓造成融合东西两大文明之奇功，或可企及。"② 由上可知，两派都主张东西融合，但各自的着眼点不同：东方文化派强调以儒学为代表的中国传统道德精神与西方以科学与物质文明为代表的现代性的调和；而学衡派则是强调东西方古代人文精神的融合。

四、"有选择的亲和"

笔者曾在《五四前后国人的现代性反省》一文中最后说道："反映辩证规律的历史真相是：20世纪初年，国人追求现代性与反省现代性并存，正构成了新文化运动的内在张力。"③ 但是文仅论东方文化派，而未及学衡派。应当说，后者的作为，进一步扩大了其时反省现代性思潮的整体声势与影响。同时，两派既代表了反省现代性的两种不同视角，其间的异趋，同样形成了某种张力，从而使整个"新文化运动的内在张力"，获致深化。

如上所述，因各自服膺的理论不同，两派对于新文化运动也持不同的态度。梁启超诸人反省现代性，但这并不影响他们对新文化运动表示敬意，并

---

① 张君劢：《张东荪〈思想与社会〉序》，《东方杂志》第40卷第17号，1944年9月15日。
② 《论新文化运动》，见孙尚扬、郭兰芳编：《国故新知论——学衡派文化论著辑要》，第89、96页。
③ 郑师渠：《五四前后国人的现代性反省》，《历史研究》2008年第1期。

成为它重要的同盟者；而梅光迪诸人却以为新文化运动补偏救正为己任，与之公开立异。换言之，如果说，时人的反省现代性是表现为对新文化运动即现代性运动的一种制衡，那么，后者较前者，制衡的旗帜要更鲜明，在某些方面，也更显坚决。这可以白话新诗为例。1921年，梁启超曾一度表示不赞成新诗，并完成了一篇"大驳白话诗的文章"，事先送胡适看。胡适逐条批驳，力劝他不要发表。胡适对陈独秀说："这些问题我们这三年中都讨论过了，我很不愿意他来'旧事重提'，势必又引起我们许多无谓的笔墨官司。"[①]后来梁启超果然放弃了是文。这既反映了胡的影响力（彼此友谊），也反映了梁的顾及全局与持论温和，以至于章士钊指斥他与梁漱溟，"献媚小生，从风而靡，天下病之"[②]。与之形成对照的是，学衡派的批评要决绝得多。这只要看一看《学衡》中发表的许多长篇驳论，便不难理解这一点。固然，他们一味对新文学的反对有失简单化，但他们不赞成简单骂倒文言文、旧文学，批评新文化运动存在割断传统、一味求新的浪漫主义倾向，却也不乏自己的合理性。例如，胡先骕说："胡君谓'中国的古文，在二千年前，已经成了一种死文字'，以谓'死文学决不能产生活文学'，则司马迁之《史记》、杜甫之诗皆死文学？夫《史记》与杜诗，为吾国文学之最高产品，乃谓之死文学，无论不取信于人，又岂由衷之言哉！"[③]学衡派多为文学专家，其系列文论所产生的制衡作用，恰是梁启超等人所不能为的。同样，在倡导合理人生的问题上，梁启超、梁漱溟等人强调个性发展与本能的发舒，这淡化了自己借儒家学说提升精神生活所必然主张的"以理制欲"说，从而助益了与新文化运动的取向相契合；但它却无法避免生命哲学过分强调直觉、本能与生命冲动等等染有神秘主义色彩的消极倾向。学衡派强调高上意志对人性的应有约束，虽有突出"以理制欲"的消极面，但它同时却又构成了对前者消极倾向的一种制衡。例如，刘伯明就曾批评梁漱溟将情感与理性简单对立，过于看重直觉与本能的生活，而贬抑理性。他说："梁君反对理智，亦属太

[①] 《致陈独秀》，见耿云志、欧阳哲生编：《胡适书信集》上，第262页。
[②] 《东西文化及其哲学——答梁漱溟》，《章士钊全集》5，文汇出版社2000年版，第86页。
[③] 胡先骕：《评胡适〈五十年来中国之文学〉》，见孙尚扬、郭兰芳编：《国故新知论——学衡派文化论著辑要》，第349页。

过。"① 在东西文化问题上,东方文化派主张东西融合,强调了科学与民主之必不或缺,但其认知的前提却是东方是精神文明,西方是物质文明。这一说法虽源自西人,但其津津乐道,难免有隆中抑西的虚骄。学衡派强调当务之急端在融合东西古代圣贤的智慧,甚至认为"时代精神""最不可恃","'古昔精神'反较可恃",②则不免有保守的心态。但也要指出,他们强调西方文化的精髓,不仅限于科学与民主,还有更重要的人文精神不应忽略,这并不错;更重要的是,他们并不认同以精神文明、物质文明区分东西文化,而不免于隆中抑西:"苟武断拘执,强谓东方主精神,西方重物质,或中国以道德,而西人只骛功利者,皆错误。"③ 学衡派主张东西融合,是强调当借全人类共同的智慧,以解救现代社会的危机问题,而非如任公所言,有待东方文化去救西方;或如梁漱溟所言,"中国化"将取代"西方化"。所以,吴宓说:"据吾侪之所见,救今世之病之良药,惟赖实证之人文主义,如本志夙所提倡介绍之白璧德等人之学说是也。东方西方,各族各国,盖同一休戚矣。"④ 就此而言,又超越了东方文化派。

　　一种外来的理论或思想传入中国,其荣辱兴衰,取决于它在多大程度上契合了中国社会的时代需求。这也就是所谓"有选择的亲和"。反省现代性思潮所以能在五四前后的中国兴起,归根结底,在于它与中华民族觉醒的时代潮流相契合,尤其是反映了国人的"对西方求解放"。东方文化派与学衡派代表反省现代性的两个视角,同中有异。就异而言,前者强调"变"的哲学,而后者则是强调"常"的哲学,不能不两面出击,故顺逆不同,境遇自然有别。梁实秋说:白璧德在"骨子里他是提倡一种不合时宜的人生观。他没有任何新奇的学说,他只是发扬古代贤哲的主张,实际上他是'述而不作',不过他是会通了中西的最好的智慧。在近代人文主义运动中,他是一个最有力量的说教者。"⑤ 一种理论或思想的"不合时宜",不等于它一定不具有自身内在的合理性,从长时段看问题,尤其如此;但是,却定然与现实

---

① 《评梁漱溟〈东西文化及其哲学〉》,见陈崧编:《五四前后东西文化问题论战文选》,第476页。
② 胡先骕:《文学之标准》,《学衡》第31期,1924年7月,第3页。
③ 吴宓:《文学与人生》,第151页。
④ 见《斯宾格勒之文化论》(张荫麟译)一文,吴宓的"编者识",《学衡》第61期,1928年1月,第4页。
⑤ 《关于白璧德先生及其思想》,见《梁实秋文集》第1卷,第552页。

的时代需求缺乏亲和力。欧战后,生命哲学风靡中国,"生命创化"、"创造冲动"、"直觉"、"意识流转"等等的新名词成了流行语,甚少有不津津乐道者,以至于恽代英慨叹道:"假令北大的文科学生,个个都成了郁根(倭铿)、杜里舒,北大的理科学生,个个都成了爱因斯坦,大概中国要好了罢。"① 与之相反,白璧德学说在中国却陷入了窘境。吴宓与其师信说:"在中国,除了梅光迪、胡先骕君和我本人,没有人会想着去翻译您的著作。即便给予报酬,也没有人愿做这事。几乎无人会接受您的思想理念。只有一些儒家学说的忠实信徒,自愿接受您的教导和指引。我的老师,这是令人悲哀的真相。""除了《学衡》的专栏,我从没见过任何关于您的思想的讨论,您的名字的出现。没有,绝对没有。"② 两者相较,前者于求变的中国更具亲和力,是显而易见的。这与柏格森的生命哲学与白璧德的新人文主义在西方的命运有云泥之别,也是相一致的。梅光迪将新人文主义在中国影响不彰,甚至受到冷落,归咎于学衡派未能提出"必要的标语和战斗的口号";而梁实秋则将之归罪于《学衡》固执地坚守文言文而不知使用白话文,虽不无道理,却非探源之论。③

　　两派同中有异,也影响到了彼此的关系。从总体上看,二者甚少交往。梁启超诸人从不对新人文主义发表评论,但表示理解,上述梁请吴宓讲演并对他的道德观表示赞赏,就反映了这一点。然而,学衡派却是高调抨击柏格森生命哲学,胡先骕甚至指名斥责梁启超是近代中国浪漫主义的始作俑者。他们否定梁启超诸人聘请杜威、罗素、泰戈尔等人来华讲学;虽然间接也批评了丁文江诸人的"科学人生观",但却视"科玄之争"为无意义的宗派斗争,将双方一概都否定了,如此等等。学衡派既与胡适诸人誓不两立,复与同主反省现代性的东方文化派守门户之见,格格不入,其愈益陷入孤立边缘的境地,是不可避免的。人所共知的吴宓本人的悲剧性格,多少也反映了学衡派的共同命运。

　　当然,两派同主反省现代性也存在着共同的弱点,如不同程度都将儒家

---

① 恽代英:《蔡元培的话不错吗?》,《中国青年》第 2 期,1923 年 10 月 27 日,第 3、4 页。
② 《致白璧德》,1925 年 8 月 2 日,《吴宓书信集》,第 37 页。
③ 《人文主义和现代中国》,见梅铁生编:《梅光迪文存》,第 195 页;《关于白璧德先生及其思想》,见《梁实秋文集》第 1 卷,第 547 页。

学说理想化了，而低估了传统的消极面；同时，于西方反省资本主义的另一取向即马克思主义，都少心得。但是，无论如何，两派将西方反省现代性的不同视角引入了中国，毕竟开拓了国人的视野，彼此主张的异同，同样都丰富了近代中国思想的发展，这是必须看到的。

主要参考书目

一、报刊资料

《学衡》
《大公报·文学副刊》
《史地学报》
《史学杂志》
《史学与地学》
《湘君》
《清华学报》
《清华周刊》
《国风》
《文哲学报》
《思想与时代》
《教与学杂志》
《东方杂志》
《新青年》
《新潮》
《方志月刊》
《时代公论》
《子曰丛刊》
《亚洲学术杂志》
《教育杂志》
《国闻周报》

二、专著

刘伯明:《西洋古代中世哲学史大纲》,中华书局,1928年。
刘伯明:《近代西洋哲学史大纲》,中华书局,1932年。
吴宓:《文学与人生》,清华大学出版社,1993年。
柳诒徵:《中国文化史》上下册,中国大百科全书出版社,1988年。
柳诒徵:《国史要义》,中华书局,1948年。
陈寅恪:《唐代政治史述论稿》,上海古籍出版社,1980年。
陈寅恪:《隋唐制度渊源略论稿》,上海古籍出版社,1963年。
汤用彤:《汉魏两晋南北朝佛教史》,商务印书馆,1944年。
缪凤林:《中国通史纲要》上,南京钟山书局,1935年。
缪凤林:《中国通史要略》3册,商务印书馆,1943年。
缪凤林:《从国史上所得的民族宝训》,新中国文化出版社,1940年。
景昌极:《道德哲学新论》,南京钟山书局,1933年。
张荫麟:《东汉前中国史纲》,重庆中央青年印刷所,1944年。
陆懋德:《周秦哲学史》,北京撰者自刊,1923年。
陆懋德:《历史研究法》,国立北平师大讲义。
郑鹤声:《历史教学旨趣之改造》,南京中正书局,1935年。
郑鹤声:《中国历史教学法》,南京中正书局,1936年。
刘永济:《文学论》,商务印书馆,1934年。
李思纯:《元史学》,中华书局,1926年。
蒋智由:《中国人种考》,商务印书馆,光绪二十三年。
杨明斋:《评中西文化观》,中华书局,1924年。
贺麟:《文化与人生》,商务印书馆,1999年。
冯友兰:《中国哲学简史》,北京大学出版社,1996年。
蒋梦麟:《西潮》,辽宁教育出版社,1997年。
伍启元:《中国新文化运动概观》,现代书局,1934年。
蒋天枢:《陈寅恪先生编年事辑》,上海古籍出版社,1997年。

王永兴：《陈寅恪先生史学述略稿》，北京大学出版社，1998年。

陆键东：《陈寅恪的最后二十年》，生活·读书·新知三联书店，1996年。

钱基博：《现代中国文学史》，上海世界书局，1934年。

李何林：《近二十年中国文艺思潮论》，生活书店，1945年。

何其芳：《诗歌欣赏》，人民文学出版社，1978年。

何其芳：《关于写诗和读诗》，作家出版社，1956年。

张椿年：《从信仰到理性——意大利人文主义研究》，浙江人民出版社，1993年。

杨寿堪：《冲突与选择：现代哲学转向问题研究》，北京师范大学出版社，1996年。

万俊人：《现代西方伦理学史》上下卷，北京大学出版社，1990年。

郑家栋：《现代新儒学概论》，广西人民出版社，1990年。

沈卫威：《回眸"学衡派"：文化保守主义的现代命运》，人民文学出版社，1999年。

鲁西奇：《梁实秋传》，中央民族大学出版社，1996年。

吴学昭：《吴宓与陈寅恪》（增订本），生活·读书·新知三联书店，2014年。

陈美延等：《也同欢乐也同愁：忆父亲陈寅恪母亲唐筼》，生活·读书·新知三联书店，2010年。

三、文集、日记、年谱、回忆录

《毛泽东书信选集》，人民出版社，1983年。

《毛泽东谈文说艺实录》，长江文艺出版社，1992年。

《胡乔木回忆毛泽东》，人民出版社，1995年。

《梅光迪文录》，《中华丛书》委员会印，1956年。

《吴宓诗集》，中华书局，1935年。

《吴宓日记》10册，生活·读书·新知三联书店，1998年。

《吴宓自编年谱》，生活·读书·新知三联书店，1995年。

徐葆耕编选：《会通派如是说：吴宓集》，上海文艺出版社，1998年。

吕效祖编：《吴宓诗及其诗话》，陕西人民出版社，1992年。
黄世坦编：《回忆吴宓先生》，陕西人民出版社，1990年。
《胡先骕先生诗集》，台湾中正大学校友会编印，1992年。
《胡先骕文存》上下卷，江西高校出版社，1995年。
胡宗刚编：《胡先骕先生年谱长编》，江西教育出版社，2008年。
吴芳吉著，贺远明等选编：《吴芳吉集》，巴蜀书社，1992年。
吴芳吉：《吴白屋先生遗书》，长沙段文益堂，1934年。
《柳诒徵史学论文集》，上海古籍出版社，1991年。
《陈寅恪史学论文选集》，上海古籍出版社，1992年。
《陈寅恪先生文集》，台湾里仁书局，1981年。
陈寅恪：《寒柳堂集》，上海古籍出版社，1980年
陈寅恪：《金明馆丛稿》初编、二编，上海古籍出版社，1980年。
《陈寅恪诗集》，清华大学出版社，1993年。
《汤用彤学术论文集》，中华书局，1983年。
汤用彤：《燕园论学集》，北京大学出版社，1984年。
汤用彤：《往日杂稿》，中华书局，1962年。
景昌极：《哲学论文集》，中华书局，1930年。
张云台编：《张荫麟文集》，北京科学教育出版社，1993年。
浦汉明编：《浦江清文史杂文集》，清华大学出版社，1994年。
《浦江清文录》，人民文学出版社，1958年。
浦江清：《清华园日记》，生活·读书·新知三联书店，1987年。
《胡适日记》，台湾商务印书馆，1980年。
《胡适留学日记》，海南出版社，1994年。
《胡适文存》，上海亚东图书馆，1922年。
耿云志、欧阳哲生编：《胡适书信集》三册，北京大学出版社，1996年。
吴奔星等编：《胡适诗话》，四川文艺出版社，1991年。
胡明编选：《胡适选集》，天津人民出版社，1991年。
《胡适全集》，安徽教育出版社，2003年。
胡颂平编：《胡适之先生晚年谈话录》，台湾联经出版事业公司，1984年。
唐德刚译注：《胡适口述自传》，华东师范大学出版社，1993年。

唐德刚：《胡适杂忆》，华文出版社，1992年。

李华兴、吴嘉勋编：《梁启超选集》，上海人民出版社，1984年。

梁启超：《饮冰室合集》，中华书局，1989年影印本。

《梁漱溟全集》，山东人民出版社，1989年。

《瞿秋白文集》第1卷，人民出版社，1987年。

陈独秀：《独秀文存》，安徽人民出版社，1987年。

《鲁迅全集》，（1）、（6），人民文学出版社，1987年。

高叔平编：《蔡元培全集》，中华书局，1977年。

《章太炎全集》（四），上海人民出版社，1985年。

汤志钧编：《章太炎政论选集》上下册，中华书局，1977年。

《黄季刚诗文钞》，湖北人民出版社，1998年。

杨树达：《积微翁回忆录》，上海古籍出版社，1986年。

贺麟：《五十年来的中国哲学》，辽宁教育出版社，1989年。

冯友兰：《三松堂文集》，生活·读书·新知三联书店，1989年。

胡秋原：《西方文化危机与二十世纪思潮》，台湾学术出版社，1981年。

《茅盾文艺杂论》上集，上海文艺出版社，1981年。

《梁实秋怀人录》，中国广播电视出版社，1991年。

《申报》馆编：《最近之五十年》，1922年。

胡适选编：《中国新文学大系·理论建设集》，上海良友图书公司，1935年。

张君劢等：《科学与人生观》，上海亚东图书馆，1923年。

张君劢等：《科学与人生观》，黄山书社，2008年。

《张其昀先生博士的生活和思想》上，台北中国文化大学出版部，1982年。

周辅成编：《西方伦理学名著选辑》上卷，商务印书馆，1987年。

李赋宁等编：《第一届吴宓学术讨论会论文选集》，陕西人民教育出版社，1992年。

李赋宁等编：《第二届吴宓学术讨论会论文选集》，陕西人民教育出版社，1994年。

四、资料汇编

陈崧编：《五四前后东西文化问题论战文选》，中国社会科学院出版社，1991年。

蔡尚思主编：《中国现代思想史资料简编》第2、3卷，浙江人民出版社，1982年。

钟离蒙、杨凤麟主编：《中国现代哲学史资料汇编》第1集，辽宁大学哲学系，1982年。

庄锡昌等编：《多维视野中的文化理论》，浙江人民出版社，1987年。

五、译著

〔美〕白璧德著，徐震堮、胡先骕译：《白璧德与人文主义》，上海新月出版社，1919年。

〔美〕卡静著，冯亦代译：《现代美国文艺思潮》，上海晨光出版公司，1949年。

〔美〕艾恺：《世界范围内的反现代化思潮——论文化守成主义》，贵州人民出版社，1991年。

〔美〕乔治·萨顿著，陈恒六、刘兵、仲维光译，何成钧校：《科学史和新人文主义》，华夏出版社，1989年。

〔美〕马文·佩里主编，胡万里等译：《西方文明史》下卷，商务印书馆，1993年。

〔美〕丹尼尔·贝尔著，赵一凡等译：《资本主义文化矛盾》，生活·读书·新知三联书店，1989年。

〔英〕雷蒙德·威廉斯著，吴松江、张文定译：《文化与社会》，北京大学出版社，1991年。

〔英〕罗素著，赵文锐译：《中国之问题》，中华书局，1924年。

〔英〕W.C.丹皮尔：《科学史》，商务印书馆，1975年。

〔英〕阿伦·布洛克著，董乐山译：《西方人文主义传统》，生活·读书·新知三联书店，1997年。

〔英〕杰弗里·巴勒克拉夫著，杨豫译：《当代史学主要趋势》，上海译文出版社，1987年。

〔德〕斯宾格勒著，齐世荣等译：《西方的没落》，商务印书馆，1963年。

〔苏联〕尼·瓦·贡恰连科：《精神文化——进步的源泉和动力》，求实出版社，1988年。

〔法〕朗格卢瓦、瑟诺博司著，李思纯译：《史学原论》，商务印书馆，1926年。

〔日〕丸山真男著，区建英译：《福泽谕吉与日本近代化》，学林出版社，1992年。

后　记

　　本书初版于 2001 年，迄今已历十八载。一些高校历史系曾将之列为研究生专业必读书。此次再版来不及修订，仅于书后附录了几篇作者近年发表的相关论文，相信将有助于读者进一步阅读本书和了解作者对问题的后续思考。

　　本书再版，得到了商务印书馆的大力支持，尤其责任编辑鲍海燕女士为此付出了辛勤的劳动，一并谨致谢忱。

郑师渠
2018 年 7 月 21 日